本书为国家哲学社会科学基金项目《现代文化视域中的闻一多古典学术研究论》（12BZW079）的最终成果。

| 光明社科文库 |

现代文化视域中的
闻一多古典学术研究论

刘殿祥◎著

光明日报出版社

图书在版编目（CIP）数据

现代文化视域中的闻一多古典学术研究论 / 刘殿祥
著 . -- 北京：光明日报出版社，2023.8
ISBN 978 - 7 - 5194 - 7415 - 7

Ⅰ.①现… Ⅱ.①刘… Ⅲ.①闻一多（1899—1946）
—诗歌研究 Ⅳ.①I207.22

中国国家版本馆 CIP 数据核字（2023）第 165129 号

现代文化视域中的闻一多古典学术研究论
XIANDAI WENHUA SHIYU ZHONG DE WENYIDUO GUDIAN XUESHU
YANJIULUN

著　　者：刘殿祥

责任编辑：王　娟　　　　　　　责任校对：许　怡　贾　丹
封面设计：中联华文　　　　　　责任印制：曹　净

出版发行：光明日报出版社
地　　址：北京市西城区永安路 106 号，100050
电　　话：010 - 63169890（咨询），010 - 63131930（邮购）
传　　真：010 - 63131930
网　　址：http：// book. gmw. cn
E - mail：gmrbcbs@ gmw. cn
法律顾问：北京市兰台律师事务所龚柳方律师

印　　刷：三河市华东印刷有限公司
装　　订：三河市华东印刷有限公司
本书如有破损、缺页、装订错误，请与本社联系调换，电话：010-63131930
开　　本：170mm×240mm
字　　数：436 千字　　　　　　印　　张：25
版　　次：2025 年 1 月第 1 版　　印　　次：2025 年 1 月第 1 次印刷
书　　号：ISBN 978 - 7 - 5194 - 7415 - 7
定　　价：99.00 元

目 录
CONTENTS

闻一多的学术世界及其研究价值

当提到闻一多时，人们的意识中一般呈现出来的是闻一多的诗人身份和民主斗士形象，学界往往对他的学术研究成果和文化思想成就一带而过、不甚了然。这当然与闻一多牺牲后朱自清和毛泽东对闻一多的论定和评价有关。朱自清谓闻一多具有诗人、学者和斗士的三重身份，而毛泽东在新民主政治革命即将胜利之际高度评价闻一多，号召写"闻一多颂"，强化了闻一多的政治身份，因此，在闻一多研究中一度更强调其民主斗士形象，在中国现代文学史上作为爱国主义诗人的典型代表和新格律诗的开创诗人，闻一多就此长期定格于爱国诗人和民主斗士的身份上，而我们对朱自清提出的学者身份实际上有所忽略，而且，单纯的"学者"论定也不足以概括闻一多整体的文化世界。一方面，特定身份的论定固然可以帮助我们认识闻一多，但同时身份的定位也是一种限制，限制了我们对闻一多更全面和更深入的认识；另一方面，政治评价掩盖了学术评判，他作为现代大学者的一面淹没在斗士的外在形象后面，而即使作为学者的研究也仅限于具体学术问题的讨论和论定中，没有或较少关注到闻一多深刻的、富有创见的，特别是具有文化批判意识和反传统意识的文化思想。一个伟大的历史人物一定负载着伟大的历史成就和独创的文化思想，当我们观照和研究一个历史人物时，首先意识到的是他留下来的精神遗产，特别是对作家、学者、思想家，我们实际上要通过其文来认识其人。当我们进入闻一多的世界时，我们不仅进入了闻一多个体的精神世界，实际上同时也进入了一个博大精深的中国文化世界，因为在闻一多的精神遗产中承载着中国的文化历史和历史文化，闻一多的全部论著包含了一部中国的文学史、包含了一部中国的学术史、包含了一部中国的文化思想史。

有鉴于此，本书是想比较全面地探索闻一多的学术文化世界，在诗人和民主斗士的身份之外凸显闻一多作为学者的一面，在学术文化世界的把握中凸显闻一多的学术个性品格和创造性的文化思想。主要是因为作为现代诗人、文化史家和现代思想家的闻一多，所进行的学术研究表现为一种独特的主体性研究范式，不同于胡适那种实证主义的为学术而学术的研究范式，不同于新儒家的回归传统价值的研究范式，不同于马克思主义的社会政治研究范式，而是现代诗人、文化史家和现代思想家的主体性研究范式，由此论定"闻一多式的学术人格、学术思想和学术精神"，所体现出的思想价值取向就是闻一多的自喻——"杀蠹的芸香"。

具体而言，本书研究的意义可以表现在这样几方面：学术文化意义、文学史意义、文化思想意义、当下学术研究意义。

第一节　研究闻一多古典学术世界的意义与价值

一、研究闻一多学术的学术文化意义：从中国古代学术史到闻一多的学术研究

本论题通过全面把握和观照闻一多的学术研究历程和整体的学术世界，在中国学术的现代化进程中，在闻一多的学术与中国学术的现代化进程两者之间建立起一种内在的联系。一方面，将闻一多的古代学术研究置于中国现代文化的格局中进行研究，从研究性质上把握闻一多的学术，从根本上是在中国现代文化思想的影响下，属于中国现代学术文化范畴，与传统学术具有本质的区别；另一方面，通过研究闻一多的学术世界，可以发现，闻一多以自己的学术研究参与了中国学术的现代化进程，而且以自己独特的学术成就对中国学术的现代化做出了贡献。这两个方面在密切的联系中呈现为互动的关系，因为闻一多本就是"五四"新文化运动的产儿，其文化思想和个性精神秉承了"五四"新文化运动开创的中国现代文化精神。正是在新文化运动的影响下，闻一多自然置身于中国现代文学、现代诗歌的创造中，当他进入学术研究领域后，就以现代视野、现代思想和现代方法看取中国古代文学和古代文化，在学术研究中全力推进中国古代文学文化的现代化和中国学术的现代转型。

中国学术史从中国文化产生后就开始了它的发展进程，可谓源远流长、学者辈出。不同时代都出现一批学者创造和丰富着中国学术文化，每一时代的学者都在所处时代的文化主潮影响下做出了时代的学术贡献，因而形成了中国学术文化从先秦诸子到两汉经学、从魏晋玄学到隋唐佛学、从宋明理学到清代朴学、从近代新学到新文化运动后的现代学术文化思潮的学术文化流变和中国最主要的学术文化格局。当然其中有贯穿始终的学术内容和学术方法：一是传统"经学、子学、佛学、史学"等实际的学术内容，二是传统儒

家、道家、佛家等思想和近代各种西方理论的学术思想基础，三是在不同时代交替而流行的"汉学"和"宋学"的学术方法以及近代后兴起的"西学"方法论。一方面，中国的学术研究在一代又一代学者的学术研究活动中不断丰富和厚实，在几千年中造就了中国学术文化的极度繁荣和旺盛，成为中国文化重要的组成部分；另一方面，宝贵的"修史"传统也使学者们从一开始就致力于中国学术史的构建。从《庄子·天运篇》和《天下篇》分出《诗》《书》《礼》《乐》《易》《春秋》为"六经"开始总结春秋战国时期的学术思想，① 事实上就开始了中国学术史的构建。此后在漫长的历史中，从目录学发端的学术史逐渐成形，从汉代刘歆的《七略》到班固的《汉书·艺文志》，从《隋书·经籍志》到历代所修国史中的艺文志、经籍志，从学术史家个人撰著的如郑樵的《通志》、马瑞临的《文献通考》到清王朝倾全国之力编辑《四库全书》而有的《四库全书总目》，历代都在不断地全面总结着学术史的成果，到晚近终于出现了完整的中国学术断代史论著，如黄宗羲的《明儒学案》、徐世昌的《清儒学案》、梁启超的《中国近三百年学术史》、钱穆的《中国近三百年学术史》，一直到当代学者的中国学术通史撰著，如李学勤主编的《中国学术史》（2001 年）和张立文主编的《中国学术通史》（2004年）。正是从这些学术史中，我们可以全面把握中国学术的发展历程，感知中国学术的博大精深。学术为史，那么每个学者的学术研究都构成了学术史的内容和学术史发展的一个环节。作为学术史发展的一个环节，每个学者和每个学者的每一种学术研究成果自然或必然带有学术史上的承先启后性，也就是说，任何一个学者的学术研究都自然或必然地要继承前人的学术研究成果，在前人学术研究成果基础上做出自己的创新，构成后来者的研究基础。所以，有成就的学者都在学术史上占据着自己应有的地位。在此意义上看闻一多的学术研究，当然就富有中国学术史的意义。闻一多一旦进入古代文学和古代文化的学术研究领域，就意味着他的研究进入源远流长、博大精深的中国学术史中。一方面，中国学术史的研究成果成为他研究的基础和借鉴；另一方面，他的研究本身也构成了中国学术史的一个环节。从前一方面，我们通过研究闻一多的学术，实际上随同他进入了中国学术史；从后一方面，我们可以在闻一多的学术世界里感知闻一多的学术研究在中国学术现代化进程中的作用，或至少可以意识到闻一多的学术研究所体现出来的中国学术是如何从

---

① 周予同认为《天下篇》就是春秋战国时期学术思想的总结，参考：周予同. 中国经学史讲义［M］. 上海：上海文艺出版社，1999.

古代学术迈向现代化进程的。中国学术文化自身和学术史成果一开始就是闻一多研究的对象。在研究内容上，闻一多的学术研究包括了中国传统学术中的经学、子学、史学、文学（其中有神话学、诗经学、楚辞学、唐诗学等）、小学（其中有文字学、训诂学、音韵学等）、金石学等。也就是说，闻一多的学术研究内容大部分可以和传统学术对应起来，可以看出他对传统学术有直接的继承关系。而在研究方法上，他同样承接了"汉学"传统，在研究过程中首先从古籍整理开始，古籍的校勘、辑佚、辨伪、笺注、疏证等属于考据学范畴的内容。闻一多直接继承传统考据学方法，对《诗经》、《楚辞》、唐诗、汉乐府、《庄子》、《周易》、《管子》、神话、甲骨文、金文等研究领域进行考证，在古代学术领域的多个层面做出了巨大的成绩，在中国学术史上添加了新的内容。在此意义上，闻一多的学术研究已经成为中国学术史的重要组成部分。但闻一多的研究已经不同于传统学术而有创新和发展，在传统学术领域中增加了现代学科论意识并按照现代学科理论的原则看取古代学术分野，赋予了古代文化文学和古代学术文化现代意识，并以现代理论分析古代学术文化。如他所继承的乾嘉学派的考据学方法，不是如古代学者那样仅仅限于烦琐考证，而赋予传统考据学以现代意识、现代意义和现代生命，在考据学中提升文化思想意义，由此将中国古代学术推向现代化。这样，闻一多的学术研究应该说代表着中国学术史的发展，从闻一多的学术研究中可以看见中国传统学术如何发生现代转换而走向现代化。所以，我们不应该忽略，更不应该忘记闻一多在中国学术现代化进程中的作用，本选题主旨在于阐发闻一多学术研究在中国学术现代化进程中的作用和意义，闻一多的学术文化世界可以是中国古代学术迈向现代学术的一个学术标本。从中国古代学术史到闻一多的学术研究，实际上意味着也标志着中国学术的现代化。

二、中国现代学术文化格局中的闻一多古典学术研究

闻一多既推动了中国学术文化的现代化进程，又在中国现代学术文化格局的建构中做出了巨大贡献，理应占据相当的地位和空间。但由于种种原因，学界对闻一多学术地位的评价与闻一多实际的学术贡献并不相称，如目前在学界影响较大的《中国现代学术经典丛书》（刘梦溪主编），收录了44家现代学者的经典论著，却没有收录闻一多的论著。20世纪90年代，江西百花洲文艺出版社组织出版了一套大型的现代学者评传丛书《国学大师丛书》，选择了28位现代学者，其中亦没有包含闻一多。杨向奎等著《百年学案》（2003年）中论列13位现代学者，同样没有闻一多。当然，重视闻一多并认为其在

中国现代学术史上占据重要地位的也有，如北京图书馆出版社（现国家图书馆出版社）出版的《二十世纪中国著名学者传记丛书》中有 30 位现代学者，其中就包括闻一多。王瑶主编的《中国文学研究现代化进程》一书，所列 17 位对中国文学现代化进程做出贡献的学者，也包括闻一多。① 正如一个作家能否进入文学史，除了自身的创作价值外，还取决于诸多因素，包括文学史家的眼光、见识、思想倾向和个人偏好等，一个学者进入学术史同样也受诸多因素影响，如杨向奎就说，"当代名家学案""先从我熟悉的接触的人开始，比如胡（适）、傅（斯年）、顾（颉刚）、钱（宾四）、蒙（文通）诸先生作起"（见《百年学案》前言），表明了主编者比较明显的主观性。事实上，哪个学者能够进入学术史，不是由哪个学术史家来决定的。进入学术史的学者未必名副其实，没有进入学术史的学者未必就在学术上没有创见。事实上，现在尚没有一部比较完整的中国现代学术史，每个学者在现代学术史上的地位还有待深入研究和科学评价。实际上，无论从闻一多自身的学术成就，还是从整个现代学术文化格局，无论从闻一多的学术作用，还是从闻一多的学术个性，闻一多在中国现代学术史上无疑是一位至为独特的伟大学者。罗素在《西方哲学史》中论亚里士多德时说："阅读任何一个重要的哲学家，而尤

---

① 刘梦溪主编《中国现代学术经典丛书》所选学者包括：杨文会、廖平、严复、罗振玉、蔡元培、章炳麟、欧阳渐、梁启超、陈师曾、王国维、陈垣、鲁迅、马寅初、余嘉锡、马一浮、吴梅、刘师培、熊十力、杨树达、黄侃、钱基博、太虚、陈寅恪、胡适、赵元任、郭沫若、梁漱溟、洪煨莲、范文澜、郭绍虞、蒙文通、吴宓、钱穆、冯友兰、金岳霖、傅斯年、李济、吕徵、萧公权、郑振铎、罗常培、方东美、潘光旦、向达、雷海宗、李方桂、唐君毅、徐复观。

百花洲文艺出版社《国学大师丛书》所选现代学者包括：胡适、陈寅恪、鲁迅、熊十力、马一浮、柳诒徵、蔡元培、汤用彤、康有为、廖平、严复、贺麟、郭沫若、钱穆、顾颉刚、林语堂、章太炎、钱玄同、梁漱溟、欧阳竟无、罗振玉、梁启超、辜鸿铭、冯友兰、张元济、王国维、张君劢。

杨向奎等著《百年学案》论列的现代学者包括：孟森、陈垣、鲁迅、熊十力、陈寅恪、刘半农、胡适、郭沫若、顾颉刚、蒙文通、钱穆、冯友兰、傅斯年。

王瑶、陈平原主编的《中国文学研究现代化进程》及《中国文学研究现代化进程二编》所论列学者包括：梁启超、王国维、鲁迅、吴梅、陈寅恪、胡适、郭沫若、郭绍虞、孙楷第、朱自清、郑振铎、游国恩、闻一多、俞平伯、夏承焘、吴世昌、王元化；刘师培、黄侃、顾颉刚、朱东润、任中敏、罗根泽、周贻白、阿英、唐圭章、刘大杰、钱锺书、林庚、程千帆、唐弢、李长之、王瑶。北京图书馆出版社《二十世纪中国著名学者传记丛书》有：严复、章太炎、梁启超、王国维、陈垣、马寅初、熊十力、张君劢、张东荪、李达、陈寅恪、胡适、郭沫若、赵元任、范文澜、顾颉刚、梁漱溟、金岳霖、钱穆、冯友兰、傅斯年、朱光潜、翦伯赞、闻一多、吕振羽、徐复观、侯外庐、牟宗三、艾思奇、瞿秋白。

其是阅读亚里士多德，我们有必要从两个方面来研究他，即参考他的前人和参考他的后人。就前一方面说，亚里士多德的优点是极其巨大的；就后一方面说，则他的缺点也同样是极其巨大的。然而对于他的缺点，他的后人却要比他负有更多的责任。"这原则也部分适用于对闻一多学术的评价。只有把闻一多置于中国现代学术史上，我们才能够更准确地把握闻一多的学术贡献、学术地位、学术作用和学术个性。

在中国现代学术史上，闻一多不是第一个学者，因为在他走学术道路之前，中国现代学术研究已经有很多了。近代学术文化史在向现代学术转型时，已经有康有为、梁启超以今文经学为主的经世致用之学，有俞樾、章太炎以古文经学为主的训诂考据之学，有罗振玉、王国维以"新时代的四大发现"（殷墟甲骨文，西域出土简牍，敦煌六朝及唐人写本，清内阁大库书籍和档案）为新方法的"罗王之学"，新文化运动后更有胡适、顾颉刚旨在疑古的历史学和一批学贯中西的现代学者多学科的现代学术研究。与闻一多同时走上学术道路或与他同时期的学者有如鲁迅、朱自清、郭沫若、冯友兰、陈寅恪、梁漱溟、钱穆、金岳霖、傅斯年、李济、王力、游国恩、罗常培、浦江清、雷海宗等，这些学者构成了闻一多研究的学术人文环境，而闻一多在其中自有其学术个性。当然，闻一多更不是最后一个现代学者，因为在他之后有无数的学者继续推进着中国学术文化，在闻一多之后出现的现代学者有季镇淮、余冠英、钱锺书、王瑶、陈梦家、孙作云、何善周、范宁、赵俪生等，其中有的是闻一多的学生，有的间接接受过他指导，有的在学术上受到了他的影响。这样，我们可以看出闻一多在中国现代学术史上的地位和承先启后的作用，既承前代学术文化，即乾嘉学派的扑学方法和"罗王之学"的新方法，又启后学，以自己独特的学术精神开创了后学，在其后的中国文学研究和学术文化中，可以听到闻一多学术思想、学术精神和学术方法的回响。就中国现代学术流派的演变而言，闻一多在完全转变为学者后，信奉乾嘉学派的考据学方法，而同时接受了新文化运动后疑古学派的影响，变"信古"为"疑古"，由"疑古"走上了属于清华学派（冯友兰之说—王瑶之论—何兆武之解—徐葆耕之研究）的"释古"路径，正是在"释古"的学术探索中，发现了中国文化思想、中国学术文化和中国古代文学的弊端，最后走上了从文化思想上"批古"的学术思想道路，成为"杀蠹的芸香"。

在整体的中国现代文化格局中，闻一多在同时代学者的学术共性中鲜明地表现出自我的学术个性。现代学术文化中，根据代表性学者的研究取向，可分为这样几种学术文化类型："胡适"型、"鲁迅"型、"冯友兰"型、"郭沫若"型、"陈寅恪"型。而闻一多是这几种学术范型的综合，与每一种类型都有鲜明的区别，因而有自己的学术个性。胡适以实验主义与古代考据学相结合的方法整理国故，开创了中国现代学术研究的范式，奠定了中国现代学术研究的基础，成为学院派文化的典型代表。他的研究更强调"学"和"术"，远离社会现实和历史时代，强调研究的客观性，取消学者的人生体验和主体意识，把学术研究局限于象牙之塔中。在胡适影响下，一部分学者成为学院派文化的典型代表，如俞平伯、顾颉刚、罗尔纲、傅斯年、毛之水等。冯友兰是"清华学派"和中国现代学术中追求中西会通的代表，留学西方，学得西方各种理论，用以研究中国传统哲学文化，用西方的理论阐释中国的哲学和文化思想，以西方文化的视角看中国古代文化，特别是哲学，在"释古"中达到中西会通，自创一家人生价值学说。包括用佛教思想阐释儒家思想，也属于会通一派。这方面的代表还有贺麟、熊十力，学衡派、新儒家派等。陈寅恪被誉为中国现代读书最多、学问最大的史学家，在史料的占有和熟练运用方面无出其右者，对外语和少数民族语言特别是古语的掌握也没有人能够超过他。这样，他在学术研究上就得天独厚，常在一般学人生疏冷僻的领域做出成果。但陈寅恪的学术是贵族式的学术，是一般意义上的真正的学术。现代能够和陈寅恪比肩者大概只有钱锺书。郭沫若和闻一多一样是由诗人转为学者，闻一多放弃写诗后进行学术研究非常彻底，转变为学者后，基本放弃了新诗创作，但郭沫若在学术研究的同时仍然不忘创作。在学术思想上，郭沫若的鲜明特征是对马克思主义的运用，以马克思主义的思想和方法研究中国古代社会，开创了中国现代马克思主义史学，成为马克思主义史学的典型代表。与郭沫若同属于马克思主义史学的还有侯外庐、范文澜、吕振羽、翦伯赞，学界称他们为"中国马克思主义史学的五老"。鲁迅作为学者，继承的是乾嘉学派传人章太炎的学术传统和方法，但又有自己的创新，在学术中包含了自我鲜明的社会人生体验和社会现实意识，特别是有自我的文化主体意识，致力于重构民族文化的伟大事业，在学术研究上同样做出了巨大的贡献。闻一多正是在中国现代学术文化建构过程中，在中国现代学术文化的繁荣格局中开始自己的研究事业，尽取各家长处，尤其体现自我个性特征，卓然而成一大家。他的伟大不仅仅体现在他学术世界的博大精深上面，还体现在他学术研究中所具有的强烈的主体精神、文化关怀、社会意识。就学术自身而言，闻一多以其严谨的学术态度、科学的学术方法、宏阔的学术视野、深刻的学术思想、巨大的学术成就而成为中国现代学术大师。闻一多绝不是一般意义上的大学者，他整体的学术研究结合着鲜明的社会现实意识和更加鲜明的文化批判精神。闻一多的"学术"研究表现出来的不单纯在"学"、在"术",而是在学术中贯注了诗人的激情,高扬着主体精神,表现出民族关怀,积淀着他的文化思考,融会着他的人生体验,更体现着他的文化思想。在这些层面的意义上,闻一多超越了现代许多学者,成为现代最伟大的学者之一。

闻一多在学院而不属于学院派,他并不是为学术而学术,本质上是作为诗人、文化史家和思想家进行学术研究的,在研究中体现出自我的主体精神和社会实践意志,以自我的学术实践和现实行动进行学术上的"革命",客观上以自己的学术个性精神在中国现代学术史和现代学术文化格局中独树一帜。本选题主旨即在于把闻一多的学术世界置于现代学术文化史格局中,重点发扬闻一多的现代学术精神,重估闻一多在中国现代学术史上的地位。

三、闻一多古典学术研究与中国文学的现代化

研究闻一多学术在中国文学史层面上的意义,可以领略和把握闻一多在中国文学现代化进程中的贡献和作用。同时,作为现代诗人的闻一多转变为学者,其建立在现代文学意识基础上的学术研究,无疑也具有现代文学史的学术文化意义。研究他的学术,可以看到中国现代文学史上诗歌与学术的互动关系。

中国文学的现代化其实应该包括两大方面:一是新文学的创作,二是古代文学的现代化。所以,中国现代作家在创造新文学的同时,还致力于古代文学的整理和研究,这是在中国文学现代化基点上不可分割的两翼。没有新文学的创作,不会有真正的现代化文学;而没有古代文学的现代化,新文学就无以从古代文学中得到滋养。其中的关系实际鲜明地体现在现代作家的文学实践活动中,更是现代作家明确的意识和内在文学精神的追求。新文化运动中提出"反对旧文学,提倡新文学"的"反对旧文学"实际包含着两个层面的含义:一是反对旧文学所表现的封建文化思想和不适合于现代社会的旧的思想情感,同时反对旧文学中僵化的艺术表现形式和文言文式的表达语言;二是反对旧文学中带有浓厚道学传统的文学观念和在这样的观念下对古代文学的阐释。在此前提下,自然也指明了新文学建设的目标:一是以白话文和现代艺术形式表现现代人的生活、思想和情感,二是重估古代文学的价值,使古代文学焕发现代生机。所以,在文学革命运动中,现代作家一方面在文学革命中进行现代白话新文学的创作,另一方面对作为革命对象的古代文学进行现代视角的重新整理和估价。新文学的创作是中国文学现代化的追求,

而古代文学的重新整理和重新评价同样是中国文学现代化的追求。闻一多所说担当起"杀蠹的芸香",实际上就是要杀死封建思想的蠹虫还古代文学本来面目,使之更适合现代中国人的思想情感。倘若没有现代作家的古代文学研究,古典小说和戏曲可能还在俗文学层面,《诗经》还被视作"经"。正是梁启超、王国维、鲁迅、胡适、郑振铎、阿英、茅盾等对古典小说和戏曲的整理和研究,才使得"四大名著"、《儒林外史》、《金瓶梅》、"三言二拍"、元杂剧和明清传奇变为雅文学,成为文学正宗。正是闻一多、朱自清、郭沫若、冯沅君、林庚、苏雪林、俞平伯、钱锺书等对中国古典诗歌的研究,才使中国古典诗歌回归到本来的地位,并焕发出现代生机。正是周作人、林语堂等对中国古代散文的研究,才使中国古代散文在正统的"载道派"散文外,发现了古代散文的"言志派",使古代散文与中国现代散文的个性化风格相呼应。既然中国文学的现代化从新文学创造和旧文学的现代转换两翼展开,那么现代作家和现代学者就从这两翼齐头并进推动中国文学的现代化。当然,有的专以现代文学创作为主,成为现代作家;有的专以古代文学研究为主,成为现代学者;有的对现代文学和古代文学同时进行研究,兼有现代作家和现代学者的身份。无论哪一种类型,都对中国文学的现代化做出了贡献,自然,在两个方面同时展开并都有杰出成就的作家兼学者,贡献尤其巨大。闻一多是在现代文学创作和古代文学研究两方面成就都至为突出者。闻一多在中国文学现代化中的贡献首先表现在新文学的创造方面,作为第一代中国现代诗人和新诗发展过程中"开一代诗风"的诗人,闻一多以他的诗歌创作成就为中国文学的现代化添加了丰厚的艺术思想资源,他的诗集《红烛》和《死水》已经成为现代文学史、现代诗歌史的代表作,尤其《死水》成为现代诗歌的经典之作。闻一多在中国古代文学的现代化上,其成绩体现在两个层面。第一个层面是在现代文学创作中对古代文学的吸收和创化。打开闻一多的《红烛》和《死水》,一方面我们感受到作为现代新诗的新气象、新精神、新格调,另一方面我们可以明显感受到扑面而来的浓郁的古典诗歌气息。如遍布诗行诗节中的古典诗歌意象,闻一多把古典诗歌意象吸收进现代新诗中,这本身就意味着古典诗歌的现代化,其古典意象没有成为僵死尘封的"化石",而可以焕发新的生机。特别是在文学革命中"诗体大解放"的口号下,传统格律诗成为革命对象,似乎永远成为了历史,但闻一多在新格律诗的创造中,吸收古典格律诗的特有体制和独有美质,化用到新格律诗的"三美"理论和创作实践中,体现出现代诗歌的历史传承关系,是对古典格律诗真正的现代化转换。闻一多对中国古代文学的现代化追求最为突出的还是第二个层面，即作为学者对古代文学的整理和研究，其价值取向根本就在于，在已经成为历史的古代文学中发现符合现代社会精神和现代审美取向的文化思想及艺术特质，把古代文学推到现代社会，使现代社会能够真正从现代的角度吸收古代文学中的真善美价值。如他在《诗经》研究上一反传统"经学"观而建立了"现代诗经观"，主张从文学的角度把《诗经》读为情歌和民歌，既还《诗经》本来面目，又将《诗经》的释读推到现代化途径中。在《楚辞》研究上，无论对屈原还是对《楚辞》文本，都进行了全新的阐释；在唐诗研究上，将唐诗置于整体的诗唐文化背景下，从诗人的人格结构进行解读，同样开创了唐诗研究的新局面。闻一多在这些方面的研究都开创了以现代视角欣赏古代文学的新范型。我们现在研究闻一多的学术，就能够了解闻一多在中国古代文学现代化进程中的伟大贡献。王瑶主编《中国文学研究现代化进程》（1996 年）把闻一多的学术列入中国文学研究现代化进程中，是对闻一多学术恰如其分的评价和论定。但该书仅仅论述闻一多在古代文学研究方面的对中国文学现代化的贡献，其实还应该包括他在创作方面的贡献。

我们说，新文学的创造和古代文学的研究两个方面共同构成了闻一多在中国文学现代化进程中的杰出成就和伟大贡献，这两个方面体现了闻一多作为诗人和学者的文化身份。从诗人到学者的转换仅仅是身份和所从事文化事业的变化，从文学史和中国文学现代化的角度看，其实是统一的。这种统一尤其体现在诗歌创作和古代文学研究的互动关系上，我认为闻一多在这个方面，同样具有典型意义。研究他的学术文化，不仅具有学术史意义，对我们深入认识中国现代文学史，也有一定的意义。

闻一多从诗人转变为学者不仅仅是身份和职业的变化，其中还体现了鲜明的现代文学史的学术文化意义。现代作家转为学者、现代诗人进行学术研究，这成为现代文化史、现代文学史、现代诗歌史和现代学术史上应该说是引人注目的现象。如先诗人后学者的闻一多、朱自清，先诗人后学者又创作诗歌的郭沫若、冯至，先学者后诗人终为学者的胡适、废名，此外还有陈梦家、林庚、何其芳、戴望舒、穆旦、曹葆华、金克木等。现代诗人的学术研究取向有四个方向：一是中国古典文化和文学的整理、鉴赏和研究，如胡适、郭沫若、闻一多、朱自清、陈梦家、林庚、何其芳；二是外国文化和文学的翻译、介绍和研究，如郭沫若、冯至、戴望舒、穆旦、曹葆华；三是中外文化和文学的比较研究，如胡适、郭沫若、冯至；四是对印度文化和文学、佛教文化和文学的研究，如胡适、金克木、废名。其中，闻一多是最典型体现这种从诗人到学者的代表。这种现象体现出文学创作和学术研究的互动关系。

由"学"而"诗"，从"诗"到"术"，文学创作本就构成学术研究的对象，学术研究可以促进文学创作，创作的艺术思维和创作经验能够开创出全新的学术研究的境界和范式。中国学术史上本来就有作家从事学术研究的传统，但古代文学和学术没有严格分科界限，文史哲都浑然一体，文学几乎就是学术。而现代分科后，思维明晰化，艺术和科学分途发展，文学和学术各司其职。只有在现代文化格局和学科分化中，文学家和学者才具有鲜明的区别；只有在现代文化格局和学科分化中，诗人转变为学者才具有了文学史的学术文化意义和学术史的文学意义。

闻一多从创作到研究、从诗歌到学术、从诗人到学者，一方面意味着一个作家和诗人的消失，另一方面意味着一个现代学者的产生。诗歌与学术转化之间，在中国特定的历史时代和文化传统中，有意味深长的地方，不仅关涉诗歌和学术本身的文化转化问题，而且关涉诗人和学者的人格、精神和思想的变迁。正是在这样的转化和变迁中，既有趣味又有意义的现象背后隐含着中国文化和现代精神的深刻内涵，以已经有所成就的诗人指向学术研究，一方面通过他们的学术反观其诗歌的艺术精神世界，会有更为深厚的文化感受和精神体验；另一方面，诗歌创作的经验和天然的诗性思维无疑给中国的学术研究带来了全新的气象，为中国学术史特别是现代学术史增加了诗人型的学者，一改传统学者皓首穷经、古板迂腐的形象，出现了思维活跃、精神勃发的现代学者，在看似冷静理智的科学性技术化的学术研究中笼罩了诗意，以诗意烛照古籍，于学术世界中吹进了一股新鲜的气息。有意味的是，闻一多、郭沫若、陈梦家三位中国现代诗人后来都转向了几乎与诗歌创作格格不入的学术研究领域，他们都研究金文和甲骨文，郭沫若和陈梦家同时研究考古学，他们成为著名的考古学家，闻一多尽管没有专门研究考古学，但也在研究中涉及和借用了考古学材料。甲骨文、金文及考古学属于严格的科学研究，甚至是完全技术性的学术操作，表面看，与诗人的艺术思维正好是另一个极端，而恰恰在诗歌创作和文字学、考古学研究的两个极端中，闻一多、郭沫若和陈梦家都取得了成功。他们实际上是以特有的艺术创造性思维结合了科学研究，在学术研究上做出了前所未有的贡献。所以，我们在观照和研究闻一多的学术时，一方面，可以感受到闻一多学术中的诗性思维和诗意化特征；另一方面，这也可以成为我们研究闻一多学术世界的一个特有角度，从中能够看到闻一多学术研究过程中的诗性创造特征。本书将会对此进行详细论述。

诗人的诗性思维影响了成为学者后的学术研究，使得学术带有了诗意化特征，学者的学术研究所赋予的文化底蕴同样可以影响文学创作。学者闻一多的学术研究表现在文学创作上，其学术文化自然给予所创作的文学作品以厚实的中国文化内涵，意味着他的创作是在自我学术研究过程和研究结果的长期浸泡中发酵而成，其中包含了丰厚的中国文化底蕴，作品中甚至不无具体学术因素表现出作品的学术化特征。这种作品的文化底蕴和学术化特征突出地体现在他不同时期的现代文学作品中。一是在《红烛》和《死水》的创作中，尽管这个时候闻一多主要是诗人，并没有完全投入学术研究中，实际上在创作《红烛》和《死水》诗歌之前和创作过程中，他已经进入了中国学术文化史，已经有中国学术文化的丰富底蕴，自然会表现在诗歌中。基于他对中国古典诗歌的长期学习和研究，中国古典诗歌的意象已经化为他诗歌艺术思维的基本内容，所以在新诗创作中，或自觉或无意识地运用了大量古典诗歌的意象，这在《红烛》中尤其明显。因为他对古典律诗的渊源、发展、律诗的组织、律诗的音节、律诗的美学功能、律诗的独有体制和律诗的独特价值有过全面而精细的研究，所以他能够在新格律诗的理论创建和创作实践中有效地吸收古典律诗的特质。这实际上得益于他的学术研究。二是长诗《奇迹》和后来《八教授颂》的创作。如果说，在《红烛》和《死水》时期，闻一多的学术研究仅仅是"业余"活动，那么后来学术研究成为他的主业后，尽管基本放弃了创作诗歌，但在学术研究过程中还是有过诗歌创作的，如1931年的《奇迹》和1944年的《八教授颂》，可以分析学术研究对于诗歌创作的影响和作用。这两首诗歌表面上并没有学术化的成分，但从诗歌的深层底蕴，可以看出学术文化的影响。三是明显的学术文化影响特别体现在闻一多后期的散文和杂文的创作中，特别是杂文创作，可以说是他学术研究的直接产物，如《复古的空气》《家族主义和民族主义》《从宗教论中西风格》《关于儒·道·土匪》《什么是儒家》《妇女解放问题》等，实质上就是一种学术杂文、文化杂文，其中包含着深厚的学术含量和文化底蕴，体现着闻一多在古代学术文化研究基础上的现实见识和思想高度，在文化思想的价值取向方面可以和鲁迅的杂文相媲美。杂文固然多取材于现实，但如果没有历史文化的支撑，其内涵自然流于肤浅而会使人一览无余、缺乏回味，其现实的作用就会大打折扣。无疑，闻一多的这些杂文是他学术研究在文学创作上的巨大收获，可以看出学术研究对文学创作的影响。四是学术研究对闻一多的诗歌理论、诗歌评论和诗歌史建构的影响。新格律诗理论以及闻一多整体的诗歌理论都可以表现出他对古典诗歌和诗论研究后的吸收和创化。学术研究过程中所进行的现代诗歌批评，每每浸润着学术文化的影响和他对中国文化进行研究的思想性结论。例如，20世纪40年代评论臧克家的《烙印》时，在苏轼和孟郊的比较中以孟郊诗歌的标准评论臧克家的诗；在薛诚之《三盘鼓》所写序言中，在与"温柔敦厚，《诗》教也"的古代诗歌传统比较中赞扬其中所包含的"药石性的猛"和"鞭策性的力"；在评论田间时，以他这个时期的民族文化源头的研究为参照，并结合抗战的时代特征，赞扬诗人作为"时代的鼓手"体现出的力美风格。特别值得注意的是，闻一多在20世纪40年代编选了中国现代诗歌的选本《现代诗抄》。这是他学术研究到新阶段后，以"文学史家"而进行的一项现代诗歌评价的新成果，以长期学术研究而形成的文学史观来重审现代诗歌，构成他"诗的史"构想中的一部分。综上所述，可以看出闻一多学术研究对他新文学创造的影响。

总之，无论是古代学术研究本身，还是作为现代诗人的学术研究所体现的现代文学史上的学术文化意义，都构成了闻一多致力于中国文学现代化的追求内容。研究闻一多的学术文化，就可以感知他的学术研究在中国文学史和中国文学现代化进程中的意义。

四、研究闻一多学术的文化思想意义和当下的学术研究意义

闻一多的学术研究集中在古代文学和文化方面，目的就是在对象的研究中认清对象的本相和认识对象的本质。在认清中国文化文学的本相和认识到中国文化文学的本质后联系现代社会，以古代文化文学的研究结论对照现代社会，凝练出学术研究的文化思想，从中看出古代学术研究的文化思想意义。从闻一多的学术研究过程和研究结果看，研究闻一多学术在文化思想意义上体现为三个方面。第一，通过古代文化文学的研究发现和阐述古籍中所蕴含的文化思想意义，这些意义对现代社会仍然具有正面的功能和积极意义。闻一多并不是传统文化的否定论者，而是拨开封建文化的云层，要在古代文化和文学中挖掘我们民族文化的宝贵传统，探寻民族文化的源头和本土文化的中心，与我们现代社会文化相对接。学术研究正面的文化思想意义体现在闻一多在中国文学和中国文化中的诸多思想发现中（详见正文），一方面体现在他对古典文学、古典诗歌的整理和研究中，发现古典文学和古典诗歌所包含的真善美价值，引导我们更好地欣赏和吸收其中的价值；另一方面，在上古神话、传说、史诗的考订中，寻找蕴藏着原始性的"力"和"美"的民族文化精神，以激活现代中国人疲弱的精神。这些既是中国民族文化的宝贵传统，又是闻一多学术研究的可贵意义。第二，闻一多通过研究中国古代文化文学，从另一个角度发现古代文化文学中没有意义的部分，或说他在自己的研究过程中，深入浩瀚的古籍中进行辨伪考证，发现古籍中没有用处、没有意义的部分。中国文化历史悠久，源远流长，在几千年中累积了浩如烟海的文化产品，而所有的文化产品并非都有用处、都有意义，套用物质性产品的一个说法，其中不无或者多有"假冒伪劣"产品，自然也有遗失了的宝贵文化产品。那么，闻一多的学术研究和其他大部分研究一样，一个重要的工作就是对中国文化进行正本清源、去伪存真、选优汰劣，把假冒的、错误的、没有用处的、没有意义的文化"垃圾"清除掉，给我们以真实的、正确的、有用的、有意义的文化。闻一多在这个层面，一方面，通过考据学中的校勘学、辨伪学、辑佚学、训释学等方法，去除累积在古籍中的错误，寻找遗失的经典。另一方面，在古籍阐释中发现其中毫无价值的思想。在这个层面，闻一多的学术研究本身是极有意义的。告诉我们正确的文化道路可以使我们走向正确，告诉我们错误的文化道路可以使我们避免走入歧途、避免走弯路。发现的是有意义的，发现没有意义同样是有意义的。第三，闻一多通过研究中国古代文化文学，发现了古代文化中陈旧的、虚伪的、腐朽的部分，形象地说就是发现古代文化中的"蠹虫"，这些"蠹虫"不仅没有意义，而且对中国历史和现实有负面作用和消极影响。没有用处、没有意义的文化徒耗人生价值，以好看的面貌出现的恶劣文化则会销蚀中国文化和中国社会的生命。闻一多的学术研究，首先发现了古籍中的"蠹虫"，然后作为"杀蠹的芸香"为我们清除中国文化中的"蠹虫"。这突出地体现在闻一多对传统文化思想如儒家、道家，包括墨家的批判中，体现在对承载传统文化思想的中国士大夫的批判中。这种重在发现"中国文化的负面"的研究工作应该说具有更为重大的思想意义。总之，我们通过闻一多的学术研究，可以明白，哪些文化是有积极意义的，哪些文化是没有意义的，哪些文化是有消极意义的。这样，我们就可以借鉴闻一多的研究成果，做出我们的文化思想选择。

　　学术何为？学术研究的意义主要在于从学术研究中生发出既有助于认识历史文化，又对现实的文化选择有所启发的文化思想，尤其在中国古典学术研究中，具备这样的文化思想意义特别重要。当然，学术中的"学"与"术"本有差异，1911 年梁启超在《学与术》中就指出："学也者，观察事物而发明其真理者也；术也者，取所发明之真理而致诸用者也。"严复在《原富》按语中说："盖学与术异。学者考自然之理，立必然之例。术者据既知之理，求可成之功。学主知，术主行。"可以说，闻一多的古典学术研究有"学"，有"术"，而在"学"与"术"之上更有鲜明的文化思想，对历史文化有一定的针对性，对现实文化更有相当的针砭意义。且不论闻一多学术研究的初衷本义，仅就他全部学术论著所包含的文化思想所呈现出来的客观价值，在中国现代文化建构过程中和当下中国文化选择上都具有相当的启发意义。这里实际上涉及的是从近代就一直困扰中国文化发展的根本问题，即如何对待中国传统文化。而闻一多的研究对象就是中国的传统文学和文化，他对传统的根本态度表达在1943年11月25日写给臧克家的信中："你想不到我比任何人还恨那故纸堆，正因为恨它，更不能不弄个明白。你诬枉了我，当我是一个蠹鱼，不晓得我是杀蠹的芸香。虽然二者都藏在书里，它们作用并不一样。"他作为"杀蠹的芸香"，在古典文化和文学研究中和新一代青年"里应外合"完成"五四"新文化运动开启的思想革命，如郭沫若所说，闻一多"虽然在古代文献里游泳，但他不是作为鱼而游泳，而是作为鱼雷而游泳的。他是为了要批判历史而研究历史，为了要扬弃古代而钻进古代文献里去剖它的肠肚的。他有目的地钻了进去，没有忘失目的地又钻了出来，这是那些古籍中的鱼们所根本不能想望的事"（开明版《闻一多全集·序》）。如此，闻一多宏阔的古典学术研究的目的就是着眼于思想革命而担负起"杀蠹的芸香"功能。

所以，作为"杀蠹的芸香"，首先，闻一多的整体学术研究所体现出来的文化思想取向是和中国传统文化相对抗的，在对抗中进行批判，在批判中确立现代文化思想。中国文化自从近代从封闭中走出、在从古代文化向现代文化演变过程中，实际上一直陷于艰难而矛盾的文化选择中，种种文化方略伴随着种种文化态度，集中在古今之争和中西之争的文化论战中，贯穿了整个现代文化史。一方面是"五四"新文化运动开创的在思想革命旗帜下的现代文化的建构，从《新青年》团体开始以鲁迅为代表的中国现代知识分子一以贯之的文化批判和文化建构，应该说成为中国现代知识分子的基本选择和中国现代文化的主流趋势；另一方面则是反对新文化运动和反对新文化运动所开创的现代文化的各种文化复古主义和文化保守主义思潮。从20世纪20年代的封建复古派（以林纾等为代表）、文化保守派（如学衡派、甲寅派）到20世纪30年代的"中国本位文化建设宣言"和国民党的"新生活运动"，特别是几乎贯穿20世纪乃至常常甚嚣尘上的"新儒家"思想，这些都成为中国文化现代化和现代文化的文化对抗力量。闻一多在新文化运动影响下和现代文化思想格局中进行古代学术研究，经过对古代文化实事求是的认识和研究，取得了与封建复古派、文化保守派相对抗的文化姿态，以主体精神、现代视角和科学方法剖析古代文化和古代文学：如对诗经，揭开"经学"的假面，恢复"文学"的真相；如对儒家，彻底揭穿其本质面貌，指出其虚伪腐朽的本质；特别着力探索民族文化的源头和流变，以"诗的史"或"史的诗"重构中华民族文化。总体看闻一多的文化思想，是和鲁迅同一步调的现代文化思想，在学术研究中体现出文化的批判意识和战斗意志，真正是中国文化的"杀蠹的芸香"！其次，闻一多作为"杀蠹的芸香"在古代学术研究中所体现的现代文化思想对中国当下的文化选择具有意义，研究闻一多的学术和从他的学术研究中吸收其文化思想，可以启发我们思考现实的文化选择，具有鲜明的现实文化意义。毋庸讳言，当今的文化思潮偏向于回归传统的文化保守主义，包括学界在内的各行业，多有人在弘扬传统文化的旗号下提倡和推动中国文化的复古化，而闻一多的学术文化思想与当下的文化思潮也是相对立的。不可否认，闻一多曾经也高度赞美古代文学、古代思想和古代文化，但他的赞美是发自内心的真诚思想，不同于当时的文化复古派。当时的文化复古派不无对传统的真诚，但逆反现代化的时代潮流，策略荒唐，个人的精神亦现出历史的可笑。更有别于当下的文化保守派，当下的文化保守派提倡回归传统，动机不一，或哗众取宠、沽名钓誉，或趋炎附势、装腔作势，或为利驱动、商业为本，真正的文化真诚者未必有多少。更主要的是，闻一多经过了对古代文化和文学的精细研究后，认识了古代文化的真实面相和本质特征，所以从前期的文化赞美一变成为科学的文化剖析和比较激烈的文化批判，基本上趋于否定传统文化思想。当我们重温闻一多当年的学术文化和思想声音时，对照当下的文化思潮，无疑会感觉到精神的震撼和思想的震动。研究和发掘闻一多的学术和文化思想，至少可以启发我们的文化思考和文化选择，在对待传统文化的态度上，应该以闻一多的方法和精神为标尺，通过切实精细的研究，在认识传统文化真正内容的基础上采取科学的文化选择态度，参照闻一多的文化思想取向而做出时代的文化选择，以"闻一多式的学术人格、学术思想和学术精神"中所包含的主体人格、诗性思维、现代精神、批判意识、学术实践意志（文化献身精神）来看中国历史文化思想。这应该是研究闻一多学术和文化思想最现实的文化意义。

此外，闻一多学术文化的研究对当下的学术研究也具有重要意义。就学术研究自身而言，研究者不仅要具备必要的专业知识，而且要有为学术献身的精神；不仅要有科学的研究方法，而且要有独创的学术思想；不仅要遵循严格的学术规范，而且要确立基本的学术道德。在这些方面，闻一多堪为学术研究的典范。而当今学术界学风浮躁、成果浅陋、学术失范、学术不端的行为屡有发生，针对这些，我们有必要进入闻一多的学术世界，在闻一多的学术研究中感知其学术人格、学术精神、学术方法和学术思想，以闻一多的学术人格、学术精神、学术方法、学术思想来研究学术，真正推进当代中国学术文化的发展。所以，我认为，研究闻一多的学术有现实针对性的学术典范意义。

第二节　闻一多古典学术世界的研究综述

对闻一多学术世界进行研究的意义落实到闻一多研究自身，一方面是对闻一多研究领域的拓展，另一方面是对闻一多研究内容的深化。尽管闻一多研究从 20 世纪 20 年代开始已经走过了近一个世纪的历程，应该说取得了比较丰硕的研究成果，但与闻一多自身的成就仍然不成比例，也就是说，以往的研究还不足以比较全面深入地揭示闻一多所蕴含的价值。闻一多研究的最多最大的研究成果基本集中在他的生平业绩、诗歌创作、诗歌理论和政治斗争方面，即作为诗人和民主斗士方面的研究比较充分。相比之下，对闻一多学术的研究要薄弱一些。本选题即立足于研究闻一多的学术世界，在对闻一多研究的拓展和深化中，或可以加强闻一多研究中部分学术研究的薄弱面。

学界对闻一多学术成就的认识有一个比较漫长的过程。虽然闻一多生前长期担任大学教授，主要进行学术研究，但当时仍然把他作为现代诗人，研究其诗歌创作和新格律诗理论，基本上没有人专门研究其学术贡献。直到他牺牲后，1948 年开明书店出版了《闻一多全集》，学界这才注意到他作为学者的巨大成就，朱自清论定了他学者的身份，郭沫若首先比较系统地评价了他的学术贡献和学术个性。但开明版《闻一多全集》所收录的闻一多学术论著极为有限，他大量的学术成果仍然以手稿形式尘封在北京图书馆（现国家图书馆），这就大大影响了对闻一多学术的认识和评价。新中国成立后 40 多年的闻一多研究基本上就依据非常不全面的四卷本《闻一多全集》而展开，当然对他的研究也不会全面和深入。直到 1994 年新版《闻一多全集》出版，以其 12 卷本的规模基本展现了闻一多一生的文化业绩，其中 8 卷属于学术研究部分，这才使学界意识到闻一多在学术研究上的博大精深。从此，对闻一多学术世界的研究全面展开。

闻一多从登上新诗坛后，人们对他的评论和研究就开始了，最早的评论文章据季镇淮《闻一多研究四十年》（1988 年）一文所说，是 1922 年 12 月22 日发表于《清华周刊》第 264 期的《读〈冬夜草儿评论〉》，到 20 世纪三四十年代，出现了评论和研究闻一多诗歌的研究成果。但对闻一多学术研究的评论和研究直到 1934 年才出现，是张玄的《读〈匡斋尺牍〉——质闻一多先生》（《华北日报·中国文化》1934 年 9 月 30 日第 5 版、10 月 7 日第 4 版）。一年后，日本汉学研究杂志《中国文学月报》1935 年 12 月 31 日第 10 号刊载了武田的《今年度的中国文化》，其中提到闻一多的学术研究。但从此以后直到闻一多牺牲，对他学术的评论也都寥寥无几。大致看，仅研究闻一多学术的历程，可以划分为四个时期。

第一个时期为 20 世纪 30 年代至 1949 年，其研究主要集中在闻一多牺牲后的 1948 年和 1949 年，最突出的有两点：一是开明版 4 卷本《闻一多全集》的出版，使社会初步了解了闻一多的学术研究成就；二是朱自清和郭沫若对闻一多学术研究的基本论定。朱自清在《中国学术界的大损失——悼闻一多先生》（《文艺复兴》1946 年 8 月 1 日第 2 卷第 1 期）、《闻一多先生与中国文学》（《国文月刊》1946 年 8 月 20 日第 46 期）、《闻一多全集·编后记》（1948 年）、《闻一多先生怎样走着中国文学的道路——闻一多全集·序》等文章中介绍了闻一多学术研究的基本状况，第一次提出了闻一多人格中的"学者"，因而闻一多的学者身份才进入文化学术语境中；郭沫若在《闻一多的治学精神》（《骆驼文丛》1947 年 8 月 15 日第 1 卷第 1 期）和《论闻一多做学问的态度》（《大学月刊》1947 年 8 月 20 日第 6 卷第 3、4 期合刊，该文后来成为开明版《闻一多全集》的序言）两文中，首先系统地论述了闻一多的学术研究领域、学术研究思想、学术研究方法和学术研究特征，成为研究闻一多学术成果的开拓之作和经典之作。此外，这个时期还有杨勤生的《闻一多论旧诗》（《大公报·大公园地》1948 年 8 月 26 日第 302 期）、宋云彬的《读闻一多全集》（《进步青年》1949 年 5 月 4 日创刊号）和赵俪生的《谨评闻一多先生的学术成就——兼论中国文献学的新水平》（《新建设》1949 年 12 月第 1 卷第 8 期）三篇论文。这个时期的成果虽然不多，但奠定了研究闻一多学术世界的基础，开拓之功远远大于研究本身。

第二个时期为新中国成立至 1978 年，时间虽然很长，但对闻一多学术的研究很少，仅 20 世纪 50 年代出现过寥寥的 3 篇研究文章，分别为王纶的《闻一多先生"诗新台鸿字说"辩证》（《光明日报》1956 年 12 月 30 日）、夏宗禹的《闻一多先生与〈诗经〉》（《新建设》1958 年 10 月 3 日第 10 期）、彭兰的《闻一多治学精神》（《光明日报》1959 年 6 月 20 日）。虽然这一时期的闻一多学术研究数量少，实际不足以单列一个时期，但一则时段较长，二则从中更能够显示当时的学界动态，闻一多研究也可以成为时代学术的风向标，所以，将这一时期划分为研究闻一多学术的第二个时期，显示出这一段时期为闻一多学术研究的低潮期。

第三个时期从 1979 年中国进入新时期开始到 1994 年新版《闻一多全集》出版。1979 年后，伴随着中国文化和学术的复苏，闻一多研究也进入了复苏期，尽管没有如其他的学术领域那样进入高潮，尤其对闻一多学术的研究更没有进入高潮，但毕竟出现了一定数量的研究成果。这个时期，除 1986 年发表了 13 篇研究闻一多学术的研究论文，可以算是掀起一个小高潮外，其他年份每年发表的相关研究论文基本在 4 篇左右。这个时期的研究成果和研究特点主要有四方面。一是闻一多古籍研究佚文和相关史料的发掘。如 1988 年清华大学出版社出版的《闻一多研究四十年》一书中刊载了佚文《律诗底研究》《匡斋谈艺》《读骚杂记》，这都是没有收入开明版全集的古代文学研究论文。特别突出的是从 1979 年开始，闻一多的学生郑临川在 1979 年、1981—1984 年的《社会科学辑刊》上连续发表了《闻一多先生说唐诗》（上下）、《闻一多先生论楚辞》（上下）、《闻一多论古典文学》（上下）、《闻一多先生论古代文学》和《闻一多先生论屈原》（《晋阳学刊》1982 年第 2 期），后结集为《闻一多论古典文学》出版（1984 年）。这虽然是闻一多讲课的记录，但从中可以全面地了解闻一多对古代文学的研究思想。在新版《闻一多全集》出版前，这些资料无疑填补了闻一多学术研究文本的空白，即使在新版全集出版后，仍然有着不可替代的意义，因为其中的相当一部分内容在全集中并没有体现出来，如对史诗的论述。二是出版了两部闻一多的传记，即王康的《闻一多传》（1979 年）、刘烜的《闻一多评传》（1983 年）。前者主要以闻一多生平为主，特别突出其民主斗争业绩，是一部政治性的传记；后者则主要是一部学术性的评传，在闻一多学术研究中是一个巨大的收获。其中第七章"学者生涯"介绍了闻一多在青岛大学、武汉大学和清华大学的教学和学术研究活动，特别是第十章"研究中国古典文学的丰硕成果"，分为唐诗研究、《诗经》研究、《楚辞》研究、神话研究、《庄子》和文学、构想中的一部《中国文学史》六部分，概括了闻一多的学术研究成果。尽管作者刘烜接触了一部分闻一多学术研究的手稿，但其介绍基本以开明版全集为主，自然不会全面。《闻一多评传》的出版无论对闻一多的整体研究还是对他的学术研究，都具有一定的开创性和奠基性作用，是这一时期闻一多研究的突出收获。三是在研究内容上有很大的扩展，涉及闻一多学术研究的主要领域，如诗经研究、楚辞研究、唐诗研究、神话研究、文学史研究。而且，既有对闻一多古代文学研究具体问题的再考证，也出现了研究闻一多整体文化思想的论文，如吕维《寻找民族文化的母题——闻一多的深化研究》（《社会科学战线》，

1986 年第 2 期)、吕维和徐葆耕《对母体文化的自卫与超越——论闻一多的文化发展观》(《中国社会科学院研究生远学报》1987 年第 2 期)、方仁念《闻一多在东西文化交流中的复杂心态》(《齐鲁学刊》1988 年第 2 期)、唐鸿棣《闻一多文化性格简论》(《贵州社会科学》,1989 年第 4 期)、袁千正和宋顺元《闻一多早期的文化心态》(《中国现代文学研究丛刊》1991 年第 2 期)、袁千正和赵慧《闻一多与中国传统文化》(《武汉大学学报》1994 年第 6 期)等。也就是说,在这个阶段既有对闻一多学术的微观研究,又有了对闻一多学术的宏观研究。四是特别鲜明的是有一批古典文学研究的专家投入闻一多的学术研究世界中,写出了一批扎实的研究论文。其中既有季镇淮、郑临川这样的闻一多生前的及门弟子,也有在古典文学研究上卓有建树的专家,如夏传才、费振刚、孙昌熙、傅璇琮等,他们在自己的研究领域对闻一多的学术研究成果做出了准确的评价,代表性的论文有:季镇淮的《闻一多先生与中国传统文学研究》(《闻一多研究四十年》,清华大学出版社,1988 年 8 月)、郑临川的《闻一多先生与唐诗研究》(《南充师范学院学报》1983 年第 1 期)、费振刚的《闻一多先生的诗经研究》(《北京大学学报》1979 年第 5 期)、费振刚的《闻一多先生的〈楚辞〉研究》(《古籍整理研究学刊》1987 年第 1 期)、费振刚的《闻一多的中国文学史研究》(《文学遗产》1986 年第 4 期)、王达津的《闻一多先生与〈楚辞〉》(《社会科学战线》1980 年第 1 期)、夏传才的《闻一多对〈诗经〉研究的贡献》(《齐鲁学刊》1983 年第 3 期)、孙昌熙的《闻一多与〈山海经〉》(《云南师范大学学报》,1985 年第 6 期)、傅璇琮《闻一多与唐诗研究》(《清华大学学报》1986 年第 2 期)等。这些论文对闻一多学术进行了各自专业领域的专题研究,自然有理有据,成为后来者的必要参考。此外,还有袁謇正的《闻一多〈楚辞〉研究的基本层面》(《武汉大学学报》1986 年第 4 期)、谢楚发的《闻一多的唐诗研究方法试探》(《江汉论坛》1986 年第 6 期)、尚永亮的《闻一多对庄子的礼赞、解剖和扬弃》(《江汉论坛》1986 年第 11 期)、潜明兹的《闻一多对道教、神仙的考释在神话学上的意义——兼论神话与仙话》(《思想战线》1986 年第 1 期)、潜明兹的《闻一多对龙考证的贡献和意义》(《云南社会科学》1987 年第 1 期)、佘斯大的《闻一多先生古代文学研究法之始探》(《华中师范大学学报》1987 年第 2 期)、邓乔彬的《巫术与宗教的观照:论闻一多对先秦文学独特的文化发现》(《华东师范大学学报》1994 年第 6 期)等,扩展到闻一多学术的各个领域进行研究。

第四个时期从 1994 年开始至今,是研究闻一多学术的收获期,比前面几个时期无论从数量上还是从质量上都有飞跃性的变化，取得了可观的学术成果。首先，标志性的成果是新版《闻一多全集》（1994 年）和闻黎明、侯菊坤所编《闻一多年谱长编》的出版，这为广泛而深入地研究闻一多的学术提供了可靠的文本和扎实的史料基础。12 卷本的《闻一多全集》比 1948 年开明版全集增加 8 卷，而纯粹古代文学和文化研究的学术部分就占据了 8 卷，其中大部分是从闻一多手稿整理出来第一次面世的，其意义当然非常重大。关于《闻一多全集》的编印和意义，笔者曾经有文《闻一多著作的版本演变和全集成型》（《汕头大学学报》2007 年第 4 期）做过介绍。闻黎明的《闻一多年谱长编》更是对季镇淮《闻朱年谱》的极大扩展，不仅提供了闻一多更详细的生平史料，还披露了闻一多广阔的学术研究背景和学术研究过程。这两套书对深入展开闻一多学术世界的研究奠定了更扎实的基础。其次，正因为有了新版《闻一多全集》，所以学界可以比较全面地研究闻一多的学术，并在这个时期出现了研究闻一多学术的专著。在这个时期出版的闻一多研究专著，专门研究闻一多学术和以主要篇幅研究其学术的有 7 部，分别是苏志宏《闻一多新论》（1999 年）、张巨才与刘殿祥《闻一多学术思想评传》（2000 年）、邓乔彬与赵晓岚《学者闻一多》（2001 年）、杨扬《现代背景下的文化熔铸：闻一多与中外文学关系》（2001 年）、刘介民《闻一多：寻觅时空最佳点》（文津出版社，2005 年）、潘皓《闻一多：跨文化求索中的诗化人生》（济南出版社，2005 年）、杨洪勋《闻一多：从诗人到学者》（青岛海洋大学出版社，2006 年）。其中，《学者闻一多》和《闻一多学术思想评传》是专门研究闻一多学术世界的论著，《闻一多新论》也以近三分之二的篇幅研究闻一多学术。这几部论著自然得益于新版《闻一多全集》的出版，因而得以比较全面系统地研究闻一多的学术世界。专著的出版可以说标志着研究闻一多学术的全面展开和一定程度的深化。值得一提的是，1996 年北京大学出版社出版了王瑶主编的《中国文学研究现代化进程》一书，在论列的 17 位对中国文学现代化做出贡献的现代学者中包括了闻一多，由《闻一多评传》的作者刘烜撰写了《闻一多研究中国文学的独创性》。虽然篇幅有限，也就限于概观其学术贡献，但在《中国文学研究现代化进程》一书中，可以从中国文学的现代研究学术史上领略闻一多的贡献和学术史意义。这也表明了学界对闻一多学术研究地位和价值的认定。再次，这个时期研究闻一多学术的论文也比以前大为增加，据笔者初步统计，以闻一多学术世界为研究对象的学术论文总共有 233 篇，其中 1994 年至 2007 年占 154 篇（前 79 篇则为 1935 年至 1993 年），与 1979 年至 1993 年的 59 篇相比较，在几乎相同的时间段里数量已经增加了近 2 倍，前一个时期平均每年发表不到 4 篇，而后一个时期平均每年发表的论文达到 11 篇。当然，1994 年后的研究论文在每年也不平衡，1994 年到 1998 年与以前差不多一样，每年发表 4~5 篇，1999 年以后才达到每年十几篇的规模。应该说，研究闻一多的学术在 1999 年以后才有了比较可观的规模，包括上述研究专著也都是出版于 1999 年后。最后，值得一提的是，这个时期召开过几次大型的闻一多研究国际学术研讨会，无疑推动了闻一多学术的研究。1999 年以后的论文数量明显增加，与这几次研讨会有很大关系。当然，几次研讨会均为纪念闻一多而召开的，1999 年纪念闻一多 100 周年诞辰、2004 年纪念闻一多 105 周年诞辰、2006 年纪念闻一多殉难 60 周年而召开了三次国际研讨会，在这三次学术讨论会上，一方面，闻一多的学术研究成为会议讨论的主题之一，另一方面，每次会议对"应该大力开展闻一多的学术研究"都有共识，并号召研究闻一多的学术，这对闻一多研究界有相当的作用。以上几个方面都标志着闻一多学术研究的成绩，也推动着闻一多学术研究的开展和深入，同时也标示着闻一多研究的整体转型，正在从对政治价值的认知转向对闻一多文化价值的认可和接受。事实上，随着历史的发展，政治的业绩不可避免地要淡化，而文化价值则是永恒的，这在闻一多身上可能更为典型。

总体看，在研究领域和研究深度上，无论资料的汇集出版，还是专著的集中评说，包括研究论文的专题探索，在对闻一多学术的研究上都取得了一定成绩，也预示了今后研究的广阔前景。

从以上对闻一多学术世界研究状态的简单勾勒中可以看出，存在着几种研究的不平衡和研究的不足。第一，客观上各个时期研究成果数量不平衡。如在研究论文方面，在所有研究闻一多学术的 230 余篇论文中，新中国成立前仅 11 篇；20 世纪 50 年代仅 3 篇，20 世纪 60 年代没有；"文化大革命"结束后，1979 年开始有论文发表，从 1979 年到 1998 年的 20 年中共有 80 篇论文，平均每年 4 篇；从 1999 年到 2007 年的 9 年中发表论文 136 篇，平均每年 15 篇。1999 年以前所出版的闻一多专著中，零星提到闻一多的学术研究，也基本上是在传记的生平中概说，1999 年以后才出现了研究闻一多学术的专著。第二，对闻一多学术的研究与闻一多的学术业绩不平衡。闻一多在短短的一生中做出的学术研究有巨大成就，全集中的 8 卷学术研究成果以目前的论著还没有全面系统地给以阐释，而仅有的几部专著、200 余篇论文首先从数量上就与闻一多的学术业绩不相称，无论研究广度还是深度都与闻一多学术研究的深广度有相当距离，而且尚有没有涉及的领域。第三，对闻一多学术的研究与对闻一多诗歌创作、诗歌理论、生平历程、政治斗争业绩等方面的研究不平衡，后者的研究在近一个世纪中可以说洋洋大观，有些方面如新格律诗理论、爱国主义诗歌、民主斗争业绩不无过度阐释且多流于泛泛而谈，但闻一多博大精深的学术仍然存在学术"处女地"。就笔者几次参加过的闻一多学术研讨会看，笔者亲自感受，在历次研讨会中所提交的论文中，研究闻一多学术的论文是最少的，而且在研讨会上对闻一多的学术研究基本没有展开比较集中和充分的讨论，而对闻一多诗歌创作、诗歌理论、生平经历、爱国主义思想、政治斗争业绩等方面的研究，无论从数量上还是从质量上都远远超过研究闻一多学术世界的论文。第四，对闻一多学术研究的领域在已有成果中也表现出不平衡。以研究论文为例，据笔者粗略统计，文化思想和学术思想研究有 29 篇，学术总论有 20 余篇，学术方法和学术特征研究有 16 篇，神话研究有 20 篇，《诗经》研究有 28 篇，《楚辞》研究有 19 篇，《周易》研究有 2 篇，《庄子》研究有 5 篇，唐诗研究有 27 篇，大学文化和教学思想研究有 13 篇，文学史观研究有 9 篇。尽管涉及的领域有 11 个之多，但闻一多本身的研究领域还要更多，也就是说，尚有没有涉及的研究领域如语言文字学研究。同时，已经涉及的领域从这个简单统计中也一目了然，研究多的论文有 20 余篇，而研究最少者如《周易》研究方面寥寥 2 篇。第五，在研究内容方面存在具体研究和整体研究，即"树"和"林"的不平衡，多属于见"树"而不见"林"的研究。这里所谓"林"不是指对闻一多学术的概观，概观式的论说已经颇多，而是指从闻一多学术世界的内在逻辑结构和学术思想体系方面的整体提炼和梳理，这个方面仍然薄弱。现有的几部专著，基本上按照闻一多学术研究领域进行板块状的评述，使得各领域处于分离状态，缺乏在闻一多内在思想上的逻辑勾连。如邓乔彬、赵晓岚的《学者闻一多》的内容结构：闻一多的古典文学研究概况—以图腾学说研究神话—《诗经》的文化发现—《楚辞》研究的独创性—《周易》、庄子、乐府研究及其他—唐诗研究的新贡献—文学史观和独到的文学史研究。苏志宏的《闻一多新论》中"学者编"亦为板块式结构：上古神话研究—《诗经》研究—《楚辞》研究—唐诗研究—《庄子》《周易》研究—闻一多的文化史观。刘介民的《闻一多：寻觅时空最佳点》中有一章"学者的书斋生涯"，同样以板块状结构概观闻一多的学术成就，杨洪勋的《闻一多：从诗人到学者》则主要是闻一多学术研究历程的"断代"研究，重点论述闻一多在青岛大学的学术研究活动。笔者所撰写和张巨才合作出版的《闻一多学术思想评传》在板块状结构中结合了闻一多研究的方法论层次，专论其学术的结构为：丰厚独特的学术世界

（论述其学术研究历程、学术研究著作、学术研究个性）—返璞求实的学术研究层面（分出四个层面：文字的考证和训释、古籍的校勘和辑佚、词义的诠释和章句的阐发、文化史现象的考据和文学史料的考订）—现代诗人的古诗研究（唐诗研究——唐文化的展现，《诗经》研究——现代《诗经》观，《楚辞》研究——作家作品的全新阐释）—文化史家的思想深度（神话研究——民族源头和本土文化中心的探索、从《庄子》的文学美到"道教的精神""文学的历史动向"与思想的现实动向）。这几种不平衡中自然隐含着研究闻一多学术的不足。

凡此均说明闻一多学术世界的研究尚不充分更有待深入展开。造成这种状况的原因是多方面的。一是闻一多的诗人身份和斗士形象掩盖了他的学术业绩，新格律诗理论、爱国主义诗歌、为民主斗争而牺牲成为长期论定闻一多的最主要的三个方面，使得社会对闻一多在现代文学史和现代政治革命史上的地位耳熟能详，而对于他在学术史上的贡献和地位不甚了了。直到现在，国家意识形态领域在纪念闻一多时仍然主要强调政治上的民主斗争业绩，大型的纪念活动包括学术研讨会也是因此而开展的，如1996年、2006年的国际学术研讨会实际上是借政治上的纪念才掀起学术研究的高潮。二是闻一多过早牺牲造成他学术研究的"未完成性"，大量的研究成果仅仅是雏形或正在研究的过程中，又难以及时整理其手稿，所以1948年版《闻一多全集》的"不全"和新版全集的晚出，使得学界长期难窥其学术研究的全貌，所以，对他学术的研究自然也就滞后于诗歌方面和民主业绩方面。三是现代学科界限的过于分明造成了当前学界专业的单一化，如历史专业和文学专业、现代文学专业和古代文学专业等各守其畛域，表现在闻一多研究方面，现代文学研究界以研究现代文学方面的业绩为主，基本上不涉及古代学术研究部分。古代文学界又视闻一多为现代诗人，不去专门研究闻一多学术，最多在特定的专业领域引证闻一多的研究成果而已。这种状况不仅在闻一多研究方面比较突出，而且在现代其他作家的研究上同样存在，因为现代作家有一大批如闻一多一样的大学者。四是闻一多学术世界本身的难度也是对其研究不足的原因，闻一多的研究不仅属于古代文化文学，需要研究者具备深厚的古代文化文学修养，而且他的研究领域横跨多个学科，还需要研究者具备相应的多学科知识和多学科理论。研究对象本身的难度也导致了研究的不充分和不深入。

本项目志在进入闻一多的学术世界，尽管有相当难度，但愿意勉力一试，意图在论题的研究中一看闻一多的学术贡献，他博大精深的学术在多方面推进了中国学术文化的进展，当然同时也不无研究中的历史局限性；二看闻一多的学术研究方法，他的研究方法是多元的；三看闻一多的学术研究精神，所谓"闻一多精神"也包括其学术研究精神，这精神是永恒的；四看闻一多的创造性的学术思想，他的学术思想能够给我们文化史、学术史和文学史多方面启发；五看闻一多对待历史文化和传统思想的态度，其中既有他感性的态度，又有他理性的思想，可以启示我们当下的文化选择；六看闻一多整体的学术研究个性，在中国现代学术史格局中凸显闻一多作为现代诗人、现代文化史家和现代思想家的主体性学术个性，可以使我们更准确地把握闻一多的学术世界。论题研究的目的在于比较全面地探索闻一多的学术世界，从中阐发他独创的文化学术思想，提炼出他作为诗人、文化史家、现代思想家的总体文化思想价值取向，即如果中国文化是"一沟绝望的死水"，那么闻一多的学术研究是在"文化的死水"里孕育着"文化火山"，探索到"文化火山"可以爆发的火源和爆发点而最后爆发出文化批判的热力，也就是说，他的学术研究目的就是要担当"杀蠹的芸香"！

第三节　研究难点·研究新意·研究方法

一、研究难点

研究闻一多的学术对自己有相当的难度，而克服其中的困难也可以成为笔者写作此论书的目标，所以，研究目标在一定程度上和研究难点相联系。目前笔者意识到的有这样几方面：

一是个人学养和能力问题。最主要的是，自己古代文化和古典文学的知识准备与研究对象所要求的学养基础有相当的距离。闻一多的研究范围囊括了全部中国的历史文化和中国古代文学，而且涉及多个学科。其中多有令人生疏甚至生僻的研究领域，这就要求研究者首先熟悉闻一多的研究对象，具备扎实的古代文化、古典文学基础和跨学科知识。闻一多研究什么，研究者也应该去研究什么。对闻一多研究对象的学习和了解已经是一项浩大的工程，其做出的研究在广度和深度上更有相当的难度，进一步要对闻一多对古代的研究做出评说，更需要研究者超乎知识性基础之上的学识和思想能力，这对于笔者来说确是最大的难点和挑战。但既选择此课题，就要有老老实实的学习态度，在原有知识的基础上更进一步，尽自己最大努力完成自己的既定目标，以对闻一多的学术研究做出恰当的评述。

　　二是研究过程中具体研究对象的处理问题。闻一多的研究内容可以说十分庞杂，在时间方面，从上古神话一直到唐诗乃至文学史、文化史；在研究领域方面，涉及神话、《诗经》《楚辞》《庄子》《周易》、乐府、唐诗、文学史、文化史现象，其中还涉及甲骨学、金文、敦煌学等；在研究层面上，有文字的考证和训释、古籍的校勘和辑佚、词义的诠释和章句的阐发、文学史料的考订和文化史现象的考据等。这样，在研究过程中，必然会有问题和困难：一方面是对闻一多考据学成果的评估，另一方面是在技术层面上对文字学和考据学成果（包括史料汇编成果）的处理。这还需要自己在研究和写作过程中着力克服这些意识到的困难和处理这些已经出现的具体问题。这些不好处理的问题，恰恰是现有研究中涉及比较少或基本没有涉及的领域，笔者将克服困难，力图做出恰当而别致的论述。

　　三是论题的突破和创新问题。作为国家级项目，本就要求对论题有所突破、对论题有所创新。对笔者而言，在闻一多研究方面特别是研究闻一多的学术方面，要有突破和创新，自然需要付出更大的努力。除了上述困难，于自己，首先面临的是自我突破，其次是突破学界已有的成果。因为笔者在此前写过《闻一多学术思想评传》一书，对闻一多的学术进行过初步的整理和论述，现在重新研究闻一多的学术，首先就要提升自己以前的研究水平。当然，现在看，当时的论述还是非常粗疏浅陋的，这也促使自己要超越原有的论述，争取做出全新的研究成果。在此基础上要突破学界对闻一多学术进行研究的已有成果，既是笔者意识到的难度，又是本书努力的目标。

　　四是语言表达和写作风格问题。研究和写作过程既是寻找自我的过程，也是形成自我的过程，其中包括寻找和形成自我的论述语言及语言风格。首先要找到和形成属于自己的语言，不仅能够流畅晓白地表达出自己要表达的内容并获得学界认同，而且要有自己的语言个性，在此基础上形成自己的风格。在风格上，一般可以有这样几种风格：其一，以扎实的史料见长，言必有据，类似于运用朴学方法，在材料的因果归纳中呈现主旨。其二，以理论为主，采取演绎方法，具有严密的逻辑性，思维缜密，无懈可击。其三，以文学感悟为基础，通过优美的语言表达思想，达到理性和感性相统一，体现出诗性的语言和文体风格。当然最好的学术文章应是这三方面的结合，即"扎实的史料+逻辑思维+诗性语言"。这也是笔者在写作中所向往和努力的目标。

二、研究新意

就闻一多古典学术研究这个论题，相比已有的研究成果，本项目成果在以下四方面有一定的新意：

第一，打破已有研究对闻一多古典学术研究的零敲碎打式的研究，对闻一多学术世界进行总体把握和整体论述。已有的研究论文基本是截取闻一多学术中的某一点进行论述，难免支离破碎，见树不见林。这当然也是论文文体本身的限制。作为国家级项目，要对闻一多的整体古典学术世界进行研究和展开论述，所以在撰写中力图达到对闻一多学术世界"既见树又见林"的效果。

第二，改变已有的几部研究闻一多学术世界专著的论述结构，打破板块状结构，将闻一多庞大的学术视为整体，从而寻求其内在的逻辑系统。包括笔者自己所撰写过的《闻一多学术思想评传》在内的几部研究闻一多学术的专著，基本上都采取简单的板块状结构框架，来论述闻一多的神话研究、《诗经》研究、《庄子》研究、《周易》研究、《楚辞》研究、唐诗研究、文学史研究，个个分离，没有揭示出闻一多学术中这些研究对象内在的逻辑联系和研究主体的思维逻辑。本研究力图以闻一多学术研究历程和学术研究思想所体现出来的逻辑结构为内在思路，建立笔者自己的闻一多学术思维过程和思想逻辑的结构体系，"论从史出，以论带史"，以"杀蠹的芸香"的总观点统摄闻一多博大的学术世界，也以此观点总结项目的整体逻辑结构。

第三，重在发掘闻一多作为现代诗人、现代文化史家和现代思想家在学术研究中的特性，将这三方面整合起来并提炼出闻一多的学术品格和学术个性。不是把闻一多看作一个单纯的学者，而是主要将其看作一个具有诗性创造性思维和深厚历史意识的思想家型学者，在"学术"的阐释中揭示出闻一多对中国古代文化的主体批判意识，提出总观点：闻一多是中国文化的"杀蠹的芸香"。

第四，通过论述闻一多的学术业绩和学术个性，将闻一多置于中国现代学术文化格局中，在与中国现代学者的比较中显示闻一多在中国现代学术史上承先启后的作用和有别于其他学者的鲜明个性，以此论定闻一多在中国学术史上和中国现代学术文化格局中的伟大地位，以期引起学术界对闻一多学术的重视，或能够改变学界对闻一多学术地位的评价。

三、研究方法

一项学术研究课题的成败在相当程度上取决于研究方法，其能否创新也与是否采用有效的研究方法分不开。本书恰好也要重点论述闻一多的学术研究方法，所以应该具备一定的方法论意识。在研究方法上，本书将以"闻一多精神"研究"闻一多的古典学术"，以闻一多学术研究的方法研究闻一多学术，这当是自己的基本原则。闻一多的学术研究方法表现出多层次多方面的特征，他的方法论体系对笔者的研究有相当的启发，可以有意识地加以运用。

本书所用研究方法自然尽可能吸收和运用有效的学术研究方法，具体而言，在研究方法上体现了以下五种：

1. 学习"汉学"的朴学方法，注重史料，实事求是，从闻一多学术研究的具体材料出发进行研究，论从史出，力避空疏和信口开河。

2. 运用微观研究和宏观研究、具体研究和整体研究相结合的方法，做到对闻一多的学术世界能够入乎其内、出乎其外，既有微观的具体的细部把控，又能够进行宏观的整体把握。这里自然涉及理论与材料的关系问题，在此关系中，争取做到从闻一多学术的具体材料中提升理论，避免从理论到理论、生搬硬套闻一多的学术。

3. 本论题不可免地要用到比较方法，通过研究对象中各内容的比较，可以更清晰地认识对象，同时，要把闻一多的学术置于中国学术史和现代学术格局中，通过和其他学者的比较来认识闻一多学术的个性。闻一多的研究具有跨学科特征，在具体问题上学科之间的沟通和比较更能够显示问题的实质。所以，对闻一多学术的研究有必要运用比较方法。

4. 闻一多的研究涉及多学科，他自己的研究方法更鲜明地体现出运用多学科方法的特征，所以也决定了研究闻一多的学术也要运用多学科的方法，包括社会科学和人文学科的方法，如社会学、民族学、神话学、历史学、文化人类学、心理学、语文阐释学、美学、哲学和文化学的整体研究方法等。这些学科方法实际和闻一多学术的内容密切结合，所以，在此意义上，研究方法同时也是研究的内容，方法和内容是统一的。

5. 在对闻一多学术的研究和写作过程中，整体上遵循历史和逻辑相统一的方法，在对闻一多学术研究历程的展示中呈现其学术思想的演变和思想的逻辑结构，力求二者的统一，尽可能表现在本书的观点论证过程中和本书的思路及整体结构框架中。

一般而言，研究闻一多学术世界采取的研究路径有：

一是研究闻一多研究过的问题，进行补正和补充，深化研究对象本身。这基本上属于具体学术问题和专门领域的研究。

二是闻一多学术中的专题研究，如闻一多的《诗经》研究、《楚辞》研究、唐诗研究等，对闻一多在特定领域的研究做出深入评判。

三是总体论述闻一多的学术研究，全面观照闻一多的学术世界，如已经出版的几部专著。但这容易流于空泛，难得深入，流于多述少评的状态。

四是选择一种角度进行研究，如方法论、个性思想等，贯穿闻一多所有研究对象和全部历程。但任何角度都不足以涵盖闻一多的学术世界。

五是结合现代文学研究闻一多的学术，基本上把闻一多定位于现代诗人而从新诗的建设成就方面研究其学术。

六是把闻一多置于中国学术文化史中，在从古代学术文化到现代学术文化的转型中看取其学术研究的价值，凸显闻一多在中国现代学术文化格局中的地位。

本项目在综合第三、四、五、六种研究路径的基础上，通过全面观照闻一多学术文化世界，第一看闻一多研究过什么（研究内容），第二看闻一多是怎么研究的（研究方法），第三看闻一多研究的个性（研究特征），第四看闻一多为什么进行研究（研究价值），第五看闻一多学术研究对我们的启发意义（研究意义），从中提炼出闻一多学术研究的个性精神，以从闻一多学术研究中提炼出来"闻一多式的学术人格、学术思想和学术精神"，在闻一多的主体学术精神、闻一多所研究的古典学术和中国现代学术文化思想这三个层面进行沟通和整合，在他的学术世界中主要发掘其"现代诗人、现代文化史家和现代思想家型学者"的总体特征。正是在"诗人、史家和思想家型学者"的学术研究中，闻一多全部的学术研究表现出鲜明而独特的"主体人格、现代意识和文化批判精神"，成为"杀蠹的芸香"，这使得闻一多的学术研究既区别于中国传统学者，也有别于中国现代学者，由是而赋予了自我学术研究的独创性品格，给中国学术、中国文学和中国文化注入了诗意的感受力、深厚的历史内涵和思想的"强心剂"，使中国学术、中国文学和中国文化在对"故纸堆"的"扬弃"中获得新生从而走向现代化。

第一章

诗歌与学术之间

诗歌属于艺术，学术归于科学。闻一多创作诗歌，以《红烛》《死水》奠定了他在中国现代诗歌史上的地位；他研究学术，以博大精深的学术研究成果奠定了他在中国现代学术史上的地位。诗人与学者，闻一多一身二任，在分属于艺术和科学的诗歌创作和学术研究两大领域都取得了杰出成就。表面看，闻一多先为诗人，后转变为学者，诗歌创作和学术研究呈现在时间上鲜明的先和后的状态，但实际上，闻一多的精神始终自然而自由地驰骋于诗歌和学术之间，固然表现为从诗歌到学术、从诗人到学者的转化，但同时还存在着作为诗人的一贯性和作为学者的持续性，即他的诗歌创作积淀着学术文化，在他的学术研究中体现着诗人的本性。当我们说闻一多是诗人时，他是一个学者型诗人，当我们说闻一多是学者时，他是一个诗人型学者，诗人和学者、诗歌与学术在闻一多的精神和文化世界中实际上是统一的。闻一多本质上是一个诗人，这不仅在于他创作诗歌，而且在于他具有一种诗性的思维，其诗人的特性贯穿于整个学术研究历程中。事实上，闻一多一生都处于诗歌与学术之间，不是简单地以一贯说法"从诗人到学者的转变"能够概括的。诗中有学，从诗到学，学中有诗，是闻一多在诗歌与学术之间的最大特征。

第一节　诗歌中的学术

属于艺术领域的诗歌和归于科学范畴的学术，虽然有一定的区别，但从更广阔的人类文化角度看，艺术和科学本来就有联系。学术研究对象如果属于人文社科领域，学术和诗歌就更加靠近。诗人的诗歌创作与学术文化并没有绝对的界限，首先，从诗歌创作机制看，任何诗人在创作之前都要有一定的学养基础，不仅学习前人和别人的诗歌创作经验并从已有诗歌中吸收诗歌艺术营养，而且要博览广收人类文化中各学科和各方面的知识以作为自我诗歌创作的必要知识准备。没有多方面的知识基础和丰厚的学识积累，即使天才诗人也不可能凭空创作出作品。艺术家、诗人固然不是通过学习来通往艺术、诗歌的"象牙之塔",尚需要一定的天赋、感觉能力和对现实人生的体验,如果没有对以往人类文化、艺术、诗歌的学习,仅仅通过艺术天赋、感觉能力和对现实人生的体验,不仅不会创作出伟大的作品,而且连基本的创作能力都不会具备。其次,从诗歌创作过程看,诗歌作为抒情的语言艺术,诗人要把自我所感受和体验到的个性化的情感、思想、生活表现出来,就需要调动长期积累的精神和艺术的储备,包括最基本的语言和艺术表现方式,一方面需要自我的创造,但另一方面创造也需要有所凭借。诗歌创作的过程是自我学养的外在化、对象化过程。再次,从诗歌创作成果看,完成了的诗歌作品在表现具体对象的同时,实际上积淀了诗人精神范围内的文化底蕴,以不同诗人学养的深浅而表现在诗歌中的文化底蕴也或深厚或浅薄。也就是说,从诗歌文本就可以看到诗人文化知识和学术素养的深浅,每一首诗歌都必然体现着一定的学术文化含量。最后,从诗歌接受角度看,诗歌作品及其诗人往往又会成为学术研究的对象,诗歌一旦成为学术研究对象,原本分离的诗歌和学术几乎可以合二为一。所以,诗歌中包含学术,就是本题的理论,以此可以首先认知闻一多诗歌中的学术。

研究闻一多的学术文化,首先应该以他的诗歌作为入口进入他的学术殿堂,因为闻一多自己进入学术研究的入口就是诗歌。他在诗人时期,学者的一面就已经开始逐渐生成,其诗歌中的学术鲜明地表现在两个方面,一是闻一多诗歌创作中所包含的深厚学术素养,二是闻一多在诗人时期所进行的学术研究。这实际上也构成了闻一多作为学者的生成机制,他是通过诗歌进入学术研究领域,并进而走上学术研究道路的,诗歌及其诗性思维伴随了他整个学术历程。闻一多的学术文化发端于诗歌,那么他的诗歌就体现出鲜明的学术文化意识和学术化特征。

闻一多诗歌创作中的学术文化含量以他长期的学养为基础,从《红烛》和《死水》中的诗歌及一些集外诗歌可以鲜明地感受到闻一多深厚的古典诗歌、古典文学和古典文化的学术素养。闻一多生于 1899 年,中国尚处于传统社会,科举制度还没有废除,全社会的价值取向仍然趋于读书举业,加之闻一多的家庭属于中国传统的"耕读世家",祖上多有科举得中而进入仕途者,其祖父虽然没有考中,但寄希望于子孙,对自己的不第耿耿于怀之余,"以为书香不继,大是恨事。每于试后见族有报捷者,终夜涕泣,又强自解曰,有孙可弄，岂无后望。爰筑书室于屋侧，延名师课孙辈"①。这样，闻一多祖父在闻家营造了一个良好的读书氛围。闻一多得天独厚，稍长在家庭私塾中接受启蒙教育，开始学习中国传统典籍。当然，最初的教育内容一是启蒙读本，二是科举考试内容的初步准备。1905 年科举制度废除后，闻一多的学习内容不仅限于"四书五经"、八股制艺而扩展到史部、子部和集部，开始从私塾教育转向新式学堂，在传统典籍的学习中增加了"新学"内容。在启蒙教育阶段受到的传统文化典籍的熏陶不仅构成他知识结构的基础，而且内化为他根深蒂固的文化情感，所以，在随后的求学过程中，正规的学习内容为"新学"，但闻一多自己却在正式学业之余，主要投入中国古典诗文和古代文化的学习中。1913 年冬，闻一多考取清华留美预备学校，开始了他在清华长达 10 年的求学历程。在此期间的学习内容可分两大板块：一是清华学校的课程体系，包括英文、数理化、生物、地理、历史等现代学科，以英文为主；二是中国古代文化和文学课，是中文课程，其中主要是闻一多自己选择研习的内容。当时学生重视英文课程而轻视中文课程，闻一多还特作文批判，批判中文课堂"谲骗欺诈，放僻嚣张，丑态恶声，比戏院，茶馆，赌博场还不如"的状况，② 所以，闻一多自己在课余时间投入大量精力学习传统文史，特别重点研读古典诗歌，以为传统典籍中"《礼》以节人，《乐》以发和，《书》以道事，《诗》以达意，《易》以神化，《春秋》以义。江河行地，日月经天，亘万世而不渝，胪万事而一理者，古学之为用，亦既广且大矣"。带着这样的认识，闻一多针对清华学校"以预备游美之校，似不遑注重国学者"的教育现状，"不忘其旧，刻自濯磨"，志要"振兴国学"。③ 我们从闻一多在清华时留下的一部分读书笔记和日记中可以看到闻一多在古代典籍和古典诗文中学习内容的广泛和深入。如《二月庐漫纪》中，闻一多阅读范围涉及古代文化各个领域，经史子集，无所不包，都有自己的阅读心得和评价。当然，闻一多的研习内容不仅古典诗文，而且包括了西方文化。他现存的 1919 年 1 月到 4 月的日记中提到的阅读书目中西并进，古典文化方面的有《日下旧闻考》《文选》《史记》《类纂》《清诗别裁》《明诗综》《元诗选》《宋诗选》《全唐诗》《八代诗选》《诗经》等，西方文化方面的有《罗马史》《希腊史》《旧

---

① 闻黎明，侯菊坤.闻一多年谱长编［M］.武汉：湖北人民出版社，1994：4.
② 闻一多.中文课堂底秩序底一斑［M］//闻一多.闻一多全集：第 2 卷.武汉：湖北人民出版社，1994：318.
③ 闻一多.论振兴国学［M］//闻一多.闻一多全集：第 2 卷.武汉：湖北人民出版社，1994：282-283.

约故事》《天演论》《千年进化史》《英文名家诗类纂》等。① 单就中国古典诗歌的学习看，闻一多的阅读范围囊括了中国诗歌史，吸收了历代诗歌的艺术精华。及至留学后，闻一多也多带中国古典诗歌书籍，虽然主修美术，但钟情于中国文学、中国诗歌，出国不久，已经完成陆游和韩愈的诗的研究，"现已作就陆游、韩愈两家底研究，蝇头细字，累纸盈寸矣"②。闻一多经常和同学带一本《十八家诗钞》去公园读杜甫、李白、苏轼、陆游等的诗。③这样，闻一多从启蒙教育开始到清华学校读书以至出国留学的整个求学过程，一以贯之，持续着中国古代文化和古典诗文的学习，形成他知识结构中至为深厚的古代文化和古典诗歌学养基础。与此同时，闻一多开始诗歌创作，先是旧体诗，文学革命运动后转向新诗创作，在新诗创作的探索中，从自由诗转向新格律诗的创作。无论是旧体诗，还是新体诗，都可以在诗歌中看到他此前或同时的学养成分，诗歌中包含着闻一多的学术文化素养。早期所作古典诗文结集为《古瓦集》，其诗歌部分更体现了"以学为诗"的特征。这里的"学"既指他初试旧体诗写作时对古诗的袭用，又指他把自己所学的古代文化融入诗歌内容中。如《拟李陵与苏武诗三首》《读项羽本纪》《自言子文学书院射圃谒言子墓》《寻桃源石屋二涧皆涸溯石屋上游乃得水因濯足焉》《维摩寺》等咏史诗，当然立足于他对古代人物和事迹的了解而以此抒怀，这里涉及李陵、苏轼、项羽、言子、陶渊明、维摩寺等人物典故。如《读项羽本纪》："垓下英雄仗剑泣，淫淫泪湿乌江荻。早知天壤有刘邦，宁学吴中一人敌？"短短四句，把项羽生平遭际、项刘争锋、垓下战役、当时天下大势和项羽作为英雄的悲剧都表现了出来。还如《七夕闺词》："卐字回文绣不成，含愁泪滴杏腮盈；停针叹道痴牛女，修到神仙也有情。"其中包含了中国古代民间传说和历史文化的多种背景知识，如古代为吉祥象征的卐字、诗歌中的回文锦、牛郎织女传说、道教和神仙传说等。创作新诗之前，闻一多还写过多篇赋体作品，如《马赋》《松赋》《招亡友赋》《清华体育馆》《清华图书馆》等，虽然为咏物写景，但赋中所铺陈更多古典文化意蕴和闻一多的学养

---

① 闻一多. 闻一多全集：第 12 卷［M］. 武汉：湖北人民出版社，1994.

② 闻一多 1922 年 8 月致父母亲信［M］//闻一多. 闻一多全集：第 12 卷. 武汉：湖北人民出版社，1994：49.

③ 闻一多 1922 年 9 月 1 日致梁实秋、吴景超信［M］//闻一多. 闻一多全集：第 12 卷. 武汉：湖北人民出版社，1994：68.

积累。① 旧体诗创作的传统本就是讲求"无一字无来历"和"借他人酒杯浇自我胸中块垒"而多用典故，诗歌更见诗人的学养基础和学术积累。文学革命运动中胡适首倡"诗体大解放"，打破格律束缚，废除用典，"要有话说，方才说话""有什么话，说什么话；话怎么说，就怎么说""要说我自己的话，别说别人的话""是什么时代的人，说什么时代的话"②。新诗代旧体诗而兴起后，最初的自由诗大即如胡适所言诗体解放，不押韵、不对仗、不求平仄、不用典故，直抒胸臆，诗歌语言使用白话文，但随之也在新诗中流失了古典诗歌所特有的学术文化含量。闻一多转为新诗创作后，一部分诗歌在内容和表现上也流于新式浮浅，但他毕竟有着深厚的古代诗歌艺术修养和扎实的古代文化学养基础，所以大部分诗歌中都体现出了他的学术文化含量，可见"诗中之学"。

闻一多诗歌中的学术文化含量自然体现在诗歌创作机制中（前述他的学养基础），体现在他的诗歌创作过程中（在创作中调动了他的学养积累），体现在他的诗歌作品中（在具体诗歌文本可以直接显现出学术文化含量），体现在他的诗歌被欣赏和研究的过程中（读者从学术文化的角度接受和研究其学术性特征）。在此，我们主要从三个方面把握闻一多新诗中的学术化特征。

诗歌内容上，闻一多的很多诗歌取材于中国古代历史文化和历史人物事迹，包括神话传说，他在自己的古代文化知识结构中经过选择提炼出最能够表现自我情思的古代文化和历史人物事迹，构成了他厚重的诗歌内容。这不仅表现出他的学养，而且表现出他的学力，更表现出他学术文化诗歌的创作能力。这些历史文化的内容不是单纯作为他的知识结构而存在，仅仅作为知识结构的一个层面而存在的历史文化是死的知识，而闻一多在诗歌创作中不是搬用而是化用学术内容，在诗歌化用的创作过程中有效地激活了以前所掌握的历史文化和人物事迹。学习内容的诗歌化实际造成了诗歌的学术化，在诗歌中包含了厚重的学术文化含量，体现出厚重的文化底蕴。最为典型的是《红烛》中的《李白之死》，取材于李白"捉月骑鲸而终"的传说故事，闻一多以气势宏大的诗笔，借这个传说故事高歌李白的"诗人底人格"。李白本自喻"我本楚狂人，凤歌笑孔丘"，闻一多依据历史和传说故事进行了大胆的想

---

① 闻一多早期文言旧体诗文集自编为《古瓦集》，后发现于中国社会科学院文学研究所资料室，陕西人民出版社影印出版。新版《闻一多全集》收录一部分。闻惠. 闻一多青少年时代旧体诗文浅注 [M]. 北京：群言出版社，2003.

② 胡适. 建设的文学革命论 [M] //胡适. 胡适文存：第 1 集. 合肥：黄山书社，1996：42.

象，淋漓尽致地描绘了李白醉酒和自蹈池水、捉月而死的情形，更出神入化地表现了李白醉意朦胧中的心理活动和对那"清寥的美！莹澈的美！"的月亮的向往。更为突出的是，闻一多通过李白之死的描绘，借李白之口，点化出异常丰富的中国文化元素，全诗充溢着浓郁的中国文化氛围和中国文化的美。诗歌一开始，龙烛燃尽，杯盘狼藉，客人云散，而主人醉倒。李白在醉眼蒙胧中，思绪飞扬，看见月亮，想象为"广寒宫里的仙娥"，而自己则不过为"戏弄黄土的女娲""散到六合里来底一颗尘沙！"。在这里，闻一多一方面运用了"女娲造人"的神话，另一方面化用了李白自己的一首诗歌："女娲戏黄土，团作愚下人，散在六合间，濛濛若沙尘。"又取典籍记载李白的出身和名字的来历："惊姜之夕，长庚入梦，故生而名白，以太白字之。"（李阳冰《草堂集序》，闻一多原注）诗中让李白对月抒怀："谁不知我是太白之精？我母亲没有在梦里会过长庚？"因而引月亮为同族。像这样把李白的现实感受、神话传说和李白自己的相关诗歌融为一体的写法，在全诗随处可见，是闻一多对历史文化知识融会贯通后在诗歌创作中挥洒自如的运用。与《李白之死》相类似的有《剑匣》，叙写一位古代"盖世的骁将"在战争失败后偃旗息鼓，退隐民间后致力于雕刻自己的剑匣，在上面精雕细刻了一幅精美的中国历史文化图案。从闻一多所描绘的剑匣图案的元素看，其中包容了中国历史物质性的和非物质性的文化要素，体现了独有的中国文化美。如所用的雕刻材料有象牙、墨玉、金丝、银线、玛瑙、珊瑚、琥珀、翡翠、琉璃、螺钿、蓝珲玉、紫石英等，这些虽然为物质性材料，但已经沾染了浓郁的中国文化色彩，成为中国特有的文化载体。闻一多在艺术中驱策这位将领运用这些中国特有的材料在剑匣上面雕刻出中国特有的文化，如白面美髯的太乙、三首六臂的梵像、弹奏古瑟的瞎人、化为蝴蝶的梁山伯和祝英台等，熔传统文化中儒道佛于一炉，点缀了美好的爱情传说，构成了中国文化的全貌。其中还穿插着李广射虎、李白断水、高祖斩蛇、霸王别姬的历史故事。《剑匣》雕刻的中国文化含量正是诗歌的中国文化底蕴，当然体现了闻一多对中国历史文化和思想长期的积淀。闻一多出国留学后，思家念国，升腾起强烈的爱国主义情感，在美国时创作了一系列想念祖国的诗歌，回国后创作了一系列"惊心动魄"的爱国诗，而这些诗大即取材于中国历史文化和中国特有的物象，如在美国所写《孤雁》《忆菊》《红豆》组诗，同样基于闻一多对中国历史文化的了解和对民族文化象征物的透彻把握而选取了"孤雁、菊花、红豆"这样具有文化含量的意象。闻一多的爱国主义思想集中体现为"文化上的爱国主义"，诗歌在表现"文化上的爱国主义"时主要以中国文化为基础，在诗歌中集中描绘中国的历史文化和文化历史。要表现"文化上的爱国主义"，当然首先要有对中国文化的充分了解和在了解基础上发自内心的爱。那么表现在诗歌中就必然强化诗歌的学术文化含量。《死水》诗集中的《一个观念》以抽象的诗歌艺术思维和诗歌表现方式点化出那"横蛮"和"美丽"的"五千多年的记忆"，在《祈祷》中把"五千多年的记忆"形象化了，罗列了"民族的伟大"之处：尧舜的心、荆轲聂政的血、神农黄帝的遗孽、河马献来的馈礼（即传说中的"河图洛书"）、九苞凤凰传授的各声节奏、孔子吊唁死麟的清泪、庄周和淳于髡以及东方朔的狂笑，还有戈壁的沉默、五岳的庄严、泰山石雷的忍耐、大江黄河的和谐等，这些正如《我是中国人》中歌咏的，构成了"伟大的民族"的"五千年的历史"。从这些历史文化的列举中，我们从情感上可以充分感受闻一多诗歌中强烈的爱国情，从思想上可以透彻把握闻一多诗歌中鲜明的"文化上的爱国主义"，那么换一个角度，从诗歌自身内容上，我们可以明显认知闻一多诗歌中的学术文化含养，没有从学术文化角度的深入学习和研究，他是不可能如此娴熟地把如此丰富的历史文化和人物事迹纳入新诗中的。闻一多对中国的历史文化和文化历史并不限于学习和了解的层面，而是在学习过程中经过学术化的研究，将诗歌与历史相结合，如《祈祷》这样的诗是闻一多以"诗歌"的形式撰写的一部中国"五千年文化"的"学术论文"。所谓"论文"之"论"，繁体写作"論"，据张舜徽说，"論"的本字当作"侖"，从亼册（亼即集字），"是集合很多简册加以排比辑录的意思。《论语》那部书的命名，便取义于此。"① 又，许慎《说文解字》谓："论，议也。"段玉裁注云："侖，思也。""侖，理也。"② 以此解"论"的标准，闻一多的《祈祷》之类的"诗"也可以做"论"看。笔者在此并非曲解闻一多之"诗"，只是想说明闻一多诗歌中的学术性特征。姑且视闻一多"诗"有学术性之"论"的意味，那他就不单是本义的选择、排比、辑录中国历史文化要素，而同时在"思"、在论"理"，即学术化的诗歌之"论"中有闻一多的思考和学理，通过历史文化素材的排列辑录表现自我的情思主旨。这也体现了闻一多表现近代中国文化历史的情怀，如集中表现他"文化上的爱国主义"思想包含国家主义、民族主义思想的《醒呀!》《七子之歌》《长城下之哀歌》《南海之神》，从古代文化历史延伸到近代中国的历史文化。面对中国的落后和被帝国主义侵略的屈辱，闻一多发出呐喊，力图

---

① 张舜徽.张舜徽集·中国文献学［M］.武汉：华中师范大学出版社，2004：25-26.
② 许慎，段玉裁.说文解字注［M］.杭州：浙江古籍出版社，1998：91-92.

唤醒"熟睡的神狮",希望代表五大族的"神明的元首、勇武的单于、伟大的可汗、神圣的苏丹、庄严的活佛"都"醒呀!",特别是《七子之歌》,更包含了深厚的历史内容,几乎表现了一部中国近代的屈辱史。从历史文化的学术内容看,《七子之歌》是基于闻一多对中国近代史的充分了解和深入思考而创作出来的,《七子之歌》表现出失养于祖国、受虐于异类的七个地方,所涉及的近代不平等条约就有1887年的《中葡北京条约》(澳门)、1842年的《南京条约》(香港)、1860年的中英《北京条约》(九龙)、1895年的中日《马关条约》(台湾、威海卫)、1899年的《中法互订广州湾租界条约》(广州湾)、1898年的中英《展拓香港界址专条》(九龙)、1898年的中俄《旅大租借条约》及其《旅大租借条约续约》(旅大)。正是这些不平等条约,使得澳门、香港、台湾、威海卫、广州湾、九龙、旅顺和大连受帝国主义长期殖民统治。虽然诗歌以抒情为主,以形象化笔法抒发了"七子"渴望回归祖国母亲怀抱的强烈呼唤,诗歌中并没有出现这些不平等条约,但支撑全诗的基础和骨架是近代历史具体的一系列不平等条约。这里闻一多就既以诗歌形式展示了中国的近代史,又在展示中融入自我的思想、情感和学理上的研究成果。如《长城下之哀歌》他对长城文化的反思、《南海之神》中对孙中山的歌颂,都是在广阔的中国历史文化背景下展开抒写的幅度、表现深厚的文化思想。诗歌内容或取材于自我内在的情感和思想,或取材于外在的社会生活,或取材于当下的现实人生,或取材于历史文化。诗歌内容取决于诗人自我的人生阅历、知识结构、感受趋向和整体精神的价值取向,这些决定了诗歌的内容特征,或者说决定了诗歌是否具有学术含量和文化底蕴。仅仅感悟现实的诗人或缺乏学术文化素养的诗人,只能反映现实中的人事物景和自我的现实感受,诗歌不会有丰厚的文化内涵。只有如闻一多这样对中国历史文化和文化历史有充分的了解和掌握,经过自我的学术研究,才会取材于历史文化而表现出诗歌的学术化特征。

闻一多诗歌的学术化特征在诗歌艺术上体现为他对中国古典诗歌意象的吸收和创化,从诗歌古典意象的借用中可以感受到闻一多深厚的古典诗歌艺术修养,在新诗创作中以所"学"的古诗融入新诗,在新诗中表现出古典诗歌学养和诗歌学术文化的含量。诗歌本质上是抒情的艺术,而在怎么抒情上即分野出直接抒情和间接抒情两种基本方式。中国古典诗歌崇尚间接抒情,通过格律化形式如平仄、押韵、对仗、用典等达到温柔敦厚、含蓄蕴藉的艺术效果,其中用典之外,多采用意象抒情法。现代新诗在"诗体大解放"后,最初的自由诗追求直接抒情,胡适的《尝试集》是开端,郭沫若的《女神》

达到高峰。在胡适和郭沫若的影响下，最初的白话诗集如俞平伯的《冬夜》、康白情的《草儿》、汪静之等的《湖畔》、朱自清等的《雪朝》、冰心的《繁星》《春水》，包括闻一多最早自编的《真我集》和《红烛》中的部分诗，基本上是以直接抒情为主的自由诗体。并非这些诗人不具备古典诗歌的学养基础，事实上，他们都深通古典诗歌，在古典诗歌熏陶下成长，只是顺应文学革命和诗歌新变的潮流，专意于诗歌新体格式和自由风格的创造。在自由诗的时代浪潮中，闻一多在诗歌创作中相对比较注意吸收古典诗歌艺术精华，这不仅体现在后期新格律诗的提倡中，还表现在新格律诗理论提倡前的诗歌创作实践中，最突出的是逐渐转向以间接抒情为主，在抒情中大量借用中国古典诗歌意象。一个诗人笔下的诗歌意象可以有两种类型：一种是借用已有意象，通过历代诗人创造和广泛运用的意象抒发自我情感；一种是诗人自我独创的意象。独创自我意象之前，基本上通过借用已有意象来抒情，这本无可非议，其实已经成为创作公例。闻一多在《死水》集中独创出自我意象，最典型者如"死水"意象。而在此之前，特别在《红烛》时期，闻一多已经注重意象抒情，但其意象群落基本上是借用古典或流行意象。而他对古典诗歌意象或袭用，或化用，读者可以从中感受到闻一多的古典诗歌的学养基础，这也带来了他诗歌的学术化倾向。闻一多的知识结构，在古典诗歌中应该说占据了相当大的比例。如他 1919 年在清华读书时表示："枕上读《清诗别裁》。近决志学诗。读诗自清明以上，溯魏汉先秦。读《别裁》毕，读《明诗综》，次《元诗选》，次《宋诗钞》，次《全唐诗》，次《八代诗选》，期于二年内读毕。"① 从闻一多后来的学习情况看，他不仅完成了这样庞大的阅读计划，而且远远超过了计划。由此可知闻一多对中国古典诗歌的学习广度和熟悉程度，所以他在诗歌创作中能够自如地运用可用的古典意象。闻一多笔下的诗歌意象运用可以分为两个阶段，即《红烛》时期和《死水》时期。《红烛》时期的意象可以分为三类：一是取之于习见的自然景物，如月亮、雨夜、雪片、柳条、花丛、稚松、烂果、废园、朝日、黄昏、季节等，呈现出来的主要是写景抒情、借景抒情的特征；二是使用一些带有现代气息的词语来表达意象，如太阳、宇宙、国手、火柴、流囚、时间等，基本不见古代诗歌而流行现代新诗；三是借用古典诗歌意象，为古典诗歌反复吟咏物象，如红烛、香篆、荷花、孤雁、秋菊、红豆、菱花、莲子，特别是在《李白之死》

---

① 闻一多. 仪老日记 [M] //闻一多. 闻一多全集：第 12 卷. 武汉：湖北人民出版社，1994：421.

和《剑匣》中集中陈列出的古典意象群落，琳琅满目，蔚为大观。如《李白之死》中的古典意象，李白面前摆放的是"一对龙烛"，月亮是"广寒宫里的仙娥""一个琥珀盘"和"碧空悬着的玉盘"，而自己是"那戏弄黄土的女娲散到六合里来底一颗尘沙"和"太白之精"，还有那"束刃的彩帛、五色的龙文、射愁的弓矢、琼宫的管钥"，琼宫里有"鸣泉漱石，玲鳞怪羽，仙花逸条"和"琼瑶的轩馆同金碧的台榭"，"还有吹不满旗的灵风推着云车，满载霓裳缥缈，彩佩玲珑的仙娥，给人们颁送着驰魂宕魄的天乐。啊！是一个绮丽的蓬莱底世界"，还有"一只大鹏浮游于八极之表""一阕鸾凤和鸣底乐章"等意象齐集于诗中，韵雅和美，读之令人满口生香，不由心驰神往于这极美极乐世界，闻一多所描绘出的就是一个中国文化、中国艺术、中国诗歌的美的世界。在《剑匣》里，这位盖世的骁将对剑匣进行雕、镂、磨、镶而形成一幅色彩斑斓的中国文化美图，闻一多调动了自己最美的词汇，以最美的诗笔进行了浓墨重彩的描绘，而出之以最为瑰丽的古典意象。且看闻一多所描绘的剑匣上的雕刻："我将描出白面美髯的太乙卧在粉红色的荷花瓣里，在象牙雕成的白云里飘着。我将用墨玉同金丝制出一只雷纹镶嵌的香炉；那炉上驻着袅袅的篆烟，许只可用半透明的猫儿眼刻着。烟痕半消未灭之处，隐约地又升起了一个玉人……""我又将玛瑙雕成一尊梵像，三首六臂的梵像，骑在鱼子石的象背上。珊瑚作他口里含着的火，银线辫成他腰间缠着的蟒蛇，他头上的圆光是块琥珀的圆壁。""我又将镶出一个瞎人在竹筏上弹出单弦的古瑟。然后让翡翠，蓝珰玉，紫石瑛，错杂地砌成一片惊涛骇浪；再用碎砾的螺钿点缀着，那便是涛头闪目的沫花了。上面再笼着一张乌金的穹窿，只有一颗宝钻的星儿照着。"这里雕出的是三幅中国古典的形象，卧在荷花里的太乙真人、三首六臂的梵像和弹着古瑟的瞎人，而环绕他们的剑匣的花边同样富丽堂皇，"有盘龙，对凤，天马，有芝草，玉莲，卐字"，还有角花，"把蝴蝶嵌进去应当恰好。玞瑁刻作梁山伯，壁玺刻作祝英台，碧玉，赤瑛，白玛瑙，蓝琉璃，……拼成各种彩色的凤蝶"。这些古典意象，加厚了闻一多诗歌的文化底蕴，极大地丰富了中国新诗的园地。及至《死水》时期，虽然闻一多的意象营造从内容到风格都与《红烛》时期不同，但他仍然多以古典意象抒情，而新的意象也是在继承古典意象的基础上创作出的。《死水》诗集中更带有"闻一多式的精神特征"的意象，如苦茶、残瓣、秕糠、寒雁、霜林、黄叶、秋虫、冷雨、孤舟、暗影、萍水、恶魔、夜鹰、青蛙、蝙蝠、蚯蚓、墓草、苦雨、残冬，以至《末日》中出现的筇筒里哽咽着的露水、舐着玻璃窗的芭蕉的绿舌头、往后退的四围的亚壁、蛛丝、鼠屎、花蛇的鳞甲、灰堆、阴风和最后降临的"客人",也是更多受到古典诗歌意象的影响,以这些阴冷灰暗的意象表现自我悲苦哀凉的情感,在此基础上才生成了他独创的"死水"意象。当然,《死水》中也有比较亮色的意象,如《死水》中描绘死水的翡翠、桃花、罗绮、云霞,《春光》中的天竹、珊瑚、碧桃、朝暾、阳光、金箭,《我要回来》中的兰花、柔丝、灵光、铃铛、流萤,但这些亮色的意象主要反衬出对象更加阴冷灰暗和丑恶。而这个时期闻一多仍然继续沿用或袭用,或化用古典诗歌意象,特别在他的爱国主义诗歌里,从诗歌内容的主旨出发,每一首诗都以中国文化最美丽的典故和中国诗歌最韵雅的意象来抒写自我的爱国情思,如《我是中国人》《长城下之哀歌》《南海之神》《醒呀!》《七子之歌》等。古典诗歌意象在文学革命中被胡适在《文学改良刍议》中指斥为"滥调套语",他列举了一些如"蹉跎、身世、寥落、飘零、虫沙、寒窗、斜阳、芳草、春闺、愁魂、归梦、鹃啼、孤影、雁字、玉楼、锦字、残更"……并希望新文学"务去滥调套语":"吾所谓务去滥调套语者,别无他法,惟在人人以其耳目所亲见亲闻、所亲身阅历之事物,一一自己铸词以形容描写之。但求其不失真,但求能达其状物写意之目的,即是工夫。其用滥调套语者,皆懒惰不肯自己铸词状物者也。"① 胡适所指斥的"滥调套语"的古典意象和语词,正是闻一多在新诗创作中所沿用的,从上文列举的闻一多所用古典意象可以发现,相当一部分恰好是胡适所批判过的。笔者认为闻一多并非胡适所说"懒惰不肯自己铸词状物者",更不能简单地断定闻一多是用"滥调套语"写诗的。他运用古典意象和语词,固然有闻一多尚未能够创造自己的语词意象的原因,但更主要还是取决于闻一多的学养基础、思想情感和诗歌自身的表现内容。闻一多本就涵养于古典诗歌中,古典诗歌意象已经化为他内在的思维语言和文化思想,成为类似于我们语言习得中的"母语"一样的"诗歌母语",在创作诗歌时从思维到语言表达,首先涌动和自然浮现的就是已经成为他自己语言的古典诗歌词语所表达的意象。他出国留学后产生强烈的思念祖国情感和祖国落后而升腾起鲜明的爱国主义思想。要表现自我的爱国情思,最好的诗歌词语和诗歌意象无疑就是古典诗歌的词语和意象,不仅在于古典诗歌具有表现力,而且在于闻一多借此更可以寄托其爱祖国、爱祖国艺术、爱祖国文化的情感和思想。再则,闻一多要通过诗歌来歌颂和赞美中国的艺术美、文化美,只有运用中国语言、中国艺术、中国诗歌、中国文化所特有的词语和意象才能够达到自己的诗歌艺术理想,而

---

① 胡适.文学改良刍议 [M] //胡适.胡适文存:第 1 集.安徽:黄山书社,1996:7.

且这些语词和意象所描绘的对象就是闻一多诗歌赞美的对象，如当他描绘"李白之死"时，只能用中国传统的词语和意象，而不可能用现代新出现的词语和意象描绘。《剑匣》上面雕刻出来的是一幅中国文化的图案，特定的物象在几千年已经约定俗成为特定的词语，闻一多自然运用，显然不能说是"滥调套语"。在闻一多看来，现代诗歌一定要有"时代精神"，但同时也要保留"地方色彩"，不能如郭沫若《女神》那样以"西洋名词"来表现中国文化，而要时时想到自己是一个中国人在写中国诗："《女神》中底西洋的事物名词出处都是，数都不知从哪里数起。""若我在郭君的地位，我定要用一种非常的态度去应付，节制这种非常的情况。那便是我要时时刻刻想着我是个中国人，我要做新诗，但是中国的新诗，我并不要做个西洋人说中国话，也不要人们误会我的作品是翻译的西文诗。"① 闻一多也并非没有自己的诗歌意象创造，《死水》诗集以"死水"为代表的一系列意象就是闻一多的独创，做到了胡适所说"以其耳目所亲见亲闻、所亲身阅历之事物，——自己铸词以形容描写之"。闻一多独创的意象也是以充分运用词语和化用古典诗歌意象为基础的，没有对传统的继承，就不会有新的创造。正是在继承传统诗歌意象的诗歌创作中，我们可以把握闻一多新诗中的古代诗歌在学术文化角度的积淀，可见他诗歌的学术化特征。

闻一多诗歌中的学术化尤其体现在他整体诗歌体制的创造方面，特别在新格律诗体式的创建上，包含了此前闻一多全部的学术文化积累，建立在他对古今中外诗歌体式考察的基础上，吸收古典格律诗的特质、西方诗歌的建制和中国现代新诗的特征而创建的新格律诗，通过新格律诗理论中的音乐美、绘画美、建筑美原则追求新诗的形体美和艺术形式美。任何新理论都不会凭空产生，时代的需要固然激发新理论的诞生，而新理论的内容则须以创造主体的学术性准备为基础。闻一多的新格律诗理论和实践固然是他有感于自由诗形式的散漫和粗疏，既无节制又缺乏美感而开始新诗形式美的追求，但他之所以能够提出新格律诗理论，则有赖于他对古典诗歌、西方诗歌和现代诗歌的阅读和在阅读基础上的学术性研究，诗歌的学术性研究过程正是闻一多创建诗歌新体制的过程，对诗歌的学术性研究结果必然会体现在新格律诗的理论和实践中。闻一多新格律诗的理论纲领主要表述于《诗的格律》一文中，而在此之前，除了闻一多对古今中外诗歌的研读和自我诗歌的创作实践外，

---

① 闻一多.《女神》之地方色彩［M］//闻一多. 闻一多全集：第12卷. 武汉：湖北人民出版社，1994：119-120.

理论上的学术准备至少有三方面。一是新诗批评。1921 年发表了《评本学年〈周刊〉里的新诗》，全面地评价了《清华周刊》在 1921 年前半期所发表的新诗，初步展示了他的诗歌批评标准和最初的诗歌理论。他所看重的是诗歌的"幻象、情感、声调和色彩"，其中的"声调"成为后来"音乐美"的萌芽，"色彩"可谓后来"绘画美"的先导。以此为基本标准，闻一多又全面地评论了俞平伯的《冬夜》，在《〈冬夜〉评论》中既赞扬俞平伯诗歌中"凝练，绵密，婉细"的音节美，又批评了他缺乏幻想力和理大于情的特征，特别指出了他诗歌的"破碎、啰唆和重复"，预示了闻一多后来的理论走向。这个时期闻一多还重点评论了郭沫若的《女神》，作有《〈女神〉之时代精神》和《〈女神〉之地方色彩》，从"时代精神"和"地方色彩"两个角度评论《女神》，闻一多从郭沫若诗歌中发现其缺乏"地方色彩"，意味着他自己在诗歌上的民族化追求。闻一多的这些诗歌批评实践为他新格律诗的建构进行了必要的准备，实际上已经孕育着他新诗的形式美理想。二是对西方诗歌的研究。作为新文化运动产儿的闻一多，当然不会故步自封，研读中国诗歌，而同时将艺术视野投向西方诗歌，从中吸收新诗所需要的营养。闻一多研究西方诗歌的成果是用英文写出的《诗歌节奏的研究》①，虽然仅是一份提纲，但内容丰富，结构完整，闻一多意图建立一种诗歌节奏理论的体系。闻一多从节奏的生理基础和美学基础入手，分析了节奏的特性和作用，认为节奏既有实用性的作用，又有美学作用。在美学上，节奏具有整体的重要性、一致中的变化、注意力的悬置和结构框架等作用。然后，闻一多从自然界的节奏论述到各种艺术的节奏，重点要谈的是诗歌的节奏，从诗歌节奏的分类、作用、特性谈到诗歌的韵和诗节。事实上，"节奏"后来成为闻一多新格律诗的核心概念和诗歌美的中心。同样，《诗歌节奏的研究》可为闻一多新格律诗理论的学术基础。三是对中国古典律诗的研究，这是闻一多新格律诗最主要的学术理论基础：一方面，从古典律诗中吸收有益的因素融入新格律诗中；另一方面，新格律诗之"新"建立在对古典格律诗的深入研究基础上，只有彻底了解古代律诗的优劣利弊，才能够推陈出新。闻一多早期研究格律诗的主要学术成果是他 1922 年 3 月撰写的《律诗底研究》。"手假研诗方剖旧，眼光烛道故疑西"，闻一多的这句诗表明他研究律诗的目的：要创建现代新诗美

---

①　闻一多的《诗歌节奏的研究》是他在清华文学社的一次报告的提纲，初为英文，原名"A Study of Rhythm in Poetry"。现《闻一多全集》第 2 卷所收为据英文的汉译文本。这份提纲从内容看，主要的研究对象为西方诗歌。

的体式，终是要吸收中国传统诗歌的质量。《律诗底研究》系统地梳理了律诗的渊源、流变、组织、音节，发现了律诗的美学作用，即短练的作用、紧凑的作用、整齐的作用、精严的作用，以为"律诗底体格是最艺术的体格"，"他是中国诗底艺术底最高水涨标。他是纯粹的中国艺术底代表。因为首首律诗里有个中国式的人格在"①。因此，闻一多事实上在新格律诗理论中吸收了中国古典律诗特有的"均齐、浑括、蕴藉、圆满"的美，创建新诗的形式美。正因为有了上述现代新诗批评、西方诗歌研究和古代律诗研究的学术积累，所以闻一多在 1926 年提倡新格律诗理论，通过吸收西方诗歌节奏和中国律诗的美，来矫正现代新诗在形式上的缺陷。如《诗的格律》，从学术性的理论生成过程看，是他此前新诗批评、《诗歌节奏的研究》和《律诗底研究》的发展和结果。新格律诗理论得益于中西诗歌的实践考察，新格律诗的创作自然是吸收古今中外诗歌，特别吸收西方诗歌的节奏和古典格律诗的美质，从而创造出诗歌新体式。闻一多新格律诗中所追求的视觉方面的"节的匀称"和"句的均齐"，显然来自古典格律诗的形式体制，听觉方面的"格式、音尺、平仄、韵脚"等造成"音乐美"的音节特征，同样与古典格律诗的韵律规则分不开，而"绘画美"本就是中国诗歌"诗中有画，画中有诗"的传统继承。当然，新格律诗之"新"体现了闻一多的创造，自然从根本上有别于传统格律诗，如闻一多自己所归纳的："律诗永远只有一个格式，但是新诗的格式是层出不穷的。""律诗的格律与内容不发生关系，新诗的格式是根据内容的精神制造成的。""律诗的格式是别人替我们定的，新诗的格式可以由我们自己的意匠来随时构造。"因此，他说："有了这三个不同之点，我们应该知道新诗的这种格式是复古还是创新，是进化还是退化。"② 闻一多的新格律诗对于古典律诗和现代新诗来说，既推陈出新，又有力地推动了现代新诗形式美的进步，但也不可否认其存在对自由诗的矫枉过正之处。无论如何，闻一多以自我扎实的诗歌学术文化储备，为现代新诗开创了一个新局面，而这应该说是得益于他的诗歌学养和诗歌的学术研究成果。诗歌中的学术，不仅指闻一多的诗歌创作，还包括他的诗歌理论和对新诗体制的建构，从中同样可以表现出丰厚的学术涵养。

诗歌中包含学术，以学为诗，诗歌学术化，这当然不仅仅表现在闻一多

---

① 闻一多. 律诗底研究 [M] //闻一多. 闻一多全集：第 10 卷. 武汉：湖北人民出版社，1994：159.

② 闻一多. 诗的格律 [M] //闻一多. 闻一多全集：第 2 卷. 武汉：湖北人民出版社，1994：141-142.

的诗歌中，应该说，这是中国古代诗歌的一种传统。尽管诗有别才，非关学也，诗有别趣，非关理也，但古代诗歌史上"以学为诗"可谓源远流长，不仅在诗歌创作中多有体现，而且更有系统的理论提倡。单就中古以后，闻一多在唐诗研究中就发现初唐诗歌的学术化特征，文学被学术同化，文学学术化的同时，学术也文学化。按照闻一多的研究，文学被学术同化的结果，第一方面是章句的研究，第二方面是类书的编纂，第三方面形成了文学本身的堆砌性。特别是类书的编纂，唐太宗时编纂了大量类书，如《文思博要》《累璧》《瑶山玉彩》《三教珠英》《芳林要览》《事类》《初学记》《文府》《碧玉芳林》《玉藻琼林》《笔海》等，当然这些类书大都没有传下来。这些类书"既不全是文学，又不全是学术"的文学和学术的混合体，正是唐太宗提倡文学的方法，因此形成了闻一多所说的"类书家的诗""类书式的诗"。① 诗歌的学术化到宋诗可说达到了高潮，苏轼、黄庭坚等人的创作都体现出以学为诗的特征，更有黄庭坚、陈师道为代表的江西师派，崇尚严羽《沧浪诗话》所说"以文字为诗，以议论为诗，以才学为诗"，如黄庭坚在《苕溪渔隐丛话前集》中说"诗词高胜，要从学问中来"，在《答洪驹父书》中说："老杜作诗，退之作文，无一字无来历。盖后人读书少，胡谓韩杜自作此语耳。古之能为文章者，真能陶冶万物，虽取古人之陈言入于翰墨，如灵丹一粒，点铁成金也。"这无异于说韩愈、杜甫也是以学问作文、以学问作诗，表露出诗词的标准就是学问，学问成为诗歌的渊源。以学为诗、诗歌的学术化倾向在清代更加突出，如翁方纲（1733—1818）提倡诗歌"肌理"说，与当时流行的诗歌神韵说和诗歌格调说相对。所谓"肌理"，就是要求诗歌以学问为诗歌内容基础，以对儒家经籍的考据学内容充实到诗歌的结构辞章中，构成诗歌的肌理。翁方纲自己在诗歌创造实践中就以学问为诗，用诗歌做考据文章，以诗体作金石题跋。以翁方纲为代表的这种倾向，从文化思潮角度看，实际上是乾嘉学派影响的结果。流风余韵所及，到道光、咸丰年间，诗界兴起了宋诗运动，出现了宋诗派，由朴学家程恩泽、祁隽藻等提倡，代表诗人有何绍基、郑珍、莫友芝、江湜、金和等。清代的宋诗派主要就是标榜苏轼、黄庭坚为代表的宋诗，强调以学问为诗，以考据学为诗，甚至以文字训诂为诗。这种倾向又被同光体诗人继承，陈三立、陈衍、沈曾植等同光体诗人同样有以学问为诗的鲜明特征。且不说"以学为诗"的好坏，就其演变结果，这个

---

① 闻一多. 类书与诗［M］//闻一多. 闻一多全集：第6卷. 武汉：湖北人民出版社，1994：9.

诗歌和诗学的传统在新诗中几乎成为绝响，闻一多在诗歌中能够表现出比较鲜明的学术性特征，可谓空谷足音。古代"以学为诗"的传统，闻一多在对古诗的研读过程中自然深得其味。我们这里所指闻一多诗歌的学术化，与古代诗歌的以学为诗还是有差异的，闻一多并不像古代诗人那样刻意为之，而是服从于、服务于诗歌自身的内容，将自己对中国文化和中国诗歌所学融入新诗创作中，厚积薄发而达成了诗歌典雅、厚重、沉郁的艺术效果。这是闻一多诗歌的学术化特征，成就了他诗歌中的博学美。

第二节 从诗歌到学术

闻一多一生向两个方面发展自我的文化精神和扩张自我的文化世界，一是诗歌，二是学术，在诗歌与学术之间既呈现出从诗歌到学术的发展态势，又始终致力于诗歌与学术之间的沟通。先以诗歌名世，但在诗歌中已经饱含了丰厚的学术文化；后专注于学术，但在学术中仍然保留了浓郁的诗歌色彩。闻一多在诗歌创作和新格律诗体式创造中体现出鲜明的学术化特征，那么他从诗歌到学术的文化精神路径实质上可谓轻车熟路，在内在的精神理论上更是顺理成章地发展。从外在的文化身份变迁上看，闻一多是从诗人转变为学者，学界多从现实角度分析闻一多的"转变"；而从内在的精神结构生成上看，闻一多是从诗歌中的学术化表现发展到在学术中体现诗歌文化，可以从文化角度看取闻一多的精神"发展"。所以，闻一多从诗人到学者、从诗歌到学术，不完全是转变，更主要是自我精神文化的一种自然而必然的发展。当然，闻一多在诗歌与学术的"转变"和"发展"中，无论是现实感受还是文化体验，都存在和表现出相当的"矛盾"性，这共同构成了闻一多的"整体"精神文化世界。

闻一多的诗歌创作和诗歌理论固然积淀着丰厚的古典学术文化特别是古典诗歌要素，从而表现出"诗中有学"的学术化特征，但诗歌毕竟是诗歌，不会因为包含学术化因素而成为学术，即使如清代翁方纲和宋诗派，以诗歌表现学术考据内容，也仍然不失为诗歌而不是学术性文体。诗歌和学术毕竟是两种不同的感受和表现世界、认知和反映文化的方式，具有不同的思维特征、表达手段和成果形式。有的人终其一生是诗人，有的人终其一生是学者，而闻一多则既是诗人又是学者，以两种方式建立自我与世界、自我与文化的联系，诗歌与学术在他的精神世界里具有同等重要的作用和意义。从诗歌到学术、从诗人到学者，在闻一多这里确实存在着一种转变，因为，当他致力于学术研究后，基本上放弃了新诗创作，不像郭沫若那样即使在学术研究过程中，也没有放弃文学创作，或者文学创作和学术研究同时并举。闻一多在从诗歌到学术的转变中表现出他个性中的彻底性特征。1928 年《死水》诗集出版后，闻一多就开始专攻中国文学，他任教于武汉大学，1930 年转往青岛大学任教，到 1933 年正式任教于清华大学，他牺牲时在西南联大。在长达 18 年的时间里，闻一多只在 1931 年创作了《奇迹》和 1944 年创作了《八教授颂》两首诗歌。应该说，一般认为闻一多是从诗人"转变"到学者，如果仅仅从外在现实角度看，自然符合闻一多的实际人生情态。朱自清在为《闻一多全集》写序中，明确划分闻一多的一生为诗人时期、学者时期、斗士时期："大概从民国十四年参加《北平晨报》的诗刊到十八年任教青岛大学，可以说是他的诗人时期，这以后直到三十三年参加昆明西南联合大学的五四历史晚会，可以说是他的学者时期，再以后这两年多，是他的斗士时期。学者的时期最长，斗士的时期最短，然而他始终不失为一个诗人；而在诗人和学者的时期，他也始终不失为一个斗士。"① 朱自清此论，固然强调了闻一多学者的漫长性和作为诗人与斗士的一贯性。但此论一方面大大地延后了他的诗人时期，事实上，闻一多的诗人时期并不是仅仅从参加《晨报》诗刊的编辑开始，而应该从闻一多"五四"时期创作诗歌开始；另一方面，以斗士时期掩盖了最后两年的学术研究，截掉了学者时期最重要的一段，事实上，闻一多即使参加政治民主斗争，仍然继续着学术研究并取得了更加丰厚的学术成果。朱自清之论，自然影响深远，在长期的闻一多研究中，都依据朱自清的论说把闻一多一生鲜明地分为三段，构成了闻一多生平和业绩的基本学术框架，如刘烜的《闻一多评传》、苏志宏的《闻一多新论》。从诗人到学者的"转变"也成为闻一多研究的主要观点和一大论题，如杨洪勋的《闻一多：从诗人到学者》。这几部专著和其他的闻一多研究论著共同之处都是：第一，把闻一多的一生机械地分为诗人时期、学者时期、斗士时期；第二，都认为闻一多在这三个时期存在着鲜明的"转变"，可谓之"转变说"；第三，在分析闻一多转变的原因时基本上归于社会现实的影响。在此，本书当然也不否认朱自清的论定和闻一多从诗人到学者、从学者到诗人的"转变说"，笔者以为重要的是，在认知闻一多人生转变的同时要注意他在这三方面的一贯性，特别是要

---

① 朱自清.《闻一多全集》序［M］//闻一多. 闻一多全集：第 12 卷. 武汉：湖北人民出版社，1994：442.

在更广阔的人生、社会、文学、诗歌、学术、文化等背景上分析闻一多"转变"的原因，进而领略闻一多人生事业"转变"的意义。

在保持自我人生形态和精神文化世界的一贯性和统一性基础上，闻一多人生和精神世界的转变才具有人格的完整性和持久性意义。就我们一贯所认知的闻一多的三重人格所体现的三种人生形态，实际上都具备一贯性。作为诗人的闻一多，创作诗歌的时期是诗人，而创作诗歌之前和基本停止诗歌创作之后，他也一直生活在诗歌中：一方面，之前的研读古代诗歌和之后的研究古代诗歌，都可以看到他与诗歌的密切关系；另一方面，闻一多本来的诗人气质使他的人生必然总是富有诗性思维和诗意化特征，人生如此，学术研究亦然。作为学者的闻一多，诗歌中已经包含了学术，即使作为斗士也是一个学者型斗士，因为闻一多的战斗对象不仅针对现实中专制腐败的政治当局，而且还针对了自己的学术研究对象即中国封建文化思想。作为斗士的闻一多，在诗歌创作中多有战斗性的诗歌，如针对"三一八"惨案而创作的《天安门》《唁词——纪念三月十八日的惨剧》《欺负着了》和爱国主义诗歌《发现》《一句话》《七子之歌》等。在学术研究中更体现出他作为"杀蠹的芸香"，批判传统文化思想即后期学术性杂文所表现的战斗精神。就现实的斗士而言，闻一多最后的拍案而起，不怕牺牲，发表《最后一次讲演》，实际也是他青年时期现实斗争精神的延续。如参加五四运动，特别是1921年清华学校毕业时冒着被学校开除而不能出国留学、多年学习将功亏一篑的危险，参加支持当时高校教师向政府"索薪"的罢课罢考运动，正说明他之后参加民主斗争也是他现实斗争精神一以贯之的结果。在这样的基点上我们把握闻一多的人生形态和精神文化的转变，才可以不流于片面性，也才能更准确地看到他转变的原因和意义。闻一多从诗歌到学术表现在现实人生层面上，就是从诗人到学者的转变。文化身份的变化隐含着自我精神世界的转换，意味了自我人生文化的扩展，对于如闻一多这样的文化人，就仅仅是现实职业的改变。一个人的自我人生总是处在不断变化和人生领域的扩展历程中，固守一方面而没有新的开拓，最后的人生结果不免狭隘。闻一多从诗歌到学术、从诗人到学者的转变，标志着他进入了一个比单纯创作诗歌更为阔大的文化世界。如果说1928年前闻一多的学术研究还仅仅是兴之所至、偶然为之，那么1928年以后闻一多的学术研究就成为专业性的职业所在了。闻一多从诗人到学者的转变并不是偶然的，是由多种因素综合促成的，其中既有自我主动性的一面，也有现实人生被迫的一面，更存在诗歌和学术之间转换的文化合理性的一面。

闻一多走上学术研究道路是自我人生选择和社会现实影响的结果。闻一多的人生道路表面看起来似乎一帆风顺，基本上生活在学院和文化世界中，但实际上历经坎坷、备尝人生艰难。他有过顺利的时候，那就是略为殷实的"耕读世家"给他的求学和精神发展提供了基本的物质保障。闻一多在自家所办的私塾里经过启蒙教育后，1910 年即赴武昌入两湖师范附属高等小学接受新式教育，于 1913 年考取了留美预备学校清华学堂。他在清华学校学习近 10 年后，1922 年 7 月赴美国留学，在美国大学（芝加哥大学、科罗拉多大学）学习 3 年后，1925 年 6 月回国。如果说闻一多求学时期的人生历程尚属顺利的话，那么回国后闻一多在就业以及人生遭遇上屡受挫折，感受到最多的是理想的破灭和生计的艰难。闻一多结束留学生涯，回国的目的是要实现自己的理想，这个时候闻一多具体有三方面理想，一是继续在美国时就开始了的国剧运动，希望在国内创办艺术剧院，提倡和振兴戏剧。1925 年 8 月他和赵太侔、余上沅、孙伏园共同拟就了详细的《北京艺术剧院计划大纲》，① 并与胡适、徐志摩、张欣海、蒲伯英、邓以蛰、萧友梅、丁燮林等商谈，又有萧友梅筹得的 20 万款项，雄心勃勃致力于艺术剧院的创办，似乎"剧场事业可庆成功矣"②。二是提倡新诗形式运动，以新格律诗的理论提倡和创作实践矫正自由诗的偏颇。为此，闻一多在 1926 年投入巨大热情，周围聚集了一群青年诗人如朱湘、刘梦苇、孙大雨、饶孟侃、杨世恩、蹇先艾、朱大枏等，联合徐志摩，依托徐志摩主编的《晨报·副刊》而创办了《诗镌》，共同提倡新格律诗。三是投身于政治运动，加入国家主义派别，希望实现自己"文化上的爱国主义"理想。在美国时，闻一多就加入国家主义派别的大江学会，并参与编辑会刊《大江季刊》，回国后参加了当时反对帝国主义入侵的集会和示威活动。实际上，在两年间的活动中，除了新诗形式运动卓有成效、在当时诗坛上引起反响并在诗歌史上显示出一代诗风的作用外，其他两大理想都因为现实原因破灭了。这个时候的闻一多最要紧的是找到能够养家糊口的职业，因为他不再是学生，已经拖家带口，全家的生存和生计问题是最重要的，所以闻一多最急切的是能够有一份稳定的职业。1925 年 8 月后，闻一多除了从事上述理想中的活动外，同时还处于现实职业的奔波中。闻一多最初参与

---

① 闻黎明，侯菊坤 . 闻一多年谱长编 [M]. 武汉：湖北人民出版社，1994：227. 该书引录了《北京艺术剧院计划大纲》的详细内容，分组织概略、剧场建筑、营业方法、练习生功课和进行步骤，详列了各项开支费用、人员编制和职责分工。

② 闻一多 1925 年 8 月 11 日致闻家驷、闻家騄信 [M] //闻一多 . 闻一多全集：第 12 卷 . 武汉：湖北人民出版社，1994：226-227.

筹办北京国立艺术专门学校，1925 年 11 月开始正式在该校任教并担任教务长，1926 年 3 月因校长风潮辞去教务长职务，暑假后再未到艺专。1926 年 8 月，受潘光旦邀请，往上海吴淞国立政治大学任职，但仅数月，年底因为女儿病夭而回老家。1927 年 2 月应邓演达邀约前往武昌参加国民革命军总政治部工作，担任艺术股股长，但因为不习惯军中政治生活，一月后离职。① 再到吴淞国立政治大学时，学校已经被北伐军封闭，他又一次失业。其间在上海参与开办新月书店，又曾经到南京土地局任职，任职时间极为短暂。1927 年 8 月应宗白华约往南京东南大学（第四中山大学）任教，担任外系主任。一年后，辗转到新筹备的国立武汉大学任文学院院长，1930 年 6 月因为人事倾轧和学潮而辞职，这意味着闻一多又一次失业。直到 1930 年 8 月，他应杨振声邀请担任青岛大学文学院院长、中文系主任，两年后又因为学潮（因为闻一多没有答应学生的无理要求而遭到学生反对）而辞职，再度失业。赋闲一月后，1932 年 8 月正式受聘于清华大学中文系，至此闻一多的职业才得以长期稳定。在此不厌其烦地介绍闻一多的职业经历，是想说明闻一多所遭遇的人生坎坷和生活挫折。闻一多结束学业、步入职业生涯后，长期处于动荡不安中，从北京到上海，从南京到武汉，从青岛又返到北京，七年时间易地六次，频换学校，频频失业，其颠沛流离之苦使他体验到现实的险恶和人生的艰难，其精神感受充分地体现在他这个时期的诗歌创作中，特别是《死水》诗集，多是阴冷悲苦之作。以上职业的奔波和不断的失业打击都对他从诗歌到学术以及学术研究产生了巨大的影响，在以后的学术研究过程和学术研究成果中都积淀和体现了这些现实人生经验和人生体验。闻一多最大的理想是致力于艺术、做一个"艺术底忠臣"（《红烛·艺术底忠臣》）、以艺术美救治混乱的国家，所以他参与创办艺术剧院，发起新格律诗运动，特别是通过参加国家主义派别的政治活动表现自己"文化上的爱国主义"精神，以反对帝国主义而追求国家的独立富强。当时国家的政治状况和社会现实更令他失望。我们知道，闻一多在美国留学前后，饱受国家因贫弱而带来的种族歧视和屈辱，如他所就读的清华学校和留学费用，是 1900 年八国联军侵略中国得胜后所签订《辛丑条约》中的"庚子赔款"，帝国主义国家以多要出来的赔款以退款的形式为中国培养留学生，首先从美国开始，以此款设立清华留美预备学校，并支付留学生的学费。闻一多深知自己求学的这个背景，本来就

---

① 章伯钧. 哀悼闻一多先生［M］//闻一多. 闻一多全集：第 12 卷. 武汉：湖北人民出版社，1994：486.

有屈辱感，出国后更切身地感受到美国对中国的歧视，由此而升腾起强烈的爱国主义情感和思想，创作出一系列惊心动魄的爱国主义诗歌。在美国时的思念祖国之情在客观上形成时间和空间距离，所以闻一多在想象中美化祖国，在诗歌《忆菊》中借赞美"祖国底花"而赞美"如花的祖国"，把祖国想象为如花般美丽。但事实上，当时的中国内不统一、外不独立，军阀混战，民不聊生。所以，闻一多一回国就"发现"："这不是我的中华，不对，不对!"而是"噩梦"，是"恐怖"，是"噩梦挂着悬崖"。（《死水·发现》）进一步"发现"：中国社会不过是"一沟绝望的死水"（《死水》），因为军阀混战中国农村变成了"荒村"（《荒村》），因为当局残暴，中国城市成了"鬼城"（《天安门》）。诗歌中的形象化表现不仅是闻一多耳闻的景象，而且是他目睹的现实，反映了他的亲身经历和最切实的内心感受。他对中国的失望从一回国就产生了，闻一多是 1925 年 6 月 1 日在上海登岸的，那个时候刚刚发生过"五卅"运动，他首先看到的是鲜血。据和闻一多同行的余上沅回忆："我同太侔、一多刚刚跨入国门，便碰上五卅的惨案，六月一日那天，我们亲眼看见地上的碧血，一个个哭丧着脸，恹恹地失去了生气，倒在床上，三个人没有说一句话。在纽约的雄心，此刻已经受过一番挫折。"① 可以想到闻一多的感受，真如俗话说的，从头浇了一盆冷水啊! 1926 年，闻一多定居北京，本以满腔热情投入诗歌运动和爱国活动中，但距离"五卅"仅仅 9 个多月，北京发生了震惊社会的"三一八"惨案，这不仅又给闻一多以打击，而且更令他愤怒。惨案发生前后，正是闻一多提倡新格律诗运动、编辑《诗镌》的时候，所以他把诗歌运动和爱国运动相结合，以《文艺与爱国——纪念三月十八》为诗歌运动的宣言，并创作了一系列悼念死难烈士、揭露北洋军阀政府的诗歌，如《天安门》《唁词——纪念三月十八日的惨剧》《欺负着了》。随后，闻一多在职业奔波过程中的 1927 年，正是北伐战争高潮，国内政治瞬息万变，国共联合取得北伐胜利后，国共关系破裂，上海发生了"四一二"政变，这时闻一多正在上海，因为北伐军封闭了国家主义派别据点的国立吴淞政治大学，他刚失业赋闲在上海。不到两年，闻一多目睹和亲历了影响中国社会政治的三大政治事变，这自然也影响了闻一多，不仅影响了他外在的生活，而且极大地影响了他的思想和精神，构成了他从诗人到学者、从诗歌到学术转变的社会背景。所以，闻一多后来在谈到自己进入学术研究领域的原因时说："我近来最痛苦的是发现了自己的缺陷，一种最根本的缺憾——不

---

① 余上沅. 一个半破的梦：致张嘉铸君书［N］. 晨报·剧刊，1926-09-23（15 号）.

能适应环境。因为这样，向外发展的路既走不通，我就不能不转向内走。在这向内走的路上，我却得着一个大安慰，因为我实证了自己在这向内的路上，很有发展的希望。因为不能向外走而逼得我把向内的路走通了，这也可说是塞翁失马，是福而非祸。"① 闻一多所说"向内走的路"就是指学术研究，说这话时是 1933 年，闻一多已经完全投入学术研究并取得了相当成绩。他从"向外走"而转入"向内走"，具体到从诗人到学者、从诗歌到学术，是他自我职业选择和社会现实共同作用的结果。因为当时社会政治的混乱，所以闻一多所期望的艺术理想和爱国运动，即"向外走"的路走不通；因为自我现实人生的需要，所以闻一多必须为自己谋得一份教职而任教于大学；又因为闻一多意识到自己"不能适应环境"，所以从北京艺专到武汉大学乃至青岛大学，所担任教务长、院长职务均半途而废，在作为社会缩影的学院里经历了人事倾轧，是争权夺利、钩心斗角的牺牲品，而他性格耿直、刚直不阿、坚持原则，其个性怒能见容于所在环境，往往成为受攻击和被排挤的对象，数年所积累起来的多是"痛苦的回忆"，所以在学院里担任社会职务的"外向"发展也走不通。于是，闻一多就专心致志于学术研究，在与大学教授的职业相结合的精神上"向内走"，在古籍研究中涵养自我人生，在研究中国文化中感受和发现中国文化的特征，同时为自己安身立命找到容身之所。学术研究道路于闻一多既是兴趣，也是现实所迫而不得不为。

从诗歌与学术的关系着眼，闻一多从诗人到学者、从诗歌到学术，如果说以"转变"之说论，除了现实人生和社会政治原因外，其实有着诗歌自身、诗歌和学术之间关系的内在理路的因素，同时，从诗歌到学术研究在转变的同时，呈现出一种文化意义上的内在发展逻辑。闻一多即使作为诗人，写诗也并非他全部的精神活动，基本上是在学业和职业之余进行诗歌创作。诗人并不是一份职业，诗歌更不能够养家糊口。中国古代文学传统中就少有专业作家，大部分作家是参加科举考试进入仕途做官之余写诗作文，文学成为业余雅兴。近代商业兴起，随着现代出版机构创立和现代报纸杂志创办，确立了稿费制度和版税制度，出现了卖文为生的文人，但基本上局限于大众化、通俗性的小说和戏曲，既不普遍实际上也没有根本保障。"五四"文学革命运动一方面反对旧文学，另一方面也针对近代商业化的通俗文学如"鸳鸯蝴蝶派"，反对把文学作为迎合小市民的消遣娱乐工具，而提倡为人生、为社会的

---

① 闻一多 1933 年 9 月 28 日致饶孟侃信［M］//闻一多. 闻一多全集：第 12 卷. 武汉：湖北人民出版社，1994：265.

新文学。本质上新文学属于雅文学，文化思想功能、社会现实功能、文学艺术功能远远大于商业功能，这样自然而然地削弱了新文学的商业性和市场价值，新文学作家就难以靠文学创作维持生计。事实上，文学革命后现代作家基本上都有另外职业，文学创作大即为业余所为。如新文学初期的作家主要由两部分构成，一部分是大学教授，一部分是在校大学生。如鲁迅本为教育部职员，同时在大学兼课并进行学术研究，辑录古代典籍、撰著《中国小说史略》，《呐喊》《彷徨》《野草》也是职业之余的产物；直到 20 世纪 30 年代鲁迅在上海才成为自由撰稿人，以版税和稿费为生，但也不全依靠创作为主，而多辅之以外国文学翻译的版税。当时文学研究会的青年作家如冰心、许地山等，创造社同人郭沫若、郁达夫、张资平、成仿吾等，均为在校学生。闻一多其实亦为新文学作家中的典型，创作《红烛》时，他是学生身份，创作《死水》时，实际已经是教授身份，开始了学者生涯。所以，诗人并非职业，学者反倒依托学院教职而具有职业化特征。这样，闻一多不可能专于诗歌、以诗歌创作为专门生涯，他必然另外开辟自己的人生道路，任教于学院，学术研究就成为他顺理成章的选择。或也可以说，诗歌更多带有闻一多的志业所向，学术研究偏于闻一多的职业所在。闻一多本是一个有浓厚艺术气质的人，兴趣尤其广泛。据熊佛西回忆，闻一多在谈到他为什么不写诗而研究中国文学时说："我已发现我在创作方面无天才。诗，只好留给那些有天才的人们去写。过去，我觉得我搞的玩意儿太多、太杂，结果毫无成就，今后我愿意集中精力来研究中国文学。"① 闻一多之专攻中国文学，与他对自己的人生期望密切相关，他希望自己从广泛的兴趣收束到学术研究中，由博返约，做出一番成就。1927 年他在给饶孟侃的信中以风趣的语言自我调侃："绘画本是我的原配夫人，海外归来，逡巡两载，发妻背世，诗升正室。最近又置了一个妙龄的姬人——篆刻是也。似玉精神，如花面貌，亮能宠擅专房，遂使诗夫人顿兴弃扇之悲。"这也就是他所说"搞的玩意儿太多、太杂"，致使他感觉到"转瞬而立之年，画则一败涂地，诗亦不成家数，静言思之，此生休矣！"，因此刻章"壮不如人"而"志恨"。② 当然这里有闻一多的谦虚之处，语虽幽默，但确实有闻一多心所不甘的遗憾，所以他立志在而立之年集中搞学术研究。诗歌从本质上是属于青年的，青年时期是理想主义、浪漫主义、

---

① 熊佛西.悼闻一多先生——诗人、学者、民主的鼓手［M］//闻一多纪念文集.北京：生活·读书·新知三联书店，1980：74. 原载《文艺复兴》1946 年第 2 卷第 1 期。

② 闻一多 1927 年致饶孟侃信［M］//闻一多.闻一多全集：第 12 卷.武汉：湖北人民出版社，1994：238-239.

热情高涨、个性张扬的人生阶段，最是需要也最适合通过诗歌来表现自我的阶段。而人到中年后，性情趋于平和，生活更近现实，理智代替情感成为主要的精神状态，诗情诗意自然在现实生活和理智思维中消退。从文学文体上说，人到中年意味着从诗歌入于散文。如朱自清，在青年时期创作诗歌，参加中国现代文学史上第一份诗歌刊物《诗刊》的创办和诗集《雪朝》的出版，写有中国现代最早的长诗《毁灭》，但到自己所认为的中年时期，不再创作诗歌而转入散文创作，成为现代文学史上杰出的散文家。随着年龄的增长，朱自清又从散文创作转向学术研究而成为学者。在文学文体和精神活动的变迁方面，闻一多和朱自清有类似处，只是闻一多没有经过散文阶段而直接从诗人转向了学者。这里有朱自清所总结的年龄、性情和性情表现之间的人生规律性特征。闻一多自然是随着年龄增长，精神在发生变化，精神表现的方式也随之从诗歌抒情发展到理性化的学术研究。我们说闻一多从诗人到学者的转变在文化意义上是从诗歌到学术的发展，在转变中更体现出一种文化理路的自然发展。对于闻一多来说，无论诗歌还是学术，在他的精神历程中都有相当的一贯性，他一直处于诗歌和学术的起伏消长中。从诗歌到学术的过程，在他的精神文化世界中是诗歌创作逐渐退隐、学术研究日益增长的过程。从诗歌到学术不是完全的转变也应是自然的发展，因为诗歌的成分以转化了的形式表现在学术研究中，他在学术研究中因为以研究古代诗歌为主，所以并没有脱离诗歌。而他的学术研究活动在诗歌创作阶段已经开始，如1922年研究中国古典律诗而撰著《律诗底研究》，后来的学术研究是以前学术活动的继续。虽然闻一多放弃诗歌艺术活动有现实被迫的因素，但也是自己心甘情愿的，因为研究古代文学、古代诗歌同样是他一贯的兴趣和"志业"所在。如沈从文在新中国成立后因为不能适应新社会对文学的新要求，被迫放弃文学创作，转向文物研究，这种转变固然有被迫的原因，但同时也有他主动的一面。因为沈从文对文物爱好由来已久，退守故宫研究中国文物，正满足了他文学追求之外追求文物研究的又一大愿望，可以说深得其所。学界多以为沈从文完全被迫转向，多以同情笔调而叹息不已，实在是只知其一而不知其二。闻一多在诗歌与学术之间、从诗歌到学术的情形同样如此，不完全是现实逼迫，同时有着他自己的志愿和主动选择的一面。对于闻一多而言，诗歌创作和诗歌研究同根植于诗歌一体，从创作到研究的距离其实就是一步之遥，所以，为之转变固然可以，但要意识到闻一多在诗歌和学术之间、从诗歌到学术的一贯性和发展性。

　　诗歌创作和学术研究毕竟属于不同的文化部类和不同的精神活动，前者是艺术的创造，需要热情、才气和美的创造力，而后者是理智的、冷静的、客观的科学研究。他作为诗人，在诗歌创作过程中会更贴近现实社会生活，而作为学者无形中和现实社会有一定距离，尤其研究中国古籍。闻一多从诗歌到学术，无论是人生内容由此及彼的"转变"，还是文化精神一以贯之的"发展"，诗歌和学术显然存在鲜明的区别，这区别反映在闻一多的思想和精神中，形成了他在诗歌与学术之间的矛盾性。选择的同时意味着放弃，选择了学术研究为自己的文化事业就意味着放弃了灵动激情的诗歌创作，选择了学者生涯就意味着与经典古籍为伴，更多时候生活在寂寞的书斋和平静的学院。闻一多的这一选择固然有在而立之年后专攻中国文学、力图成就自己事业的愿望，但放弃自己钟爱的诗歌创作总觉不甘心，其间的矛盾首先是闻一多精神感受中的。1930 年，饶孟侃把他的诗歌呈给闻一多，闻一多在回信中说："诗极好，依然是那样一泓秋水似的清。我自己是惭愧极了。故纸堆终竟是把那点灵火闷熄了。近来也颇感着技氧，只是不知道如何下笔，干着急。怕的是朋友们问起我的诗。"① 这透露出了闻一多此时复杂矛盾微妙的心理。正是带着这样的心理，他在 1928 年后三年没有写诗，1931 年创作了长诗《奇迹》，证明了自己的诗歌"灵火"并没有被"故纸堆""闷熄"。写《奇迹》时，闻一多正在青岛大学，《奇迹》是他"花了四天工夫，旷了两堂课"创作的，他的得意之情溢之言表："毕竟我是高兴，得意，因为我已证明了这点灵机虽荒了许久没有运用，但还没有生锈。写完了这首，不用说，还想写。说不定第二个'叫春'的时期到了。"② 当然，《奇迹》之后，闻一多再没有如自己预想的那样继续创作，《奇迹》亦差点成为他诗歌创作的"绝响"（直到 1944 年才又创作了一首《八教授颂》）。而且愈离开诗坛，他愈看重文学界对他诗歌的评价，如他在创作《奇迹》期间看到了沈从文所作评论《死水》的文章《论闻一多的〈死水〉》，"真叫我把眼泪都快喜出来了。那一句话不中肯？正因为他所说的我的短处都说中了，所以我相信他所提到的长处，也不是胡说。你们知道我不是那种追逐时髦，渔猎浮名的人。我并不为从文替我做了宣传而喜欢（当然论他的声价，他的文字，那文章的宣传的能力定是不小），实在他是那样的没有偏见地说中了我的价值和尺度。我是为得了一

---

① 闻一多 1930 年致饶孟侃信 [M] //闻一多. 闻一多全集：第 12 卷. 武汉：湖北人民出版社，1994：251.

② 闻一多 1930 年致饶孟侃信 [M] //闻一多. 闻一多全集：第 12 卷. 武汉：湖北人民出版社，1994：251.

个'知音'而欢喜"。① 这里表露出来的既有沈从文客观地评价了自己诗歌的欣慰，又有自己诗歌能够得到文学界关注的得意，特别是得到沈从文这样有相当分量的作家和批评家的高度评价而更加喜悦，同时也透露出闻一多对诗歌创作的留恋之情。闻一多自谦说"诗亦不成家数"，而实际上已经自成一家，在诗坛上影响巨大且有了深远的文学史、诗歌史意义。而现在他放弃诗歌创作，确实非常可惜。所以，在1930年进行学术研究活动的时候，闻一多自然怀恋诗歌创作，在诗歌与学术之间产生了犹疑。当然，诗歌创作的"灵光"一闪而过，此后他又埋首古籍中。感受中的矛盾反映了他思想中的矛盾，他所谓"向外走"和"向内走"本身就是对立的两种人生形态，因为"向外走"没有走通，所以转向"向内走"。从诗歌创作与学术研究的关系看，"向外走"无疑可以特指与现实密切联系的诗歌创作，"向内走"即意味着在书斋、在学院专注古代、专注典籍，前者指向现实社会人生，后者指向文化、学术和自我内在生活。无论是以诗歌介入现实还是以学术研究疏离现实，都涉及和现实的关系。如何建立与现实的联系，闻一多在思考和选择，思考和选择过程中生成的矛盾构成了闻一多的精神特征。从《死水》诗集中的诗歌我们可以感受到闻一多鲜明的现实情怀，在精神上经历了从自我内在的情思世界到外在现实社会，《心跳》一诗表明了闻一多在精神上从内向外的转向，面对自我的生活情态："灯光漂白了的四壁"里有"朋友似的亲密"的"贤良的桌椅"，面前飘悠着"古书的纸香"和洁白的茶杯，触目是"受哺的小儿"，听闻到"大儿的鼾声"，此情此景，诗人不由陶醉，"这神秘的静夜，这浑圆的和平，我喉咙里颤动着感谢的歌声"。这正是闻一多后来书斋生活、学者生涯的写照。但在写《心跳》的1927年，闻一多没有完全陶醉其中，诗笔一转，"但是歌声马上又变成了咒诅"，他不能够满足于这静夜"墙内尺方的和平"，"我的世界还有更辽阔的边境"。于是他从"个人的休戚"转向"更辽阔的边境"，听见了"战争的喧嚣""四邻的呻吟"，看见了"寡妇孤儿抖颤的身影""战壕里的痉挛，疯人咬着病榻""和各种惨剧在生活的磨子下"。于是，闻一多陶醉于"静夜"而为现实的惨剧"心跳"，创作了一系列从表现爱国主义情思到揭露黑暗现实的诗歌，如从《一个观念》到《一句话》的爱国诗，从《荒村》到《洗衣歌》的现实诗。这是闻一多在诗歌中"向外"发展的典型体现。但如同《闻一多先生的书桌》所描绘的诸物都不

---

①　闻一多1930年致饶孟侃信［M］//闻一多.闻一多全集：第12卷.武汉：湖北人民出版社，1994：253.

能够各安其位，正象征了当时中国社会的混乱状况。面对从"五卅"到"三一八"、从"四一二"到"九一八"，政治风云变幻莫测，外敌入侵迫在眉睫，一介诗人的闻一多即使想"向外走"、向厘定社会秩序，又能有什么办法呢？只有徒唤奈何而放弃改造社会的勃勃雄心，回归书斋"向内走"。闻一多在此期间提倡新格律诗运动，其理想一方面针对诗歌，希望通过诗歌"三美"的格律化来规范现代新诗；另一方面，诗歌格律的追求隐含着闻一多的美学理想和社会理想，要通过诗歌格律的建立而厘定社会的秩序，希望社会亦如诗歌，能够有自己的秩序、规范、纪律。但再美的艺术和再理想的愿望，在强大而积重难返的中国现实面前都无济于事会彻底粉碎，格律的有限形式永远无法规范和约束混杂的社会，甚至对诗歌本身都不可能一劳永逸。理想和现实的巨大反差、现实对理想的强大反弹和最终的毁灭，使闻一多不得不发出感叹："秩序不在我的能力之内！"（《闻一多先生的书桌》）从此，闻一多在"心跳"之后又复归平静，回到"墙内尺方的和平"中而开始完全的学者生涯。他离开诗歌创作转入学术研究，也意味着远离了现实社会而进入到古籍世界，诗歌创作担当了闻一多从现实社会到古籍研究的过渡桥梁，前以诗歌创作介入现实，后从诗歌过渡到学术与现实社会在精神上有一定程度的疏离。诗歌艺术理想极致化的结果是诗歌格律成为彻底禁锢自我丰富精神和复杂社会的"枷锁"，诗歌艺术格律不仅无补于社会现实，格律反倒压抑了诗情、严格制约了诗情的抒发。闻一多的情感"火山"此后就压抑在"死水"下面，新格律诗提倡和实践的结果是，闻一多自己再写不出诗歌，因为太理想、太精严、太完美的诗歌格律禁锢了他的诗情，所以，闻一多放弃写诗而发展学术，同时也有诗歌自身的原因。而在这样的精神矛盾中，从诗歌到学术的转化和发展，实际意味着闻一多把诗歌的格律转化为人生格律和学术上的"格律"化追求，"学者"的人生形态实则是闻一多转化了的诗歌格律的体现，诗歌和现实的秩序化理想转向了对中国文化的秩序化厘定，闻一多全部的学术研究在这个意义上说，就是要建立中国文化的理想秩序。诗歌与现实的矛盾、诗歌与学术的矛盾转移到学术研究内部的矛盾中，带着热爱中国诗歌、中国文化的目的进入中国的文化历史中寄托自我的精神理想，结果发现中国文化历史和历史文化同样混乱，于是在厘定其文化秩序的过程中发现了中国文化的本相和本质，禁锢的精神在学术研究中爆发，既做出了巨大的学术研究成绩，又批判腐坏的中国文化思想。诗歌与学术的矛盾在生成过程中进入了学术世界，在学术研究过程中孕育了矛盾解决的最终选择。

　　从诗人到学者的转变过程中学术性逐渐强化，从诗歌到学术的发展过程中诗歌性逐步转化，在转变和发展中生成了诗歌和学术之间的矛盾，这些都构成了闻一多整体的精神文化世界。如果从闻一多整体的精神文化世界看，诗人和学者是统一的，诗歌和学术是能够整合的，诗歌和学术呈现出一种互动关系，形成了闻一多"诗中有学"和"学中有诗"的文化特征。

第三节　学术中的诗

闻一多在诗歌创作中已经包含了丰厚的学术文化，又从诗歌创作发展到学术研究，自然在学术研究中有着鲜明的诗歌因素，体现出诗歌化的特征，即"学中有诗"。所谓"学中有诗"，一是指闻一多的学术研究内容以中国古代诗歌为主，他最早的学术研究是中国古代诗歌，他学术研究成绩最大的部分是对中国古代诗歌的研究；二是指闻一多以诗人的精神来研究中国古代诗歌，在学术研究中体现出诗性思维，全部的学术研究都具有鲜明的诗意化特征。前者属于学术研究对象和研究内容，后者属于学术研究思维和学术研究风格，在这两个方面，闻一多的学术文化世界都与诗歌有非常密切的关系，整体的学术研究都可以说诗意盎然，可以看出闻一多诗人型学者的个性特征。

一个学者要进行学术研究、进入学术研究过程，首先面临的是研究对象的选择和研究内容的确定。研究什么、不研究什么，取决于诸多因素，包括时代思潮、社会需要、学界动态、研究条件等外部的社会文化氛围，从研究主体而言，则取决于他的天赋才能、兴趣爱好、学养基础、学术识见、意义感知等因素。外部的社会文化氛围对于闻一多学术研究的意义倒不是完全决定了他具体的研究内容，而是根本上决定了他进入学术研究本身和主要以古籍研究为主。因为从当时的时代思潮看，"五四"新文化运动之后，反对旧思想旧道德的现代化文化价值以现代文化思想的标准重估一切传统价值，首先就要在学术上清理和认识中国一切古籍，所以在建构新文化的同时，新文化运动的主体纷纷投入对传统文化的整理和研究中，其中影响大者有胡适的在"输入学理"基础上的"整理国故"，以图"再造文明"。这成为一种时代的学术文化主潮。闻一多走上学术道路，自然顺应了新文化运动后重估传统文化价值的潮流。从客观的社会需要看，具体说，闻一多出于职业考虑而任教于大学，学术研究成为职业的要求和职业的一部分。当时的学界在内容取向上有的专注于整理和研究中国古籍；有的致力于胡适所说"输入学理"，翻译、介绍和研究外国文化；有的苦心孤诣于以西方文化思想，重新阐释中国古代文化而求中西文化的融合。闻一多自然了然学界的这些研究动态，在其中当然会有自己的选择。应该说，闻一多置身于学院环境，具备了基本的学术研究条件，有了自己所选定研究内容的文献保障。这样，外部的社会文化氛围给闻一多提供了必要的学术研究背景和保障。至于具体研究内容的选择，则主要由闻一多主体精神因素决定，闻一多自身的天赋才能、兴趣爱好、学养基础、学术识见、意义感知等决定他最初和主要选择研究的中国古代诗歌。人生各有禀赋，在闻一多天性中就富有艺术性才华，这决定了他的兴趣爱好，后天自然多在艺术上发展自我，在绘画、诗歌、戏剧、篆刻等艺术部类都有所发展并都有成就，其中发展最充分、成就最高的是诗歌。天性禀赋和兴趣爱好决定闻一多在启蒙教育之后的学习内容，一反传统以读经为主，而更多集中在古典诗歌的研读上，从时间上贯穿他整个求学阶段，内容上贯穿了整个中国古代诗歌历程，如他在清华学校读书时所开列的读书计划，包括《八代诗选》《全唐诗》《宋诗选》《元诗选》《明诗综》《清诗别裁》，囊括了中国历代诗歌。这样就形成了闻一多在古典诗歌方面深厚的学养基础，为他以后的学术研究对象的选择奠定了基础。在诗歌上愈有天赋，就愈感兴趣，愈感兴趣，就愈会挤出时间和精力去学习，学习愈多，积累愈深厚。这就为今后学术研究对象的选择进行了必要的准备。学者选择研究对象总是基于自己最感兴趣、获知最多的内容，闻一多选择古代诗歌作为研究对象，具有得天独厚的学养优势。同时，研究对象的选择还可以看出学者的识见能力，选择什么更可见主体的识见能力，即在纷繁复杂、杂乱无章的古代文化、古代文学、古代诗歌中选择最有价值的研究内容，这需要研究主体具有一双文化"慧眼"。独具慧眼，才能发现既有研究价值，又为人所未至、所未道的研究领域。闻一多选择中国古代诗歌作为研究对象，无疑体现了他的学术眼光和文化"慧眼"。因为他知道，中国文化的精粹在文学，中国文学的精粹在诗歌，诗歌作为中国古代文学最正统的文体，集中体现了中国文学的美和中国文化的特质（"诗定是文化的胚胎"①）。而他对古代诗歌的研究首先从唐诗开始，因为唐诗是中国诗歌创作的顶峰，尤其唐诗把古典律诗的创作推到极致，而"律诗底体格是最艺术的体格"，"他是中国诗底艺术底最高水涨标。他是

---

① 闻一多. 律诗底研究 [M] //闻一多. 闻一多全集：第 10 卷. 武汉：湖北人民出版社，1994：159.

纯粹的中国艺术底代表。因为首首律诗里有个中国式的人格在"①。带着这样的识见，闻一多在学术研究对象的选择上不仅仅单纯从自己的兴趣爱好出发，还更进一步感知古代诗歌研究的意义，在研究对象意义的意识中进入自己的研究过程。仅仅从自己趣味出发的研究，势必将学术研究沦为毫无意义的玩偶，不是在进行思想意义的认识，而是在对象的赏玩中消解研究对象的意义。闻一多尽管在选择自己的研究对象时有从情趣出发的因素，但他无论是在选择中还是在整个研究过程中，都不忘研究对象本身的意义和自己研究的意义。当然，闻一多学术研究的意义非常重大，单就他最初的选择古代诗歌、选择古代诗歌中的唐诗、选择唐诗中的律诗为自己的研究对象，就体现出他的价值认知，正是在这样的价值认知中，闻一多的意识体现着自己的研究意义。

　　既有深厚的古典诗歌学养，在诗歌创作中体现出学术文化的含量，又从诗歌创作发展到学术研究，那么，研究的对象首先选择诗歌是闻一多从诗歌创作到诗歌研究顺理成章的结果。诗歌是他的基点，实际上除创作和研究外，闻一多还有诗歌批评。如果说闻一多正式的学术研究从 1928 年开始，那么此前的诗歌创作、诗歌批评、诗歌研究都可以是他学术研究的准备，其中，古代诗歌研究实际不限于学术准备，可以是真正的学术研究。无论是他早期的学术研究尝试，还是后来正式的学术研究，共同而鲜明的特征都是学术中丰富的诗歌内涵和浓厚的诗歌意味。从创作到批评到研究，闻一多始终没有离开诗歌，学术中有诗是他学术研究最大的特征。

　　我们可以大概排列出闻一多早期诗歌活动的进程和内容层面：旧体诗习得—旧体诗创作—新诗创作—新诗批评—律诗研究—古代诗人研究。旧体诗的学习和创作为新诗创作赋予了厚实的古代艺术和学术文化内涵，新诗的创作实践为诗歌批评赋予了感性的艺术经验，新诗的创作为古诗的研究赋予了现代性的视角，新诗批评为律诗的研究赋予了理论基础，律诗的研究为研究古代诗人和诗作进行了必要的学术准备。诗歌创作、诗歌批评和诗歌研究构成了闻一多诗歌活动的链条和完整世界。从诗歌的学术研究角度看，他的诗歌批评可以说是诗歌研究的艺术和理论的基础。除了评论《清华周刊》上面的诗歌而作《评本学年〈周刊〉里的新诗》、评俞平伯《冬夜》而作《〈冬夜〉评论》、评郭沫若《女神》而作《〈女神〉之时代精神》和《〈女神〉之

---

① 　闻一多. 律诗底研究 [M] //闻一多. 闻一多全集：第 10 卷. 武汉：湖北人民出版社，1994：159.

地方色彩》外，闻一多还曾经计划写一本书，名为《新诗丛论》，"这本书上半本讲我对于艺术同新诗的意见，下半本批评《尝试集》《女神》《冬夜》《草儿》及其他诗人的作品"。① 虽然他计划中的《新诗丛论》没有成书，但从已经完成的评《冬夜》和《女神》的论著可以窥见其书的基本内容，包括他的诗歌批评标准和诗歌艺术观。闻一多与现代诗人鲜明的区别在于，他虽然置身于新诗园地，但始终不忘旧诗的传统，所以在创作新诗和进行新诗评论的同时，有意识地开始了最初的古代诗歌研究。闻一多最早的学术研究成果是《律诗底研究》。首先，这与闻一多所意识到的中国诗歌在中国艺术、中国文化、中国社会中的崇高地位有关，他说："诗在各门艺术之中所站位置很高（依我的意见比图画高）。但诗之普遍诚未有如中国者。在中国几乎无处没有诗。穷家小户至少门联是贴得起的。门联上写的不是诗是什么？至于从前科举时代凡是读书过考，谁不要会作几句诗！至于读诗更是普遍了。《唐诗三百首》，《千家诗》一类的课本西方是找不出的。"② 其次，闻一多是基于律诗本身的价值而把研究律诗作为研究中国古代诗歌的切入点和出发点，"今之欲研究中国旧诗者，辄不知从何处下手，且绝无有统绪而且可靠的指南底著作。余则谓须从律诗下手。一、因律诗为中国诗独有之体裁。以中诗之全数与西诗之全数相减，他种诗都相抵消，其余诗则为律诗。故研究中国诗者若不着手于律诗，直等于没有研究中国诗。二、因律诗能够代表中国艺术底特质，研究了律诗，中国诗底真精神，便探见着了。三、因律诗兼有古诗、绝句、乐府底作用。学者万一要遍窥中国诗底各种体裁，研究了律诗，其余的也可以知其梗概"。③ 再次，从现实的意义看，闻一多研究律诗主要是有感于现代新诗的过分西化，要求现代诗人"当细读律诗，取其不见于西诗中之原质，即中国艺术之特质，以熔入其作品中"，因为在他看来，"夫文学诚当因时代以变体；且处此二十世纪，文学尤当含有世界底气味；故今之参借西法以改革诗体者，吾不得不许为卓见。但改来改去，你总是改革，不是摈弃中诗而代以西诗。所以当改者则改之，其当存之中国艺术之特质则不可没。今之新诗体格气味日西，如《女神》之艺术吾诚当见之五体投地；然谓为输入西方

---

① 闻一多1922年4月11日致闻家骐信［M］//闻一多.闻一多全集：第12卷.武汉：湖北人民出版社，1994：33.

② 闻一多1923年2月10日致闻家骐信［M］//闻一多.闻一多全集：第12卷.武汉：湖北人民出版社，1994：145.

③ 闻一多.律诗底研究［M］//闻一多.闻一多全集：第10卷.武汉：湖北人民出版社，1994：165-166.

艺术以为创倡中国新诗之资料则不可，认为正式的新体中国诗，则未赶附和"。正是在这样的认识下，闻一多后来吸收律诗的美质而创造新格律诗，那么他对律诗的研究就拥有了更大的现实意义。当然，律诗最后毕竟成了历史，可以借鉴，但再不可能继续成为诗歌正统，闻一多认为偶尔为之也未尝不可，如蔡元培所说之篆籀虽然不再通行，但可以作为一种美术品而习用，那么，在闻一多看来，律诗即使没有创作的价值，也有鉴赏的价值，"无论如何，律诗之艺术的价值，历万代而不泯也。创作家纵畏难却步，不敢尝试；律诗之当永为鉴赏家之至宝，则万无疑义"①。正是在这样对律诗价值的认定中，闻一多全面系统地研究了律诗在诗体组织方面包括章的组织、句的组织、音调的组织的渊源和进化历史，分析了律诗在形体和音节方面的特征，揭示了律诗的美学作用和艺术特质，最后论定了律诗的永恒价值。当总体上对律诗有了基本认定后，闻一多一方面进入古代具体诗人的研究中，另一方面也意味着他在律诗研究基础上研究内容的扩展。从他出国留学前后的研究计划看，都集中在诗歌研究，特别是唐代诗人和诗作的研究上。与研究律诗、撰写《律诗底研究》几乎同时，闻一多一边创作《李白之死》，一边展开了自己的古代诗歌研究内容，作《义山诗目提要》，续写《风叶丛谈》（又名《松麈谈玄阁笔记》），又研究陆游，在给友人信中对陆游高度称许，并多引他诗歌以自赏。② 他出国后，虽然身处西方文化氛围，但不忘继续研读中国古诗，并积极收集资料研究自己所喜欢的诗人，如杜甫、李白、李义山、韩愈、陆游等，在书信中曾经提到一直在继续着"唐代六大诗人底研究"，并作出了《昌黎诗论》，是唐代六大诗人研究之一，还有义山研究正在进行，向家里索寄《义山诗评》四本。这些虽然没有留存下来，但我们从中可以知道闻一多早期的学术研究概况，既说明闻一多的学术研究很早就开始，又可见他的学术研究内容取向，是集中在诗歌研究上的。

当闻一多在 1928 年前后正式进入学术研究领域后，闻一多诗人的精神特征、对古典诗歌的挚爱和初期学术研究的基础自然决定了他的研究内容集中在中国古代诗歌中，其中主要是唐诗研究，已经开始扩展或从唐诗上溯到了《诗经》研究和《楚辞》研究。1927 年 7 月闻一多在《时事新报·学灯》上连载了《诗经的性欲观》，意味着他开始了对《诗经》的研究；1928 年 8 月

---

① 闻一多. 律诗底研究［M］//闻一多. 闻一多全集：第 10 卷. 武汉：湖北人民出版社，1994：165-166.

② 闻一多致 1922 年 6 月 22 日致梁实秋信［M］//闻一多. 闻一多全集：第 12 卷. 武汉：湖北人民出版社，1994：38.

在《新月》杂志上刊载了《杜甫》，继续着对唐诗的研究；1929 年 11 月在《新月》杂志发表《庄子》一文，也主要从诗意化角度论庄子。随后，闻一多制订了宏大的学术研究计划并按部就班地进入研究过程。据朱湘《闻一多与〈死水〉》披露，闻一多在唐诗研究上，由杜甫推广到全唐代的诗、全唐代的文和全唐代的文化。关于杜甫，除杜甫的年谱会笺和杜甫的交游考外，计划作一部《杜学考》，考订杜甫每一首诗的著作年月。朱湘在文章中列举了闻一多在唐代文学研究中将近告成和正在进行的项目，计有《王右丞年谱》《岑嘉州系年考证》《岑嘉州诗集笺注》《唐代文学年表》《初唐大事表》《唐语》《全唐诗人补传》《唐诗人生卒年考》《全唐石校勘记》《全唐诗拾遗》《唐石统笺》《全唐诗选》《见存唐人著述目录》《唐代遗书撰人考》《唐两京城坊考续补》《长安风俗志》《唐器物著录考》《全唐研究用书举要》《全唐文选》《唐人小说疏证》和《诗经》研究、汉魏六朝诗研究等。[①] 这些研究计划闻一多后来基本上完成了，其中大部分是唐代文学和唐代诗歌的研究。如果说这里还有很多诗歌以外的文化研究内容，那么闻一多在 1933 年给饶孟侃的信中谈到自己的研究工作和研究计划则主要集中在古代诗歌方面。闻一多自谓"向内发展的工作"包括：（一）毛诗字典。将诗经拆散，编成一部字典，注明每字的古音古义古形体，说明其造字的来由，在其句中做何解，及其 part of speech（古形体便是甲骨文、钟鼎文、小篆等形体）。（这项工作已进行了一年，全部完成的期限当在五年以上。）（二）楚辞校议，希望成为最翔实的楚辞注。已成三分之二。二年后可完工。（三）全唐诗校勘记，校正原书的误字。（四）全唐诗补编，收罗全唐诗所未收录的唐诗。现已得诗一百余首，残句不计其数。（五）全唐诗人小传订补，全唐诗作家小传最潦草。拟订其讹误，补其缺略。（六）全唐诗人生卒年考，附考证。（七）杜诗新注。（八）杜甫（传记）。[②] 虽然闻一多转向了考据学研究，但研究的对象主要是诗歌。以考据学研究中国古代诗歌，更看出闻一多"学中有诗"，可以想到，闻一多在完全转向学术研究后，诗歌并没有消退，在他的学术规划中，诗歌是他学术世界的中心。

闻一多以勃勃雄心和宏伟的研究计划进入学术研究，他以对古代诗歌的挚爱和对古代诗歌研究价值的认定，在学术研究中集中研究中国古代诗歌，

---

① 其中《初唐大事表》分政治、四裔、宗教、学术、文学、艺术六栏。参见：朱湘. 闻一多与《死水》[J]. 文艺复兴，1947，3（5）：527-531.

② 闻一多 1933 年 9 月 29 日致饶孟侃信［M］//闻一多. 闻一多全集：第 12 卷. 武汉：湖北人民出版社，1994：265-266.

不仅从古代诗歌研究开始自己的学术生涯，而且在他全部的研究成果中，古代诗歌的研究成绩是最大的。闻一多在自己研究范围里所涉及的古代诗歌包括了《诗经》、《楚辞》、唐诗和汉乐府。汉乐府只有《乐府诗笺》和论乐府诗的残篇而显得研究不多，闻一多在其他三大诗歌领域都是全力以赴，均做出了巨大成就。当然，闻一多转向学术研究后，更多以考据学方法对诗歌进行文献学的整理和考订，首先求得文本的真实可靠，其次求得对文本的准确理解，所以不惜花费大量精力进行校勘和词义的诠释，在此基础上进行诗歌的鉴赏和文学背景的说明。闻一多以这样的研究程序全面梳理了《诗经》《楚辞》和唐诗。在《诗经》研究上，计划中的《毛诗字典》虽然没有完整地编定，但闻一多在《诗经》研究中用力最多的就是对诗中字词的考证和训释，《诗经新义》和《诗经通义》是其中最杰出的成果。与词义诠释相关，闻一多对《诗经》中的代表性词语进行词类划分，如对《诗经》中的"以"，把全部含"以"字的诗句摘录出来，按照词类进行归纳，分出名词、代名词、疑问代名词、虚指代名词、外动词、助形容词、副词、连词、介词、助动词、比较连词、代名词、副词、助词、指示形容词共15种词类。① 当然，闻一多不仅限于字词的训释和归类，在此基础上，对《诗经》进行文体辨类，如《诗风辨体》，分出四言诗和杂言诗。特别以现代视角读《诗经》，在大量研究基础上，闻一多给我们留下了《诗经》的全新读本《风诗类钞》，更好地引导读者欣赏《诗经》。每一首诗后面闻一多的鉴赏都体现着他作为诗人的独到眼光和美学标准。最为宝贵的是闻一多对《诗经》所做的现代学科的文化和美学阐释，《诗经的性欲观》从文化人类学和心理学角度对《诗经》的阐释别开生面，令人耳目一新。《匡斋尺牍》从多学科角度解读《芣苢》，阅读两千年前的《诗经》给我们树立了绝好的阐释典范。在《楚辞》研究上，较之《诗经》和唐诗，闻一多的研究略晚，但后来者居上，有学者认为"闻一多治古典文学，以研究《楚辞》的时间最长，用力最多，成绩也最突出"②。《诗经》研究和唐诗研究相比较，是否如此，还需要考订和比较，但闻一多在《楚辞》研究上确实取得了学界公认的巨大成就。闻一多开始研究《楚辞》，与《楚辞》研究专家游国恩的影响分不开。1931年9月，游国恩亦到青岛大学任教，和闻一多曾经同住一座楼，常在一起谈论《诗经》《楚

---

① 闻一多. 诗经词类［M］//闻一多. 闻一多全集：第4卷. 武汉：湖北人民出版社，1994：584.

② 刘烜. 闻一多评传［M］. 北京：北京大学出版社，1983：257.

辞》，加之闻一多在清华大学开设"楚辞研究"课，需要用心钻研。在研究《楚辞》过程中，他和游国恩时相切磋，现存闻一多写给游国恩讨论《楚辞》的书信有八通，如1933年7月2日信说："弟下年讲授《楚辞》，故近来颇致力于此书。间有获弋，而疑难处尤多。"所以请求游国恩把研究《楚辞》的手稿带给他，以便拜诵。① 7月26日信："比来日读骚经数行，咀嚼揣摩，务使字字得解而后止，忽有所悟。自熹发千古以来未发之覆。恨不得行家如吾兄者，相与拍案叫绝也。"② 后游国恩从青岛往北平，闻一多如愿读到其著作，赞赏之余，亦给以补订："病中再读大著，渊博精审，突过前人，是诚不愧为后来居上矣。近偶读朱一栋《群书札记》，中有论《楚辞》十余条，精当处似欲与朱丰芑、俞荫甫辈方驾。……大著似未采及此书，不知贵校有此书否？如一时不易觅得，弟可代为录出寄上也。"③ 此后几封书信，多讨论《楚辞》中具体问题。切磋之余，虚心请教，"近读《诗》《骚》，好标新义，然自惟学识肤浅，时时惧其说之邻于妄，不敢自信，质之高明，倘有以教我，余不一一"④。从中可见闻一多对《楚辞》研究的热情。闻一多开始研究《楚辞》，更为主要的原因在于，他以古代诗歌为研究对象，必然会关注到先秦除《诗经》外成就最高的《楚辞》，研究《诗经》必然会研究《楚辞》，因为自古"诗骚"并称。而且，出生于湖北的闻一多事实上从小就景仰乡贤，特别景仰伟大的爱国主义诗人屈原，本来就熟知屈原及其《楚辞》。在《楚辞》研究上，闻一多从多个层面展开研究，遵循他在《楚辞校补》"引言"中给自己定下的《楚辞》研究三项课题来进行：（一）说明背景，（二）诠释词义，（三）校正文字。他的《楚辞》研究即从这三方面展开，在这三项课题上都取得了成绩。《楚辞校补》便是他运用考据学方法"校正文字"兼"诠释词义"的代表作，1942年3月出版后获得了1943年度教育部学术审议会二等奖。同属于考据学研究的成果还有《离骚解诂》《天问疏证》《天问释天》《九歌释名》《九歌解诂》《九章解诂》等，属于"说明背景"的研究则有《屈原问题》《人民的诗人——屈原》《读骚杂记》《怎样读九歌》《九歌的结

---

① 闻一多1933年7月2日致游国恩信［M］//闻一多.闻一多全集：第12卷.武汉：湖北人民出版社，1994：259.

② 闻一多1933年7月26日致游国恩信［M］//闻一多.闻一多全集：第12卷.武汉：湖北人民出版社，1994：260.

③ 闻一多1933年8月21日致游国恩信［M］//闻一多.闻一多全集：第12卷.武汉：湖北人民出版社，1994：261.

④ 闻一多1933年9月7日致游国恩［M］//闻一多.闻一多全集：第12卷.武汉：湖北人民出版社，1994：264.

构》《〈九歌〉古歌舞剧悬解》《论九章》等。闻一多以自己献身学术的钻研精神，甫一进入《楚辞》研究领域，即有创获，日积月累，终于成为《楚辞》研究的一代大家。中国作为诗国，在诗歌上面最有代表性的、成就最大的就是《诗经》《楚辞》和唐诗，闻一多的诗歌研究集中在这三个领域，可以说探得了中国诗歌最精美、最艺术的诗歌神韵。与《诗经》《楚辞》研究比较，闻一多在唐诗研究上应该是开始最早的（1922 年研究律诗即开始了唐诗研究）。他同样以考据学研究唐诗，集中在唐诗的辑佚、校勘、补证、史料考订、史料汇编、年表编定等多方面，当然亦有以诗歌鉴赏和文化思想内容的研究，如《唐诗杂论》中各篇综合性的研究论文，对初唐四杰、陈子昂、孟浩然、贾岛、李白、杜甫、岑参等诗人有精审独到的论说，对整个唐代诗歌的特征有独到的观察和解析，又如，《类书与诗》发现了唐诗的学术化特征，《宫体诗的自赎》解析了宫体诗的源流、演变和终结，总结了诗歌流派自我演化的规律。其实应该说，他在唐诗研究上时间最长、用力最多，起码从数量上看成就也最大。说时间最长，闻一多从 1922 年开始唐诗研究，最后进入中国文学史的构想中，唐代文学、唐代诗歌仍然在学术范围中，也就是说，唐诗研究基本一直伴随着他的学术研究历程。时间如此漫长，他自然在唐诗上花费的精力应该是多于《楚辞》的。如果从数量看，唐诗研究的成果量也是最多的，新版全集十二卷，唐诗研究部分占三卷，是全集的四分之一。这三卷唐诗研究成果，主要分六部分：一是考据学研究成果如唐诗的校勘、辩证和辑佚成果，二是文学史料汇编如《说杜丛钞》《唐风楼捃录》，三是全唐诗人传记材料的汇集，四是唐诗选本《唐诗大系》，五是唐诗人诗作的综合研究论著如初版全集所收《唐诗杂论》，六是唐文学史研究如《唐文学年表》《诗的唐朝》《唐诗要略》。自然，闻一多在《诗经》《楚辞》和唐诗研究上各有所长、难分轩轾，如果将他在诗歌研究上的成就（包括对乐府诗的研究）看作一个整体，那么所有这些研究成果就从整体上反映了闻一多学术研究中古代诗歌的研究成果。闻一多的学术研究对象不限于古代诗歌，后来扩展到先秦诸子研究、《周易》研究、神话研究、语言文字研究、文学史和文化史研究，但在他整个学术研究世界中，中国古代诗歌的研究所占比例最大。即使是其他领域的研究，一方面，是以古代诗歌研究为基础，从古代诗歌研究的内在精神自然过渡到其他学术文化领域；另一方面，在非诗歌的学术研究中仍然带有他诗人的眼光和视角，在研究过程中保有了自己诗人的特性，既在研究过程中体现出闻一多的诗性思维，又在研究结果中表现出诗意化特征。

闻一多"学中有诗"的特征固然表现在他的研究对象和研究内容上，以古代诗歌为主，但这毕竟是表面化的"学中有诗"，最为重要的是闻一多在他整个学术研究过程和学术研究成果中体现出诗性思维和诗意化特征，这才是内在的、本质的"学中有诗"，在此层面上讨论他"学术中的诗歌"才更有意义。首先，闻一多在学术研究中从始至终贯穿着一种诗性思维，以诗性思维选择自己的学术研究对象，以诗性思维激发自我的学术创造力，以诗性思维推动自我在学术研究过程中不断向前跨越。学术研究本来属于冷静的、理智的、客观的科学研究范畴，但在文学研究特别是在诗歌研究中，追求科学性的同时还应该保持研究对象和研究主体的艺术性。从思维方式和思维品格上说，存在着两种思维，一种是诗性思维，一种是科学性的思维，这两种思维都是人类的精神品格和智慧。所谓诗性思维，是指一种与生俱来的原初性和原创性思维，在思维过程中首先从主体之于对象的直观和直觉开始，然后以具象化、形象化的方式建立主体与对象的情感性联系，在自我情感的感觉和感受中作用于对象，或改造对象或通过想象创造新的对象，这样的思维体现出原初的本真性和创造性特征。17—18世纪意大利哲学家维柯在《新科学》中发现了人类文明都出于"诗性智慧"，"诗性的智慧"是"世界的最初的智慧"，不是理性的抽象的玄学，而是"一种感觉到的想象出的玄学"，人类的儿童具有"强旺的感觉力和生动的想象力"，"诗就是他们生而就有的一种功能（因为他们生而就有这些感官和想象力）"，"因为能凭想象来创造，他们就叫作'诗人'，'诗人'在古希腊文里就是'创造者'。伟大的诗都有三重劳动：（1）发明适合群众知解力的崇高的故事情节；（2）引起极端震惊，为达到所预期的目的；（3）教导凡俗人们做好事，就像诗人们也会这样教导自己"①。维柯所说的具有三重劳动的"伟大的诗"当指英雄时代的"史诗"，如荷马史诗，而西方传说中的文化创始者就是荷马之类的诗人和悲剧家们，维柯以自己所谓的"新科学"强化了或说证明了诗人创造人类制度的观点。维柯在《新科学》中所揭示的"诗性智慧"，不管是不是人类文化和社会制度的真正创造者，但他对"诗性智慧"特性的论证却揭示出了人类思维中"诗性思维"的重要特征，如原初性、感觉力、想象力、创造性等，的确为诗性思维的本质特征。当然，维柯是从人类文化和文明起源的角度，将诗性智慧赋予原初人类即人类的儿童——原始人，或说正是人类的儿童——原始人，最初产生出来的是一种不同于抽象的理性的神性智慧的"诗性智慧"。近代科学文明兴起后，代替神性智慧的是科学智慧，与诗性思维相对的科学

① 维柯. 新科学［M］. 朱光潜，译. 北京：人民文学出版社，1997：161-162.

化思维则是抽象的、理性的、客观的思维形式。我们这里引用维柯的"诗性智慧"说，并不是说闻一多仅仅具备或符合"诗性智慧"，而是以此说明诗性思维所具有的特性。如维柯认为"诗性智慧"是人类儿童即原始人所具备的智慧，其所指称的作为人类儿童的智慧就必然带有自然性、本真性，即我们所谓的"赤子之心"。这种本真性的诗性智慧或诗性思维，对主体来说即指从自我天性出发的、没有受到人类文明压抑的、基本上没有现实功利性的精神，也就是主体的"赤子之心"。我们是以"诗性思维"为特征，参照维柯"诗性智慧"的内涵，以其中所体现的直觉性、想象力、形象化、创造力和"赤子之心"等要素衡量闻一多和他的学术研究，从而感受和发现闻一多学术中的"诗性思维"。闻一多在学术研究中固然有对研究对象的抽象化概括、理性化分析和客观性的呈现，但他自身诗人的精神特征和研究对象决定了闻一多更多体现出诗性思维。闻一多生在南方，湿润的气候和葱郁的自然环境涵养出他的灵秀天性，家乡所在地更天然造化，触目所见为远山近水，浩渺的望天湖和翠绿的水稻田构成他的生活环境，如闻一多在描绘自己家中读书所在"二月庐"的新诗中所歌咏的："面对一幅淡山明水的画屏，在一块棋盘似的稻田边上，蹲着一座看棋的瓦屋——紧紧地被捏在小山底拳心里。"（《红烛·二月庐》）他的家庭本属书香门第，他从小就生活在浓郁的文化氛围中，在自家私塾接受启蒙教育后自主选择学习内容，经史之外，多选古典诗歌诵读。这样，自然环境和人文氛围合力养育出闻一多精神中的诗性特征。天性中的艺术才能又进一步促使他更多向艺术方面发展，诗歌、绘画成为他最喜欢的学习内容。在清华学校读书时，闻一多虽然接受着美国化的科学教育，但他的诗性特征不仅没有弱化，反而加强了，几乎就生活在诗歌中，如他给闻家骃的家信中说到在学校的生活："到校后，作诗，抄诗，阅同学所作诗，又同他们讲诗，忙得个不亦乐乎，所以也没有工夫写信给你。"[1] 回家后，给同学信中说，创作诗歌《李白之死》、誊写《红烛》诗集、研究古代诗歌，同时，"暇则课弟、妹、细君（注：细君为闻一多妻子高真）及诸侄以诗，将以'诗化'吾家庭也"[2]。以斑窥豹，可见闻一多就生活在诗歌中，不仅诗化自我生活，而且诗化其所在学校和家庭。闻一多出国留学，没有选择当时一般留学生所选择之实用专业，如自然科学和法政商等社会科学，而是选择了美

---

[1] 闻一多 1922 年 3 月 28 日致闻家骃信 [M] //闻一多. 闻一多全集：第 12 卷. 武汉：湖北人民出版社，1994：27.

[2] 闻一多 1922 年 6 月 22 日致梁实秋信 [M] //闻一多. 闻一多全集：第 12 卷. 武汉：湖北人民出版社，1994：38.

术专业，这也是取决于他排除了功利性、实用性的诗性精神特征，他始终都是一个适性任情的性情中人，为此而不惜牺牲个人利益。据梁实秋回忆，他赴美进入科罗拉多大学后，闻一多即兴从已经学习了两年的芝加哥大学转学到科罗拉多。按照科罗拉多大学的规定，要成为正式注册学生，必须补修数学方面的两门课，梁实秋补修了三角和立体几何，但闻一多坚决不修，"他觉得性情不近数学，何必勉强学它，凡事皆以兴之所至为指归。我劝他向学术纪律低头，他执意不肯，故而始终没有获得正式大学毕业的资格"。①在此一年，闻一多因此只得进入艺术系做特别生而不是正式生，但即使在艺术系，他仍以一半时间选修"丁尼生和伯朗宁""现代英美诗"两门诗歌课。这一方面说明闻一多完全从性情出发、不计个人利害的性格特征，另一方面可看出他的思维特征，他的思维是偏于艺术化的诗性思维。这样的思维成就了闻一多的诗歌和艺术，也深深地影响了他的学术研究，在学术研究中同样带有诗性思维、以诗性思维进行创造性的学术研究。诗性思维首先决定了闻一多走上学术研究道路后，研究对象的选择基本上出于自我的兴趣、爱好，就自己的研究对象而言，主要不是从理智的角度认知中国诗歌、中国文学和中国文化的美，而是从情感性的诗性思维角度感受中国诗歌、中国文学和中国文化的美。针对郭沫若《女神》中的西洋语词和意象，闻一多追问道："我们的中国在哪里？我们四千年的华胄在哪里？哪里是我们的大江、黄河、昆仑、泰山、洞庭、西子？又哪里是我们的《诗三百篇》、《楚辞》、李、杜、苏、陆？"②由此，闻一多从情感上感受"绝对的美的，韵雅的"东方文化和中国诗歌，从如饥似渴地学习到专心致志地研究。研究本来是理智的，但能够把自我生命完全投入中国诗歌、中国文学和中国文化的研究中，需要一种强大的驱动力，而最为强大的原初驱动力就是他对中国诗歌、中国文学、中国文化深沉真挚的爱。这种文化情感的原动力与外在的理性要求不同，他是发自内心的、"从生命产生出来的"。从生命产生出来的是诗，从生命的诗中产生出他的学术研究。闻一多正是以这种出于自我本真状态和内在情感追求的愿望进入学术研究过程中，以诗性的感觉力和创造力在所有学术研究领域里做出了创造性的发现。自然，从思维的角度，诗性思维不仅体现在对古代诗歌的研究上，而且体现在诗歌之外的研究对象中。在诗歌研究中，以诗性思维

---

① 梁实秋. 谈闻一多［M］//方仁年. 闻一多在美国. 上海：华东师范大学出版社，1985：114.

② 闻一多. 女神之地方色彩［M］//闻一多. 闻一多全集：第2卷. 武汉：湖北人民出版社，1994：119.

看《诗经》，发现《诗经》的情感价值和原始性，以情歌的内容判定消解了传统"经学"观，以民歌的形式论断阐发出民间性，恢复《诗经》诗歌的本来面目；以诗性思维看《楚辞》，发现《楚辞》的生命意识和文化价值，在对屈原人格和精神的诗性感受中认定屈原的伟大地位，以原始巫术文化通过想象而"悬解"《九歌》所描绘的古歌舞剧；以诗性思维看唐诗，更发现唐诗的美和整个诗唐的美。在非诗歌的研究中，闻一多同样有着诗性思维：以诗的眼光在非诗的典籍中看出诗，发现巫术占辞通过易象所体现的文学美和观察力，如《焦氏易林》的诗歌美；以诗的眼光看庄子的诗化人生和《庄子》的文体美；以诗性的直觉思维进行考据学研究和汉语言文字研究，客观的考证中包含了他的直觉性；以诗性的形象思维看汉字的形象美，发现汉字起源于图画，所以可以从"视觉印象具体化"（《如何认字》）角度释读汉字。诗性思维在闻一多研究中更为广泛和突出的体现是以诗性的创造力在学术研究中做出了开创性的成就。按照希腊文中的诗人就是创造者的本义，诗性思维的最大特征是创造性思维，只有具备创造性思维，才能以诗性的创造力做出创造性成果。并不是说非诗性思维就不会有创造性，而是即使是科学性思维在创造性过程中也离不开诗性的直觉和想象，这也就是科学和艺术的相通处。所谓创造，包括"发现"和"发明"两个层面，诗歌创作可以归为"发明"的层面，学术研究更体现"发现"的意义。闻一多以诗性思维所包含的创造力在全部学术研究中做出诸多重大的文学发现、思想发现和文化发现，所有的学术发现固然不排除客观的科学研究作用，但在原初的思维基础上是发端于诗性思维，是诗性思维中的感觉力、想象力、创造力推动的结果。闻一多更以创造性结果为起点进行深入研究，在全部学术研究历程中不断地把自己的学术研究推向新高度、新境界和新的创造中。

诗性思维中的学术创造结果自然而然呈现出诗意化特征，这是闻一多学术研究鲜明的特征。诗性思维是研究主体在研究过程中的思维方法，诗意化则指研究主体的学术表达手段和研究成果在客观上所呈现的美学风格，还包括研究主体在学术研究中的态度和精神，以及所富有的诗意在学术人生中的弥漫。绘画中如何把"眼中之竹"内化为"胸中之竹"，特别是如何把"胸中之竹"变为"手中之竹"，诗歌创作中又如何把客观物象与主观情意相结合而以美的语言和美的意象抒情写意，艺术家们在艺术探索中创造着自我的"手中之竹"和诗歌的意象美，闻一多作为画家和诗人本来就有丰富的艺术表现经验，创造出了自己独特的艺术美世界。当他进入学术研究，在研究中有所创获时，又该如何表达自我的研究成果呢？学术研究为"论"，学术论文的写作一般归为科学性的或归纳或演绎的思维表达，形成这样两种论文风格：一是以扎实的史料见长，运用朴学方法，言必有据，在材料的因果归纳中呈现论文主旨；二是以理论为主，采取演绎方法，具有严密的逻辑性，思维缜密，无懈可击。前者见于史学研究，后者为哲学研究所特有，那么文学研究怎样研究？文学研究往往袭用史学和哲学论文风格，以"论述"为主，语言风格大都缺乏文学性。其实学术论文可以有第三种，即以文学感悟为基础，通过优美的文学语言表达研究主旨，达到理性和感性的统一，体现出诗意化的语言和文体风格。当然最好的学术文章当是这三方面的结合，即"扎实的史料＋逻辑思维＋诗意化语言"。闻一多的学术论著在表达风格上分为两类，一类是考据学研究论著，一类是综合性研究论著，前者当然更见他的史料学功夫，在扎实的文献学史料排比、归纳中得出研究结论，其中有他对史料的选择过程和对史料在逻辑思维中的推导过程。而当闻一多在考据学研究基础上进入对象的综合研究和表达时，他作为诗人的个性品格就充分地展现了出来，是以诗意化的语言论说古代文化，纵笔所至，美不胜收，情感激荡，情趣盎然。我们读闻一多的学术文章，感觉进入了一个洋溢着诗意美、情趣美、语言美的艺术园地，收获的不仅是诗意智慧，还能够得到美的享受。我们只要读他的《杜甫》《庄子》《唐诗杂论》中的文章以及研究《诗经》《楚辞》和神话的文章，都能够深切地感受到其中的诗意美、诗情美、语言美。如闻一多论《庄子》文体时所说，"他的思想的本身便是一首绝妙的诗"。① "读《庄子》，本分不出哪是思想的美，哪是文字的美。那思想与文字，外型与本质的极端的调和，那种不可捉摸的浑圆的机体，便是文章家的极致；只那一点，便足注定庄子在文学中的地位。""世界本无所谓真纯的思想，除了托身在文学里，思想别无存在的余地；同时是一个字，便有它的涵义，文字等于是思想的躯壳，然而说来又觉得矛盾，一拿单字连缀成文章，居然有了缺乏思想的文字，或文字表达不出的思想。比方我讲自然现象中有一种无光的火，或无火的光，你肯信吗？在人工的制作里确乎有那种文字与思想不碰头的偏枯的现象，不是辞不达意，便是辞浮于理。我们且不讲言情的文，或状物的文。言情状物要做到文辞与意义兼到，固然不容易，纯粹说理的文做到那步尤其难，几乎不可能。或许正因那是近乎不可能的境地，有人便要把说理文根本排出文学的范围外，那真是和狐狸吃不着葡萄，说葡萄酸一样的可笑。

---

① 闻一多．闻一多全集：第9卷［M］．武汉：湖北人民出版社，1994：8，11-12．

要反驳那种谬论，最好拿《庄子》给他读。"① "读《庄子》的人，定知道那是多层的愉快。你正在惊异那思想的奇警。在那踌躇的当儿，忽然又发觉一件事，你问那精微奥妙的思想何以竟有那样凑巧的、曲达圆妙的词句来表现它，你更惊异；再定神一看，又不知道哪是思想哪是文字了，也许什么也不是，而是经过化合作用的第三种东西，于是你尤其惊异。这应接不暇的惊异，便使你加倍的愉快，乐不可支。这境界，无论如何，在庄子以前，绝对找不到，以后，遇着的机会确实也不多。"② 笔者在此做了闻一多论庄子文章的文抄公，几乎欲罢不能，被闻一多文章本身"思想的美"和"文字的美"所吸引，抄完一段，还想抄一段，在此过程中确实感觉到一种诗意的美感。我们从中可以欣赏到闻一多学术文章的诗意美风格，而笔者特意抄录以上文字，主要想说明，闻一多所论《庄子》的文章风格特征正可以移用到闻一多的学术文章中，他的文章几乎同样体现了上述特征，同样给我们以"多层的愉快""加倍的愉快"，因为闻一多的文章本身、思想本身、文字本身也是"一首绝妙的诗"。正如闻一多所提问的，"纯粹说理的文"能否做到"文辞与意义兼到"而进入"文学的范围"，有人以为不可能，闻一多便以《庄子》为证，认为纯粹说理文章可以以文学笔法、诗意语言表达，那么，我们也可以把闻一多的学术文章作为证明，他的学术文章风格也充分地说明了学术论文可以文学化和诗意化，学术文章可以体现诗意美和语言美。关于闻一多学术文章的诗意美文体特征，朱自清生前就敏锐地感受到并明确指出："他创造自己的诗的语言，并且创造自己的散文的语言。诗大家都知道，不必细说；散文如《唐诗杂论》，可惜只有五篇，那经济的字句，那完密而短小的篇幅，简直是诗。我听他近来的演说，有两三回也是这么精悍，字字句句好似称量而出，却又那么自然流畅。他因此也特别能够体会古代语言的曲折处。当然，以上这些都得靠学力，但是更得靠才气，也就是想象。单就读古书而论，固然得先通文字声韵之学；可是还不够，要没有活泼的想象力，就只能做出点滴的饤饾工作，决不能融会贯通的。"③ 朱自清强调了闻一多之所以有如此美文，在于他具有艺术才气和活泼的想象力，这也就是诗意化的必要元素。后有论著干脆将闻一多的学术文章称为"学术美文"："闻一多将严谨的学术论文当

① 闻一多．闻一多全集：第 9 卷［M］．武汉：湖北人民出版社，1994：8，11-12.
② 闻一多．闻一多全集：第 9 卷［M］．武汉：湖北人民出版社，1994：12.
③ 朱自清．中国学术的大损失——悼闻一多先生［M］//闻一多纪念文集．北京：生活·读书·新知三联书店，1980：64．原载《文艺复兴》1946 年第 2 卷第 1 期.

作艺术美文来写"，"闻一多亦史亦论亦诗的学术美文，充满了史家的睿智和胆识，哲人的深思和敏锐，诗人的激情和细腻，至如表述之优美，描绘之形象，比喻之生动，笔调之诙谐，覃思浅语，隽词妙笔，可谓比比皆是。"① 所有这些都说明了闻一多学术文体的诗意化特征，虽是学术论文，但给读者以情趣盎然的诗意美感。

　　以上基本限于闻一多的学术表达和诗意化文体所具有的美学风格、美学效果而言，如果换一个角度，从学术文体转换到研究主体的学术态度和学术精神上，我们说闻一多在整体的学术研究中就洋溢着充沛的诗意，因为他本来就是诗人，追求诗意美是他的天性和天职。闻一多在诗歌创作中通过新格律诗的规范要寻求诗歌的秩序美，但混乱的现实与他的艺术理想发生冲突，在矛盾中感叹"秩序不在我的能力之内"（《闻一多先生的书桌》），因此从诗歌转向学术。转向学术研究并不意味着闻一多放弃对秩序美的理想追求，而是要在古籍整理和研究中感受中国文化的"美"和"韵雅"。本来要更好地感受中国文化的"美"和"韵雅"，却更多地发现了中国文化的错讹、混乱和隐藏其中的"蠹虫"，他所做的考据学研究工作就是要消除错讹、厘定秩序、杀死"蠹虫"，这不仅需要科学的求真精神，而且尤其需要文化理想主义的美学态度，这从闻一多对上古神话的研究中可以感受到。闻一多作为"芸香"在"杀蠹"的实践理性和战斗意志中，贯穿了对全部中国文化的诗意烛照。即使在他不无烦琐的考证文字中，我们总能够时时感受到闻一多跳动的诗意精魂，在冰冷的考据学世界里有闻一多压抑着的诗情诗意，而所压抑的诗情诗意恰是闻一多研究学术的原动力。他能够写出那样美丽的学术文章，是因为他在整个学术研究过程中保有了美的诗意，"故纸堆"并不会也没有"闷熄"他诗意的灵光，反而闻一多赋予了"故纸堆"以诗意化的色彩，激活了古籍的生命而使古籍在现代焕发出诗意美。如《诗经》，闻一多在文字训诂和词义诠释中展示了远古先民的诗意化的情感生活，使我们透过他的"小学"研究看到了先民丰富多彩、情趣盎然的生活形态和生命情态。如《楚辞》，闻一多在文字校勘和词义解诂中展示了楚文化神秘的面相和上古神话玄妙的生命意识，尤其对《九歌》古歌舞剧的还原把我们带回了远古载歌载舞、充满诗情画意的诗意化生活氛围里。如唐诗，闻一多更是以与对象相契合的诗性思维展示了诗唐文化的美，以诗意化精神发掘唐代的诗意化人生，达到了研究主体和对象的完美契合。闻一多后期基本上生活在学术世界中，他的人生也

① 邓乔彬，赵晓岚. 学者闻一多［M］. 上海：学林出版社，2001：250-251.

基本上是一种文化人生。既然他在学术研究中洋溢着浓郁的诗意，那么他的人生文化同样诗意盎然，所以，在更高的层面上可以说，闻一多的整体文化人生和人生文化就具有诗意化特征，正如他在学术研究上要探索和建立一部"诗的史"或"史的诗"。具体到自我人生，闻一多通过学术研究的诗意化而始终追求和保有着自我文化人生和人生文化的诗意，那就是不断地创造美和捍卫全社会的美好人生，在学术文化研究和现实社会生活中体现诗意化的生命力美。

学术对象选择古代诗歌和学术研究内容以古代诗歌研究为主，学术研究中的诗性思维和学术文化中的诗意化特征，构成了闻一多"学中有诗"的基本内涵层面，从外在的研究诗歌到内在的诗性思维和诗意色彩，我们可以领略闻一多学术中整体的诗性特征，这是他作为诗人在学术中的典型体现。所以说，闻一多的学术中有诗歌，学术和诗歌存在着天然的本质的联系。

第二章

古典学术研究中的历史意识和思想家品格

诗人闻一多在学术研究中体现出诗性思维和诗意化美学风格，在"诗中有学"和"学中有诗"的双向互动中，无论是他的"诗"，还是他的"学"，表现在具体内容上，都同时包含着"史"，诗在闻一多的艺术精神世界中可谓"诗史"，而闻一多的学术研究本身就呈现为一部中国的文化思想史和学术发展史，闻一多的学术研究历程和学术研究内容体现了他的主体历史意识。他不仅从诗的角度观照中国文化，而且从史的视角探索中国文化的生成与演变，在探索过程中，表现出闻一多作为学者的历史意识。除诗人型学者外，闻一多同时是一个历史家型学者。所谓历史家型学者，不仅指研究对象为历史或把研究对象放归到历史中进行认知，而且指研究者具备历史意识并以历史的洞察力透视学术研究对象的源流，尤其还指研究者以历史意识揭示学术文化的历史演变规律，从中表现出研究者的历史观。在此，本书拟从闻一多历史意识的生成机制和生成过程把握闻一多学术研究所具有的深厚历史感和鲜明的历史意识，进而探求闻一多独特的学术历史观。

第一节　文化人生历程中历史意识的生成

任何人的存在都是在有限的时空中，有限的存在时空构成一个人生存环境和存在机制的现实性，而要超越现实，存在主体在时间上就须具有历史意识，在空间上就要具有文化意识。只有在历史和文化中，一个人才能够超越"此时此地"而获得精神的无限广阔性。从有限的现实存在看，闻一多生活在19世纪末、20世纪前半叶，但闻一多以自己的精神追求和学术文化进入中国文化史中，他所留下的精神遗产也因为包含了中国文化和学术史而具有了精神文化的永恒性。能够进入中国文化史的研究是因为闻一多在自我文化人生历程中生成了超越现实的文化历史意识，这种文化历史意识的生成有一定的生成机制，实际上是在闻一多的文化人生过程中逐渐生成的。

闻一多在开始自己的人生历程后，随着启蒙教育对文化的习得也开始了自己的精神文化的发展历程，实际上就进入历史中。历史由过去、现在和未来构成，在向未来人生的精神发展中，闻一多立足于他当时的存在现实来开始认识历史，在学习内容上有意识地选择历史典籍和历史文献，在历史的学习中初步形成自己的历史意识。中国传统教育内容的价值取向，主要通过《三字经》《百家姓》《千家诗》《千字文》等启蒙读物来引导，后直接进入"四书五经"的学习，进行八股文和试帖诗的训练，以达到参加科举考试的理想程度而去参加科举考试。学习目的的极端功利性带来了学习内容的极端单一化和狭隘性，传统"经史子集"四部之中，以"经"为中心内容，其他实际上都少有涉猎。闻一多生于科举制度即将废除时候（闻一多生于1899年，科举制度废除于1905年），学习内容已经可以一反传统而趋于现代化。他在启蒙教育时，当然受时代影响，所读亦为《三字经》《幼学琼林》《尔雅》和"四书"之类。① 但闻一多即使在启蒙教育时，也已经不限于上述学习内容，特别扩展到历史的学习上，他在自传《闻多》中回顾私塾"绵葛轩"的学习生活时说："时多尚幼，好弄，与诸兄竞诵，恒绌。夜归，从父阅《汉书》，数旁引日课中古事之相类者以为比。父大悦，自尔每夜必举书中名人言行以告之。"② 如《汉书》这样的历史书籍并不在私塾教育的正课之内，闻一多幼小时就在课余阅读《汉书》，这可以说是他在学习过程中最早的历史学启蒙，其意义不仅在于对具体历史知识的了解，而且在于从小就通过史书的学习具备了初步的历史意识。事实上，闻一多到清华学校读书后，仍然继续阅读史书，这已成为他的阅读"习惯"，并由《汉书》到《史记》再到《左传》，如他在给闻家驷的信中说："父亲手谕问兄《汉书》已阅多少，兄自去腊起，实已改阅《史记》。札记亦随阅随做，并未拘前后，每次字数亦不拘定。近稍温阅《左传》，但札记仍用《史记》材料。"③ 他所说读书札记即《二月庐漫纪》，内容以诗文为主，采用史书材料，诗史互证，更多涉及对历史人物和事迹的评价，从中已经可以看出闻一多最初的史识。如谈到晋惠帝，《晋书》载惠帝闻蛙鸣，问为官蛙私蛙；见饿者云："何不食肉糜？"但又有记载，兵败后，嵇绍即将被杀时，惠帝以为"忠臣也，勿杀！"。后嵇绍被杀，血溅惠帝

---

① 季镇淮. 闻一多先生年谱［M］//闻一多. 闻一多全集：第12卷. 武汉：湖北人民出版社，1994：465.

② 闻一多. 闻多［M］//闻一多. 闻一多全集：第2卷. 武汉：湖北人民出版社，1994：295.

③ 闻一多1918年5月12日致闻家驷信［M］//闻一多. 闻一多全集：第12卷. 武汉：湖北人民出版社，1994：7.

衣服，左右要洗时，他说："嵇侍中血，勿浣也。"闻一多由此看到两个惠帝，一愚昧，一英明，他以为"一惠帝也，相去数年，何其乍愚乍明如此？史之言或虚或实，必居一于此也"①。尽信书不如无书，尽信史会被不实之史蒙蔽，在史书的阅读中养就史识，在信史与疑史间培育自我独立的历史观。当然，闻一多不会仅限于了解中国古代史，他也关注世界史，如在《仪老日记》中提到在阅读《史记》的同时还阅读《希腊史》《罗马史》等。特别是，闻一多阅读了严复翻译的《天演论》，阅读时间为1919年2月14日到3月14日（据《仪老日记》），可见他对《天演论》阅读之细，当然他对历史观的形成具有相当的影响力。中国传统社会信守"天不变，道亦不变"的观念，形成了一种凝固静止的历史观，或如鲁迅所说的"循环"或"轮回"的历史，没有发展而仅仅是王朝更替所标识出的社会政治统治集团的变化。严复《天演论》所传播的达尔文进化论，彻底改变了中国社会的历史观念，影响了中国近现代社会文化思潮的发展，特别影响了新文化运动和文学革命的开展。鲁迅早期秉持进化论，相信历史是要进步的，以文艺进行反封建思想启蒙和革命，推动了中国思想观念的变革和现代中国精神的新生。胡适最初的文学革命观即建立在进化论基础上，以为"文学者，随时代而变迁者也。一时代有一时代之文学：周秦有周秦之文学，汉魏有汉魏之文学，唐宋元明有唐宋元明之文学。此非吾一人之私言，乃文明进化之公理也"②。闻一多既成长于新文化运动中，又阅读到了《天演论》，必然会有进化论的历史观。闻一多对《天演论》中的进化论没有做出评论，但我们从他对严复译文的欣赏中可以推知其态度，他说《天演论》的译文"辞雅意达，兴味盎然，真迻译之能事也。""严氏之文，虽难以上追诸子，方之苏氏，不多让矣。"③ 与此同时，闻一多翻译了波兰《千年进化史》。这既是时代的影响，也是闻一多对时代思潮的呼应，在这样的双向互动中，不同于传统的进步历史观念构成了闻一多思想的一部分。

所谓历史，本质上是指自然和人类社会在时间上的发展过程，"史"即对这发展过程的记录和研究。由此就形成历史的两个层面，一是自然和人类社会客观的发展过程，二是对自然和人类客观发展过程的记录研究。这样就必

① 闻一多. 二月庐漫纪 [M] //闻一多. 闻一多全集：第2卷. 武汉：湖北人民出版社，1994：256.

② 胡适. 文学改良刍议 [M] //胡适. 胡适文存. 安徽：黄山书社，1996：5.

③ 闻一多. 仪老日记 [M] //闻一多. 闻一多全集：第12卷. 武汉：湖北人民出版社，1994：423.

然产生人类在记录和研究中的主观性，这需要有史德和史识。自然有发展和发展中的变化，人类社会同样在发展中变化出各种各样的形态，而社会中的个体实际上也在历史发展中，每个人都在客观地经历着人生过程，书写着自己的人生历史和精神变迁史。不同的人生经历产生不同的历史意识，而不同的历史意识同样会影响到一个人的人生历程和精神历程。人生的历史意识是指随着时间的流逝而随时有意识地变化自我的人生和精神世界，使自我人生和精神呈现出发展的态势。当一个人仅仅具有空间意识而缺乏时间意识时，其人生和精神世界可能一成不变，观念上时间意识的缺失同时也带来了空间意识的凝固，没有发展也就会固守一地。事实上，传统历史观念中的传统人生即表现出时间的静止性和空间的凝固性特征，时间意识的静止性造成了性格的保守性，空间的凝固性形成了生活世界的封闭性。这样的个体人生构成的整个中国传统社会就会在空间的封闭中不思进取，长期落后于世界的发展。而闻一多生活在中国社会的封闭性被打破的现代，进化论的历史观念已经成为时代潮流，发展、变革、进步、现代化等时代关键词深入人心，自然也深入闻一多的思想意识。史书的阅读使他具备了基本的历史意识，时代思潮的影响更促使他走上了不同于传统的现代人生道路，在时间意识和空间意识两个层面上丰富和发展着自己的精神文化世界，使自我人生呈现出一种具有鲜明历史意识的"文化人生历程"。

历史的学习可以使一个人在精神上回到过去，闻一多的史书阅读意味着他超越所生活的"现在"而知道了"过去"的中国社会形态和古代大量的人物事件。回到过去仅仅能够感知历史的深厚度，重要的是在历史基础上的"现在进行时"。闻一多并没有沉湎于古代史，而是在时代思潮影响下发展着自我的现代文化人生。当闻一多一度浸润于古代诗文和历史典籍中的时候，中国文化正发生着翻天覆地的变革，继政治上的辛亥革命后，新文化运动、文学革命运动、诗体大解放运动、白话文运动风起云涌，有力地冲击着中国社会，也有力地冲击了沉浸于传统文化典籍中的闻一多，使他从对古籍的迷恋中转变到了对现代文化思想的追求上。自我文化思想和人生形态随着时代发展而不断变化，这是个体人生的历史性体现。没有变化就没有发展，没有发展就不会成为真正的历史。1916 年时，闻一多"不忘其旧，刻自濯磨"，以"振兴国学"为己任（《论振兴国学》），在此前后作诗用旧体，写文为文言。直到 1919 年 3 月，他对白话文仍然持保留态度，如他作为《清华学报》编辑，在编辑会议上，"某先生提倡用白话文学，诸编辑率附和之，无可如何也"。但几天后态度转变，"《学报》用白话文，颇望成功。余不愿随流俗以来讥毁"。① 当他以深厚的古典学养基础在旧体诗和古文写作上用相当功力，并获得清华国文课老师高度褒扬时②，闻一多在文学革命影响下发生转变，开始了白话自由诗的创作。到 1921 年，闻一多就以新诗人的姿态"敬告落伍的诗家"："若要真作诗，只有新诗这条道走，赶快醒来，急起直追。"从文化人生历程看，闻一多可以说是一个从古代"诗与史"中走出来的现代诗人。这是他文化人生的一大转折，带着古典诗文和中国历史文化的学养进行现代诗歌创作，以《红烛》成为初期白话诗的代表诗人，以《死水》成为现代诗歌史上开一代诗风的大诗人。从古籍的学习转向现代诗歌的创作后，虽然更执着于现在，但在诗歌中不忘历史，诗中有史，诗歌中体现着鲜明的历史意识，蕴含着深厚的历史感。首先，闻一多的诗歌本就是自我情思历程的抒写，可谓诗人的一部精神发展史，从《真我集》到《红烛》集记录了诗人的青春历程和社会人生的体验过程，《死水》集从《收回》到《忘掉她》抒发了自我情感从各样爱情体验到乡情以至亲情的演变轨迹，从《泪雨》到《夜歌》基本书写自我人生体验过程和对人生的哲理思考过程，这本身就构成了闻一多自身的精神发展历程，他是以"诗"的艺术方式书写自己的精神"历史"。其次，闻一多诗歌中对社会现实的反映同样构成了历史，尽管是艺术化了的社会现实，但已体现了诗人强烈主观精神的社会现实记录，留下了时代的历史印记，成为我们通常所说的真正的"诗史"。如《死水》中的《荒村》《天安门》《罪过》《飞毛腿》《洗衣歌》等是反映社会面貌和残酷人生的诗歌，是闻一多所在时代的历史记录。《荒村》形象地反映了旧中国军阀混战给中国广大农村社会造成的毁灭性灾难，是"死水"社会的形象化注解；《天安门》和集外诗《唁词——纪念三月十八日的惨剧》《欺负着了》反映了"三一八"惨案的真相，歌颂了爱国青年"青春的赤血"，揭露了反动军阀政府的残暴，抒发了失去儿子的母亲的悲愤，呈现出满是死人的北京城不过是一座"鬼城"；还有小摊贩、洋车夫、洗衣匠等的悲苦生活所构成的社会现实，这些合起来成为闻一多笔下的中国城乡全景。最后，闻一多在诗歌中从现实反观中

---

① 闻一多. 仪老日记［M］//闻一多. 闻一多全集：第 12 卷. 武汉：湖北人民出版社，1994：424，425.

② 闻一多在清华学校时，国文课老师赵瑞侯特别赏识他，曾经说自己教过的学生中最得意的只有四人，即闻一多、罗隆基、浦薛凤、何洁若，并赋诗："清华甲第首推罗，其次雍雍闻浦何，风雨鸡鸣交谊切，朝阳凤岁翔颂声和。"当闻一多以新诗《雪》交为作业后，遭到了赵瑞侯的批评，评语写道："生本风骚中后起之秀，似不必趋赴潮流。"参见闻黎明，侯菊坤. 闻一多年谱长编［M］. 武汉：湖北人民出版社，1994：95-96.

国历史文化，由抒写个性情思拓展到表现爱国情怀，自然融入了深厚的中华民族文化的历史内容和历史意韵。如《忆菊》《一个观念》《祈祷》《醒呀!》《长城下之哀歌》《七子之歌》《我是中国人》等，都书写了从中华民族辉煌灿烂的文化历史到近代中国受欺凌的屈辱过程。从作为中国人的骄傲自豪到作为中国人应该具备的觉醒精神，闻一多在诗歌中结合历史进行了充分的表现。其中不仅有如歌的"五千年历史"，更有可泣的近代史，典型如《七子之歌》，通过失养于祖国、受虐于异类的七块国土的遭遇的反映，几乎写出了一部中国近代史，涉及众多不平等条约带给中国的屈辱。在现代诗歌创作中包括了历史内容，一方面体现了闻一多与中国文化历史割不断的联系，即使生活在现代也不会忘记所了解的历史，即使是在诗歌艺术中也脱离不了历史的内容；另一方面，说明了闻一多已经具备了自觉的历史意识，艺术思维中的时间意识在内容上就体现为历史意识，一切都在时间长河中流淌，一切都在变化和发展，历史成为他诗歌的表现对象，而诗歌的表现内容又会成为一种历史。仅仅有"现实"的人生和黏滞于"现在"的精神是肤浅的，而仅仅有"历史"的人生和沉湎于"过去"的精神是沉闷的，只有出入于"过去"和"现在"、游走于"历史"和"现实"的人生才能够既深厚又生动，其精神才能够博大而精深。闻一多就是以这样的态度在自我文化人生的变迁中连接着过去和现在，一生都立足于现实来探索历史，特别通过学术研究深入中国历史文化的最深处。

变化着的人生文化意味着闻一多文化人生的丰富和发展，从今到古、自古及今的精神变迁强化了自我的历史意识而为自我文化人生赋予了深厚的历史内涵。如果闻一多终其一生限于生存层面的职业生涯或仅仅作为现代诗人，那么闻一多的人生可能更多体现为现实性而缺乏相当的历史内涵，因为无论是为了生存的职业还是现代诗歌创作，相当程度上是以"现在"为基点的。闻一多从对历史的学习到现代诗歌创作、从在现代诗歌创作中直面现实到诗歌中包含中国"五千年历史"，他都有明确的历史意识，如他后来所说："我始终没有忘记除了我们的今天外，还有那二三千年的昨天，除了我们这角落外还有整个世界。"① 闻一多建立与历史的联系和进入历史的方式，一是通过阅读史书来了解和感知历史，二是在诗歌创作中表现历史，三是在学术研究中研究历史。其中最为重要的是第三种，闻一多从现代诗歌创作转变到古代

---

① 闻一多1943年11月25日致臧克家信［M］//闻一多. 闻一多全集：第12卷. 武汉：湖北人民出版社，1994：381.

文学和古代文化的学术研究，标志着他在前两种介入历史的方式基础上，在精神上完全进入中国的文化历史。大学教授仅仅是外在的职业身份，更为重要的是他在职业基础上的学术研究对中国文化历史的深入认知和探索。他所说"向外发展的路"和"向内走的路"① 意指两种人生路向，实际上也是现实与历史的区别："向外发展的路"为介入现实环境、在现实社会发展自我的人生道路，"向内走的路"为进入文化历史、在文化历史的研究中发展自我精神的人生道路。从"外"向"内"转，从诗人到学者的转变，意味着闻一多在一定程度上疏离现实而更贴近历史，"向内的路"指"向后的路"，在精神上从现实返回到文化历史中。他首先研究中国现代诗歌，在与古代诗歌的联系中进入中国诗歌史；然后他研究唐诗和诗唐文化，精神回到唐代；进而他研究《乐府》和《易林》，回到汉代；他重点研究《诗经》《楚辞》《庄子》《周易》等，回到先秦时的春秋战国；他还研究金文，回到西周；他同时研究甲骨文，回到商代；最后他研究上古神话，回到了中华文明和民族文化的源头，即"三皇五帝"所代表的氏族、部落社会。全部的学术研究最终集中到中国文学史和中国文化史，在精神上贯通了中国的文化历史。历代学术研究内容与自我精神相对应，体现出学术研究的历史性。这样从现代到古代、从中古到上古的学术研究历程隐含了闻一多精神上"向内发展"的合乎历史逻辑的思想轨迹。应该说，闻一多带着深厚的历史感和明确的历史意识进入中国古代文化的学术研究，而在学术研究中又进一步感受和认知中国文化历史，增强了自我的历史感和历史意识。只要成为学术研究对象，这对象就已经成为历史的一部分，所以，任何学术研究实际上都是一种历史研究。单一的研究对象仅仅表示历史的一斑，如果仅限于研究一种对象而不联系相关的历史背景，其研究不会达到"以一斑窥全豹"的目的。闻一多的学术研究不仅在具体研究对象上体现出历史性特征，而且因为他的研究对象涉及中国各个时代的各个文化领域，所以具有宏阔的历史性，尤其闻一多以"文学史家"自居，更明确地进行文学史和文化史的研究，给我们提供了一部完整的中国文学史、中国学术史、中国文化史，因此而使得闻一多的文化人生更为厚重、更有力度、更具备文化的永恒性。有限的物理人生因为历史文化的积淀而成为一部文化的历史，在精神上转化为文化人生而具有了相当的永恒性。人生短暂，但历史是永恒的，文化是永恒的，精神是永恒的。

---

① 闻一多 1933 年 9 月 29 日致饶孟侃信 [M] //闻一多. 闻一多全集：第 12 卷. 武汉：湖北人民出版社，1994：265.

历史属于过去，但联系着现在，更指向未来。我们说闻一多作为历史家型学者，指他在学术研究中回到古代文化，研究中国文学史和文化史，学术中的"回到古代"是以现在为起点的，研究古代是为了现代社会和文化发展，也指向未来社会和文化的建设理想。闻一多转变为学者后，固然一度沉浸于古籍整理中，似乎与现实保持了相当的隔阂和距离。但他并没有忘记现实，因为他深知，除了"二三千年的昨天"，还有"我们的今天"以及今天之后的明天。只有为了"我们的今天"和中国未来发展的古代学术研究，才具有真正完整的历史性。闻一多的学术研究在研究成果的内容上可以分三大部分：第一部分为纯粹的学术研究，如古籍整理部分考据学研究成果，与现实没有很密切的关系；第二部分为思想性的研究成果，对中国古代文化和古代文学进行了深刻阐释，在古代文化的阐释中体现出现代意识；第三部分为受到现实触发，联系现实而做出的古代文化思想研究成果，以古喻今，贯通今古而瞩望于未来中国。相对于古代历史，既有思想和精神的现代性，又有社会和人生的现实性，现代意识和现实因素都影响到闻一多的学术研究，也影响到他历史意识的生成和生成特征。纯学术的研究固然使闻一多相对平静地在学院和书斋中沉醉于历史文化中，在"墙内尺方的和平"里享受"一杯酒，一本诗，静夜里钟摆摇来的一片闲适"（《心跳》），但事实上他的精神不可能总生活在古代，不可能总陶醉在"古书的纸香"里，因为，闻一多毕竟生长于现代，被赋予了现代意识和现代精神，不会完全被古代文化所吞没，所以他在古代学术研究中贯穿了现代思想，历史意识的生成过程是从现代到古代，连贯了古代和现代。这样，闻一多所具备的现代意识使他的学术研究不仅与传统学者鲜明地区别开，而且使他的历史研究自然连接到了现代社会和现代文化，生发出历史层面上的现代意义。就现实而言，对闻一多学术研究影响巨大的现实因素是全面抗战的爆发。正当闻一多专心致志于学术研究时，全面抗战爆发。1937年"七七"卢沟桥事变发生后，7月19日，闻一多即离开自己清华园的家，只带了《三代吉金文存》《殷墟书契前编》两本书和一部手稿逃离沦陷了的北平，从此闻一多和当时大部分学者一样颠沛流离，辗转于南京、武汉、浠水、长沙，在长沙临时大学立足仅三月余（1937年10月底—1938年2月中）就撤离。闻一多参加了师生组成的"湘黔滇旅行团"，从长沙步行三千米，最后落脚于昆明西南联合大学，在极端艰苦的物质条件下继续自己的教学和学术研究。平静的学术生涯和混乱的社会现实本就存在尖锐的矛盾，现实的变动直接冲击了闻一多的古代学术研究，打破了他平静的书斋生活。从学术研究的现实影响看，首先，全面抗战爆发后的流离失所，尤其失去了他在清华园家中的全部藏书，最基本的学术研究条件没有了保障，闻一多的学术研究难以按照计划进行；其次，长时间的到处奔波当然耗用了本应该用作学术研究的时间，从 1937 年 7 月至 10 月，1938 年 2 月至 4 月，半年多时间居无定所，基本在旅途中；最后，定居昆明，异常艰难的生活问题使他不得不为生计而操劳，其中挂牌治印实在是他不得已的选择。抗战现实对闻一多最为重要的影响是在学术思想上面，使他在历史文化的学术研究中增加了现实要素，体现出鲜明的现实性。在学术与现实之间，闻一多既没有选择现实而放弃学术，也没有沉湎于学术而不去关注现实，而是在学术研究中融入现实因素，在现实社会中体现学术思想的影响，通过学术与现实的结合达到二者在自我精神中的平衡，这也意味着他在追求学术中将历史和当下现实进行贯通。因此，在抗战影响下，为了抗战，闻一多研究神话，着力探求民族文化的源头和民族的本土文化中心，特别发掘民族文化中那原始的、野蛮的生命力，以给抗战中的中国注入强健的力量。他研究民歌，在民歌中发现前方"每个在大地上或天空中粉身碎骨了的男儿"和后方"几万万以'睡到半夜钢刀响'为乐的'庄稼老粗汉'"，他以为那时我们所需要的正是这些"庄稼老粗汉"的"原始"和"野蛮"，因为"我们文明得太久了，如今人家逼得我们没有路走，我们该拿出人性中最后最神圣的一张牌来，让我们那在人性的幽暗角落里蛰伏了数千年的兽性跳出来反噬他一口"①；他从古诗研究中复归现代诗歌研究，高度赞扬田间的诗歌，被誉为"时代的鼓手"，以为鼓手所击打出的是"疯狂，野蛮，爆炸着生命的热和力"的节奏，因为"这是一个需要鼓手的时代"②。学术何为？闻一多从抗战现实出发、为了抗战的学术研究做了回答。不仅如此，他的历史视野从过去到现实最终指向了中国未来，在中国历史考察和中国现实观感基础上，经过漫长的学术研究历程和基于研究中的思想结论，他写出了很多激奋人心的作品。身在抗战时期，闻一多展望了中国文学和中国文化的未来，如在《战后文艺的道路》中，闻一多指出中国文艺和中国文化经过了建安前的奴隶文艺、奴隶文化和建安后的自由人文艺、自由人文化。他展望未来认为中国应当是主人文艺、主人文

---

① 闻一多.《西南采风录》序 [M] //闻一多. 闻一多全集：第 2 卷. 武汉：湖北人民出版社，1994：195-196.

② 闻一多. 时代的鼓手——读田间的诗 [M] //闻一多. 闻一多全集：第 2 卷. 武汉：湖北人民出版社，1994：201.

化，"要做主人，要做无奴隶的主人"，"战后之文艺的道路是要做主人的文艺"①。这展望，既是历史研究的结果，又是出于当时现实政治的结论。

研究历史可以发现历史真相以及历史所体现出来的或正面或反面的价值，联系现实时一方面弘扬宝贵的传统价值，另一方面发现历史劣根性在当代的复现。闻一多正是在学术研究中发现了中国历史所出现过的各种文化和思想的劣根性，他进一步意识到当时社会政治正泛滥着传统劣根性，如传统专制制度和专制思想亡魂不散。抗战胜利前后政治的极端专制和社会的极端腐化激起了闻一多的极端愤怒，从学术研究中的文化批判转向现实的民主斗争。从整个历史流程看，闻一多的文化思想批判和现实政治战斗的目的有三：一、总结"过去"的文化经验和历史教训；二、改善"现在"的社会政治环境；三、建设"未来"的理想社会和理想的中国文化。在自我精神中，历史意识贯穿在闻一多的学术研究、现实斗争和理想展望中，也就是在学术研究、现实斗争和未来理想的构想中，闻一多在自我文化人生历程中生成了他的历史意识。

闻一多历史意识生成于自我文化人生历程中，其中包含着厚重的历史文化。总体上，闻一多的文化人生经过了这样几个阶段，即在学习中阅读史书而初步具备历史意识—从古代文化中走出而创作现代诗歌—从现代文学创作转向古代学术研究—在古代学术研究中生发出现代意识—在现实影响下并为了现实而研究历史文化—从历史文化批判到现实政治斗争—在历史研究和现实民主斗争的基础上展望未来的理想社会与理想文化。伴随着自我的文化人生历程，作为学者的历史意识逐渐生成并趋于成熟。

第二节　古典学术研究历程中历史意识的
成熟和思想家品格

闻一多的文化人生内容中的主体部分是由学术文化构成的，是他在漫长的学术研究过程中逐渐累积而成的丰厚的文化人生内容。文化人生历程所生成的历史意识主要体现在他的学术研究历程中，自然，他的学术研究就呈现出鲜明的历史意识。闻一多学术研究的历史意识主要体现在他学术

---

① 闻一多. 战后文艺的道路［M］//闻一多. 闻一多全集：第2卷. 武汉：湖北人民出版社，1994：240.

研究的历史性、学术研究中的历史视野和学术研究中的历史观这三方面。并不是每个学者在学术研究中都有这三方面特征，在研究实践中有的停滞不前而缺乏学术思想的发展性，有的孤立静止地看取研究对象而缺乏历史视野，有的就事论事而缺乏历史感，当然也不会有自己独立的学术历史观。闻一多在这三方面都有突出体现，他的学术研究总在发展中，他总是把研究对象置于历史中观照，并以文学史家、文化史家意识形成自己独立的历史观。首先，闻一多的历史意识体现在他的学术研究历程中，不仅在人生文化历程中生成了自我的历史意识，而且在学术研究历程中强化和实践着自我的历史意识。

综观闻一多全部的学术研究世界，给人的初步印象是研究领域异常广泛、研究内容异常丰富、研究对象总在变换、研究时代更为漫长，表面上的庞杂难免令人眼花缭乱，但我们只要深入进去，按照闻一多学术研究历程和学术思想的逻辑顺序，就能发现他的学术世界实际上顺理成章，自然也有章可寻。其中的"理"和"章"就是闻一多在学术研究中形成的学术思想逻辑，合乎学术研究目的的逻辑性，历史地展开于他的研究历程中，达到了历史性和逻辑性的统一。研究对象的不断变化正表现出他学术研究的发展性，我们可以从闻一多的学术演变中进一步感知他的历史意识和隐含在历史意识中的学术理路。

闻一多的学术研究道路应该说还是比较曲折的，他并不是如一般学者从人生立业开始就献身于学术研究，并一帆风顺地继续学者生涯。闻一多的曲折性主要表现在两种矛盾中，一是艺术创作与学术研究的矛盾。他最初的志业是诗歌和美术，他已经成为著名诗人，在新诗创作中自成一家，开创过现代诗歌的一代诗风。他出国留学三年，基本以学习绘画为主，曾经立志成为画家，但半途而废。放弃诗歌创作和学习过三年的美术专业而完全转向学术研究，这对闻一多无论如何都是一种痛苦的人生选择，其中不无可惜之处。这样，闻一多是在艺术创作和学术研究的矛盾中走上学术研究道路的。二是学术研究和社会现实的矛盾。一方面，闻一多曾经雄心勃勃，热衷于社会活动，从读书到积极参加五四运动再到清华毕业时，为声援教师向北洋政府索薪而参加罢课罢考运动，从在美国时加入国家主义派别的大江学会到回国后致力于反帝爱国的政治运动，发展到最后参加反对专制政府的民主斗争。正如闻一多自己曾经所说，这样"向外发展的路"因为自己的"不能适应环境"而并没有走通，所以从外向内转，转向古典学术研究。另一方面，当时社会现实动荡和混乱（如军阀混战、政治革命、抗日战争等），加上家庭生计的艰难，都极大地影响了他的学术研究，同样需要他在矛盾中做出选择。闻一多始而选择了专心致志于学术研究，终而选择了参加社会政治斗争。实际上，闻一多对这两种矛盾中所涉及的艺术创作活动、学术研究活动、社会政治活动这三方面人生领域都有割舍不下的情怀。三方面兼顾的全面性人生郭沫若可以做到，而闻一多则难以实现，郭沫若和闻一多一样在这三方面都有追求并都有杰出的业绩。郭沫若可以兼顾这三方面的人生业绩，固然他也在不得已时专攻过一方面，如20世纪30年代在日本时专心于学术研究，研究中国古代社会和甲骨文，但也进行文学创作、参与文学论争。多数时候几方面几乎同时展开于自我人生中，如抗战时期，既参加政治活动，又创作历史剧，还能够继续学术研究，包括新中国成立后，在繁忙的国事活动之余，仍然继续诗歌创作，如写出《新华颂》《百花齐放》等大量诗歌，同时继续学术研究，有《李白与杜甫》和历史学、考古学方面等一系列论著。闻一多兴趣广泛如郭沫若，但在性格上不同于郭沫若的天才自赏、随机应变，而是名副其实的"东方老憨"，凡事认真，严谨的性格制约了人生的灵活性，崇尚专心致志，一旦选定人生方式和人生目标就不轻易改变和放弃，而一旦改变就意味着彻底放弃原来的内容，专心致志于所选定的目标。所以，任何一种选择对闻一多来说都意味着牺牲另一种他同样认可和喜欢的人生方式，难以两全的矛盾始终折磨着闻一多。

人生选择的矛盾性注定了闻一多学术道路的曲折性，而学术道路的曲折性造就了他学术研究历程的独特性。其独特性在于，在整体学术研究历程的连贯性特征中，具体表现出学术研究历程的变化性、阶段性和发展性，体现在研究活动本身，闻一多的学术研究从一开始就是断断续续、跌宕起伏的。应该说闻一多比较早就开始了学术研究活动，但到他完全沉浸于学术研究之前，其间穿插了诗歌创作、美术学习、各种社会政治活动，还编辑诗歌刊物、引领诗歌运动、担任大学行政事务等，包括抗战后期参加民盟组织、进行民主斗争，这些都影响了或干脆中断了他的学术研究。为了更清晰地认知闻一多的学术研究世界，从闻一多的学术研究实践出发，我们可以把闻一多的学术研究历程划分为四个阶段。

第一个阶段为1928年以前的学术研究准备期。从学术研究角度看，难以定出学术准备的起点，1928年以前凡有利于日后学术研究的活动，都可以归为学术准备的内容，都为以后的学术研究奠定了基础。应该说，闻一多的学术准备是比较充分的。首先从他求学时期的学习内容看，所学的是他日后学术研究的对象，即传统经史子集，从"四书五经"到《史记》《汉书》，从诸子百家到古典诗文集，包括《说文解字》《尔雅》之类"小学"典籍。1916年4月至12月，闻一多在《清华周刊》连载了十四则读书笔记，总名为《二月庐漫纪》，从中可见闻一多当时之所学。《二月庐漫纪》主要集中在历史和诗歌方面，每一则都有一定的主旨，如开篇即由明代张玄羽著《支离漫语》所记有广南韦氏者，自云为汉淮阴侯韩信之后，当年韩信遇难时，有客携三岁小儿逃奔南粤王赵佗，为隐藏而取韩之半，改姓韦。闻一多由此联想到文天祥及其后代遭遇，谓文天祥遇难后，家属逃到湖北蕲水，改文为闻以避难。尽管没有确实的历史记载，但闻一多曾经考证，想证明自己为文天祥后代。即使没有结果，闻一多曾经也宁愿相信此说。由韩信和文天祥，进而联系到明代方孝孺、汉代苏武等，主旨在论说历代名臣及其后代的遭遇。接下来的札记多是谈文论诗，涉及大量古代作家和作品，从汉代司马相如、司马迁、贾谊、杨雄到唐宋的宋之问、杜甫、白居易、杜牧、苏轼、欧阳修、范成大、林和靖，一直到清代的徐电发、陈秋舫、曾国藩等，每一则笔记都满布诗人诗作、历史典故、逸事逸闻和史料考证，经史子集，无所不有，信手拈来，如数家珍，琳琅满目，引人入胜。由此可见闻一多涉猎之广泛和学养之深厚。更重要的是，这些读书札记旁征博引、归类排比、述论结合、见解独到，基本可以归为初步的学术研究实践，至少体现了闻一多在学术研究上的潜质和可发展的广阔前途。写作和发表《二月庐漫纪》以后，闻一多更深入、更系统地学习中国古典诗文和历史，即使从清华学校到出国留学，也基本接受着美国化的教育，他一直没有放弃中国古籍的研读，如在《仪老日记》中提到，所读诗歌几乎贯穿了整个中国诗歌史；在出国后给家人、朋友的书信中介绍自己的学习情况时，其中多有关于中国古典诗文的研读内容。这样既广泛又深入且系统的古籍研读使闻一多对中国古代文学、古代历史和整个古代文化达到了相当熟悉的程度，为以后的学术研究奠定了较为扎实的基础。学术研究的准备在学养方面，对闻一多来说，自我人生经验、社会人生体验和对中国文化的感知同样构成了他学术研究准备的一部分。如前所述的闻一多所参加之社会活动和艺术创作活动，以及在多种人生活动领域的艰难选择中，看起来无关于学术研究，但实际上影响着学术研究的内涵，这些都化作学术研究的深层底蕴。闻一多的人生既体现为一种社会人生，又体现为一种文化人生，其人生经验及体验在社会和文化两方面展开。闻一多的人生历程实际上并不复杂，基本上生活在学院中，但相对简单的人生并

不意味着精神体验的简单。影响他精神文化感受并进而影响他学术研究的
至少有这样三方面：一是学生生涯结束后的职业奔波，尤其在 1926 年到
1928 年间屡受失业打击，这在他的精神中增加了比较沉重的内容，使他感
受到人生的艰难，无形中会体现到日后的学术研究中，使得学术研究带有
厚重的特点；二是当时中国社会的动荡和混乱，"五卅""三一八""四一
二"等典型的一系列政治事件强烈地刺激了他，使他意识到作为个人在政
治变局面前的无奈，于是进入"故纸堆"的研究领域，精神上不无逃避现
实政治之意；三是出国留学后，在美国感受到国家落后所受歧视的屈辱，
在爱国主义情思中培育起"文化上的爱国主义"思想，通过弘扬历史文化
来增强自我的民族自豪感，这成为闻一多研究古典学术最初的文化思想动
机。这三方面都可以是闻一多学术研究的精神基础，与外在的学养积累共
同构成他的学术准备内容。事实上，在清华学校读书时，闻一多就针对
"美国化"的教育进行了自我精神上的自觉抵抗，典型地体现在《论振兴国
学》一文中。这篇发表于 1916 年 5 月 17 日的文章（《清华周刊》第 77 期）
所表达的思想，和闻一多以后的学术研究相联系，可以说就是他学术文化
思想的逻辑起点。"振兴国学"，这是闻一多青少年时期的文化志向，那么
以后的学术研究其实一开始就是"振兴国学"的志向。在闻一多最初的文
化思想意识中，针对晚近国学"日趋而伪，亦日趋而微。维新之士，醉必
狄鞮，幺麼古学""新学浸盛，而古学浸衰；古学浸衰，而国势浸危"的现
状，竟感"痛孰甚哉"，而至于"吾言及吾国古学，吾不禁怵焉而悲"。因
为闻一多这个时候对古学、国学的认识仍然非常传统，基本坚持着赞美的
态度："顾礼以节人，乐以发和，《书》以道事，《诗》以道意，《易》以道
化，《春秋》以道义。江河行地，日月经天，亘万世而不渝，胪万事而一理
者，古学之为用，亦既广且大矣。苟披天地之纯，阐古人之真，俾内圣外
王之道，昭然若日月之揭，且使天下咸知圣人之学，在实行而戒多言，葆
吾国粹，扬吾菁华，则斯文不终丧，而五帝不足六矣。"所以发誓"振兴国
学"，以为"惟吾辈之责"。① 尚是少年的闻一多能够有如此雄心，固然可
佩；而尚是少年、又正呼吸着"欧风美雨"的闻一多表现出如此古典的思
想，确乎令人惊异。这里表现出闻一多的年龄和志向、时代和思想的巨大
反差，给人一副老气横秋、不仅保守而且典型的复古形象。其中的思想基

---

① 闻一多.论振兴国学［M］//闻一多.闻一多全集：第 2 卷.武汉：湖北人民出版社，
　　1994：282-283.

本上以复古为上，甚至没有达到洋务派的"中体西用"思想阶段，更没有到维新变法阶段的思想高度。这当然不能怪少年闻一多，因为他此前更多接受了传统教育，又从心理上反抗着庚子赔款所办起来的美国化的清华教育，而且，刚刚发生的新文化运动尚未波及少年闻一多，"不忘其旧"也在情理之中。当然，后来的闻一多思想发生根本变化，紧紧跟随了新文化运动后的现代文化思想步伐，但这最初的"国学"思想和情结实际上已经成为他文化心理结构的重要组成部分，在随后的文化人生和学术研究历程中或隐或现地发挥着作用，谓之"振兴国学"是他学术研究动机的思想逻辑起点，也不为虚妄。正是在这样的文化思想和文化情结中，闻一多即使接受新文化运动的影响留学西方，他也"不忘其旧，刻自濯磨"而致力于古籍的研读和研究。如果说《论振兴国学》是闻一多学术思想的逻辑起点，那么，正式的学术研究实践当为《律诗底研究》，这部写于 1922 年 3 月的学术论著虽然为闻一多早期的学术习作，但实际已经具有了成熟的学术形态，既可以说是他学术研究前的准备，又可以说是他全部学术研究历程的起点。当然，写作《律诗底研究》之前和之后，闻一多在思想上已经不限于《论振兴国学》中的过分崇尚古学，而已经在新文化运动影响下发展出鲜明的现代意识。他在文化人生选择上，并没有专注于学术研究，而倾力于创作新诗、学习美术、发起诗歌运动、参与社会活动。直到 1927 年，闻一多在面临自我人生选择时，学术研究才正式凸显在他眼前，成为他众多人生选择中最重要的一种取向。人到中年，闻一多自然反思自我在已有人生道路的基础上要规划和选定今后相对稳定的人生道路。这一点，闻一多有明确的意识，他曾经自嘲："绘画本是我的原配夫人，海外归来，逡巡两载，发妻背世，诗升正室。最近又置了一个妙龄的姬人——篆刻是也。似玉精神，如花面貌，竟能宠擅专房，遂使诗夫人顿兴弃扇之悲。"因而自刻印为"壮不如人"并书："转瞬而立之年，画则一败涂地，诗亦不成家数，静言思之，此生休矣！因做此印以志恨。"[①] 语虽幽默，但包含了闻一多的悲哀和对自我人生前途的焦虑。这个时候，绘画已经完全被放弃，诗情受到时代的、形式的阻滞而难以为继，篆刻毕竟不是安身立命之本，伴随着职业的选择，任教于大学后，学术研究的需要提上日程，况且学术研究本也是他的兴趣爱好之一并有了充分的准备。所以，1927 年前后，闻一多实

---

① 闻一多 1927 年 8 月致饶孟侃信［M］//闻一多. 闻一多全集：第 12 卷. 武汉：湖北人民出版社，1994：238-239.

际已经选定了自我的精神文化道路，开始了学术研究。在开始学术研究后，自然存在研究对象的选择问题，所以，1927 年到 1929 年是他学术研究内容的选择时期。我们看他开始转向学术研究最初的研究成果，实际上处于不断选择和尝试阶段。1927 年 7 月在《时事新报·学灯》上连载了《诗经的性欲观》，1928 年 8 月在《新月》杂志第 1 卷第 6 期刊载了未完成的《杜甫》，1929 年 11 月在《新月》杂志第 2 卷第 9 期刊载了《庄子》，1929 年游国恩又建议他研究《楚辞》。我们看，虽然《诗经》、杜甫、《庄子》、《楚辞》都成为他后来的研究对象，那已经是他学术研究和生活稳定之后按部就班的研究过程，而这个时候在研究对象上所表现出来的跳跃性，正表明了闻一多要开始学术研究的选择、尝试和初进入学术研究的慌张。他在寻找，既寻找合适的研究对象，又在寻找自我的人生道路和精神归宿。

　　第二个阶段为 1928 年至 1937 年的学术研究积累期。这个时期正好对应着中国现代文学的第二个十年即以无产阶级革命文学运动为主的文学时期，而在现代文学发展波澜壮阔、思潮流派风起云涌、文学和政治关系复杂多变的这十年里，曾经是现代文学中心人物的闻一多基本将自己置于现代文学之外，丰富多彩的现代文学发展与闻一多基本没有了关系，而他也在事实上基本不与闻问而逐渐转向学术研究领域。现代文学损失了一个作家，现代诗歌损失了一个伟大的诗人，但现代学术史上多了一个杰出的学者。在此，我们不知道该惋惜，还是该庆幸。站在现代文学立场上，我们该惋惜；站在现代学术立场上，我们该庆幸。假如从当时语境看，惋惜的成分大于庆幸，因为毕竟闻一多的诗歌具有独特性，是其他诗人所无法替代的，而在学术研究上，他最初所研究的内容，其他学者同样可以做出来。如果从后来闻一多学术的发展上看，或许庆幸的成分又大于惋惜了，因为闻一多不断发展的学术道路表明他同样是一个现代独特的学者，其学术研究思想具有了其他学者所无法替代的特征。我们或许可以做一个设想，假如闻一多没有完全转入学术研究，仍然参与现代文学的发展，以他一贯的文学品格和文化思想，会给当时的现代文学格局特别是现代诗歌的演变带来怎样的内容和精神呢？当然，历史不能假设，也无法回头，更不可能扭转闻一多自己的文化人生道路，但从整体文化的发展视角看，闻一多转向古代学术研究无论如何是一件意味深长的事，关乎现代知识分子的文化思想变迁和现代文化思想的发展演变。从诗歌创作转向学术研究，闻一多自己谓之"向内转"，从他的研究对象上说，实际也是文化思想的"向后转"，同时意味着自我精神从现实向学术的转化。这样，闻一多的学术研究就不可能如现代文学创作那样切实地贴近现代和现实，在现代社会发挥现实的作用了。远离现代文学也意味着远离了现代现实社会而沉浸在"故纸堆"中，于闻一多自然有他心甘情愿的一面，也存在着无可奈何的一面，而这种客观的文化效应，也是无须回避的问题。当然，闻一多的"向内""向后""向学术"的转化，在现代史上并非个例，因为相当一部分现代作家在新文化运动后都转向学术研究，回归到古代文化中，如钱玄同、刘半农、林语堂、周作人等。当然我们不能把闻一多的转向和这些作家相提并论，他也不具有"向后"走的代表性，但客观上他确实离开现代文学而彻底钻进古籍之中，自有令现代文学阵营和新诗坛扼腕之处。为现代文学惋惜也罢，为现代学术庆幸也罢，闻一多在1928年以后还是转向了古典学术研究。闻一多正式转向学术的时间当为1928年7月任教于国立武汉大学后，这一年1月出版了《死水》，8月发表了《杜甫》，标志着闻一多告别新诗创作、进入古代诗歌研究。1928年至1937年可以分为两个时期，在武汉大学和青岛大学任教（1928—1932）为一个时期，1932年8月受聘清华大学为一个时期。前一个时期尚处于学术研究的开端，后一个时期随着生活的安定，也完全进入学术研究中。开端期除了学术研究对象选择的困惑外，其实还带有告别过去的痛苦和人生转折过程中的矛盾。这个时期所突出的不是他的学术研究成绩，而是一个在矛盾中挣扎的文化灵魂。从武汉大学到青岛大学，从青岛大学到清华大学，两年一变迁的职业和人生以及其中现实的复杂原因，令他备感狼狈，从现代诗歌创作到古代学术研究的转变也令他痛苦。既离开新诗坛，又不甘心，难免回顾，眷恋之心不死，一度藕断丝连。直到1930年在青岛大学时，他继续关注着新诗创作动态，如我们所熟知的闻一多聘请陈梦家为青岛大学教师、破格招收臧克家为文学院学生，其实主要是看重他们的诗歌才能而格外喜欢两位。他格外欣赏陈梦家和方玮德的诗歌合集《悔与回》，并写文评价①；对于新出现的诗人如方令孺和新出现的诗集备感高兴，兴奋地预言现代诗歌："俗语说时运来了，城墙挡不住。今年新年，是该新诗坛过一个丰富的年。……做诗的，一天天的多起来了，是不可否认的事实。"② 特别是他自己抑制不住的诗情终于爆发出来，三年不写诗，在1931年发表了长诗《奇迹》。《奇迹》一诗确乎是诗歌创作的一个

---

① 闻一多. 论《悔与回》[M] //闻一多. 闻一多全集：第2卷. 武汉：湖北人民出版社，1994：165.

② 闻一多1930年12月10日致饶孟侃信 [M] //闻一多. 闻一多全集：第12卷. 武汉：湖北人民出版社，1994：254.

"奇迹"，但既为"奇迹"，不可能总能够爆发和降临，之后，闻一多再没有了诗歌创作的"奇迹"，"故纸堆终竟是把那点灵火闷熄了"①。已经折断的藕所连接之丝，毕竟是极其微细柔弱的，不用多少外力就可以彻底扯断那微弱的连接。之所以留恋，是因为已经离开了对象。古籍研究的吸引力终于战胜了新诗的创作力，闻一多以《奇迹》彻底告别了新诗坛。闻一多在学术开端期不仅在矛盾中游夷于新诗和古籍研究中，而且更在痛苦中徘徊于学术与社会活动中。他本已经想投身于学术研究中，但在武汉大学担任了文学院院长，遇到人事纠纷而愤然辞职；到青岛大学，仍然担任文学院院长，遇到了学生运动而再次辞职。闻一多确实不能够适应社会环境，因为他不会通融、不去妥协、刚直不阿、秉公办事，在中国异常练达的人际氛围和高度险恶的官僚环境中，他坚持原则、不徇私情的"东方老憨"性格和行为只能使他到处碰壁，碰得头破血流。闻一多意识到了自己作为天生艺术家和读书人的"弱点"，于是他一次次以消极避让的逃离态度逐渐远离了学院行政事务，这也意味着他切断了与现实社会发生密切联系的通道，完全退回到书斋、退回到古籍中以维持自我精神的平和与心灵的宁静，如同离开新诗创作一样，闻一多后来离开了现实。不可否认，闻一多离开现代文学、离开具体的现实社会，完全转入古代学术研究，不无消极避世的意味，毕竟在古籍研究中不需要诗歌创作的情感激荡，更没有现实的烦神闹心。总之，从武汉大学到青岛大学，闻一多在诗歌与现实、诗歌与学术、学术与现实的矛盾中，最后以完全归向学术解决了自我的精神矛盾。学术研究的开端也是自我精神和文化人生的新的起点。及至1932年到清华大学后，他既不写诗更不担任任何行政职务而专心致志于学术研究了。1928年前后，闻一多在选择自己人生道路的同时，选择了自己的学术研究对象，1928年后在武汉大学和青岛大学的四年中，他仍然继续选择研究对象，同时在选择过程中有了相对稳定的研究领域，集中在《诗经》和以杜甫为入口的唐诗研究上。据梁实秋回忆，闻一多在青岛时，以全副精力从事于中国文学的研究。首先是杜诗和唐诗，"一多在武汉时既已对杜诗下了一番功夫，到青岛以后便开始扩大研究的计划，他说要理解杜诗需要理解整个的唐诗，要理解唐诗需先了然于唐代诗人的生平，于是他开始草写《唐代诗人列传》，积稿不少，但未完成。他的主旨是想藉对于作者群之生活状态去揣摩作品的含义"。然后是《诗经》研究，"他决心要把《诗经》这

---

① 闻一多1930年11月7日致饶孟侃信［M］//闻一多.闻一多全集：第12卷.武汉：湖北人民出版社，1994：251.

一部最古的文学作品彻底整理一下，他从此埋头苦干，真到了废寝忘食的地步……他的研究的初步的成绩，便是后来发表的《匡斋尺牍》。在《诗经》研究上，这是一部划时代的作品，他用现代的科学的方法解释《诗经》。他自己从来没有夸述过他对《诗经》研究的贡献，但是作品俱在，其价值是大家公认的。清儒解诗，王引之的贡献很大，他是得力于他的音韵训诂的知识之渊博，但是一多则更进一步，于音韵训诂之外在运用西洋近代社会科学的方法"。①和闻一多同在青岛大学任教的梁实秋，自然十分了解闻一多此时的研究状况，其述说也基本概括了闻一多学术研究开端期的内容。既已经开始，随后就在学术研究上进一步积累。1932 年 8 月受聘清华大学后，闻一多的学术研究表现出鲜明的特征，意味着他在自我人生和学术研究上的发展。首先，生活的稳定和学院环境的优越既保证了他学术研究的物质基础与研究条件，也强化了他献身古典学术研究的决心。如果说此前闻一多尚处于自我人生道路的选择过程中，而且职业的不稳定尚存选择的各种可能性，那么到清华大学后，随着职业和生活的稳定，闻一多最后选定了自己的人生，将自我生活完全依托于学院教职中，将自我生命完全寄托于古籍的整理和研究中。事实上，清华大学确实给他提供了得以安身立命的保障，从住房到薪酬，从资料到学术环境，都异常优越。特别是在 20 世纪 30 年代，北平物价不高而作为大学教授的收入却很高，现实为他专注于学术研究提供了切实保障。而这些优越的现实保障同时也屏蔽了闻一多与现代文学和现代社会的联系，在与现代文学和现代社会的隔离中彻底投身于古籍研究，沉迷于"故纸堆"中。其次，随着现实生活的稳定和古籍研究的继续，闻一多在具体研究对象和内容上进行了扩展和深入。这个时候，闻一多的外在社会文化身份已经不再是现代诗人，而是标准的古典文学教授和古代文化研究领域的学者。所以到清华大学后，毫无疑义地进行古代文学课程教学，最初讲授的课程有"文学专家研究"（王维及其同派诗人）、"先秦汉魏六朝诗"（诗经及楚辞中之《九歌》）以及"大一国文"。在具体研究内容上，闻一多已经具备《诗经》和唐诗研究的基础，随后扩展到《楚辞》的研究上，并制订了庞大的学术研究计划。这都预示着闻一多学术研究的大发展。再次，学术研究计划所表示的主观愿望与客观的学术人文环境相契合，清华大学中文系的学术人文环境使闻一多在学术精神上感觉到如鱼得水，浓郁的学术文化氛围涵养了闻一多的

---

① 梁实秋. 谈闻一多 [M] //方仁念. 闻一多在美国. 上海：华东师范大学出版社，1985：148.

学术精神，激发了他巨大的学术研究热情。当时的清华中文系，学术大家云集，有教授朱自清、俞平伯、陈寅恪、杨树达、刘文典，讲师黄节，专任讲师王力、浦江清、刘盼遂，教员许维遹，助教有安文倬、余冠英。① 闻一多厕身其间，各自固有学术上的竞争，但多有在学术中相切磋的融洽。如朱自清日记中就多有和闻一多讨论学术的记载，1932 年 12 月 14 日谈新诗问题，12月 26 日谈诗的模印理论，1933 年 6 月 15 日谈初唐文学。其中，闻一多和朱自清谈初唐文学见解，如当时辑录类书之风甚盛、《初学记》有事对、声律仍沿南朝之旧、宫体仍盛、唐太宗提倡文学未必佳等，构成了他后来初唐诗歌研究《类书与诗》《宫体诗的自赎》的基本观点。最后，清华人文学术环境既给他学术动力，也给他压力。比较之下，闻一多毕竟为后来者，不仅后来清华，而且后来学术领域。这极大地影响了闻一多的学术研究取向和学术思想。尽管闻一多的学术研究起步较早，但此前并没有专注于学术研究，从诗歌艺术活动转向学术研究，相比大部分学人，闻一多实际上属于"半路出家"。学术研究本有自身的规则和特性，那就是研究的客观性、科学性和研究过程中的冷静性，这与热情的诗人本性自有不合之处。特定时代又有特定的学术时尚，当时的学术热潮集中在国学研究，学界所热衷的学术研究方法为考据学，考据学的国学研究成为判定一个学者成熟与否的标准，自然也成为学术界接纳一个学者的学术标准。作为现代诗人的闻一多初进入学术界，最初略显慌乱和无所适从，及至清华后他才知道之前的《诗经的性欲观》《杜甫》《庄子》之类研究不合当时"学术时尚"和"学术规范"的要求，于是改弦易辙，抛开诗意化的研究风格，转向国学考据学研究。因为担心被学界同人轻视，加倍用功于考据学研究。包括在教学上亦感受复杂微妙，当时的闻一多在教学上的处境并不如他意，自己时常担心不被学生认可，事实上也确实发生过不愉快，据闻一多昔日学生吴组缃回忆，学生中间就存有闻一多是新月派诗人、教不了古代文学的说法，有学生对授课内容提出不同意见，闻一多就发脾气一周不来上课。② 他所开设的《楚辞》课，只有孙作云和王

① 闻黎明，侯菊坤. 闻一多年谱长编 [M]. 武汉：湖北人民出版社，1994：428.
② 吴组缃回忆为闻黎明 1986 年 12 月 31 日的采访记录，见：闻黎明，侯菊坤. 闻一多年谱长编 [M]. 武汉：湖北人民出版社，1994：442. 其中说："闻先生的文人气质很浓，他是新诗人，却讲古代文学，所以总觉得同学不满意。那时，清华同学与老师年龄相差不太多，有的已在刊物上发表过文章，因此认为自己不比老师差。再说当时文学史上占统治地位的是古代文学，朱自清讲中国新文学研究，有很多人反对。"这里的差异在闻一多自身和他给学生的印象上，实际上就是诗歌与学术、现代诗人和古代研究的学者之间的差异。

文婉两个学生选修，但闻一多仍然开课，孙作云说："楼大室大而人少，师生相对仅三人。闻先生在这一年是颇有点负气的，所以他在这一年里拼命地预备功课，全心全意地为我们讲解……半年的工夫读完了一篇《天问》。"在孙作云的印象中，"闻先生到清华以后，绝不以诗人的姿态出现的，除去浓眉大眼，披散着一头长发，穿着古铜色的长袍，扎着裤脚，又像一个三家村的秀才以外，再没有一点什么诗人的特征。闻先生的诗储存在他的内心里，融化在他的治学方法里，表现在他的古典文学研究的见解上。他的诗岂是表现在它的外观上！并且闻先生到清华园教书，是在民国二十一年（1932）青岛大学风潮之后，他回到他幼时的学园，颇有息影告老之意，因此除教书之外，对于一切的琐事皆不知不问，他只是在一心一意地读书、教书"①。他也一心一意地运用考据学方法进行古籍整理，追随当时学术风气，进入考据学的国学研究中。现实生活需要迫使他进入学院中担任教职，时代学术风气迫使他进入考据学进行研究，清华文化环境迫使他更加用力于古籍研究以使自己取得现实的立足空间。有耕耘自然会有收获，此间，闻一多发表了一系列的研究论著：1933 年发表有《岑嘉州系年考证》《岑嘉州交游事辑》；1934 年发表有《类书与诗》《匡斋尺牍》《天问释天》；1935 年发表有《读骚杂记》《诗新台鸿字说》《高唐神女传说之分析》；1936 年发表有《离骚解诂》、《敦煌旧抄楚辞音残卷跋》（附校勘记）、《楚辞斠补》；1937 年发表有《诗经新义》（二南）、《释朱》、《释省偝》、《释为释豕》。闻一多的这些学术研究成果当然也改变了他在师生心目中的形象，奠定了他在现代学术格局中的地位。至此，一个生机勃勃、诗情激荡的中国现代诗人退居幕后，携带着刚刚掌握的一套考据学工具，以国学研究家的身份登上了中国现代学术舞台，并长期定格于舞台中心，进行着挖掘"故纸堆"的学术研究工作，这就是闻一多！

第三个阶段为 1937 年到 1944 年的学术研究收获期。俗语谓"树欲静而风不止"，闻一多本来已经把自我精神安顿到国学研究中，本来结束了以前现实的纷扰，自以为获得了平静的研究环境，正可以在学术研究上大展宏图时，1937 年全面抗战爆发了。抗战对闻一多的影响可以说是三方面：一是对现实生活的影响，不仅失去了一度优越的生活环境，而且在颠沛流离中最低生活保障都是问题；二是对学术研究的影响，闻一多虽然没有因为抗战而放弃学

---

① 孙作云.忆一多师［M］//闻一多纪念文集.北京：生活·读书·新知三联书店，1980：114-115.

术研究，但研究条件自然十分恶劣，基本上是在动荡中进行学术研究的；三是对他思想的影响，一方面开始关心战事和时局，另一方面仍然固守在学术研究领地中，直到抗战后期才在现实的刺激下从"故纸堆"中走出来，从学术研究转向现实社会。在整个抗战时期，闻一多一直没有放弃学术研究，在社会急剧动荡中坚守和坚持学术研究，在极端困难的条件下做出巨大的学术研究成果，这是闻一多在这个时期学术研究的最大特征。"七七"事变刚发生，闻一多就迅速离开北平，此后辗转于武汉、浠水、长沙，参加"湘黔滇旅行团"三千里"长征"，最后定居于昆明西南联合大学。与清华园稳定平静的生活完全不同，这个阶段居无定所、朝不保夕、生活清苦、精神不安。但时局使然，加上自我选择，这样的生活也是必然的。全面抗战爆发对于每个人、特别对于知识分子是一个考验，大家都面临着在危机面前的自我生活的选择。就闻一多而言，当时同样面临选择，而且至少有几种选择摆在他面前。一是留在清华园家中，继续常规的学院和书斋生涯。这当然被闻一多否决，因为有着强烈爱国主义精神的闻一多绝对不会在侵略者的统治下苟且偷生，况且作为著名诗人和学者，想偷生也不可能。闻一多在事变发生后的7月19日就离开北平、离开清华园、离开自己心爱的书房而南下，当然与周作人等汉奸文人不可同日而语。这是闻一多在民族危机中的自我选择，是自然而然的选择。二是参加现实的抗战运动，传统所谓"投笔从戎"。典型如陆游诗歌中所表现的情怀和辛弃疾似的在金戈铁马中一展爱国报国胸怀，这是中国古代文人宝贵的传统。全面抗战爆发后，相当一部分中国现代知识分子继承了"投笔从戎"的传统，纷纷参加实际的抗战运动，影响最大者如郭沫若，去国十年，潜心中国古代社会和古文字研究，但全面抗战爆发后，"别妇抛雏""投笔请缨"，回国参加抗战运动。现代作家丘东平更亲自投身抗战前线而血洒疆场。大量知识分子和青年学生或上前线亲自战斗，或在后方从事抗战宣传，或奔赴延安献身革命。闻一多虽然感受到抗战初期的热血、悲壮和斗志，但他没有做出投笔从戎的选择，而是在动荡中仍然沉浸于学术研究中。闻一多曾经有过脱离学院生活，参加实际的抗战宣传活动的机会，1938年1月他从长沙回武汉探亲时见到他清华时的同学和好朋友顾毓琇，时任汉口国民政府教育部次长，顾毓琇邀请他到战时教育问题研究委员会工作，但他拒绝了。从闻一多当时给顾毓琇的信中可以了解他的思想："承嘱之事，盛意可感。惟是弟之所知，仅国学中某一部分，兹事体大，万难胜任。切累年所蓄著述之志，恨不得早日实现。近甫得机会，恐稍纵即逝，将使半生勤劳，一无所成，亦可惜也。""我辈做事，亦不必聚在一处，苟各自努力，认清方向，迈进不已，要当殊途同归也。"① 闻一多不选择去从事实际的抗战宣传活动，一方面在于不想离开学术研究，另一方面在于本性上不愿做官，也自察到不是做官的人，长期学者生涯的惯性也使他难以割舍已成的生活方式。所以，全面抗战时期，闻一多做出了"第三种选择"，那就是克服一切现实困难，继续学术研究。这也是当时大部分知识分子的选择，一方面放弃原来优越的现实生活，另一方面继续保持了自己优越的精神生活。尽管闻一多经历了逃难生活，尽管他也参加了从长沙到昆明的徒步迁徙，但现实的变动基本上没有触动闻一多固有的生活习性和生活方式，他仍然生活在古代文化世界中。如他后来说到的在南岳时的生活："南岳是个偏僻地方，报纸要两三天以后才能看到，世界注意不到我们，我们也渐渐不大注意世界了，于是在有规则性的上课与逛山的日程中，大家的生活又慢慢安定下来。半辈子的生活方式，究竟不容易改掉，暂时的扰动，只能使它在表面上起点变化，机会一来，它还是要恢复常态。"② 这或也可为一个战时的"奇迹"，这些学者在动乱中反能够营造出一片"世外桃源"，从而潜心学术研究，从冯友兰、钱穆、柳无忌等人的回忆中可以感觉到他们颇有逸雅情致。③ 他们都谈到闻一多在南岳时的研究情况，这时闻一多开始研究《周易》。到昆明后，虽然生活艰难，但闻一多照样专心于学术研究。我们说，闻一多不可能意识不到当时的现实形势，他也绝不是完全不关心时局变动的学者，那么他又是如何调适自我精神的呢？除了上述闻一多自己所说到的生活习性难改外，在思想上，他认为既然没能走向抗战前沿，做好本职工作也是抗战，而且他坚信抗战必胜，胜利后我

---

① 闻一多 1938 年 1 月 26 日致顾毓琇信 [M] //闻一多. 闻一多全集：第 12 卷. 武汉：湖北人民出版社，1994：311.

② 闻一多. 八年的回忆与感想 [M] //闻一多. 闻一多全集：第 2 卷. 武汉：湖北人民出版社，1994：428.

③ 冯友兰在《三松堂自序》中描绘了长沙临时大学文学院在南岳生活的清幽静雅，教学之余，游览山色，赋诗调侃。他提到，"大家都展开工作。汤用彤写他的中国佛教史，闻一多摆开一案子的书，考订《周易》。学术空气非常浓厚"。（冯友兰. 三松堂全集：第 1 卷 [M]. 郑州：河南人民出版社，2001：87.）钱穆在《八十忆双亲·师友杂忆》中也说到他与闻一多、吴宓、沈有鼎同居一室的生活情态，"室中一长桌，入夜，一多自燃一灯置其座位前。时一多方勤读《诗经》《楚辞》，遇新见解，分撰成篇，一人在灯下默坐撰写"。（钱穆. 八十忆双亲·师友杂忆 [M]. 长沙：岳麓书社，1986：182.）柳无忌在日记中记下了吟咏 19 位教授的诗歌。（见闻黎明，侯菊坤. 闻一多年谱长编 [M]. 武汉：湖北人民出版社，1994：511.）包括闻一多在家信中，对南岳风光进行了诗意化的描绘："这里风景却好极了。最有趣的是前天下大雨，我们站在阳台上，望着一朵云彩在我们对面，越来越近，一会儿从我们身边飘过去，钻进窗子到屋子里去了。"（1937 年 11 月 8 日致闻立鹤等兄妹）

们更需要文化，那么战时的研究也是为了战后的文化建设。这从他对学生的谈话中可以反映出来，据学生回忆，闻一多在长沙临时大学第一次课上说："看来这次抗战，不是短期间可以获胜的，救国要有分工，直接参加抗战，固然很需要，学习本领，积蓄力量，为将来的抗战和建国献身也很必要。各人可以根据自己的身体条件和志趣，迅速决定去留。留下来就要安心学习，不安心学习是不好的。"① 虽然是在做学生的思想工作，但实质上也是闻一多自己以及当时从长沙临时大学到西南联合大学所有学者和学生的思想认识，闻一多以此为自己的选择建立了思想的根据，也可以说成了精神的庇护，从此可以心安理得地继续自己的学术研究工作，而不必担心受实践家们的指责，在学术与现实的关系中也维持了平衡。这也成为抗战时期西南联大的客观现实，师生的选择基本上两极分化，一部分义无反顾地离开校园和书本参加实际的抗战运动，一部分如闻一多等坚定不移地留在校园继续读书人的本分。前者为抗战做出实际的贡献，有人献出了自己的生命，固然可歌可泣；而后者兢兢业业致力于本职工作，当然也无可非议，他们在教育事业和科学研究中成就卓异，创造了战时文化发展的奇迹，西南联大的成就一直被人津津乐道，其中也有闻一多的一份业绩。在闻一多整体的学术研究历程中，正是在这样动荡中的学术坚守和学术坚持，这个时期闻一多进入了学术收获期，一方面是他前一个时期学术研究积累的结果，另一方面更是他克服战时困难而不懈努力的结果，在他的感觉中，既然留守在学院和学界，唯有加倍努力和取得更大成果，才能无愧于时代，才能弥补缺憾，才能安慰自我。在这个时期，闻一多除继续在自己的研究领域外，又开拓了新的研究领域，最为突出的是对《周易》、神话和文学史的研究，同时再次关注现代诗歌的创作。1939年后，闻一多又开始陆续发表学术研究论著，1939年发表《璞堂杂记》《歌与诗》，1940年发表《姜嫄履大人迹考》《璞堂杂说》《释鯀》《乐府诗笺》《怎样读九歌》，1941年发表《道教的精神》《贾岛》《周易义证类纂》《宫体诗的自赎》，1942年发表《伏羲考》并出版专著《楚辞校补》，1943年发表《"七十二"》《端节的历史教育》《端午考》《孟浩然》《四杰》《庄子内篇校释》《诗经通义（召南）》《文学的历史动向》《字与画》，1944年发表《说舞》《庄子外篇校释——骈母》《九歌校释》等。当时发表出来仅仅是他研究成果的一小部

---

① 陈登亿. 回忆闻一多师在湘黔滇路上［M］//闻一多纪念文集. 北京：生活·读书·新知三联书店，1980：275.

分，他实际所做的远超过这些，多是学术研究的大工程，如 1939 年所作
《易林琼枝》，1941 年 11 月开始《管子校勘》，1943 年选编《现代诗抄》，
还有《诗经》《楚辞》《庄子》等方面研究的大量手稿。1940 年 11 月，闻
一多向清华大学校长梅贻琦呈报了自己的研究计划《中国上古文学史研究
报告》，在说明"了解文学作品"和"考察时代背景"的研究旨趣后，开
列了研究工作计划，分为"专书研究"和"专题研究"，分别列出要目。
"专书研究"包括《尚书》《周易》《庄子》《楚辞》《乐府》《易林》及
《上古文选》；专题研究涉及古代教育、商周铜器艺术、史职与史书、史诗
的残骸、采诗制度、古代著述体裁、神仙与先秦思想、舞蹈与戏剧、宴饮
与诗等多个学科领域。① 其中所列计划，大部分都在闻一多随后的学术研究
过程中得以完成。1941 年暑假后，清华大学成立文科研究所，闻一多负责
中国文学部工作，11 月拟定了《文科研究所中国文学部研究计划》，主要
以整理古籍为主，计划整理"子部"两种，包括《韩诗外传》和《管子》；
"集部"两种，包括《岑参集》和《贾岛集》。其中《管子校勘》即闻一多
与许维遹合作的成果，当时未能完成，后由郭沫若集校而于 1952 年由科学
出版社出版，名为《管子集校》，署名郭沫若、闻一多、许维遹。关于贾岛
和岑参，闻一多素有研究，著有《岑嘉州系年考证》并发表论文《岑嘉州
交游事辑》《贾岛》。当然，他最大的学术成就还是这个计划以外的《楚辞
校补》，1942 年 3 月由国民图书出版社出版后，1944 年 5 月获得了教育部
学术审议会颁发的 1943 年度学术二等奖。考虑到当时的现实状况（正在抗
战时期、生计艰难、当局政治的腐败等），闻一多能够有如此突出的学术研
究成绩，确实是一个"奇迹"。特别是，在那样的时局中，闻一多能够沉潜
于古籍整理中，从容地运用考据学方法校释古籍，表现出了他另一方面的
从容心态。学术研究指向远古历史，而现实对他的学术研究却没有造成根
本性的影响。不可否认，这个阶段的闻一多更多沉于历史中，而与现实仍
然保持着相当的距离。以学术研究为中心，历史和现实在闻一多精神中尚
有一定的矛盾。历史意识愈强化，而现实意识会愈冲淡，学术研究延伸到
上古神话，本意是要发掘民族文化的源头，但历史文化毕竟无补于现实中
的民族危机。在人生道路上，闻一多从外向内走，从现实转向学术文化；
在精神上，闻一多更从前向后走，从现代转向古代文化。立足于现在，是

① 闻一多 1940 年 11 月 11 日致梅贻琦信［M］//闻一多. 闻一多全集：第 12 卷. 武汉：
湖北人民出版社，1994：367.

向前还是向后？闻一多一直在选择，这个阶段基本上是选择了研究历史文化，表现出向"后"的精神态势。这不仅是闻一多所面临的精神困境，实际也是所有学者所面临的精神困境，因为学术研究对象基本上是历史中的，而自我又生活在当下。要执着于当下现实，除非淡薄了学术研究本身。闻一多进入学术收获期则相对淡薄了现实，而执着于学术研究。但中国社会的持续动荡和中国政治的日益腐败最终把闻一多从历史文化的研究中拉出来，他的精神和思想在时代政治现实和自我对中国历史文化研究结论的双重冲击下由渐变在1944年后发生了根本性的变化，学术研究相应地进入了一个新阶段。

第四个阶段为1944年5月后的学术研究转变期。学术联系着现实和历史，学术指向历史，而现实影响着学术研究。闻一多在1944年5月后人生又一次发生变化，按照朱自清说法是由学者转变为民主斗士。但闻一多并没有放弃学术研究而专门做民主斗士去，而是参加民主斗争和进行学术研究同时并举。学术和现实、历史文化研究和社会政治动荡的矛盾本来就存在，只是闻一多在先前采取了回避的态度，沉潜于古籍的考据学整理和研究中而不去正视这矛盾。随着时局的日益恶化，随着闻一多在学术研究中对中国历史的深度认知，随着黑暗腐败现实对自我生活影响的加剧，闻一多思想发生变化，从"故纸堆"中扬起头而看见了现实环境，对照现实环境更能够看清历史真相。当时正值抗战关键时候，国民党正面战场却频频失败，大片国土沦陷，日军长驱直入，虽是大后方的昆明，也频频地遭受着日本战机的轰炸。如当时流行语所说，"前方吃紧，后方紧吃"，而国民党当局极端腐败，在大后方的西南地区，一方面加紧专制主义统治，特务横行，随时剥夺进步人士的生命，人民既没有民主，又不得自由，生命和财产安全都得不到基本保障；另一方面，官僚政客凭借特权贪污腐败成风，达官贵人们莺歌燕舞，置民族危机和人民苦难于不顾而大肆享乐。政治专制和生活腐化相结合而导致经济恶化，官僚和资本相结合而带来财富的高度垄断、物价飞涨和通货膨胀，使人们本来就极端困难的生活雪上加霜。这些，闻一多都感同身受，因为闻一多的日常生活就受到了巨大影响。当时的西南联大教职工们生活都陷入困境，工资入不敷出，针对通货膨胀，有人说："现在什么都值钱，就是钱不值钱。"因为闻一多一家人口较多，生活尤其困难，甚至长期陷入断炊之中。所以闻一多在 1944 年 1 月被迫挂牌治印①，以微薄的治印润例维持一家生计。闻一多本来有篆刻的业余爱好，曾经自喻为"妙龄姬人"，篆刻本属于文人雅兴，闻一多却以此养家糊口，可想而知他的无奈。残酷的现实使他再也不能从容地游弋于古籍中，学术研究是要在社会稳定、政治清明、思想环境宽松、个人生活优裕的条件下进行的，而在当时社会混乱、政治腐败、文化专制以及家中妻子和儿女嗷嗷待哺的情形下，闻一多的学术研究当然遇到了阻隔。这是促使他思想转变很实际的原因。如他 1944 年 7 月 7 日在昆明学生举行的时事晚会上说："刚才主席说，今天是学术性的晚会，难道今天是谈学术的时候么？研究？难道我不喜欢研究？我若能好好地看几天书，都是莫大的幸福。""可是饭都吃不饱，研究什么？""别人不叫我们闹，我们就是要闹，我们不怕幼稚，国家到了这步田地，我们不管，还有谁管？"② 首先是生存，然后才能够发展，学术研究作为精神文化活动，当然应该建立在物质性生存基础上。有人认为学术研究为"有钱""有闲"，是人们的"闲情逸兴"，自然也有一定的道理。事实上，如闻一多一样的现代学者，抗战前在学院中的优裕生活保证了他们的学术研究条件，没有了关乎生存的生活之忧，自然可以专心致志于学术研究。当生活危机危及生存时，学术研究心态就发生变化，再不可能从容悠然地进行学术研究了。吃不饱饭的原因不在自己，而在社会。如闻一多所说，首先要争取生存权，然后争取学术研究权。闻一多后来在谈到全面抗战的回忆和感想时又说："政治问题诚然是暂时的事，而学术研究是一个

---

① 1944 年 4 月，闻一多挂牌治印时，浦江清特以骈文撰写了启示："秦玺汉印，雕金刻玉之流长；殷契周铭，古文奇字之源远。自非博雅君子，难率而以操觚；傥有稽古宏长，偶涉笔以成趣。浠水闻一多先生，文坛先进，经学名家，辨文字于毫芒，几人知己；谈风雅之原始，海内推崇。斫轮老手，积习未忘，占毕余暇，留心佳冻。惟是温馨古泽，徒激赏于知交；何当琬琰名章，共搉扬于并世。黄济叔之长髯飘洒，今见其人；程瑶田之铁笔恬愉，世尊其学。缀短言为引，聊定薄润于后。"后列同启者名单，为闻一多西南联大同人如梅贻琦、冯友兰、朱自清、潘光旦、将梦麟、杨振声、罗常培、陈雪屏、熊请来、姜寅清、唐兰、沈从文等。（见季镇淮编《闻一多先生年谱》和闻黎明编《闻一多年谱长编》）这一方面表现出西南联大同人对闻一多生活的关心，以独特的方式帮助他，令人感受到当时的温馨人情；另一方面，可见在穷困中的文人们仍然不失风雅，众人显然以闻一多治印为风雅之事，骈文广告和名流捧场，足可为闻一多生平中一大佳话。其实，闻一多此举为生活所迫，实出无奈。但治印毕竟也为艺术活动，篆刻艺术本也是闻一多一大爱好，所以闻一多还是出于艺术，兢兢业业地雕刻了大量印章。新版《闻一多全集》第 11 卷收录了他此时的一部分印谱，从中可以欣赏到闻一多的篆刻艺术。

② 季镇淮. 闻一多先生年谱 [M] //闻一多. 闻一多全集：第 12 卷. 武汉：湖北人民出版社，1994：510.

长期的工作。有些人主张不应该为了暂时的工作而荒废了永久的事业，初听这说法很有道理，但是暂时的难关通不过，怎能达到那永久的阶段呢？而且政治上了轨道，局势一安定下来，大家自然会回到学术里来的。"① 在闻一多的感知中，学术研究难以为继的原因是生存，生存危机的原因是政治，政治问题是当局的专制和腐败，所以要和政治的专制腐败进行战斗，争取生存权、民主权和学术研究的保障权。如果说，此前闻一多过分地追求所谓"永久的事业"的学术研究而漠视了政治问题，那么此后闻一多则多投入解决政治问题的社会运动中，虽然继续着学术研究，但学术思想发生了巨大的变化。闻一多从此对现实的巨大关注和他更多投身于实际政治活动，不仅使他的学术研究历程呈现出全新的转折，而且使他的历史意识增加了新的内涵，体现了学术研究历程中的历史意识，因此被赋予了现实情怀，在学术研究的深厚历史意识中积淀了鲜明的现实情怀，通过现实情怀将文化历史的研究触角延伸到现代社会。可以说，没有历史感的现实情怀缺乏厚度，没有现实感的历史意识缺乏热度。闻一多晚年的学术研究则兼具深厚的历史感和鲜明的现实情怀，不仅具有历史文化的厚度，而且具有自我的精神热度。我们这里说闻一多学术研究的转变，只是就他学术思想而言，包括他在学术研究的历史意识和现实情怀。从学术研究历程本身看他，并没有从学者完全转为民主斗士，因为他的学术研究历程仍然在继续。从当时发表出来的成果看，与之前相比较，数量有所减少，内容形态上则呈现出新特点，一是由考据学成果转变为"说明时代背景"的综合研究，二是更多表述为文化思想杂文。属于前者的有发表于 1945 年的《屈原问题——敬质孙次舟先生》，发表于 1945 年的《人民的诗人——屈原》《说鱼》，1946 年脱稿的《〈九歌〉古歌舞剧悬解》；属于后者的有《什么是儒家——中国士大夫研究之一》《龙凤》《关于儒·道·土匪》《妇女解放问题》《战后文艺的道路》《孔子与独裁主义》等。此外所发表的就是现代诗歌评论、政论性杂文、时事演讲类文章。应该体现在政论性杂文和时事演讲类文章中的现实情怀在这个时期体现在学术研究中，在学术研究中增加了现实情怀的比重。因为现实情怀的强化，闻一多在学术研究中的历史意识向上回溯到有益于激发抗战现实精神的上古民族文化，向下指向现代社会，沟通了历史与现代、学术与现实，在现代专制主义政治中看见了历史文化的亡魂，在历史文化研究和古代思想批判中直指现代政治专制制度

---

① 闻一多. 八年的回忆与感想 [M] //闻一多. 闻一多全集：第 2 卷. 武汉：湖北人民出版社，1994：431.

和专制思想，在学术研究的基础上配合着现实的民主斗争而进行文化思想的批判，将学术文化思想化为自我的现实行动而使学术具有了物质性力量。这是闻一多在最后时期学术研究的最大特征。晚年的文学史研究和文化史研究，正是闻一多历史意识进一步强化的结果。经过漫长的学术研究历程，闻一多自古及今在思想和精神上走完了中国文学和中国文化的全部历程，于是自觉要去沟通历史与现实："我始终没有忘记除了我们的今天外，还有那二三千年的昨天，除了我们这角落外还有整个世界。我的历史课题甚至伸到历史以前，所以我研究了神话，我的文化课题超出了文化圈外，所以我又在研究以原始社会为对象的文化人类学。"① 最后，伴随着闻一多历史意识的成熟，学术研究归宿于"诗的史"或"史的诗"的研究，这也是他思想的归宿，以"诗的史"或"史的诗"做中国文化的"杀蠹的芸香"。

作为文化史家的闻一多，其历史意识是和他的学术研究历程共生的，在学术研究历程中逐渐强化并生成为成熟的历史意识形态。我们在此把闻一多的学术研究历程分化为学术研究准备期、学术研究积累期、学术研究收获期和学术研究转变期四个阶段，一是便于认识，二是因为他的学术研究历程本就表现出阶段性。但从整体上，闻一多的学术研究立场又具有连贯性，正如任何历史的发展都是阶段性和连贯性的统一，闻一多的学术研究历程也隐含着他的历史意识特征，那就是，历史是向前发展的，任何事物都是变化的，历史立足于现实和现代，联系着过去和未来，研究历史文化的学术要富有现实情怀和现代意识。

闻一多在学术中体现出的"诗"和"史"更包含或生发出他的文化思想，不仅是一般意义上的学术思想，而且更表现为作为思想家特征的文化思想，所以，闻一多可谓思想家型的学者，在学术研究中多有原创的文化思想，其思想不仅有相当的广度，而且达到了相当的深度。

一、闻一多学术研究固然也表现为传统学术研究的技术性操作特征，但从他学术研究的原点看，实际完全不同于技术型学术研究。闻一多学术研究的"思想原点"是出于认知中国的文化思想真相，建立在文化情感基础上的文化反思意识，在促使他进入中国古代文学和文化的研究中，这可以说是他进行学术研究的最初动因。闻一多最初出于对中国文化的热爱而进入古代学术领域，其文化情感基本归依于他所感觉到的"美的"和"韵雅的"东方文

---

① 闻一多 1943 年 11 月 25 日致臧克家信［M］//闻一多. 闻一多全集：第 12 卷. 武汉：湖北人民出版社，1994：381.

化，结合其爱国主义思想形成"文化上的爱国主义"。但情感的依恋并没有淹没理性的文化认知，闻一多正是在诗性驱动下进行了科学的研究，以现代精神反思中国文化，形成了超乎情感的文化思想。

二、闻一多在整个学术研究历程中，对作为自我研究对象的中国古代文化逐渐从情感性的欣赏，发展到理性的反思，走过了一条"信古—疑古—释古—批古"的文化思想轨迹，在这样的发展过程中生成了自我的文化思想。

三、闻一多的文化思想本质上属于现代文化思想范畴，突出的特征是，他的思想都来自自我客观的学术研究结论。正是在古代文化和文学的研究过程中，闻一多有了思想史上的很多重大发现（详见第三部分），多有离经叛道之论，更不乏惊世骇俗之效，直到现在都能够感觉到他一部分思想的超前性，如对《诗经》的研究，揭开经学面纱，大胆论定《诗经》中多数诗歌是赤裸裸的情歌，甚至直接研究"诗经的性欲观"。

四、闻一多学术研究所提升出来的文化思想，其终极目标是体现自我担当的"杀蠹的芸香"，在对传统儒家及士大夫、道家和道教、墨家及其他思想派别的批判中体现出他鲜明的主体意识和现代精神。

学术研究可以在多方面做出成绩，包括学理的探求、知识的考证、思想的阐发，而最重要的是能够有研究主体独创的思想，即使在技术操作层面上如考据学运用，也当服务于思想的滋生。闻一多不是单纯的学者，在他的学术研究业绩中跃动着一个杰出的现代思想家的精魂。

第三章

古典学术中的考据学研究

在清代乾嘉学派的影响下，闻一多选择了汉学研究方法，长期致力于考据学方法的古代典籍文本的还原和文学、文化史料的考订，在国学典籍研究过程中，更多地运用校勘学、训诂学、编纂学以及目录学、版本学、辑佚学、辨伪学等"汉学"方法论进行古籍文本的校正、词义的诠释、史料的考订和编纂。校勘学、训诂学和编纂学等构成闻一多古诗研究的基本层面。对闻一多而言，这种类型的研究形态意味着：一个直面现代社会和主要表现现代精神的现代诗人不仅将自我精神投向古代世界，而且将自我精神沉浸在"故纸堆"的考据中；不仅压抑了自我的现代诗情诗意，而且在考据学研究中舍弃了古代诗歌的诗情诗意。精神空间上的从"外"向"内"转标志着文化思想上的从"前"向"后"走，远离社会现实的同时也在疏离时代，他不是跟着时代的步伐向前进，而是随着考据学的轨迹愈来愈归向古代，一度长期生活在了"故纸堆"中。1930 年，他面对朋友的好诗，不由得叹道："我自己是惭愧极了。故纸堆终竟是把那点灵火闷熄了。"① 闷熄的不仅仅是创作诗歌的"灵火"，他的整个精神都压在了"故纸堆"之下，他的现实情怀和对时代的思考也被"故纸堆"的考据无形中暂时给消磨。学术凸显，诗情和思想退场，考据学方法把一个诗人从丰富的现代社会带进了冰冷的古代世界，考据学研究过程凝滞了一个现代诗人艺术美的创造力，考据学的成就掩盖了一个现代诗人的丰富情感、浪漫情怀、现实思考，这是闻一多古诗考据学研究的客观精神形态和思想状态。但正是这样的精神机制促成了闻一多在考据学研究上的成功，因为，如果诗情激荡就做不到头脑冷静，如果关注现实就难以使心情平静，如果切近时代就不会建立与古代典籍的密切联系，所以，闻一多转入古代诗歌的文本考据学研究后，以平静的心态、冷静的头脑、科学的精神、理性的思维、客观的态度等和与诗人完全不同的精神状态进行国学典籍文本的校订、词义的训释和作家作品史料的考证，因而取得了别样的学术研究成果。

---

① 闻一多 1930 年 11 月 7 日致饶孟侃信［M］//闻一多. 闻一多全集：第 12 卷. 武汉：湖北人民出版社，1994：251.

　　闻一多在《楚辞校补·引言》中说："较古的文学作品所以难读,大概不出三种原因。(一)先作品而存在的时代背景与作者个人的意识形态,因年代久远,史料不足,难于了解;(二)作品所作的语言文字,尤其那些'约定俗成'的白字(训诂家所谓'假借字')最易陷读者于多歧亡羊的苦境;(三)后作品而产生的传本的讹误,往往也误人不浅。《楚辞》恰巧是这三种困难都具备的一部古书,所以在研究它时,我曾针对着上述诸点,给自己定下了三项研究课题:(一)说明背景,(二)诠释词义,(三)校正文字。"① 闻一多所说古代作品难读的原因和他的研究课题不仅适用于《楚辞》,而且适用于《诗经》和唐诗;不仅闻一多自己的研究课题因此而集中在考据学的文字校正和词义诠释方面,而且整个中国古代学术以考据学为主。当然,古籍难读的原因不仅如闻一多所说的三方面原因,闻一多的古代典籍研究也并不完全限于三项课题。总体来看,在国学典籍研究上,闻一多在考据学层面上首先要做的是文本的还原和典籍真相的认定,所以他分别运用了传统"汉学"的校勘学、训诂学、辑佚学、辨伪学、文献考据学等方法对古籍和文化史进行了全面的整理。

　　在此,本书主要从闻一多与清代朴学方法论的联系角度,来研究闻一多的古学研究。主要选取他在典籍的文字校勘学、词义诠释学和史料编纂学这三方面的成绩,以见闻一多对朴学方法论的学术实践及其实践原则。

第一节　校勘学研究

　　就中国古典诗歌而言,要理解诗歌词义就需要进行词义的注释疏解,而注疏之前,基础性的工作就是文字校勘,即闻一多所谓的"校正文字"。如梁启超所说:"不幸许多古书,辗转传抄传刻,讹舛不少,还有累代妄人,凭臆窜改,越发一塌糊涂。所以要想得正确的注释,非先行(或连带着)做一番校勘工夫不可。"② 从读古籍的自然顺序和学理的逻辑顺序着眼,"校正文字"是他研究的第一个步骤。在古籍校勘学研究上,闻一多取得了丰硕的成果,所校勘过的古籍主要有《楚辞》《庄子》《管子》和部分唐诗,著有《楚辞校

---

① 闻一多. 楚辞校补·引言 [M] //闻一多. 闻一多全集:第 5 卷. 武汉:湖北人民出版社, 1994:113.

② 梁启超. 中国近三百年学术史 [M]. 北京:东方出版社, 1996:277.

补》《庄子校补》《管子校勘》《岑参诗校读》《全唐诗校勘记》等。在此特以《楚辞校补》为例略观闻一多的古籍校勘学方法和学术理念。

先秦从文字产生后就形成了各种记录人类认识和研究世界的文本文献类型，依据文献载体在中国历史上先后出现的顺序，有甲骨文献形态、青铜文献形态、简策文献形态、帛书文献形态、纸质文献形态。与记录几乎同步的是文本文献的传播，在记录和传播过程中因为各种原因文本文献在文字上会出现讹误，如出现衍文、脱文、讹文、倒文等各种文字错误，使得接受者所得到的文本文献与原始记录有所偏离而不能准确把握典籍的原初本义。原初记录者的笔误不可免，传播过程中的错误更层出不穷。古籍传播主要有传诵、传抄、刻印、翻印等方式，不同的传播方式会制造不同的文字错误。先秦典籍基本定型后，遭遇秦火焚灭，秦亡后典籍的文献复兴依据记忆以新兴字体记录，记忆不免有误，汉隶体和古篆文有别，由此而形成长达数千年的经学"今古文"之争，其争论就包含了文本文字的最初分歧。中国造纸术和印刷术发明以前，古书传布基本依靠手工抄写，传抄中的笔误又增加了致错的机会。随着纸质载体的出现和印刷术的发明，古书刻印和翻印特别盛行，造就文化繁荣的同时更制造了典籍文本文字的错讹，所以有言"古人好刻古书而古书亡"。传抄传刻致误，如水火兵虫等对古籍毁损而造成脱文，封建王朝出于避讳传统和思想控制对古书进行窜改，书商为了牟利而窜改古书，有读书人为了表达自己观点而妄加字句于古书等，这都造成了古籍的错讹。① 多种原因所造成的古籍文字错讹生成了中国学术史上一大学术部类即校勘学。多有学者论述过古代文献错讹的原因和文字校勘的极端重要性，如王叔岷说："校书虽为愚事，而实治学之本也。何以明之？我国古籍，秦灭以后，代有散亡，即或求而复出，得之先后不同，存者多寡亦异，虽经先儒整理，难免改文从意，其间错杂窜乱，曷可胜纪？虽未经散亡之书，亦以钞刊流传，展转致讹。如篆、隶、正、草、俗书之相乱，六朝、隋、唐写本之不同，宋、元、明刻本之各殊。淄渑并泛，准的无依。鼠璞同呼，名实相悖。夫研读古籍，必先复其本来面目。欲复其本来面目，必先从校雠入手。昔人有谓卢文弨者曰：他人读书，受书之益；子读书，则书受子之益。已失其本来面目之书，经校雠

---

① 古籍文字错讹原因复杂，情形多样，校勘家们多有总结。如程千帆、徐有富的《校雠广义》（1998）一书中对古籍文字致错原因归纳为四类，第一类为"致讹的原因"，有17种；第二类为"致脱的原因"，有15种；第三类为"致衍的原因"，有19种；第四类为"致倒的原因"，有12种。总共分析出63种原因说明古籍"讹文""脱文""衍文""倒文"的出现。

而复其旧观，岂非使书受其益哉？书受其益，然后可以进而明至论之旨。治学当求本末，求之有渐。字句未正，是非未定，恶足以言至论之旨哉！"① 又有陈乃乾说到古书刻印之弊："尝谓古书多一次翻刻，必多一误。出于无心者，'鲁'变为'鱼'，'亥'变为'豕'，其误尚可寻绎。若出于通人臆改，则原本尽失。宋、元、明初诸刻，不能无误字。然藏书家争购之，非爱古董也；以其误字皆出于无心，或可寻绎而辨之，且为后世所刻之祖本也。校勘古书，当先求其真，不可专以通顺为贵。古人真本，我不得而见之矣；而求其近于真者，则旧刻尚矣。"② 传抄传刻中的"鲁鱼亥豕"之误造成了古书的不可解甚至不无荒唐，校勘学尚未发达之前的先秦就有典型的"亥豕"之误。据《吕氏春秋·慎行论·察传篇》记载孔子学生子夏的一次校勘活动："子夏之晋，过卫，有读史记者，曰：'晋师三豕涉河。'子夏曰：'非也，是'己亥'也。夫'己'与'三'相近，'豕'与'亥'相似。'至于晋而问之，则曰'晋师己亥涉河'也。"据张舜徽考证，古字的"豕"与"亥"、"己"与"三"在形体上特别相近，所以有这样的荒唐笔误。③ "鲁鱼亥豕"之类还仅仅是"无心"致错，出于政治原因、商业动机、普及需要和为了说明个人思想观点而做的"有意"窜改常以其"通人"所为极其隐秘，即使为校勘家亦难发现。如乾隆时期，一方面在学术上的校勘成绩甚大，另一方面，《四库全书》的编修在"有意"制造新的错误。文字是思想的载体，文字的错乱必然导致思想的混乱，中国文化思想本来就以如"三教九流"之类的分野而莫衷一是，即使在同一家思想中亦常互相抵牾，同一著作在不同时代的不同版本竟然会有不同甚至相反的思想，所以，当读书人意识到其中多为文字之误后，就发展起来校勘学。某种程度上，中国文化也是一种"校勘学的文化"，是一种不断出错和不断改正错误的文化。错者心安理得，使得谬误流传，改错者大义凛然，力求得善本，以致从善如流之效。两本对校如同两人对峙，仿佛两种思想的交锋，针锋相对，互为仇雠，校勘亦名"校雠"，形象地表达出古籍文字校勘的思想本质。古籍多错，古籍需要校勘，古籍校勘而成中国学术文化重要部类，是为中国文化一大特征。

先秦时校勘尚未成学，真正校勘群书是从汉代开始，到清代乾嘉学派达

---

① 王叔岷. 校雠通例 [M] //潘树广，黄镇伟，涂小马. 文献学纲要. 桂林：广西师范大学出版社，2005：207-208.

② 陈乃乾. 与胡朴安书 [M] //潘树广，黄镇伟，涂小马. 文献学纲要. 桂林：广西师范大学出版社，2005：207.

③ 参见张舜徽. 张舜徽集·中国文献学 [M]. 武汉：华中师范大学出版社，2004：65.

到高潮而成为专门学问，多有学者以校勘学终其一生，做出了巨大的成绩，从文化典籍传承角度，可谓功德无量。梁启超在《中国近三百年学术史》中选择清代学者校勘过的古籍如《荀子》《墨子》《管子》《韩非子》《老子》《庄子》《列子》《晏子春秋》等30余种论述了校勘成就，最后他说："现在这部分工作已经做得差不多了。以后进一步研究诸家学术内容，求出我国文化渊源流别之所出所演，发挥其精诣，而批评其长短得失，便是我们后辈的责任。"①

闻一多应该说的就是属于梁启超所谓之学术"后辈"，当然他担当起了在清代学术成就基础上进一步研究的责任。但在闻一多的学术认知和学术实践中，并没有如梁启超所认为的古籍校勘"已经做得差不多了"的认识，而实际感知到古籍校勘尚未完成。闻一多固然在前人校勘学基础上以求中国文化典籍的源流和精诣，但其在学术认知和学术发展上仍然回到了"朴学"路径。闻一多的古籍研究，特别在古诗研究上一开始并没有进行文字校勘学研究，最初在《诗经》研究中的"朴学"层面，集中在词义诠释的训诂学层面，及至研究《楚辞》时，"校正文字"的课题提到了首位，随之扩展到《庄子》《管子》和唐诗的文本文字的校勘学研究中。

在以校勘学为中心包括辑佚和辨伪在内的古代诗歌考据学研究中，闻一多集中校补了《楚辞》和《全唐诗》，以《楚辞校补》和全唐诗的多层面校勘，"校读"构成了他古诗文本还原的主要成果，也奠定了他作为现代考据学家的学术地位，尤其对《楚辞》和《全唐诗》的整理做出了独特的贡献。"研读古籍，必先复其本来面目。欲复其本来面目，必先从校雠入手。"王叔岷在《校雠通例》中此言可谓古籍研究者的通识，更是古籍校勘的根据，校勘的任务就是求真本、复原文，是读书治学的基础和根本。闻一多进入古代诗歌研究后自然感同身受，确立了"还古诗以本来面目"的学术意识和以"校正文字"为中心兼及辑佚和辨伪的首要学术课题。

闻一多之所以致力于校勘学、辑佚学和辨伪学的文本还原，单从校勘学角度可有这样几方面原因：一则，中国古诗文本确实不能尽如人意，各本文字歧出，令人无所适从，不仅会在有疑处犯疑，而且在无疑处也会生疑。上下文理不通时，自然不可能欣赏到诗之美和阐释出诗之思。二则，闻一多在长期的古籍熏染中，十分清楚中国古代典籍的存在和流传形态，在研读过程中不时遇到古籍版本文字中的"讹文、脱文、衍文、倒文"等情形，主要出

---

① 梁启超. 中国近三百年学术史［M］. 北京：东方出版社，1996：305.

于自我的阅读经验而进行古籍文字校勘。三则，闻一多进入古代诗歌研究后，建立了与中国学术史的密切联系，比较全面地了解了中国学术史上的学术成果和研究形态，乾嘉学派考据学中的校勘学提供了基本的校勘学经验和方法，保证了他校勘学治学的门径而不至于盲人摸象。四则，不能排除闻一多以古籍校勘学这样最单调、最枯燥、最没有诗情画意、最是技术性机械化的学术操作寄托自我精神的动机，同时也确实达到了消磨自我现实情怀和思想激情的客观效果。古籍校勘活动从校勘机制到校勘效果都是双向的：一指向客体的古籍，文字错讹构成了校勘的前提条件，经过校勘而成为善本、成为定本；一指向校勘家主体，校勘之前要消除版本文字定见，尤其须做到神闲气定、专心致志才能够见效。特别于校勘主体而言，外在的生活环境和内在的精神状态都要保证平和宁静、不急不躁甚至绝对要戒急戒躁。叶德辉在《藏书十约》中提出"校勘"有"八善"："书不校勘，不如不读。校勘之功，厥善有八：习静养心，除烦断欲，独居无俚，万虑俱消，一善也；有功古人，津逮后学，奇文独赏，疑窦忽开，二善也；日日翻检，不生潮霉，蠹鱼蛀虫，应手拂去，三善也；校成一书，传之后世，我之名字，附骥以行，四善也；中年善忘，恒苦搜索，一经手校，可阅数年，五善也；典制名物，记问日增，类事撰文，俯拾即是，六善也；长夏破睡，严冬御寒，废寝忘餐，难境易过，七善也；校书日多，源流益习，出门采访，如马识途，八善也。"此说主要从为藏书而校书角度言之，也未必符合所有校书家情态，更不完全适合闻一多的主体精神，但我们从中可以看出校书主体所呈现的基本状态和校勘学带出的客观效果。中国文化和学术的特性决定了中国读书人的性情，而读书人在固有的文化和学术特性中又可以有所寄托，在特有的精神寄托中延续学术和文化的传统，因而养成自我更偏于传统的精神世界，其中校勘学在古籍和学者的沟通中却有相当效果。不管是否自觉，我们说闻一多在考据学的古籍整理中亦落此文化窠臼，文化生命的大部消耗在古籍整理中，或凭此度过精神"难境"，或从中获致心理平衡。埋首"故纸堆"的整理有功于后人，却无益于现实，学术上的收获以牺牲自我激荡的诗情、掩盖自我的时代情怀、消解自我的实践理性和现实行动意志为代价。实际上闻一多自己对此也不满意，所以在20世纪40年代后期从"故纸堆"的校注转向文化思想批判和现实政治斗争，开创了作为现代学者的另一种存在形态。但闻一多对《楚辞》和《全唐诗》的校勘、辑佚和辨伪成就值得我们珍视并总结。

古人有为藏书而校书者，有为刻书而校书者，有为自己研究而校书者，有为社会流传而校书者，闻一多则基本上从自己的研究出发和为了恢复古籍的本来面目而进行文本校勘。如果说最初的《诗经》研究主要从训诂学的词义诠释层面展开，基本上没有从文字校正层面研究，那么到研究《楚辞》时闻一多就把校勘学的"校正文字"提到了与"诠释词义"同等重要、几乎同步进行的地位，在学术意识上实际认作古诗研究的第一步工作、第一项课题了。

《楚辞》在屈原时代并无定名，作品亦无定本，直到东汉刘向才定名为《楚辞》并予以汇集。《四库全书总目》中说："裒屈宋诸赋，定名楚辞，自刘向始也。后人或谓之骚，故刘勰品论楚辞，以辨骚标目。考史迁称屈原放逐、乃著《离骚》，盖举其最著一篇。九歌以下，均袭骚名，则非事实矣。隋志集部以楚辞别为一门，历代因之。盖汉魏以下，赋体既变，无全集皆作此体者。他集不与楚辞类，楚辞亦不与他集类。体例既异，理不得不分著也。杨穆有九悼一卷，至宋已佚。晁补之、朱子皆尝续编，然补之书亦不传。仅朱子书附刻集注后，今所传者，大抵注与音耳。注家由东汉至宋，递相补苴，无大异词。迨于近世，始多别解。割裂补缀，言人人殊。错简说经之术，蔓延及于辞赋矣。"① 东汉王逸祖刘向的《楚辞》总集而又增《九思》和班固二叙，各为之注而成《楚辞章句》十七卷。至宋代洪兴祖采当时所见《楚辞》各本而补王逸注，作《楚辞补注》十七卷。朱熹在王逸《楚辞章句》和洪兴祖《楚辞补注》基础上修正误注，别为辨证附录，成《楚辞集注》。早期这几部代表性的《楚辞》总集多以注疏为主，但如《四库全书总目》中所说，近世以后，"割裂补缀，言人人殊"，文本错简之处愈多；另一方面，散见于各种典籍文献中的《楚辞》断句零章俯拾即是，需要辑录比对，而且随着新时代中新史料的发现，更能够订正一些文字错讹。典型如敦煌抄本的发现，其中有向以为失传的《楚辞》史料，闻一多1936年即关注到敦煌文书中新出土的《楚辞》抄本隋释道骞撰著的《楚辞音》。但卷藏巴黎图书馆，被现代学者王重民所发现，闻一多大为激赏，高度评价了《楚辞音》的发现和王重民的功绩。本来，闻一多托身在巴黎的叶公超代为邮寄副本，但王重民"虑迻写失真，饷以影片"，闻一多得以窥见《楚辞音》真卷内容。随后，闻一多撰写了《敦煌旧抄本楚辞音残卷跋（附校勘记）》，指出："敦煌《楚辞音》残卷，不避隋唐讳，存者八十四行，起'驷玉纠以乘鹥兮'，迄'杂瑶象以为车'，共释《离骚》经文一百八十八，注文九十六，稀世瑰宝也。"同时，《楚辞音》中留存有晋郭璞《楚辞注》之"孑遗"，所以闻一多进一步指出这一发现在《楚辞》研究史上的意义："夫自汉王逸以下逮宋之洪朱，约及千

---

① 永瑢，等. 四库全书总目 [M]. 北京：中华书局，1965：1267.

载，为《楚辞》学者，代有名家，而郭《注》骞《音》之名，尤赫然在人耳目。顾其书自唐中叶以还，似以荡然靡存，而史志所胪，空有耳目，譬如丰碑载涂，徒足人唏嘘凭吊耳。孰谓骞《音》残卷，一旦发现，而郭《注》鳞爪，复在其中，是非旦暮之遇乎？自殷墟之役以来，数十年间，惊人之事多矣。即以重民先生近所剔发于巴黎者言，此尺幅断轴，亦毫末之于马体而已。然而于《楚辞》之学已不啻启一新纪元。重民先生之功为不朽矣！"① 在本篇跋文中，闻一多亦多提出与发现者、迻写者王重民商榷之处，从中更有特别发现，如王重民以为"郭璞《楚辞注》留存于今日者，此为唯一鳞爪"，而闻一多则在多处发现"郭注"线索和踪迹，以为"郭书之在海内，名虽亡，实亦未尝尽亡"。有感于此，闻一多曾经有计划："囊尝欲杂采由汉之隋间诗文家用《楚辞》与王逸异义者，理而董之，如清儒之于群经者之为，辑为《楚辞遗说考》。"这属于辑佚范畴，当然闻一多未独立成书，但实际已经融进他的《楚辞》校勘和释诂中。这个时候，闻一多正致力于《楚辞》校勘，所以也就对敦煌抄本《楚辞音》中字句进行了校勘，以《四部丛刊》本《楚辞章句》与《楚辞音》进行校对，共校正二十八句。总之，《楚辞》文本字句本身的错乱、典籍文献中所见《楚辞》零句、《楚辞》研究新史料的发现，这三方面构成闻一多对《楚辞》进行文字校正的文本原因。如袁骞正所指出的："《楚辞》到汉成帝刘向时恐怕已有佚问文错简现象。刘师培《楚辞考异》更说：'汉人所引，文已互乖，六朝而降，异本滋众，故群籍引称，文多歧出，即书出一人之手，后先援引，迻复互殊。'这是合乎事实的。现在所能见到的传本王逸《楚辞章句》及洪兴祖《楚辞补注》，也只是明繙宋本，其底本已不复存在。尽管自宋以来众多学者作过校勘，但应当补苴诋正者甚伙，以致给读者造成许多困难。正因为如此，闻先生'校正文字'的工作才有意义。"② 这也激起了闻一多对《楚辞》进行校补的兴趣、热情、干劲。1933 年9 月 29 日给饶孟侃信中谈到自己"向内发展的工作"计划中有"楚辞校议"——"希望成为最翔实的楚辞注。已成三分之二。二年后可完工"③。其实他并没有在二年后完工，实际用时长达十年。1935 年在武汉大学《文哲季

① 闻一多. 敦煌旧抄本楚辞音残卷跋（附校勘记）[M] //闻一多. 闻一多全集：第 5 卷.
　　武汉：湖北人民出版社，1994：47.

② 袁骞正. 闻一多《楚辞》研究的基本层面 [M] //季镇淮. 闻一多研究四十年. 北京：
　　清华大学出版社，1988：171.

③ 闻一多 1933 年 9 月 29 日致饶孟侃信 [M] //闻一多. 闻一多全集：第 12 卷. 武汉：湖
　　北人民出版社，1994：265.

刊》第 5 卷第 1 号、1936 年 10 月在《清华学报》上先后发表了两篇《楚辞斠补》，是他在《楚辞》研究"校正文字"层面的阶段性成果。一直到 1942 年 3 月，闻一多校正《楚辞》文字的集大成作《楚辞校补》由国民图书出版社正式出版，闻一多在《楚辞》的校勘学研究层面才告一段落而转向"说明背景"的研究。

《楚辞校补》是闻一多研究《楚辞》长达十年的成果，与其他研究领域相比较，时间既长用力也最多，最是显示了他的考据学研究成绩。《楚辞校补》的目的，一是力图还《楚辞》以本来面目，并结合注释能够疏通文本文意；二为自己深入研究《楚辞》的思想意义和艺术成就奠定一个正确的文本基础；三是"想替爱好文艺而关心于我们自己的文艺遗产的朋友们，在读这部书时，解决些困难"①，要为读者提供一个真实可靠的《楚辞》读本。本来闻一多计划在校补基础上，根据校勘的结果将《楚辞》白文重印，然后完整地附录书后，但没有如愿。《楚辞校补》对他认为可疑的字句进行校勘，全书共校补三百七十三句。剔除衍文，增订脱文，祛改讹文，匡正倒文，以多种手段精校补苴《楚辞》的异文异字、衍文脱文、讹文倒文、错文错简。闻一多在"引言"中所说的"今本"和"别本"，实际就是指校勘中的"底本"和其他参校本，"今本""底本"一般为通行本。《楚辞校补》所用"底本"为《四部丛刊》洪兴祖《楚辞补注》本（涵芬楼影印江南图书馆藏明繙宋本），而"别本"则范围甚广，大致可以分这样几种类型：一是历代有代表性的传世《楚辞》总集版本，如王逸《楚辞章句》、释道骞《楚辞音》、朱熹《楚辞集注》、钱杲之《离骚集传》、刘师培《楚辞考异》、许维遹《楚辞考异补》（稿本）、刘永济《楚辞通笺》。二是旧时总集版本中所引"古今诸家旧校材料"，而这些旧校材料所属版本均已失传，仅零简断句保存其中，例如，王逸《楚辞章句》所引祕阁异本之文；洪兴祖辑校所引诸本，洪兴祖《楚辞补注》中在王逸《楚辞章句》后、洪《补注》前从六朝到唐以来的诸家旧校，闻一多以为所不传者"硕果仅存，唯见洪氏兹辑，故弥足珍贵"；刘师培《楚辞考异》中"采辑宋以前群书中所引《楚辞》"；刘永济《楚辞通笺》内引之明黄省曾校刊宋本、明吉藩府翻宋本。三是闻一多自己从古籍中辑录出所引《楚辞》篇章或断章零句用作校勘"别本"，他在"校引书目版本表"中开列出所征引古代书目版本，包括王、洪、朱、钱四种《楚辞》专集，四种载录《楚辞》全篇的古籍如司马迁《史记》、梁昭明

---

① 闻一多. 楚辞校补·引言［M］//闻一多. 闻一多全集：第 5 卷. 武汉：湖北人民出版社，1994：113.

太子《文选》、余知古《渚宫旧事》、童宗说等注释音辩《唐柳先生集》，五十七种杂引《楚辞》断章零句的古籍。四是所采用古今各家版本校正文字者涉及二十八家，具体有洪兴祖、朱熹、王夫子、屈复、陈本礼、王念孙、王引之、丁晏、马瑞辰、俞正燮、江有诰、朱骏声、牟庭相、梁章钜、邓廷桢、俞樾、孙诒让、吴汝纶、王闿运、马其昶、刘师培、王国维、武延绪、刘盼遂、刘永济、游国恩、陆侃如、郭沫若。由此可见，第一，闻一多的校勘资料来源宏富，几乎囊括古今，遍翻有关《楚辞》群集，广征博引以证成一字，这充分体现了闻一多的学养功夫和治学精神。第二，闻一多具有鲜明的学术史意识，在充分了解《楚辞》版本演变和校勘史基础上展开自己的研究，对校中发现差异而求得创新。第三，校勘学以版本学和目录学为基础，闻一多的《楚辞》校勘伴随了《楚辞》的版本考证和目录学梳理，"引言"中的"校引书目版本表"可谓《楚辞》考据学的完整目录，也是一部《楚辞》研究史目录。正是建立在这样宏富版本、赅博史料和《楚辞》学术史基础上，闻一多的《楚辞校补》成为《楚辞》研究史上的一部名作，出版不久即再版（1942年11月），1944年5月获得教育部学术审议会颁发的1943年度学术二等奖，重庆《新华日报》亦曾报道①，可见，《楚辞校补》当时即获致学术界认可并产生了一定的影响。

　　梁启超在《中国近三百年学术史》中总结了清代学者常用的四种校勘方法："第一种校勘法，是拿两本对照，或根据前人所征引，记其异同，择善而从"；"第二种校勘法，是根据本书或他书的旁证反证校正文字之原始的讹误"；"第三种校勘法：是发现出著书人的原定体例，根据他来刊正全部通用的讹误"；"第四种校勘法：是根据别的材料，校正原著之错误或遗漏"。② 闻一多受到清代乾嘉学派影响，从具体的取法内容上也包括了他对乾嘉学派校勘学成绩的吸收，在校勘学方法上有所传承。从理论上说，梁启超所总结的四种校勘方法亦可以和陈垣所提炼出的校勘学方法相参照。陈垣在《校勘法实例·校法四例》中提出四种方法：一是对校法。对校法"即以同书之祖本或别本对读，遇不同之处，则注于其旁"。二是本校法。"本校法者，以本书前后互证，而抉摘其异同，则知其中之谬误。"三是他校法。"他校法者，以他书校本书。凡其书有采自前人者，可以前人之书校之，有为后人所引用者，可以后人之书校之，其史料有为同时之书所并载者，可以同时之书校

① 参见闻黎明，侯菊坤. 闻一多年谱长编［M］. 武汉：湖北人民出版社，1994：708. 闻一多《楚辞校补》获奖后，重庆《新华日报》报道标题为《学术审议会昨日续开大会，选拔的得奖作品和发明，闻一多朱光潜得二等奖，洪深得三等奖》。
② 梁启超. 中国近三百年学术史［M］. 北京：东方出版社，1996：277-280.

之。"四是理校法。闻一多在《楚辞校补·引言》中谈到他所论列之内容，列出其范围，具体为：1. 今本误，可据别本以謏正之者；2. 今本似误而不误，当举证说明者；3. 今本用借字，别本用正字，可据别本以发明今本之义者；4. 各本皆误，而以文义，语法，韵律诸端推之，可暂改正以待实证者；5. 今本之误，已经诸家揭出，而论证未详，尚可补充证例者。这其实就是闻一多校勘的具体方法，其中包含了梁启超和陈垣所总结的各种校勘法，如"今本"和"别本"的对校法，就"今本"而进行校勘的"本校法"，据"别本"材料而校正"今本"的他校法，更有"各本皆误，而以文义，语法，韵律诸端推之"的理校法。当然闻一多未限于这几种，他所说方法里有自己独特的超越一般方法之处，如对于"今本"似误而不误者、有误而论证未详者，闻一多不是存而不论，而是以大量例证补充、说明。梁启超之论主要在总结清代学者方法，陈垣更结合自己校勘实践从理论上提炼出校勘学普遍方法，闻一多当时未必看见过梁、陈论说，但他从自己实际的校勘经验探索出了一套校勘学方法，有与普遍性校勘方法殊途同归之点，更有他自己的独特之处。

方法来自内容并服务于具体内容，方法是研究者认识对象的工具并连接着研究者主体和具体研究对象，主体精神和对象内容可以共同凝结于方法中，所以方法同时也是内容，特定的方法不仅体现特定内容的创新度，而且能够表现研究者的主体学术精神。闻一多的校勘学方法在《楚辞校补》中被有效运用，一方面体现出他在《楚辞》研究上的独创性，另一方面也体现出他学术精神的独特性。闻一多在《楚辞校补》中所体现的具体校勘学方法和他的学术精神主要有这样几方面。

第一，视野开阔，富有学术见识，以"疑古"精神和问题意识阅读《楚辞》，在有疑处生疑，在不疑处也有疑，在《楚辞》文本中发现文字讹误。古籍校勘学的第一步就是发现问题即发现文本文字的讹误，在此基础上进行讹误文字的校正。沙里淘金是能力，而在金里发现沙子更需要能力。意识到正确需要见识，发现错误更需要见识。意识到正确以常识即可，而发现错误则需要超乎常识的见识。可贵者不在于意识到对象的正确，而在于发现和避免对象的错误，可悲者则认错误为正确，本来是文字讹误，但以为是正确的文本而进行牵强附会的解读。"尽信书不如无书"，这是闻一多少年时阅读史书时就富有的意识。新文化运动时的之于古代文化的怀疑精神表现在学术上即有胡适"整理国故"中"大胆怀疑，小心求证"的学术理念和以顾颉刚为代表的"疑古"史学，"疑古"思潮在闻一多进行学术研究时的20世纪20年代末及其后仍然余音未绝。"疑古"以及其中所包含的学术怀疑精神既可以表现在对古代历史典籍记载的怀疑上，也可以表现在对古代经古不变思想的怀疑上，所怀疑对象实际都附载于文字记录中。怀疑内容和怀疑文字记载的正误密切相关，所以古籍文字的校正在一定程度上也是古籍内容的矫正。《楚辞》作为先秦留存下来的一部文学总集，虽然有所散佚，但历代辑录成书也洋洋大观。当闻一多进入《楚辞》研究领域，首先就发现了《楚辞》文本存在的问题，如王逸的《楚辞章句》、洪兴祖的《楚辞补注》、朱熹的《楚辞集注》多有互相抵牾之处，而历代校本更众说纷纭、莫衷一是，所以闻一多本着"还《楚辞》以本来面目"的目的，在历代各版本的比对中精心校勘。闻一多在《楚辞校补》中所用的方法是将存在文字讹误的问题诗句从全篇中分离出来分别进行校补，每一句的每一处文字讹误的校补其实已经是第二步的工作了，而更难的是在《楚辞》全篇中发现讹误的文字。闻一多在《楚辞校补》中共发现了文字讹误的诗句三百七十三句，校补了三百七十三句。闻一多在《离骚》中发现三十六处文字讹误，校补三十六句；《九歌》发现四十处文字讹误，校补四十句；《天问》一篇发现五十三处文字讹误；《九章》共发现七十六处讹误。他把凡属于有误的字句都从整篇中提取出来，进行多种方法的校勘。如果没有怀疑精神和问题意识，如果缺乏见识而轻信古书，如果不经博览而限于一种版本，闻一多不可能在《楚辞》文本中发现这么多需要校补的文字讹误。古籍校勘学实际建立在怀疑精神和发现错误的基础上，当然不独闻一多如此，中国学术中的所有校勘家均如此。与其他校勘家相比较，闻一多之可贵处和独特处在于：一是作为现代诗人的校勘学实践存在一个思维转换的过程，由诗性思维转化为科学细致的文字校勘，实际有一定难度，但闻一多很好地完成了转化并成为一个成功的古籍校勘家；二是作为"半路出家"的后来者，闻一多能够很快地在《楚辞》典籍中发现问题并投入文字校勘过程中，在《楚辞》研究中做到了后来居上；三是《楚辞校补》为《楚辞》文本的最终定本，应该说提供了宝贵的参照，以其敏锐的发现和充分的校补成为《楚辞》研究史上的不朽之作。这些从一开始就取决于他的开阔视野、学术识见、怀疑精神和问题意识。

第二，闻一多在《楚辞校补》中，综合运用了多种校勘方法，在"对校"基础上亦运用了"本校法"，更主要运用"他校法"，但没有排除"理校法"，在此基础上，他尤其创造出"据别本以发明今本之义"的"义校法"。校勘学作为中国传统学术的一种，源远流长，在学术史上蔚为大观，在漫长的学术实践中已经形成了一套完整的学术方法论体系，特别经过清代乾嘉学派的古籍群书校勘实践和近现代学者的方法论总结，为闻一多提供了现成的门径和方法，使他可以直接进入古籍校勘学领域而不至于茫无所从。因此，闻一多在校勘中首先吸收和借鉴了已有的校勘学方法，从最简略的对校开始，最后扩展到多种校勘方法的综合运用。一般而言，校勘学最基本的方法是对校法，以一种较完善的版本来校正存在讹误的版本文字，这多用于藏书家和出版家。对校法所用"他本""别本"或仅为一种，当以多种"他本""别本"进行广泛的对校时，可谓之"他校法"，这是闻一多运用比较多的方法。闻一多在《楚辞校补》的每一句校勘中都旁征博引，征引历代《楚辞》版本及相关典籍史料以证一字之正，这从《楚辞校补》中的"校引书目版本表"中可以看出。具体到每一句的校勘，无不体现这种"海纳百川"式的"他校"特征，每一句每一字的校勘都使用了多种"他本""别本"，以更多版本和更广泛的材料证明自己的结论。当然，我们可以看出，闻一多以"他本"校"今本"不限于《楚辞》本文之证，在校勘过程中，更引证与讹误字句相关的古代文献典籍资料以说明问题，以古代典籍用字用词的习惯来证明《楚辞》的文字讹误，进而依据其他文献字词来证明《楚辞》文本的正字。当没有"他本"可据时，闻一多就采用"本校法"，以《楚辞》本文前后互校。如《九歌·湘君》中"美要眇兮宜修"，闻一多以为"修"当为"笑"，证之《楚辞》全书，其中屡言"宜笑"，《山鬼》曰"既含睇兮又宜笑"，《大招》曰"宜笑嫣只""嫭目宜笑，娥眉曼只"，即由前后互校的本校法而得。这往往是通过《楚辞》全篇"词例"而证其非并推出正字，如《天问》中"康回冯怒墜（'墜'为古'地'字）何故以东南倾"一句，闻一多以为"故"字为衍文，当作"墜何以东南倾"，主要运用"本校法"，他说："本篇词例，凡言'如何'（how）者，皆曰'何以'，言'为何'（why）者，皆曰'何'，从无曰'何故'者。（下文'柏林雉今，维其何故'，游国恩读故为辜，至确。）依本篇例，更无'何故以'三字连用之理。传说共工与颛顼争帝，不胜，怒而触不周山，天柱折，地维绝，地遂东南倾。此问共工震怒时，地如何而倾，意谓共工触山，山折而地倾也。今本作'何故以'，固为不词，一本作'何故'，亦非。《御览》三六，《事类赋》注六引此并有'以'字，无'故'字，当据正。"[1] 这里闻一多主要依据《天问》全篇词例而进行互校以证"故"为衍文，当删去。就这个例子同时可以看到，闻一多也使用了"理

---

[1]　闻一多. 楚辞校补［M］//闻一多. 闻一多全集：第 5 卷. 武汉：湖北人民出版社，1994：157.

校法"，从文字内容上进行了推断，在对共工触不周山传说的分析中，以为本问"地如何而倾"，是因为"山折"而地倾，因此绝不可能谓"何故以"。当然，闻一多在每一句的校补中不限于一种方法，往往是几种校勘方法同时并用，以不同版本从不同角度和不同方面共同证明自己的文本文字结论，所以更多体现为多种校勘方法的综合运用。得前人校勘学方法精华，又自创新的方法，从《楚辞》对象本身和自我校勘实际出发，闻一多提出和实践了如"今本用借字，别本用正字，可据别本以发明今本之义者""各本皆误，而以文义，语法，韵律诸端推之，可暂改正以待实证者"等独特方法，这两种方法颇类似陈垣所说的"理校法"，但又有闻一多别出心裁之处，其别出心裁处即可以推翻陈说而获致创新，但也可能被指为妄测臆断，在《楚辞校补》中一方面多有闻一多的创新处而获得学界认可，另一方面也有为学界争议之处。凡此类型疑惑，闻一多或提出问题、存而不论，或标以"疑"字，以示存疑，或出以推断，给出论据，更多还是以充分论据证明自己的推测。总之，闻一多在具体校勘学方法上，一善于吸收学术史上已有方法论，二不限于特定方法而总是综合运用，三从校勘对象和自我研究实际出发而勇于创新，由此形成《楚辞校补》中多元化和个性化相结合的方法论特征。

第三，闻一多的《楚辞校补》在方法论上不仅综合运用多种具体的校勘方法，而且在校勘中结合了"词义诠释"和"背景说明"，通过诠释词义和说明背景来校正文字，将文字学、训诂学、音韵学、文献考据学等传统学科和心理学、民族学、神话学、社会学、文化人类学、天文学等现代学科充分地结合起来服务于《楚辞》文本，进行一句一字之校正。这就使闻一多与传统校勘学家鲜明地区别开而具有了现代品格，更使传统校勘学别开生面并赋予了现代特性。在此层面上，闻一多《楚辞校补》的意义不完全在于校正多少《楚辞》的文本错误或校勘是否正确，而在于使古典校勘学焕发出现代生机，为校勘学开辟了广阔的学术空间。原本枯燥乏味、冷僻逼仄的校勘学在闻一多这里生动活泼、趣味盎然起来，当然这与闻一多的诗人气质和诗性思维分不开。校勘学所必需的冷静态度、朴学精神、科学方法在闻一多身上都有，因为校勘主体是为诗人、对象、诗歌而时现诗情诗意，表现在校勘过程和校勘结果中，贯穿了诗人的诗性思维和诗意直觉，这都得益于闻一多对《楚辞》的诗意感悟和现代学科的引入。诗歌文本典籍的校勘不是孤立的文字校正，诗歌文字表现着诗歌内容意韵，一字一句之正误直接与内容密切联系，通过词义的诠释和诗意的清通与否可以判别文字的正误。正是在这一点上，古代校勘学明确提出，要校勘古籍须通文字学、音韵学和训诂学，校勘学是建立在文字学、音韵学、训诂学基础上的，文字的校正是为了更正确、更准确地诠释词义，而词义的诠释自然可以帮助校正文字，这在《楚辞校补》中有充分的体现。古籍文字错讹原因甚多，其中汉字形体的近似是一大原因，即"鲁鱼亥豕"之误，而在校读时的押韵与否固然是发现问题的捷径，但从根本上还在于从词义的清通与否发现问题并进而从词义诠释角度予以校正，毕竟诗歌以抒情写意为主，只看内容的通顺不通顺不能判定文字的错讹不错讹。闻一多在校勘中多从词义诠释角度校正文字，使得本来不通的诗句可以豁然开朗。《天问》中有"伯禹愎鲧"，闻一多认为"禹""鲧"当互易，"愎"当作"腹"。因为，《广雅·释诂》一曰："腹，生也。"而神话传说中都谓鲧生禹，而非禹生鲧，《海内经》注引《归藏·启筮篇》曰"鲧死三岁不腐，剖之以吴刀，化为黄龙"，《初学记》二二，《路史·后纪》注一二并引作"鲧殛死，三岁不死，副之以吴刀，是用出禹"。《海内经》更明确说："帝令祝融杀鲧于羽山之郊，鲧复生禹。"闻一多说："复生即腹生，谓鲧化生禹也。《海内经》之'鲧复生禹'，即《天问》之'伯鲧腹禹'也。"① 如果按照原句，既不符合神话"真实"，又解释不通，因为"愎"为"任性、固执"之意。闻一多在此所表现的文字校勘不仅从词义角度诠释，而且包含了广博的神话学文献证据。校勘学的词义诠释方法不仅在词义本身的释读，实际上在词义诠释中已经包含了广阔的诗歌内容的背景说明，容纳了各方面的知识，还需要多种学科理论。典型如《离骚》中"女嬃之婵媛兮"的校补，在词义训释基础上，从生理学和心理学角度予以新解。闻一多认为，"婵媛"当为"掸援"，他首先引《说文》《方言》《广雅》对"嘽呬"的解释，而及于"掸援"，再及于"婵媛"。《说文》曰"嘽，喘息也"，"喘，疾息也"，"歇，口气引也"，喘歇一字，喘缓言之曰嘽呬。《方言》一曰："凡恐而噎噫……南楚江湘之间曰嘽呬。"《广雅·释诂》二曰："嘽呬，惧也。"他认为，喘训疾息，噎噫亦疾息之谓，故亦谓之嘽呬，而掸援即嘽呬，亦即喘。"喘息者气出入频促，如上下牵引然，故王《注》训掸援为牵引，《说义》小训歇为口气引也。唯《方言》《广雅》以嘽呬为恐惧，似不足以该嘽呬之义。凡情绪紧张，脉搏加疾之时，莫不喘息，恐惧特其一端耳。"在此，闻一多引《楚辞》中其他诗句为例，分出三种情绪下的喘息类型：第一种即《离骚》中本句"女嬃之掸援兮，申申其詈予"，为怒而喘息；第二种为《九歌·湘

① 闻一多.楚辞校补［M］//闻一多.闻一多全集：第5卷.武汉：湖北人民出版社，1994：156-157.

君》中"女婵媛兮为余太息"、《九章·哀郢》中"心婵媛而伤怀兮"和《九叹·思古》中"心婵媛而无告兮",为哀而喘息;第三种如《悲回风》中"忽倾寤以婵媛",为惊而喘息。"喘息谓之婵媛,其义既生于牵引,则字自当从手。"这就从生理学和心理学两个角度解释了从"嘽咺"到"婵媛"的意义,本义是喘息,喘息即联系着情绪变化和生理牵引,"嘽咺"变而为"婵媛",即在于强调喘息的生理运动特性。那么,为什么会变为"婵媛"呢?闻一多分析道,"学者徒以《离骚》《九歌》之婵媛者,其人皆女性,遂改从女,乃至他篇言婵媛之不指女性者,字亦皆变从女,不经甚矣。若《白氏六帖》(后称《白帖》)一九,曹秋岳钞本《邵氏闻见后录》二六引本篇并作婵媛,则直以为女子好貌",对此,闻一多不由得慨叹道:"信乎大道多歧而亡羊也。"① 闻一多的这个分析同样带有心理学意味,分析出改"婵媛"为"婵媛"的心理原因,即最初篡改者的心理动因,是因为言女性,"直以为女子好貌",所以一律改为"婵媛"。虽然是文字校勘学研究,但闻一多在此甚至进入了精神分析学领域,可谓大胆而新奇,耐人寻味。分析是否准确,论证是否得当,结论是否可靠,也许并不重要,重要的是闻一多在此展示出的校勘方法和独特的思维,体现了闻一多宏阔的现代视野和多学科方法论意识。《楚辞》时代尽管尚无现代意义上的学科分野,但以现代学科看《楚辞》内容,事实上已经反映了多个学科的知识,那么,作为研究者,即使是文字校勘,也需要具备相应的学科知识。特别是在《天问释天》中根据古代天文历法知识,闻一多精细地疏解了《天问》中"问天"的诗句,对"邃古之初""上下未形""冥昭瞢暗""冯翼惟象""阴阳三合""圜则九重""斡维""天极""八柱""九天""十二焉分"以及日月所属、列星所陈等天文现象进行了诠释,其中就运用到大量古代的天文历法知识。这已经属于词义诠释的部分,但可以看出闻一多对《楚辞》从文字校正到词义诠释都有意识地从天文学视角进行研究。如果说词义诠释中的天文学角度尚由对象内容所决定,那么文字校正之借助天文知识则是闻一多自我意识的角度。这样,可以看出,凡有助于《楚辞》文字校正的方法、视角、理论,无论是传统的还是现代的,从传统小学到现代学科理论,闻一多都充分借鉴,加以自我独创的方法和个性化的思维,指向《楚辞》文字的正确校正。

从以怀疑精神、问题意识和学术见识发现《楚辞》文本的文字错讹,到

---

① 闻一多. 楚辞校补 [M] //闻一多. 闻一多全集: 第 5 卷. 武汉: 湖北人民出版社,1994: 156-157.

综合运用多种古籍校勘方法和多学科知识及理论进行文字校补，闻一多最终成就了《楚辞校补》这部考据学专著，力图还《楚辞》以本来面目，求得《楚辞》这部古老诗歌典籍的真本。至少，《楚辞校补》对《楚辞》版本的完善化和最终的定本能够做出相当的贡献，而且，《楚辞校补》体现了闻一多深厚的学养基础、对朴学方法的纯熟运用和个性化的学术思维品格。全书材料赅博宏富而融会贯通，每一句每一字的校补基本上证据充分而富有说服力，堪为中国现代考据学研究的典范之作。《楚辞校补》及闻一多全部的《楚辞》研究在学术上的地位和意义尚需要专门学家做出评价，在此特引《闻一多全集》第5卷《楚辞编》的整理者、古代文学研究者袁千正先生对闻一多《楚辞》研究的评价，他在《闻一多〈楚辞〉研究的基本层面》一文中说："这些校注《楚辞》的著作，无论是异字异文的裁断、衍文错简的确认，还是字词文义的诠释，都能正讹祛惑，发疑解滞。这对开创《楚辞》研究的新局面，将传统方法与近现代科学方法结合起来，有重要作用。他的许多发现和考证，时至今日，仍然反响不息，这在学会素界是并不多见的现象。""闻先生校注《楚辞》的贡献，不但在其成果本身为我们订正了许多讹误，解决了不少疑难，而且在他的创获上给我们以有益的启示。我们认为，他将传统学问和近现代社会科学结合起来，开拓了《楚辞》研究的思维空间，这比他的研究成果本身更富有意义。"① 闻一多在《楚辞》研究方面的开创之功和《楚辞》具体字句的校注成绩仅仅是对《楚辞》学研究的贡献，而在《楚辞》的具体研究上或因为其局限性被后来者的研究所超越，但体现在《楚辞校补》中的研究方法论和闻一多的学术精神则具有典范性和永恒性，笔者以为这是闻一多在《楚辞》校勘学研究层面上最大的意义。

第二节　词义诠释学研究

　　闻一多对中国古代典籍的文献考据学研究在典籍文本的辑补和文本文字

---

① 袁千正. 闻一多《楚辞》研究的基本层面［M］//季镇淮. 闻一多研究四十年. 北京：清华大学出版社，1988：171-172，177-178. 该文特别总结了闻一多《楚辞》研究中的实事求是、勇于创新甚至不无标新立异的特征，在文章最后亦指出了闻一多在《楚辞》校注中的不足，例如，有些新解大胆有余，实证不足，以致难以使人信服；遇到疑难而求助通假，有时不免存在迂曲难通之嫌；对神话的综合研究及其在近现代社会科学上的多方面造诣，尚未更有效地切入《楚辞》校注这一大有可为的层面。

的校正基础上，进一步进行词义、句义的诠释，以语文诠释学方法还原诗歌的本义并通过解释，使古代典籍能够更通畅地被现代读者所理解。在词义诠释层面，闻一多主要集中在《诗经》《周易》《楚辞》的诠释中，对这几部先秦典籍进行了历史文献学的"通义"和训诂学的释读，力图在疏解历史注释的基础上还原本义和发现"新义"。这方面最典型的成绩是他对《诗经》和《楚辞》词义的诠释。在此，以闻一多对《诗经》的词义诠释为例可见其古籍诠释的理论和实践。

先秦典籍远离现时代，时间距离的遥远和语言文字的古老造成了其与现代读者相当程度的隔膜。从语言学角度，中国语言文字在几千年的发展中不断演变，一则字形、字音、字义在不同时代有不同的形体、读音和意义，二则语言结构和语言形态在不同时代有不同的约定俗成，词汇、语法、修辞等都在不断地变迁。字形经过了从殷商甲骨文到周代金文，从先秦篆体到汉隶今文，乃至楷、行、宋体等文字形体演变过程，文字的读音也在不断发生变化，且不说现代字音和中古有差异，即使中古音与上古音也完全不同，而字义词义更是古今迥异。如果说作为表达、记录和交流工具的文字在整体上呈现为渐变特征，那么语言结构和语言形态则以突变的形式在 20 世纪初期由文言文转变为白话文，使中国文化、中国文学、中国诗歌以此为界在语言标识方面鲜明地区别开来，区别为古代文言文形态和现代白话文形态。就诗歌而言，诗歌是以语言来抒情写意的，阅读和研究诗歌首先面对的是由字、词、句构成的诗歌语言，诗人通过语言反映世界和表达自我情思，读者通过诗歌语言领悟和理解诗情诗意，语言既是诗歌创作主体和对象主体的中介，又是由创作主体和对象主体构成的诗歌世界与接受主体联系的桥梁。既然创作主体、对象主体、接受主体都必须通过语言为中介和桥梁连接，那么三者的联系就不是一种无障碍的直接联系，而实际上是创作主体和对象主体、接受主体和诗歌世界的两种类型的间接联系；既为间接联系就必存在"阻隔"，而这"阻隔"在相当程度上是"语言的阻隔"和"时代的阻隔"。"语言阻隔"对诗人来说有一种"言不尽意"的困境，语言毕竟是有限的，而人类世界（外在客观世界和内在主观世界）则是无穷的，尽管"立象以尽意"，但即使"立象"也需要通过语言，因为"象以言著"。之所以"立象以尽意"是因为"言不尽意"，因此任何诗人在创作过程中都会有"词不达意"和"言不尽意"的感受。语言的时代变迁和地域转换又增加了接受者与诗歌语言的阻隔，不同民族和不同国家的诗歌语言转换和转换过程中的阻隔姑且不论，就同一种语系里的诗歌在不同时代有不同的语言表现形式，如果现代人阅读欣赏现代白话文诗歌，相对来说几乎没有语言障碍，而当现代人阅读古代文言文诗歌时，首先凸显的就是诗歌的语言问题，对字音、词义和诗句的解释和建立在解释基础上的理解，直接关系着对全诗的领悟和把握。如德国诠释学理论家施莱尔马赫所指出的，"解释一部陌生的古老的著作和解释一部熟悉的当代的著作"之间是存在差别的，"这种差别必须通过语言知识和历史知识被消除。解释只开始于成功地认同文本的原始意义之后"①。古代诗人在创作中本来就存在"言不尽意"，而现代接受者在阅读古代诗歌时又出现了现代语体文和古代文言文的距离，加上时代背景和诗人思想意识与现代社会的距离，共同造成了现代读者与古代诗歌、现代读者与古代诗人之间的距离。在此意义上，现代学者的古诗研究目的就在于缩短或消除现代读者与古代诗歌的距离，通过对古代诗歌的现代诠释使得现代读者能够无所阻隔地欣赏古代诗歌的艺术美并理解古代诗歌所表现的思想意韵。

　　闻一多在《楚辞校补·引言》中所说的古代文学作品难读的三种原因，归根结底是由创作古代作品的时代与现代社会的时间距离造成的，而古代诗歌的"时代背景与作者个人的意识形态"内容相当一部分也反映和表现在诗歌中，体现在诗歌文本的语言文字载体上，要了解古代诗歌所包含的时代背景和作者的个人情思，就首先要从诗歌文本文字和诗歌词义诗意入手。闻一多一方面致力于校正古籍文字以还古诗以本来面目，另一方面即从语文诠释学角度解读古籍的词义、句义。他所说的因为语言文字而产生的距离不仅仅是"假借字"问题，还包括词义和句义的"多歧亡羊"。于是，在文本文字校正的基础上，闻一多更多致力于"诠释词义"。

　　闻一多在古籍研究的基本层面上无论是"校正文字"，还是"诠释词义"，包括"说明背景"，从古籍在现代社会的接受角度来说都是为了缩短或消除古代典籍和现代读者的"时间距离"，以建立古代作者、古代作品世界、现代读者之间的联系，并使三者实现在典籍精神和文化思想上的沟通。为此，闻一多在古籍读法上进行了多方面探索，除了针对全唐诗的"唐诗校读法"外，在《诗经》的读法上就提出了"缩短时间距离法"，即用语体文将《诗经》移至读者的时代，用考古学、民俗学、语言学方法带读者到《诗经》的时代，其中的语言学方法包括声韵（摹声字标者以声见义）、文字（肖形字举

---

① 施莱尔马赫.诠释学讲演［M］//洪汉鼎.理解与解释：诠释学经典文选.北京：东方出版社，2001：58.

出古体以形见义)、意义（直探本源），分别为声训、形训、义训。① 应该说，闻一多建立在诠释学方法基础上的"缩短时间距离法"是《诗经》的有效读法。《诗经》之于现代读者，在时间上是遥远的过去的文本，在语言上是陌生的古代语词，时间的距离和语言的阻隔造成了现代读者和《诗经》的巨大距离。闻一多以多种手段将时间距离缩短，不仅把读者带入《诗经》的时代、环境和语言世界，而且把《诗经》的时代、环境和语言世界移送到现代，在这样双向互动的《诗经》诠释学中，达到了缩短甚至消除时代和语言距离的目的。他的《风诗类钞》即基于"缩短"《诗经》时代和读者时代的"时间距离"，在经过考古学、民俗学、语言学方法的解读后出以语体文的《诗经》读本，这一读本建立在闻一多对《诗经》的语文学诠释基础上，是考究了字形、考定了声韵、考察了词义后的阅读文本。尽管闻一多没有完成这一读本而失之完整定本，但他在此创造的"缩短时间距离"的《诗经》读法却创立了一套古诗阅读的方法论，不仅适用于阅读《诗经》，而且适用于阅读其他古诗典籍。因此，闻一多从典籍的文字校正到词义的语文学诠释，都具有方法论意义。

闻一多对古籍的词义诠释在方法论上主要继承、吸收和运用了中国传统的经典注疏方法。中国文化经典的创造主要在先秦时期，随后就出现了对经典的注释，特别从西汉开始，经学经典的注释正式出现，经过历代的经学疏证和注疏学在史部、子部以及集部的扩展，经典注疏在清代乾嘉时期达到高峰并一直延续到近现代，构成了中国学术史上主要的学术范型之一。中国学术经典诠释中的注疏学之所以高度发达，大概有这样几方面原因。第一，秦汉时期的政治和文化政策所致。秦始皇的"焚书坑儒"造成了先秦文化典籍的大规模毁灭，汉武帝的"罢黜百家，独尊儒术"复兴了儒家经典并正式开始了儒经注释活动，而这两次针对儒家文化的不同政策体现出相同的极端文化专制主义，不仅引发了学术史上聚讼纷纭的经学今古文之争，而且直接关涉对儒家经典经义的不同理解。秦始皇的政治专制结束了春秋战国时期文化上的百家争鸣局面，汉武帝的"独尊儒术"确立了经学的政治意识形态地位，从此，经学注疏成为封建社会的主流学术并长期占据了正统的学术地位。第二，当把儒家经典定为封建意识形态后，对经义的注释必然从两方面展开，一是服务于统治阶层、符合封建思想的正统注释，一是反正统、反主流文化

---

① 闻一多. 风诗类钞甲·序例提纲 [M] //闻一多. 闻一多全集：第 4 卷. 武汉：湖北人民出版社，1994：457.

的民间注释，针对同样的经学经典，这两种立场下的经学注释可能完全不同，都要从经典中寻求符合自我思想的微言大义。服务于和服从于统治阶层的学者要正本清源，力图从封建思想统治角度求得圣人圣训，从董仲舒的《春秋》公羊学到唐代孔颖达奉皇命而正经义的《五经正义》，乃至朱熹的《四书集注》，成为封建正统派的经注体系。魏晋时期反名教和明清时期反礼教的学者又以重新注释经典的形式反对封建经注体系，最后发展出非正统经注体系，如阮籍、嵇康、李卓吾、顾炎武、戴震、康有为等，因为在封建专制思想统治森严的社会，经学典籍具有至高无上的权威地位，他们尚没有勇气直接向经注官学挑战，于是采取"以经注破经注"的迂回方式宣传自己不符合正统儒家的思想。这样，由官注经学催生出大量的民间非正统经注。第三，如果说经学经典的理解分歧主要表现在政治意识形态方面，从而造成了经学注释的繁荣，那么在学术理念和学术方法方面的分歧，不仅强化了经学，而且强化了所有经典的注释和疏解的繁荣。首先，从汉代开始了今文经学和古文经学的争辩，董仲舒的今文经学和刘歆的古文经学在经典文本和经义理解上完全不同，开创了中国学术史的两大学派。虽然有东汉郑玄的"通学"调和今古文，但其分歧一直持续到清末以后，从而既有今文学派的经典注疏，又有古文学派的经典注疏；不同的经典理解会有不同的注疏，而不同的注疏表达了不同的学术思想，经学今古文之争不仅是学术的分歧，而且表现为政治思想的分野。其次，在学术方法上，在中国学术史上围绕经典诠释而形成了"汉学"和"宋学"两大流派。从汉代经注到孔颖达《五经正义》一直到清代乾嘉学派的"汉学"系统，信守文字训诂、名物考证的注经方式，形成了一套以实事求是、无征不信为学术原则的考据学方法。与此相反，宋明理学则重在阐释经典的微言大义，经注方法和注释内容由考据学一变而为"义理之学"，朱熹的《四书集注》和从汉儒到乾嘉学派的注释就有鲜明区别。正因为有"今文经学"和"古文经学"、"汉学"和"宋学"的差异，所以历代对经典的理解分歧也造成了注释学的繁荣。第四，中国古籍需要注疏与汉语特性分不开，而注疏的历久不衰与汉语的演变分不开。古籍文本是以当时的语言文字写就，而汉语的字形、字音、字义在不同时代有不同的形体、音调和意义，语言的变化导致后代阅读前代文本的语言困难，所以就需要以"现代"语言对"古代"典籍进行注释，包括对文本文字的文字学、音韵学、训诂学的解释和名物典章的考订。后代阅读前代的注释又会产生不可解之处，所以在注释基础上又需要对前代注释的内容进行注释，由此而出现了新的注释类型即注疏体。从学术积累和学术发展的角度，进一步形成了集注体，集历代众家之说而为注。当然，在中国古籍诠释中注疏学格外发达的原因是多方面的，而且还有各个时代的具体原因，本文在此略述其原因，即可以大致看出古籍阐释中的基本特征。正是在历代古籍注疏的发展中，中国学术史逐渐形成了较完整的注疏学方法论，特别在长期的实践过程中创造出一套完整的方法论范畴。

我们说闻一多的古诗词义诠释主要属于传统经注范畴，是因为他对《诗经》的诠释主要采取了传统"经学"方法，以经注方式诠释《诗经》词义而有《诗经通义》《诗经新义》以及对《诗经》词类、诗体的辩证，在此基础上创造出《诗经》的读法。到《楚辞》研究时，《楚辞》虽然不属于经学典籍范围，但闻一多仍然用"经注"方法诠释《楚辞》词义。中国古代学术史上在注释学领域创造了一套完整的注释学范畴，闻一多在古籍词义诠释中予以继承和袭用，如"校补""校拾""校读""校释""解诂""疏证""义疏""释名""章句""诗笺""义证类纂"等，《楚辞》的词义诠释论著有《离骚解诂》《九歌释名》《九歌解诂》《天问释天》《天问疏证》《九章解诂》等。无论是《诗经》的"通义""新义"还是《楚辞》的"解诂""疏证"，都表明了闻一多古诗词义诠释与中国经典注疏学的密切联系。实际上，闻一多的古诗词义诠释面对着两种对象，一种是《诗经》《楚辞》文本语词的自我直观词义；一种是历代的注释词义；这两种词义可能一致，也可能不一致，同时，针对同一语词的历代注释词义有一致的，也有不一致的。闻一多同时也就面临了两种类型的词义分歧和矛盾，一是自我理解与别人注释的分歧和矛盾，一是注释家们的分歧和矛盾。这样，闻一多在诗歌的词义诠释中就既有自己的注释，也有集中比对他家注释的集注；既致力于疏通诗歌本义，又着眼于梳理既往注释；既廓清历代注释迷雾而还原本义，又创造性地提出语词"新义"；既从诗歌文本出发从语言学训释角度理解诗义，又充分利用考古学、民俗学、神话学、文化人类学、文献史料学考证诗歌所反映的时代背景和文化环境而诠释诗歌词义和诗义。所有这些层面构成了闻一多的古诗词义诠释学的内容，更在词义诠释内容中体现了他的方法论。

经典诠释的方法论意义最终是要体现在诠释经典的整体精神和思想意义上。古籍经典的诠释无论是从诠释的内容层面还是从诠释方法都共同指向对一部典籍的全面把握和整体理解。闻一多对古代诗歌的语文学诠释最终是要为领悟、把握和理解古代诗歌的艺术美、艺术精神而服务的，但基础则是对诗歌语言文字的词义诠释。德国语文学家和哲学家弗里德里希·阿斯特认为一部作品的整体是由文字、意义和精神构成的，这同时构成了解释的三要素，"文字的诠释就是对个别的语词和内容的解释；意义的诠释就是对他在所与段落关系里的意味性的解释；精神的诠释就是对它与整体观念（在整体观念里，个别消融于整体的统一之中）的更高关系的解释"。而意义和精神都寄殖于语言文字中，意义和精神的诠释建立在语言和文字的诠释基础上，"古代书写著作的形式就是语言，它是精神的表现。因此对古代作品的理解也以古老语言的知识为前提"。"对语词和内容的解释是以语言知识和考古学为前提的，换句话说，就是以古代的语法知识和历史知识为前提。关于语言，它发展的不同阶段正如它的不同形式和说话方式一样，是被规定了的，因为每一作者是用他的时代的语言和他的人民的说话方式来著述的。荷马的语言不同于以后的史诗和抒情诗人、戏剧家等的语言，这不仅是由于他的精神而且由于他的外表和形式的发展。他的每一个别段落和每一语词必须被特殊地加以理解，假如一个意义可以出现的话。凡在那些未认识的或以一种异常的或比喻的方式而使用的语词的意义不是直接清楚的地方，我们必须探究那些语词的词源学、类推和不同作者在不同时期的不同用法，以便确立那种与段落的意义和整体的精神（整体的天才和倾向）相符合的意义。对内容的解释是以关于古代本身的知识，特别是所说作者处理的那种主题的知识为前提。"① 这种针对古典作品诠释的古代知识首先就是古代的语言知识。阿斯特所论的是以西方为例说明诠释学的语言学起因，其实在中国古代典籍的诠释中更为典型，因为中国在不同时代的语言变迁尤其突出，更需要对经典进行语文学诠释。闻一多对以《诗经》和《楚辞》为代表的古诗典籍进行词义诠释和西方最早诠释荷马史诗基于同样的原因——语言文字在不同时代的变迁，他的词义诠释在"探究"《诗经》《楚辞》等诗歌中"语词的词源学、类推和不同作者在不同时期的不同用法"，同时他还在探究这些诗歌语词在不同时期的不同解释，在排列、对照、比较中做出切合原作的解释，其解释既建立在已有解释的基础上，又以闻一多自己的古代历史知识和语言知识为"前提"。历史知识中包括了中国历史文化的背景知识、考古文物和历史文献的考据学知识、文化典籍的流传知识等，语言学知识不仅需要词源学，而且更需要古代汉语在文字学、音韵学、训诂学、词汇学、语法学、修辞学等方面的知识。闻一多以此为基础，首先对古代诗歌进行语文学诠释，应该说，闻一多的词义诠释实践与西方诠释学理论

---

① 阿斯特. 诠释学（1808 年）[M] //洪汉鼎. 理解与解释：诠释学经典文选. 北京：东方出版社，2001：5，12-13.

有一定的对应。无论是西方文化，还是中国文化，随着原创文化典籍的出现，都会开始典籍的诠释，西方文化对古希腊罗马文化典籍和《圣经》的诠释形成了系统的古典诠释学和神学诠释学的实践和理论，中国文化对先秦典籍的诠释也形成了主要以经学诠释为主的诠释学实践。人类文化的相当一部分成果实际上是在对古代典籍的诠释中层累地积淀起来的，因为诠释的过程是对文化原典本义的还原，但同时也是对原典文化的创造性发展。这种创造性一方面体现在诠释者对原典在理解的基础上产生了比原作者更进一步的新发现上，如施莱尔马赫所说"我们比作者本人更能了解作者"，如狄尔泰所说"诠释学程序的最终目的就是比作者理解他自己还更好地理解作者"，当然也包括对作品本身的了解和理解会超过原作所传达的内容；另一方面体现在诠释者对历代诠释家的诠释内容本身的批判、创造和超越而形成自我新的诠释内容中，与历代诠释内容一同构成一部原典的历史性内容系统。还如狄尔泰所说："对流传给我们的残篇的阐释和对这种残篇的批判内在地、必然地联系在一起。这种批判始于阐释所提出的困难，进而对文本进行提炼，直至对文件、著作和传说的摒弃。正如自然科学研究发展出了日益完善的实验手段一样，在历史进程中，阐释和批判也不断发展出了解决其问题的新手段。阐释和批判由一代文献学家和历史学家传递给另一代文献学家和历史学家，而这种传递主要基于亲身接触大艺术家和由他们的成就所构成的传统。"① 但西方文化系统的诠释学和中国文化系统里的经典诠释存在鲜明的区别，如在具体诠释的内容层面上，西方诠释学内容在古希腊文本考订和《圣经》注释基础上，扩展到人类文化各个领域和文化所表现的人类精神的各个层面的诠释上，尤其注重典籍"意义"和"精神"的阐释，如狄尔泰以诠释学理论诠释生命哲学，施莱尔马赫注重作品的心理学诠释；由此，奠基于古典诠释学和《圣经》诠释学的西方诠释学发展为一种"普遍诠释学"的运用，不仅成为人文学科的普遍方法论，而且发展到如海德格尔对"此在"和"存在"的现象学诠释和加达默尔的"作为实践哲学的哲学"的诠释学，而中国的典籍诠释仅仅限于古代文献的考据学诠释；西方的诠释学既有经典诠释的技术性实践操作，又有诠释学理论体系的建构，阿斯特、施莱尔马赫、狄尔泰、海德格尔、贝蒂、加达默尔、哈贝马斯、利科尔、阿佩尔、罗蒂等哲学家共同建构起了完整的诠释学理论体系。从这个角度说，中国只有

---

① 狄尔泰. 对他人及其生命表现的理解（1910 年）[M] //洪汉鼎. 理解与解释：诠释学经典文选. 北京：东方出版社，2001：106.

典籍诠释实践而且基本限于文献考据学的诠释经验，而没有诠释学理论的建构。

闻一多的古籍诠释虽然没有进行理论总结，但在实践中体现出一套比较完整的方法论体系，而且他并没有限于文献考据学范畴的文本校订和词义诠释，在此基础上也进行了古代诗歌"意义"和"精神"的诠释，包括作家作品的心理学创作机制的诠释和古代诗歌生命哲学的诠释，闻一多均有所涉及。这样，闻一多的古代诗歌诠释相对地与西方诠释学理论有所契合。这种契合并非闻一多的有意识追求，他也基本没有系统地接受过西方的诠释学方法和理论，闻一多从语言学和文献学角度对古诗词义所做的语文学诠释，当然主要吸收了中国传统经学注疏方法，固然在方法论上体现了西方诠释学理论原则，但还是以中国学术史上的文献考据、名物训诂等传统注疏学为主的。如在《诗经》的词义诠释上，无论"通义"还是"新义"，都比较典型地体现了闻一多经典诠释的特征。

读书从经学始，经学从注疏始，这是中国古代读书治学的传统。先秦时"以经解经"，汉代开始为经作"注"，汉以后"注经"的同时还要"为经注作注"是为"疏"，集历代各家"注疏"为一体者为"集注"，并有新解时成为"集解"，这几乎构成了中国传统学术的基本形态和中国文化积累的基本特征。当闻一多以经学典籍《诗经》为研究对象时，自觉或不自觉地进入注经解经的经学轨道，这既决定于研究对象本身，又决定于传统治学方式和乾嘉学派考据学精神的影响。因此，闻一多在《诗经》词义诠释学研究中就以小学训释和考据学的经学方法予以释读。但在具体方法和词义内容上，闻一多当然对经注方法有所超越，并不是完全运用传统的注疏或集解方法。综观闻一多在《诗经》词义诠释层面的研究，闻一多既借古人注释来诠释词义，又对古注进行辩证；既吸收古注，又旁征博引文献资料而提出新证以证新义。在具体诠释中，闻一多主要采取了五种词义诠释类型。

第一种诠释类型是以编字典的方式分词类释词义。闻一多原本就计划编一部《毛诗字典》，"将诗经拆散，编成一部字典，注明每字的古音古义古形体，说明其造字的来由，在其句中作何解，及其 part of speech（古形体便是甲骨文，钟鼎文，小篆等形体）"①。《毛诗字典》没有成为专著，但已经体现在他的研究过程和结果中。一是以编字典的方式分词类，从语法学角度归纳

---

① 闻一多 1933 年 9 月 29 日致饶孟侃信［M］//闻一多. 闻一多全集：第 12 卷. 武汉：湖北人民出版社，1994：265.

《诗经》中语词的词性、功能和意义，在《诗经词类》中析出四十个语词进行归纳，总结出每个词在每首诗不同语境中的不同词性、不同功能和不同意义。（在此，闻一多把每个词在《诗经》中出现的所有诗句都提取归整到一起进行分析。）《诗经新义》和《诗经通义》（甲）（收入 1948 年开明书店版《闻一多全集》的《诗经通义》）实际上也是以"字典"的形式以字形、音韵、训诂释义。《诗经新义》中摘出二十三类三十六个字词详加解释，这些字词是每一首诗的重点字词，是理解诗义的关键所在。每个字词的选择如同编写字典首先要选择的条目一样，选择本身就体现了他的见识，是建立在对全诗难度的把握和字词问题意识基础上的。闻一多在对《诗经》字典"条目"拟定后，主要以小学和文献考据学方法进行解释，或以形释义，或因声求义，或以故训释新义，或形音义相结合，博引相关文献为旁证，对一字一词之义进行了符合诗本义的透彻解释。闻一多的解释总是以《毛传》和《郑笺》为基础，先引毛、郑两说，或补足《传》《笺》缺失词义，或更正《传》《笺》讹误词义，然后引出自己的解释。闻一多在《诗经》词义诠释中以"字典"形式主要通过探索每个字的古音古义古形体而释义，运用了文字学、音韵学、训诂学的传统小学知识，力求每个字全面、准确的解释。既然是"字典"式诠释，自然遵循了编写字典的规范，具有字典的功能，所以，闻一多的《诗经》释义著述可以作为《诗经》研究的工具书，一册在手，按字检索，可以查得他所解释《诗经》的重点字词。通过闻一多对每个字词的解释内容，不仅可以进入《诗经》的语言学世界，而且可以进入中国汉字起源和发展历程，进入每个字词所反映的中国古代文化世界，正体现了他所说的"一字一部文化史"① 的原理。但闻一多的《诗经》诠释毕竟不同于字典，不仅比字典更为翔实而实际上是为厚重的学术考据学，而且在证实的同时亦多阙疑而表现出相当的学术探究空间。

第二种诠释类型是以点带面、归类通义。所谓以点带面，是指闻一多在《诗经》字词释读的选择上，选定一首诗中的一个应该诠释的字词时，要在《诗经》全集中寻找出同样字词，以一首诗歌中的一个字词带出其他诗歌中同样的字词，归为一类进行诠释；所谓归类通义，是指在以点带面的基础上，把包含相同字词的不同的诗歌诗句归为一类进行疏通解释，打通不同诗歌中相同字词的意义，达到"举一反三"的诠释目的。一般而言，一部文学作品

---

① 闻一多. 如何认字［M］//闻一多. 闻一多全集：第 10 卷. 武汉：湖北人民出版社，1994：849.

在语汇的运用上总是存在一定的个性选择，因为作者所在时代约定俗成的语言环境、自身的语词库和语言习惯、作品特定内容所决定的"专门"语言等几方面形成了区别于其他作品的语汇系统，如诗歌集，不同的诗歌会出现相同或相近或相似的字、词、句，相同的句式中会有不同的语词意象，但不同的诗歌、不同的句式可能有更多相同的语词意象，形成了全部诗集互文复现的特征。《诗经》三百零五首诗歌尽管不是出于同一个作者，作者基本不可考，而且并非如后代作品系个人独创之作，但一方面《诗经》产生于大致相近的时代语言环境里，另一方面经过孔子删定而如闻一多所说孔子同时也会"改"诗，不管是"删"还是"改"，自经过了一定标准下的"统一"包括语词的"统一"，这样，《诗经》虽然不是个性化创作，但也富有特定的语言习惯并形成了特定的语词系统，在不同诗歌中重复出现相同的语词意象。而这一特征被闻一多发现，在疏通《诗经》词义时就采取了以点带面、归类通义的方法，由此及彼，举一反三，以一字贯通全集，以求得一字一词的"通义"。《诗经新义》和《诗经通义》（甲）基本上均以此法，其实上举《诗经词类》也是这种方法，是与"字典"式相结合的。当然闻一多不可能归纳出全部字词，但从已经择取的字词及其"通义"中可以看出他基本研究思想和完整的方法论。《诗经》中同一语词在传统注疏中一般分别在各首诗中解释，即使词义相同也会出现词义分歧现象，闻一多的这种释读方法则有效地避免了同义词的别解，应该说，这是闻一多对传统注疏的发展，发展出一种新的词义诠释方法。单独字词的归类通义可以达到理解诗义的目的，而以点带面式的归类则发现出《诗经》选词造句、构造诗歌意象的语言特征，借此可以领略到《诗经》的语汇特点、语言风格、意象特征，特别是可以借这些"中心"语词感知到《诗经》的时代语言特色。进一步说，《诗经》作为一部中国上古的诗歌总集，虽然缘于不同时代、不同地域，但从闻一多所提取的大致相同或相似的语汇中可以体现出《诗经》的整体性和统一性，这种诗集的整体性和统一性不完全因为孔子"删"（改）诗而形成，从根本上《诗经》各诗相同或相似的语汇反映了中华民族上古时期在语言、诗歌、艺术、文化上的整体性和统一性。这是闻一多对《诗经》以点带面后归类通义所体现出的更为重大的客观意义。

第三种诠释类型是白文附注，逐词串讲。先录出每首诗的白文，然后选择出需要解释的重点字词，分别进行字义词义的诠释，重点字词的解释相当于串讲了全诗，最后扼要点出全诗的诗义。这种先录出白文后选择重点字词的注释方法，看起来与传统注疏相类似，但实际上仍然有所区别。传统如

《毛诗故训传》《毛诗郑笺》《毛诗正义》基本采取夹注形式进行逐句逐字逐词的解释，既没有重点又极其烦琐。闻一多的这种方法首先呈现出完整的诗歌白文，给读者以直观而完整的诗歌形态，关键字词的选择和注释更避免了传统诗注不分重点、异常烦琐的弊病。这种方式现在已经习以为常，是现代注释古籍最常用的注释方法，我们在闻一多的《诗经通义》（乙）中就可以充分领略到。当然，注解方式是次要的，重要的是特定方式所体现的方法论和具体内容。闻一多以这种方式注解《诗经》的《诗经通义》是因为未完稿，长期以手稿形式存在而不为世所知，直到新版《闻一多全集》才予以收录（收录于新版《闻一多全集》第4卷），为与已经收录到开明版《闻一多全集》的《诗经通义》相区别，分别标为甲、乙。事实上这两种《诗经通义》在注释方式上完全不同，甲部主要是归类通义如上述第二种类型，乙部则是这种白文附注、串讲重点字词的方法。看得出来，闻一多原计划是要疏解全部《诗经》三百零五篇，但从留下来的稿本看并没有完成，所注解为《周南》（缺两篇）、《召南》（缺三篇）、《国风》（缺一篇）和《小雅》的一部分，没有涉及《大雅》和《颂》。后代阅读古诗，并不是所有字义词义都有隔膜，语言在传承中演变的同时具有相当的稳定性，这种稳定性保证了后代与前代语言的有效沟通和语言所承载文化的有效传承。语言即使在历史演变时，也是一种渐变形态，变化了的语言形态和意义仍然包含了历史的形态和文化信息。这样，古诗如《诗经》中的语言包括用字用词和字义词义就分为两部分：一部分是从古到今保持稳定的语言，即使在后代也能够理解；一部分则是变化了的语言，既有经过历史筛选而不再使用的字词，也有虽然字词仍然习用于现代但形音义发生了变化，这就与现代有所隔膜而造成了现代解读的难度。之于古诗而言，正是现代不再习用的和发生变化的字词及字义词义构成了理解诗义的关键。闻一多的《诗经》注解正是基于语言的稳定性和演变性，在每一首诗歌中选择出关键字词进行解释，而对于现代习用好懂的字词不再徒劳费神。所以，选择需要注解的关键字词，亦是建立在广博的语言学基础上，既了然语言在"字词句""形音义""语汇语法修辞"等方面的历史面目，又在把握现代语言习惯基础上能够和历史语言进行比较而划分出古诗的"需要注解的字词"和"不必注解的字词"。这不单纯是学者的识见能力，而体现出学者的多方面的学术研究基础。"需要注解的字词"正是读懂一首古诗和理解一首古诗的关键所在。所以，对于《诗经》的注解和诠释，在内容上怎么注解和诠释固然重要，但选择注解和诠释哪些字词尤其重要，在此，闻一多的《诗经通义》在这两方面都有所贡献，对《诗经》学研究应该有所启发。

第四种诠释类型是连类推比，求出新义。这种类型不限于一首诗的一个字词的诠释，所谓连类推比，是指闻一多在《诗经》诠释中从一首诗的一个字词联想到其他诗的同类字词，甚至联想到《诗经》以外典籍的同类内容，在比较中释读《诗经》，从而求得《诗经》新义。如果说"归类通义"是针对《诗经》中不同诗歌中的同样字词进行诠释，"白文附注"是针对《诗经》中同一首诗歌的不同字词进行诠释，那么，"连类推比"则是针对《诗经》中不同诗歌的不同字词加以诠释，而这些不同诗歌中的不同字词在闻一多看来存在着内在的联系，在比较中可以推求出各自或相同或相异的新义。"连类"可以看出闻一多作为诗人的联想力，善于在不同对象中建立联系，在联系中看清了《诗经》的本来面目；"推比"可以看出闻一多作为学者的逻辑思维，在对象的比较中分别释读和共生出新的意义；连类推比出《诗经》"新义"，可以看出闻一多勇于突破陈说的追求。这种类型的诠释更表现出闻一多学术视野的开阔、学术思维的敏锐和鲜明的学术创新精神。在具体诠释方式上，闻一多在这种类型中摆脱开传统注疏方法，以论文形式在对诗歌的整体诠释中进行词义释读、诗义阐释，如《诗新台鸿字说》就以数千言的一篇论文诠释了《邶风·新台篇》中"鱼网之设，鸿则离之"中的一个"鸿"字。"连类推比"的诠释典型地体现在闻一多在《匡斋尺牍》中对《周南·芣苢》《豳风·狼跋》《周南·兔罝》三首诗的诠释上。闻一多仍然首先从小学角度解释具体字词，在字词的小学训释基础上推及同类语词和语词所传达出的典故名物和历史图景。

第五种诠释类型，即理论上总结《诗经》的读法，实践上编定白文读本，注释上化繁为简、点到为止。这方面成果就是《风诗类钞》。经学研究只是研究《诗经》的方法之一，经注只是理解《诗经》的手段，《诗经》注疏不管有多少，最终的归宿在诗歌本身。传统读经法在读《诗经》文本的同时，更多阅读历代注疏，阅读的注意力往往耗散于毛公的"故训"、郑玄的"笺注"、孔颖达的"正义"、朱熹的"集传"等上面，难免主次不分或本末倒置，一部《诗经》因为注疏的烦琐复杂而变得扑朔迷离、不知所云，其莫衷一是的注疏令历代读者无所适从，陷于烦琐复杂的注疏中而不能自拔，以至于忘记了《诗经》三百零五篇的诗歌本体和本义。当然，闻一多也是在注疏学中长期跋涉，但他的目的是廓清迷雾、恢复诗歌本义，还《诗经》以本来面目，为此经过了同样烦琐复杂的字义词义的注疏诠释。闻一多最后化繁为简，回到诗歌本体，以一部《风诗类钞》的白文读本简要注释表明了他对

《诗经》在文本文字词义诗义上的读法，并进行了《诗经》读法的理论总结。季镇淮就曾经指出，闻一多读《诗经》，仍是从读"经"开始，以读懂为目的，"后来从《风诗类钞》，我们看到闻先生要把《诗经》变成简单的读本。但这个目的是不易达到的。首先要经过乾嘉学者治经的阶段。在乾嘉学者《诗经》研究的基础上，加以近代的多种学科和古文字的知识，以及近代的新文化思想和解放精神，直接面对《诗经》白文而重新读诗，这样才有希望读懂诗，懂了，当时人所谓'诗'也就出来了"①。闻一多是经过了乾嘉学者的治经阶段，在诠释《诗经》后，从"经"过渡到"诗"而有了最后阶段的《诗经》白文读本《风诗类钞》。在《诗经》"风、雅、颂"三部分中，闻一多最欣赏《国风》，以为《国风》中既多情歌，又更多民歌，情感热烈奔放，风格清新自然，所以他的《诗经》读本首先从《国风》做起，也只留下了《国风》部分的读本。首先从编排体例上，闻一多打破了按照"国别"分类的固定格局，独创出按照抒情主体和诗歌诗体而分类的体例。自从孔子"删"诗而编定《诗经》三百零五篇，特别是当《诗三百篇》升为儒经之后，圣人圣经的固定体例仿佛天经地义，没有人质疑和改变，诗义可以分歧，甚至经义亦有争端，但《诗经》的编排体例基本没有撼动，几千年一成不变。闻一多以"近代的新文化思想和解放精神"不仅大胆质疑《诗经》体例体系，而且将自己的质疑付诸实践，大刀阔斧地撼动了《诗经》体例形态，以全新的思想重新编排了《国风》。闻一多的编排从两个层面展开，一个层面是着眼于艺术，从诗歌诗体角度分类，这是他在《诗风辨体》中实施的，把全部《国风》一百六十篇分为"四言体"和"杂言体"两类进行编排。另一个主要的层面就是《风诗类钞》，着眼于内容，从诗歌抒情主体角度分类。《风诗类钞》有两稿，第一稿抄录四十首风诗，不是从《周南》的《关雎》开始，而是以《郑风》的《山有扶苏》《狡童》《羔裘》《褰裳》等开头，孔子说《关雎》"乐而不淫"，与此相对而说"郑声淫"，传统《诗经》学一贯认为"郑风多淫诗"，而闻一多恰恰以《郑风》中诗置于《风诗类钞》开篇而不取"乐而不淫"的《关雎》，这其实正反映出闻一多已经从"诗"的角度而不是从"经"的角度读《诗经》和他所秉持之诗的抒情本质观念。在他看来，诗歌的本质是抒情，而"二十一篇郑诗，差不多篇篇是讲恋爱的"，甚至不乏明

---

① 季镇淮. 闻一多先生与中国传统文学研究［M］//季镇淮. 闻一多研究四十年. 北京：清华大学出版社，1988：145.

言性交者如《野有蔓草》和《溱洧》。① 这表现出闻一多反传统经学观念的现代意识，在叛逆中彰显风诗中热烈奔放的原始情感。闻一多这样的诗歌读本在传统经学家和道学家观念中大约是无论如何都容忍不了的。另一方面，第一稿《风诗类钞》在诗体选择上，都取四言体诗，而没有录入杂言体。这一稿或可为第二稿《风诗类钞》的基础，完整的是第二稿，包括了全部《国风》一百六十首诗歌，打乱原本国别分类体例，以更为鲜明的抒情主体视角分类编排。闻一多主要从社会学角度，依照社会组织的纲目把《国风》重新编次，分三大类目，即 1. 婚姻，2. 家庭，3. 社会，最后把不属于这三类的列为"附篇"。其中前两类均分出"女词"和"男词"。所谓"女词"，是指以女性语气进行抒情，抒情主体为女性，抒发女性自我的情感或对男性的思念之情；与此相应，"男词"则以男性语气进行抒情，抒情主体为男性，表达对爱情的渴望和对恋人的思念之情。鲜明地分"女词""男词"的抒情诗在《国风》中占九十一首之多。第三类属于描写社会的，则无分"女词""男词"，但从诗本义仍然属于抒情诗，只是情感不限于男女之情但也包括了男女之情，这部分占三十一首。另外部分无涉爱情婚姻家庭，闻一多则归入"附篇"，显然是作为"风诗"中爱情诗的附庸处理的。诗集不同的编排体例赋予每首诗不同的意味，闻一多正是在对《诗经》定本定制定章的突破和叛逆中以全新的风诗编排体例赋予各诗既是本义的又是与经解不同的新义的诗歌意味。闻一多以爱情诗的视角和诗集编排体例重新读解《国风》，具体读法上是录出白文并附注释串读全诗，这是建立在他以往对《诗经》的详细诠释基础上的，表现在注释上，不再是烦琐的集释，而是简略的注解，以定解形式出现，点到为止，给读者以既准确更确定的理解，从而引导读者把注意力放在原始的白文上，避免了传统阅读《诗经》时由于版本诗注合一、经注异常繁复而陷入诗注不分或注疏分散对诗本欣赏的阻碍。文学研究的目的不是把简单的对象复杂化，而是把复杂的对象简单化，以最简单的形态传达对象的简单意味。固然在研究过程中要经过复杂的论证，但结果是要化繁为简。闻一多的《风诗类钞》作为《诗经》的白文简略读本，应该说是《诗经》学研究的新路径，是阅读《诗经》的有效方法。

本着读懂《诗经》的目的，为了还《诗经》以本来面目，从读《诗》态度到读《诗》方法，闻一多在实践基础上进行了理论总结，形成了一套完整

---

① 闻一多. 诗经的性欲观［M］//闻一多. 闻一多全集：第 3 卷. 武汉：湖北人民出版社，1994：171.

的读《诗》方法论。闻一多还《诗经》以本来面目的具体方法即如上所述以经学注疏来诠释词义，经过多层面、多种类型的诠释后，最后归宿到《风诗类钞》并予以方法论的理论总结。在《风诗类钞·序例》中，闻一多提出，《诗经》旧有三种读法即"1.经学的，2.历史的，3.文学的"，而他所取的是"社会学的"读法，以社会组织的纲目分婚姻、家庭、社会编目后，《诗经》"可当社会史料文化史料读"。但他的社会学读法仍然是以经学读法为基础，在内容上读为社会文化史料，形式上作为美的诗歌艺术来欣赏，实际上包含了旧有的三种读法而创造出综合性的新读法。在具体读法上，闻一多基于小学和文献学的词义诠释，包括文字校正和以既经济又有效的笺注疏通诗义。闻一多从诗句组合角度分为三种诗体，从语言诠释角度分别提出不同的读法，一是"歌体"，其特征是"数章词句复叠，只换韵字"，其读法为"用横贯读法，取各章所换之字合并解释"。二是"诗体"，词句没有复叠，各章铺陈而下，则"用直贯读法，自上而下依次解释，以一章为一段落"。三是综合体，既有歌体又有诗体，则综合两者解释方法。在此基础上，形成《诗经》的语体文读本，以"缩短时间距离法"沟通《诗经》时代和现代读者，一是"用语体文将《诗经》移至读者的时代"，二是用考古学、民俗学、语言学（包括以声韵见义、以古字形体见义的形训、直探本源的意义）等方法"带读者到《诗经》的时代"。同时注意古歌诗特有的技巧如象征庾语（symbolism）、谐声庾语（puns）等。① 这就是闻一多所总结的整体上的《诗经》读法。可以看出，这里包含了闻一多之于读懂《诗经》的基本思想：一是以经学笺注方法还《诗经》词义诗义本来面目；二是采取历史态度，回到《诗经》时代来理解诗意；三是现代意识，立足于"读者时代"并为了读者而诠释《诗经》；四是诗学视角，以古歌诗的艺术技巧来欣赏《诗经》。如此，闻一多在经学的词义诠释基础上，形成如《风诗类钞》这样的语体文读本，以"缩短时间距离法"力求读懂《诗经》，创造出《诗经》的新读法。正是在此基础上，闻一多才进入《诗经》的文学欣赏和文化思想意义的阐发中，进行更高层面的《诗经》诠释学研究。

闻一多对《诗经》词义诗义的诠释从编写《毛诗字典》的计划开始，到《风诗类钞》提出完整的《诗经》读法止，经过五个层面、五种类型的诠释实践过程，形成了闻一多的《诗经》词义诠释学结构。这一结构是历时性共

---

① 参见闻一多.风诗类钞·序例提纲［M］//闻一多.闻一多全集：第3卷.武汉：湖北人民出版社，1994：457.

生而成的，从这一共生结构可以看出闻一多《诗经》词义诠释学的总体特征。第一，闻一多的《诗经》词义诠释学体现出由繁而简、返璞归真的研究过程。从以编字典的方式到归类通义，从白文附注、逐词串讲到连类推比而出新义，一直到最后以新体例编纂白文读本，从总体上体现出闻一多在词义诠释中追求化繁为简、从注疏返归诗本文的目的。传统《诗经》学在经注上面从最初的注释到疏证、从笺注到集解，愈益烦琐复杂，这也影响到闻一多，促使他一度进入古代经注领域，同样进行了烦琐复杂的考释。但闻一多没有如古代经学家们那样为了注疏而注疏，他的目的是求读懂《诗经》，所以经过复杂的诠释后删繁就简并廓清迷雾给以定解，从烦琐注疏中解放出来而以最简要的注释和简略的白文读本引导读者进入《诗经》。编字典的方式和归类通义主要关注字词本身的释义，多排列、比较古注而已，到白文附注串讲时回到了诗歌文本，连类推比时更从词义上升到诗义的诠释，最后则以整体的《诗经》读法既给词义诗义以定解又在注释上点到为止。当然，闻一多最后的简单是以繁复的诠释为基础的，没有对象的复杂化也没有最后的简单性，不经过深入、细致、复杂考释的简单会流于没有根基的简陋粗疏，正是建立在前期复杂考释的基础上，所以闻一多能够对《诗经》注疏化繁为简而做到《诗经》读解的简练和简明。第二，闻一多在《诗经》词义诠释中体现出古义新证和新义发明相结合，从古义到新义、以通义出新义，在古今诗义的贯通中求得《诗经》本义。闻一多将自己的《诗经》词义诠释学著作命名为《诗经通义》和《诗经新义》，"通义"和"新义"可谓闻一多诠释学的理想。《诗经》各诗自有本义，但随着历史的发展，诗歌语言在形音义方面发生了变迁，使得后世与《诗经》产生隔膜。闻一多亦多质疑毛公故训、郑玄笺注、孔颖达等正义、朱熹集传及其他古代《诗》注的《诗经》诠释，在质疑中进行辩证而力图恢复古义和本义，在古义和本义新证和诗义的古今疏通中求得《诗经》新解。当然，闻一多一方面以汉学方法而做到一字一词之义尽量"无征不信"，另一方面以其诗人的敏感和诗性思维不无"以意逆志"的时候，但亦能自圆其说。好学深思如闻一多对于《诗经》确实做到了"通其所可通"，以《诗经》"通义"而求得"新义"，达到对《诗经》有效的解读。第三，闻一多超越了传统"经学"注疏学方法，在《诗经》文字训释和名物典章的考证中结合了现代考古学、神话学、民俗学、文化人类学、社会学、历史学而创立了《诗经》研究的现代诠释学，词义诠释不单纯是小学的、语言文字的诠释，而是调动现代多学科方法进行充分说明，从词义诠释层面既上升到诗义阐释又进入了古代文化世界。如闻一多在释《召南·江有汜》中"汜"、《邶风·谷风》中"湜湜其沚"的"沚"时，联系《卫风·氓》中"淇则有岸，隰则有泮"的"淇、隰"，三首诗都以"女词"言男性的负心，闻一多即从心理学角度分析其象征意义："妇人盖以水喻其夫，以水道自喻（以弗洛伊德学说观之，此自为一种象征），而以水之旁流枝出不循正道者，喻夫之情爱别有所属。诗意谓淇隰有厓岸以自拱持，故得循其正道，而不旁流枝出。人亦当以礼自拘制，勿使其情泛滥而不专一，今君子二三其德，情爱旁移，斯淇隰之不足喻耳。《江有汜篇》取兴与此略同。诗人盖以江水之别出而为汜为渚为沱，喻夫德之不专……《谷风篇》曰'泾以渭浊，湜湜其沚，宴尔新昏，不我屑以'……谓泾与渭同流则浊，及其溢为枝流，则湜湜然清，以喻夫与己居则异心，与新人居则和乐……"① 这是以心理学诠释词义的象征意义。再如，《诗经通义》（甲）中诠释"雎鸠""鸤鸠"时引《左传·昭十七年》郯子言："我高祖少皞挚之立也，凤鸟适至，故纪于鸟，为鸟师而鸟名。凤鸟氏，历正也，玄鸟氏，司分者也，伯赵氏，司至者也，青鸟氏，司启者也，丹鸟氏，司闭者也。祝鸠氏，司徒也，雎鸠氏，司马也，鸤鸠氏，司空也，爽鸠氏，司寇也，鹘鸠氏，司事也，五鸠，鸠民者也。五雉，为五工正，利器用、正度量，夷民者也。九扈为九农正，扈民无淫者也。"闻一多指出，"此上世图腾社会之遗迹也"。据此，他说："三百篇中以鸟起兴者，不可胜计，其基本观点，疑亦导源于图腾。歌谣中称鸟者，在歌者之心理，最初本只自视为鸟，非假鸟以为喻也。假鸟为喻，但为一种修辞术；自视为鸟，则图腾意识之残余。历时愈久，图腾意识愈淡，而修辞意味愈浓，乃以各种鸟类不同的属性分别代表人类的各种属性，上揭诸诗（指《周南·关雎》《召南·鹊巢》《卫风·氓》《曹风·鸤鸠》）以鸠为女性之象征，即其一例也。"这就是闻一多在前训诂学基础上结合上古神话、图腾理论、民族学、心理学、语言修辞学、诗学象征理论等对"鸠"做出的综合诠释。凡此特征，都说明了闻一多虽然主要以经学方法诠释《诗经》，但实际上无论是诠释方法还是诠释内容，都超越了传统《诗经》学的经注形态而成为一种现代《诗经》诠释学。

闻一多的《诗经》词义诠释学以其既传统又现代的方法和内容在现代《诗经》研究领域自成一家，对《诗经》的现代解读做出了相当的贡献，开拓了《诗经》诠释的新方法和新视角，应该说，闻一多的《诗经》诠释学是

---

① 闻一多. 诗经新义［M］//闻一多. 闻一多全集：第3卷. 武汉：湖北人民出版社，1994：282.

现代《诗经》学术史绕不过去的巨大存在。夏传才在论述 20 世纪《诗经》研究成就时特别标举了闻一多，认为闻一多开创和建立了"《诗经》新诠释学"，他的《诗经通义》"体大思精、卓然有别于历代《诗经》注疏的名著，贯穿着他对《诗经》研究新的主张的理论和方法，创始了诗经新训诂学——新诠释学"。"闻氏创始的现代《诗经》诠释学开拓了《诗经》研究的新路，影响了几代学人和外国学者。当前盛行的以原型类比解诗的文化人类学研究，正是以闻一多为其先驱的。"① 从作为《诗经》研究专家的夏氏此论即可看出闻一多《诗经》诠释学的学术贡献和学术地位。闻一多的《诗经》研究远不止词义诠释这一个层面，在《诗经》诗美鉴赏和文化思想意义的阐释上更卓越。他的诗美鉴赏和文化思想的阐释就是建立在《诗经》词义的现代诠释基础上，更为重要的意义在于，闻一多的《诗经》词义诠释不仅影响和启发了《诗经》学研究者，而且为现代读者提供了有效的《诗经》读法。

第三节　史料编纂学研究

闻一多古代诗歌研究中的"校正文字"和"诠释词义"是属于诗歌文本范畴的校勘学和诠释学，他视为解决文学作品阅读困难的基础性课题。这样的课题基本上属于传统考据学研究范畴，而闻一多在古诗考据学研究方面不仅仅是纯粹文本的校补和诠释，还有从文本到诗人的文献考订，其研究成果当属于传统编纂学范畴。在此，我们可以从编纂学角度略述闻一多对古诗史料的考订和编纂，在此基础上或可以探究闻一多古诗编纂学的学术意义和文化思想意义。同时，这里涉及《闻一多全集》存在的一个问题，即作为编纂学的成果是否应该收进全集中。

新版《闻一多全集》收编了闻一多古代文化、古代文学和古代诗歌研究中多种资料汇编和作品"钞纂"，表面看，这些不属于闻一多原创的研究成果，似乎不应该收入全集。但如果从传统编纂学角度看，这些资料汇编和作品"钞纂"经过了闻一多的精心考订和编次，既是他研究过程中的基础性和阶段性成果，又是相对独立的研究成果，是他学术研究不可分割的一部分，可以作为闻一多的学术研究业绩收入全集。闻一多编纂学成果的意义和全集与是否收录编纂学成果自有密切关系，实际都涉及如何评判闻一多编纂学研

---

① 夏传才. 思无邪斋诗经论稿 [M]. 北京: 学苑出版社, 2000: 369, 373.

究的问题。

　　闻一多所留下的文化遗产基本上在 12 卷本《闻一多全集》中，除了文学创作（包括诗歌和散文）、文艺评论、美术作品、书信日记的 4 卷外，其余 8 卷均为古代文学和古代文化的学术研究成果。如果从研究形态划分，基本上可以分为这样几类。一是古籍校补和字义词义注疏，如《诗经新义》《诗经通义》《楚辞校补》《离骚解诂》《天问疏证》《全唐诗汇补》及《续补》《全唐诗辨证》，包括《庄子内篇校释》《庄子章句》《庄子校补》《庄子义疏》《周易义证类纂》《周易新论》《周易杂记》《周易字谱》《管子校勘》《乐府诗笺》及甲骨文、金文的考释。这是对古籍经典的修补和解释，既依托经典本身，又凭借历代校释成果，从方法论上多因袭汉学、考据学传统，属于"述而不作"中的"述"，不是闻一多自己的创作，而是考述古籍经典的文本文字和文字内涵。作为学术研究，更多引述已有研究成果，在此基础上提出自己的见解。所谓个人见解并非天马行空、随心所欲的"创造"，而是以冷静理智的态度客观地进行校补，达到考据学所要求的"实事求是、无征不信"的标准。二是诗人生平史料考订和文学史、学术史资料汇编，如《少陵先生年谱会笺》《少陵先生交游考略》《岑嘉州系年考证》《岑嘉州交游事辑》《说杜丛钞》《唐风楼捃录》《全唐诗人小传》《唐文学年表》《中国上古文学年表》等。闻一多在对杜甫、岑参的生平考订中有考有述，特别是对他们年谱的编制，不是汇编生平史料，而是经过了自我的考证和精心研究编述出详尽完整的诗人年谱，可以说是"考、述、编"的结合，包括文学史年表的编定亦属于此类。至于《说杜丛钞》《唐风楼捃录》《全唐诗人小传》则纯属学术史资料汇编，也经过"考"和"述"，但最后的形态则主要是"编"。自然，这一类基本上不以闻一多自我的创见为主，是客观的史料呈现。三是文学作品的"钞纂"，如收入全集的《风诗类钞》《易林琼枝》《唐诗大系》，包括《现代诗抄》，可谓传统文学研究中的"选学"，是闻一多在研究基础上所编纂的诗歌选本，《风诗类钞》意在提供白文的《诗经》读本，《易林琼枝》是从汉代卜筮之书《焦氏易林》中发现美的诗歌汇编，《唐诗大系》和《现代诗抄》是以自己的诗歌标准而编选的优秀诗歌读本。这些选本中固然贯注了闻一多的诗歌标准、美学思想和文学史观念，但非闻一多所作，他也未做论述，只是一种"钞纂"。四是"论"，是闻一多对古代文学、文化的考论和述论，也就是我们通常所说的论文、论著，如神话学研究中的《高唐神女传说之分析》《伏羲考》《神仙考》《龙凤》，《诗经》研究中的《诗经的性欲观》《匡斋尺牍》《说鱼》，《楚辞》研究中的《屈原问题》《人民的诗人——屈原》《怎样读九歌》《论九章》，唐诗研究中的《类书与诗》《四杰》《陈子昂》《宫体诗的自赎》《孟浩然》《贾岛》《杜甫》《唐诗要略》等，文学史研究中的《歌与诗》《文学的历史动向》《四千年文学大势鸟瞰》《中国上古文学》以及《庄子》《道教的精神》《"七十二"》等。这些论著亦呈现出不同的形态：有的是论考结合，即以史料考证为基础立论；有的述论结合，即夹叙夹议、论从史出；有的是以论说为主，以自我的思考和说理见长。总体上，闻一多的学术研究成果基本上都可以归入这四种类型，或以述为主，或以编为主，或以钞为主，或以论为主，呈现出不同的层次，构成了闻一多完整的学术世界。其中，第二、第三种类型中的史料考订、史料汇编和作品选编属于史料学、文献学范畴，基本没有闻一多自己的论述或论说。那么，这一部分具有怎样的学术价值和学术意义，究竟如何评估呢？

这样的研究当然并非闻一多所独有，应该说，古籍文献的整理和编纂是中国学术一以贯之的传统。在中国学术史上，有专门从事文献编纂研究者，穷一生之力来梳理和编纂文献，这种学术成为汉学传统中所重视的古籍整理学，独立为一种学术门类即编纂学。编纂学离不开考据学，任何一种编纂学成果都要经过详尽的考证过程和考证后的汇总，在考订过程中，要对文献史料进行辑录、校勘、辩证、选择、比较、排列、编定等多道"工序"，所以编纂学往往结合着考据学，考据学是编纂学的方法，编纂学可谓考据学的结果。在考据学编纂过程中，每一道"工序"都需要编纂者付出相当艰辛的劳动，真正如古代所说皓首穷经、遍翻古书。在每一道"工序"中都贯穿着编纂者的学术思想，尽管可能编纂者在最后的编纂成果中不着一字，如孔子主要以"删"而编定《诗三百篇》，想必当时不止三百零五首。孔子以儒学标准编定《诗经》，实际表现了孔子的思想。孔子"删"诗而有《诗经》，孔子可谓中国最早的编纂学家，《诗经》实质上就是孔子的编纂学成果。应该说，编纂学在中国学术史上源远流长、蔚为大观，特别如历代类书、丛书的编纂对中国文化、中国学术的整理、积累、保存发挥了巨大的作用。编纂学是中国的主要学术传统，闻一多与中国古代学术史的密切关系，必然深刻地影响了闻一多的学术研究。

学术研究是对原创文化成果和已有研究的总结、反思、评判，在总结、反思、评判已有文化的基础上推进文化的发展。在此意义上，学术研究不是一种文化原创性的活动，而是依托于研究对象来探究和阐发其思想，在此基础上表现研究者自我的创见。文化的创造和发展有赖于学术研究，原创的文化只有经过学术研究过程才不断地向前发展，学术活动既在总结已有文化中不断地积累着文化成果，又在研究中不断地添加新的文化成分。典型如中国文化，从有文字以来，古人将自我对世界的认识和思考记录下来，记录过程即文化创造的过程，在绝无依傍、无以效法的条件下记录自我观察到的和思考过的现象，这成为最早的文化创作。诸子百家兴起的先秦即是中国文化的原创时期，随着历史的发展，原创性文化越来越少，而对原创文化的学术研究日益繁荣，学术研究成为文化发展的基本形态。如传统儒家的产生和发展，先秦时诗、书、礼、乐、易、春秋以不同的形态创造出来，最后定为"六经""六艺"。作为儒家经典从两汉开始的近两千年中就成为学术研究的对象，从今文经学到古文经学，从汉学到宋学，从理学到心学，从新儒学（宋）到新儒家（现代），都是在经学注疏和义理阐释的学术研究中推进儒家文化的发展。孔子亦有言："学而不思则罔，思而不学则殆。"孔子和章学诚都区分了"思"和"学"。撇开章学诚所说诸子百家和世儒各自所"患"，就其本身特征而言，恰揭示了各自的特征，诸子百家以"思"为主，世儒以"学"为主。"思"更带有主体创造性，而"学"则"效法"先知和先觉者，所谓"学术"在古代多为注疏和阐释圣言经典。因此而有"作"与"述"的分别，《礼记·乐记》说"作者之谓圣，述者之谓明"，清代学者焦循在《雕菰集》卷七《述难篇》中说："人未知而己先知，人未觉而己先觉，因以所先知先觉者教人，俾人皆知之觉之，而天下之知觉自我始，是为'作'。已有知之觉之者，自我而损益之；或其意久而不明，有明之者，用以教人，而作者之意复明，是之谓'述'。"张舜徽在《中国文献学》中据此将古代文献分为三大类："综合我国古代文献，从其内容的来源方面进行分析，不外三大类：第一是'著作'，将一切从感性认识所取得的经验教训，提高到理性认识以后，抽出最基本最精要的结论，而成为一种富于创造性的结论，这才是'著作'。第二是'编述'，将过去已有的书籍，重新用新的体例，加以改造、组织的功夫，编为适应于客观需要的本子，这叫作'编述'。第三是'钞纂'，将过去繁多复杂的材料，加以排比、撮录，分门别类地用一种新的体式出现，这成为'钞纂'。"① 如《春秋》为"著作"，《史记》在《太史公自序》中司马迁自认为是编述故事，张舜徽并引王充《对作篇》说明，王充即将书籍分为"作""述""论"，他说："《五经》之兴，可谓作矣。《太史公书》，刘子政《序》，班叔皮《传》，可谓述矣。桓君山《新论》，邹伯奇《检论》，可谓论矣。今观《论衡》政务，桓、邹之二论也，非所谓作也。造端更为，前始未

---

① 张舜徽. 张舜徽集·中国文献学［M］. 武汉：华中师范大学出版社，2004：25.

有，若仓颉作书，奚仲作车，是也。《易》言伏羲作八卦，前是未有八卦，伏羲造之，故曰作也。"他认为自己的《论衡》"非作也，亦非述也，论也。论者，述之次也"。张舜徽由此认为，所谓"论"，繁体字"論"，本字为"侖"，从"亼册"（亼即集），"是集合很多简册加以排比辑录的意思"。"論"当然非张舜徽所说此义，《说文解字》释为"議"，段玉裁注说："论以侖会意，亼部曰，侖，思也。侖部曰，侖，理也。此非两义。……凡言语循其理，得其宜，谓之论。故孔门师弟子言谓之论语。"① 这更近于现代所谓"论"的意义，而王充所说"论"则主要是排比辑录之义。在王充看来，只有如仓颉造字、伏羲作卦之类才是"作"，在文化上，凡"造端更为，前始未有"的创造才可称为"著作"，此外就是"编述""论述""钞纂"，当属于学术研究的范畴。如文学活动分文学创作和文学研究，文学创作为创造性活动而有作品，文学研究则为对文学创作的阐释和总结而属于学术。就文化发展的整体而言，实际上，文化是由"原创性的经典作品"和"对经典作品的学术研究"及"研究的研究"共同构成的。例如，儒家文化是由三个层面构成：一是儒家经典，从先秦时的"六经"到后来的"十三经"；二是以注疏为主的研究成果，如从两汉开始的历代经注及义理阐释；三是历代在已有研究基础上的编述、论说和资料汇总即"钞纂"等，这构成了儒家文化的发展谱系和完整的文化系统，其中大部分是属于学术研究成果的。任何一种文化系统都是由原创性作品和对原创性作品的学术研究构成，人类文化史同时也是一部学术史。就中国文化而言，张舜徽在《中国文献学》中就著作、编述、"钞纂"这三类典籍的发展而总结道："如果按时代顺序来分析这三大类书籍的发展情况，那么汉以前的书籍，著作为多。这表现在一部分古代文献，虽经秦火，尚能次第在汉初出现，证明了它们一定有保存的价值。由汉到隋八百年中，编述的书籍比较兴盛，包括两汉传注、六朝义疏以及史部群书，都属于这一类。唐以后通用了雕版印刷术，文字传播的方法更广，于是类书说部，充栋汗牛，'钞纂'的书籍，便风起云涌，一天天增多了。"② 当然这是从文献学角度大致而言，未必准确，事实上汉以后的"著作"也多，即使唐以后虽然多"钞纂"书籍，但创作的繁荣已经是历史上不争的事实，而且，"类书"固然属于"钞纂"，但"说部"中的小说应该是创作，不能归为"钞纂"。从文化创造和发展而言，这三方面都不可或缺，首先要有发前人之所未

---

① 许慎，段玉裁．说文解字注［M］．影印本．杭州：浙江古籍出版社，1998：91-92.

② 张舜徽．张舜徽集·中国文献学［M］．武汉：华中师范大学出版社，2004：26.

发的文化创造和创造性成果的著作，而编述、论述和"钞纂"等属于学术研究层面的活动和成果，是对文化的整理、积累、反思、阐释，既传播于社会，又传承于后代，使文化在空间和时间上绵延不绝，推动文化的繁荣和发展。

这样，我们可以把以语言文字为载体和媒介的文化典籍划分为著作、"钞纂"、编述和论述四类。以此衡量闻一多，作为诗人，他的诗歌创作可以属于著作类，是他的创造性精神活动的产物，尤其是他的《死水》诗集更在现代诗歌史上具有独创性。而作为学者的闻一多，他的学术活动固然伴随了创造性过程，但学术研究的创造性不同于文学创作的创造性，如果说文学创作重于"发明"，那么学术研究的创造性更体现为"发现"，"死水"诗歌意象可谓闻一多在诗歌创作中的"发明"，因为此前诗歌中没有以"死水"来表现诗人的自我体验和社会感受，闻一多创造了这个意象，第一次用以表现自我的精神体验和社会感受。学术研究则必有所依傍，是依托特定对象，在研究对象上发现其内在的文化思想和学术价值，所以在学术形态上不是表现为"著作"而是"钞纂"、编述及论述。在此意义上，闻一多学术研究成果或归属于以述为主的编述，或归属于以论为主的论述，或归属于以整理和考订文献学术史料为主的"钞纂"。文化创造是有意义的人类精神活动，而文化典籍的整理和学术研究同样是富有意义的精神再创造活动。文化创造是学术研究的基础，学术研究是文化创造的延续，人类文化既要有"源"，还要有"流"。闻一多既有自我创造性的文化精神历程，又进入文化传承的学术性活动，在学术中既探索中国文化的源头，又厘定中国文化的流变，在中国文化源流的考订和思考中建构起了对应于中国文化结构的自我学术世界。无论是对古代文化的"钞纂"还是"编述"，无论是现代文化的创造还是古代文化的论述，都具有深厚的文化含量和鲜明的文化意义。

在此意义上，《闻一多全集》中所收录的不属于闻一多之"作"、不属于闻一多之"论"、不属于闻一多之"述"的"编纂""钞纂"类文档，因为经过了闻一多的精心考订和编纂，因为打上了闻一多学术研究实践的深刻印记，因为已经凝结了闻一多的精神，所以，归属于闻一多的学术世界而编入《闻一多全集》，自是顺理成章的。这一类型的学术成果，同时也是闻一多践行考据学方法的结果，是经过严格的考据学程序编纂而成的。因此，本书在此将闻一多的史料编纂学与文字校勘学、词义诠释学并列为考据学影响下的研究实践和考据学研究的显著成果。

第四章

古典诗美的还原和发现:《诗经》与《楚辞》的美

闻一多毕竟是现代诗人,他在古典诗歌研究中一度沉湎于考据学的文字校正、词义诠释、史料考订和编纂中,最终超越了考据学研究而进入诗学的、历史的、文化思想的阐释层面。事实上,我们说,闻一多沉浸于古诗考据学研究已经略嫌过度,为此付出了太多的学术精力。从研究主体角度,闻一多本来应该在古代诗歌的研究中充分地体现其作为现代诗人和思想家的诗学敏感、史家意识和文化视野,但在他长期从事诗歌文本和诗歌史料的考据学研究过程中,研究内容和研究方法的"考据"特性压抑了他诗人的"灵光"、消解了他的思想激情,以完全客观的、冷静的、科学的态度看取本来是诗情激荡、思想充实的古代诗歌,舍弃诗歌对象诗情和诗意的同时,也消解了自我的情思,对象的客观化与自我诗情诗意的缺失相对应,于是,凸显出来的闻一多完全是一个标准的"学者"而不像一个现代诗人。从研究对象角度,文本文字校正、语词的训诂学阐释和文献史料的编纂等实际上是对诗歌文字、语词、文本和诗人生平史实等物化形态的考证和考订。诗歌如同一个人一样,是由物质性媒介和精神性内涵构成的,物质性载体包括语言文字、文体形式和记录诗歌的载体,如甲骨、钟鼎、竹简、丝帛、纸张等,诗人正是借助这些工具、形式、媒介、载体等物质性因素表现自我内在的精神世界和反映外在的客观现实世界。考据学研究主要关注诗歌的物化形态而对诗歌的美、诗歌所表现的主体情思和诗歌所蕴含的历史文化背景不仅涉猎甚少,而且在客观上消弭了诗歌的诗情画意美和深厚的历史文化思想内涵。考据学家的闻一多对应古代诗歌的物化形态,只有诗人和思想家的闻一多才真正对应古典诗歌的精神形态。学者闻一多固然是对他学术研究身份的整体认同,但实际上,不仅不同人的学者身份特性有巨大差异,而且同一个人的学者身份也具有不同的特性。例如闻一多,我们姑且可以把学者闻一多分为"考据家型学者"和"诗人型学者",这两种学者身份特性既有共时性,并存于特定的学术研究中,又呈现在历时性的变化中,如同他从诗人转变为学者一样,在转变为学者后也是在不断的转变过程中。闻一多最初主要体现为"诗人型学者",基本以诗性思维和诗意化笔法撰写了《杜甫》《庄子》《诗经的性欲观》等；20 世纪 30 年代转向古籍考据学研究，在古诗研究领域特别致力于《诗经》、《楚辞》、唐诗的校勘学、辑佚学、辨伪学、训诂学、考证学、编纂学研究，主要体现为"考据家型学者"。古诗考据学研究的同时或在考据学研究的基础上，在《匡斋尺牍》《怎样读九歌》《陈子昂》等诗人诗作的综合研究中，作为考据家的闻一多和作为诗人的闻一多又同时呈现，可以说合二为一。最终，闻一多超越了考据学，从"考据家型学者"转为"诗人型学者"，以现代诗人的视角研究古典诗歌的精神形态层面，在《诗经》、《楚辞》、《易林》、唐诗中欣赏诗歌的美，感受诗歌所表现的主体情感和认知诗歌所蕴含的文化思想。至此，闻一多就不再是冷静的考据家，也不完全是热情的现代诗人，在"诗人型学者"中他是历史家和思想家。他在古典诗歌的综合研究中，以诗学的、历史的、文化思想的多元化现代视角全面看取古典诗歌的美、古典诗歌的历史意识和深厚的文化思想内涵，建构起完全不同于考据学世界的古典诗歌的现代研究形态。

闻一多虽然一度沉浸于古典诗歌的考据学研究中，但他最终的目的是要对古典诗歌进行艺术欣赏和对文化思想进行阐释，诗歌文本的文字校正、词义诠释和诗歌史料的考订仅仅是基础性课题和研究过程中的必要环节，目的是从诗歌的物化形态方面恢复其本来面目。当我们进入闻一多古典诗歌的欣赏和阐释层面，就能够感知到闻一多在古典诗歌解读上的现代眼光、现代方法、现代思想和创造性的现代思维。他以考据学还原《诗经》、《楚辞》、唐诗等诗歌文本的本来面目，以历史的态度和批判的眼光廓清了历代所形成的误读迷雾，然后进行美学的、社会学的、历史学的、心理学的、人类学的、文化学的多种学科的现代解读。一方面还古诗以本来面目，另一方面进行多元化的现代视角新解，看似矛盾的两方面统一在闻一多的古典诗歌研究中。所谓"还古诗以本来面目"，不仅仅指古代诗歌在文本文字、词义诠释和史料考订等方面物化形态的还原，而且指诗歌在历史背景、思想内容、美学特征等内在精神方面的还原；所谓"现代视角的新解"，亦是建立在符合古代诗歌历史真实的基础上，以现代诗人的眼光对古代诗歌意韵做出新发现并进行新的阐释。在此意义上，这两方面又可以是统一的。脱离历史时代背景和诗歌本来内涵的阐释固然体现出新异性，但不是真正的现代阐释，闻一多始终是以历史原则、美学标准、思想尺度发现和阐释古典诗歌的历史内容、美学特质、文化思想内涵的，体现了他作为学者所富有的现代诗人、历史学家和思想家的品格。在此，我们进入闻一多对《诗经》、《楚辞》、唐诗以及《焦氏易林》等诗歌典籍的意在"说明背景"的研究层面，把握闻一多以诗人的、史家的、思想家的现代多元视角所做出的古诗新解。

古典诗歌作为学术研究对象时，不同时代的不同学者、同一时代的不同学者和同一学者在不同时期都会有不同的研究角度、研究方法、研究内容和研究结论。闻一多在现代进入古典诗歌研究后，虽然一度陷于诗歌的考据学研究中，但他在厘清古诗的"真"之后，转向了对古诗艺术美的研究。历代诗歌研究中，无论对古典诗歌赋予多少诗歌以外的内容，《诗经》、《楚辞》、唐诗等从本质上都是一种艺术，就要从诗歌艺术的角度进行欣赏和研究，发掘诗歌艺术的美。闻一多自己本就是从现代诗歌批评和创作转向古典诗歌学术研究的，既已经形成了自己的诗歌艺术批评标准和一整套完整的诗学理论，又具有丰富的诗歌创作经验并深得诗歌艺术美的"三昧"，特别是他原本就富有一种诗性思维和诗意化的人生艺术风格。所以，当探得古典诗歌文本文字、词义释读的真相后，他主要从美学角度研究古典诗歌的艺术美，把诗歌作为诗歌艺术来研究和欣赏，在对古典诗歌的美学烛照中体现出他的现代诗人的本来品格。当他以现代诗人的眼光和艺术美的角度研究古典诗歌时，其学术世界就完全没有了考据学的烦琐、沉闷、压抑和整理"故纸堆"所特有的冷清、冷僻、冷静，而是充满着诗人的诗情画意，流淌着古典诗歌的诗意诗美，映射着闻一多的诗人心灵与古典诗美的交相辉映图景，生成的是一个诗意化的学术世界。正是在这个世界里，闻一多从多方面多角度倾力发掘中国古典诗歌的艺术美质，不仅证明了自己的早期诗学理论①，而且证明了中国文化"是绝对地美的，是韵雅的"②，在中国诗歌研究史上做出了独特的贡献。

古典诗歌本身是美的，需要的是发现美的眼睛；古典诗歌表面的美容易发现，而深层的美则需要探索和阐释；古典诗歌在流传过程中其美往往会受到各种形式的掩盖、扭曲和玷污，更需要还原其本来的美。闻一多的古典诗美研究具体展开于三方面：一是"还原"古典诗歌本来的美的面相，二是"发现"古典诗歌本有的美的特质，三是"阐释"古典诗歌所蕴藏的深层美。这三方面既层层递进、环环相扣，又相辅相成、相得益彰，三方面又针对具

---

① 闻一多在新诗创作阶段一方面从事新诗批评，另一方面有意建构诗学理论，除了"诗歌三美"的新格律诗理论外，还提出一系列诗歌批评标准和诗学理论。参见《诗歌节奏的研究》《律诗底研究》《〈冬夜〉评论》《〈女神〉之时代精神》《〈女神〉之地方色彩》及早期书信中相关内容。

② 闻一多.《女神》之地方色彩［M］//闻一多. 闻一多全集：第2卷. 武汉：湖北人民出版社，1994：123.

体诗歌对象各有侧重,或偏重于还原本来的美,或注重于发现本有的美,或侧重于阐释本质的美,共同构建出闻一多古典诗美的学术世界。正是在还原—发现—阐释的过程中,闻一多从诗歌的艺术本质层面既研究古典诗歌的意蕴美,如情感美、想象美、形象美、思想美,又研究古典诗歌的形式美,如韵律节奏美、形体结构美、语言修辞美、艺术风格美,展现出《诗经》、《楚辞》、《易林》、唐诗等最具代表中国古典诗歌特质的艺术美世界,同时展示了闻一多学术世界中体现诗人特性的诗意美的一面,而且构成了中国现代学术史上研究古典诗歌的一大环节。

第一节 古典诗歌美的还原

恢复古诗的本来面目是闻一多研究古典诗歌最初的目标,最初还仅仅是集中在文本文字校正、词义释读和史料考订方面,其后在诗歌的综合研究中仍然将还原诗歌本来面目作为主要的研究层面。这样,闻一多意在恢复诗歌本来面目的研究包括了两个层面:一是诗歌物化形态的复原,二是诗歌美学意韵的还原。这种一以贯之的研究取向体现了闻一多的历史原则,即从客观历史出发,面对"实事本身"。所谓"古典诗歌美的还原",其前提是古典诗歌本来是美的,但在历代阐释中掩盖或漠视了诗歌本来的美,甚至不顾诗歌的本质特性而疏离或扭曲了诗歌的美。基于此,闻一多研究首先就是要回归诗歌本质,恢复诗歌本来面向,复原古典诗歌的美。科学即"通过向实事和实事状态本身的回溯而在原初的经验和明察中得到充分验明的东西"①。当然,西方现象学主要关注的是主体的意识现象,是一种建立在直接直观和认识意识本质的哲学方法,但其中所表现出的"面对实事本身"和胡塞尔所说"向实事和实事状态本身的回溯"原则和方法正是闻一多研究古典诗歌和还原古典诗歌美的追求。学术研究本质上属于科学研究范畴,闻一多是以学术研究的科学态度看取古典诗歌的,以科学原则将古典诗歌还原为诗歌艺术。

闻一多对古典诗歌美的还原最典型地体现在《诗经》研究中。《诗经》既是中国最早的诗歌总集,又是诗美被遮蔽最严重的诗歌总集。产生于先秦的《诗三百篇》,本来是先民以歌抒情与以诗纪事相结合、"歌"与"诗"合

---

① 胡塞尔. 先验现象学引论 [M] //倪梁康. 面对实事本身:现象学经典文选. 北京:东方出版社,2000:109.

流后所诞生的诗篇①，开创了中国诗歌美的先河，成为中国古典诗歌的艺术美源头，从内容到形式都有诗歌艺术固有的美学形态和美学意韵。"三百篇"被孔子删定，透示出当时并不止三百零五篇，是孔子以自己的标准删除其他诗歌而留存下来的。孔子删诗并提出如"诗无邪""兴观群怨""不学诗，无以言""迩之事父，远之事君"等诗歌标准和诗歌功能，即属于儒家伦理思想范畴，所删定的《诗三百篇》因为符合儒家伦理道德思想，即被纳入儒家"六艺"，成为儒家经典之一，获得常名《诗经》。无论是先秦战国时期的"六经"，还是汉代的"五经"，包括唐代的"九经"说、"十二经"说，一直到宋代的"十三经"，《诗经》都在其中占据着重要的位置。在闻一多看来，从"歌"到"诗"已经失去了部分的抒情"意味"和歌咏"节奏"，但《诗三百篇》基本维持着"歌诗的平等合作，'情''事'的平均发展"，"其中的'事'是经过'情'的炮制然后再写下来的。这情的部分便是'歌'的贡献"②。也就是说，《诗三百篇》还不失"诗歌"本性，具有诗歌自身的美的意味。但当从"诗"变为"经"，同样的文本因为释读角度的变化而发生了逆转，儒家从经学角度研究《诗经》，一是以名物训诂为主的经学注疏，二是以注解经而附会儒家伦理教化思想，这两种研究都遮蔽了三百篇的诗美面目，抽空了诗歌美而成为儒家伦理经说的标准教科书，将《诗三百篇》从诗歌转化为经书。从汉代开始，《诗三百篇》被列为"五经"之一，立学官、设博士，经师以名物训诂解《诗经》而开烦琐经注先河，为了政治伦理教化而穿凿附会，形成了只有"经"而没有"诗"、知有"经"而不知有"诗"的《诗经》学传统。虽然在中国学术史上、《诗经》学史上不乏从文艺美学角度意识《诗经》的研究，但毕竟未成主流且微乎其微。《诗经》研究的主流即是在思想上阐释圣人意旨、儒家道统、封建政治意识形态，在方法上以烦琐的经注为主。对此，闻一多揭示道："汉人功利观念太深，把《诗三百篇》做了政治的课本；宋人稍好点，又拉着道学不放手——一股头巾气；清人较为客观，但训诂学不是诗；近人囊中满是科学方法，真厉害。无奈历史——唯物史观的与非唯物史观的，离诗还是很远。明明一部歌谣集，为什么没人认

---

① 参见闻一多. 歌与诗［M］//闻一多. 闻一多全集：第10卷. 武汉：湖北人民出版社，1994：13. 闻一多认为上古人类以歌抒情、以诗纪事，"诗"的本义是"记忆"（诗言志中的"志"从止从心，停止在心上即记忆），后引申出"记录"和"怀抱"之义，"诗与歌合流真是一件大事。它的结果乃是《诗三百篇》的诞生"。
② 闻一多. 歌与诗［M］//闻一多. 闻一多全集：第10卷. 武汉：湖北人民出版社，1994：13.

真地把它当文艺看呢！"① 闻一多的这段话要言不烦、提纲挈领地提示了《诗经》的主流阐释史，从汉人的政治功利观到宋儒的道统理学观，乃至清代乾嘉学派对《诗经》的考据学研究，都基本囿于儒家道统和经学经解，而不是从文学的、诗歌的、艺术美的角度读《诗》。包括近代科学方法论和现代唯物史观的《诗经》研究，闻一多以为都远离《诗经》的诗歌本性。《诗经》的本性即是闻一多这里所说的"一部歌谣集"，《诗经》首先是"诗"而不是"经"！《诗经》中的诗在内容上主要是情歌，在形式上主要是民歌，这才是《诗经》的艺术本相。由此，闻一多还原《诗经》诗歌美从"一体两翼"展开和认定，"一体"是在《诗经》本体上从"经"恢复到"诗"，从诗学角度读《诗经》，"两翼"是从诗歌本性出发论定《诗经》在内容上的大部分诗歌本来是情歌，在形式上"大部分不妨仍然当它作一部民歌"。

　　首先是《诗经》诗本位的还原。《诗经》从根本上恢复诗歌的本来面目应该说是在近代废除读经后开始的，此前尽管历代亦有从文学的、诗歌的、艺术美的角度研究《诗经》，但仍然在经学范围里，以经学观点看《诗经》。如朱熹的《诗经》学阐释，固然多强调其文学性，提出《诗经》创作中"感物道情"理论，但他的《诗经》美学观纳入了理学思想体系里并构成理学的一部分。近代废除读经后，《诗经》的神圣地位发生了动摇，文学性研究逐渐压倒了经学研究，开始了从经到诗的转化，在此转化过程中，闻一多以他的还原《诗经》艺术美的研究发挥了巨大的作用。《诗经》从经学观转化为诗学观的过程中，尽管亦有经学角度的研究，但这个时候的经学研究基本上是作为释读《诗经》的方法，不再构成本体研究而已经基本归属于或服务于《诗经》的诗学研究。如同整个《诗经》学呈现出从经到诗、从经学到诗学的转化过程一样，闻一多的《诗经》研究也经历了从经学研究到诗学研究的发展过程，在此过程中，闻一多一度犹疑于"诗"和"经"之间，如他曾经说过的："读《诗经》的态度，到宋人是一变。在他们心目中，《诗经》固然是经，但同时在可能范围内，最好也是诗。后来经过明人，经过一部分清人，如姚际恒、崔述、方玉润等，以至于近人，《诗经》中诗的成分被发现的似乎愈来愈多。顾名思义，研究《诗经》说不定还富（疑为'当'）以这一派为正宗。我个人读《诗经》的动机也未尝不是要在那里边多懂点诗。我读诗的经验也告诉过我，这条路还够我走的。但是无奈在这件事上我的意志不大坚

---

① 闻一多. 匡斋尺牍［M］//闻一多. 闻一多全集：第3卷. 武汉：湖北人民出版社，1994：214.

定。我一壁想多恢复《诗经》中的诗，使它名副其实；一壁又常常担心把《诗经》解得太像我们的诗了。一个人会不会有时让自己过度的热心，将《诗经》以外，《诗经》以后的诗给我们私运进《诗经》里去了，连自己还不知道呢？我的信心之动摇，惶怯之发生，是从读《卷耳》开始的。这就是说，读《诗经》要有历史的态度，还以本来的面目。"① 本来是要读"诗"，却一度走上了汉儒和乾嘉学派的经学研究路向，但闻一多的"经学"研究仅仅是方法论的，主要借用经学的词义训诂和名物考证来读懂《诗经》的文字。一方面，闻一多的经学词义诠释没有为了附会外在的圣人意旨曲解词义，相反，他的目的是恢复《诗经》中的字词本义，在恢复字词本义的过程中客观上也在反拨历代经学注疏中的穿凿附会，在此意义上，闻一多的经学方法带有反经学的意味；另一方面，他不是为了经注而经注，经学方法的词义诠释仅仅是研究《诗经》的基础性工作，既没有排除《诗经》的诗学研究，又在根本上是为诗学研究做准备的。所以，闻一多的《诗经》经学研究就与传统儒家的《诗经》学有着鲜明的区别。当他以经学方法恢复了《诗经》文本文字和词义的本来面目后，就用诗学的方法来恢复《诗经》的诗本面目。研究方法从经学到诗学的转化意味着完成了研究对象《诗经》的从"经"到"诗"的复原，而要复原诗歌的本来面目，就要祛除掩盖在《诗经》上面的儒家道统思想。如闻一多所认为的，"在今天要看到《诗经》的真面目，是颇不容易的，尤其那圣人或'圣人们'赐给它的点化，最是我们的障碍。当儒家道统面前的香火正盛时，自然《诗经》的面目正因其不是真的，才更庄严更神圣。（真中自有他的神圣在！）我们不稀罕那一点分化，虽然是圣人的。读诗时，我们要了解的是诗人，不是圣人"②。《诗三百篇》本来是诗人抒情写意之作，但成为儒家之经后，被看作"圣人之言"，历代《诗经》研究家就纷纷代圣人立言，而遮蔽了诗人之情，从《毛诗古训传》到郑玄的《毛诗传笺》，从孔颖达等的《毛诗正义》到朱熹的《诗集传》，一直到乾嘉学派的《诗经》考据学研究，都是在阐释着"圣人"之言，特别是在隋唐后，将《诗经》纳入科举考试内容，士子们更是谨守圣道、谨遵圣言，基本上不从诗本角度读诗，也就看不见《诗经》中的诗意美、诗情美。在闻一多看来，正是儒家道统思想掩盖了《诗经》的诗本真相，为了维护《诗经》的神圣性和庄严性，

---

① 闻一多. 卷耳 [J]. 益世报，1935-09-15. 转引自季镇淮. 闻一多先生与中国传统文学研究 [M] // 季镇淮. 闻一多研究四十年. 北京：清华大学出版社，1988：145.

② 闻一多. 匡斋尺牍 [M] // 闻一多. 闻一多全集：第3卷. 武汉：湖北人民出版社，1994：199.

让人们只能看见圣人之言,不得见诗人之情和诗歌之美。要恢复诗本来面目的美,就要"去除那点点化的痕迹",将附加在《诗经》上面的"圣人意识"、儒家道统、封建意识形态廓清,露出诗歌美的本相,去了解诗人而不是了解圣人,欣赏诗歌而不是领会圣言。这样,舍经说而显诗美,诗美是在祛除遮蔽后显露出来,如海德格尔所说:"美乃是作为无蔽的真理的一种现身方式。"① 而《诗经》中诗美的"现身"经过了如闻一多这样的现代学者的努力才实现,特别是闻一多以他诗人的美学眼光和诗人的敏感心灵穿透几千年的儒家道统思想,将《诗经》还原为原初的诗歌本体,在真实的《诗三百篇》中感受诗情诗意美。闻一多还原《诗经》诗本的显著成果是《风诗类钞》,这是闻一多在词义诠释基础上就《诗经》中诗歌意味最浓、文学性最强的《国风》部分所编纂的白文读本。尽管闻一多自谓以社会学的方法将《国风》读为"社会史料文化史料",但客观上达到了复原《诗经》诗本的目的,因为通常在阅读《诗经》时,一般都会借助特定的注疏本,诗歌文本和浩瀚的注疏混杂一体,固然帮助人们理解字义词义,但实际上人们不由自主地受到儒家注疏内容的影响而误入歧途。闻一多的《风诗类钞》提供了直接面对诗歌本文的文本原初形态,特别提出了《诗经》的读法,是一种"缩短时间距离"法,即"用语体文将《诗经》移至读者的时代"和用考古学、民俗学、语言学"带读者到《诗经》的时代"。② 无论是将《诗经》文本移至现代还是回到《诗经》时代,都是以《诗经》的诗歌文本为依据,揭去遮蔽在文本之上的历代注疏,凸显出来的自然是诗歌本来的形态。闻一多在疏通过程中,不再以圣人意旨阐释每首诗,而是以诗歌艺术标准不时点化出诗歌所抒发的情感美。《诗经》诗本的复原意味着诗歌抒情本质的回归,闻一多同时在内容上恢复《诗经》的本来面目。

诗歌的本质是抒情,这是闻一多从新诗创作时就秉持的诗歌信念。实际上,诗歌的抒情本质从诗歌起源时就注定了的,在闻一多的考察中,诗歌起源于"歌","原始人最初因情感的激荡而发出有如'啊''哦''唉'或'呜呼''噫嘻'一类的声音,那便是音乐的萌芽,也是孕而未化的语

---

① 海德格尔. 艺术作品的本源 [M] //倪梁康. 面对实事本身:现象学经典文选. 北京:东方出版社,2000:386.

② 闻一多. 风诗类钞·序例提纲 [M] //闻一多. 闻一多全集:第4卷. 武汉:湖北人民出版社,1994:457.

言。……这样界乎音乐与语言之间的一声'啊'便是歌的起源。"①"歌"就是"啊"(二者皆从"可"声),这样的"歌"与"诗"结合成为后世的诗歌,用闻一多的说法是,"诗"与"歌"合流的结果是《诗三百篇》的诞生。《诗三百篇》作为诗歌在内容上是以抒情为主,所以,闻一多在恢复《诗经》诗本面目的同时,在内容上恢复了《诗经》的抒情性,具体说,闻一多将《诗经》中的大部分诗歌还原为情歌,尤其是一部"国风",几乎就是一部情歌集,而且多为原始的赤裸裸的情歌,不仅表现情爱,而且表现性爱。男女情爱及性爱本就是人类出于生理本能而上升到心理体验的、追求身心完美结合的最强烈的情感,人类情感表现途径多种多样,其中情歌是最常见的表现方式,情诗自然成为诗歌的最大类型。不同时代的诗歌对男女之情的表现会有差异,尽管不同时代的男女会产生相同的恋情。在闻一多看来,几千年前的《诗经》所表现的上古社会的男女之情既十分热烈又相当直率,因为尚没有受到文化的钳制,仍然保留着"蛮性的原形",所以在诗歌中往往能够率性而为。倒是后世解读的《诗经》却以文明人的意识给本来热烈而率真的情诗涂饰了厚重的文化色彩,那么闻一多的《诗经》还原,即恢复《诗经》中的情诗本色。《风诗类钞》之分类标准主要着眼于情诗本色,从抒情主体角度将"国风"中的诗划分为"女词"和"男词"。闻一多从情诗角度读《诗经》,读出的就是古代男女带有原始风味的情感,试举《风诗类钞》(甲)中三例说明。1.《鄘风·柏舟》:"泛彼柏舟,在彼中河。髧彼两髦,实维我仪,之死矢靡它。母也天只!不谅人只!泛彼柏舟,在彼河侧。髧彼两髦,实维我特。之死矢靡慝(忒)。母也天只!不谅人只!"《毛诗传》谓:"共姜自誓也,卫世子共伯蚤死,其妻守义,父母欲夺而嫁之,誓而弗许。故作是诗以绝之。"闻一多则读为情诗,解说诗中大意为:"那河中泛舟的少年,我愿以此身许配给他,至死不变节,无奈他不相信我哟!"这与《毛诗传》所解大相径庭。2.《曹风·蜉蝣》:"蜉蝣之羽,衣裳楚楚。心之忧矣,于我归处!蜉蝣之翼,采采衣服。心之忧矣,于我归息!蜉蝣掘阅(穴),麻衣如雪。心之忧矣,于我归说!"《毛诗传》谓:"刺奢也,昭公国小而迫,无法以自守,好奢而任小人,将无所依焉。"闻一多训释诗中的"忧"为"心动","诗中的忧往往指性的冲动所引起的一种烦躁不安的心理状态,与现在忧字的含义迥乎不同。""处""息""说"都是"住宿"之意。他总结全诗大意:"这三

<hr />

① 闻一多. 歌与诗 [M] //闻一多. 闻一多全集:第 10 卷. 武汉:湖北人民出版社,1994:5.

句等于说:'来同我住宿罢!'这样坦直、粗率的态度,完全暴露了这等诗歌的原始性。在下两句中,作者表示纯然自居于被动地位,这是典型的封建社会式的女子心理。"由此看,这首诗根本不是"刺奢也",而是一个处于性苦闷中的女子对性爱的渴求和呼唤。3.《郑风·子衿》:"青青子衿(紟),悠悠我心。纵我不往,子宁不嗣(诒)音?青青子佩,悠悠我思。纵我不往,子宁不来?挑兮达兮,在城阙兮。一日不见,如三月兮。"这样明显的情诗,《毛诗传》中却说:"刺学校废也,乱世则学校不修焉。"实际上是表现女子等候恋人而恋人不来的心理活动,闻一多解说道:"她想,果然是有事耽搁了,纵然我没去找你,难道你就不送一声歌来打个招呼?""今天因为等候的人老不来,急得她在这观楼上只是来回乱走。想起那人青青的佩玉和带,心就乱了。一天不见面,简直就像隔了三个月一样啊!"由此可见闻一多读《诗经》的角度,当然其中不无闻一多作为诗人的诗意化想象,但就诗歌本身内容,读为情诗正是恢复了诗风的本来面目。但在传统儒家伦理道德标准的解读中,要么如《毛诗故训传》那样曲解诗情诗意,要么淡化诗歌中所表现的情感,如孔子谓"《关雎》乐而不淫,哀而不伤",刘安说"国风好色而不淫,小雅怨诽而不乱",要么将情诗指责为"淫诗",如孔子说"郑声淫",以"郑风"多淫诗。对此,闻一多回到《诗经》时代予以体认,干脆从"淫诗"角度读《诗经》,不仅恢复了《诗经》中的情爱意韵,而且复原了《诗经》中部分诗歌的性爱内容。他说:"现在我们用完全赤裸的眼光来查验《诗经》,结果简直可以说'好色而淫',淫得厉害!""当然讲《诗经》淫,并不是骂《诗经》。尤其从我们眼睛里看《诗经》淫,应当一点也不奇怪。我们在什么时代?《诗经》的作者在什么时代?……让我们一般平淡无奇的二十世纪的人(特别是中国人)来读这一部原始的文学,应该处处觉得他们想的,我们绝不敢想,他们讲的,我们绝不敢讲。我们要读出这样一部《诗经》来,才不失那原始文学的真面目。"① 在闻一多看来,把握了原始文学的真面目,也就了解了原始人的情感真面目,反过来,正是原始人在性爱方面的粗率豪放,所以产生了《诗经》中直接或间接表现性欲的诗歌。如果《诗经》没有表现情爱和性欲,反倒是不正常的,那就说明要么《诗经》时代的人生活在极度的压抑中,要么《诗经》的诗歌表现本身有疑问。所以,闻一多结合《诗经》时代从《诗经》自身内容出发,重点考察了"《诗经》的性欲观",

---

① 闻一多. 诗经的性欲观 [M] //闻一多. 闻一多全集:第3卷. 武汉:湖北人民出版社,1994:169.

他说:"《诗经》时代的生活,我们既知道,没有脱尽原始人的蜕壳,而《诗经》本身,又不好说是赝品,那么,用研究性欲的方法来研究《诗经》,自然最能了解《诗经》的真相。其实也用不着十分的研究,你打开《诗经》来,只要你肯开诚布公读去,它就在那里。自古以来苦的是开诚布公的人太少了,所以总不能读到那真正的《诗经》。"以此为出发点,闻一多在《诗经的性欲观》中研究了《诗经》表现性欲的方式,在《诗经》学研究领域可谓标新立异,如他自己所感叹的"'离经叛道'到了这步田地,恐怕要算至矣,尽矣,蔑有加矣!"。但正是这样的"离经叛道",恰恰接近了《诗经》时代,复原了原始时代人们真实的性爱心理,还原了《诗经》的抒情本相,既有优美动人的情爱表现,又有粗率坦直的性爱告白。虽然《诗经》经过了孔子的删定,但历史上的孔子应该说尚没有后世儒家发展出来的道学气息和礼教思想,而仍然富有人情味,所以大量的抒情诗得以保留。周秦时代的人们,生活在中国文化原创时期,尚未受到文化的矫饰而仍然保留着原始性,所以可以大胆粗率地表达自我的情爱、情欲甚至性欲。文化的发展会起到矫饰人性本真状态的功能,发展了的文化会抑制人性真实情爱的表达,同时也会曲解表现原始时代心灵的诗歌本意,一部《诗经》的儒家阐释史就是儒家文化压抑、曲解原始人性的历史,在此意义上,我们说闻一多恢复《诗经》为情歌甚至复原《诗经》的性欲表现不仅具有文学性意义,还具有文化思想意义。

如何读《诗经》,这是闻一多《诗经》研究要解决的核心问题,诗本还原是他读《诗经》的根本方法。以诗为本,内容上还原为情歌的同时,在形式上将《诗经》还原为民歌:"大部分不妨仍然当它作一部民歌"①,"明明是一部歌谣集"②。这表明闻一多视《诗经》为民间歌谣,从民歌的角度来欣赏《诗经》的艺术美。中国古典诗歌从创作主体角度大致可以分为两类,一类是佚名的民间诗,一类是署名的文人诗。一方面,诗歌史经历了从民间无名诗歌到文人诗歌的发展,另一方面,在文人诗盛行后民间歌谣仍然很多,与文人诗并存于每个文学时代。民间歌谣往往以其生动活泼的语言、率真坦直的内容、清新自然的风格独树一帜,成为那时代文学的宝贵组成部分。最初的诗歌如《诗三百篇》的作者基本不可考,其产生、流传和最后的结集有一个

---

① 闻一多. 匡斋尺牍 [M] //闻一多. 闻一多全集: 第 3 卷. 武汉: 湖北人民出版社, 1994: 199.

② 闻一多. 匡斋尺牍 [M] //闻一多. 闻一多全集: 第 3 卷. 武汉: 湖北人民出版社, 1994: 214.

漫长的过程。关于《诗经》的来源，一般认为有三种，即采诗、献诗、作诗，高亨在《诗经今注·诗经简述》中概述到这三种来源："第一，王朝的贵族为了充实音乐，为了祭祀鬼神，为了夸耀功业或别种，将其作成诗歌，交给乐官。《周颂》里应该有些诗篇出于这个来源。第二，王朝乐官为了给贵族服务，尽到他的责任，留心搜集流传在民间的或出于士大夫之手的诗歌（并不是专职的采访）。《大雅》《小雅》及《王风》里应该有些诗篇是出于这个来源。第三，诸侯各有乐官，掌管本国的乐歌，诸侯为了尊重王朝，交换音乐，派人把乐歌献给王朝。《王风》外的十四国风及《鲁颂》《商颂》里应该有些诗篇出于这个来源。"① 这三种来源在古籍文献中均有记载，在《诗经》学史上亦多有争议。司马迁在《史记·太史公自序》和《报任安书》中均说到"《诗三百篇》，大抵贤圣发愤之所为作也"，这指明了《诗经》部分作者为当时"贤圣"者，肯定了《诗经》"作诗"的来源。关于"献诗"，《国语·周语上》记载："故天子听政，使公卿至于列士献诗，瞽献曲，史献书，师箴，瞍赋，蒙诵，百工谏，庶人传语，近臣尽规，亲戚补察，瞽、史教诲，耆、艾修之，然后王斟酌焉，是以事行而不悖。"天子要求献诗为当时天子观民风的需要，诗歌内容偏向于政治教化自是必然。但采诗则更偏向于民间歌谣，采自民间的歌谣应该说构成了《诗经》的大部分。据古籍记载，采诗在古代实际上已经成为一种制度，如《汉书·艺文志》谓："故古有采诗之官，王者所以观风俗，知得失，自考正也。"《汉书·食货志》谓："孟春之月，群居者将散，行人振木铎徇于路，以采诗，献之大师，比其音律，以闻于天子。故曰：天子不窥牖户而知天下。"又《春秋公羊传注疏》卷十六何休注语谓："男女有所怨恨，相从而歌，饥者歌其食，劳者歌其事。男年六十，女年五十，无子者，官衣食之，使之民间求诗。乡移于邑，邑移于国，国以闻于天子。故王者不出牖户，尽知天下所苦，不下堂，而知四方。"② 《诗经》的这三种来源尽管在学术史上有所争议，但大体已成定论。三种来源其实可以分为两类：一类是"贤圣"、公卿贵族和士大夫有意为之的个人创作，即所谓"作诗"；一类是采自民间歌谣的、口口相传而由采诗官记录下来的，也就是"采诗"。"献诗"部分其实可以归为这两类中，所"献"之诗一部分为专意创作，一部分则采自民间歌谣。闻一多所说《诗经》大部分是民歌，本质上是一部歌谣集，主要着眼于《诗经》来源中的"采诗说"。文献记载固然可

---

① 高亨. 诗经今注［M］. 上海：上海古籍出版社，1984：诗经简述 2.

② 参见：洪湛侯. 诗经学史［M］. 北京：中华书局，2004：1-6.

以证明采诗制度的存在，但更主要还在于诗歌本身的形态，即《诗经》中的大部分诗歌所表现出来的民歌特性，说明《诗经》确实源于民歌，特别是《国风》，除了少部分是各国为了献给天子而由公卿、"贤圣"专意创作外，大部分是为流传各地的民间歌谣，这当是《诗经》在诗歌形态上的真实面相，闻一多在恢复《诗经》为情歌的同时，恢复《诗经》为民歌。可以明白，只有民歌的形式才和情歌的内容相配合，《国风》中那些原始的、大胆的、率真的、坦直的情欲内容不会是上流社会中温文尔雅的"贤圣"的语言所能够表达的，必定是没有受到任何文化束缚的民众以其自然、简单甚至单调的语言，如《芣苢》这样的诗歌形式直接抒发自我情感的。理论上的民歌形式还原并不意味着实际的可以把握《诗经》中的民歌的客观形态，毕竟《诗经》产生于两千五百多年前，在闻一多看来，是不能用我们自己的眼光、我们自己的心理去读《诗经》的，需要建立一个"客观的标准"，即《诗经》时代的民间歌谣标准。将《诗经》还原为民歌只是阅读《诗经》的第一步，第二步是要以《诗经》时代的"眼光"和"心理"将《诗经》读为《诗经》时代的民歌，只有把握了《诗经》时代的民歌特点，才能更准确地解读《诗经》中的民歌。《诗经》时代无论从时间还是从空间都与现代有了相当的距离，要了解那时的民歌形态确实存在相当的困难。为此，闻一多在《匡斋尺牍》中提出了"推论法"，它是读解《诗经》中民歌的方法。所谓"推论法"，即从空间上以"与我血缘相近的民族，在与《诗经》时代文化程度相当时期的歌谣"为参考材料来研究《诗经》，从时间上以《诗经》时代的"前身"（如殷墟和汲冢的出土资料）和"后身"（汉魏六朝的民间乐府）来解释《诗经》。但事实上，闻一多特别指出，这时两方面的材料都没有，加上"王者之迹息而诗亡"，从《诗三百篇》到汉乐府的诗歌传统基本中断，他所说的阅读《诗经》民歌的"客观标准"难以建立。尽管如此，闻一多还是以"推论法"力图回到《诗经》时代的原生态民歌，在把握《诗经》时代民歌形态的基础上建立阅读《诗经》中民歌的客观标准，以此来相对准确地解释《诗经》的民歌形态。那么，闻一多以什么来推论呢？第一，他以汉魏六朝乐府中民歌来读《诗经》。针对从《诗三百篇》到汉乐府诗歌传统的中断，他说："没有办法，只好用汉魏乐府（专指民间的），甚至六朝乐府来解释《诗经》。"当然，这一方面可以解释《诗经》的便利，但另一方面，闻一多也知道其中的困难所在："用汉后的民歌解释周初的民歌，民歌与民歌比，诚然优点益处，但周初与汉后之间，你望，一重的时间的雾可密着咧！这方法的危险，你要小心,恐怕是与他的便利一般大的。"① 尽管汉周之间相去甚远,而且闻一多也意识到"我们"与汉代人之间同样相去甚远,所以,首先是要读懂汉乐府,然后以汉代的民间乐府去推论《诗经》中的民歌。闻一多在古代诗歌研究中亦曾专门研究过汉乐府而作有《乐府诗笺》,研究的结果是发现了汉乐府和《诗经》中的民歌有相近之处,这构成了汉乐府"推论"《诗经》民歌形态的前提。闻一多在谈到汉代诗歌、汉代乐府时,以建安时期文学为界分为"古代文学"和"近代文学":建安以前为"无主名的诗人时期",是为"古代";建安以后为"有主名的作家"时代,是为"近代"。"建安以前,概括地说,是一个无主名的诗人时期,诗在当时也可说是社会的而非个人的产品。这样一个时期,与建安以后相对照,我们称之为古代。就作品说,'古代'的诗大体是歌曲,'近代'的诗才是诗。就产生的方式说,诗是创造的,歌曲可说是长成的。就作用说,诗是供人朗读的,歌曲则是供人唱的和演的(要记得古代的歌和舞不分,有舞便近乎戏剧——即所谓歌舞剧)。"② 在他看来,整个汉诗是进一步的《诗经》,文艺价值应该说是超过了《诗三百篇》,但建安以前的诗歌是属于和《诗经》同一范畴的"古代文学",所谓"无主名的诗人时期"在相当程度上表现为诗歌的民间性,这是与《诗经》的产生相近,特别如汉乐府,实际上是和《诗经》一样为民间歌谣。那么,闻一多在笺注汉乐府的过程中自然感知出在民歌形态上与《诗经》的相似性,于是以汉乐府逆推到周代民歌,以此把握《诗经》的民歌真实形态,亦是他"推论法"顺理成章的思维过程。文学在书面形态的传承之外,还有民间的传承系统,民间文学的传承可以说自成系统,特别如民歌在代代口耳相传过程中固然会有所变异,但同时也有不变的部分,这不变的部分就构成了闻一多从汉乐府推论《诗经》的基础,可以跨越时间长河、穿透"时间的迷雾"而以后世民歌还原前代民歌的真相。第二,汉代乐府也远,于是闻一多跨越更漫长的时间长河,在更广阔的空间中,以流传于从古代到现代的中国各文化地域的民歌来推论《诗经》,特别在现代民歌和《诗经》时代民歌的对照中探索民族民间文化心理和情感意象的相近处和共通性。这种现代民歌与《诗经》时代歌谣的对接和互释,也是闻一多"现代《诗经》观"的突出体现。文学既有时代性又有地域性特色,不同时代、不同地域的民族文学在表现人情人性的差

---

① 闻一多. 匡斋尺牍 [M] //闻一多. 闻一多全集:第 3 卷. 武汉:湖北人民出版社,1994:200.
② 闻一多. 乐府叙论 [M] //闻黎明,侯菊坤. 闻一多年谱长编. 武汉:湖北人民出版社,1994:591. 该文为《闻一多全集》所未收.

异性的同时，也表现出人情人性的共同性，内容上跨越时代和地域的相通性同时配合着艺术形态的趋同性，尤其在同一文化系统和同一语系的文学中，更尤其在同一文学形态和同一艺术表现方式中，这种内容的相通性艺术形态的趋同性更为鲜明。闻一多正是以此为基点而自今及古、以现代逆推古代在打通现代民歌和《诗经》的研究中还原《诗经》的民歌形态和把握《诗经》的民歌特性。如他在《说鱼》中通过诗歌中"隐语"的发现和阐释贯通了《诗经》和现代各地域民歌，使得从《诗经》到现代各地域民歌一脉相传而成为完整的中国民歌系统。以诗歌中的"隐语"为例，他说："在中国语言中，尤其在民歌中，隐语的例子很多，以鱼来代替'匹偶'或'情侣'的隐语，不过是其间之一。时代至少从东周到今天，地域从黄河流域到珠江流域，民族至少包括汉、苗、傜、僮，作品的种类有筮辞、故事、民间的歌曲和文人的诗词。"① 闻一多按照时代顺序列举了以"鱼"为隐语的诗歌，《诗经》中的《周南·汝坟》《齐风·敝笱》《邶风·新台》《召南·何彼秾矣》《卫风·竹竿》《桧风·匪风》《陈风·衡门》《曹风·候人》等均有"鱼"的意象，或描绘打鱼和钓鱼，或描绘烹鱼和吃鱼，或引入吃鱼的鸟兽，从隐语的象征意义上都表现情侣关系，其民歌的特性和情歌的内容紧密结合在一起。事实上，一般的民间歌谣往往都是情歌，现代各民族的民歌表现为情歌内容，与《诗经》一样以"鱼"的意象象征恋爱中的男女。这在历代民歌中都有体现，闻一多重点以现代各民族民歌与《诗经》相对照，如《靖江情歌》："天上星多月不明，河里鱼多水不清，朝中官多要造反，小大姊郎多要花心。"《黑衣恋爱歌》："有情有意跟花去，看花落在那滩头，一条河水去悠悠，金鱼鲜鱼水上浮。"《安南民歌》："妹家门前有条沟，金盆打水喂鱼鳅，鱼鳅不吃金盆水，郎打单身不害羞？"《仲家情歌》："鱼在河中望显鳃，花在平河两岸开，鱼在水中望水涨，哥在床上望妹来。"《昆明民歌》："大河涨水白浪翻，一对鲤鱼两分散，只要少郎心不死，那怕云南隔四川。"《会泽民歌》："河中有鱼郎来寻，河中无鱼郎无影，有鱼之时郎米赴，无鱼之时郎费心。"闻一多在《说鱼》中所举这类民歌甚多，其目的就是与《诗经》中描绘"鱼"的诗歌对照参证，以现代民歌的意象意韵释读《诗经》中同样的意象意韵，以现代民歌推知《诗经》中民歌的特性。推论的基本原则是找到《诗经》、汉乐府、现代民歌最相近的特性进行比对，如闻一多在《匡斋尺牍》中所说："要

---

① 闻一多. 说鱼 [M] //闻一多. 闻一多全集：第 3 卷. 武汉：湖北人民出版社，1994：233.

找推论的根据点，须守着一个条件，那便是，推论的根据，与推论的前提，必须性质相近，愈近愈好。"这样，我们看，闻一多从《诗经》时代的民歌出发，为了解释《诗经》中的民歌，参照汉代乐府和现代各民族各地域民歌，以今推古，还原了《诗经》的民歌本色。

恢复《诗经》的原本面目，从经回归到诗歌，在内容上还原为情歌，在形式上还原为民歌，这是闻一多对《诗经》"一体两翼"的诗美还原，使《诗经》作为诗歌的美得以显现。

闻一多对古典诗美的还原体现了闻一多古典诗歌研究中的历史和美学的原则，历史的原则要求对古典诗歌的解释要符合产生诗歌的客观历史时代和特定历史时代中的诗歌本相，美学的原则要求应该主要从诗歌艺术的本质来欣赏古典诗歌的美，两种原则相结合而最终将古典诗歌还原为历史本有的美学形态。在古典诗美的还原中，闻一多一直在追寻着古典诗歌的历史原生态，一直在追问着古典诗歌的诗情诗意美："艺术在哪里？美在哪里？情感在哪里？诗在哪里？"① 首先要回答"是什么"，这需要历史的态度；在此基础上回答"美在哪里"，这要求美学的眼光。学者的客观性研究和诗人的艺术触觉统一在闻一多的学术精神中。"还原"固然要呈现客观的诗歌真实面目，但因为诗歌艺术美的还原，所以不排除在还原过程中的想象性艺术思维，需要调动诗人既从历史实际出发，又能够符合历史真实，更是合乎情理的艺术想象。本来是还原，却可以想象，看起来是矛盾的，但在闻一多的古典诗美还原中却是统一的。这突出地体现在闻一多的《楚辞》研究中，对《九歌》艺术形态美的还原中。

如果说闻一多对《诗经》的美学还原主要针对历代儒家思想和经学研究来恢复《诗经》情歌加民歌的诗本形态，那么，《楚辞》研究中的《九歌》则更进一步把诗歌还原为原始的歌舞剧，《〈九歌〉古歌舞剧悬解》是闻一多经过对《九歌》多方面的充分研究后还原《九歌》原始美学形态的成果。中国诗歌在不同的时代呈现为不同的美学形态，虽然统称为诗歌，实际上不仅文体各有特征，美学形态更是表现出种种差异。就诗歌而言，不仅有现代新诗和旧体诗的根本区别，而且在旧体诗中还有古体与近体之别，而古体诗尚存在种种演变过程中的区分。现代诗歌仅仅是一种语言的艺术，但从诗歌起源和初期形态看，诗歌不仅仅是语言艺术，而且结合着音乐艺术和舞蹈艺术，诗、歌、舞三位一体而更近于戏剧，如闻一多在《乐府叙论》中指出的，古

① 闻一多. 匡斋尺牍 [M] //闻一多. 闻一多全集：第3卷. 武汉：湖北人民出版社，1994：202.

代的诗大体是歌曲，而古代的歌和舞不分，有舞便近乎戏剧，即所谓歌舞剧。古代歌舞剧在艺术形式上综合了音乐、舞蹈、诗歌、戏剧，在艺术形态上表现为民间歌谣，在艺术内容上往往反映巫术神话，在艺术功能上出于祭祀的目的。闻一多的《〈九歌〉古歌舞剧悬解》正是揭示了《九歌》的原始艺术形态，在研究中结合着诗人的想象还原《九歌》为歌舞剧。《〈九歌〉古歌舞剧悬解》既是闻一多研究古代诗歌、研究《楚辞》、研究《九歌》后的创造性成果，又是闻一多以艺术家的诗性思维对《九歌》做出的二度创作，是在学术研究基础上进行的艺术再创作，是借助艺术想象所作的原始艺术的还原。

闻一多之所以能够创作出《〈九歌〉古歌舞剧悬解》这样奇异的创造性成果，主要取决于这样几方面的原因。第一，闻一多的艺术修养和多方面的艺术实践活动构成他《〈九歌〉古歌舞剧悬解》的艺术机制。闻一多在本质上是一个艺术家，原本就具有艺术天性，长期的诗歌创作更培养了他敏感灵动的艺术直觉。他的艺术精神不仅表现在诗歌创作和诗歌活动中，而且泛化到各种艺术部类中，诗歌之外，闻一多一生中所涉及并做出创作成绩或研究成果的就有绘画、篆刻、书法、戏剧、舞蹈等。闻一多在美国留学三年的专业即是绘画，早年的绘画作品基本散失，但从保留下来的书籍装帧设计和从长沙到昆明的徒步旅行中的沿途速写作品可见他的美术成就，如闻一多先后为包括自己的《红烛》和《死水》诗集在内的书刊设计过封面和刊头，徐志摩的《落叶》《巴黎的鳞爪》《猛虎集》、潘光旦的《冯小青》、梁实秋的《浪漫的与古典的》、林庚诗集《夜》等封面都是闻一多设计的，还有《辛酉镜》《清华年刊》《晨报副刊》《新月》等报刊的装帧艺术，留存下来的有30余幅。篆刻艺术成绩亦不俗，初始浅尝辄止，到20世纪40年代在昆明挂牌治印，倒成为养家糊口手段。关于舞蹈，闻一多在学术研究中探索过原始乐舞的形态和功能，著有《说舞》。诗歌艺术、绘画艺术、篆刻艺术（包括书法艺术）、舞蹈艺术等的创作和探索历程为他的《〈九歌〉古歌舞剧悬解》奠定了扎实的艺术基础。第二，闻一多在艺术活动中的戏剧实践和戏剧意识构成《〈九歌〉古歌舞剧悬解》的直接艺术渊源。尽管闻一多前期致力于诗歌创作且一度以绘画为自己的专业，但同时他也钟情戏剧。一方面，在诗歌创作和诗歌理论中引入戏剧，提倡诗歌的戏剧化，如《死水》诗集中的《天安门》《飞毛腿》即采用了戏剧独白体形式；另一方面，闻一多身体力行地参与到实际的戏剧活动中，例如，早在清华学校读书时就参加了演剧活动，出演过多种戏剧。他在美国留学时参与了余上沅编剧的《杨贵妃》在纽约的演出，负责化妆布景，《杨贵妃》演出成功后，受其鼓舞，与余上沅、赵太侔、熊佛西等决意提倡"国剧运动",回国后致力于创办艺术剧院,曾经参与制定了详尽的"北京艺术剧院计划大纲",① 发起"国剧运动"。艺术剧院的创办和国剧运动的提倡最终失败了,但这些活动给闻一多艺术思维以重要影响,这影响既给予诗歌艺术的探索,又促使他思考和研究戏剧艺术本身的特性。虽然闻一多后来转向书斋学术研究,但只要有机会参与戏剧活动,他就会全身心投入。1939 年七八月间,曹禺名剧《原野》在昆明排演,曹禺亲自导演,闻一多担任了舞台美术设计和服装设计,为此付出了巨大的热情和精力,并为演出撰写了说明书。《原野》在昆明演出几十场,获得了巨大成功,其中也凝聚了闻一多的戏剧心力。② 正是这些戏剧活动不仅使他多方面的艺术才能得以展现,而且进一步整合成他整体的艺术思维,使他能够综合审视不同的艺术对象,特别是戏剧演出活动赋予了闻一多丰富的戏剧舞台经验,为日后《〈九歌〉古歌舞剧悬解》的创作提供了直接的戏剧经验基础。第三,闻一多在学术研究上对诗歌起源的探索和从《诗经》《楚辞》到汉乐府、唐诗的研究构成了《〈九歌〉古歌舞剧悬解》可靠的历史背景基础,建立在学术研究基础上的《九歌》古歌舞剧的还原不仅可能,而且在闻一多这里成为现实。《楚辞》中的《九歌》呈现为诗歌文本形态,其中保留了"歌"的成分和"民歌"的特色,这正符合闻一多在《歌与诗》中所提出的诗歌起源于歌的观点,同时在从《诗经》到汉乐府到唐诗的中国古典诗歌的发展形态中得以证实。但有音乐节奏、有语词意义的诗歌文本并不能够表现作为动感的视觉艺术的舞蹈,诗歌本身亦与戏剧不一样。闻一多在学术研究中全面考察了古代历史文化背景和上古艺术形态,调动自己多方面的艺术积累,研究而得出《九歌》的真实艺术形态即是原始歌舞剧,是为祭神而演出的乐歌。《楚辞》所记录下来的仅仅是祭神乐歌的歌词,失去了最重要的"歌"和"舞"的艺术表现形态,包括《九歌》而实际有"十一章",闻一多亦是从祭神的歌舞剧演出角度予以解释,将第一章"东皇太一"还原为歌舞剧中的"迎神曲",第十一章"礼魂"还原为"送神曲",中间的九章为祭祀仪式的主体即为"九歌"。只有经过这样的研究所得,才能够有合乎历史真实的古歌舞剧还原;只有经过精深的学术研究,才能够使"悬解"不是臆想而有所落实。正是在全面研究古代诗歌起源和发展的基础上,闻一多才综合音乐、舞蹈、绘画、诗歌、

---

① 参见闻黎明,侯菊坤. 闻一多年谱长编[M]. 武汉:湖北人民出版社,1994:277,575-579. 该书提供了闻一多参与戏剧活动的大量资料。

② 参见闻黎明,侯菊坤. 闻一多年谱长编[M]. 武汉:湖北人民出版社,1994:277,575-579.

戏剧等多种艺术形式,最后还原了《九歌》的原始歌舞剧艺术形态。所以,古代诗歌的研究为《〈九歌〉古歌舞剧悬解》奠定了可靠的历史背景和综合艺术形态的基础。第四,《〈九歌〉古歌舞剧悬解》体现了闻一多戏剧理论观念与古籍研究内容的结合,既有了自己独特的戏剧理论观,又有了对《九歌》的扎实研究,因此具备了二者结合的基础。《九歌》在《楚辞》中表现为视觉艺术的诗歌文本,而歌舞剧则为视听觉结合的综合艺术,从诗歌到歌舞剧,在艺术形态上发生了根本的变化。歌舞剧本质上属于演出的戏剧,自然要符合演出戏剧的基本要求。早在 1926 年,闻一多在《戏剧的歧途》一文中就阐发过自己的戏剧理论观,针对当时的戏剧文学,闻一多所谓"戏剧的歧途",一是指"缺少动作,缺少结构,缺少戏剧性,充其量不过是些能读不能演的closet drama 罢了",二是指"把思想当剧本,又把剧本当成戏剧"。基于此,闻一多认为,戏剧首先是要演出的,应该是先有演出,然后才有剧本:"只就现在戏剧完成的程序看,最先产生的,当然是剧本。但是这是丢掉历史的说话。从历史上看来,剧本是最后补上的一样东西,是演过了的戏的一种记录。"为此,他从戏剧艺术的本质出发,提出戏剧艺术的"纯形"理想,要求戏剧必须具备动作性、完整的结构、戏剧性、适合演出,不仅富有文学性,而且要"有属于舞蹈的动作,属于绘画建筑的布景,甚至还有音乐"。最后他提出:"我们要的是戏,不拘是那一种的戏。"[1] 这样的戏剧观既使他还原《九歌》为古歌舞剧的指导,又鲜明地体现在《〈九歌〉古歌舞剧悬解》中,从诗歌还原为歌舞剧是他戏剧理论观念在古籍整理中的具体实践。这当然不是闻一多看了演出的记录,而是他为了真正舞台演出的还原。事实上,闻一多改变《九歌》后本来当时就要在舞台演出的,据当年与闻一多一起参与《〈九歌〉古歌舞剧悬解》的王松声回忆,闻一多把几个参加过"圭山区彝族音乐舞诵会"的学生召集到家里"说戏","他神采奕奕地给我们讲了他的创作意图,讲了导演的构思,讲了舞美设计,还讲了演出形式。他像一个气魄宏伟的总导演把有关创作演出的一切手段都调动起来了,还给我们每个人都具体地分工派了活,让赵沨负责音乐创作,梁伦负责舞蹈编导,郭良夫负责服装舞美设计,萧荻负责排练演出,并让我根据他说的'戏'草拟出一个演出脚本,最后由他审阅定稿,然后运用联大学生中组织演出彝族音乐舞诵会

---

① 闻一多. 戏剧的歧途 [M] //闻一多. 闻一多全集:第 2 卷. 武汉:湖北人民出版社,1994:147-150.

的那批骨干力量，用民盟的名义举行义演。"① 因为时局的变化和闻一多的牺牲，演出没有能够举行，但这段当事人的回忆充分证明了闻一多的初衷本义，《〈九歌〉古歌舞剧悬解》不单纯是古籍研究，而是要实践自己的戏剧理论主张，真正作为演出艺术来还原和改编。即使作为古籍研究，这样的形式亦是独创的，李思乐称之为"一项别开生面的古籍研究工作"②，但更是闻一多实践自己戏剧理论的一项独特的戏剧创作活动或说是《九歌》的再创作。可以说，闻一多具有还原《九歌》古歌舞剧的得天独厚的条件，艺术天性的充分发展、丰富的艺术创作经验、一贯的戏剧活动和戏剧意识、古典诗歌从起源到发展的扎实的学术研究共同成就了《〈九歌〉古歌舞剧悬解》，甚至可以说，在现代学术史上和《楚辞》学史上，只有闻一多可以做出这样充满艺术魅力的成就，在《楚辞》研究、《九歌》研究中的独特性其实也是"唯一性"。

《〈九歌〉古歌舞剧悬解》既是学术研究，又是艺术创作，是学术研究基础上的艺术创作，是以艺术创作完成的学术研究。从学术研究角度，从诗歌到歌舞剧的艺术形态转化，闻一多完成了《九歌》艺术美的还原；从艺术创作角度，闻一多在屈原原作基础上的二度创作不仅展示了屈原《九歌》的艺术魅力，而且展示了闻一多作为诗人二度创造出的《九歌》古歌舞剧的艺术魅力。一部远离现代几千年前的《九歌》在闻一多这里仿佛使远古款款走来的古装现代人变得气韵生动起来。本来是佶屈聱牙的《九歌》，经过闻一多的改编陡然可感可触、活灵活现，即使没有在舞台演出，单从文本脚本中，就可以欣赏到屈原《九歌》的美和闻一多二度创作而复现出来的原始歌舞剧的美。从楚郊祀乐歌到《九歌》，经过了屈原的提炼；从《九歌》到《〈九歌〉古歌舞剧悬解》，经过了闻一多的改变。前者是从民间祭神歌舞剧到诗歌的转化，后者是从诗歌到原始歌舞剧的还原。闻一多以屈原《九歌》为媒介，通过歌舞剧而与几千年前的祭神场面实现了对接，又以自己深入细致的古代文化研究和《九歌》研究为过渡，实现了从诗歌到古歌舞剧的还原和转化。当然，在文体变化的具体操控中，闻一多按照歌舞戏剧的要求运用多种艺术手段对《九歌》进行了改编，使《九歌》的艺术形态发生了根本性变化，成为一部气势宏伟的歌舞乐剧。闻一多以多种艺术手段既呈现了《九歌》的艺术

---

① 王松声. 欣慰与遗憾 [M] //闻黎明，侯菊坤. 闻一多年谱长编. 武汉：湖北人民出版社，1994：1036-1037.

② 李思乐. 一项别开生面的古籍研究工作：读闻一多《九歌古歌舞剧悬解》[M] //季镇淮. 闻一多研究四十年. 北京：清华大学出版社，1988：182.

美，又体现了改编后歌舞剧的艺术美。出于还原目的改编包括结构的调整、场景的设置、气氛的渲染、人物的添加和人物关系及人神关系的复杂化等层面，由此形成了《九歌》的戏剧性，也形成了《〈九歌〉古歌舞剧悬解》的戏剧艺术美。闻一多所创造的《九歌》戏剧美具体体现在以下三方面。

第一，时间性戏剧结构的完整性和节奏美。《九歌》分十一章，按照闻一多的排列顺序为《东皇太一》《东君》《云中君》《湘君》《湘夫人》《大司命》《少司命》《河伯》《山鬼》《国殇》《礼魂》。这个顺序也意味着各神和人物在歌舞剧中的出场顺序。在诗歌到歌舞剧的转化中，出于原始郊祀乐舞的实际顺序，闻一多在歌舞剧中对《九歌》本身的结构顺序做了部分调整，既为了符合内容上的本来面目，又为了戏剧结构的精心设置。首先，《〈九歌〉古歌舞剧悬解》按照戏剧体制分为十幕，其中将第一章《东皇太一》列为迎神曲，为第一幕，实际上是序幕；第十一章《礼魂》为送神曲，为第十幕，也就是戏剧尾声。闻一多认为，《九歌》本是楚国郊祀乐歌，所祭主神只有一位即东皇太一，首章《东皇太一》和末章《礼魂》为迎送神曲，其余九篇均为娱神节目，所娱之神是东皇太一，表演的各神基本上是自然神。这是闻一多研究《九歌》的发现，在《什么是九歌》《九歌的结构》《九歌释名》中做过详尽考释，其研究结论体现在《〈九歌〉古歌舞剧悬解》中。迎神曲为歌舞剧序幕，送神曲成为歌舞剧尾声，表现了郊祀神祇时开端和结束的完整仪式过程。本是十一章却名为"九歌"，在闻一多的考察和研究中，"九歌"是指不包括迎送神曲的中间九章，从郊祀角度，迎送神曲即《东皇太一》和《礼魂》是主体，而从艺术角度，娱神的九章歌曲则成为主体，所以名为《九歌》。从戏剧结构设置上，闻一多并未拘泥于"九"和"十一"的区别，而是从内容本身出发突出戏剧，突出迎送神曲的功能，在戏剧中直接将首章《东皇太一》改题为《迎神曲》，将第十一章《礼魂》改题为《送神曲》，以祭神为中心事件，一迎一送，幕起幕落，首尾呼应而构成了完整的歌舞剧戏剧结构。其次，一般《九歌》的排列顺序如王逸的《楚辞章句》，《东君》位于《少司命》之后，相沿至历代《楚辞》版本基本以此为序，而闻一多却提到紧随《东皇太一》后、《云中君》前，在歌舞剧中成为序幕《迎神曲》后的第一幕、全剧的第二幕。各歌曲顺序的编排单独看没有章法，但从整体套曲的角度看总要符合自然的逻辑顺序，所谓自然的逻辑顺序相关于文化背景和诗歌内容，而在戏剧中尤其涉及内容结构的逻辑关系。《东君》位置的变化固然有戏剧内容结构的考虑，但闻一多更主要是着眼于内容，本着还原本来顺序的目的而列出顺序的调整和生成新的戏剧结构。《东君》为什么会在《东皇太一》后、《云中君》前呢？闻一多在《楚辞校补》做了考释，他说，《九歌》中迎送神曲外的其余九章为娱神之曲，"诸娱神之曲，又各以一小神主之，而此诸小神又皆两两相偶，共为一类。今验诸篇第，《湘君》与《湘夫人》相次，《大司命》与《少司命》相次，《河伯》与《山鬼》相次，《国殇》与《礼魂》相次，都凡四类，各成一组。此其又例，皆较然易知。惟东君与云中君，皆天神之属，宜同隶一组，其歌词亦宜相次。顾今本二章都居悬绝，无义可寻。其为错简，殆无可疑。余谓古本《东君》次在《云中君》前。《史记·封禅书》，《汉书·郊祀志》并云'晋巫祠五帝，东君，云中君'，《索隐》引王逸亦云'东君、云中君见《归藏易》'（今本《注》无此文），咸以二神连称，明楚俗致祭，诗人造歌，亦当以二神相将。且惟《东君》在《云中君》前，《少司命》乃得与《河伯》首尾相衔，而《河伯》首二句乃得阑入《少司命》中耳。"① 所以，闻一多在歌舞剧中就将《东君》提至《云中君》前而相次，使"东君"和"云中君"相偶，同时也造成了全剧除主神东皇太一外诸神的两两相偶。这样，在内容上既合乎情理，在艺术结构上也得以平衡。最后，除了顺序的调整，闻一多对《九歌》原作诗题还进行了合并，中间九章中的《湘君》和《湘夫人》两章合为一幕，其余每章均单独成一幕，形成了既非"九歌"下的九幕也非"十一章"下的十一幕，而是"十幕"剧。《湘君》和《湘夫人》合并，亦是闻一多经过研究后决定的，而且也是从诗歌内容分析所得而影响到了戏剧结构，他说："我曾经决意要读懂《九歌》，便暂时假定《湘君》《湘夫人》和《大司命》《少司命》四篇的标题却不只是一首歌的两章（一个剧的两折），而应总题为《湘君》，或前章题《湘君》，后章题《湘公子》（因为他是湘君的儿子）。后章既题为《湘公子》，旧题《湘夫人》三字便自然无法存在。其实所谓《湘夫人》者，只是迎神的女巫们所要争取的身份，她既不像其余的神，是被迎的对象，她的名字显然是不应出现于标题中的。同样，《大司命》《少司命》也是包含在一个大单元中的两个小单元，今本分题作《大司命》《少司命》是可以的（他们是父子俩），但究不如两篇总题作《司命》，因为后篇里面也涉及了大司命。""以湘公子代替湘夫人。而说湘君与湘公子，大司命与少司命，都是父子俩，这是太奇特了，但你不能不承认本体重于附属品，歌词重于标题。"② 正是基

---

① 闻一多. 楚辞校补［M］//闻一多. 闻一多全集：第 5 卷. 武汉：湖北人民出版社，1994：149.

② 闻一多. 东君·湘君·司命［M］//闻一多. 闻一多全集：第 5 卷. 武汉：湖北人民出版社，1994：270.

于这样的认识，闻一多在《〈九歌〉古歌舞剧悬解》中将《湘君》和《湘夫人》合并为一幕并增加了人物"湘公子"，而《大司命》和《少司命》仍然保留了《九歌》原题，占据两幕。但这并没有破坏他所说的诸神两两相偶的格局，而是把"湘夫人"降格为一般女子，设置为两个女性，又增加"湘公子"，使得"湘君"和"湘公子"各配一女子，仍然维持两两相偶格局，而且，合并之后，内容更加紧凑，情节更为曲折，增加了戏剧艺术结构的张力和节奏感。《九歌》的诗歌套曲顺序经过闻一多这三方面调整而成为一种完整和完美的歌舞剧戏剧结构，将古代郊祀歌舞过程纳入他所改造的整体戏剧结构中，使得戏剧结构本身和郊祀歌舞过程相对应。这种对应性同时体现闻一多以时间为线索而构成一种时间性艺术结构，戏剧结构在时间流程上对应了各自然神出场的不同时间和郊祀歌舞表演的不同时间段落，依据诸神特点而所设置的时间流程成为戏剧结构的流动节奏。迎神仪式是在夜间举行，歌舞表演以暮夜为背景，"沅湘之间，其俗敬鬼神，子夜必作乐鼓舞，以乐诸神"（《太平御览》五七二引王逸《九歌序》）。闻一多在歌舞剧中也设为"黄昏时分"，主神东皇太一伴随着"神光"降临，楚王带领着文武百官举行祭祀仪式来迎接东皇太一，伴以屈原为领班的歌队以鼓乐歌唱。迎神仪式后，进入娱神歌舞，首先上场的是东君，东君是日神即日出之神，所以第二幕的时间如乐歌所唱，"暾将出兮东方，照吾槛兮扶桑"，闻一多描绘为"鸡声报晓""微弱的曙光中""天边烘出彩霞""一轮红日掩映在枝叶扶疏的大树后面"；而经过一天的劳作，到东君退场时，"天色渐暗""繁星出现了"，又到了暮夜；第三幕的云中君为云神和雨神，时间是在"暮霭深了"的时候；"湘君"（湘夫人）出场在"深秋的黄昏，落叶在西风中旋舞"。接下来的大司命、小司命、河伯、山鬼等均是在"夕阳"和"暮夜"中出场和表演，直到唱送神曲而结束郊祀仪式。闻一多遵循古时祭神习俗，按俗设置戏剧的时间背景，但又依照各自然神的职能和特征而随神应时，有的是在夕阳西下时，有的是在暮色苍茫时，有的是在深夜完全的黑暗中，而如"东君"本来代表日出，自然就在"朝日"时。祭祀时间也就是歌舞剧的时间背景，闻一多在戏剧中每一幕都特意点出时间背景，构成全剧的一种时间节奏。同时，闻一多在每一幕都以诗意化的笔触对时间的变幻进行描绘，虽然大部分为暮夜时分，但因为他对时间的细致感受和不同的表现，使得每一幕都被赋予了不同的时段和诗意色彩，在艺术结构上既连接了各自然神的表演又起到了控制戏剧节奏的作用。

第二，郊祀古歌舞剧再现中体现出鲜明的戏剧性。《九歌》作为祭祀神祇时的乐歌，在《楚辞·九歌》中只留有诗词而并没有歌舞，文本表现为诗歌形式,更缺乏戏剧性,而与戏剧有相当距离。闻一多在《〈九歌〉古歌舞剧悬解》中却将诗歌《九歌》转换成戏剧体的《九歌》,以多种戏剧化艺术手段既还原祭祀场面又还原古歌舞剧表演场面,在还原中完全以戏剧的形式进行表现,将以抒情为主的诗歌转化为以叙事为主的戏剧,以戏剧性代替诗歌特性。需要说明的是,闻一多一方面把《九歌》改编为歌舞剧,是一种文体的转换,另一方面,他的主旨是还原楚郊祀时的歌舞场面,所以,《〈九歌〉古歌舞剧悬解》的戏剧进展与祭祀东皇太一时的歌舞表演相对应,"九歌"就是当时所演出的"九出小歌剧"。楚郊祀歌舞娱神场面毕竟已远,闻一多参照汉人记载的汉制在《〈九歌〉的结构》一文中描绘了想象中的当时祭场画面:"代表东皇太一的灵保(神尸)庄严而玄默地坐在广三十步高三十丈'有文章采镂黼黻之饰'的八觚形的紫坛上,在五音繁会之中,享用着那蕙肴兰籍、桂酒椒浆的盛馔,坛下簇拥着扮演各种神灵及其从属的童男童女,多则三百人,少亦七十人,分为九班,他们依次地走到坛前,或在各自被指定的班位上,舞着唱着,表演着种种程度不同的哀情的以及悲壮的小故事,以'合好效欢虞太一'。这情形实在等于近世神庙中的演戏,不同的只是在古代,戏本是由小神们演出给大神瞧的,而参加祭奠的人们只是沾大神的光而得到看热闹的机会而已。在上述情形之下所演出的九出小歌舞剧,便是所谓《九歌》了。"① 这场景闻一多在《〈九歌〉古歌舞剧悬解》中以戏剧的形式还原了这"九出小歌舞剧"。要从诗歌转化为戏剧,就需要在诗歌所传达的内容范围里添加一些既合乎历史背景又合乎情理的人、事、物、景,而这些人、事、物、景是戏剧之为戏剧所必要的元素。"九出小歌舞剧"所构成的整部歌舞剧既是"合好效欢虞太一"的娱神剧,又是郊祀仪式的内容,祭祀主体在闻一多的"悬解"中是楚王,祭祀对象是东皇太一。上引他描绘的祭祀场面尚属于学术的"猜想",《〈九歌〉古歌舞剧悬解》则从艺术的角度添加了祭祀主体和祭祀仪式,在序幕中将"迎神曲"戏剧化,先以诗意化的笔触渲染了祭祀场景和描写了祭祀主体的登场:"黄昏时分。从四面八方辐辏而来的鼓声,近了,更近了,十分近了。"写出了鼓声由远而近、由隐约可闻到逐渐响亮的过程,给人以鲜明的声音动感。"'神光'照得天边通亮。满坛香烟缭绕。""神光"即神降临的表征,香坛香烟是迎神的标志。"男女群巫,和他们所役使的飞禽走兽以及各种水族,侍立在两旁。"这构成了迎神的环境和场面。"楚王左带

①　闻一多.《九歌》的结构[M]//闻一多.闻一多全集:第5卷.武汉:湖北人民出版社,1994:358.

玉珥剑，右带环佩，率领着文武百官，在庄严肃穆的乐声中，鱼贯而出，排列在祭坛下。"祭祀主体登场，楚王及其文武百官的莅临意味着这是"国家级"祭祀，自然隆重非凡，"坛右角上，歌声从以屈大夫为领班的歌队中泛起"。《九歌》创作主体的屈原在闻一多笔下成为戏剧中的角色，所唱乐歌自然就是"迎神曲""九歌""送神曲"。"迎神曲"的演唱配合着楚王的祭祀动作、东皇太一的降临和群巫的舞蹈表演。闻一多根据《东皇太一》的歌词内容，分出了"男音独唱""女音独唱"和"合唱"。"男音独唱"之"吉日兮辰良，穆将愉兮上皇，抚长剑兮玉珥，璆锵鸣兮琳琅"是对楚王的颂扬和描绘，而"女音独唱"中的"瑶席兮玉瑱，盍将把兮琼芳，蕙肴蒸兮兰籍，奠桂酒兮椒浆"以动作化的语言叙写楚王的祭祀准备程序，铺席、压玉、荐牲、奠酒，闻一多在此将歌词内容动作化，唱词配合着楚王的一系列动作，单纯的诗歌就此转化为戏剧化的动作表演。随后，全体膜拜，东皇太一现身于五色瑞云中，金鼓大作，欢呼万岁，群巫起舞，全体合唱"迎神曲"："扬枹兮拊鼓，疏缓节兮安歌，陈竽瑟兮浩倡。灵偃蹇兮姣服，芳菲菲兮满堂，五音纷兮繁会，君欣欣兮乐康。君欣欣兮安康，君欣欣兮安康！"这样，一则《九歌》中的《东皇太一》乐歌经过闻一多的加工而成为一幕完整的戏剧。戏剧之为戏剧，根本在于具有戏剧性；歌舞剧之为歌舞剧，根本在于以歌和舞表现戏剧性。闻一多在把《九歌》还原为古歌舞剧时，调动多种戏剧化艺术手段增强其戏剧性。与原本的《九歌》相对照，闻一多笔下歌舞剧的戏剧性主要体现在以下几方面。首先，在艺术结构上对各章乐歌进行合乎戏剧要求的配置后，从各章乐歌的抒写对象出发，采取分化、重新组合、增加作品中的人物或神祇而建立多重对象主体关系，突破诗歌的单一对象抒写，将主要对象置于比较复杂的戏剧关系中，构成全剧的戏剧冲突。如《湘君》和《湘夫人》两章合并后，人物重新设置，人物身份既发生变化又形成新的人物关系，一是"湘夫人"分化为"女子甲"和"女子乙"，二是增加了"湘公子"和车夫、船娘、男侍数人、女侍数人，三是以湘君和女子甲、湘公子和女子乙、车夫和船娘、每一个男侍和每一个女侍相偶配对、相携狂舞，实际上是各各恋爱。湘君乘车而来，妇女坐船而至，先是湘君和女子甲互诉衷肠，女甲唱道："美要眇兮宜修，沛吾乘兮桂舟。令沅湘兮无波，使江水兮安流。望夫君兮未来，吹参差兮谁思！"而湘君出现在面前，答以恋歌："捐余玦兮江中，遗余佩兮醴浦，采芳洲兮杜若，将以遗兮下女，时不可兮再得，聊逍遥兮容与！"二人携手往花草丛中走去了。然后是湘公子和女乙的恋歌对诉，女乙："沅有茝兮醴有兰，思公子兮未敢言，荒忽兮远望，观流水兮

潺湲。糜何食兮庭中！蛟何为兮水裔！"湘公子闻听后誓言："朝驰余马兮江
皋，夕济兮西澨，闻佳人兮召予，将腾驾兮偕逝。"最后，全体载歌载舞，将
本幕戏剧推向高潮。由于人物的增加和人物关系相对多重化，单纯的抒情诗
变为爱情故事的叙写，而且，在戏剧性的叙事中，人物形象亦变得鲜活起来，
塑造了风流倜傥、多情敏感的湘君和湘公子，塑造了哀怨柔婉、热烈而忠贞
的女性形象。诗歌中除了叙事诗具有故事情节和塑造人物形象外，基本以抒
情为主，而戏剧本属于叙事性文学，其戏剧性是通过曲折的故事情节、集中
的戏剧冲突、鲜明的人物形象等叙事性要素实现的。这在闻一多的《九歌》
古歌舞剧改编中基本得以体现。原诗中的《湘君》和《湘夫人》只是单一的
人物，所以没有所谓人物关系，自然不能构成戏剧冲突。当闻一多艺术化地
重新处理了诗中人物和人物关系后，主人公的情感有了特定的对象，人物关
系相对复杂化而构成特定的人物环境，人物之间得以进行情感互动，由此而
形成一定的故事情节，诗歌的抒情性转化为歌舞剧的戏剧性。他在《大司命》
中增加美人数人和司阍二人，在《小司命》中增加六岁孩儿和美人十余人，
《河伯》中有了少女，《山鬼》中有了公子。在《东君》一章中更是增加了一
群农民，当东君现身、东方日出时农民在各自的岗位上开始工作，"在共同的
节奏中，劳动人类的热情，汇成一股欢乐的洪流——热和力的交响乐"。这就
凸显出日神东君和人类的关系，歌颂了人类的劳动精神，赋予《九歌》以更
伟大的意义。其次，诗歌语言动作化，诗歌内容表演化，以动作性语言和表
演性动作强化而造成鲜明的戏剧性。诗歌用以朗诵，戏剧则用来表演；诗歌
语言可以是纯粹的名词或形容词，而戏剧语言必须具有动作性和动作的连贯
性，因为只有在人物的行动中才能够构成叙事性，戏剧才有故事情节。不仅
戏剧中的对白具有动作性，而且作为抒情性的唱词也与情节密切相关，或渲
染着环境气氛，或推动着情节的发展。闻一多之功在于把纯粹歌词的《九歌》
既转化为戏剧中的动作性语言，又转化为表演性的动作本身，随着诗歌语词
的进度同时展开戏剧的场景和连续的演出动作。上举"迎神曲"中的楚王在
祭祀过程中献玉、荐牲、奠酒及群巫起舞的铺陈，就是闻一多从《东皇太一》
歌词中演绎出来的。《〈九歌〉古歌舞剧悬解》本身是剧本，可以作为演出的
脚本，闻一多在戏剧的推演和歌舞中随时插入动作的说明，以作为演出时的
背景和动作提示，如《东君》一幕中，唱词"思灵保兮贤姱！"，青年们合
舞，舞蹈对应着合唱，"翾飞兮翠（曾羽），展诗兮会舞，应律兮合节！"歌
与舞合拍，歌转为舞蹈。当唱到"灵之来兮蔽日"时，闻一多有背景说明：
这时日轮早已不见了，天色渐暗，人群在悠扬的牧笛声中陆续散去。其实，

《九歌》中的歌词本身就多带有动作性，如《东君》中的"青云衣兮白霓裳，举长矢兮射天狼（开弓向天空射去，一颗流星坠下），操余弧兮反沦降，援北斗兮酌桂浆（翻转身来举起酒都狂饮）"。如果说这有歌词本身的动作表示，还有的则是闻一多的体察，仿佛导演似的，在该显示动作的时候就引导演员做出特定情景下的动作表演，如《少司命》中，少司命在众多美人中只对美人甲有兴趣，于是美人甲唱道："秋兰兮青青，绿叶兮紫茎，满堂兮美人，忽独与余兮目成！"伴以动作（一步一步地打着退，像是要躲入室内，忽然一闪身，又到了院中心）。这里闻一多要求复唱最后一句："忽独与余兮，与余兮目成！"（挤着眼，妖媚地笑着）少司命终于被引进了室内。过了好久，司命出来然后离去，众美人追之不及，而美人甲凄然地靠在门边，众美人愕然地望着美人甲，美人甲唱道："入不言兮出不辞，乘回风兮载云旗，悲莫悲兮生别离，乐莫乐兮心相知！"经过闻一多这样的处理，我们可以说《少司命》就有了"戏"，戏中有情，由情生事，上演了一出少司命和美人之间完整的爱情戏，注目、引诱、被引诱、合好、离别、悲伤、快乐以及离别之后的思念，美人的哀怨、担心、牵挂："荷衣兮蕙带，儵而来兮忽而逝，夕宿兮帝郊，君谁须兮云之际？"司命的愿望、失意和以歌消愁："与女沐兮咸池，晞女发兮阳之阿，望美人兮未来，临风怳兮浩歌！"一首哀婉动人的爱情诗在闻一多笔下成为一幕曲折有致的爱情剧！如此艺术处理后的《九歌》已经不再是诗歌而是戏剧，如此处理后的歌舞剧具有了更鲜明的戏剧性。

第三，诗意化的戏剧氛围渲染和戏剧场面描绘。《九歌》本是诗歌，闻一多本是诗人，《九歌》本是郊祀意识上表演的歌舞乐歌的歌词，闻一多以诗人的艺术视角还原为歌舞剧时，既保持了《九歌》本身的诗意美，又注入了他在艺术感悟中自我的诗意美，两相结合，不仅没有因为改变为戏剧而削弱诗意特性，反而进一步强化了《九歌》的诗意美。《〈九歌〉古歌舞剧悬解》在展示歌舞戏剧美的同时继续展示了作品的诗歌美，特别赋予了戏剧以葱茏浓郁的诗意，或者说，在闻一多这里，歌舞戏剧美和诗歌诗意美合二为一，体现了这部二度创作的整体艺术美。闻一多在将《九歌》戏剧化的过程中，并没有改变诗歌本身，剧中人物和神祇的乐歌唱词仍然是《楚辞》中"原汁原汤"的语词，保留了屈原的原始诗歌语言。这里所说的戏剧诗意美主要是指闻一多从《九歌》内容出发，在戏剧中对郊祀仪式的诗意化渲染，对娱神表演时戏剧氛围的诗意表现，对具体戏剧场面的诗意化描绘。这基本是闻一多在剧本中所添加的叙述性和说明性文字，这些叙述性和说明性文字不仅仅是"叙述"和"说明"，而且简直就是一首首的诗歌。"迎神曲"一幕中，闻一多对东皇太一降临时祭祀仪式场景的描绘可以说有声有色、有形有象，"声"是那愈来愈响的鼓声和歌声，"色"即照亮天边的"神光"和那烘托东皇太一的五色香云，"形"为可见的以楚王为中心的文武百官和男女群巫，"象"可谓若隐若现的主神东皇太一，这些"声、色、形、象"综合起来构成一幅色彩斑斓的画面和一曲激动人心的交响乐，以此营造郊祀仪式和《九歌》古歌舞剧演出的整体氛围，给人以视听觉相综合的美感。戏剧作为叙事性艺术，人物活动和情节发展自然离不开环境和场面，在小说中可以有大量的环境和场面描写，有以语言描绘特定的环境和场面，而戏剧的戏里环境和戏剧场面应该是在舞台上直接呈现在观众视觉中，作为剧作家在剧本中的环境描绘主要有说明舞台设计的能力。闻一多在一般仅仅是说明性的戏剧环境和场景的舞台设计介绍中，却不限于说明、介绍和简单的描绘，而是结合《九歌》内容和郊祀仪式的氛围，在每一幕中都以诗意化的笔触描绘出一幅幅情景交融的艺术画面，无须在舞台上领略，仅在剧本文字中就欣赏到与《九歌》相媲美的诗意美、意境美。且看《云中君》一幕的背景"说明"："暮霭深了。最后的斜阳睨视在黄龙镇上，微风中鳞甲不时闪着金光，黄龙蠕动了。地面彩筵上陈列着盛馔。一群彩衣的少女在环绕着旗杆拜祷。她们在夸耀她们自己的美丽，说是经过了挑选又挑选，代表她们全族来向这位神明谢恩的。为了一年的雨露，深所赐给她们的膏泽，她们族人——全体高阳氏的苗裔，今天已经把她们所有值得献出的都献出了，包括她们的青春。在她们这是何等的光荣！为了保证这光荣，为了她们这份虔诚，不致遭到万一的拒绝，她们还精心地修饰了自己……"《九歌》中的"云中君"是雨神，闻一多从古籍记载中考订云中君又即黄帝，所以，剧中渲染了黄帝的苗裔带着感恩的情怀来迎接云中君，美丽的少女们精心修饰出最美丽的形象，代表全族人民来陪伴带给人类膏泽的雨神和始祖。包括剧中插入的其他文字，闻一多均以诗意化的语言抒写出云中君与人类的密切关系，如歌词中所唱的，既歌颂了云中君"览冀州兮有余，横四海兮焉穷"，又赞美了代表人类美的少女们"浴兰汤兮沐芳，华彩衣兮若英"。歌舞剧所出言的是人与神的关系，闻一多准确地把握了人类与云中君的关系实质，以与美丽的少女们同样的虔诚心描绘了云中君降临时的画面和少女们渴盼云中君的心情，画面中有景有人更有情，闻一多的描绘是和《九歌》的表现交相辉映，具有同样的诗歌美。当然，闻一多在戏剧中的描绘性说明语言是散文语言而不是诗歌，但作为诗人，即使在散文化语言中也能体现出诗歌语言的美和诗歌的意境美。闻一多在诗歌理论中曾经提出诗歌有四大元素即"幻象、感情、音节、绘藻"①，又主张"三美"即"音乐美、绘画美、建筑美"②。这不仅体现在他的诗歌创作中，还体现在《九歌》古歌舞剧中，在剧中他有意识地贯穿了这些诗歌美的要素，在戏剧场景的描绘中体现出画面的美和音响美，诗歌的"幻象"美更和《九歌》中的奇诡迷离的神话相合，呈现《九歌》神话的同时在他的描绘中见出别样的诗意特色，即幻象、色彩、画面、节律的组合。典型如《山鬼》一幕的背景描绘："山坡上黑黝黝的竹林里，歇着一辆豹车，豹子是火赤色的，旁边睡着一匹狐狸，身上却有着金钱斑点。对面，从稀疏的竹子中间望去，像一座陡起的屏风，挡住我们视线的，便是那永远深藏在云雾中的女神峰——巫山十二峰中最秀丽，也最娇羞的一个。林中单调的虫声像是我们自己的耳鸣。蓦地一声裂帛，撕破了寂静，'若有人兮山之阿'，回声像数不完的波圈，向四面的山谷扩大——'山之阿，山之阿，山之阿……'一只蝙蝠掠过，坡下草丛中簌簌作响。"这就把《山鬼》中的诗歌氛围形象化，物象色彩、景物画面、动静结合、情景交融，先构成一幅人将与鬼恋的幽深玄邈、神秘瑰丽并略带有恐怖色彩的景象，营造了一种独特的诗歌意境美，而这样的意境却戏剧化，在戏剧演出中表现了闻一多所描绘出的诗意美。如《国殇》中他对那战争、鼓声、失败、庆祝、哀悼的国殇歌舞场面的描绘，准确地传达了《九歌》的情感主旨，尤其为戏剧的演出创造了可操作性的舞台设计。文学中的文体在艺术美的层面本来就是相通的，戏剧虽然主要为叙事性文学，但不排除诗意化的表现，诗意美可以进一步强化了戏剧氛围的渲染和戏剧场面的美学效果。《〈九歌〉古歌舞剧悬解》体现了闻一多以诗人的艺术思维突出了从诗歌到戏剧的艺术理想，在戏剧中表现了《九歌》本身的诗歌艺术美和自我敏感的古歌舞剧演出的诗意美，使戏剧美和诗歌美有机地结合起来创造出新的艺术美世界。

　　从楚郊祀的仪式场面和娱神乐歌演出到屈原的《九歌》，从《九歌》到闻一多的《〈九歌〉古歌舞剧悬解》，原始的歌舞剧经过两千多年以戏剧形式再度呈现。从诗歌的《九歌》到歌舞剧的《九歌》，闻一多以戏剧形态呈现了《九歌》的诗歌美，从戏剧结构的设置、戏剧性的强化和戏剧环境的诗意描绘等几个方面表现了古歌舞剧的原始形态。面对闻一多的《〈九歌〉古歌舞剧悬解》，我们不能不疑问，是"还原"，还是"想象"？在此，我们把《〈九

---

① 闻一多致吴景超信［M］//闻一多.闻一多全集：第12卷.武汉：湖北人民出版社，1994：i56.
② 闻一多.诗的格律［M］//闻一多.闻一多全集：第2卷.武汉：湖北人民出版社，1994：141.

歌〉古歌舞剧悬解》纳入"古典诗歌美的还原"中。闻一多却题作"悬解"，一个"悬"字固然说明彼此时代相隔的遥远，也透露出闻一多即使是要"还原"但也包含了想象的成分。这就出现了"还原"和"想象"的矛盾、历史真实与艺术真实的关系问题。我们说，闻一多的出发点和最终目的是要"还原"《九歌》的真实原始形态，但毕竟是艺术作品，在历史真实基础上进行合乎历史逻辑的想象，对《九歌》予以加工和改编，亦是符合艺术创作规律的。《〈九歌〉古歌舞剧悬解》毕竟不是纯粹的艺术创作作品，也不是纯粹的学术研究论著，闻一多是以艺术作品的形式展现学术研究成果的，所以，虽然是"悬解"，却建立在他对《九歌》、《楚辞》、楚文化、中国神话、中国文化的学术研究基础上，以考据学为方法，曾对《九歌》文本和围绕《九歌》的历史文化背景进行过大量实证性的考据学研究。这样，我们有理由相信《〈九歌〉古歌舞剧悬解》中"还原"的真实性，是以还原为主、"悬解"为辅，是"还原"的成分大于"想象"的成分。或者也可以说，他是以"还原"为"体"，以"想象"为"用"，出于恢复郊祀歌舞剧的原始形态而遵循历史真实原则，出于表现戏剧艺术美时就调动诗人的艺术想象力，两相结合但分主次，达到了双重的效果：一是真实的历史还原的学术效果，二是诗意化歌舞剧的美学效果。我们阅读《〈九歌〉古歌舞剧悬解》时，既可以把它读为《九歌》研究的学术性"论著"，又可以把它欣赏为诗歌艺术和戏剧艺术。从这个角度说，闻一多的《〈九歌〉古歌舞剧悬解》是一种学术和艺术交汇的完美独创！

《诗经》和《楚辞》，作为中国最早的诗歌形态，向来以"诗骚"并称，在艺术上共同开创了中国古典诗歌的美学传统。但"诗骚"本来的诗歌艺术美在漫长的历史中被遮蔽，所以，闻一多在研究中把"诗骚"的原始美还原，把《诗经》从"经"还原为"诗"并在内容上还原为情歌，在形式上还原为民歌；把《楚辞》中的《九歌》从诗歌还原为古歌舞剧并在戏剧美中渗透诗意美。本书以《诗经》和《九歌》为例可以看到闻一多对古典诗歌美的还原，正是在《诗经》和《九歌》美的还原中体现了闻一多古典诗歌研究的追求层面，在古典诗歌美的还原中可见闻一多自己的诗歌美学观，即诗歌以情感为内核，艺术上具有音乐节奏感和画面形象美，歌与诗并重，诗歌中贯注诗人的艺术想象，保持本真的原始美和民间歌谣美的清新自然风格。

第二节　古典诗歌美的发现

　　美是主观的，还是客观的，或者是主客观统一的，这在美学界曾经有过长期的争论。如果撇开关于美的本质的玄学争论，落实到具体对象看其是否美，不仅会出现主客观的分离，如客观对象本来的美不能被主观感知或客观对象本无美可言而主观上却觉得美不胜收，而且主观世界之间也会对客观对象的美产生分歧，这分歧既产生在"对象美，还是不美"，又产生在共同感知的对象美"其美在何处"，所谓"一千个读者就有一千个哈姆雷特"是指对同一审美对象的不同主观感知。已经成为客观审美对象的中国古典诗歌，既有其本来的美，又有千百年来无数读者眼中不同的美。闻一多对古典诗歌美的还原，应该说是恢复了古典诗歌本来就具有的美的本体面相，但这仅仅是完成了欣赏古典诗歌的第一步，绝不意味着呈现出古典诗歌全部的美。古典诗歌艺术本体的美是由诗歌的情感美、想象美、思想美、意象美、节奏美、画面美、形体美、风格美等丰富多彩的美构成。美的对象需要一双美的眼睛来发现，需要一颗美的心灵来欣赏，更为重要的是能够以美的眼睛发现古典诗歌所蕴藏的无穷魅力，只有发现了美，才能欣赏美。闻一多在研究中烛照古典诗歌美的第一步是还原古典诗歌本来的美，第二步就是在还原美的基础上进一步发现古典诗歌本有的美，发现古典诗歌所蕴藏的多样化的艺术美。古典诗歌客观的美引起闻一多主观的艺术美敏感，他对古典诗歌美的发现或可谓美的主客观统一。在古典诗歌美的发现旅程中，闻一多所获甚为丰厚，既触及中国诗歌史的主要诗歌对象和诗歌类型，又在每一类诗歌对象上都有所发现。他发现了《诗经》在内容和表现形式上原始的美，发现了《楚辞》中《九歌》的美的奥秘和《九章》中美的真伪，发现了汉代本为卜筮卦辞的《焦氏易林》（简称《易林》）所蕴藏的诗歌美，发现了中国古典律诗中美的质量，发现了唐代的唐诗文化美。有的是闻一多第一次发现的，有的是在前人发现基础上的再发现。闻一多古典诗歌美的发现成果极大地丰富了中国古典诗歌美学的园地，为欣赏古典诗歌提供了宝贵的诗歌美学参照。

　　发现是科学创造和艺术创作活动的一种重要方式，也是学术研究创造性的一种体现。所谓发现，是指对象本来就存在，但不为人所知，或习焉不察，或视而不见，有独具慧眼的主体，或主体经过有意识的探索和研究首先发现对象的"存在"和对象的价值，因而做出了开创性的科学发现、艺术发现、思想发现或学术发现。发现和发明相对，发明是指对象本来不存在，但在人类需要的刺激下利用已有对象材料创造出新的对象。如在自然科学领域，物质世界化学元素的发现、天文学里新的星球的发现、生物学里新物种和新细胞的发现等，这是科学研究领域"发现"的范畴，利用大自然提供的材料，经过人类智慧的创造，制造出如新兴的交通工具、实用的电器产品以及人类广泛使用的各种物质世界并没有现成提供的产品，包括严格意义上的艺术创作，都属于"发明"的范畴。人类文化的创造和发展既是不断发现的过程，也是不断发明的过程，发现和发明共同构成了人类活动的基本创造机制和创造方式。在学术研究领域，凡创造性的学术研究成果同样体现为发现和发明这两种方式，新思想、新学说、新理论的提出是研究主体创造性精神活动过程中的发明成果，而对文化典籍里已经蕴涵的新思想、新学说、新理论的发现，同样属于精神世界的创造性活动。以此衡量闻一多一生之于诗歌艺术美的关系，可以说，他的现代诗歌创作成果如《红烛》和《死水》是属于诗歌艺术美的"发明"性创造。在学术研究领域对古典诗歌里所蕴含的艺术美的研究，属于"发现"的层面，"发现"美不同于创作中的"发明"美。创作中的"发明"美如闻一多所创作的音乐美、绘画美、建筑美完美结合起来，音节和谐、辞藻华丽的、诗句和诗节均齐的并以白话文表达的《死水》类格律化诗歌，在中国诗歌史上是前所未有的，是现代白话新诗美的创造；而古典诗歌美的"发现"意味着从《诗经》到《楚辞》、从《乐府》到《焦氏易林》乃至唐诗，已经是古代诗人的美的创造，本来就蕴涵着多样化的艺术美，闻一多在研究中所做的就是把那些习而未察、视而不见的美发现出来。

古典诗歌艺术美的发现，需要的不仅仅是一双能够发现美的眼睛。创造性的科学发现、艺术发现、学术发现作为一种创造性的主体精神活动，既需要主体富有创造性发现的必要心理机制，又需要形成一个由动态的发现过程构成的精神活动结构，包括发现过程中的方法、发现的结果即发现内容、发现的影响及意义。闻一多对古典诗歌美的发现亦是因为他具备了发现美的机制，不仅是他学术研究的成果，而且是他整体精神的调动，以有效的方法在整个古代诗歌的学术研究过程中做出了多样化的美的发现，在古典诗歌领域具有相当的意义。

从发现机制看，首先，闻一多敏锐的艺术感觉、丰富的创作经验、深厚的美学修养使他有了一双能够发现古典诗歌艺术美的"眼睛"，当完成古典诗歌的文本和诗本的还原后，就以诗人和艺术家的敏感从艺术美的视角看取古典诗歌，由此发现古典诗歌的美。天性富有的艺术敏感和诗性思维既决定了闻一多从一开始就走上艺术之路，从修习美术到诗歌创作，包括在各艺术门类中的发展，决定了他在学术研究中以古典诗歌为主并主要从艺术美的视角研究中发现古典诗歌的美。虽然他一度陷于古典诗歌的考据学研究中，但"故纸堆"终究没有闷熄他艺术的"灵火"，① 至少在古典诗歌美的发现中体现了他的艺术"灵火"，只有凭借其精神中的艺术"灵火"才能自觉地去发现古典诗歌的美。闻一多诗歌创作更多受到古典诗歌的影响，他的新格律诗主要吸收了古典格律诗的艺术特质，诗歌意象的运用、艺术表现的手段和整体的审美理想、艺术精神都有古典诗歌的深刻烙印。他的诗歌走过了一条从古典诗歌到现代新诗创作、从诗歌创作到古典诗歌研究、从诗歌文本诗本还原到全面发现和欣赏古典诗歌美的完整的诗歌轨迹。从最初的古典诗歌美的感受到经过学术研究而理性地发掘古典诗歌的美，构成了闻一多古典诗歌艺术美的"发现之旅"。所有这些构成了闻一多发现古典诗歌美的内在的艺术机制。其次，闻一多深厚的学养基础和敏锐的学术见识构成他发现古典诗歌美的学术机制，这保证了他把握古典诗歌美的全面性和准确性。因为古典诗歌毕竟已经远离现代，而古典诗歌的艺术体制形成于创作时的历史文化氛围中和各个历史时代的审美理想中，所以，单单从艺术美的角度还不足以全面准确地把握古典诗歌的美，也就是说，研究主体仅仅具备一双发现美的眼睛还远远不够，需要具备在学养基础上相当的学术见识。章学诚曾经提出历史学家应该具备"德、才、学、识"品格，其实任何一个学者都应该具备这四种品格，以此来看闻一多古典诗歌美的发现，便是"德、才、学、识"品格的综合体现。能够不断发现古典诗歌的美，是他"才"的直接体现，而发现美离不开"学"和"识"。"学"既指闻一多的学养基础，包括古代诗歌、古代文学、古代文化诸多方面的学养积累，也指闻一多古典诗歌、古代文学和古代文化方面的学术研究。这两方面的"学"落实到古典诗歌美的观照上面，保证了他对古典诗歌美的发现不会是浮面的，而是深入古典诗歌的内在美层面，最后的发现结果也不会是肤浅的，而是具备深厚的学术底蕴，在此意义上，学养和学术研究成为他发现美的"后盾"。在此基础上最重要的是要有见识，"发现"在思维的深层而言，体现的实际上就是见识。主体对象特定内容的发现是以先在的见识为前提的，先有"识"，然后在"识"的基础上发现。

---

① 闻一多在 1930 年 11 月 7 日写给饶孟侃的信中说到自己由于从事古籍考据学研究而放弃了诗歌创作，感慨道："故纸堆终竟是把那点灵火闷熄了。"[M] //闻一多. 闻一多全集：第 12 卷. 武汉：湖北人民出版社，1994：251."故纸堆"暂时闷熄的是诗歌创作的"灵火"，并不意味着全部的艺术"灵火"被"故纸堆""闷熄"，事实上他对古典诗歌美的发现相当程度上仍然凭借这"灵火"。

应该说，闻一多在学养积累和学术研究的基础上练就了自己的学术见识功夫和培养出相当的见识能力，不仅"见多识广"，而且能够"见所未见"，不仅能够"识别"每一首古诗的美与不美之处，而且能够"识破"古诗之所以美的奥秘。所以，闻一多的"学"和建立在"学"的基础上的"识"是他能够发现古典诗歌美的内在保证。最后，文学史家的视野和文化思想家的敏锐使闻一多在才学和见识基础上能够更深刻地洞察古典诗歌的美，敏锐的思想赋予他历史洞察力和对诗歌文本的穿透力，这构成了他发现古典诗歌美的历史文化机制。诗歌固然以美为理想，但诗歌的美不仅美在艺术形式上，而且美在思想内容上，诗歌美总是附丽于诗歌的整体世界里。内容的美主要体现在诗歌所表现的"史"和"思"之中，作为美的发现者，闻一多的主体精神中已经具备了史家视野和思想家视角，这保证了诗歌美发现的历史广阔性和思想的深刻性。在闻一多的学术意识中，诗是和史、思始终密切结合在一起的，这决定了闻一多无论作为诗人还是作为学者都具有自觉的史家意识和思想家素质。史家意识表现在诗歌美学研究中，一方面，他在不同时代的诗歌里发掘不同时代的审美意识，发现《诗经》和《楚辞》的审美意识既有地域文化的差异也有时代文化的区别，发现唐诗的审美理想和《诗经》《楚辞》的审美取向体现出历史的演变性；另一方面，在每一首诗歌中发现所表现的历史文化内容。作为思想家的闻一多，在诗歌美学研究中，既以思想家的敏锐性穿透诗歌文本发现古典诗歌深层所蕴含的深刻思想，又从文化思想角度解读古代诗歌而发现古典诗歌的思想美。从闻一多的整体学术世界可以看出，他既是诗人型学者，又是史家型学者和思想家型学者，这同时也构成了他发现古典诗歌美所具备的主体机制。总体上说，其发现机制的结构为：在"学"的基础上"才""识"结合、"史""思"结合。他既具备艺术家的敏感又具备思想家的敏锐，同时在长期的学术研究中培养出历史洞察力，这些落实到古典诗歌美的发现中，就不仅能够发现表面的美，而且能够穿透文本文字的表层而发现最深层的美。

闻一多具备了发现美的内在机制，中国古典诗歌中的《诗经》、《楚辞》、汉乐府、《易林》、唐诗等代表了中国诗歌中最美的部分，这样，闻一多一旦进入古典诗歌领域就意味着他进入了诗歌艺术美的"发现之旅"中，自我发现美的机制和客观的古典诗歌美"一拍即合"，主客体结合后，闻一多开始了漫长的古典诗歌美的发现过程。这一发现过程可分两个时期，即前学术研究时期和学术研究时期。

所谓前学术研究时期，是指闻一多正式开始古典诗歌学术研究之前，主要从学养积累角度欣赏和吸收古典诗歌的美，这个阶段伴随了他的艺术学习过程和诗歌创作、诗歌理论的建构过程。闻一多对古典诗歌的研读应该是从少年时期就开始了的，到清华读书时更是集中阅读和欣赏了中国诗歌史上各时期的诗歌类型，这从他作于1916年的《二月庐漫纪》和1919年的《仪老日记》中可以看出。在《二月庐漫纪》这部早期的读书札记中，闻一多记录阅读中国古代史书和诗文的感想，其中涉及大量的古典诗词歌赋，虽然不尽是从诗歌艺术和美学角度读诗，但多谈诗人遭际和诗歌功能以及诗人的人品与诗品关系等。既然为古典诗歌，其中的美学内涵当然会引起闻一多的审美意识，在比较中鉴别诗歌的艺术高下，如谈到"吾乡闵佩锷者"，谓其"诗有清才"，"囊尝读其《茶余清课》诗集，琳琅满目，美不胜收。近复得其《咏渔舟》云：'一夜蒲帆雨后收，芦花浅水便勾留。任他前处风波恶，只傍垂柳下钓钩。'语亦可味。"他又比较了清徐电发的《十八滩》"万壑千峰送客舟，槎牙怪石水交流。岭猿莫更啼深树，只听滩声已白头"和李白的《下江陵》"朝辞白帝彩云间，千里江陵一日还。两岸猿声啼不住，轻舟已过万重山"，闻一多从中看出同中之异，谓："同一机局，而不相袭，此古人山用意处。"诗歌艺术鉴赏一方面是异中见同，在不同的诗歌中总结出共同的美学规律，另一方面，同中见异，在相类的诗歌中发现其艺术上的差异，这更需要鉴赏者细微敏锐的艺术触觉，如闻一多读古典诗歌中咏梅诗的艺术敏感之处："近所见咏梅之作，当以庾之山之'枝高出手寒'，东坡之'竹外一枝斜更好'为上。林和靖之'雪后园林才半树，水边篱落忽横枝'，高季迪之'流水空山见一枝'亦善。至高绩古之'舍南舍北雪独存，山外斜阳不到门。一夜冷香清入梦，野梅千数月明村'，可谓传神好手。沈得舆有联云：'独立江山暮，能开天地春。'气骨豪迈，有举头天外之慨，脱尽咏梅恒径。萧千岩之'百千年藓着枯树，一两点花供老枝'，则奇崛可惊。朱希真词云：'横枝清瘦只如无，但空里疏花数点。'亦得梅花之神。"① 这可谓闻一多最早形之笔墨的古代诗歌美的鉴赏文字，虽然只是寥寥几笔的点评，但已经表现出他的艺术敏感和发现诗歌美的潜质。值得注意的是在《二月庐漫纪》中谈到《诗经》，可谓他后来研究《诗经》的萌芽，在此闻一多主要讨论了《诗经》中的所谓"淫诗"，他列出从《桑中》到《月出》等七首《毛诗序》以为"刺淫"和从《静女》到《野有蔓草》等十七首《序》本别指他事的诗歌，这两类诗歌

① 闻一多.二月庐漫纪［M］//闻一多.闻一多全集：第2卷.武汉：湖北人民出版社，1994：259.

《朱传》均以为"淫者所自作"，闻一多对此做出少年思想认识水平时期的评说："夫以淫昏不检之人，发而为放荡无耻之词，而其诗篇之繁多如此，夫子犹存之，则不知其所删何等一篇也。夫子之言曰：'思无邪。'如《序》者之说，则虽诗词之邪者，亦必以正视之。如朱子之说，则虽诗词之正者，亦必以邪视之。文公其合九州之铁，铸一大错耳！"① 这完全是在传达传统儒家经学观点，和他后来的《诗经》主要为"情诗"说大相径庭，与他后来所作《诗经的性欲观》中观点更有天壤之别。时为 1916 年，闻一多完全秉持传统《诗经》观亦属时代情理，尽管眼光不是纯粹诗歌艺术的，但他能够意识到《诗经》所谓"淫诗"的内容，亦属深入了《诗经》内核。《二月庐漫纪》所体现出来的闻一多对古典诗歌的研读基本处于性之所至、杂乱无章的阶段，随后如在 1919 年《仪老日记》中透露出来的内容，则标志着闻一多研读和欣赏古代诗歌步入了系统性阶段，立志读诗自清明以上、溯汉魏先秦，计划中的诗集包括了《清诗别裁》《明诗综》《元诗选》《宋诗选》《全唐诗》《八代诗选》。② 这样长期、大量的古代诗歌研读，于闻一多自然产生了显著的效果：一方面，培养了他对古典诗歌的浓厚兴趣，积累了对古典诗歌的丰富审美经验，提高了对古典诗歌的鉴赏能力；另一方面，正是在从最初率性选择到后来的系统研读过程中，闻一多感受了古典诗歌的美，初步发现古典诗歌特有的美质，为他以后在学术研究中更为系统的美学发现做了必要的准备和奠定了基础。在前学术研究时期的古典诗歌美发现成果亦有显著的体现，一体现在新诗创作和诗歌理论的建构中，二体现在初步的学术研究中。正是建立在古典诗歌阅读过程中对诗歌美的感受和发现上，闻一多在现代诗歌创作中大量地吸收了古典诗歌美的特质和要素，其诗歌作品散发出浓郁的古典诗歌色彩。《红烛》集中的诗主要体现了闻一多对中国古典诗歌意象的袭用，虽然属于中国现代诗歌范畴，是以白话文创作的自由诗，但其中充满了中国古典诗歌意象，如《李白之死》《剑匣》《孤雁》《忆菊》《红豆》组诗等众多诗歌都是由古典诗歌中的意象群落构成，包括诗集题名和诗集序诗的《红烛》，无疑也是中国古典诗歌意象。这固然表现出闻一多尚未形成自我独立的诗歌意象，但也表明古典诗歌美对他初期创作的鲜明影响。这些意象自然是他在长期古典诗歌的习染中所发现的，之所以能够出现在他的新诗创作中，

---

① 闻一多. 二月庐漫纪 [M] //闻一多. 闻一多全集：第 2 卷. 武汉：湖北人民出版社，1994：265.

② 闻一多. 仪老日记 [M] //闻一多. 闻一多全集：第 12 卷. 武汉：湖北人民出版社，1994：421.

是因为这些意象本身的美深在他的艺术思维结构中，在诗歌创作中自然流露从而转化为自己的诗歌意象，其前提是他对古典诗歌意象美的发现。如果说《红烛》主要袭用美的意象而仅得古典诗歌之"形"，那么《死水》集中诗则主要从自我社会人生体验出发立象尽意而创造出独立的意象群落，对古典诗歌美的吸收不再是简单的袭用而是化用并从整体诗歌体制上吸收古典诗歌美的特质，由此主要得古典诗歌美之"神"，使古典诗歌美在《死水》中"形神皆备"。《死水》对闻一多所感受和发现的古典诗歌美的继承和化用主要体现在：一吸收古典诗歌的"歌"的传统，力求现代诗歌音节的和谐和旋律的优美，诗歌音乐美不是通过传统诗歌的押韵、平仄等手段造成的，而是得古典诗歌音乐美的神韵，以汉语特有的音尺组合成听觉的节奏感；二吸收古典诗歌中"诗中有画"的传统，求得现代诗歌在色彩和辞藻方面的绘画美效果；三吸收古典格律诗的整齐美使现代新诗在形体上实现句的均齐和节的匀称，使其具有建筑美的视觉美感；四以最能够表现中国文化的诗歌审美意象来抒写自我独特的现代文化体验。这几方面都体现在《死水》诗集中，可以看出闻一多即使在自我高度成熟的现代新诗创作中仍然保持了古典诗歌美的要素，《死水》是一部积淀了中国古典诗歌美质的现代诗集，其独特的成就包含了闻一多对古典诗歌美精髓的把握。诗歌创作如此，闻一多的诗歌理论建构同样得益于古典诗美的发现，特别是他的新格律诗理论，一方面，体现了西方诗歌理论和现代新诗理论的影响因素，但另一方面有古典格律诗的深刻烙印，甚至可以说，新格律诗理论从根本上可以说是闻一多对古典格律诗的继承和发展。在诗歌艺术理想上，他追求的是中国文化范畴的以汉语言创作的民族诗歌艺术，所以就要从中国文化、中国艺术中的汉语言诗歌传统中寻求最美的诗歌特质，他发现格律诗仍然是古典诗歌中最美的诗歌体制，格律诗体制实际上成为闻一多新格律诗理论的立论基点。没有对古典格律诗的精心研读、深入探索和借鉴吸收，闻一多不会有新格律诗理论的完美建构。在提倡新格律诗之前，闻一多不仅已经有了深厚的古典诗歌基础，特别是对古典格律诗的大量研读，而且对古典格律诗进行了深入系统的研究，于1922年3月撰著了《律诗底研究》。联系闻一多的诗歌研读经历和对律诗的系统研究，我们可以发现了这样一条合乎闻一多艺术思维逻辑的、顺理成章的诗歌探索轨迹：古典诗歌特别是格律诗的研读—古典格律诗的系统研究成果《律诗底研究》—以《死水》为代表的新格律诗创作—《诗的格律》中新格律诗理论的建构。《律诗底研究》是闻一多正式转向学术研究之前唯一的一部研究古典诗歌的系统学术论著，尤其鲜明地体现了他对古典诗歌美的探究和发现，构成了他后来新格律诗理论的雏形和诗学观点渊源。就《律诗底研究》本身对古典格律诗美的发现，当然比体现在他诗歌创作和诗歌理论中的"发现"因素更为直接。作为闻一多最初的学术研究论著，《律诗底研究》主要阐述了闻一多对律诗美的发现，其核心发现为：律诗是中国诗独有的诗歌体制，代表中国艺术的特质，是最美的最艺术的诗体，并兼有古诗、绝句、乐府等诗体的作用。首先，闻一多在中国古代诗歌史多种诗体中独标律诗的美，并从诗歌史的发展演变背景中论述了律诗的缘起，这充分说明了闻一多对律诗美的赏识和他宏阔的诗歌史视野。经过研究，闻一多说："律诗底体格是最艺术的体格。他的体积虽极窄小，却有许多的美质拥挤在内。这些美质多半是属于中国式的。律体在中国诗中做得最多，几要占全体底半数。他的发展最盛时是在唐朝——中国诗最发达的时代。他是中国诗底艺术底最高水涨标。他是纯粹的中国艺术底代表。因为首首律诗里有个中国式的人格在。"①　也正因为他对中国诗歌史的熟悉和整体把握，所以，一方面，他在各个时代的各种诗体中能够选择出律诗体为中国诗歌中最美最艺术的诗歌体式，另一方面，他能够从诗歌史发展演变的角度探索、发现律诗的缘起，从而建立律诗与中国诗歌史的联系，在闻一多的发现中，律诗既代表了中国古代诗歌史最美的部分，又包含了古典诗歌格局其他诗体的美。在闻一多的考察中，无论律诗章的组织，还是句的组织，从五律的平仄到七律的进化，律诗都继承了从两汉到魏晋时期古体诗的特质，也就是说，古体诗已经赋予了后来律诗的艺术体制和艺术形式美。在此基础上，闻一多主要从律诗形式角度探究和发现律诗艺术形式的美，包括两方面：一是以句的对仗、章的"边帧"（限定八句）和章的"局势"（首尾两联平行并列，首尾各作一束）造成律诗形体组织的美；二是以"逗"（音尺）、平仄和押韵造成律诗音节韵律的美。这当然均为律诗客观具有的形式，不免老生常谈，但就闻一多而言，还是以自己发现美的"眼睛"来独立探究，并且为此在各部分中列举出大量诗歌实例。表面的形式美当然一目了然，重要的是透过表面形式发现其深层的美质。闻一多对律诗的研究没有仅仅限于外在形式的呈现，而是深入律诗的内核，重点揭示律诗的审美特质。在闻一多看来，律诗的审美特质正是由其形式美所决定的，诗的本质是抒情，这是闻一多一贯的诗歌信念，而律诗的形式正是最能够达到完美抒情的诗体，因为律诗具有"短练的作用""紧凑的作用""整齐的作

---

① 闻一多. 律诗底研究 [M] //闻一多. 闻一多全集：第 10 卷. 武汉：湖北人民出版社，1994：159.

用""精严的作用",这四方面是"抒情诗所必需之四条件",所以,"律诗实是最合艺术原理的抒情诗文"①。最后,闻一多从中国文化的高度,进一步发现律诗不仅是中国古典诗歌的代表,而且以其"均齐""浑括""蕴藉""圆满"的美学特质成为中华民族的代表,成为中国文化美的代表,成为中国艺术美的代表。律诗的创作虽然在20世纪初的文学革命中已经基本废除,闻一多也主要以现代诗人名世,但他对古典律诗仍然情有独钟,倾力精研细读,发掘其艺术美价值并坚信:"无论如何,律诗之艺术的价值,历万代而不泯也。创作家纵畏难却步,不甘尝试;律诗之当永为鉴赏家之至宝,则万无疑义。"②《律诗底研究》是闻一多鉴赏和发现律诗美的成果,为他正式转入学术研究而进一步研究和发现中国古典诗歌美奠定了思想认识和学术自身的基础。

闻一多古典诗歌美的"发现之旅"主要在他开始正式学术研究之后的研究过程中,前学术研究时期只是他古典诗歌美的感受和积累阶段,从初期的古典诗歌审美感受到学术研究所得,经过了现代新诗的创作和新诗理论的建构。从《律诗底研究》到《诗的格律》意味着古典诗歌向现代新诗发展,在新格律诗创作和理论思考后,闻一多于1928年前后转向古典诗歌的学术研究。正是在漫长的古典诗歌研究过程中,闻一多全面、系统、深入地发现历代代表性诗歌中所蕴含的诗歌艺术美,以他全部美的发现成果建立起古典诗歌美的体系。当然,美的发现离不开把握,古典诗歌美的发现是建立在闻一多对诗歌本来历史面目的还原基础上,所以,包括考据学方法在内的研究方法成为发现诗歌美的助益,因为发现的过程必然伴随着具体的研究方法即发现的方法,即使考据学方法也同样构成了美的发现方法中的一环。闻一多在古典诗歌美的发现过程中以多种学术方法所作出的发现结果正构成了美的发现内容,其中多有前人未发的内容,更不无古典诗歌美的重大发现。这些主要体现在他对《诗经》、《楚辞》、《易林》、唐诗的研究过程中,体现在"诗骚"之美、"易辞"之美、唐诗之美的发现内容中。

一、《诗经》中的诗美发现:从《歌与诗》的诗歌起源论反观《诗经的性欲观》

在闻一多古典诗歌美的烛照中,《诗经》不再是"经"而完全是"诗",

---

① 闻一多.律诗底研究 [M] //闻一多.闻一多全集:第10卷.武汉:湖北人民出版社,1994:158.

② 闻一多.律诗底研究 [M] //闻一多.闻一多全集:第10卷.武汉:湖北人民出版社,1994:166.

是中国古典诗歌美的源头，奠定了中国古典诗歌的审美意识基础。闻一多在《诗经》的朴学研究层面还《诗经》文本词义以本来面目，建立了完整而有效的《诗经》读法，继而在诗歌美的还原层面，从"经"还原为"诗"，并在内容上还原为情歌，在形式上还原为民歌，以情歌的内容界说和民歌的形式定位解构了《诗经》的经学意义，从诗歌角度揭示了《诗经》的"新义"。《诗经》"新义"在诗歌美的层面还有赖于闻一多进一步的研究和在研究中指出《诗经》诗美。当完成《诗经》从词义到诗本还原的研究后，具体诗歌美的发现顺理成章地成为闻一多《诗经》研究的主要对象。《诗经》之美带有诗歌的原始美，与诗歌的起源密切相关；《诗经》之美体现在内容上，与先秦社会、先秦民俗、先秦文化心理分不开；《诗经》之美体现在艺术表现形式上，不仅与"风雅颂"并列之"赋比兴"，而且有着上古语言修辞习惯的深刻烙印。由此，闻一多从诗歌起源到《诗经》的诞生，从《诗经》具体表现内容、从艺术表现形式及语言修辞角度发现了《诗经》本有的诗歌艺术美。

　　由于受制于语言记载的物质条件和流传过程的种种局限，中国最古老的诗歌已经不复存在并不可考，《诗经》成为最早的诗歌总集，同时也呈现出中国最早的诗歌形态。实际上，《诗经》已经是成熟的诗歌形态，完全不像是最早的诗歌。《诗经》的创作亦大不可考，历史记载为"孔子删诗"而没有说孔子"作诗"，孔子仅仅是充当了编辑汇总的编纂家角色。《诗经》的创作渊源何在，《诗经》之前的诗歌形态如何，这既是中国诗歌起源之谜，也是《诗经》学之谜，但这两个问题直接关系着《诗经》的美学形态，也决定了后世诗歌的审美取向。既然如此，我们可以以今例古，从近世诗歌推知《诗经》的诞生、从《诗经》逆推上古诗歌的起源。这大约成为古代诗歌研究的一种较为可行和运用普遍的方法，从研究家以先秦及汉以后的文献典籍为证来研究上古文化、艺术、诗歌中可以看出。闻一多在《诗经》的诗歌美探索中，亦着眼于诗歌起源来探索《诗经》的产生，从发生学角度研究和发现《诗经》的诗歌美学特性。闻一多认为，诗歌是从"歌"到"诗"，是"歌"与"诗"的结合，诗歌最早出于人类抒情的"歌"，随着文字的产生，才出现了主要以纪事为主的"诗"，"诗"与"歌"合流的结果是《诗三百篇》的诞生。可以想到，当原始人类既未产生语言、更没有形成文字的时候，只有生理学意义上的声音功能，但已经具有出于生理感觉基础的心理反应，感于外物而生情，最初的抒情自然反映到发声器官而发出特定的音调，这音调是人类最早的"歌"。这构成了闻一多为了观照《诗经》的美而考察诗歌起源的逻辑起点，以此为起点，他在《歌与诗》中详细考证了从歌到诗、歌诗合流的过程。闻一多认为原始人最初发出的出于抒情的声音是后世诗歌中以文字记载下来的感叹词如"啊""哦""唉"或"呜呼""噫嘻"之类,他说:"想象原始人最初因情感的激荡而发出有如'啊''哦''唉'或'呜呼''噫嘻'一类的声音,那便是音乐的萌芽,也是孕而未化的语言。声音可以拉得很长,在声调上也有相当的变化,所以是音乐的萌芽。那不是一个词句,甚至不是一个字,然而代表一种颇复杂的含义,所以是孕而未化的语言。这样界乎音乐与语言之间的一声'啊……'便是歌的起源。"① 闻一多进而从文字音韵学角度考察得出,"歌"就是"啊",还有后世歌词中的"猗"如《吕氏春秋·音初篇》所记中国最早的诗歌"候人兮猗!"和《诗经·伐檀》中的"河水清且涟猗!","歌""啊""猗"都从"可"声,在古代是发同样音的一个字分化出来的,包括"我"如《诗经·伐木》中"有酒湑我! 无酒酤我! 坎坎鼓我! 蹲蹲舞我!"和"兮",都是与"猗"同音可以相互代替的感叹字。由此说明,感叹字是歌者情绪的发泄,有声而无字,所以是音乐的抒情歌调。当文字产生,以包含实义的文字加入音乐的"歌"中时,感叹字反成为附属地位的虚字。从原始的抒情意味看,"感叹字确乎是歌的核心与原动力,而感叹字本身则是情绪的发泄,那么歌的本质是抒情的,也就是必然的结论了"②。"诗"则是文字产生以后才出现的,晚起于"歌",而且最初的"诗"的含义和现代意义上的"诗"完全不同。"诗"最普遍的含义是汉代的训"诗"为"志",闻一多认为"志"与"诗"原来是一个字,"志有三个意义:一记忆,二记录,三怀抱,这三个意义正代表诗的发展途径上三个主要阶段"。诗字训志最初指记诵,凭记忆口耳相传,这意味着诗的产生在有文字之前;无文字时专凭记忆,文字产生以后以文字记载代替记忆。无论记忆还是记载,都是以事为主,所以,闻一多认为,相对于"歌"的本质是抒情,"诗"的本质就是记事,"古代歌所据有的是后世所谓诗的范围,而古代诗所管领的乃是后世史的疆域"③。最初记事的诗出以韵文,随着散文的兴起,散文担当起了记事的任务,诗转而与歌合作。当诗与歌合作后,诗由专门记事转向抒情写意,其"情""意"是"诗言志"中"诗"和"志"的第三种含

---

① 闻一多. 歌与诗 [M] //闻一多. 闻一多全集:第 10 卷. 武汉:湖北人民出版社,1994:1.

② 闻一多. 歌与诗 [M] //闻一多. 闻一多全集:第 10 卷. 武汉:湖北人民出版社,1994:8.

③ 闻一多. 歌与诗 [M] //闻一多. 闻一多全集:第 10 卷. 武汉:湖北人民出版社,1994:11.

义"怀抱"。这样,最初分途发展的"歌"与"诗"在文字产生后渐渐合流,诗歌初起源于"歌",歌以抒情,诗以记事,从"歌"到"诗"、"诗""歌"合流后产生了原始的诗歌形态。在闻一多看来,《诗经》是产生在诗与歌合流的时候,或者说,《诗经》就是"诗"与"歌"合流的产物:"诗与歌合流真是一件大事。它的结果乃是《诗三百篇》的诞生。一部脍炙人口的《国风》与《小雅》,也是《诗三百篇》的最精彩部分,便是诗歌合作中最美满的成绩。"① 据此,闻一多按照"诗歌"演变不同阶段中的"事"与"情"的不同比例搭配而将《诗经》分出不同的类型:第一种是如《氓》《谷风》等,以故事为蓝本,留存着史传手法。第二种是如《斯干》《小戎》《大田》《无羊》等,平面式纪物。这两种类型仍然带有"诗"出的记事功能,但所记之事已经有了"歌"所带来的"情"的影响,"'事'是经过'情'的炮制然后再写下来的",所以已经不同于原始的"诗"。第三种类型是由《击鼓》《绿衣》以至《蒹葭》《月出》,"是'事'的色彩由显而隐,'情'的韵味由短而长,那正象征着歌的成分在比例上的递增"。至此,形成了《诗三百篇》的特质,即"歌诗的平等合作,'情''事'的平均发展"。闻一多的诗歌起源论是否准确姑且勿论,但通过"歌""诗"的文字学训释,考证了从最初的"歌"以抒情和"诗"以记事到"歌""诗"合流的诗歌起源过程,在考察了《诗三百篇》以前诗歌发展的大势后就《诗经》的渊源得出结论:"我们知道《诗三百篇》有两个源头,一是歌,一是诗,而当时所谓诗在本质上乃是史。"② 在这里,闻一多不仅发现了《诗经》的源头,而且发现了《诗经》的艺术美渊源,他从歌的抒情性看《诗经》,无论是内容层面的"情歌"还是形式层面的"民歌",都强调了"歌"和"歌"的抒情性,这是《诗经》作为诗歌的本性所在。至于"诗",作为晚于"歌"而起的、在文字产生后并以文字意义为内容的记事载体,之所以后来能够与歌合作,是因为诗本身所用的语言形式为韵文体。诗以记事为主,而记事的目的还在于"志"的本义即"记忆"(志,古字体从止从心,意为"停止在心上",即藏在心里、记在心上,也就是"记忆"),文字产生后,将需要记忆的内容记录下来便成为"诗",而为了便于记忆达到"记诵"的目的,所用的语言就采取了便于记诵的韵文。所以,闻一多说,"诗先天的是一种人为的语言","人为的语言——

---

① 闻一多. 歌与诗 [M] //闻一多. 闻一多全集:第 10 卷. 武汉:湖北人民出版社,1994:13.

② 闻一多. 歌与诗 [M] //闻一多. 闻一多全集:第 10 卷. 武汉:湖北人民出版社,1994:15.

目的便于记诵"，由此形成了早期"诗"的语言特征，闻一多总结为："1. 四言为主体；2. 重叠句法；3. 韵；4. 连环句法；5. 系数。"① 这样的语言特征当然也体现了先秦典籍中"文"的特征，但"文"逐渐散体化，不完全遵循这些原则，所以，更多体现了诗的语言特征，后来专属于韵文的诗以及诗与歌合流后的诗歌体。以闻一多所揭示的语言特征和他所发现的诗与歌合流的产物《诗经》相对照，《诗经》确实体现了便于记诵的人为语言特征。所谓"人为的语言"，相对于自然语言，其实就是一种艺术性的语言，如《诗三百篇》在创作成诗的过程中，诗歌语言总是经过创作者的加工，在表达意义的同时使之更合于"歌"的节奏和意味，其中必然保留了原始诗歌的意味和意义，保留了原始诗歌的艺术形态。闻一多所说四言为主体、重叠句法、韵、连环句法等在《诗经》中随处可见。如他在《诗风辨体》中对《国风》中的诗从诗歌体式方面进行分类，发现一百六十首《国风》基本由两种诗体构成，一是四言体七十六首，一是杂言体八十四首。杂言体当然是比四言体包含更丰富的诗歌内容，意义容量远远超过四言体，正如后来定型的五言体诗歌及更晚的七言体诗歌是对早期四言体的突破和超越，就《诗经》自身而言，杂言体自然在内容和形式方面都是对四言体的突破和超越。但杂言体晚于四言体出现，《诗三百篇》创作时代跨越了从西周前期到东周后期共五百多年，诗体自然会呈现出从简单到复杂的历史演变过程而最终形成多样化的诗歌体式。在早期四言体无疑占据着主体地位。四言体配合着重叠句法并合于音乐性歌调来抒发属于那个时代的情思和愿望。情思未必比现代简单，愿望困难更加强烈，但抒写所运用的诗歌体和诗歌语言相对而言简略、单纯，表现出早期诗歌语言和诗歌表现形式的特征。如《周南·芣苢》："采采芣苢，薄言采之。采采芣苢，薄言有之。采采芣苢，薄言掇之。采采芣苢，薄言捋之。采采芣苢，薄言袺之。采采芣苢，薄言襭之。"这首诗为四言体，字词重叠，诗节复沓，唯一的变化是动词的换用，所重复的诗句仿佛是为"套语"，给人直观的印象是"简单"。如闻一多所说："除了一种机械式的节奏之外，你并寻不出《芣苢》的'诗'在那里——你只听见鼓板响，听不见歌声。在文字上，唯一的变化是那六个韵脚，此外，则讲来讲去，还是几句原话，几个原字，而

---

① 闻一多. 中国上古文学 [M] //闻一多. 闻一多全集：第 10 卷. 武汉：湖北人民出版社，1994：38. 在闻一多原稿中就早期语言的这五种特性，他举例时以先秦典籍的《左传》和《逸周书》来说明（例见《中国上古文学》，编者附注），以为是"文"的特性，其实更体现为"诗"的特性，最典型的是《诗经》。

话又是那样的简单，简单到幼稚，简单到麻木的地步。"① 但闻一多反问道:"单调，简单，不像诗吗?"他正是在这单调和简单里发现了《芣苢》丰富的诗歌意蕴和诗歌的美。诗歌所呈现出来的只是文字而已，意义不一定简单，在闻一多看来，"甚至愈是简单的文字，力量愈大，因为字是传达意义的，也是限制意义的，假如所传达的抵不上所限制的，字倒是多一个，不如少一个。所以症结不在简单不简单，只看你懂不懂每个字的意义，那意义是你的新交还是故旧。如果是故旧，联想就多了只需提一提它的名字，你全身的纤维都会震动，只叫一声，你的眼泪就淌。面生也不妨，只要介绍得得法，你的感情也会移入。'采采芣苢，薄言采之'，是何等惊心动魄的原始女性的呼声，如果你真懂了原始女性。"② 闻一多正是从这简单中首先发现了诗歌所表现的原始女性强烈的结子愿望，发现了诗歌所表现的"真实的、严肃的意义"。其次，闻一多从这单调中发现了诗歌的音乐节奏，引导读者在读这首诗时"抓紧那节奏"，在抒情主人公的歌声中既领略母性本能的"最赤裸最响亮的呼声"，又感受诗歌本身节奏的抑扬顿挫，看似单调的语言节奏表现了复杂的抒情意味。最原始、最纯真、最朴略、最简单的，往往是最美的，正如婴儿的哭声在尚未注入更多社会意义时的单纯响亮而令一个母亲陶醉，原始的诗歌不会如后世诗歌那样委婉曲折、意义复杂，是以最单纯的语言、最单调的音节表现着自我的生命呼声，留存着上古"歌"的节奏和意味，体现着古代"诗"的语言特性和语言意义。这是闻一多从诗歌起源角度发现的《诗》出美。

闻一多正是在诗歌起源中发现了"歌"的音乐性、抒情性、意味性和"诗"的记事性、韵文性、语言的人工性即艺术性，来进一步发现《诗经》中歌的特性、诗的意义和诗与歌合流后的整体艺术美。《诗经》的艺术美既表现在诗歌内容美方面，也表现在诗歌体式、艺术形式、诗歌语言修辞方面。由此，闻一多深入《诗经》内部，进一步发现《诗经》的意韵特质和艺术表现的美学价值。

诗歌的抒情性意蕴和艺术表现形式其实是密不可分的，《诗经》的情歌内容是以与《诗经》时代的文化心理相符合的艺术形式和语言美学修辞手段来表现的，闻一多对《诗经》诗歌美的发现既在他所揭示的"歌"与"诗"结

---

① 闻一多. 匡斋尺牍［M］//闻一多. 闻一多全集:第 3 卷. 武汉:湖北人民出版社，1994:202.

② 闻一多. 匡斋尺牍［M］//闻一多. 闻一多全集:第 3 卷. 武汉:湖北人民出版社，1994:210.

合的基础上进行，又在他所认为的《诗经》的情歌内容和民歌形式结合的基础上展开。这就不能不提到他的《诗经的性欲观》这篇可谓离经叛道、惊世骇俗的论文。《诗经的性欲观》是闻一多正式研究《诗经》的第一篇论文，发表于 1927 年 7 月的《时事新报·学灯》上。此时闻一多尚未完全转向学术研究，更未完全进入考据学研究领域，但在《诗经的性欲观》中已经显露了浓郁的考据学味道，这篇文章更成为闻一多即将转向学术研究的标志。可以感觉到，虽然是一篇学术性论文，但更见诗人的激情，主要是从诗学和美学角度对《诗经》抒写内容和艺术手段进行发掘，发人之所未发，或者也可以说，发前人之所不敢发，做出了既大胆又独到的发现，他的发现是《诗经》中的情诗有相当一部分是表现性欲的，其表现性欲的方式有五种：（一）明言性交，（二）隐喻性交，（三）暗示性交，（四）联想性交，（五）象征性交。闻一多从这五种艺术表现方式论述了《诗经》的性欲观。闻一多之所以大胆地研究《诗经》的性欲并直言不讳、无所顾忌地将自己的发现"明言"出来，一是《诗经》客观上有表现性欲的诗歌，这些诗歌表现了《诗经》时代的性文化心理，特别是确实存在着如闻一多所揭示的描绘性欲的多种方式，只要正视诗歌的客观内容和表现方式，就不能回避其性欲内容；二是闻一多作为研究者处身于 20 世纪，经过新文化运动的个性解放潮流，两性观念已经揭去了封建礼教的虚伪面纱，以新的道德观看取两性观已经是大势所趋，既不必遮掩，也不必回避《诗经》的两性内容；三是闻一多作为诗人、艺术家的叛逆个性促使他突破世俗束缚，从而可以大胆地挑战传统《诗经》学，甚至挑战当时守旧派学者，为《诗经》研究吹进了一股劲风。这样，《诗经》中原始的、大胆的、直率的性欲描绘通过闻一多的揭示鲜明地出现在 20 世纪的读者面前，一方面是两千多年前的性欲面相，一方面是两千多年后的现代两性观，二者在闻一多的学术精神世界中完成了对接。长期被视为"淫诗"而遭到历代研究家和道学家指斥的这些描绘性欲的诗歌，闻一多将其恢复到《诗经》时代并以不带道学思想的现代眼光正视其原始面目，如闻一多针对传统所说《诗经》中的"淫诗"说感言："现在我们用完全赤裸的眼光来查验《诗经》，结果简直可以说'好色而淫'，淫得厉害！""当然讲《诗经》淫，并不是骂《诗经》。尤其从我们眼睛里看着《诗经》淫，应当一点也不奇怪。我们在什么时代？《诗经》的作者在什么时代？如果从我们眼睛里看不出《诗经》的淫，不是我们的思想有毛病，便是《诗经》有毛病。譬如让张竞生和免耻会的太太小姐们来读《诗经》，当然《诗经》还不够淫的。可是让我们一般平淡无奇的二十世纪的人（特别是中国人）来读这一部原始的文学，应该处处觉得那些劳人思妇的情绪的粗犷,表现之赤裸!处处觉得他们想的,我们决不敢想,他们讲的,我们决不敢讲。我们要读出这样一部《诗经》来,才不失那原始文学的真面目。"凡读《诗经》者自会发现《诗经》中那原始赤裸的、描写性欲情爱的诗歌,孔子就针对《国风·郑风》而发出"郑声淫"的感慨,但刘安却说"国风好色而不淫,小雅怨诽而不乱",这一方面淡化了《诗经》的性欲情爱描写色彩,另一方面奠定了不从性欲角度读《诗经》的传统,加以长期奉《诗三百篇》为儒家经学典籍,封建礼教的束缚更使人不敢也不会正视《诗经》的性欲描绘。事实上,在闻一多看来,处于原始时代的《诗经》的作者,并不会如现代人抑制自我的本能欲望,《诗经》客观地表现了原始人坦荡的本能欲望,所以就应该以同样坦荡的眼光去阅读真实的《诗经》,从性欲角度开诚布公地读真正的《诗经》:"《诗经》时代的生活,我们既知道,没有脱尽原始人的蜕壳,而《诗经》本身,又不好说是赝品,那么,用研究性欲的方法来研究《诗经》,自然最能了解《诗经》的真相。其实也用不着十分的研究,你打开《诗经》来,只要你肯开诚布公读去,他就在那里。自古以来苦的是开诚布公的人太少,所以总不能读到那真正的《诗经》。"① 闻一多即以开诚布公的态度来研究《诗经》的性欲观,在研究中发现《诗经》中性欲的艺术表现方式。事实上,如闻一多所说,几千年的《诗经》学史上,"开诚布公"读《诗经》的人确实不多。闻一多在行文中引了宋朝犁立武自述读到性爱诗歌的心理变化的一段话,颇有意味,也代表了古代读《诗经》的态度:"小时读箕子《禾黍歌》,怃然流涕。稍长读《郑风·狡童》诗,而淫心生焉。出而视邻人之妇,皆若目挑心招。怪而自省。夫犹是'彼狡童兮,不与我好兮'二语,而一读之而生忠心,一读之而生淫心者,岂其诗有二乎,解之者之故也。"所以,《诗经》中即使是"淫诗",在儒生道学家手中多遭到曲解。闻一多据此揭示道:"从前的人,即便认出一首淫诗来,也不敢那样讲,因为一个学者得顾全他的身份,他的名誉。如今这世界可不同了。"凡顾全自己身份、名誉者,其实是只存"淫心"而未做到"开诚布公",不是从客观的诗学角度读《诗经》,而是从道德角度加了忌讳。闻一多所谓"如今这世界不同了",新时代的新思想、新道德嘉惠于研究者,可以抛开封建礼教和道学家眼光而客观地、坦荡地研究《诗经》所表现的性欲真面目了。

---

① 闻一多. 诗经的性欲观 [M] //闻一多. 闻一多全集:第3卷. 武汉:湖北人民出版社,1994:169-170.

　　人类社会最直接、最自然的关系是男女关系，人类精神中最强烈、最真挚的情感是男女恋情，人类艺术中最普遍、最热烈的文学是爱情的抒写。作为初民抒情之作的《诗三百篇》多为情诗，在诗歌中抒发他们感受最深的两性情爱，亦是题中应有之义。在闻一多看来，人类情感可以分为两个层次，爱情是第一等的真正的情感，"严格地讲来，只有男女间恋爱的情感是最烈的情感，所以是最高最真的情感"①。而其他如婚姻之情、友情、乡情、爱国情、同情博爱、感旧怀古以及人类之于低等动物的仁慈态度等均是第二流的情感，是属于理智的、伦理的、道德范畴的"情操"。诗歌最应该表现最热烈、最真挚的男女恋情，这样的诗歌才是"至性至情"的。这当然是闻一多对于新诗创作的要求，但两千多年前的《诗经》中的相当一部分诗歌已经体现了这样的诗歌原则。《诗经》固然也多表现"情操"的内容，但也多表现"至性至情"的情歌。本质上，男女两性相悦相恋相爱在更高的精神层面上谓之爱情，但爱情既包括生理的性爱并以性爱为基础，又包括心理学上的情爱并以情爱为归宿，是身心高度完美结合的过程。单纯的精神恋爱失之于爱情的真挚性和强烈性，当然，单纯的肉体结合也缺乏人类精神的高尚性和对动物本能的超越性。从人类文明发展过程看，男女两性关系无疑经过了从最初动物性本能欲望的直接表达到增加了精神性感受而发展为身心全面结合的过程，同时这个过程伴随着生物性的繁殖功能而使男女两性的结合导向婚姻关系的确立，从而建立了家庭。这个过程实际上是一个从单纯的、原始的性到复杂的、文明的爱情的进化过程。所谓文明的爱情由于搀杂了太多文明社会的因素，反而失去了男女两性关系的原始本真性和生物性功能。如闻一多在《诗经》中所发现的，《诗经》时代的先民在男女两性观念上最本然的目的：一是出于性欲本能的表达，二是为了种族的繁殖，前者无可讳言是动物性的本能欲望，后者则是生物性的传种愿望。闻一多在《匡斋尺牍》中对《芣苢》的阐释和《说鱼》中重点发现了《诗经》时代两性基于种族繁殖的生物学功能和意义："在原始人类的观念里，婚姻是人生第一大事，而传种是婚姻的唯一目的，这在我国古代的礼俗中，表现得非常清楚"，但是，"文化发展的结果，是婚姻渐渐失去保存种族的社会意义，因此也就渐渐失去繁殖种族的生物意义，代之而兴的，是个人享乐主义……"② 他在《诗经的性欲观》

---

①　闻一多.《冬夜》评论［M］//闻一多. 闻一多全集：第2卷. 武汉：湖北人民出版社，1994：89.

②　闻一多. 说鱼［M］//闻一多. 闻一多全集：第3卷. 武汉：湖北人民出版社，1994：248-249.

中，则重点发现了《诗经》所表达的先民的性爱欲望和性爱欲望在诗歌中的表现。从闻一多所发现的《诗经》的"性欲观"可以看出《诗经》时代男女关系的原始形态，除了为种族繁衍的性爱外，还有原始的表达性欲本能的愿望，并艺术地表现于诗歌中。

《诗经》时代的性欲观念和性欲表达是文化人类学、种族学、民俗学、性心理学和性社会学等研究的范畴，闻一多主要是从诗学、美学、艺术学角度研究和发现《诗经》表现性欲的艺术方式，当然他也运用了文化人类学、种族学、民俗学、性心理学、性社会学等学科观念和学科方法论。他关注的不是性欲本身，而是表现性欲的艺术方式，从而发现《诗经》在表现性欲时的艺术美特征。闻一多大胆地、坦率地使用了"性交"这一术语，重点发掘《诗经》表现性交的艺术方式，揭示出《诗经》更大胆、更坦率的性欲表现。闻一多经过研究，发现了《诗经》表现性欲的五种艺术方式。

第一种是"明言性交"。闻一多没有对这种方式做出明确解释，既为"明言"，似乎无须解释，当指《诗经》中直接而明确描写性交的内容。他所举出的诗歌有《召南》中的《草虫》，《郑风》中的《野有蔓草》《溱洧》，《齐风》中的《东方之日》，《曹风》中的《候人》。如《草虫》："喓喓草虫，趯趯阜螽。未见君子，忧心忡忡。亦既见止，亦既觏止，我心则降。陟彼南山，言采其蕨，未见君子，忧心惙惙。亦既见止，亦既觏止，我心则说。陟彼南山，言采其薇。未见君子，我心伤悲。亦既见止，亦既觏止，我心则夷。"《毛诗序》谓："大夫妻能以礼自防也。"闻一多则认为《草虫》是明言性交的，关键是对"觏"的解释，《郑笺》引《易》说"男女觏精，万物化生"以解，闻一多并引惠栋解释："始见君子之事，婚礼所谓主人揖妇以入，御衽席于奥之时也。始曰我心降，再曰我心说，又曰我心夷，其言近乎亵矣。"所以，《仪礼》在行诸礼时奏"二南"中六诗而不选《草虫》。从诗歌词义确解和诗义看，闻一多认为根本不是说"能以礼自防"，而明确表现了性爱，如闻一多所说，诗中"她"的愿望，不是空空一见，就够了，她必待"亦既觏止"，然后她那像阜螽趯趯跳着的心，才"则降""则说""则夷"。"这讲得如何的痛快，如何的大方！"《诗经》中表现性爱、情爱最突出的是《郑风》，所谓"郑声淫"，恰恰说明《郑风》呼唤和歌唱爱情的特色，用闻一多的话说，"二十一篇郑诗，差不多篇篇是讲恋爱的"。但他发现，讲到性交的诗或"明言性交"的，只有《野有蔓草》和《溱洧》两篇。闻一多引《太平御览》中"时草始生，而云蔓者，女情急，欲以促时也"和《周礼》所说"仲春之月，令会男女之无妇家者"，从心理学和民俗学角度看《野有蔓草》，发现根本不是如《毛诗序》所谓"思遇时也，君子泽不下流，民穷于兵革，男女失时，思不期而会焉"，纯粹是一首从头到尾的写实诗："野有蔓草，零露溥兮。有美一人，清扬婉兮。邂逅相遇，适我愿兮。野有蔓草，零露瀼瀼。有美一人，婉如清扬。邂逅相遇，与子偕臧！"闻一多调动自我诗人的想象力，从《周礼》所说的风俗谈起，谓：在一个指定的时期，凡是没有成婚的男女，都可以到一个僻远的旷野集齐，吃着，喝着，唱着歌，跳着舞，各人自由地互相挑选，双方看中了的，便可以马上交媾起来，从此他们便是名正言顺的夫妇了。诗歌主人公适意而挑上了一个眉清目秀的美女，他禁不住唱出了《野有蔓草》。虽然是实写交媾，但因为是诗歌艺术，所以表现得诗意化，闻一多更以诗意化的想象力还原了诗歌的情景："你可以想象到了深夜，露珠渐渐缀满了草地，草是初春的嫩芽，摸上去，满是清新的凉意。有的找到了一个僻静的岩下，有的选上了一个幽暗的树荫。一对对的都坐下了，躺下了，嘹亮的歌声变成了低微的絮语，絮语又渐渐消灭在寂默里，仿佛雪花消灭在海上。他们的灵魂也消灭了，这个的灵魂消灭在那个的灵魂里。停了半天，他才叹一声：'适我愿兮！''与子偕臧'也许是她的回答。"① 诗歌的艺术化表现和闻一多诗意化疏解出的其实是闻一多所认为的男女性爱过程的写实场景，"邂逅相遇"并非"不期而会"，"邂逅"即"解觏"，本有交媾的意义，诗歌实际是在"明言性交"。值得注意的是，闻一多在《郑风·溱洧》一诗中发现了性变态描写，原诗为："溱与洧方涣涣兮。士与女方秉蕳兮。女曰：'观乎？'士曰：'既且！''且往观乎！洧之外洵訏且乐。'维士与女，伊其相谑，赠之以勺药。溱与洧浏其清矣，士与女殷其盈矣。女曰：'观乎？'士曰：'既且！''且往观乎！洧之外洵訏且乐。'维士与女，伊其将谑，赠之以勺药。"《毛诗序》谓："刺乱也。兵革不息，男女相弃，淫风大行，莫之能救焉。"亦承认是写男女之淫风；孔颖达直言："溱水与洧水春冰既泮，方欲涣涣然流盛兮。于此之时，有士与女，方适田野，执芳香之兰草；既感春气，托采香草，期于田野共为淫佚。……维士与女，因即其相与戏谑，行夫妇之事。及其别也，士爱此女，赠送之以勺药之草，结其恩情！以为信约。"闻一多将之归为"明言性交"类型。不仅以为"明言性交"，而且闻一多从诗歌中的"谑"字联想到一种变态性行为，或可以是他对此诗性描写的一大发现。尽管闻一多自己说，没有找到直接的证据将"谑"解作性交，"但是我疑心这个字

---

① 闻一多. 诗经的性欲观［M］//闻一多. 闻一多全集：第3卷. 武汉：湖北人民出版社，1994：172.

和 sadism, masochism 有点关系。性的心理中,有一种以虐待对方,同受虐待为愉快之倾向。所以凡是喜欢虐待别人(尤其是异性)或受人虐待的,都含有性欲的意味"①。他这里所说英文 sadism 的意思是性虐待狂或施虐淫,masochism 的意思是受虐狂或受虐淫。无论施虐还是受虐,都是极端的变态性行为,闻一多借用了西方性心理学和变态心理学来看《诗经》中的"谑"字所表现的性行为。除了《溱洧》一诗,他发现在《诗经》中还有两首诗中出现了"谑"字,一是《邶风·终风》中的"谑浪笑敖",一是《卫风·淇奥》中的"善戏谑兮,不为虐兮",无论"谑"还是"虐",都与男女性事有关,其中的"虐",闻一多说本有淫秽的意思,《说文》谓:"虐,残也,从虎爪人,虎足爪人也。"《注》云:"覆手曰爪,反爪向外攫人是曰虐。"闻一多说从覆手爪人可以联想到原始人最自然的性交状态,那么,由此推断,反爪向外攫人可能就是原始人不自然、非正常的性交状态,以此谓之"虐",所谓"谑而不虐","虐"是比"谑"更变态的方式。不管是否准确,闻一多别开生面,从变态心理学和变态新行为角度提出《诗经》中所表现的常态之外变态性欲方式,确实令人耳目一新,具有诗学以外的另一方面意义,可以说为研究古代变态心理学提供了典型例证。此外,属于"明言性交"的诗歌,闻一多还举出了《齐风》的《东方之日》和《曹风》的《候人》。如《候人》,并非如《毛诗序》所说"刺近小人也,共公远君子而好近小人焉",闻一多认为实指性交的:"彼候人兮,何戈与祋。彼其之子,三百赤芾。维鹈在梁,不濡其翼。彼其之子,不称其服。维鹈在梁,不濡其咮。彼其之子,不遂其媾。荟兮蔚兮,南山朝隮。婉兮娈兮,季女斯饥。"关键是对诗中的"维鹈在梁,不濡其咮""不遂其媾"的"媾","南山朝隮""季女斯饥"中的"饥"的解释。"媾"是婚媾、交媾,闻一多直解为性交;"朝隮"即虹,而虹是性交的象征;《诗经》多以水鸟比男性,鱼比女性,鸟入水捕鱼比两性结合,本诗中的"维鹈在梁,不濡其咮。彼其之子,不遂其媾",即讲水鸟不入水捕鱼,只闲站在梁上,譬如男人不来找女人行乐,所以令她等得心焦;所谓"季女斯饥"中的"饥",与《周南·汝坟》中的"惄如调饥"同义,都是指情欲之饥,《汝坟》未见君而惄如调饥,《候人》以不遂其媾而斯饥,不足以食曰饥,不足以色亦曰饥。② 这样,《候人》之"明言性交"而不是"刺近小

①　闻一多. 诗经的性欲观 [M] //闻一多. 闻一多全集:第3卷. 武汉:湖北人民出版社,1994:173.

②　关于《汝坟》和《候人》中"饥"的解释,参见闻一多. 诗经通义 [M] //闻一多. 闻一多全集:第4卷. 武汉:湖北人民出版社,1994:25, 324.

人"也就很显然了。如果以此为解，这首诗表现的是一种性饥渴状态，性欲得不到满足的情态。闻一多据此推测诗的作者是一个血气方刚、而性欲不大满足的少年，用诗意化的想象惟妙惟肖地疏解了这个少年的心理：他走过共公的宫院，前面看见一个个的侍卫扛着六尺多长的戈，一丈多长的殳，森森地排列着，把守那宫门。这禁卫森严的景象，促醒了他，今天他感到一种特别强烈的诱惑，那三百个宫女，三百颗怒放的花苞，都活现在他眼前。他看见她们脸上都挂满了憔悴，仿佛是铁笼关病了的鸟儿。他看见她们笑了，对他自己笑，她们在热烈地要求他，要求他的青春、他的热、他的力、他的生命。但是看看情形，他是不能应付这要求的，他如今真像那刁着一尺多长的嘴，颈下吊着一只口袋的水鸟，不去捕鱼，只呆呆地站在石梁上，翅膀和喙子连一滴水也没有沾，他不免恨自己太无用了。他想道："你看南山上起了一阵寒云，云里交卧着鲜艳的虹蜺。他们真是幸运！但是你婉恋的少女，你只在那里干熬着肉欲的饥荒。你真可怜呀！"他自己也是一样的可怜。在闻一多的释读中，《草虫》《野有蔓草》和《东方之日》表现了原始的性爱习俗和《诗经》时代人们追求性爱的强烈性，《溱洧》表现了一种变态性行为，《候人》则表现了一种性饥渴心理，这都反映了《诗经》时代的性爱形态，在他看来，这些诗歌都是在"明言性交"。但就闻一多的发现而言，第一，这些诗歌描写男女两性相吸、两情相悦自是没有问题的，但是否明确描写具体的性交，或会有疑问；第二，所谓"明言性交"，应该说体现出描写的直接性、明确性、具体性，但既为诗歌艺术，即使是毫不掩饰的原始人，也不会很直接、明确、具体地描写性交行为，而从诗歌用语看，多采取了委婉、含蓄、艺术的表达方式，倒更属于他后面所说的隐喻、暗示或象征的方式，所以，谓之"明言性交"也有牵强处；第三，性行为往往结合着性心理，诗歌中性心理的表现实际更多于性行为的描写，如《草虫》中"未见君子，忧心忡忡""我心则降""我心则说""我心则夷"，《野有蔓草》中"邂逅相遇，适我愿兮"，显然更着眼于心理表现。与"明言性交"的发现相比较，闻·多所发现的隐喻、暗示、联想、象征的性爱艺术表现方式更符合《诗经》的诗歌艺术实际，也更体现《诗经》的艺术美。闻一多对《诗经》"明言性交"表现方式的发现以其直接性和鲜明性也为解读《诗经》的性爱内容打开了一扇窗户，是对传统经学和道学的一大打击和有效解构，更具有"离经叛道"的思想意义。

闻一多所发现的《诗经》性爱描写的第二种艺术表现方式是"隐喻性交"。所谓"隐喻性交"，是指以譬喻的方法表现性交，所取喻象和喻体并没有直接而明确的关联，需要了解语词意象的文化背景和譬喻意义才能把握其性爱含义。闻一多说:"凡是诗人想到那种令人害羞的事体,想讲出来,而又不敢明讲,他就制造一种谜语填进去,让读者自己去猜——换言之,那就是所谓隐喻的表现方法。懂得这种方法,《诗经》里有许多的作品便容易了解了。"① 隐喻是诗歌的一种重要表现手段,不限于语言修辞,而是一种艺术方法,诗歌因为运用隐喻而具有了蕴藉性,也就更具有艺术性。闻一多发现《诗经》在表现性爱时多取譬而喻性事,是发现《诗经》的诗歌艺术性方法。在"隐喻性交"的艺术方法中,闻一多主要发现和分析了《诗经》中的几种隐喻的喻象,即"虹""云""雨""风""笱"等,而且围绕这几种意象形成了一个个隐喻群组。他认为《诗经》情诗中所出现的这几种意象都是指代或象征两性行为的,另外还列出了"象征性交"的词语,它们区别在于后面所讲的"象征性交"是无意识的,而"隐喻性交"中的以"虹"等象征性行为是有意识的表现,也就是说,诗人在取譬喻时已经心存性欲表现出来的是隐喻,实际上创作主体已经有明确指代意义。也就是说,诗人有了一个谜语且自己掌握着谜底,在诗歌中只给出谜面让读者去猜,这是隐喻;闻一多所说的象征则是诗人自己也没有谜底,是无意识地制造了谜语的谜底。闻一多在此所发现的隐喻分两类,一类是以自然现象为喻,即虹、云、雨、风等。关于"虹"的隐喻,主要出现在《鄘风·蝃蝀》《曹风·候人》中。《蝃蝀》中的"蝃蝀在东,莫之敢指""朝隮于西,崇朝其雨"中的"蝃蝀""朝隮"均指"虹"。闻一多引证了文献典籍中关于"虹"的十一条解释:《尔雅》邢《疏》"虹是阴阳交会之气,纯阴纯阳则虹不见";《说文》释虹为"䗖","䗖"阴阳激耀也;《春秋元命苞》"阴阳之气聚为云气,立为虹蜺";《尔雅》郭《注》"虹,俗名称美人",并《音义》"虹双出,色艳盛者为雄,雄曰虹;闇者为雌,雌曰蜺";《逸周书》"虹不收藏,妇不专一";《河图稽耀钩》"虹蜺主内淫";京房《易传》"妻乘夫曰蜺见";《淮南子》"虹霓者,天之忌也";蔡邕《月令章句》"虹,阴阳交接之气,著于形色。阴阳不和,婚姻失序,即生此气";《尔雅》《释名》"虹见于西方曰朝升";《诗经》郑笺"朝有升气于西方,终其朝则雨,气应自然"(马瑞辰亦曰"古以晚虹为淫气所感,朝虹为正气所应")。这些释义,基本上都以为虹为男女交合的象征,有的是指正当的交合,有的是指不正当的交合或"苟合",闻一多据此得出结论:虹是象征性交的。关于"虹"的象征意义,闻一多在后来的上古神话研

---

① 闻一多. 诗经的性欲观[M]//闻一多. 闻一多全集:第3卷. 武汉:湖北人民出版社,1994:180.

究中进行过更深入的考证，如《高唐神女传说之分析》《朝云考》详细考释了"虹"的文化象征意义，以为"虹"为性的"塔布"："古虹字像二鹿交尾之形，虹因此成为性的'塔布'，于是卜辞便以曲虹为有祟，诗人以蝃蝀不敢指，而汉人更明显地认为淫乱的象征了。"① 以此来看《蝃蝀》中的"蝃蝀在东，莫之敢指"，"蝃蝀"是"虹"，"虹"象征了男女性事，因为是"性的塔布"，所以"莫之敢指"。还有《蝃蝀》诗中的"朝隮于西，崇朝其雨"和《候人》诗中的"荟兮蔚兮，南山朝隮"中的"朝隮""雨"等都与"虹"有关，如"隮"，有释为虹的，有释为云的，有释为升气的。由"虹""云""雨"，闻一多联想到宋玉《高唐赋》中的巫山神女所云："且为朝云，暮为行雨"，他说："朝隮能致雨，神女能'暮为行雨'，于是雨有渐渐独立的成为性交的象征。《伯兮》之'其雨，其雨，杲杲日出'，是一个证佐，并且《敝笱》云'其从归止，其从如云'，有云'齐子归止，其从如雨'，已经是云雨并举了。"② 云雨既然和虹一样是性事的象征，与云、雨相联系的另一种自然现象、在《诗经》情诗中反复出现的"风"，属于同一类隐喻，在闻一多的考察中，《诗经》里多数的情诗或淫诗，往往离不开风和雨，多种诗歌风雨并提，雨既含有性的意义，风也就和性有联系，"风同性应该有一种单独的，直接的关系。不然为什么《诗经》的情诗和淫诗，单以风其兴的，也那样多呢？你看《终风》《凯风》《晨风》《匪风》，都是从风讲到爱情或性欲。还有一篇《蘀兮》，也讲到'风其吹女'，'风其漂女'，那也是一首恋歌。"③ "风"为什么会是性的象征呢？闻一多从《尚书》中的"马牛其风，臣妾逋逃"、《左传》"唯是风马牛不相及也"及古代各家解释中得到答案，所谓"风"是指"牝牡相诱"，便是指动物的性欲冲动，后来引申出的"风流""风骚"都含有性的意味。既然"风"亦是性的象征，那么，《诗经》情诗中的风在闻一多看来就是性交的隐喻了。他对《终风》的解释：第一章"终风且暴，顾我则笑，谑浪笑敖，中心是悼"，后，便是"终风且霾""终风且曀，不日有曀""曀曀其阴，虺虺其雷"，变本加厉，愈益凶猛，开始时因为终风太"暴"而"中心是悼"（悼，《笺》云："伤其如此，然而已不能得而止之"），又爱又

---

① 闻一多. 朝云考 [M] //闻一多. 闻一多全集：第3卷. 武汉：湖北人民出版社，1994：48. 并参见《高唐神女传说之分析》。

② 闻一多. 诗经的性欲观 [M] //闻一多. 闻一多全集：第3卷. 武汉：湖北人民出版社，1994：179.

③ 闻一多. 诗经的性欲观 [M] //闻一多. 闻一多全集：第3卷. 武汉：湖北人民出版社，1994：183.

怕,"他愈凶猛,她愈能忍受,愈情愿忍受""她以痛苦为快乐,所以情愿一夜不睡觉来享受那虐刑"。① 在这里,闻一多进一步发挥了在"明言性交"部分提出来的性虐和性受虐的变态性行为。总体看,闻一多在此发现的"虹""云""雨""风"等以隐喻性事的语词意象,可以归为一组隐喻,都是《诗经》取譬于自然现象而起兴的。由"虹"而"云",由"云"而"雨",由"雨"而"风",几种隐喻其实均有所关联,在《诗经》中是为隐喻,而在中国文化和习俗、语言中已经成为"明喻"。"虹"的"莫之敢指"的禁忌仍然留存于民间习俗中,以"云雨"指代男女性事也成为语言习惯,还有日常用语中的"风流""风骚""风情"以及用来形容人的"风貌""风采""风姿"等,这些或许都与闻一多所发现的《诗经》中的性的隐喻相关。闻一多发现的另一类隐喻是"笱",《诗经》中多写到捕鱼的"笱",闻一多认为并不是指笱的本身,而是隐喻女阴的。他从形、音、义三个角度发现和分析了"笱"作为性隐喻的"谜底"。形的角度从两方面看,一方面就物品本身的形状,如《说文》:"笱,曲竹为之,以承(堰空),使鱼入其中不得去者。"另一方面,从训诂方面就字形看,《说文》谓笱"从竹,句声","句,曲也;从口,丩声",注云:"凡曲折之物,侈为倨敛为'句'。……凡地名有句字者,皆谓山川纡曲,如句容、句章、句余、高句丽皆是也。凡章句之句,亦取稽留可钩乙之义。"依形得义,闻一多据此归纳出句字三义:(一)凡曲折之物,如"山川纡曲"者为句;(二)凡富有弹性,能伸能缩(即"侈为倨敛")之物为句;(三)凡能稽留他物者为句。他说,以上三种意义,女阴都有,所以"笱"隐喻了女阴。从形、音、义三方面考释了"笱"及与"笱"相关的字义和隐喻义,闻一多以此分析《诗经》中使用"笱"字的情诗并发现了隐喻意义。如《谷风》中的"毋逝我梁,毋发我笱"、《小雅·鱼丽》中的"鱼丽于罶"("罶",《毛传》谓"曲梁寡妇之笱也"),特别是《齐风·敝笱》,闻一多进行了隐喻意义的分析和说明。诗为:"敝笱在梁,其鱼鲂鳏。齐子归止,其从如云。敝笱在梁,其鱼鲂鱮。齐子归止,其从如雨。敝笱在梁,其鱼唯唯。齐子归止,其从如水。"《毛序》谓:"敝笱,刺文姜也。齐人恶鲁桓公微弱,不能防闲文姜,使至淫乱,为二国患焉。"文姜淫乱,诗为骂语,闻一多说,敝笱是用坏了的笱,笱坏了,所以鳏鱮那样的大鱼,可以出入自如,是很刻薄地骂淫荡的妇人之语,隐喻了性的内容。理解诗歌的隐喻如猜谜一

① 闻一多. 诗经的性欲观 [M] //闻一多. 闻一多全集:第3卷. 武汉:湖北人民出版社,1994:184.

样，从诗歌表面也许根本看不出隐喻意义，正如谜语中的谜面并不直接告诉谜底一样。《诗经》作为诗歌艺术，情诗并不直接抒发，而往往借物象以起兴，而所描绘之物象结合诗情，其意义除本义外往往赋予了象征含义。读诗亦如猜谜，就要读出诗歌中所隐含的象征性意义。闻一多从诗歌隐喻的角度读出了《诗经》中的隐喻，在对"虹、云、雨、风、笱"等意象的考释中发现了《诗经》这种隐喻表现性欲的艺术方式，也可以说猜透了两千多年前诗的作者所表现性欲的心理。

其实，闻一多所发现"明言性交"和"隐喻性交"之间并没有绝对的界限，"明言"中含有"隐喻"，"隐喻"时也露出明显的性欲。无论"明言"还是"隐喻"，都包含了他随后揭示出的"暗示""联想"和"象征"的方式。所谓"暗示性交"，闻一多认为是不必明白地谈到性交，而运用"烘云托月"的写法，暗示出性交，其刺激性更为强烈，如《野有死麕》《桑中》《载驱》《九罭》等。闻一多重点分析了《九罭》："九罭之鱼鳟鲂。我觏之子，衮衣绣裳。鸿飞遵渚，公归无所，于女信处！鸿飞遵陆，公归不复，于女信宿！是以有衮衣兮，无以我公归兮，无使我心悲兮！"《毛诗序》谓"美周公也"，诗中的"公"或为周公，或为一位达官贵人，而抒情主人公明显是一位女性，在向这位"公"调情，闻一多以诗意化的笔法疏解了诗歌"故事"，谓：一位女性抱着一件画着卷龙的衮衣，情郎追着抢，她跑累了，笑累了，转回身发出诚恳的哀求，对他说："我的好人，我今天会见了你，你穿着那样华丽的衣裳，画的是卷龙，绣的是五彩的黼黻文章。你那样的美丽，我哪肯放你走？你走不了，走不了！鳟鲂的大鱼那能逃出九罭的密网！我抱住了你的衣裳，你逃不掉了！一只孤鸿，往水上飞过，谁知道会飞到哪里去？你若是飞了，我往哪里去找你？你还是和你的女人在住一宿罢！孤鸿往大陆上飞了，从此就不会回来。你不要飞了，我要你再等一宿。你们男人的事真说不定。我知道你这次定是一去不复返。所以我抱着你的衮衣，不放你走。我不愿惹起我自己的悲伤，所以把你的衮衣抢来了。"① 这是闻一多作为"暗示性交"的诗例。无论隐喻还是暗示，都离不开联想，因为没有明确说出是表现性事，就需要作者和读者的联想。闻一多列出《诗经》表现性欲的第四种方式即是"联想性交"，如他所举出的《诗经》中描写同床共枕的诗歌，令人联想到性事，如《小星》的"抱衾与裯，实命不犹"，《大车》的"岂不尔

---

① 闻一多. 诗经的性欲观［M］//闻一多. 闻一多全集：第3卷. 武汉：湖北人民出版社，1994：186.

思,畏子不奔""穀则异室,死则同穴",《葛生》的"角枕粲兮,锦衾烂兮"
等。特别是《齐风》中的《鸡鸣》:"鸡既鸣矣,朝既盈矣。匪鸡则鸣,苍蝇
之声。东方明矣,朝既昌矣。匪东方则明,月出之光。虫飞薨薨,甘与子同
梦。会且归矣,无庶予子憎。"闻一多将此诗归为"联想性交",实际上反倒
可以是"明言"性事的。《卫风》中的《芄兰》描绘性事,是需要联想的:
"芄兰之支,童子佩觿。虽则佩觿,能不我知。容兮遂兮!垂带悸兮!芄兰之
叶,童子佩韘。虽则佩韘,能不我甲。容兮遂兮!垂带悸兮!"闻一多认为这
篇诗显然写的是一个妇人,羡慕一个十五六岁的童子,想他来和自己狎玩,
无奈他从容容地走过了,绅带在他身边飘动着,他不能了解她的心事。诗
中的"芄兰",功用同于枸杞,以其起兴,自有深意,这深意即所表现之性
欲。在闻一多看来,以上四种表现方式都是诗人有意识创作的,也就是说,
《诗经》作者本身就带了性的意识来表现诗歌对象的性欲和性行为。与有意识
地表现性欲不同,他最后提出"象征性交"方式,以为凡出于诗人潜意识描
写性欲的诗歌就属于"象征性交"。出于潜意识,诗歌不会表现出明显的性的
意味,如他所举《郑风》中的《大叔于田》,本来是描写打猎的诗歌,他却
从中看出了性欲。正因为诗歌表面内容与性描写毫无关系,所以可以说是诗
人潜意识的表现,所以《大叔于田》这样的作品可以从潜意识角度分析其性
意识。闻一多以为《大叔于田》描写性事,难免令人生疑,不免有牵强附会
之嫌,但这恰恰说明闻一多深谙弗洛伊德潜意识理论的真谛,他运用弗洛伊
德的潜意识理论发现《诗经》中"象征性交"的表现方式。为了说明所谓
"象征性交",闻一多特举出《诗经》以外的两首诗歌即韩愈的《送李愿归盘
谷》和鱼玄机的《打毬作》为证,而这两首诗歌特别是《打毬作》倒不一定
是潜意识的创作,反而是带了性意识而创作的。闻一多反复声明他所运用
"象征性交"说法的本义,强调诗人创作的潜意识作用,以隐喻中的象征与通
常所说之象征来区别。从其所指含义看,倒不如改为"潜意识性交"描写方
式更为准确,可以少一些歧义。

　　《诗经》中性爱描写是客观存在的,但具体的性爱描写内容是什么、是怎
么描写的,这在《诗经》学史上甚少正视并少有揭示,经学研究范畴中的
《诗经》情诗要么被视为"淫诗"不屑一顾,要么典型如《毛诗序》对性爱、
情爱内容进行曲解,要么如朱熹虽然承认和正视《诗经》中的情诗但最终纳
入理学范畴中进行评价,只有闻一多是以新时代的新思潮、新道德大胆正视
《诗经》的性欲观,以现代性爱观对接原始时代的性欲观,如恩格斯所说的是

以"一种新的道德标准""对于性交关系的评价",① 不再是传统的道学、理学标准，而是一种现代的性爱标准与古代性爱现实相结合的标准，他以现代道德高度客观地认知古代社会性爱实际，不隐晦遮蔽，不虚伪矫情，不以诗歌中所表现的赤裸性爱为洪水猛兽，不以诗歌中所描绘的多种性交为丑恶肮脏，而是以历史还原法客观地呈现《诗经》时代的男女两性或真挚或淫乱，或重在种族繁衍或体现社会政治的性爱关系，如他所说："……《诗经》的时代虽然出了几个圣人（?），却还不是什么黄金时代。前面讲了，《诗经》时代的生活，还没有脱尽原始的蜕壳。现在我还要肯定地说一句，真正《诗经》时代的人只知道杀、淫。一部《左传》简直充满了战争和奸案。《左传》里的人物，是有理智，讲体面的上层阶级，尚且如此，那《诗经》里的榛榛狉狉的平民，便可想而知了。不管十五国风里那大多数的诗，是淫诗，还是刺淫的诗，即便退一步来讲，承认都是刺淫的诗，也得有淫，然后才可刺。认清了《左传》是一部秽史，《诗经》是一部淫诗，我们才能够看清《诗经》时代的真面目。可是等看到了真面目的时候，你也不必怕，不必大惊小怪。原始时代本来就是那一回事。也不要提原始时代了，咱们这开化的二十世纪还不是一样的? 我们应该惊讶的，倒是《诗经》怎么没有更淫一点。"② 闻一多此说，体现出一定的偏激性，但正是他的这种"偏激"反而更深刻地揭示出历史真相，体现出他还原历史的原则和思想上鉴古知今、以今例古、古今贯通的方法论意识，将《诗经》时代移至 20 世纪，以现代眼光推知和发现《诗经》时代的性爱真面目。

闻一多研究《诗经》的性欲观主要不是对《诗经》时代的性爱和《诗经》所描写的性爱内容进行道德评判，而是主要研究和发现其美的艺术表现方式，这就决定了闻一多欣赏《诗经》中性爱表现上的艺术美，而不是赏玩《诗经》中所表现的性爱内容本身。这从他所说的"开诚布公"的研究态度就可以鲜明地感受到。针对艺术作品中大胆而又赤裸的性描写，一般避而不谈或避人而谈，或公开讨伐而私下里赏玩，但闻一多则"开诚布公"，因其诚而清除了封建礼教和道学濡染下的虚伪，因其"公"而不是鄙俗的狎昵心理，光明正大地讨论"诗经的性欲观"。更重要的是，闻一多在现代道德、历史原则和"开诚布公"态度的基础上，他要研究和发现的绝不是《诗经》中所描

---

① 恩格斯. 家庭、私有制和国家的起源［M］//中共中央马克思恩格斯列宁斯大林著作编译局. 马克思恩格斯选集：第 4 卷. 北京：人民出版社，1972：73.
② 闻一多. 诗经的性欲观［M］//闻一多. 闻一多全集：第 3 卷. 武汉：湖北人民出版社，1994：190.

写的性事内容本身，而是从诗歌艺术的角度，研究和发现《诗经》表现性爱的艺术手段和艺术方式的特性。五种表现性交的艺术方式的发现，既看出《诗经》中诗歌的艺术美，又看出《诗经》艺术表现的多样化，更可以看出闻一多的诗歌美学思想。

不可否认，闻一多《诗经的性欲观》作为他最初研究《诗经》的成果，还不是十分成熟，从研究观点到研究方法都存在着不足。首先，闻一多在具体诗歌的释读上，虽然也有必要的考据学研究，如文字词义的训诂和典籍文献的佐证，但对一些诗歌的理解仍然缺乏实证，不无臆测之处，如袁千正就指出："平心而论，他对某些作品的论断似乎显得勉强，并不能视为定论。是否矫枉过正，读者自会作出思考和判断。不难看出，他对一些作品的破解，很难说已经具有很高的可信度。如《叔于田》《大叔于田》，明显是两首表现猎人的诗，实在看不出与性有关。"① 这个时候的闻一多仍然在进行新诗创作，诗人的想象力远远超过学术研究的科学性思维，研究中的朴学精神还未占据主体地位，更多是以诗性思维读《诗经》，虽然也想还原《诗经》的历史时代面目，但更多是以现代理论、现代视角看《诗经》的性爱描写。其次，不可否认，闻一多过分夸大了《诗经》情诗中的性的表现，造成了性的泛化和"裸露"，且不说看起来与性无关的诗歌他有时牵强附会到性交描写上面，即使明显表现性爱的诗歌，因为过分强调赤裸的性交而破坏了诗歌的含蓄美和艺术性，本来是要欣赏《诗经》的艺术美，结果得到的是赤裸裸的性交内容，而赤裸裸的性描写固然有认识时代文化心理的性学意义，但在艺术上并没有多少美可言。事实上，他所发现的认为描写性交的《诗经》中的一部分诗歌本来是很优美的爱情诗，"性"描写的突出必然消解"情"的表现成分和抒情的艺术美要素。性的泛化和裸露与闻一多接受和运用弗洛伊德的潜意识理论有关，潜意识理论有性泛化之弊。再次，就闻一多所发现的《诗经》五种描写性欲的艺术方式而言，不无含混之处，概念的厘定有不准确处，理论概括与诗歌实际亦有错位，各种艺术方式之间也存在互相重叠包容的地方，如"暗示性交"虽然他界定为"烘云托月"式表现，但"隐喻性交"表现中也离不开暗示。"联想性交"中如《鸡鸣》倒更接近他所说的"明言性交"，因为诗中情景无须联想就可以知道是表现性爱的，几种艺术表现其实都有联想的成分，联想本来就是诗人创作和读者欣赏的艺术机制。无论"明言性交"

---

① 袁千正. 还其"真面目"：闻一多的《诗经》研究［M］//陆耀东，李少云，陈国恩.
2004 年闻一多国际学会素研讨会论文选. 武汉：武汉大学出版社，2005：191.

还是"隐喻性交"，包括"暗示性交"的诗例，按照通常意义上的"象征"手法，都富有象征的意味，他将带有潜意识创作的诗歌名为象征方式，反造成概念的含混。最后，几种艺术表现方式的论述详略不一，造成行文的不平衡，"明言性交"和"隐喻性交"详加论述，而对后三种则简略得多，"象征性交"部分更是一带而过。这与他后来很多研究成果未完稿不同，《诗经的性欲观》是公开发表的完整学术论文。之所以如此，还是与闻一多自己当时对该问题未能够全面而深入研究有关，《诗经的性欲观》毕竟是他正式转入学术研究的"处女作"，预示了今后学术研究空间的开拓。

《诗经的性欲观》中的研究视角和艺术美发现不仅成为闻一多致力于《诗经》研究的学术起点，而且尽管有观点不准确和解释牵强附会之处，但其独特的视角和研究结论具有《诗经》学研究的开创性意义，既有以正视和揭发《诗经》的性欲描写而突破儒学、经学、礼学、道学的思想意义，也有以现代艺术视角发现《诗经》的艺术表现形式美，而从经本转化为诗本的诗学意义。当然，闻一多在今后的《诗经》研究中对其中不成熟或牵强附会的地方有所矫正，20世纪30年代后的《诗经》研究主要从朴学角度进行词义的诠释和多层面内容的考订，在具体内容上不再突出其性欲的描写，主要看作为情诗进行欣赏，尤其从神话学、民族学、历史学、社会学、文化人类学角度研究和发现《诗经》的整体文化内涵，而所有这些研究的出发点是《诗经的性欲观》。

二、诗歌隐语的发现：以《说鱼》为例

诗歌的抒情写意和反映社会现实不同于哲学、史学，既不是以抽象的思维和语言表达自我思想，也不是以完全客观写实的语言反映社会现实，而是以情感为中心、以意象为手段、以非常态的语言为工具、以美为理想的艺术品，诗歌艺术美直接体现在语言修辞和内容的艺术形式表现方面。诗歌在语言上，不是抽象的而是形象的语言，不是自然的而是人工的语言，不是直白的而是委婉的语言，诗歌的艺术美首先就表现在语言的艺术性上，语言的艺术性又是通过人工化的修辞手段而造成的。诗人在创作时的艺术化需要读者欣赏时能够敏锐地感觉到诗作的艺术美，欣赏诗歌的过程实际上就是一个通过诗歌语言发现诗歌艺术美的过程。闻一多对古典诗歌美的发现在《诗经》中就有丰富的成果：一方面，他从诗歌起源角度发现《诗经》有从歌到诗、歌与诗合流的产物，从而具有歌的节奏美和诗的从记事来表现抒情的特性；另一方面，在研究《诗经》的性欲观时发现了明言、隐喻、暗示、联想、象征等艺术表现方式。随着闻一多《诗经》研究的深入，在论定了《诗经》在

内容上多为情歌、形式上多为民歌后，他进一步发现了《诗经》在情爱表现方面的一种艺术方法和语言修辞，那就是隐语的运用。从《诗经》的隐喻性欲表现到以隐语指代两性关系的发现，是闻一多对《诗经》艺术美研究的深化，隐语的发现是闻一多研究《诗经》的重大收获，也是他对古代诗歌艺术美研究的一大贡献。

中国文化在先秦原创时期虽然有文史哲不分的特点，但《诗经》的出现使得诗歌从文史哲浑融一体的典籍中独立出来而成为艺术性体裁，在语言表达和形式体制上与当时的历史典籍如《左传》《国语》《战国策》等和诸子文体如《孟子》《庄子》《荀子》《韩非子》《墨子》等可以鲜明地区别开来，历史典籍以客观记事记言为主，诸子各家以说理论辩见长，而诗歌则以抒情性和形象化取胜。至于和《诗经》并列的"五经"，《周易》以推演而道阴阳，《尚书》以记言而道事，《春秋》以微言道大义，《乐记》道和而实则为音乐评论，《周礼》道行，其语言必求规矩和准确，这些都不是艺术性的文学语言；而《诗经》则"抒情""言志""达意"，其语言的修辞性和表现形式的艺术化使之与其他五经也鲜明地区别开来。其中的《易》"立象以尽意"，固然体现出语言的形象性，但所立之"象"是为了表达其抽象之"意"，更无关于抒情。《诗经》作为中国最早抒情、言志、达意的体裁，在几百年间创造出了丰富多彩的艺术方法，其中最为突出的是"赋、比、兴"，与"风、雅、颂"并称为"六义"，其名最早见于《周礼·春官》："太师掌教六诗：曰'风'、曰'赋'、曰'比'、曰'兴'、曰'雅'、曰'颂'。"《毛诗序》改"六诗"为"六义"："故正得失，动天地，感鬼神，莫近于诗。先王以是经夫妇，成孝敬，厚人伦，美教化，移风俗。故诗有六义焉，一曰风，二曰赋，三曰比，四曰兴，五曰雅，六曰颂。"孔颖达在《正义》中说："六义次第如此者，以诗之四始，以风为先，故曰风。风之所用，以赋、比、兴为之辞，故于风之下，即次赋、比、兴。然后次以雅、颂。雅、颂亦以赋、比、兴为之。既见赋、比、兴于风之下，明雅、颂亦同之。""风、雅、颂者，诗篇之异体；赋、比、兴者，诗文之异辞耳。大小不同，而得并为'六义'者，赋、比、兴是诗之所用，风、雅、颂是诗之成形。用彼三事，成此三事，是故同称为义，非别有篇卷也。"① 可见《诗经》"六义"在先秦时《周礼》就有所意识，到汉代毛亨正式定名为"六义"，历代《诗经》学研究更有充分阐释。按照孔颖达的观点，《诗经》"六义"中的"风""雅""颂"为诗体

---

① 孔颖达，等．毛诗正义［M］．影印本．上海：上海古籍出版社，1990：17-18.

分别，"赋、比、兴"为具体的艺术表现形式，为"诗文之异辞"。正因为《诗经》以"赋、比、兴"或铺陈记事，或比类喻意，或起兴抒情，所以《诗经》之为诗而具有艺术美。当然，《诗经》的艺术表现手段绝不限于这三种类型。闻一多在研究《诗经》的过程中，一方面他自然深感传统《诗经》学总结出的赋、比、兴三者之美，另一方面，他以现代诗学范畴和诗学理论发现了《诗经》更多样化的艺术形式，如在《诗经的性欲观》中借用现代诗学范畴和理论提出《诗经》在艺术表现中的隐喻、暗示、联想、象征等方法。在此基础上，闻一多结合古典诗学和现代诗学范畴及理论，在深入研究《诗经》的艺术表现后，发现《诗经》在情歌和民歌中运用了大量"隐语"，他以《诗经》中出现的以"鱼"为中心的语词和意象为例证，提出了诗歌"隐语"理论。《诗经》中"隐语"的发现，既是传统"赋、比、兴"理论的发展，又是闻一多运用西方诗学范畴和理论的突破，这构成了他对《诗经》艺术美发现的重要内容。

在《诗经的性欲观》中，闻一多就已经发现了《诗经》表现性爱的多种意象如"虹""云""雨""风""筍"等，以及"用水鸟比男性，鱼比女性，鸟入水捕鱼比两性的结合"①，他把这些归为"隐喻"的范畴。到1945年发表的《说鱼》中，闻一多就将作于1927年的《诗经的性欲观》中称为隐喻的艺术方法称为隐语了。在《说鱼》中，闻一多把鱼作为《诗经》中一个典型的隐语来研究，并以鱼为例提出了关于隐语的理论。《诗经》中出现的"鱼"为隐语，那么可见如"虹""云""雨""风""筍""鸟"等表示两性关系的词语也都属于隐语。此前认为是隐喻，在《说鱼》中认为是隐语，基本上是同样的对象，虽然一字之差，但大异其趣。闻一多正是在与隐喻的比较中界定隐语的，他说："隐语古人只称作隐（讔），它的手段和喻一样，而目的完全相反，喻训晓，是借另一事物来把本来说不明白的说得明白点；隐训藏，是借另一事物来把本来可以说得明白的说得不明白点。喻与隐是对立的，只因二者的手段都是拐着弯儿，借另　件事物来说明一事物，所以常常被人混淆起来。"② 事实上，二者之间是有联系的。闻一多从目的、手段、效果三个方面比较了隐语和隐喻，认为它们的区别主要在目的：隐喻的目的"似乎一壁在喻，一壁在隐"，即喻中有隐；而隐语的目的则是隐中有喻，"作为隐藏

---

① 闻一多．诗经的性欲观［M］//闻一多．闻一多全集：第3卷．武汉：湖北人民出版社，1994：175.

② 闻一多．说鱼［M］//闻一多．闻一多全集：第3卷．武汉：湖北人民出版社，1994：231.

工具的(谜面)和被隐藏的(谜底),常常是两个不同量的质,而前者(谜面)的量多于后者(谜底),以量多的代替量少的,表面上虽是隐藏(隐藏的只是名),实质上反而让后者的质更突出了"。也就是说,隐喻的目的是把难于理解的以比喻的方式说清楚,从隐到喻(晓);而隐语的目的则是"揣着明白说糊涂",从喻到隐,说出的是谜面而藏起了谜底。但二者的手段和效果一样,在手段上都是借他物来说本事而不直接言本事,在效果上一方面增加了语趣而富有艺术效果,另一方面都是为了晓明事物,只是隐喻是通过相类似物理解本物,隐语主要是通过"谜面"揭晓"谜底",用闻一多的说法是,以"量多"质少的"谜面"突出量少"质多"的"谜底"。在此界定基础上,闻一多进一步追溯了隐语的渊源,说明了隐语的作用,指出了隐语应用的范围。首先,从隐语的渊源方面,他认为,隐在《六经》中相当于《易》的"象"和《诗》的"兴"(喻则是《诗》的"比"),"预言必须有神秘性(天机不可泄露),所以占卜家的语言中少不了象。《诗》——作为社会诗、政治诗的雅,和作为风情诗的风,在各种性质的沓布(taboo)的监视下,必须带着伪装,秘密活动,所以诗人的语言中,尤其不能没有兴。象与兴实际都是隐,有话不能明说的隐,所以《易》有《诗》的效果,《诗》亦兼《易》的功能,而二者在形式上往往不能分别。"① 《诗》的"兴"和《易》的"象"在中国古典诗学理论中成为重要的诗学范畴,后来又有"兴象";联系西方诗学理论范畴中的"意象"和"象征",闻一多认为都可以是"隐语",也就是说,隐语是和中国传统诗学中的"兴""象""兴象"和西方诗学理论中的"意象""象征"属于同类范畴,都是诗歌艺术表现手段。诗歌在抒情写意时,不明言,不直言,不轻言,而是以他物起兴,立象以尽意,以意象抒情,以"兴象""意象""隐语"象征性地表现主体精神。诗歌的艺术美不在于直接抒情,过分的直露使得诗歌一览无余、毫无兴味,其艺术美在于以多种艺术手段如运用"兴象""意象""象征""隐语"等以达到含蓄蕴藉的艺术效果,在不确指中形成无限广阔的艺术思维空间,使读者在对诗人诗作的艺术精神探索中感受艺术的无穷魅力。其次,具体到隐语的作用,闻一多从人类心理动因予以探索,他说:"隐语的作用,不仅是消极地解决困难,而且是积极地增加兴趣,困难愈大,活动愈秘密,兴趣愈浓厚,这里便是隐语的,也便是《易》与《诗》的魔力的泉源。"从人类心理角度,一方面,轻而易举的事往往会索然无味,而克服相当困难的收获才有兴味;另一方面,

① 闻一多. 说鱼 [M] //闻一多. 闻一多全集:第3卷. 武汉:湖北人民出版社, 1994:232.

探究事物的隐秘对人类有永久的吸引力。这两方面体现在诗歌艺术中，诗人一方面以如隐语之类的手段增加阅读的困难，另一方面也就设置了语言表象后面的艺术"秘密"，这都会吸引读者既去"解决困难"以理解隐语背后的本质，又去探索艺术的"奥秘"，获得艺术欣赏的极大兴味。诗歌中的隐语如同刘勰在《文心雕龙》中所说，"遁辞以隐意，谲譬以指事"。隐固然是艺术手段，其实也是艺术本体，艺术欣赏就是寻找隐语背后的诗歌本质含义。表面看起来，诗歌艺术的"解隐"过程似乎与"猜迷"过程相类似，闻一多确也借用"谜面"与"谜底"的关系来说明隐语，但他认为诗歌隐语和游戏中的谜语在作用上毕竟有本质的不同：谜语是在根本没有隐藏的必要时，纯粹地为隐藏而隐藏，仅仅是兴趣的游戏，是一种魔力的滥用，其魔力也是廉价的，因为它不是必需品，所以，谜语是"耍把戏"的语言，和诗歌艺术的隐语自然不能等量齐观、相提并论。但不可否认，隐语和谜语之间有相通之处。最后，从隐语的功能价值角度论述了隐语的应用范围。他说："隐语应用的范围，在古人生活中，几乎是难以想象的广泛。那是因为它有着一种选择作用的社会功能，在外交场中（尤其是青年男女间的社交），它就是智力测验的尺度。国家靠它甄拔贤才，个人靠它选择配偶，甚至就集体的观点说，敌国间还靠它伺探对方的实力。"这是隐语作为一种社会性的实用功能被广泛应用，包括日常的谜语。隐语更主要体现为一种艺术价值，闻一多认为隐语的艺术价值亦是以其社会价值为基础，由此而成为"一种充沛着现实性的艺术"。正是这种高于谜语的"现实性艺术"，运用到诗歌中，隐语就成为强化诗歌艺术美的手段，也正是因为在诗歌中的运用，隐语自身的艺术价值得以充分体现。

艺术作品广泛地运用隐语，在中国文学史上源远流长。不仅诗歌运用隐语增强其艺术性，而且叙事性作品中亦多见隐语，如《金瓶梅》中就大量地使用了隐语。追根溯源，隐语的运用还体现在先秦典籍里，如闻一多所指出的《易》之"象"和《诗》之"兴"。但闻一多所发现的《诗经》中的隐语和传统所言之"兴"还是有所区别的。古代言"兴"往往与"比"联系，谓之"比兴"，释"兴"亦与释"比"联系，从古籍的解释和与"比"的比较中可见"兴"的含义。如郑玄《周礼·大师》注云："比，见今之失，不敢斥言，取比类以言之。兴，见今之美，嫌于媚谀，取善事以喻劝之。"刘勰《文心雕龙·比兴》谓："比者，附也；兴者，起也。附理者，切类以指事，起情者依微以拟议。起情，故兴体以立；附理，故比例以生。比则蓄愤以斥言，兴则环譬以托讽。"孔颖达《毛诗正义》认为："兴者，起也，取譬引类，起发己心。诗文诸举草木鸟兽以见意者,皆兴辞也。"唐皎然在《诗式》中说:"取象曰比,取义曰兴,义即象下之意。凡禽鱼草木、人物名数,万象之中,义类同者,尽入比兴。"朱熹《楚辞集注》认为:"赋则直陈其事,比则取物为比,兴则托物兴词。"又在《诗集传》中说:"兴者,先言他物以引起所咏之词也。"清陈奂在《诗毛氏传疏》中引吴毓汾说:"该好恶动于中而适触于物,假以明志,谓之兴。而以言于物则比矣,而以言乎事则赋矣;要迹其志之所自发,情之不能已者,皆出于兴。"尽管各家解释有异,但基本认为"兴"是以托物、取譬、引类等兴词,起情的艺术手段。如果"隐语"等同于"兴",闻一多也就没有必要以隐语论《诗》了。在闻一多的艺术观中,隐语有与兴相近处,但隐语自有其独立的艺术功能和艺术价值。如果说"兴"更偏重于托物起兴,当诗情兴起后,兴的任务也就完成了,兴基本上是一种引起诗情、诗意和朱熹所说"引起所咏之词"一样的手段。而隐语则贯穿全诗,或成为全诗的表现内容,而且隐语本身包含了诗歌的文化意韵,只有把握了隐语的象征意义,才能理解诗歌深层意义。如谜语,猜谜时必须了解谜面所提供的全部内容,通过谜面所提供的所有词语信息来探索词语信息所隐含的谜底。隐语不仅具有艺术功能,而且具备如闻一多所说的社会功能,在诗歌中,其社会功能就是指体现诗歌意义,也就是说,隐语体现艺术价值的同时,也要发挥如谜语中谜面一样的意义功能,体现其思想价值。传统所说之"兴",多发挥的是艺术功能,体现为艺术价值,所起兴之物有时候与诗歌内容会没有直接关系,如"孔雀东南飞,五里一徘徊",并未贯穿到全诗,与诗歌中所描绘的刘兰芝被遣归后投水而死、焦仲卿闻知后亦自缢的悲剧并没有直接的联系,即使忽略了开头所起兴之句,也不影响把握全诗大意。隐语则不仅仅被诗歌起兴所用,如果说有艺术起兴的功能,也是"起兴"了全诗意义。基于此,闻一多在《诗经》及历代诗歌特别是民歌中发现了隐语的独立价值,尽管他把隐语和兴相联系,但他对《诗经》中隐语的发现是"六义"之一"兴"的发展和超越。

　　闻一多是在《诗经》中发现隐语的,在《说鱼》中提出隐语理论,以《诗经》中的"鱼"为典型的隐语来进行论述。实际上在明确提出隐语之前,他已经触及《诗经》中的隐语。早在1927年的《诗经的性欲观》中我们就发现《诗经》表现性欲的象征性对象如"虹、云、雨、风、笱、鱼"等,当时视为隐喻;1935年发表的《高唐神女传说之分析》及随后的《朝云考》就寻绎出《诗经》中写鱼的诗歌,指出:"在《国风》里男女间往往用鱼来比喻他或她的地方"①，同时释"隋"、释"虹"、释"饥"，将"隋""虹""饥"看作与"鱼"同类的两性关系意义象征。这都还没有明确为隐语，到1945年的《说鱼》，闻一多就正式提出《诗经》中的隐语运用并从理论上进行总结，在《诗经》的实际中进行了考察。由此可见，第一，闻一多对《诗经》中隐语的发现经过了一个漫长的探索过程，这过程既是他研究《诗经》的历程，也是他整个学术研究的历程，在此历程中他的研究在不断地发展和深化；第二，理论源于实践，隐语理论既来自他的实际研究，又研究以《诗经》为代表的中国古典诗歌的具体作品，然后在理论的指导下深入探究和发现《诗经》的艺术美。正是在《诗经》作品的深入研究和具体隐语的考察中，闻一多发现了《诗经》中不同于"兴"、不同于"比"、不同于隐喻的隐语，他以《诗经》中所出现的"鱼"为个案进行了细致的考察。

闻一多在《说鱼》中指出，"鱼"是代替"匹偶"或"情侣"的隐语，"打鱼""钓鱼"是"求偶"的隐语，"烹鱼""吃鱼"是合欢或结配的隐语，吃鱼的鸟类和兽类，如《诗经》和历代各地民歌中出现的"鸬鹚""白鹭""雁""獭""野猫"等是情侣中主动一方的隐语，被动的一方比作鱼。以鱼为隐语在先秦时不限于《诗经》，闻一多在《易》和《左传》中就发现了鱼的隐语，如《易·剥》六五爻："贯鱼，以宫人宠，无不利。"《左传·哀公十七年》："卫侯贞卜，其繇曰：'如鱼窥（夫为正）尾，衡流而方羊……'。"各自出现的鱼均为隐语："贯鱼"是一连串的鱼群，是宫人之象；卫侯卜卦所得鱼的游戏是喻卫侯淫纵。闻一多主要是以隐语看《诗经》，以《诗经》出现的鱼来说明隐语意义，他首先举出两首诗，一是《周南·汝坟》："遵彼汝坟，伐其条枚。未见君子，惄如调饥。遵彼汝坟，伐其条肄。既见君子，不我遐弃。鲂鱼赪尾，王室如毁。虽则如毁，父母孔迩。"二是《齐风·敝笱》："敝笱在梁，其鱼鲂鳏。齐子归止，其从如云。敝笱在梁，其鱼鲂鱮。齐子归止，其从如雨。敝笱在梁，其鱼唯唯。齐子归止，其从如水。"这两首诗都出现了鱼，都是表示两性的隐语，包括诗歌中的"调饥"和"笱"也是隐语。其中《敝笱》在《诗经的性欲观》中有详细论述，不过在观点上略有修正，没有如前很直接地把"笱"看作女阴的象征，只是点出其作为隐语的含义。一说"笱"是收鱼的器具，笱坏了，鱼留不住，便摇摇摆摆自由进出，毫无阻碍，好比失去公权的鲁桓公管不住文姜，听凭她和齐襄公鬼混一样；另一

---

① 闻一多. 高唐神女传说之分析［M］//闻一多. 闻一多全集：第3卷. 武汉：湖北人民出版社，1994：3.

说敝笱象征没有节操的女性，自由进出的各色鱼类，象征他所接触的众男子。闻一多以为第二说更贴近隐语的解释，即鱼为情偶的隐语。鱼既为情偶的隐语，打鱼、钓鱼自然就是求偶的隐语。闻一多发现《诗经》中描写打鱼的诗歌有《邶风·新台》:"新台有泚，河水弥弥。燕婉之求，蘧篨不鲜。新台有洒，河水浼浼。燕婉之求，蘧篨不殄。鱼网之设，鸿则离之。燕婉之求，得此戚施。"闻一多曾经在《诗新台鸿字说》(1935年)中以朴学方法通过大量证据考释了"鸿"字，当时提出鸿是蟾蜍，即虾蟆的异名，在此他修正了自己的观点，仍然认为鸿是一种鸟，和鱼一样为隐语，《毛序》谓《新台》"刺卫宣公也，纳伋之妻，作新台于河上而要之，国人恶之而作是诗也"。以此闻一多认为鱼喻太子(少男)，鸿喻公(老公)，"鸿""公"谐声，"鸿"是双关语，也是隐语。"打鱼"隐语的诗，他在《诗经的性欲观》中作为"暗示性交"的典型分析过如《九罭》:"九罭之鱼鳟鲂。我觏之子，衮衣绣裳。鸿飞遵渚，公归无所，于女信处！鸿飞遵陆，公归不复，于女信宿！是以有衮衣兮，无以我公归兮，无使我心悲兮！"诗中的"于"当读为"与"，"女"当为"汝"，公要走，她要留，把衮衣藏起来，希望在一起住一宿。"九罭是密网，鳟鲂是大鱼，用密网来拦大鱼，鱼必然逃不掉，好比用截留衮衣的手段来留公子，公子也必然走不脱一样。"显而易见，九罭、鳟鲂、鸿均为两性关系的隐语。与"打鱼"样，《诗经》中的"钓鱼"也是表示求偶的隐语，如他所举《召南·何彼秾矣》"其钓维何，维丝伊缗。齐侯之子，平王之孙"和《卫风·竹竿》"籊籊竹竿，以钓于淇。岂不尔思，远莫致之"。值得注意的是，闻一多在此特引《战国策·魏策》中魏王与龙阳君共船钓鱼的故事，龙阳君得十余鱼而涕下，因为为以后得大鱼而弃前小鱼，以此而感:"臣亦犹囊臣前之所得鱼也，臣亦将弃矣，臣安能无涕出乎？"闻一多分析说，龙阳君在魏王面前按其身份和习惯上的象征语言被呼作"鱼"，所以从鱼的命运中看到了自己的命运，"由于语言的魔术性的暗示，他早已将自己和鱼同体化了，他看到鱼，便看到了自己。因此忽然有所感触，便本能地自悲起来，这和普通的比喻，无疑是不一样的。"① 闻一多以此佐证《诗经》中钓鱼的隐语意义。"鱼"既为情侣、匹偶的隐语，经过"打鱼""钓鱼"的求偶过程，就到了"烹鱼""吃鱼"阶段，也就是合欢的隐语意义，如闻一多举出的《桧风·匪风》:"匪风发兮，匪车偈兮。顾瞻周道，中心怛兮。匪风飘兮，匪车嘌兮。顾瞻周道，中心吊兮。谁能亨鱼，溉(概)之釜鬵。谁将西归，怀

---

① 闻一多. 说鱼［M］//闻一多. 闻一多全集: 第3卷. 武汉: 湖北人民出版社, 1994: 242.

（遗）之好音。"其中的"溉（概）之釜鬵"就是"给他一口锅"，"釜鬵"为受鱼之器，是女性的隐语。还有《陈风·衡门》："衡门之下，可以栖迟。泌之洋洋，可以乐（疗）饥。岂其食鱼，必河之鲂？岂其娶妻，必齐之姜？岂其食鱼，必河之鲤？岂其娶妻，必宋之子？"诗中的"衡门"是与其他诗中所写到的"城阙""城隅"等一样为古代男女相约幽会之地，一般依山傍水，以行秘密之事，所以山和水都叫作密，或分别字体，山名密，水名泌。诗中写诗人和女友相约在衡门之下会面，然后同往泌水之上以"疗饥"，表面是"食鱼"以"疗饥"，实则在闻一多的隐语分析中是男女合欢以疗情欲之饥，诗中的"鲂""鲤""食鱼""乐饥"在闻一多看来都是两性关系的隐语。这在《诗经》之后的一些地方民歌中体现得更为鲜明，如广东民歌"一条江水白涟涟，两个鲢（鱼廉）在两边，鲢（鱼廉）没鳞正好吃，小弟单身正好怜"，安南民歌"天上下雨地下滑，池中鱼儿摆尾巴，哪天得鱼来下酒，哪天得妹来当家"，仲家情歌"吃鱼要吃大头鱼，不吃细鱼满嘴流，连娘要连十八岁，不连小小背名偷"，晋宁民歌"一对鲤鱼活鲜鲜，小妹来到大河边，要吃小鱼随郎捡，要吃大鱼要添钱"。《诗经》的情歌中凡出现鱼即为情偶的隐语，有的情歌则与鱼相对而出现鸟类，闻一多认为这类鸟亦是情偶的隐语，是指男女中的主动求偶者，无疑，这时的鱼就成为被动者，如《曹风·候人》中的"维鹈在梁，不濡其咮。彼其之子，不遂其媾。荟兮蔚兮，南山朝隮。婉兮娈兮，季女斯饥"。其中"鹈"即鹈鹕，是一种捕鱼的鸟，又名鸬鹚，俗名水老鸦，伫立在鱼梁上，连嘴都没有浸湿的鹈鹕，当然是没捕着鱼，以此比女子见不到她所期待的男人。"鹈"是男性的隐语，"鱼"自然是女性的隐语。此隐语可证者如闻一多从《夷坚支志》中析出一首妇人被迫回娘家后怀其夫的《点绛唇词》："独自临池，闷来强把阑干凭，旧愁新恨，耗却年时兴。鹭散鱼潜，烟敛风初定，波心静，照人如镜，少个年时影。"闻一多说，"鹭散鱼潜"，写景皆寄兴，是双关语。这与《候人》诗一样，是将鹭比为男方，鱼为女方，均指应该主动的男性而不主动，引起被动方女性的幽怨。包括民歌中亦多以鸟和鱼并列的隐语，如曲靖民歌"年年有个七月七，鸬鹚下田嘴衔泥，不是哥们巴结你，鱼养你来水养鱼"，陆良民歌"大河涨水满河身，一对野猫顺水跟，野猫吃鱼不吃刺，小妹偷嘴不偷身"。以鱼为情侣、匹偶的隐语，打鱼、钓鱼到烹鱼、吃鱼的隐语意指，在闻一多的考察中首先出现在《诗经》的情歌中，这是闻一多研究《诗经》的重要发现。这发现是两个层面的，一是《诗经》中隐语作为超越"兴"的艺术方法的发现，二是《诗经》中"鱼"作为独特隐语，以具体的隐语"鱼"以证《诗经》中的隐语方法,隐语理论又落实到具体隐语"鱼"的发现中。

　　"鱼"作为隐语从《诗经》开始但不限于《诗经》,正如《诗经》是中国诗歌史的开端并深刻地影响了后世诗歌艺术形态一样,在闻一多的考察和发现中,《诗经》也开创了中国诗歌隐语艺术方法的先河。闻一多在更广阔的诗歌史和地域文学背景中考察了隐语"鱼"在《诗经》之后的诗歌中,特别是在民歌中的体现,他说:"在中国语言中,尤其在民歌中,隐语的例子很多,以鱼来代替'匹偶'或'情侣'的隐语,不过是其间之一。时代至少从东周到今天,地域从黄河流域到珠江流域,民族至少包括汉、苗、瑶、僮,作品的种类有筮辞、故事、民间的歌曲和文人的诗词——这是他出现的领域。"①为此,闻一多在《说鱼》中基本依照时代顺序,梳理和引证了有关"鱼"的诗歌特别是民歌,包括打鱼、钓鱼、烹鱼、吃鱼等隐语所表现的男女两性关系的诗歌。闻一多原本就将《诗经》中的大部分诗歌特别是《国风》从"经"还原为情歌和民歌,《诗经》中鱼的隐语也基本上出现在作为情歌和民歌的诗歌中,《诗经》对后代诗歌的影响一方面指向文人诗,另一方面指向民间诗,民间保留了《诗经》以民歌形式表现情歌内容的传统,这也是题中应有之义。也可以说,《诗经》中相当一部分诗歌本来就"采"自民间,民间歌谣从《诗经》时代就自成系统,发展到现代也有其传统,闻一多正是以从现代民歌上溯古代民歌以历史还原法逆推出《诗经》的情歌内容和民歌艺术形态,自然也就逆推出隐语的艺术表现方式。显而易见,鱼作为诗歌隐语既最早见于《诗经》中,又见于历代诗词歌赋中,更多见于流传在各民族、各地域的民间歌谣中。闻一多广收和博采了各地各族吟咏鱼的民歌,除自己亲自采集外,参照了陈志良的《广西特种民族歌谣集》、陈国均的《贵州苗夷歌谣》《民俗》及北京大学研究所的《国学门月刊》,在《说鱼》中进行征引,与《诗经》中咏鱼的诗歌相映生辉,共同证明了诗歌中"鱼"作为情侣和匹偶隐语的永恒性和广泛性。闻一多的《说鱼》汇集了中国诗歌中以鱼为"主题词"的大部分诗歌,从《诗经》开始到历代诗歌,从诗词到歌赋,从文人诗到民间歌谣,从各个民族的民歌到各个地域的民歌,涉猎之广泛正说明了"鱼"这一物象之于诗歌创作的吸引力,《说鱼》可以说是一部"鱼"诗歌的集大成作。以《诗经》为源头,汇集了大量"咏鱼"的民歌,既可见与《诗经》在情歌内容和民歌形式及隐语运用方面的对应关系,又可见鱼的民间观念。

　　应该说,《诗经》作为中国最古老的诗歌包含着或透示着最原始的观念,

---

① 闻一多. 说鱼[M]//闻一多. 闻一多全集:第3卷. 武汉:湖北人民出版社,1994:233.

而民歌包含着或最是能体现出民间观念，民间观念在相当程度上是历史传承下来的，其中不无原始观念的遗留。从《诗经》中的情歌到现代民歌可以看到原始观念，并以此把握民间观念。诗歌中多以鱼为歌咏对象，以鱼为情偶隐语，是艺术表现的需要，其象征意义的背后隐含着更为深远的原始观念，包含着更为深厚的民间观念。鱼作为隐语的象征意义，无论是原始观念，还是民间观念，都有其深层的历史动因和文化起源意义。那么，为什么古今中外各民族都对鱼如此钟情，为什么诗歌特别是民歌如此不厌其烦地歌咏鱼，鱼为什么会在诗歌中成为情偶的隐语？闻一多对此的解释是，因为鱼具有强大的繁殖功能，所以在以繁衍后代为目的的两性婚姻关系中鱼成为两性关系的隐语。他说："为什么用鱼来象征配偶呢？这除了他的繁殖功能，似乎没有更好的解释。大家都知道，在原始人类的观念里，婚姻是人生第一大事，而传种是婚姻的唯一目的，这在我国古代的礼俗中，表现得非常清楚，不必赘述。种族的繁殖如此被重视，而鱼是繁殖力最强的一种生物，所以在古代，把一个人比作鱼，在某一意义上，差不多就等于恭维他是最好的人，而在青年男女间，若称其对方为鱼，那就等于说：'你是我最理想的配偶！'现在浙东婚俗，新妇出轿门时，以铜钱撒地，谓之'鲤鱼撒子'，便是这观念最好的说明，上引《寻甸民歌》'只见鲤鱼来摆子'，也暴露了同样的意识。"① 鱼作为一种自然生物具有强大的繁殖力是自然现象，而两性婚姻和种族繁衍是人类的社会现象，二者的联系反映在人类观念中生成了诗歌中鱼的隐语象征意义。鱼作为闻一多所说婚姻关系中基于传种的情侣、匹偶观念并非鱼之于人类的最原始观念，正如诗歌是人类文明后起的文化形式一样，鱼的繁殖力象征人类婚姻的观念也是后起的，在如母系氏族时期没有出现婚姻，也就不会以鱼来象征爱情中的情侣和婚姻中的传种。按照摩尔根《古代社会》的观点，人类的史前史分三个阶段：蒙昧时代、野蛮时代和文明时代。恩格斯将各时代特征概括为："蒙昧时代是以采集现成的天然产物为主的时期；人类的制造品主要是用作这种采集的辅助工具。野蛮时代是学会经营畜牧业和农业的时期，是学会靠人类的活动来增加天然产物生产的方法的时期。文明时代是学会对天然产物进一步加工的时期，是真正的工业和艺术产生的时期。"② 与此相对应，人类两性关系、婚姻和家庭的产生经历了一个漫长而复杂的发展过

① 闻一多. 说鱼［M］//闻一多. 闻一多全集：第3卷. 武汉：湖北人民出版社，1994：248.
② 恩格斯. 家庭、私有制和国家的起源［M］//中共中央马克思恩格斯列宁斯大林著作编译局. 马克思恩格斯选集：第4卷. 北京：人民出版社，1972：4.

程，两性爱情、一夫一妻制、个体家庭是文明发展到比较高的阶段才产生的。在最原始的阶段，如恩格斯所引用的摩尔根的研究结论，认为曾经存在过一种原始的状态，那时部落内部盛行毫无限制的性交关系，因此，每个女子属于每个男子，同样，每个男子也属于每个女子。与此相伴随的家庭形式是原始的群婚制，"我们发现历史上可以确切证明并且现在某些地方还可以加以研究的最古老、最原始的家庭形式是什么呢？那就是群婚，即整群男子与整群女子互为所有，很少有忌妒余地的婚姻形式。其次在较晚的一个发展阶段上，我们又发现了多夫制这种例外形式……"① 在从野蛮时代到文明时代，家庭形式经过了血缘家庭、普那路亚家庭、对偶家庭、一夫一妻制家庭。一夫一妻制家庭是在野蛮时代的中级阶段和高级阶段交替时期从对偶家庭中产生的，恩格斯称之为"文明时代开始的标志之一"。我们说，闻一多这里所说的鱼为情侣和匹偶的隐语源于鱼的繁殖力来象征人类婚姻中的种族繁衍功能，是人类文明发展到比较高级阶段的产物，是两性具有以爱情关系、一夫一妻制为主的婚姻形式，个体家庭产生以后才会具有的观念。当然，无论《诗经》中歌咏鱼的情歌，还是历代各地各族以鱼为隐语的民歌，都是基于爱情追求和婚姻目的，亦如闻一多所说，最终是为了婚姻、家庭中的传种功能而取鱼为隐语。

鱼和人类的关系既古来又普遍，而且在时间和空间上都呈现出复杂的联系和更丰富的观念。首先，鱼以其强大的繁殖力象征种族繁衍的观念在空间上有更大的普遍性，在世界范围内都可以发现这种鱼的象征意义，如闻一多在《说鱼》中最后指出的，以鱼为情偶的象征观念并不限于中国，在古代埃及、西部亚洲以及希腊等民族都有类似观念，现代野蛮民族也有着同样的观念。例如，西部亚洲有崇拜鱼神的风俗，他们认为鱼和神的生殖能力有着密切的关系；至今闪族人还以鱼为男性器官的象征，他们常佩的厌胜物，有一种用神鱼作装饰的波伊欧式尖底瓶，这神鱼便是他们媒神赫米斯的象征。他进而指出："任何人都是生物，都有着生物的本能，也都摆不脱生物的意识，我们发现在世界的别处，这生物的意识，特别发达于各野蛮民族和古代民族间，正如在中国，看前面所举各例，汉族中，古代的多于近代的，少数民族的又多于汉族的。"② 其次，如果进一步追问，鱼和人类的关系在文明社会之前的观念是什么，为什么鱼会成为生殖功能的象征，追问到鱼和人类关系最

① 恩格斯. 家庭、私有制和国家的起源［M］//中共中央马克思恩格斯列宁斯大林著作编译局. 马克思恩格斯选集：第4卷. 北京：人民出版社，1972：30.
② 闻一多. 说鱼［M］//闻一多. 闻一多全集：第3卷. 武汉：湖北人民出版社，1994：249.

古老的时候就会发现，鱼在原始社会时和人类就有异常密切的自然关系和观念上的联系。摩尔根和恩格斯的考察以及文化人类学的研究说明，人类在蒙昧阶段从树上生存落到地面上后，首先是生活在有水的地方、从采集鱼类为食物开始的，人类生存离不开水，所以人类文明最早发源于江河流域，如阿拉伯地区的两河流域文、古埃及的尼罗河流域、中国的黄河流域和长江流域。有水的地方就有鱼，而有水的地方就有鱼类，包括虾类、贝壳类及其他水舶动物，鱼首先成为人类的食物，保证了人类的生存需要。这样，人类和鱼首先就建立起一种自然关系，在此基础上生发出抽象的精神关系，那就是在观念上，人类对能够保证其生存的鱼由依赖进而产生出感恩心理，以为鱼是上天或祖先恩赐于他们的，由此产生对鱼的崇拜，甚至有的部落会把鱼作为本部族的图腾加以崇拜，祈求鱼的保护。在图腾崇拜的基础上，部族需要繁衍和发展，进一步发展出生育崇拜，生育崇拜和鱼图腾崇拜相结合，就会以鱼的繁殖力来象征人类自身的生殖力。鱼以其强大的繁殖力给人类提供了容易生存的食物，鱼也应该能够以其强大的繁殖力为人类的发展即种族繁衍提供保佑。这样，人类和鱼就建立起了双重关系：一是现实的自然关系，即鱼供给了人类食物；一是抽象观念上的联系即祈求鱼护佑种族，如鱼一样大量繁衍而保证种族的发展。正如有论者在闻一多研究观点基础上指出，鱼在原始社会是繁殖最多、最容易获取的食物，原始人的生存依赖着鱼，"人们由依赖鱼而崇拜鱼并进而企求鱼的保护来达到自己的目的。——半坡鱼图多是鱼纹、网纹共生，多有珥鱼、衔鱼，正是企求鱼的保护，驱鱼入网，获得更多的鱼的愿望的体现。这种带有某种巫术性质的鱼崇拜是生产斗争的必要手段和补充。另一方面，出于延续种族的迫切愿望，人们艳羡鱼强大的生殖能力，希望自己的子孙能像鱼一样地绵绵不绝。当时受孕生育被认为是神的恩赐，是图腾精灵进入妇女体内的结果。姜嫄履大人迹而有孕，简狄吞玄鸟卵而生子都是这种观念的遗留。与图腾神交合、感天而生子被认为是非常幸运的事，屡感不孕则被认为是灾祸的征兆。崇拜鱼以增殖后代对于鱼图腾部族来说意义尤其突出。既然崇拜对象本身以善于繁衍为人注目，那么他的后代子孙的那种大量增殖以像其祖先的愿望当然也就更加迫切和强烈。半坡鱼图中的嘴角衔鱼、耳边挂鱼以及大量的富于变化的鱼纹正体现着人们对于鱼性——其中包括他的繁殖能力和生生不已的特征——的向往。""总之，人们崇拜鱼首先在于它是人们生存必需的食物，人们对它由依赖而崇拜；其次在于部族需要增殖，由对于增殖的企望而崇拜。前者关系到自身的生存，后者关系到部族的发展。二者对于原始氏族都是至关重要的。……在以鱼为食物来源的原始氏族中,都紧紧地系结于鱼的强大的生殖能力。鱼被神化并受到崇拜,完全在于它的生殖能力。所以,人们崇拜鱼,以鱼为丰收、繁衍和生命的象征,归根结底是崇拜生殖的表现。"① 正是在鱼和人类的这种共生关系中,随着人类文明的发展和爱情、婚姻、家庭的产生,鱼渐渐演变为情侣和匹偶的象征,在诗歌中表现为情侣和匹偶的隐语。闻一多从鱼的隐语意义探索到鱼的生殖力和婚姻关系的渊源阶段,而没有进一步追溯到最原初的鱼和人类的关系渊源。按照人类和鱼的关系演变中"鱼"观念的产生及表现,可以排列出:人类为生存以鱼为食物的自然关系基础→鱼图腾崇拜→生殖崇拜→鱼的生殖力与种族繁衍的关系→婚姻和家庭产生后的传种功能和鱼的繁殖力→两性爱情关系中以鱼为情偶→《诗经》中以鱼为情偶隐语的表现→历代诗歌及各民族各地域民间歌谣中鱼的隐语。当然,我们也可以从最近之民歌中以鱼为情偶隐语逆推上去来探索鱼在诗歌中作为情侣、匹偶隐语的原始观念起源。

　　人类和鱼之间密切的双重关系生成了人类的鱼观念,无论是自然关系基础上的图腾崇拜还是社会和精神联系中的生殖象征及情偶隐语,都可以看出鱼本身的象征意义。鱼进入诗歌中成为隐语,从艺术表达上尤其是语言表达上,正体现了艺术中隐语产生的特征。观念的生成过程并不等同于艺术方法的形成,诗歌中隐语的产生既隐含着人类的文化心理,又包含着语言和艺术自身的根源。闻一多在说明《诗经》中"兴"的缘起时提到了"沓布"的作用:"《诗》——作为社会诗、政治诗的雅,和作为风情诗的风,在各种性质的沓布(taboo)的监视下,必须带着伪装,秘密活动,所以诗人的语言中,尤其不能没有兴。"可以说,隐语的产生在最初同样有着"沓布"的原因,在原始禁忌或社会政治禁忌的影响下,对不能直言或不敢明言的对象、内容采取隐语表达。把鱼作为情侣和匹偶隐语,甚至有把鱼作为性器隐语,或以其他物品指称性器或性事活动,如闻一多在《诗经》中所发现的"虹""云""雨""风""笱"等,都与两性对象、活动、行为有关,而性的内容是不能直言或明言的对象,在原始社会甚至封建社会成为日常生活中的禁忌,或出于羞耻心,或以为性为肮脏,或因为不吉利,所以性禁忌成为人类禁忌中最为显著的内容,因此在日常口语中会有另外一套词语代指两性内容来达到既指明对象又含蓄的效果。文艺作品从现实生活中提炼而形成关于两性内容的艺术化表达,诗歌中有如《诗经》中所出现的指代两性对象和内容的隐语,

---

① 赵沛霖. 兴的源起:历史积淀与诗歌艺术 [M]. 北京:中国社会科学出版社, 1987: 28, 30.

鱼有时是情侣和匹偶的隐语，有时是生殖的隐语，有时更干脆是生殖器的隐语，如闻一多提到的闪族人以鱼为男性器官的象征，把鱼做成装饰物佩带在身上为"厌胜物"。性禁忌的形成大约有四种情形：一是原始社会出于性图腾崇拜和生殖崇拜而对作为崇拜物的性产生敬畏心，不敢轻言从而形成性禁忌；二是封建社会时期如中国古代的礼教、道学思想认为性为不净或为罪恶，不屑于言性而形成性禁忌；三是性作为人类最隐秘的活动从而生出了人类之于性的羞耻心，在日常生活中讳言性而形成性禁忌；四是民间习俗中从古老社会就传下来的以为性是不吉利事物，如女性的月经、性行为本身、生育过程等发生在不当的地点和时间或为人所见时，往往会与"血光之灾"联系起来，因此产生了各种民间的性禁忌。正是因为性禁忌的存在，所以产生了性的隐语，鱼成为性的隐语既是出于生殖功能，也是因为性禁忌。如古典小说《金瓶梅》就有大量性的隐语，其中多是因为性禁忌而产生的讳言性，以隐语将粗鄙的性雅致化，有《金瓶梅隐语揭秘》一书专论其性的隐语，书中就此论及隐语的产生原因，谓隐语导因于"难言"，"难言之隐"是隐语生成的基因。"性及其器官为什么讳言呢？因其'本体不雅'（刘勰），不能直指，不能直称。《金瓶梅词话》称器官为不便处，不是望文生义的'不能排便'，而是不便于称说的'难言之隐'。人的'本体'，由生殖崇拜之圣洁，何以跌落到需遮隐的'不雅'？学界歧说：或谓遮诱，或谓遮羞。其实诱与羞之遮，那是较晚的事，原初只为遮护：保护脆弱而神圣的繁衍人类的部位而已。进入了文明人时代，才有了'本体不雅'的观念，遮羞与遮诱才与之伴生。因其不雅，在语言中才须遮饰。这是受制约于社会道德的规范。""因本体粗鄙，不便称说，取隐使之雅化，而为体面意识所容许，不伤风化，而诉之于大雅。这是因本体粗鄙，不便明说，为雅化而求隐。另一种则是，本体不鄙，然不愿明说，为趣化而求隐。"① 凡"难言之隐"的内容往往都是人类最想言说的，一方面，"难言之隐"构成了人类心理结构的重要层面，长期压抑而形成言说的冲动，如弗洛伊德将性本能认定为人类心理中受到压抑的部分而成为潜意识，长期压抑的性意识会升华为艺术；另一方面，社会、政治、文化、道德、习俗等制约着人类深层心理和潜在意识的自由表达，造成了如性心理、性意识的"难言之隐""忌言之隐""讳言之隐"的困境。但愈是难言、忌言、讳言的内容，愈想言说；愈是受到压抑、压制的对象，在压力之下愈能够爆发出言说的冲动。在不能直言、不能明言的社会文化、政治意识、伦理

---

① 傅增享. 金瓶梅隐语揭秘［M］. 天津：百花文艺出版社，1993：266，199.

道德等的制约下的"放言",就转化为艺术的形式,运用闻一多所说的隐语来暗指对象。因此,隐语的产生是社会文化心理在艺术上的曲折体现。

　　隐语是一种艺术化的表达,固然有针对"难言之隐"的对象而将之雅化的一面,但更有将凡是难言、忌言、讳言的内容都趣化的一面。无论是雅化还是趣化,实际上都是艺术化的过程,表现在日常游戏中便形成了谜语,表现在诗歌创作中就是闻一多在《诗经》中所发现的隐语艺术方法。在诗歌中,固然因为内容或难言,或忌言,或讳言而采用隐语的表达方式,但同时隐语的运用亦是诗歌艺术自身内在的需要,是诗歌艺术方法之一,其目的是达到闻一多所说"把本来可以说得明白的说得不明白点"。从创作主体而言,隐语是"揣着明白说糊涂",以实现诗歌的艺术化和达到艺术审美效应;从对象主体而言,本来是平凡、庸俗甚至粗鄙的内容经过隐语的艺术"包装"而熠熠生辉,散发出了艺术魅力,如闻一多在《诗经的性欲观》中所发现的《诗经》中一些表现性爱活动的诗歌,对象本身并不美,但以艺术化表达就赋予了艺术魅力;从接受主体而言,隐语会激发起艺术探索的无穷兴趣,隐语以艺术化语言"说糊涂"的"明白内容",在诗歌语言本身的审美过程中仿佛猜谜语似的完成诗歌的审美过程,在这一过程中自有无穷的艺术趣味。所以,闻一多所发现的《诗经》中的隐语,成为中国诗歌包括民歌的主要艺术手段,构成了中国诗歌的艺术传统,既渊源于上古社会文化心理,又根源于《诗经》的艺术世界。

　　诗歌中的隐语呈现出静态和动态相结合的特征,一方面具有一定的稳定性,另一方面具有相当的可变性。从稳定性的一面,一种指称一定内涵的隐语一旦形成,在不同时代的不同诗歌中会反复出现,如闻一多《说鱼》中的隐语"鱼",从《诗经》开始形成,以后的诗歌特别是民歌就一直沿袭,均以"鱼"隐指情偶,而实际上成为不言自明的套语,已经无隐可言,失去了诗歌应有的创新活力和诗歌本身的韵味及含蓄性,这也就是一部分民歌艺术性不高的原因。闻一多在《说鱼》附记中提道:"朱佩弦先生指出,这个古老的隐语(指鱼),用到后世,本意渐渐模糊,而变成近似空套的话头。"闻一多以为朱自清的意见是对的,所以附记在《说鱼》后。实际上,鱼在诗歌中的普遍化,本意倒未必模糊,变为"空套的话头"是确实的。所谓"空套的话头",在语言上就是一种"套语",如日常生活中的"套话",已经没有实际的内容,只是反复搬用习用的词语表达形式,这在中国文学史上并不鲜见,如《诗经》,就有研究者指出其创作的"套语化"。王靖献在《〈诗经〉的套语及其创作方式》中指出:"历史上曾经有过这样一个时期,无论在中国或在欧洲,作诗是歌唱与随口而歌,仅只是熟练地运用职业性贮存的套语。评价一首诗的标准并不是'独创性'而是'联想的主体性'。如果对这一特殊的创作方法没有设身处地的理解，要想体验《诗经》'已经完成的内容'将是非常困难的。"论者所谓《诗经》"套语"是指："所谓套语者，即由不少于三个字的一组文字所形成的一组表达清楚的语义单元，这一语义单元在相同的韵律条件下，重复出现于一首诗或数首诗中，以表达某一给定的基本意念。"书中特别指出，"也许，闻一多是第一个注意到：借助对套语系统的考察，是研读《诗经》的众多方法之一"①。当然，王著主要从诗歌音节韵律角度总结出《诗经》语言形式上的套语系统，没有涉及隐语的习用。朱自清所说的是闻一多意识到的隐语在稳定性中的沿袭性，这种隐语实际上也形成了中国诗歌中的"套语"系统，事实上，闻一多在《说鱼》中按照时代顺序所汇集的歌咏鱼的诗歌，正构成了隐语"鱼"的套语系统。隐语成为套语，实际上既消解了隐语之"隐"，又造成了诗歌的陈陈相因，因而缺乏相当的独创性。这种隐语的套语化不完全体现在语言上，也导致了诗歌艺术的模式化，艺术一旦模式化，当然也就表现出相当的僵化和僵化中的单一性。《诗经》作为最早的口述诗歌，自成套语后，影响到后世诗歌在包括隐语运用上的艺术模式化传统，这种语言的套语化和模式化不仅表现在诗歌创作中，而且在叙事性文学中亦成为习见的现象。王靖献在《〈诗经〉的套语及其创作方式》中敏锐地意识到闻一多在《风诗类抄》中对《诗经》套语系统的考察，认为闻一多是第一个注意到《诗经》"套语"系统的，那么，《说鱼》也可以证明，闻一多在中国诗歌中考察作为隐语的"鱼"的同时，也考察出了"鱼"

---

① 王靖献.《诗经》的套语及其创作方式［M］. 谢谦，译. 成都：四川人民出版社，1990：11，52，154. 该研究是依据美国米尔曼·帕里提出的套语理论，据该书译者序："所谓套语理论，最早是有美国哈佛大学古典文学教授米尔蔓·帕里（Milman Parry）在本世纪（20 世纪）30 年代提出来的，后经帕氏的学生阿伯特·洛尔德（Albert Lord）发展扩充为一套文章的批评体系，对西方古代文学研究发生了广泛而深远的影响。在帕、洛二氏那里，套语理论只适用于荷马史诗等古典文学的研究，但自从 20 世纪 50 年代以来，西方学者将这一理论推而广之，使之成为一种跨文化系统的批评方法，并被广泛地应用于英、法、德、俄等民族的古代叙事史诗的研究之中，而且东方文学专家也开始运用这一方法来研究日本、印度、朝鲜等国的古典诗歌。"生于台湾、执教于华盛顿大学亚洲语言文学系的王靖献亦使用"套语"理论来研究《诗经》，发现《诗经》最初具有口述文学的套语化特征。帕里把文学分为口述形式和书写形式两种，早期诗歌的基本性质是"口述的"，而口述诗歌总的语言特点则是"套语化与传统性"。帕里认为，套语是"在相同的韵律条件下被经常用来表达某一给定的基本意念的一组文字"；套语系统是"一组具有相同韵律作用的短语，其意义与文字非常相似，诗人不仅知道它们是单一的套语，而且把它们当作某一类型的套语来运用"。如《诗经》中的"言采其+植物名"套语系统。

在中国诗歌中的"套语"系统。① "鱼"的套语化，或说隐语因为套语化而"不隐"，是"鱼"及其所代表的意义在诗歌发展中过分稳定的结果，是隐语的稳定性的体现。隐语动态的可变性是指，第一，同一隐语在不同时代的不同诗歌中会有不同的含义，如闻一多所考察的隐语"鱼"，大体上鱼在从《诗经》到民歌中是隐指情侣和匹偶，但从原始氏族和部落形成的对鱼的体认观念以及流传于后世民间中的观念来看，其内涵要丰富得多，或指代生殖力，或指代生殖器，或指代情偶，当然有时也代表着与两性情爱或婚姻中的传宗接代完全无关的含义，如在农业社会中的指代农业的丰收和生活的富裕，民间有所谓吉庆有余（鱼）的俗语。闻一多在《说鱼》中主要取隐指情侣和匹偶的诗歌为例说明隐语，同时也集中展示中国诗歌中鱼为隐语的一个方面的主题而未及其他含义的诗歌。也就是说，一种隐语不仅一种含义，隐语的动态性可能会赋予特定隐语更为丰富的内涵，如同谜语中的一个谜面由于其不确定性会有两个或两个以上的谜底一样。诗歌中的隐语由于诗歌艺术本身的不确定性、朦胧性和广阔的想象空间会有更丰富的含义，诗人创作过程中使用一个隐语时会突破已有的意义规定，诗歌中的隐语之解也不会有"标准答案"，不同的读者会有不同的隐语解答。第二，同一指称对象及其意义随着历史的发展和文化观念的变迁在不同时代会有不同的隐语。诗歌创作有时不在于表现新的情思，情思是一定的，但抒写方式在不断变化或者说在不断创新中，也意味着诗歌的创造性，这种表现方式的创造性特别体现在意象的翻新上，也体现在隐语的翻新上，尽管一时的新会因为后来的沿用和习用而"套语"化。这种翻新也体现出诗歌隐语的动态性和可变性。如爱情诗，在诗歌史上用以指代爱情的意象丰富多彩，从隐语的角度，用来隐指情偶的隐语也不限于闻一多《说鱼》中所发现的鱼。历史在发展，文化观念在变迁，诗人以不同时代的观念不断地做出新的审美发现，如闻一多所说，配偶的隐语从鱼变化为鸳鸯、蝴蝶和花等。鸳鸯、蝴蝶、花（如玫瑰）、鸟（如夜莺）等

① 中国诗歌语言的套语化是艺术模式化的表现之一，五四文学革命运动胡适在《文学改良刍议》中就提出"务去滥调套语"，认为中国诗歌多"滥调套语"，其实如古典小说和戏曲在表现上都有鲜明的"套语"和"模式"一样。闻一多从研究《诗经》到发现诗歌中的隐语，触及中国文学这一主要特征，可惜没有充分展开研究。王靖献在《〈诗经〉的套语及其创作方式》一书中指出了闻一多是第一个考察《诗经》套语系统的学者，进而他也指出："由于他的早逝，闻一多没有来得及详尽地发挥他在粗略的计划中提出的观点。尽管如此，说闻一多已接近把《诗经》当作口述套语创作来读，还是武断的。"（第11页）但事实上闻一多在《说鱼》中从隐语的角度触及的不仅是《诗经》，而且是整个中国诗歌包括民歌的套语系统。

在诗歌中指代爱情和爱情对象，已经和鱼一样屡见不鲜，从鱼的隐语到鸳鸯、蝴蝶、花等隐语的发展正体现了情偶隐语的可变性。同时，变化了的不仅仅是隐语本身，隐语所象征的意义也在变化，不同的隐语所隐指的意义反映了不同时代的文化心理和价值观念。在闻一多看来，鱼的隐语是偏于古代的，而鸳鸯、蝴蝶、花之类的隐语则是后起的；鱼作为情侣、匹偶的隐语包含了"繁殖种族的生物意义"和婚姻中"保存种族的社会意义"，而鸳鸯、蝴蝶、花之类的配偶隐语则体现出一种"个人享乐主义"，如扬州民歌所歌咏的："城里的琼花城外的鱼，花谢鱼老可奈何！"鱼为隐语是属于过去的、乡村的、下层社会的、代表实用的，花为隐语是属于现代的、城市的、上层社会的、代表装饰和享受的。在闻一多看来，前者是比较健康的，而后者则是病态的。之所以有如此变化，是文化发展的结果，他说："文化发展的结果，是婚姻渐渐失去保存种族的社会意义，因此也就渐渐失去繁殖种族的生物意义，代之而兴的，是个人享乐主义。"① 他把后者的状态称为"文化病"，是文化造成了人类爱情婚姻中原始的、实用的、纯真的人性的变异和一定程度的"病态"。闻一多从诗歌中表现配偶的隐语的变化发现了思想上的"二律背反"，即区分出"生物的人"和"文化的人"，人不断地创造文化而以文化使自己脱离生物性进化为"文化的人"，而进化的结果则失去了作为"生物的人"的宝贵自然性，而如果保留"生物的人"的自然属性就不具备社会文化的品行，仍然会停留在生物性阶段。这其实是人类从一开始就面临的永恒困境，如哲学上所说的是一个"二律背反"。闻一多从"鱼"这一隐语引申到思想上关于人的生物性和文化性矛盾的思考，诗歌艺术上隐语的发现不仅仅是艺术发现，还从中发现出重大而深刻的关于"人与文化"的关系命题，这也是闻一多后期学术研究一贯关注和思考的内容，意味着他从古典诗歌研究到文化思考的思想升华。

三、《楚辞》的诗美发现：《九歌》和《九章》的艺术奥秘

艺术美的发现过程是一个艺术奥秘的探索过程。诗歌艺术不仅以象征、比兴、暗示、隐语、互文性、陌生化等手法造成了诗歌的含混性和朦胧性，而且隐含着诗人的心灵奥秘和诗人所在历史时代的秘密，后者通过前者表现在语言文本里，共同构成诗歌艺术美神秘性的一面。尤其古典诗歌，尤其上古诗歌，因为远离现代社会，从文本语言到诗歌形式，从诗人个性心灵的抒写到历史内

---

① 闻一多. 说鱼 [M] //闻一多. 闻一多全集：第3卷. 武汉：湖北人民出版社，1994：249.

容的反映，都与现代读者存在相当的隔膜，构成了古典诗歌艺术美奥秘的一部分。有的美可以通过直观而把握，有的美则需要主体调动全部的精神经过深入研究才可以发现。古老的艺术往往隐含着古老的精神奥秘和美的奥秘，美的欣赏是建立在了然艺术奥秘的基础上的。闻一多对古典诗歌艺术美的"发现之旅"既伴随了他整个文化人生和学术研究历程，又绵亘中国古今诗歌，不停地探索着诗歌艺术的奥秘，不断地发现着诗歌艺术的美。从中国诗歌的起源到中国最早的诗歌总集《诗经》，闻一多发现了中国诗歌最早的艺术美形态。从《诗经》到《楚辞》代表了中国古典诗歌最早的演变形态，闻一多随之也从《诗经》中诗美的发现进展到《楚辞》中艺术美的探索。闻一多对《楚辞》在艺术美的发现层面集中在《九歌》和《九章》上，主要探索了《九歌》艺术体制的奥秘，并从艺术风格角度考释了《九章》之疑。

《楚辞》是中国继《诗经》之后产生于南方楚国的一种新诗体，无论从诗体形式还是从所表现的内容，都和《诗经》有相当的差异，这差异主要来源于时代和地域文化。《诗经》主要产生于西周初期到春秋中叶的北方中原地区，其地域包括东之齐鲁、西之渭陕、北之燕翼、南之江汉，范围涵盖了今河南、河北、山西、陕西、湖北北部、安徽北部，① 基本上属于从夏文化到殷商文化的汉族文化系统。《楚辞》晚出于《诗经》，在战国时期的楚国，属于江汉流域的荆楚之地。居于楚地的"楚人"不限于汉族，主要是少数民族，所谓"九夷八蛮"，包括越人、苗人、氐人、羌人、濮人。在文化上，楚地一方面吸收了华夏族的历史文化如夏文化、商文化、周文化和地域文化如秦、郑、宋、晋、齐等地为代表的中原文化，另一方面更融合了南方各少数民族文化和荆楚大地上的土著文化如百越文化、夷濮文化、氐羌文化、巴蜀文化、苗蛮文化等，形成了独具特色的、鲜明的、区别于北方中原文化的南方文化系统的楚文化。《楚辞》是楚文化的产物，描绘了楚地的地方风情和民间习俗，表现了楚人的情感个性和文化心理，体现了楚文化"信巫鬼，重淫祀"、人神交感、浪漫多情、想象奇异等特征，因而《楚辞》在独有的艺术体制中包含了楚地、楚人、楚文化的历史奥秘，构成《楚辞》艺术奥秘的文化精神内核。据《汉书·地理志》："楚有江汉川泽山林之饶，江南地广，或火耕水耨。民食鱼稻，以渔猎山伐为业，果蓏蠃蛤，食物常足。故（此下两口）（穴下两瓜）隃生，而亡积聚，饮食还给，不忧冻饿，亦亡千金之家。信巫鬼，重淫祀。而汉中淫失（佚）枝柱，与

① 参见褚斌杰，谭家健. 先秦文学史［M］. 北京：人民文学出版社，1998：67.

巴蜀同俗。""民食稻鱼,亡凶年忧,俗不愁苦,而轻易淫泆。"马克思主义主张经济决定论,经济基础决定上层建筑、意识形态、人文艺术,丹纳主张地理环境决定论,地理、气候等自然环境决定了文化发展形态,如《汉书》所说,楚文化特征既是地理环境决定的,又是经济基础决定的,优越的地理环境和气候条件为人们提供了丰富的物产,人民衣食无忧,有余裕发展自我精神,可以超越现实而在竟声上驰骋于想象世界里,一方面追求感官的享受,另一方面从事宗教和艺术,宗教和艺术相结合,艺术表现了宗教的内容,个人享乐又借宗教和艺术表达出来,由此而形成了《楚辞》的主要内涵和艺术风格。如《九歌》,王逸在《楚辞章句》中说:"《九歌》者,屈原之所作也。昔楚国南郢之邑,沉湘之间,其俗信鬼而好祠(一作祀)。其祠,必作歌乐鼓舞以乐诸神。屈原放逐,窜伏其域,怀忧苦毒,愁思沸郁,出见俗人祭祀之礼,歌舞之乐,其词鄙陋,因作《九歌》之曲,上陈事神之敬,下以见己之冤结,讬之以风谏。"① 朱熹在《楚辞集注》时亦指出:"昔楚国南郢之邑,沉湘之间,其俗信鬼而好祀。其祀必使巫觋作乐,歌舞以娱神。蛮荆陋俗,词既鄙俚,而其阴阳人鬼之间,又或不能无亵慢淫荒之杂。"由此,《九歌》及其整个《楚辞》的文化世界建立在南郢湖湘之间优越的地理气候条件和优裕的物产经济基础上,建立在深远的楚地土著文化传统和南方各少数民族文化、神秘的楚地神鬼巫觋文化和中原各地域文化相结合的基础上,建立在"信鬼而好祀""歌舞以娱神"的巫术和艺术相交汇的基础上,其艺术奥秘就隐含在这样独特的地理经济、地域文化、"巫术和巫音"的传统中。因为时代久远,《九歌》及《楚辞》的艺术美和美的奥秘或被后世所不察,或"误会"其艺术意韵,或曲解其美的渊源,总存在未探索清楚的奥秘和没有发现的美质。这就为闻一多研究《楚辞》、探索和发现《楚辞》的艺术美提供了广阔的空间。闻一多进入《楚辞》研究领域,同时意味着他进入了《楚辞》所营造的楚文化世界中,在充分了解楚文化的传统和内涵、神秘性和浪漫性的基础上探索和发现《楚辞》本身的艺术魅力。这是闻一多家乡的文化、家乡的艺术、家乡的诗歌,闻一多终于被自己家乡的文化、家乡的艺术以及代表家乡文化和艺术的《楚辞》深深吸引,将《楚辞》放归中国古典诗歌美的格局中、纳入自我古典诗歌美的研究和发现的视野中,在感知楚文化传统的同时,在以考据学还原《楚辞》文本和诠释《楚辞》词义的基础上,转向了《楚辞》艺

---

① 王逸. 楚辞章句 [M]. 长沙:岳麓书社,1994:53-54.

术奥秘的探索和艺术美的发现。

首先是对《九歌》艺术奥秘的探索和艺术美的发现。闻一多对《九歌》进行过全面的研究，文字校正、词义诠释、背景说明等面面俱到而均有创获。特别是最后的《〈九歌〉古歌舞剧悬解》，在对《九歌》多层面研究、对《九歌》艺术形式所隐含的原始艺术形态的透视、对整个楚文化历史背景把握的基础上，闻一多以科学的态度和艺术想象力还原《九歌》为原始歌舞剧。《九歌》之解首先面临两个基本问题：第一，为什么名为"九"歌而实际为"十一"章？第二，《九歌》之"歌"是什么歌，为何而作？正是在这两个问题中隐含着《九歌》的艺术奥秘，闻一多进行了深入的探索和回答。关于《九歌》之"歌"的性质，历来研究界众说纷纭，有的认为是楚祭神乐歌，有的认为是湘江民族祭祀之辞，有的认为是汉甘泉寿宫祭祀歌，有的认为是歌舞剧组诗，还有学者从楚地出土的帛画与《九歌》的比较考证中得出结论，认为《九歌》十一篇是以借诸神灵威送死者之魂（诗中的美人）上天、祝愿其永恒的组歌。① 闻一多经过深入研究，最后论定《九歌》之"歌"为"楚郊祀东皇太一乐歌"，② 艺术上是郊祀东皇太一时所演出的古歌舞剧乐歌的记录。这是他最后的结论，《〈九歌〉古歌舞剧悬解》是他研究《九歌》的最后成果。这结论和成果是他经过了漫长的研究和探索历程得出的。正是在对《九歌》的研究和探索历程中，闻一多不断探索出《九歌》在艺术体制、艺术结构、艺术节奏、艺术内涵等方面的奥秘，在《九歌》艺术奥秘的探索中不断发现《九歌》的艺术美。

闻一多以《九歌》为"楚郊祀东皇太一乐歌"和古歌舞剧艺术形态的遗留来探索和发现"九歌"之名与"十一章"之实的关系。这从艺术上首先涉及《九歌》的结构，结构中隐含了"什么是九歌"的实质问题，而《九歌》

---

① 参见石川三佐男. 从楚地出土帛画分析《楚辞·九歌》的世界 [M] //中国屈原学会. 中国楚辞学. 北京：学苑出版社，2002：206，215.

② 正是从《九歌》之"歌"的性质出发，闻一多认为"九歌"之名既不副实，就不如《九歌》之题名改为《楚郊祀东皇太一乐歌》。他在《〈九歌〉的结构》中说，因为汉《郊祀歌》辞出于《九歌》，祭礼亦出于楚制，"汉人祭太一的歌辞称《汉郊祀歌》，楚祭东皇太一的歌辞，所以应称《楚郊祀歌》，或详细点，叫《楚郊祀东皇太一乐歌》。十一篇中首尾两篇今称《东皇太一》与《礼魂》，也不妥当，不如仿《汉郊祀歌》摘篇首数字为题之例，称为《吉日》与《成礼》，或迳称为《迎神歌》与《送神歌》亦可。"（闻一多. 闻一多全集：第5卷 [M]. 武汉：湖北人民出版社，1994：359.）为此，他在诠释《九歌》词义的一部手稿中即命名为《楚郊祀东皇太一乐歌》，参见：闻一多. 闻一多全集：第5卷 [M]. 武汉：湖北人民出版社，1994：422.

的实质又体现出诗歌内容的艺术意蕴和艺术风格。诗歌内容的神话意蕴和文化内涵必有相应的艺术风格，各章不同艺术风格的有机连接构成了《九歌》的艺术结构。不单纯是"九歌"和"十一章"的数目之争，其中隐含着《九歌》所表现的中国上古文化奥秘和《楚辞》的艺术奥秘，闻一多从不同的角度对其中的奥秘进行了探索。在此探索过程中，闻一多从历史观察到文本分析、从艺术结构到艺术风格，步步深入、层层推进到《九歌》的实质。第一步，闻一多首先肯定了《九歌》既为楚郊祀东皇太一乐歌，所祭祀的主神是东皇太一，诗歌的主体即为祭神中的迎神和送神内容，《九歌》中的首章《东皇太一》是迎神曲，末章《礼魂》是送神曲，除去首尾两章，其余九章即为"九歌"。这也不是闻一多首创，首先主张《礼魂》为送神曲的是王夫子，后来王邦采、王闿运、梁启超等都持这一观点；而近人郑振铎、孙作云、丁山等又以《东皇太一》为迎神曲。闻一多则综合了他们的观点特别强调了首尾两章作为迎送神曲的"本然的和内在的独立性"，"这独立性并不因中间是否恰恰九篇而动摇。换言之，假如中段是八篇或十篇，那首尾两篇依然应当是迎送神曲。"① 中间九章是否为"九"和九章的内容是什么不重要，因为它们是依附于迎送神曲的，《东皇太一》和《礼魂》在十一篇中是独立的、主要的、基本的单位。闻一多通过两汉以后继承《九歌》而出现的祭歌反观《九歌》结构，汉代《郊祀歌》模仿《九歌》而作，其《练时日》和《赤蛟》相当于《东皇太一》和《礼魂》的迎送神曲，而宋代谢庄作《明堂歌》首尾两篇直题为《迎神歌》和《送神歌》，唐代的宗庙乐章如《五郊》《朝日》《祭神州》《察太社》《蜡百神》等，只有迎送神曲两章，包括文人模仿《九歌》之作，如王维《祠鱼山神女歌》也是如此格式。由此证明，原始祭歌的本然形式是一迎一送，《九歌》中间的九篇是在演化过程中随后插入的，插入部分不拘定数，《九歌》插入九篇，汉《郊祀歌》插入十七篇，宋《明堂歌》插入七篇，唐代宗庙乐章和王维《祠鱼山神女歌》只有一迎一送两篇，说明又回到原始祭歌的本然形式。闻一多从原始祭祀形态出发，通过后世祭歌形式而逆推出《九歌》中首尾两章作为迎送神曲的主体地位，相对中间的九章降到了客体地位。在此基础上，第二步，闻一多从楚郊祀对象和祭祀仪式的考证中发现了迎送神曲的对象即主神和"九歌"中"九神的任务及其地位"，从宗教巫术的角度论定两者的关系，前者为主体，后者为客体即居于附属地

---

① 闻一多. 九歌的结构［M］//闻一多. 闻一多全集：第 5 卷. 武汉：湖北人民出版社，1994：352.

位，而这关系是由各神的功能决定的。在闻一多看来，仅仅将首尾两章定为迎送神曲，中间九章就可以符合题名中的《九歌》，拘泥于简单的数字巧合，是将"九歌"的问题形式化和简单化了。如上所说，祭神中的迎送神是主体，而中间的乐歌可多可少，并不拘泥于九篇。闻一多认为，楚郊祀的主神只有一位即东皇太一，歌词"穆将愉兮上皇"中的"上皇"就是东皇太一，而中间的九位神或鬼或人是东皇太一的陪衬，虽然一同出场，但他们的功能是"合好效欢"以"娱太一"的，"娱太一"的手段即延长"九歌"，九神就是这九章之歌的主角："这些神道们——实际是神所'凭依'的巫们——按照各自的身份，分班表演着程度不同的哀艳的，或悲壮的小故事，情形就和近世神庙中演戏差不多。""九神之出现于祭场上，一面固是对东皇太一'效欢'，一面也是以东皇太一的从属的资格来享受。效欢时是立于主人的地位替主人帮忙，享受时则立于客的地位作陪客。作陪凭着身份（二三等的神），帮忙仗着伎能（唱歌与表情）。九神中身份的尊卑既不等，伎能的高下也有差，所以他们的地位有的作陪的意味多于帮忙，有的帮忙的意味多于作陪。然而作陪也是一种帮忙，而帮忙也有吃喝（享受），所以二者又似可分而不可分。"①闻一多以敏锐的思想触角和历史洞察力深刻地揭示了"九神"的功能和身份，既来"效欢"又来享受，既帮忙又作陪，这就进一步说明了"迎送神曲"和"九歌"之间的主客关系。"迎送神曲"是祭歌，而"九歌"则非祭歌，其内容与九神的功能密切相关，如汉《郊祀歌·天地章》所透露的："千童罗舞成八溢（佾），合好效欢虞（娱）太一，九歌毕奏斐然殊，鸣琴竽瑟会轩朱。"也就是说，从宗教的角度或以宗教的标准，首尾两章作为迎送神曲是占据主体地位的，而中间九章则是从属地位。当从文艺的角度或标准看二者的关系时，"九歌"则反客为主，所以，第三步，闻一多从文艺的角度分析了《九歌》中"二章"与"九章"之间的关系，强调了"九章"的艺术功能和艺术主体地位，以此发现《九歌》的艺术美形态。《九歌》中的首尾二章和中间九章是两套不同的歌辞，"可以有宗教的和艺术的两种相反的看法"，在祭礼中的"九歌"仅仅是凑热闹、点缀场面、可多可少、可有可无的"插曲"，但"就艺术的观点说，九章是十一章中真正的精华，二章则是传统形式上一头一尾的具文。《楚辞》的编者统称十一章为'九歌'，是根据艺术观点，以

---

① 闻一多. 什么是九歌［M］//闻一多. 闻一多全集：第5卷. 武汉：湖北人民出版社，1994：343.

中间九章为本位的办法。《楚辞》是文艺作品的专集，编者当然只好采取这种观点"①。从郊祀时的歌舞表演到屈原编定《楚辞》中的《九歌》，这是一个从祭祀时迎送神和娱神表演的宗教仪式到诗歌的艺术审美的转化过程。闻一多先是以学者的历史研究态度从宗教的角度还原楚郊祀时迎送神曲和"九歌"的主从关系形态，然后以诗人的艺术审美视角揭示《九歌》中间"九章"的艺术主体地位，同样经过了一个从历史的宗教形态到审美的艺术形态的认知过程。历史的并不一定是艺术的，纯粹的宗教恰恰排斥艺术的娱乐性，但艺术又是披了宗教的外衣，借助于巫术表演而表现出来，从宗教到艺术也正是人类精神表现方式的历史演变形态。闻一多通过《九歌》中"九"和"十一"的考释实际上体现了他对人类精神的表现形式和从宗教到艺术的历史演变形态的把握。当认定《九歌》中的中间"九章"为文艺性的"九歌"后，第四步，闻一多回到《九歌》的诗歌文本，从艺术的角度研究《九歌》的内容结构和各章的艺术风格。在他看来，从历史祭歌形式的沿革上推求首尾两章的独立性和中间九章之间的主从关系，这是表面的、初步的观察，只有分析《九歌》本身的艺术形态才能够既说明其差异又把握其关系结构，而它们的差异又鲜明地体现在艺术风格的不同中。宗教的祭祀对象和祭祀歌舞演出转化为《九歌》的艺术内容，体现出《九歌》各章之间的逻辑结构关系和各章不同的艺术风格，内容的不同决定了艺术风格的差异，而艺术内容和艺术风格又成为艺术结构的基础。首先，闻一多将《九歌》十一章分为两类，首尾两章《东皇太一》和《礼魂》是独立的一类，在内容上铺叙祭祀的仪式和过程，所祭祀者为主神东皇太一，相对于祭祀自然物神和鬼而言，是为"大祀"和"正祀"；其乐歌在性质上是"祭歌"，情调上体现为"肃穆"的艺术风格，类似于《诗经》中的"颂"。中间的九章《东君》《云中君》《湘君》《湘夫人》《大司命》《小司命》《河伯》《山鬼》《国殇》为另一类，所祭祀的是自然物神和人鬼，相对于祭祀东皇太一的大祭和正祭，是为"小祭"和"陪祭"，歌辞所运用的是杂曲。其次，当把这九章视为一类时，闻一多依据内容和情调再分类，分作两小类：一是从《东君》到《山鬼》的八章，这八章所代表的日、云、星（司命）、山、川之类为自然物神；二是《国殇》，其所祭祀的是人鬼。由此，九章由"恋歌"和"挽歌"构成，前八章在内容上是用独白或对话的形式抒写悲欢离合的情绪，其乐歌在性质上是"恋歌"，类

---

① 闻一多. 什么是九歌［M］//闻一多. 闻一多全集：第5卷. 武汉：湖北人民出版社，1994：344.

似于《诗经》中的"风"，情调上体现为"哀艳"的艺术风格；《国殇》则叙述战争的壮烈并颂扬战争的英勇，其乐歌在性质上是"挽歌"，类似于《诗经》中的"雅"，情调上体现为"悲壮"的艺术风格。最后，闻一多从总体上将《九歌》十一章在结构上分作并列的三类：第一类是祭祀东皇太一的迎送神曲，为颂歌；第二类是祭祀八个自然物神的恋歌；第三类是作为国殇的挽歌，祭祀的是战争中死去的人鬼。祭祀对象不同，所以歌辞格调有异，颂歌的肃穆、恋歌的哀艳、挽歌的悲壮，多样化艺术风格统一于整体的《九歌》艺术结构中，形成了《九歌》摇曳多姿、曲折有致的一部多声部交响乐曲。这是闻一多对《九歌》艺术结构和艺术风格的总体发现，随同屈原而将宗教的祭祀乐歌转换成审美对象，在结构和风格的奥秘探索中发现出其中的诗歌艺术美。当然，这探索和发现是以把握宗教的历史演变真相为基础的。① 总之，闻一多从上古宗教祭祀的《九歌》所出现的神祇地位和功能入手，从宗教到艺术以四个步骤层层论析而发现《九歌》隐含在宗教仪式中的艺术奥秘，确证了《九歌》的艺术体制、艺术结构、艺术功能和艺术风格。

从宗教的视角看《九歌》，可以获知其历史背景、艺术意蕴和艺术功能；从艺术的视角看《九歌》，可以发现诗歌艺术美，包括诗歌节奏、表现方式和艺术风格的美。当闻一多从上古祭祀仪式探索到《九歌》作为祭歌、恋歌和

---

① 闻一多在《九歌》中间"九章"的再分类中将《国殇》独立出来以区别与另外八章，是基于祭祀对象产生的先后和性质做出的。在他看来，《国殇》中的人鬼和"东皇太一"的产生都晚于八种自然物神，在性质上更接近，他认为自然物神是最早产生的，天神和人鬼是后起的。他说："在宗教史上，因野蛮人对自然现象的不了解与畏惧，倒是自然神的崇拜产生得最早。次之是人鬼的崇拜，那是在封建型的国家制度下，随着英雄人物的出现而产生的一种宗教行为。最后，因封建领主的逐渐兼并，直至大一统的帝国政府行将出现，像东皇太一那样的一神教的上帝才应运而生。八章中尤其《湘君》《湘夫人》等章的猥亵性的内容（此其所以为淫祀），已充分暴露了这些神道的原始性和幼稚性。反之，《国殇》却代表进一步的社会形态，与东皇太一的时代接近了。换言之，东君以下八神代表巫术降神的原始信仰；《国殇》与东皇太一则是进步了的正式宗教的神了。我们发觉国殇与东皇太一性质相近的种种征象，例如祭国殇是报功，祭东皇太一是报德，国殇在祀家的系统中当列为小祀，东皇太一列为大祀等等都是。这些征象都是国殇与东皇太一切近，同时也使他去八神疏远。这就是我们将九章有分为八神与《国殇》二类的最雄辩的理由。"（闻一多.什么是九歌［M］//闻一多.闻一多全集：第5卷.武汉：湖北人民出版社，1994：345.）如果依照八神、国殇和东皇太一所发生的不同文化阶段的历史，闻一多甚至认为《九歌》全部十一章可以分为三个平列的大类，即迎送神曲的二章、国殇一章和祭祀八神的八章。但在祭祀对象上，在《九歌》时代，国殇已经降级而与八神平列了，《九歌》中的九章并列便是证明。所以，闻一多最终还是取《九歌》文本的艺术结构分为两大类，在九章中再划分小类，将《国殇》和其余八章区别开来。

挽歌的内容功能后，他就主要从"歌"的角度深入探索和发现其诗歌节奏美，在巫术中发现巫音，在巫音中发现作为诗歌艺术的"歌"的意味。首先，闻一多将《九歌》之"歌"与《汉书·礼乐志》的相关记载相对照，发现《九歌》中的九章之歌代表了中国不同地域的歌调，实际上是"赵代秦楚之讴"，呈现了自北向南歌调风格的变化。《汉书·礼乐志》记有汉武帝的郊祀之礼："至武帝定郊祀之礼，祠太一于甘泉……乃立乐府，采诗夜诵，有赵、代、秦、楚之讴。以李延年为协律都尉，多举司马相如等数十人造为诗赋，略论律吕，以合八音之调，作十九章之歌。以正月上辛用事圜丘，使童男女七十人俱歌，昏祠至明。"闻一多以此反观《九歌》中九章之歌，以为"九歌"正是体现了"赵代秦楚之讴"，他说："有'赵、代、秦、楚之讴'对我们是一句至关重要的话，因为经我们的考察，九章之歌所代表诸神的地理分布，恰恰是赵、代、秦、楚。"① 也就是说，《九歌》并不完全是楚音楚调，实际包含了当时战国时期中原地区各地域的音调。闻一多吸收学界成果并特别经过自己考察，说明了各神的地域分布和各章歌调的地域特色。"云中君"属于云中郡即古翼州城，而云中是三晋之一的赵国，云中君是赵地之神。"东君"是日神，在东方殷民族传统中日神羲和是女性，但《九歌》中的东君是男神，以日为阳性的男神是代地习俗，代地近晋，东君也是晋巫所祠，所以，东君是代地之神。"河伯"是秦地的神，因为祭河是秦地的常祭，《史记·封禅书》有证。"国殇"有以为亦是秦人所祀，歌中有"带长剑兮挟秦弓"。"湘君""湘夫人"是南楚湘水的神。"大司命""少司命"本是齐地的神，落籍在楚地。"山鬼"有顾天成《九歌解》和孙作云《九歌·山鬼考》以为巫山神女，闻一多认为山鬼也是楚神。从《九歌》中各神所属地域考察，恰好是分布在赵、代、秦、楚四国的范围，由此，闻一多得出结论："今《楚辞》所载《九歌》中作为祀东皇太一乐章中的插曲的九章之歌，与夫汉《郊祀歌》所谓'合好效欢虞太一'……《九歌》毕奏斐然殊的《九歌》，与夫《礼乐志》所谓因祠太一而创立的乐府中所'夜诵'的'赵、代、秦、楚之讴'，都是一回事。"② 闻一多在这里是以汉代郊祀推求楚地郊祀，从汉《郊祀歌》反观《九歌》，从"赵代秦楚之讴"发现《九歌》中九神歌调的特征。闻一多通过九神属地和相应的"九章之歌"的地理分布的考察，于"赵代秦楚之

---

① 闻一多. 什么是九歌［M］//闻一多. 闻一多全集：第5卷. 武汉：湖北人民出版社，1994：347.

② 闻一多. 什么是九歌［M］//闻一多. 闻一多全集：第5卷. 武汉：湖北人民出版社，1994：349.

讴"加以对照后发现了"一个有趣的现象"，即从《东君》到《山鬼》呈现出自北向南的演变，特别是代表自然神的八章歌辞，"这里我们可以察觉，地域愈南，歌辞的气息愈灵活，愈放肆，愈玩艳，直到那极南端的《湘君》《湘夫人》，例如后者的'捐余袂兮江中，遗余褋兮醴浦'二句，那猥亵的含意几乎令人不堪卒读了。以当时的文化状态而论，这种自北而南的气息的渐变，不是应有的现象吗？"① 中国文化从地域角度在春秋之前分东西，东方文化区域主要以殷民族为主，西方文化区域主要以夏民族为主，而从春秋开始，文化区域转向以南北划分。不同的气候条件、地理环境、物产特性、民情习俗、文化传统等造成了南北方不同的文化形态、地域性格和艺术风格。与南方文化和艺术的"灵活"相对，北方偏于凝重；与南方的"放肆"相对，北方偏于"内敛"；与南方的"玩艳"相对，北方偏于"严谨"；南方山清水秀、气候暖湿、物产丰富、衣食无忧，想象力发达，在精神上体现出更鲜明的浪漫主义气息，而北方穷山恶水、气候干燥、物产贫瘠、生存艰难，地域性格表现为朴实厚重，执着于现实，在精神上更表现为现实主义特色。南北方文化的差异只是相对而言的，事实上更多体现为两种文化从复合到融合的特性：一方面，地域文化存在差异性的同时呈现出自北向南或自南向北的逐渐变迁，自北向南时，北方文化气息愈来愈淡而南方文化气息愈来愈浓，反之，自南向北时，南方文化气息愈来愈淡而北方文化气息愈来愈浓，到完全的北方或完全的南方才会是纯粹的北方文化或纯粹的南方文化，而中间的大片文化区域实际上是南北方文化不同比例的搭配；另一方面，在中国历史文化的演变过程中，不仅有各民族文化的交融，而且有各地域文化的融合，在地域文化方面不仅有东西方文化的融合，如代表东方区域文化的殷民族文化与代表夏民族的西方区域文化的融合，而且有如代表北方区域文化的中原文化和代表南方区域文化的楚湘文化、南越文化、巴蜀文化等的融合。地域文化的差异性造成了南北方艺术歌调的区别，但地域文化的迁移又会促成南北方艺术歌调的融合。闻一多发现《九歌》中的九章之歌为"赵代秦楚之讴"，亦正是南北地域文化的融合，从这个角度把握其歌调风格，赵、代属于北方文化区域，秦则是从北方到南方文化的过渡区域，楚基本上属于南方文化区域。无论楚的"九歌"还是汉的"赵代秦楚之讴"，既有自北向南的迁移和演变，又有南方文化和艺术对北方文化和艺术的融合，最后共融于《九歌》中而为

---

① 闻一多. 什么是九歌 ［M］//闻一多. 闻一多全集：第5卷. 武汉：湖北人民出版社，1994：350.

汉郊祀歌所继承。由此可见，《九歌》中的歌调一方面表现为从《云中君》的北方歌调气息到《山鬼》的南方歌调气息的演变，另一方面又共同呈现于《九歌》中而构成《九歌》的复合歌调，复合歌调中的基调是南北融合，但表现出来的主要是南方歌调的"灵活""放肆"和"玩艳"。这主要体现在八神歌辞中，是"恋歌"的风格。至于《国殇》，既然是出于"秦讴"，作为"挽歌"，则较多保留了北方文化的歌调风格，体现为不同于八神歌调的"悲壮"。正如闻一多在结构上对"九歌"的划分，将《国殇》独立于八神的八篇，它固然由于祭祀对象、歌辞内容不同，同时也是因为歌调和风格的差异而只能与其他八篇是并列的关系。与八神"恋歌"哀婉灵秀、优美动人的格调不同，《国殇》则展示了人间战争惊天动地、激烈悲壮的音调，如："操吴戈兮被犀甲，车错毂兮短兵接，旌蔽日兮故若云，矢交坠兮士争先。凌余阵兮躐余行，左骖殪兮右刃伤，霾两轮兮絷四马。援玉枹兮击鸣鼓，天时怼兮威灵怒，严杀尽兮弃原野。出不入兮往不反，平原忽兮路超远。带长剑兮挟秦弓，首身离兮心不惩，诚既勇兮又以武。终刚强兮不可凌，身既死兮神以灵，子魂魄兮为鬼雄。"而之前的恋歌如《湘君》的"美要眇兮宜修，沛吾乘兮桂舟。令沅湘兮无波，使江水兮安流。望夫君兮未来，吹参差兮谁思"，《少司命》的"秋兰兮青青，绿叶兮紫茎，满堂兮美人，忽独与余兮目成"，歌调风格确乎不同，最靠近《国殇》的《山鬼》如"若有人兮山之阿，被薜荔兮带女罗，既含睇兮又宜笑，子慕予兮善窈窕"，其歌调风格亦与《国殇》有鲜明差异。八神的恋歌布满奇花芳草、秋兰绿叶、桂枝香木、采衣霓裳和美女佳人，而《国殇》则是铁马金戈、战鼓声声、弓飞剑舞、尸横遍野，全无恋歌的柔婉优美，有的只是慷慨激昂的战歌和壮怀激烈的献身以及献身后刚毅悲壮的挽歌。显而易见，《国殇》虽然落籍于楚地却更近于北调，闻一多也正是从南北地域文化的差异性中发现《九歌》的多声部歌调和不同歌调所体现的艺术风格。

《九歌》之为"歌"，姑且不论最早作为巫术中的"巫音"而用以演唱，就作为《楚辞》构成的诗歌文本而言，仍然保留了"歌"的成分，自有其独特的音乐节奏美。闻一多一方面从整体歌调上发现了"九章之歌"是"赵代秦楚之讴"，体现为南北方相融合后的南方歌调特性；另一方面，具体落实到诗歌文本，从诗歌语言表达上发现《九歌》中"歌"的"遗留"和音乐特性。闻一多认为体现音乐性和诗歌声律的是《九歌》中的"兮"字（当然也包括整部《楚辞》中的"兮"的运用），他在《怎样读九歌》（1941年）中专门而重点分析了《九歌》中"兮"的功能，其功能主要有两方面：一是音乐性的，体现了诗歌的声律和节奏美；二是语法性的，体现了语言结构的文法功能，几乎是一切虚字的总替身。他说："'兮'字就音乐或诗的声律说，是个'泛声'，就文法说，是个'虚字'，但文法家有时也称之为'语尾'，那似乎又在贴近音乐的立场说话了。总之，一般的印象，恐怕都以他为一个有声无义的字。"①"兮"在句末，如"帝高阳之苗裔兮"，一方面，"兮"是上一个字音的变质的延长，但另一方面，其作用则纯是音乐性的；"兮"在句中，如"吉日兮辰良"，作用就不单是音乐性的，是位于"吉日"这一个天然的文法段落后，受文法规律支配着，兼有文法功能。

首先，从"兮"的音乐性和诗歌声律功能看，闻一多在1939年的《歌与诗》中已经考证过"兮"，是上古抒情之"歌"的那一声"啊"，在《九歌释名》中进一步考释了"歌"的本音本字，以"歌"为中心，扩展到古代歌词句尾的其他字如"兮""猗""我""为""乎"，他说，这些字的声音，连兮也在内，都与近代文字中常用以代表语尾的"啊"相近。论字形，"猗""兮""乎"与"啊"则属于一个系统；论字声，"歌、啊、猗、兮、乎"本是同一声符的孳乳字，均从"可"，"歌的本音实在应于今语啊同，而它的本义也不过是唱歌时每句尾一声拖长的啊——而已"。② 自然，"兮"字也是最

---

① 闻一多.怎样读九歌［M］//闻一多.闻一多全集：第5卷.武汉：湖北人民出版社，1994：380.

② 闻一多.九歌释名［M］//闻一多.闻一多全集：第5卷.武汉：湖北人民出版社，1994：367. 关于"兮"音古读如"啊"，清代学者孔广森以为是，他说："兮，《唐韵》在十二齐，古音未有确证。然《秦誓》'断断猗'，《大学》引作'断断兮'，似'兮'字亦当读'阿'。"郭沫若在《屈原研究》中赞同孔广森的观点，在此基础上说："这个见解是无可怀疑的。从字形上说来'兮'字是叫人张口发出'丂（同考）'声，'八'就是张口的意思，那样发出来的声音自然和'阿'声极相近。知道这个'兮'字的发音来读《楚辞》，可以知道《楚辞》就是当时的白话。'兮'字的所在是表示音节，这种读法在后人读诗的音调上也还是保存着的。譬如我们读王绩的《过酒家》：'此日长昏饮，非关养性灵。眼看人尽醉，何忍独为醒？'在'饮'字和'醉'字下面总是拉长着发出一个'阿'声来的。读七言诗时也是这样。又如这个'阿'声读五言时放在每句的第二字下，读七言时放在每句的第四字下，那便成为《九歌》的体裁。知道这层可以解决《楚辞》'兮'字的秘密，同时也可以知道《诗经》中何以《国风》里面常见'兮'字，而'大小雅'和《周颂》里面几乎一个也没有。这是因为《国风》是当时的民间口头文学，而《雅》《颂》是当时的庙堂文学。""'兮'字在古时北方的文字中每每用'乎'字来代替。'乎'字最古的发音应该是'哈'，感叹词的'乌乎'也就是'啊哈'。乌是鸦的古字，是由鸦叫的声音得来。"（郭沫若.历史人物·屈原研究［M］.北京：人民文学出版社，1979：39-40.）又，湖南长沙马王堆三号西汉墓，出土了《老子甲、乙本》，其中凡今本用"兮"字的地方，都写作"阿"。（参见林河.《九歌》与沅湘民俗［M］.上海：上海三联书店，1990：60.）而林著在引证了读"兮"如"阿"的史料和观点后却仍然认为"兮"读如"西"，是因为沅湘民歌仍然读"兮"为"西"而不读"啊"。

早的"歌",是那一声"啊"。由此,闻一多认为在读《九歌》时,即使在文法上用其他的虚字替代,也还是要还原为本来的"兮"字,而且,"不能读'兮'如'兮',要用它的远古音'啊'读它。因为'啊'这一个音是活的语言,自然载着活的感情;而活的感情,你知道,该是何等神秘的东西!"① 如"嫋嫋兮秋风,洞庭波兮木叶下"应该读如"嫋嫋啊秋风,洞庭波啊木叶下","若有人兮山之阿,被薜荔兮带女罗"应该读如"若有人啊山之阿,被薜荔啊带女罗"。在闻一多看来,读如"兮"音远不如读为"啊"音的艺术效果,一声"啊"可能更令人"神往"《九歌》的音乐美和声律所必须出来的那"孕而未化"的抒情"意味"。在这里,闻一多之所以把《楚辞》时代的"兮"音转换为"啊"音,因为,"啊"既是最古老的抒情音调,又是最现代的语言声调。一般以为,"兮"出现在从《诗经》到《楚辞》中,应该是中国古代的语气词,而"啊"是现代最常运用的抒情感叹词,是代替"兮"字的现代抒情语词,但在闻一多的考释中,恰恰相反,"啊"才是最古老的,"兮"是代替"啊"较晚的词调,但正是这个最古老的"啊"字,反而留存在现代语言的语音、语调和语汇中。这样,闻一多以《九歌》中的"兮"为轴心,上探远古人类的抒情音调,下接现代语音、语调,贯通了古今抒情音调。书面表达的字形尽可以花样翻新,但无论古代人还是现代人,发声器官大致相似,抒情愿望基本相同,所发出来的抒情音调应该没有太大区别,都是本然的、符合发声器官特性和抒情心理的"啊"音、"歌"调、"兮"声,那么,"兮"读为既古老又现代的"啊",也正是出于人类本然的抒情音调。《九歌》二百五十余行,每句都有"兮"字。正是这个与人类本然抒情声调"啊"同声的字,赋予了《九歌》抒情意味,这种悠长婉转、韵味无穷的抒情意味,与《九歌》作为楚郊祀东皇太一的"祭歌""恋歌""挽歌"的内容结合起来,加强了郊祀仪式中乐舞歌的音乐性,既抒情又叙事,既有抒情的意味,又有叙事的意义,歌的音乐节奏推动了祭祀之事的发生(迎神)、发展(众神登场)、高潮(娱神歌舞表演)、结束(送神)。闻一多曾经考察得出诗歌起源于歌,以"啊"所表现的歌的抒情意味在后来加入了实词所代表的诗的记事意义,歌与诗合流,情与事结合,意味与意义相融,产生了中国最早的诗歌《诗经》。如果说《诗经》是中国诗歌起源过程中歌与诗合流、情与事结合的产物,那么《楚辞》就是这种结合的进一步发展。

---

① 闻一多.怎样读九歌[M]//闻一多.闻一多全集:第5卷.武汉:湖北人民出版社,1994:382.

尽管在发展中实词的意义占据了诗歌的主体地位，但如"兮"字在《楚辞》特别是《九歌》中的留存仍然体现着诗歌的"歌"的节奏和"歌"的意味，这最是体现诗歌的文艺价值。诗歌首先是用来朗读的，在朗读过程中我们自然能够感受到诗句的音乐性和节奏感，而对于《九歌》这样的古诗来说，只有在声音、声调中才能够感受到"兮"字的音调作用，"兮"字有声但无义，虽然无义但有味，这味是在自然的朗读节奏中必然体现出来的。当读到《九歌》带"兮"字的每一句时，每到其中的"兮"字，声音会自然延长而回旋，正是在声音的回旋中得以回味诗句的意味和意义，达到悠长而婉转的艺术美效果。如"吉日兮辰良"，读到"兮"字时，事实上不会是一个音就带过，往往会读如"吉日兮——辰良"，"兮"音自然拉长，仿佛京剧唱腔中的"啊——"，带着乐调而抑扬顿挫、婉转悠扬，达到了充分抒情的艺术效果。闻一多也正是在《九歌》中"兮"字的音乐性和声律美的感受中，发现了《九歌》的艺术美。实际上在相当程度上，诗歌文本中的"兮"字即使是发挥着文法作用，在朗读时也读为悠长婉转的"兮"音，发挥了诗歌纯粹音乐性功能和抒情性意味。

《九歌》中的"兮"字同时也兼有诗歌诗句组织的文法功能，闻一多经过考察，发现"兮"字几乎是"一切虚字的总替身"，因而他先以各虚字代释"兮"字，揭穿其文法功能，然后再读"兮"为"啊"，在朗诵中感受"兮"的音乐作用。以文字表达的语言在本质上是要记事达意的，汉字分表达实在意义的实字和没有实义的虚字，从句法功能上分为实词和虚词。字词组合为句，语句以其本义的曲折性记录文章的时间和表达完整的意义，而实字实词组合为语句时离不开虚字虚词的连接，正是虚词的连接功能实现了语句中各实字实词意义之间起、承、转、合，语句意义的起承转合功能在语调上体现为抑扬顿挫的节奏。语言是由虚词连接实词而构成的，尤其在散文中。人类先有声音然后才有记录声音的文字，在闻一多看来，人类先有因为情感的激荡而发出的抒情叹词如"啊、兮、猗"等音乐性的歌，然后才在这些抒情叹词基础上产生了表示实义的文字，实字实词代替了抒情叹词而不再限于抒情，而是用以记事达意了。"诗以记事"之"诗"为"言志"，最早是散文形式，在语言上就是实字实词通过虚字虚词的组合，而后来的诗歌则在保留抒情性音乐歌调的同时，在语言上则愈益趋于凝练而在诗句中不再以虚字虚词勾连。文求准确，诗则以凝练的语句扩张艺术空间。中国诗歌从《诗经》《楚辞》的四言、杂言诗发展到建安后五言体和七言体，一方面，从四言到五言、七言表明了诗人情思抒写的扩张和标志着诗歌内容的丰富性，另一方面，杂言体归整为五言、七言，是一个省略虚字虚词而凝练诗句的过程和结果。闻一多认为，《九歌》及整部《楚辞》中的"兮"字正是中国诗歌从杂言到五、七言体的过渡。他说："本来'诗的语言'之异于散文，在其弹性，而弹性的获得，端在虚字的节省。诗从《诗三百篇》《楚辞》进展到建安（《十九首》包括在内），五言句法之完成，不是一件了不得的大事，而句中虚字数量的减少，或完全退出，才是意义重大，因为，我们现在读到建安以后作品，每觉味道于《诗三百篇》《楚辞》迥乎不同，至少一部分原因就在这点练句技巧的进步（此说本之季君镇淮）。《九歌》以一轰浑然的'兮'，代替了许多职责分明的虚字，这里虚字，似在省去与未省之间，正是练字技巧在迈进途中的一种姿态。（《山鬼》《国殇》二篇的'兮'字，译成虚字，不如完全省去更为了当，那是接生虚字的趋势似乎又进了一步。）《九歌》的文艺价值所以超过《离骚》，意象之美，固是主要原因，但那'兮'字也在暗中出过大力，也是不能否认的。"① 诗歌练句的技巧之一是节省虚字，诗句归整为五、七言，成为中国诗歌近两千年的基本诗歌体制。因为缺乏虚字的勾连和勾连中可以鲜明标示的起承转合关系，所以整齐的五、七言体诗歌自然增加了理解的难度，这难度产生于诗歌，经过练句后语言弹性的增加，"语言增加了弹性，同时也增加了模糊性与游移性"。语言弹性是指语言的可伸缩性，诗歌语言既是经过人工压缩而变得凝练化，那么自然就具有相当的艺术性，造成了诗句中语词之间的密度空间，语言的凝练化恰恰也形成了语言的可扩张性，所谓"模糊性和游移性"其实就是诗歌语言所造成的艺术空间的广阔性。这也是古代五、七言体诗歌特别是格律诗重要的特性。但不可否认的是，后来诗歌中基本缺乏闻一多所说的如"啊、兮、猗"等抒情意味的"孕而未化"的音乐性语言，如格律诗靠平仄、押韵、对仗等实字实词的艺术手段体现音乐节奏。当长期更多创作和阅读整齐的五、七言体诗歌时，再看两千年前的《楚辞》，特别是带有更多"兮"的《九歌》，就别有意趣、另有味道。以"兮"字为鲜明语言标志的《九歌》及《楚辞》是尚未完全人工化、尚未完全技巧化、尚未完全凝练化的诗歌语言，一方面保留着原初诗歌的音乐性，另一方面保留了诗歌语言一定的自由度。"兮"字在声调上发挥音乐作用的同时，在诗句中发挥着连接词语的虚字文法功能。闻一多经过考察发现《九歌》的"兮"字代替了一切虚字的文法功能，他在《九歌兮字代释略说》中分析

---

① 闻一多.怎样读九歌［M］//闻一多.闻一多全集：第5卷.武汉：湖北人民出版社，1994：381.

了《九歌》中的二百五十多个"兮"字,为每个"兮"字寻找到功能意义,相当虚字虚词,以见其文法连接功能。如《东皇太一》:"吉日兮(之)辰良,穆将愉兮(夫)上皇。抚长剑兮(之)玉珥,璆锵鸣兮(而)琳琅。瑶席兮(与)玉瑱,盍将把兮(夫)琼芳。蕙肴蒸兮(而)兰藉,奠桂酒兮(与)椒浆。扬枹兮(以)拊鼓,疏缓节兮(之)安歌,陈竽瑟兮(之)浩倡。灵偃蹇兮(而)姣服,芳菲菲兮(然)满堂。五音纷兮(然)繁会,君欣欣兮(然)乐康。"这就把"兮"分别释为"之、夫、而、与、以、然"等,在其他诗节中还有释为"于"(如"暾将出兮东方"中)、"也"(如"灵之来兮蔽日"中)、"其"(如"与日月兮齐光"中)、"其犹"(如"望夫君兮未来"中)、"诸"(如"将以遗兮下女"中)、"皆"(如"满堂兮美人"中)、"焉"(如"倏而来兮忽而逝"中)、"然而"(如"临风怳兮浩歌"中)、"矣"(如"日将暮兮怅忘归"中)、"中"(如"余处幽篁兮终不见天"中)、"故"(如"路险难兮独后来"中)、"时"(如"君思我兮不得闲"中)、"乎"(如"山中人兮芳杜若"中)、"哉"(如"魂魄毅兮为鬼雄""长无绝兮终古"中)。闻一多本着"揭穿"《九歌》中"兮"字文法作用的目的,以各虚字代释"兮"字,主要着眼于诗歌内容,通过解释"兮"字以疏通诗义。如此众多的虚字及其功能,在《九歌》中统以"兮"字替代,固然是诗歌在练句过程中的过渡性技巧,但同时亦是从诗歌声律和音乐性的角度而创设的,在闻一多看来,"兮"的文法功能同时体现了音乐功能,而他解释"兮"字文法功能的最终目的是揭示"兮"字所特有的音乐性,因为其音乐性往往通过文法作用而体现。如《九歌》中的"兮"基本位于句中,从文法功能说,连接了两个自然的词语,而在"兮"的连接功能中必然造成基于自然词语单位的停顿,在朗读时"兮"音接着上一个词语的音调而自然延伸,构成前半部的长音,然后是后面词语单位的收尾,而成短音。所以,《九歌》中的每一诗句因为"兮"字的加入和"兮"音的独特音乐化,都是由一个长音单位和一个短音单位构成的,一长一短构成一种"九歌式的艺术节奏美"(也可以说是"楚辞式的艺术节奏美")。

诗歌是个性的创造,每首诗、每个诗人、每个时代的诗歌都应该独具个性风格。《楚辞》作为中国古典诗歌的独特存在,既与《诗经》不同,也与后世的诗歌有别,从文本和声律方面最为鲜明的就是如《九歌》中大量"兮"字"兮"音的运用,这不仅是《楚辞》外形的标志,而且是《楚辞》内在的音乐美体现。闻一多欣赏《九歌》即从二百五十多个"兮"字的运用中发现《九歌》之美,从感受"兮"音所体现的音乐性到分析"兮"字的文法功能，从根本上，他是借释"兮"的文法功能而进一步发现《九歌》的声律美和"兮"的声律所体现的全诗的音乐美。艺术对象的美和接受主体所具备的美的眼光往往是一致的，有什么样的审美眼光就会在对象中主要发现什么样的美学形态。闻一多一贯主张诗歌的音乐美，在新诗创作中身体力行追求诗歌的音乐美，在古诗研究中发掘诗歌起源时的音乐本性。从古典诗歌的声律到现代诗歌的音乐美创造，或说从现代诗歌的音乐美理想回溯古典诗歌中"歌"的本质属性，闻一多贯通了中国古今诗歌的音乐美形态。《九歌》中"歌"的探索和音乐美的发现是他一贯诗歌美学观的具体体现。

美的现象背后隐含着美的本质，艺术美的发现是无穷尽的；艺术奥秘隐藏在历史文化的最深处，艺术奥秘的探索是无止境的。闻一多对《九歌》艺术美的发现和艺术奥秘的探索并没有停留在文本表面现象的呈现中，如前所说，或以首尾两章为迎送神曲，中间九章为题名的"九"歌解释了《九歌》之"九"，或仅限于从"赵代秦楚之讴"和"兮"字"兮"音所体现的音乐性而说明《九歌》之"歌"。这些都还是表层的，"九歌"之名、"九歌"之用（功能）和"九歌"之美（艺术体制和艺术效果）尚存在更深层的文化根源、更深远的历史背景和更神秘的艺术本体。闻一多探索《九歌》艺术美奥秘的历程本着他一贯的历史还原态度，探索和发现的视角伸展到中国文化历史最古老时和中国艺术精神的最原始处。仿佛人类的探险历程和寻宝过程，在过程中总会有或大或小、或多或少的发现，有的满足于已有的发现止步不前而返回了，有的则带着更大的期望不懈地到更险要处探寻，那更险要处往往会有更大更多的珍宝。闻一多对《九歌》的探索就是如此，当然要付出更大的劳动，要担当更大的风险，因为追寻到底、探求到根以后，或许会有期望中的收获，或许一无所得，或许得到的是"赝品"，所以艺术的"发现之旅"同时也是艺术的冒险过程。闻一多正是以一种锲而不舍的学术探索精神和艺术"冒险"精神深入《九歌》文化历史最深远处，在特定的历史文化语境中发现其本来的艺术美面相和本质。在此前研究的基础上，闻一多最后从总体上更深入地发现了《九歌》中"九"的奥秘和"歌"的意味，以《〈九歌〉古歌舞剧悬解》完成了从巫术到巫音、从宗教到艺术的"发现之旅"。

如前所述，闻一多从楚郊祀仪式中祭祀对象的确定说明了《九歌》的艺术结构，以《东皇太一》为迎神曲，《礼魂》为送神曲，首尾两章构成祭祀的本体和全诗的主体，中间九神（及人鬼）的九章为娱神乐舞表演，在祭祀中为客体而处于附庸地位，也在表面上以"九章"解释"九歌"题名。闻一多同时指出，这是简单化的取巧方法，出于《九歌》的汉《郊祀歌》中间有十七篇，出于汉《郊祀歌》的宋《明堂歌》中间有七篇，此后如唐代的宗庙乐章只有迎送神曲二章。由此可见，"九歌"之"九"并非单指中间的九章而另有别解。或以为"九"虚数是泛指，但为什么要以"九"为泛指虚数呢？这背后应该还有原因。为此，闻一多以《楚辞》的《九歌》为出发点，进一步探索了"九歌"的来源和演变。

我们从闻一多的考察中可以发现，关于"九歌"之名，在他的探索过程中出现了多种范畴的指称，如"神话的九歌""经典的九歌""夏九歌""楚九歌""宗教的九歌""音乐的九歌""舞蹈的九歌""语言的九歌""诗歌的九歌"等。正是这些"九歌"的指称范畴，表明了闻一多对"九歌"之名及实的研究角度和探索视野。从这些范畴可以看出，闻一多一方面将"九歌"置于历时性的演变中探索其起源和发展，另一方面，将"九歌"置于共时性的文化格局中探寻"九歌"的多种艺术形态，从历时性角度发现"九歌"的真实指称，从共时性角度以各种艺术形态的"九歌"意指共同归向"诗歌的九歌"的说明。闻一多在学术研究中一向致力于追寻文化的本源和还原历史的真实面目，在《九歌》的探索中尤其体现这种研究态度和方法。我们看，他在"九歌"的考察中，从《楚辞》中《九歌》所代表的"楚九歌"追寻到"夏九歌"，从"夏九歌"进一步追寻到"神话的九歌"，追根溯源后梳理清晰了从"神话的九歌"到"夏九歌"再到"楚九歌"作为"宗教的九歌"的历史演变轨迹。首先是"神话的九歌"，传说中"九歌"本是天乐，是与韶舞相配合的，后来被夏后启偷到人间，《山海经·大荒西经》谓："开（启）上三嫔于天，得《九辩》与《九歌》以下。此天穆之野，高二千仞，开焉得始歌《九招》。"① 屈原《离骚》中谓"奏九歌而舞《韶》兮"，《天问》中有"启棘宾商，《九辩》《九歌》"。据闻一多在《九歌释名》中考证，战国时传说，舜禅位于禹，禹摄位后，在明堂举行庆祝典礼，《尚书·皋陶谟篇》有记载"虞廷赓歌"的故事，歌即《元首歌》。在此，舜为宾客，禹是主人，《史记·五帝本纪》记载："于是禹乃兴《九招》之乐，致异物，凤凰来翔。"《九招》即《九韶》，本是帝舜之乐，变为禹所有，禹又传给他的儿子启，启所得《九歌》是禹享虞宾时的《九歌》之乐。② 而传说中则是启得《九歌》于天，由此"神话的九歌"发展为"夏九歌"。其实启所得之"夏九歌"仍

---

① 袁珂. 山海经校注 [M]. 成都：巴蜀书社，1996：473.
② 参见闻一多. 九歌释名 [M]//闻一多. 闻一多全集：第5卷. 武汉：湖北人民出版社，1994：363-364.

然是传说中的，闻一多在一定程度上还原了传说的历史背景。大致而言，《九歌》韶舞是夏人的盛乐，启奏此乐以享上帝，作为原始社会的乐舞，宗教与性爱往往相结合，虽然是享神的乐舞但内容颇为猥亵，虽猥亵而仍不妨为享神的乐。正是在郊天大宴享中，启与太康父子之间为有仍二女发生冲突，太康造反，夷羿趁虚而入，灭了有夏。在此，本来是启享天神而请客，但传说中将启请客变为启被请，启上天做客，享天所用的乐就变为天上的乐，于是启"奏乐享客"变为"做客偷乐"了。① 而《九歌》为天乐，人间《九歌》得之于天，也正是"神话的九歌"的来源说明。在历史逻辑顺序上，《尚书·皋陶谟篇》所记舜禅位于禹，同时也将《九歌》传给禹，禹继承《九歌》以享舜，然后传给启，由此"神话的九歌"变为"夏九歌"。闻一多从"神话的九歌"到"夏九歌"的演变传说中，特别强调了《九歌》的用途和带有性爱的内容，发现了原始社会宗教和性爱的密切关系，而这正鲜明地体现在"楚九歌"中。无论"神话的九歌"还是"夏九歌"其实都不可考，《楚辞》中的《九歌》则基本是"楚九歌"的形态，在功能上是郊祀仪式上的延长歌辞，在内容上语涉性爱，甚至不无猥亵，这就保留了传说中"神话的九歌"和"夏九歌"的功能和形态。在功能形态上，楚郊祀时演唱的"九歌"已经不再是"神话的九歌"，因为在祭祀仪式中带有巫术性的表演，所以有了浓郁的宗教色彩，"神话的九歌"变为"宗教的九歌"。当然，从楚郊祀的歌舞演唱到屈原的《九歌》本来就存在着相当的距离，从传说中的"九歌"到楚郊祀的"九歌"，更是一个漫长的历史演变过程，从"夏九歌"到"楚九歌"中间应该有过渡环节，闻一多认为这中间的桥梁是晋，他说："传说《九歌》创始于夏后启，而名称始见于春秋时人引《夏书》，其实例载录于《虞夏书》之《皋陶谟》，看来《九歌》是夏人的产物。夏故墟为春秋晋地，晋承夏人文化，巫风特盛。晋楚争霸历八十二年，文化交流亦密，故楚染晋风而有《九歌》。就是说，夏《九歌》这种体裁以晋为桥梁而保存于楚。当然，不单纯只是保存，而且有所发展。"② 其中固然有不肯定的演变轨迹，但神话传说毕竟不是真实的历史。对此，闻一多也并没有提出有力的证据来说明上古"九歌"的形态，只是将传说的《九歌》和《楚辞》中的《九歌》建立起一种联系，这联系也仅仅是一种跨越遥远时空的"对接"，可以从中透示一点

---

① 参见闻一多.什么是九歌 [M] //闻一多.闻一多全集：第 5 卷.武汉：湖北人民出版社，1994：338.

② 闻一多.九歌释名 [M] //闻一多.闻一多全集：第 5 卷.武汉：湖北人民出版社，1994：367.

"九歌"渊源的消息而已。值得重视的是，闻一多对共时性文化格局中各种艺术形态"九歌"的考证，更能够说明"九歌"的性质。在《九歌释名》中，闻一多就从音乐、舞蹈、语言、诗歌等不同的角度考释了"九歌"之名。第一，从音乐的角度而言，有"音乐的九歌"。闻一多指出，古代乐名多称九，如《九奏》《九成》《九章》《九变》《九代》《九辨》《九招（韶、馨）》《九歌》《九夏》等。他认为，"九"是乐节之数，九奏是九次合乐（奏训会合）。九成、九章是乐舞九个段落（成、章都训终），九变、九代是九个段落中的前一个段落完结，变更形式成为次一个段落，如此变更九次，为九变或九代（代训更，即变）。九招、九韶、九馨等均为乐舞演奏九次。由此可见，《九歌》中的"九"，从音乐角度，确指乐歌的九次演奏，或演奏的九个段落，或九次演奏的形式变更，或如"九招"所说的九次"招邀"。对照《楚辞·九歌》中的形式，如果从音乐角度理解，就确指中间的"九章"，是郊祀仪式上娱神的九幕歌舞剧，分别由自然神和人鬼出演，演出内容自然有所变更而成九个自然段落。歌和舞密切联系着。第二，从舞蹈的角度而言，闻一多认为《九歌》是配合《万舞》的歌。万舞就是韶舞，《皋陶谟》中有"箫韶九成"，《离骚》中有"奏《九歌》而舞《韶》兮"，其中的韶舞就是万舞。所谓"万舞"，闻一多从古籍记载中考订出，《万舞》与妇人有特殊关系，是一种富于诱惑性的舞，就此他总结道："歌与舞原是不能分离的，从《史记·赵世家》及《扁鹊仓公列传》所说'广乐九奏《万舞》'，广乐九奏就是《九歌》，看来《九歌》是配合《万舞》的歌。《万舞》内容如上述，所以《九歌》也是'不类三代之乐，其声动人心'而徒足供人'康娱而自纵'的一种声乐。"闻一多后来作《〈九歌〉古歌舞剧悬解》，认定《九歌》的原始艺术形态是歌舞剧，《九歌》只是楚郊祀时娱神歌舞表演的歌辞记录。由此可见，"九歌"与舞蹈密切结合着，"音乐的九歌"同时包含了"舞蹈的九歌"。第三，从语言的角度，闻一多提到《左传》有两处都以"九歌"与八风、七音、六律、五声连举，由此可见，"九歌"不是指某一首歌，而是歌的一种标准体裁，九是一种歌的标准单位数量，犹如风以八分、音以七分、律以六分、声以五分一样，每歌必九句，三章章三句，所以谓之"九歌"，如《尚书·皋陶谟》中所记载的《元首歌》。闻一多以此对照《诗经》，虽然真正为三章章三句的"九歌"体只有十五篇，但三章的格式犹存，如《国风》一百六十七篇中就有九十七篇，《小雅》四十四篇中有十九篇，闻一多以为这都是古《九歌》的遗留，而古《九歌》的形式就是三章章三句。这是闻一多从语言角度并联系《诗经》的形式对"九歌"之名所做的分析，《左传》既以"九歌"和八风、七音、六律、五声连举，说明"九歌"中的"九"不会是虚数泛指，而是实数实指。第四，闻一多进一步从"歌"的训诂学角度证明"九歌"之实名，在《歌与诗》中就训释"歌"为"啊"，在此继续认定："歌的本音实在应与今语啊同，而它的本义也不过是唱歌时每句尾一声拖长的啊——而已。大概歌与言语的不同就在前者带有那拖长的一声啊——，而后者没有，所以《尧典》曰'歌永言'，《乐记》曰'故歌之为言也，长言之也。'歌或曰詠，詠即永言，亦即长言。后世歌名又有称引者，正是拖长的意思。"通过对"歌"的训诂学考释，闻一多得出结论："总之《九歌》实即九声啊~，而啊~必在句尾，所以九啊~即等于九句。因之所谓'九歌'者本是九句之歌，亦即三章章三句的一种歌体。"① 不管"九歌"是否为"九啊"，闻一多的这个发现为认识"九歌"之名提供了独特的思路，包括他所论"音乐的九歌""舞蹈的九歌""宗教的九歌"以及从"神话的九歌"到"夏九歌"的考证，都是从多方面多角度对"九歌"之名的考释。

正是在历时性和共时性相结合的考释基础上，闻一多从总体上发现了"经典的九歌"，从"经典的九歌"发展出《楚辞》的《九歌》。所谓"经典的九歌"，是从最早的歌体形式定型化的一种标准的诗歌体式，在形式上是三章章三句、全篇共九句的诗体。"经典的九歌"从历史上说，包括了这样几种：一是神话传说中带有猥亵性内容的启的九歌；二是《尚书·皋陶谟》中的教诲式的《元首歌》；三是《夏书》中所说"九德之歌"（《左传》引郤缺所解《夏书》："戒之用休，董之用威，劝之以九歌，勿使坏"）；四是《诗经·国风》中与《元首歌》格式完全相同的《麟之趾》《甘棠》《采葛》《著》《素冠》五篇。其中最古老、最典型的是《尚书·皋陶谟》中记载的《元首歌》："股肱喜哉！元首起哉！百工熙哉！元首明哉！股肱良哉！庶事康哉！元首丛脞哉！股肱惰哉！万事堕哉！"据《尚书·皋陶谟》记载，这是禹摄位后在明堂举行庆典时舜命为歌，"箫韶九成，凤凰来仪，百兽率舞，庶几允谐。帝（舜）庸作歌，曰：'敕天之命，惟时惟几。'乃歌曰……"所歌

---

① 闻一多. 九歌释名 [M] //闻一多. 闻一多全集：第5卷. 武汉：湖北人民出版社，1994：367. 为了说明"九歌"即"九啊"、九句，闻一多又以"三兮""五噫"之歌为旁证。《大风歌》三句共三用"兮"字，《史记·乐书》称之为"三侯之章"，兮侯音近，三侯犹言"三兮"。《五噫诗》五句，每句末于"兮"下复缀以"噫"，全诗共用五"噫"字，因名之曰"五噫"。"九歌"是九句，犹之"三侯"是三句，"五噫"是五句，都可由篇名推出。参见闻一多. 什么是九歌 [M] //闻一多. 闻一多全集：第5卷. 武汉：湖北人民出版社，1994：339.

《元首歌》即为三章、章三句、共九句的"九歌体"。以《元首歌》为典型的这四种类型的"九歌体"可谓"经典的九歌"，在此基础上，闻一多认为："这些以及古今任何同类格式的歌，实际上都可称为《九歌》。（就这意义说，九歌又相当于后世五律、七绝诸名词。）"由此，闻一多认定"九歌"是表明一种标准体裁的公名。但《楚辞》中的《九歌》并不是如闻一多所谓"经典的九歌"中的诗体格式，三章章三句的"九歌"体基本上是传说中的"神话的九歌"和"夏九歌"的形式，从所留存的《元首歌》中透露出其中的格式。事实上，诗体格式随着表现内容而不断变化着，如闻一多所说："从夏到周将近千年，歌的形式不能不变。因思想能力与表达能力之进步，变的趋势自然是由短而长。因歌的构成顺序是积句成章，积章成篇，变的次第自然是先句数增多，后章数增多。到《诗经》时代，句数增多已成普遍现象。"① 那么，到《楚辞》时代，无论是句和章，还是诗篇，都增多，《九歌》自然不再固守"经典的九歌"的三章章三句的外在形式，而是取"神话的九歌"和"夏九歌"之"神"和"用"而自成一格。闻一多认为，原初"神话的九歌"分两个方向发展："神话的九歌，一方面是外形固守着僵化的古典格式，内容却在反动的方向发展成教诲式的'九德之歌'一类的九歌，一方面是外形几乎完全放弃了旧有的格局，内容仍本着那原始的情欲冲动，经过文化的提炼作用，而升华为飘然欲仙的诗——那便是《楚辞》的《九歌》。"② 前一方面是"夏九歌"，后一方面则是"楚九歌"，"夏九歌"保留了"神话的九歌"之形而以教诲劝诫内容置换了原始性爱的内容，"楚九歌"继承了"神话的九歌"中那原始的性爱甚至不无猥亵的内容但改变了古典的诗体格式。

这样，闻一多经过探索发现《楚辞》中的《九歌》作为"楚九歌"的典型，在功能上用来楚郊祀的娱神歌舞表演，在内容上继承了"神话的九歌"中原始性爱的表现，在形式上是变化了的九歌体。《九歌》仅仅有"九歌体"扩大了的外形，这样是保留了传统"九歌体"的神韵。就《九歌》的整体艺术欣赏，闻一多在《什么是九歌》中从四个层面分别进行了区分和转化。第一个层面是在《九歌》内容层面上区分宗教内容和艺术意韵，在欣赏过程中完成从宗教到艺术审美的转化。苏雪林曾经提出《九歌》表现的是"人神恋爱"的观点，针对苏雪林的说法，闻一多一方面肯定了这个观点，以"人神

---

① 闻一多．九歌释名［M］//闻一多．闻一多全集：第5卷．武汉：湖北人民出版社，1994：366.

② 闻一多．什么是九歌［M］//闻一多．闻一多全集：第5卷．武汉：湖北人民出版社，1994：340.

恋爱"揭示出《九歌》的宗教背景,另一方面,他进一步指出,《九歌》中的"人神恋爱"是歌曲中所扮演的故事,并不是实际的"人神恋爱","而且这些故事之被扮演,恐怕主要的动机还是因为其中'恋爱'的成分,不是因为那'人神'的交涉,虽则'人神'的交涉确乎赋予了'恋爱'的故事以一股幽深、玄秘的气氛,使它更富于麻醉性。但须知道在领会这种气氛的经验中,那态度是审美的,诗意的,是一种 make believe,那与实际的宗教经验不同。"① 这就剥离了《九歌》宗教的外衣而突显出艺术的抒情本质内容,或者说,原本是宗教的内容而披了艺术的外衣,闻一多使其发生置换,以"恋爱"置换"人神"关系,以"审美的,诗意的"艺术态度置换庄严的、神圣的宗教态度。《九歌》从《东君》到《山鬼》,这八章中的"人神"不过是假扮的角色,重要的是人间恋爱本身,而表现的实质是人与人的恋爱而不是"人神恋爱"。第二个层面是在《九歌》的艺术形式上区分"巫"和"音",在欣赏过程中完成从巫术到巫"音"的转换。《九歌》是为楚郊祀的反映,表现的是迎送神仪式和祭祀仪式的娱神表演,其歌从音调上是为"巫音",如《吕氏春秋·古乐篇》谓"楚之哀也,作为巫音"。但表现在《九歌》中的巫术和巫音,在闻一多看来,重要的是"巫音"而不是"巫术",重要的是"音"而不是"巫"。他说:"八章诚然是典型的'巫音'。但'巫音'断乎不是'巫术',因为在'巫音'中,人们感兴趣的,毕竟是'音'的部分远胜于'巫'的部分。"这种"音"就是《九歌》的音乐性和歌的声律节奏美。《九歌》在内容上不脱宗教和巫术背景,但表现上却是艺术的,从接受者的审美兴趣角度,闻一多认为接受者去"巫"取"音",如同内容层面去"人神"而取"恋爱"一样。第三个层面是在《九歌》的艺术形态上区分诗歌和歌舞剧,完成从诗歌到歌舞剧的转换。闻一多认为《九歌》反映的是古代楚郊祀仪式和仪式上的歌舞表演,屈原的《九歌》是对此宗教仪式及其表演中的歌辞的记录。这就有"诗歌的《九歌》"和"歌舞剧的《九歌》"在艺术形态上的区分,欣赏者自然也有古今不同的欣赏形态,在闻一多看来,其区别在于,《九歌》时代的人们是在祭坛前观剧——一种雏形的歌舞剧,而现代人只能从纸上欣赏剧中的歌辞。为此,闻一多将《九歌》还原为歌舞剧而有《〈九歌〉古歌舞剧悬解》,意在带现代人到《楚辞》时代,在舞台上观赏《九歌》的歌舞剧形态。这是建立在他对《九歌》艺术形态发现的基础上的,这就自然出现了围绕《九歌》欣赏者的时代差异。第四个

---

① 闻一多. 什么是九歌 [M] //闻一多. 闻一多全集: 第 5 卷. 武汉: 湖北人民出版社, 1994: 351.

层面是在《九歌》的艺术接受上区分了《楚辞》时代和现代,完成从《楚辞》时代到现代的转换。时代固然存在差异,如所面对着不同的《九歌》艺术形态,但闻一多更强调古今之于《九歌》欣赏的相通处:"严格地讲,二千年前《楚辞》时代的人们对《九歌》的态度,和我们今天的态度,并没有什么差别。""在深浅不同的程度中,古人和我们都能复习点原始宗教的心理经验,但在他们观剧时,恐怕和我们读诗时差不多,那点宗教经验是躲在意识的一个暗角里,甚至有时完全退出意识圈外了。"① 也就是说,无论古今,心理攸同,所接受的不是宗教、不是巫术、不是"人神"关系,而所欣赏的是艺术、是诗歌、是人间"恋爱"。这既是《九歌》的艺术奥秘,也是从古到今所欣赏到的《九歌》艺术美。

至此,闻一多经过多方面的探索,发现"九歌"之"九"的来历和"九歌"之"歌"的本质,而"歌"的本质是附丽于宗教的巫术表演中,是巫术表演,其"歌"就带有"巫音"。《九歌》之为"巫音",从宗教背景而言,重要的是巫术;从诗歌角度而言,重要的是艺术。闻一多对《九歌》艺术奥秘的探索可以说是完成了一个从巫术到巫"音"、从宗教到艺术、从诗歌到歌舞剧的过程,全面地发现了《九歌》整体的艺术美。

---

① 闻一多. 什么是九歌 [M] //闻一多. 闻一多全集: 第 5 卷. 武汉: 湖北人民出版社, 1994: 351-352.

第五章

易学研究中的历史建构、诗美发现和思想阐释

　　闻一多在中国古典诗歌中艺术美的发现不仅体现了他作为诗人的艺术感悟力，而且体现出他作为文学史家的宏观视野和作为思想家的洞察力。在本来的诗歌中发现诗歌艺术美，这当然是"题中应有之意"；在不属于诗歌的文本文献中发现诗歌艺术美，才更显发现者的艺术"慧眼"。见人之所未见的前提是对整个文学史、诗歌史的宏观把握和透彻了解，不仅能够就经典诗歌如《诗经》《楚辞》等查漏补缺发现新的美质，而且能够如《易》所言"探赜索隐，钩深致远"到罕见领域发现新的诗歌领地，并以史家意识纳入文学史、诗歌史中。艺术美的发现离不开思想的支撑，尤其在看似非经典诗歌典籍中发掘诗歌艺术美，更需要进行一番思想的正本清源，以"杀蠹的芸香"去粗取精、舍陋存美。闻一多的诗性感悟、史家意识和思想家品格在诗歌艺术美的发现层面综合地体现在《周易》研究基础上对《焦氏易林》（简称《易林》）诗歌美的发现中。《周易》不是经典意义上的诗歌，《焦氏易林》是一部易学卦辞，但闻一多从《周易》研究到《易林琼枝》贯穿了诗学意识，在卦辞中发现诗歌的美，而由此在"易"中见"诗"，至为独特。正是在《周易》研究基础上，闻一多通过对《焦氏易林》卦辞诗美的发掘而论定了《焦氏易林》的文学史地位，在易学史、诗歌史和文学史上都富有开创之功。

　　从诗歌艺术美发现的角度，闻一多对"易学"诗美的发现主要体现在《焦氏易林》的诗学发掘和论定中，但要了解他的《易林》研究，首先要了解他的《周易》研究。一方面，《焦氏易林》是为《周易》六十四卦所配的占卜辞，本属于易学范畴，可以说《周易》为"体"、《焦氏易林》为"用"，有一个从《周易》到《易林》的发展过程；另一方面，闻一多的《焦氏易林》诗学研究是以他的《周易》思想研究为基础的，亦有一个从《周易》研究到《易林》研究的学术历程。文化史和易学史分别从先秦《周易》到西汉《易林》，闻一多学术研究也从《周易》研究到《易林》研究，这两方面自相对应，体现出闻一多从"源"到"流"而"源流"结合、从《周易》的思想性到《易林》的诗歌美而"易象"和"诗美"相结合的学术思想。基于此，

244

我们在论述闻一多对《易林》诗歌艺术美发现之前，有必要先进入闻一多的《周易》研究世界，在把握他的《周易》研究的基础上，更好地领略《易林琼枝》所体现的从"易林"到"艺林"的诗歌美学观。在闻一多看来，先秦"六经"以《诗》为基点，其他"五经"都与《诗》存在密切联系，《乐》经自与《诗》关系最为密切，《书》和《春秋》以其"史"的内容与《诗》亦有关，《诗》的"雅""颂"说明与《礼》的关系，而"六经"之首的《易》看起来与《诗》关系似乎不大。可是，"如果深入考察，就会发现没有比《易》同《诗》的关系更密切的。西方文学之能深沉而又飞扬，莫不与宗教有关，可惜中国文学同《易》的关系愈来愈远，少有人像焦氏那样运用《易》作为创作材料，因此我国文学终不能像西方文学那样富于浪漫色彩"。"《周易》从文艺眼光去看，乃是一部包含'人生小镜头'的书，它的内容是一般人的日常生活，毫无传奇性质。因为其中并无英雄故事存在，《易》所表现的都是极其平凡的生活形态，所以它的艺术技巧很低，自从《易林》出现，《易》的文学色彩就显得灿然可观了。"① 本来与《诗》更密切的《易》，在传统诗歌中没有充分地体现出来，而真正体现其关系的是传统文学史上未予重视的《焦氏易林》，所以，闻一多既从"易"出发又从"诗"出发，在双重的学术评判标准下特别重视和研究"易"与"诗"的关系。这里的"易"是指从《周易》到《易林》，这里的"诗"指《诗经》然后扩展到整个中国诗歌史，最能体现"易"与"诗"密切关系的就是西汉的《焦氏易林》。闻一多从《周易》到《焦氏易林》的研究中说明"易"与"诗"的关系，更从诗学角度发现《焦氏易林》的诗歌美和文学史地位。

闻一多是从古典诗歌开始他的学术研究历程的，初期研究对象集中在《诗经》《楚辞》和唐诗方面。随着学术观念和文化思想的发展，他的研究领域不断扩展和深入，从诗歌研究扩展到整个中国文学、中国文化的研究，从晚近文学和文化研究深入上古文学史和文化史研究，不仅在空间上跨领域、跨学科，而且在时间上贯通古今历史，构成了他整体的学术世界和他的学术世界所影射的中国文化。从20世纪30年代末期到20世纪40年代，闻一多的学术世界别开生面，其中就特别开辟了易学研究领域，首先在《周易》研究上大放异彩而自成一家。《周易》研究两千多年，既为儒家经学研究主要对象而被充分地注疏和阐发，又作为卜卦依据而在民间绵延不绝，进入近现代后更是从自然科学、社会科学、人文学科等现代多学科角度进行了大量阐释。

---

① 郑临川. 闻一多论古典文学［M］. 重庆：重庆出版社，1984：33-34.

闻一多的《周易》研究属于现代易学范畴，在此可以说明他的研究"大放异彩、自成一家"，亦是得到学界公认的。1948 年，郭沫若在开明版《闻一多全集·序》中称赞闻一多古籍研究"考索的赅博，立说的新颖而翔实，不仅是前无古人，恐怕还要后无来者的"，这针对的是闻一多对《周易》《诗经》《庄子》《楚辞》这四种古籍的研究，首先开列的是《周易》。郭沫若早在1927 年就开始研究《周易》，并以《周易》观察古代社会情形，开创了以辩证唯物主义和历史唯物主义研究《周易》的先河，已经是现代成就卓越的易学专家，因而郭沫若对闻一多《周易》研究的评价自是知人至人之论。闻一多在《周易新论》中亦引证过郭沫若的《周易》研究观点，将郭沫若的《周易的构成时代》列为主要参考书。闻一多研究《周易》虽然起步晚于郭沫若，但以其开创性的研究与郭沫若同列于现代易学名家之列。1992 年岳麓书社出版了蔡尚思主编的《十家论易》，选辑了近现代著名易学研究家研究《周易》的代表作，闻一多以其《周易义证类纂》和《璞堂杂识》中《周易》考辨而列为十家之一，另九家为郭沫若、顾颉刚、李镜池、胡朴安、熊十力、冯友兰、薛学潜、刘子华、蔡尚思。近现代易学研究卓有成绩的学者绝不止十家，重要者尚有高亨《周易大传今注》、尚秉和《周易尚氏学》、杨树达《周易古义》、苏渊雷《易通》、于省吾《易经新证》、金景芳《周易全解》、徐志锐《周易大传新注》、朱伯崑《易学哲学史》、屈万里《读易三种》、杭辛斋《学易笔谈》、白寿义《周易本义考》、沈仲涛《易卦与科学》、丁超五《科学的易》等，现代易学研究可谓名家辈出、名著蔚为大观。此外，据粗略统计，"五四"以来至 20 世纪 90 年代，各种《易经》研究论著已有三四百部，论文三四千篇。① 而闻一多以自己对《周易》的全新探索在其中卓然成为一家，如胡道静在《十家论易》的前言中评价闻一多的易学研究："民主战士闻一多在三十至四十年代曾下大功夫研究《易经》，并提出过许多前人从未讲过的问题，破译了《易经》中许多难解之谜。"杨庆中的《二十世纪中国易学史》亦将闻一多的易学研究列为专节，并将 1900 年至 1949 年的易学研究分为三部分：一是经学家的易学研究，主要论列了章炳麟、刘师培、杭辛斋、尚秉和的易学研究；二是古史辨派顾颉刚和唯物史观派郭沫若的易学研究；三是以"易学研究的新探索"为题论列了于省吾、高亨、闻一多、苏渊雷、金景芳、熊十力、薛学潜的易学研究。就闻一多而论，这部现代易学史针对的主要还是《周易义证类纂》，从"《易经》注释的新探索"角度论述（与高亨、

---

① 参见胡道静. 十家论易·前言［M］//蔡尚思. 十家论易. 长沙：岳麓书社，1992：2.

于省吾的研究归为一类），指出闻一多的易学研究，"重在钩沉、考证《周易》卦爻辞的本来意义。其许多结论堪称独步"，与高亨的《周易古经今注》和于省吾的《双剑誃易经新证》一样体现了不同于传统经学家的注释特征，在于"一是经学观念的破除，使人们较能客观地、不受任何条条框框限制地对《周易》进行研究；二是甲骨卜辞的发现和研究。使人们对古为卜筮之书的《周易》的研究有一种参照和类比，并因而更加认清《周易》的本来面目"。闻一多的独特处还在于：一是受唯物史观的影响居多，二是如他自己所说注《易经》"不主象数"但有些注释也运用了汉代易学家的互体之例。① 当然，学术史的撰著和文学史的撰写一样，专论对象的选择体现的是撰著者的"一家之言"，但如果学术史的"多家之言"共同认定一个对象的学术史地位，这意味着学界已经公认其特定研究对象的价值。自然，一个学者的价值主要取决于研究本身，正是其研究本身的价值决定了他在学术史上的地位。从郭沫若的评价到《十家论易》，再到《二十世纪中国易学史》的专论，都认定了闻一多的易学研究地位，即此可见闻一多在学术研究上的开创之功和贡献之大非仅在古典诗歌研究、神话研究、诸子研究、文学史和文化史研究方面，其中也有《周易》研究及后来的《易林》研究。

　　无论郭沫若对闻一多易学研究的评价依据，还是《十家论易》所选录的闻一多易学研究论著，包括《二十世纪中国易学史》对闻一多易学研究的评述，都集中在《周易义证类纂》和《璞堂杂识》这两种研究成果上。实际上，闻一多的《周易》研究成果远不止这两种，还有如《周易新论》《周易杂记》《周易字谱》《周易分韵引得》等，均收入在新版的《闻一多全集》中。② 闻一多研究《周易》和他研究其他古籍一样，是如《楚辞校补·引言》中所说从三个层面展开，即"说明背景""诠释词义"和"校正文字"，在《周易》研究中略有偏重和变通，主要集中在"诠释词义"和"说明背景"上，并将这两方面有机地结合起来，通过"诠释词义"而"说明背景"，如《周易义证类纂》；在《周易义证类纂》以诠释词义说明背景的基础上，《周易新论》更偏重于说明背景、进行《周易》的综合研究。至于《周易》文字

---

① 参见杨庆中. 二十世纪中国易学史［M］. 北京：人民出版社，2000：136，141.

② 新版《闻一多全集》第 10 卷收录了闻一多易学研究著述五种，但不见《十家论易》中所录《璞堂杂识》中关于《周易》的 17 篇考辨文章。它们与所收录的《周易杂记》亦完全不同，为新版全集所漏收。而郭沫若、《十家论易》编者及《二十世纪中国易学史》撰著者想必也均未寓目如《周易新论》等著述，所以仅限于《周易义证类纂》和《璞堂杂识》中的考辨文章。

方面的研究，主要不是校正文本文字，而是从传统小学中的训诂学、音韵学、文字学角度发现《周易》的用字、用韵规律，如《周易字谱》对《周易》用字的归类总结，《周易分韵引得》对《周易》用韵的归纳指引，这类似于他在《诗经》研究中的"编字典"方式及《诗经词类》的归纳，将《周易》拆散，分韵归类，首先将属于同一韵的字归为一类，然后将出现同一字的经文摘编到一起。想必闻一多要从这部最古老的典籍里寻求汉语言文字的应用规律，但他在此"述而不作"，仅仅是客观地呈现而基本未做论述，即此已经可以看出闻一多对《周易》研究所花费的巨大功夫。当然这是他研究《周易》最基础的课题，主要的成就在词义诠释和词义诠释中的背景说明。诠释词义既有新义，背景说明又有新见。闻一多对《周易》的词义诠释是对传统经学注疏方法的继承，主要从文字训诂和名物考证角度进行诠释，不时参以甲骨文及金文的形训和音韵学角度的音训，体现出朴学精神。他对《周易》词义诠释的原则，谓"解释一字时，当顾及全句文义"，"释字义当有卜辞、金文或先秦古籍的证例，《说文》以下之训诂，尤当审慎用之"，"释句义当于古代礼俗有征"①；他对《周易》的背景说明既不是从卜筮卦辞角度研究，也不是从象数义理角度阐释，而是取为"古代社会史料"，体现唯物史观的思想倾向，如他的《周易义证类纂》即"以钩稽古代社会史料之目的解《周易》，不主象数，不涉义理，计可补苴旧注者百数十事。删汰芜杂，仅得九十。即依社会史料性质，分类录出，幸并世通人匡其不逮云"②。

第一节　《周易》的历史和历史的《周易》

闻一多首先对《周易》及其易学的基本问题进行了考辨，对《周易》的作者及其时代、《周易》的演变和易学的发展等问题都进行了全面系统的梳理，在考辨和梳理中或澄清旧说，或提出新论。《周易》作为先秦典籍和儒家经书，从《易经》到《易传》再发展出历代"易学"，显示为不同的发展阶段。《易经》包括卦象、卦名、卦辞和爻辞构成的六十四卦，是原初的占筮卜卦的典籍；《易传》是战国时代学人对《易经》的解释，包括《象传》（上

---

① 闻一多. 周易新论［M］//闻一多. 闻一多全集：第10卷. 武汉：湖北人民出版社，1994：277-278.

② 闻一多. 周易义证类纂［M］//闻一多. 闻一多全集：第10卷. 武汉：湖北人民出版社，1994：189.

下）、《象传》（上下）、《系辞传》（上下）、《文言传》、《说卦传》、《序卦传》、《杂卦传》等七种十篇，所谓"十翼"，将占筮卜卦的《易经》哲理化；汉以后经学家和哲学家依据《易传》的解释原则对《周易》经传的多方面诠释形成了历代"易学"。关于《周易》及其"易学"的诸多问题，不仅在古代经学史上众说纷纭，而且在现代学术史上也莫衷一是。闻一多进入易学领域，仍然本着他一贯的"历史还原法"，力求《周易》和易学的历史真面目，在《周易新论》中探寻"周易的历史和历史的周易"。

第一，关于传说中《周易》的作者问题和周易的时代问题，闻一多进行了考辨，特别论述了《周易》文化和殷商文化之间的关系。

《周易》作者迄今尚无定论，闻一多主要将古籍文献中的有关记载摘编在一起，客观地呈现传说中《周易》的作者，包括传说中的初期记载"伏羲画卦""文王作《易》和演六十四卦""孔子赞《易》而作《十翼》"等，综合性说法如《汉书·杨雄传》："是以宓羲氏之作《易》也，绵络天地，经以八卦。文王附六爻，孔子错其象而象其辞。"此外还有如"伏羲重为六十四卦，文王增六爻""伏羲重卦""神农重卦""夏禹重卦""文王作卦辞，周公作爻辞"等异说。在此，闻一多并没有确定《周易》作者为谁，事实上，尽管史记记载里出现过《周易》的作者，如《史记·周本纪》谓"西伯……囚羑里，盖益《易》之八卦为六十四卦"，《史记·日者列传》谓"伏羲作八卦，周文王演三百八十四卦，而天下治"，司马迁《报任少卿书》谓"文王拘而演《易》"，《史记·孔子世家》谓"孔子晚而喜《易》，序《彖》《系》《象》《说卦》《文言》"；由此《汉书·艺文志》谓《周易》的作者"人更三圣，世历三古"，是指处于三个时代的伏羲画八卦、文王演六十四卦并作卦爻辞、孔子序《易经》而成"十翼"。此论在后代易学史上不断受到质疑并有新说，但终是难以确定作者。闻一多只是提供了各种文献古籍里传说中作者的记载，同时重点论列了伏羲与八卦的关系、孔子与《周易》的关系。伏羲是神话传说中人物，一般以为他是中华民族的始祖，闻一多从《周易》"是故《易》有太极，是生两仪，两仪生四象，四象生八卦"中的"太极"，到《吕氏春秋·大乐篇》的"太一生两仪，两仪出阴阳"和《礼运》"是故夫礼，必本于太一，分而为天地，转而为阴阳，变而为四时"中的"太一"，联系苗语中的"伏羲"云"祖一"（第一个祖先），由此建立了伏羲与"太极"的联系，又从神话学角度证明伏羲即元苞和庖牺，八卦出于太极，太极即元苞，所以八卦出于伏羲。闻一多在神话学论著《伏羲考》中详细考订了伏羲的形象即龙身、传说中的事迹和所代表的文化意义，在此亦是从伏羲龙身为始祖的认定而以为《周易》中"八卦之首即寓伏羲传说",进而辨析了"八卦始伏羲"和"八卦始于伏羲",以为"八卦始伏羲(八卦以伏羲为首),误为八卦始于伏羲(伏羲始作八卦)"。进一步,"八卦既以伏羲为首,很可能即奉伏羲为宗神的民族——伏羲氏的产物"。① 这也就等于否定了伏羲画八卦的传说,而将伏羲作为八卦中的原始对象来认定,特别是将伏羲、八卦和民族始祖联系起来,从哲学和文化人类学的角度解读《周易》八卦的意义。闻一多认为,《周易》不仅是卜筮之书,而且是一部哲学著作和隐含着民族起源的典籍。伏羲作为民族始祖,遗留了原始社会时期的生殖崇拜,所以闻一多特别从"《周易》哲学和生殖神伏羲"的关系角度探索《周易》思想。从《周易》"经""传"到古代典籍,从历代易学观到现代学者的研究,都不乏以"乾坤、阴阳、刚柔、天地"等象征男女两性关系的思想观念,如《彖传》:"大哉乾元,万物资始,乃统天,云行雨施,品物流形"(乾),"至哉坤元,万物资生,乃顺承天。坤厚载物,德合无疆。含弘光大,品物咸亨"(坤)。《系辞》:"天地氤氲,万物化醇;男女构精,万物化生";"夫乾,其静也专,其动也直,是以大生焉;夫坤其静也翕,其动也辟,是以广生焉。"《彖辞》:"天地感而万物化生。"闻一多并引述了《困学纪闻》《白虎通》及焦循的看法,都以为伏羲设卦观象而画八卦以定人道,别男女,有夫妇,乃有父子和君臣。闻一多特别引证了现代学者如冯友兰、钱玄同和郭沫若的观点,冯友兰在《中国哲学史》中从个人生命起源角度论《周易》,从乾坤两卦中衍生出人间伦理关系结构。钱玄同更是直接说:"我以为原始易卦是生殖器崇拜时代的东西,乾坤二卦是两性生殖器记号。"郭沫若在《中国古代社会研究》中亦明确说:"八卦的根底,很鲜明地可以看出,是古代生殖器崇拜的孑遗。画一以象男根,分而为二,以象女阴。所以由此而演出男女、父母、阴阳、刚柔、天地的观念。"闻一多通过这些观点和资料,实际表明了《周易》所隐含的生殖崇拜的文化背景。联系他神话学研究对原始部落的图腾崇拜和生殖崇拜的认识,更可以获知闻一多对《周易》与伏羲关系的"新论",他是把伏羲看作《周易》八卦之首,从中看出《周易》的生殖崇拜遗留和所隐含的生命及民族起源的奥秘。这实际上已经超越了《周易》的作者问题,易卦是否为伏羲所作并不重要,重要的是《易》卦和伏羲的联系所反映的文化思想。闻一多也从伏羲画卦而转向思考《易》卦中伏羲的哲学和文化人类

---

① 闻一多. 周易新论 [M] //闻一多. 闻一多全集:第 10 卷. 武汉:湖北人民出版社,1994:259.

学意义。传说中伏羲画卦、文王演卦、孔子作"传"，《周易》是为"三圣"之得，其中孔子与《周易》的关系亦成为千古疑案，闻一多也有所触及。从闻一多的考辨看，他以为孔子并没有作《十翼》，但对《易》确曾发生过浓厚的兴趣，如《论语·述而篇》："加我数年，五十以学《易》，可以无大过矣。"《史记·孔子世家》："孔子晚而喜《易》，序《象》《系》《象》《说卦》《文言》。读易韦编三绝。常曰：'假我数年，若是，我于《易》则彬彬矣。'"据此，闻一多说："孔子时代书籍本不多，好学如孔子者见到这弹性极大、能容纳大量伦理意义的《易经》，其发生兴趣是必然的事。韦编三绝的故事虽未必缺然，不能说完全无因。""但孔子似未以《易》教人"①，当然也不是《易传》"十翼"的作者。对此，李镜池在《易传探源》中进行了详细考证，证明孔子不仅没有作《易传》，而且《论语》中唯一提到《易》的一句话亦有可疑之处，因为在《鲁论》里"易"作"亦"（闻一多也指出了这一点），连下句则可读为："加我数年，五十以学，亦可以无大过矣。"此话就不足以是孔子学《易》之证，此外，孟子没有说孔子作《易》，可知《易》与儒家的关系本来很浅。因为后来经籍散亡而儒家经典要求范围扩大，才将经过义理新释的筮书《周易》变为"经"书。② 总之，闻一多对《周易》的作者问题进行了辨析，对传统所说伏羲画卦和孔子作《传》提出疑问并实际给以否决。当然，闻一多也并没有确认《周易》的作者，因为事实上根本就确定不了，或者说，《周易》本不是一人一时之作。姑引李镜池在《周易的作者问题》中的看法以和闻一多的考辨相映照，他说："关于作者问题，我们的看法是《易经》卦、爻辞是编纂成的，有编者，姓名失传，困难是周王室的一位太卜或筮人，即《周礼·春官·宗伯》所说'掌《三易》'的人。编纂时间约在西周中后期。《易传》七种十篇（《十翼》）作者不是一个人，姓名不可考，从内容思想看，可以推定出于儒家后学之手。写作时期，在战国后期到汉初。"③

　　《周易》的作者问题其实同时联系着《周易》的产生时代问题，闻一多随之从独特的商周关系角度探索了《周易》的时代基础。《周易》的产生所谓"世历三古"，即在汉代就认为经过了上古、周代和战国三个时代而逐渐成

---

① 闻一多.周易新论［M］//闻一多.闻一多全集：第10卷.武汉：湖北人民出版社，1994：264.

② 参见李镜池.易传探源［M］//蔡尚思.十家论易.长沙：岳麓书社，1993：205-213.

③ 李镜池.关于《周易》性质和它的哲学思想［M］//蔡尚思.十家论易.长沙：岳麓书社，1993：376.

形的。所谓《周易》，朱熹谓："周，代名也，《易》，书名也。""周"指周代，孔颖达在《周易正义》"论三代易名"中说："《周易》称周，取岐阳地名。……文王作《易》之时，正在羑里，周德未兴，犹是殷世也，故题周别于殷，以此文王所演，故谓之《周易》。其犹《周书》《周礼》，题周以别余代。故《易纬》云'因代以题周'是也。"《易传》晚于《易经》而出，有的认为形成于战国前期，有的认为形成于战国后期，有的认为形成于秦汉之间，有的认为更晚至汉代才出现。① 闻一多对《易传》的形成年代未做探讨，而主要以史家意识探索了《周易》的筮辞和殷商卜辞的关系，以此思考周代文化与殷商文化之间的关系。说明历史演变和文化发展的规律。在他看来，殷商以占卜为主而留下了大量甲骨卜辞，但只有命辞、占辞而无繇辞；《周易》以占筮为主，在筮的演化过程中，受过卜的若干影响，但闻一多说筮并非卜的后身。他借诸学界同类论述从三个方面说明了"周易"文化与殷商卜辞文化之间的关系。一是从历史上看，周代文化和殷商文化有所联系，"周易"文化接受了"卜辞"文化的影响，"周久已是殷王朝势力下的一个侯国，其接受殷文化是必然的。（商周似非同一民族而同文字。周本无文字，而借用商文。既借其文字，必承用卜史文献、卜辞的辞例。）周人曾应用殷人的卜，但殷人似未有过筮，因为周人有卜后，还卜筮连举"。而商人则有卜无筮。二是"周易文化"和"卜辞文化"是有区别的，即"筮"与"卜"的区别，卜辞所记，几乎事事有卜，日日有卜，而筮的范围要小、次数要少，此说明殷商只有卜而无筮。三是卜筮的产生各有其物质条件，"游猎、牧畜在殷人社会中，还占重要地位，所以能有大量兽骨以供占卜之用（出土甲骨中，兽骨占十之七八，龟甲才十之二三）。筮法是在农业社会因田猎牧畜减少而缺乏兽骨的情形下，用来接济卜具而兴起的。近人多信周人农业的发达先于殷人，（封

---

① 关于《易传》的形成时代，主张战国前期说的代表是张岱年、高亨，战国后期说的代表是冯友兰、朱伯崑，参见郑万耕.《周易》说略［M］//经史说略——十三经说略. 北京：北京燕山出版社，2002：3. 又，李镜池将《易传》分为三组，分别考证其形成时代，第一组是《彖传》和《象传》，是系统的、较早的释"经"之传，其年代当在秦汉间，作者当是齐鲁间的儒家者流；第二组是《系辞》与《文言》，是汇集前人解经的残编断简，并加以新著的材料，年代当在史迁之后，昭、宣之间；第三组是《说卦》《序卦》与《杂卦》，是较晚的作品，在昭、宣后。见李镜池. 易传探源［M］//蔡尚思. 十家论易. 长沙：岳麓书社，1993：214. 而闻一多则认为《说卦》《序卦》《杂卦》三篇最先出现，因为《周易》本占筮之书，这三篇内容多关系占验方法，至少，初学者若无此三篇以供参考，即无法从事占验工作，故疑此三篇产生时期，不能太后于卦爻辞，《文言》依诸家排列皆在最后，似出世亦最晚。见闻一多. 周易新论［M］//闻一多. 闻一多全集：第10卷. 武汉：湖北人民出版社，1994：271，278.

建始于周，可证其农业社会背景之久。殷商末叶始行父子继承，可证未入封建社会）所以筮法无从殷传至周的可能"。① 闻一多把《易经》归为周代，主要从卜筮角度探索《周易》和殷商文化的关系，首先指出两种文化的联系和区别，联系在于《周易》的"筮"接受了殷商"卜"的影响，区别在于殷商有卜而无筮，卜为常事，是畜牧业的产物，《周易》卜筮并举，主要是农业文化的产物，不如殷卜运用的普遍。其次，在殷卜和周筮关系的基础上，闻一多指出了文化的基础和发展的规律：一方面是继承，周代作为殷商的诸侯国、周文化作为后起的文化必然接受殷商文化的影响，包括文字的接受和卜辞的接受；另一方面是发展，周文化毕竟是比殷商文化更先进的文化，从各自卜筮的工具即可以看出其文明程度，从殷商的游牧文明到周的农业文明，标志着中国文明的发展。最后，从文化发展的一般规律和卦具中，闻一多合乎历史情理地解释了殷商龟甲用具和《周易》卜筮并举的原因，因为殷商初为滨海民族，出土大龟皆海产可证，后内徙得龟难，牧畜为生，乃用兽骨代之；而周去海数千里之遥，不能产生卜法而用筮法，其有卜，必传自殷商。这也可证《史记·龟策列传》的记载："飞燕之卜顺，故殷兴；百谷之筮吉，故周王。"闻一多正是从商周的卦具中看出各自不同的历史并还原历史，同时提出了"卜辞文化"和"周易文化"的形成基础和演变规律，形成基础在于地理和经济形态，演变规律体现为各自的"有"和"无"、"继承"和"发展"，后起的周文化可以富有殷商文化的要质，而在先的殷商文化则不可能具备周文化的特质。这已经表现出闻一多观察《周易》的唯物史观视角，为他进一步把《周易》读为社会史料奠定了思想基础，他的《周易》"新论"亦主要体现在唯物史观的阐释中。

第二，对象的新解或别解必须以了然对象的本体为基础，闻一多对《周易》及其"易学"的"新论"主要体现在唯物史观下社会史料的发现和诗学角度中诗歌美的发现，但在别解的"新论"之前，首先要厘清《周易》最初的卦书本相和原初内容，然后才能作出新解。为此，闻一多在《周易新论》中比较全面系统地梳理和分析了《周易》从符号的演化到卦辞的生成及"累积"，并分别阐释《周易》"数卜"和"字卜"两种卜筮方法。

《周易》原本是上古用以卜筮的典籍，它有一个漫长的"成长"过程，

---

① 闻一多. 周易新论［M］//闻一多. 闻一多全集：第10卷. 武汉：湖北人民出版社，1994：262. 闻一多在文中说这三个方面本诸余永梁说，但余一方面说商人无筮，另一方面说周早自有卜法，筮出于卜，其说自相矛盾，闻一多进行辩证，提出了自己的看法。

最初产生的是八卦符号，后来才有与八卦符号相配合的文字，在此基础上产生卦辞。在闻一多的研究中，他认为产生八卦的民族没有文字，如《通卦验》（上）所说"无书以画事"（注曰"作《易》以为政令而不书，但以画见事之形象而已矣"）。八卦不是文字，只是占筮变化的八种标准公式，后来赋予八卦符号的卦名乾、坤、震、艮、离、坎、兑、巽和所代表的意义天、地、风、雷、山、泽、水、火，都与卦画没有本然的联系，闻一多认为"五十六卦一部分是卦名字形的便化及其诱导物"，是有了文字后的周人所演。八卦以符号方法运演自然和人事变化，在占具上以短长的直画代表蓍草；在占术上以"阴阳和贞悔"作为"占验吉凶的方法"，以"八卦与八极"作为"卦画的整理简化与系统化"并形成八卦图。闻一多主要探讨了"八卦产生的基因"，将八卦分为"自然观的八卦"和"生殖观的八卦"，以为八卦是基于原始的宇宙论和原始社会生殖器崇拜的遗留。"自然观的八卦"反映了原始的宇宙论，可以分为两组自然现象，一组是乾（天）、震（雷）、巽（风）、离（火）即"雷风天威"（"迅雷风烈必变"），一组是坤（地）、艮（山）、兑（泽）、坎（水）即"山泽地利"。《周易》确实借八卦符号和所表示的文字意义以占筮之名反映了古人对自然宇宙的认识，如后来出现的《说卦》所言："天地定位，山泽通气，雷风相薄，水火不相射，八卦相错。数往者顺，知来者逆，是故《易》逆数也。雷以动之，风以散之，雨以润之，日以烜之，艮以止之，兑以说之，乾以君之，坤以藏之。……"① 在此，闻一多从八卦中意识到其所反映的古人的自然观和宇宙论，当然突破了单纯卦书的认识，赋予八卦新的意义。与此相对照，"生殖观的八卦"反映了八卦产生的另一方面基础，即作为原始社会生殖崇拜和生殖器崇拜的遗留而以八卦象征男女两性、生命起源并演化出人间伦理关系结构，生殖观的八卦同样分为两组：一组是乾（父）、震（长男）、坎（中男）、艮（少男），是为"阳"（包括"老阳"和"少阳"）；一组是坤（母）、巽（长女）、离（中女）、兑（少女），是为"阴"（包括"老阴"和"少阴"）。前面就谈到闻一多认可八卦为生殖象征的观点，《周易》也从男女两性立论而及于天地、阴阳、刚柔，进一步推演出人间两两相对的伦理结构，如《序卦》所言："有天地然后有万物，有万物然后有男女，有男女然后有夫妇，有夫妇然后有父子，有父子然后有君臣，有君臣然后有上下，有上下然后礼仪有所错。"② 《周易》从自然的天地和平等

---

① 引自周振甫. 周易译注［M］. 北京：中华书局，1991：281.

② 引自周振甫. 周易译注［M］. 北京：中华书局，1991：294.

的男女推至夫妇、父子、君臣时就有了上下之分，这已经是典型的儒家伦理观。《说卦》《序卦》以及《杂卦》都是《周易》在八卦符号基础上产生卦辞、爻辞后的"文辞的累积"。闻一多认为在《易传》"十翼"中，《说卦》《序卦》《杂卦》是最早产生的，因为这三篇纯属卜筮之书。① 至此，从闻一多的描述看，"《周易》的成长"过程可划分为：八卦符号→卦名和卦义→数理运用的重卦→"文辞的累积"（卦辞→爻辞→说卦、序卦、杂卦→象传、系传、象传、文言）。这是一个从符号到文字、从文字到繇辞（卦辞和爻辞）、从卦爻辞的累积到《易传》文辞累积的过程，也是《周易》"经文的长成"过程。对此，闻一多并没有展开论述，但点出了各个阶段的最要处及各自的内涵，如"繇辞的复杂成素"中，他认为有"谣"、有"谚"、有"讔"、有"故事"（卜史不分，《易象》与《春秋》并藏于鲁太史氏；《纪年》与《易》并出；《汲冢》与此同类；《春秋》辞例与卜辞、《易》亦同），所以，"卦辞、爻辞是周史官长时期占辞的积薪式的记录"。② 既然是长期"积薪式记录"，就形成了卦辞、爻辞的文本特征，一卦或一爻的词义各不连属、叙述毫无义例，历时甚久而颇有断烂，故文字不免讹夺错悟。这个"经文的长成"过程，从时间上，闻一多认为大约起始于殷周之际，止于西周，因为其中包含了殷周间故事、有同于西周的礼俗、有同于《诗经》的文句。随着卦辞、爻辞的"累积"，后世所谓《十翼》逐渐出现，闻一多认为最早出现的《说卦》《序卦》《杂卦》三篇，"乃卜史相传的共同知识。三篇不必出于一人之手，固然，即每一篇亦不必为一人手笔"。其文辞"累积"的过程和特点同卦爻辞的"累积"过程，内容则一，均包含着历史。这是闻一多从历史的角度还原了《周易》从八卦符号到"文辞的累积"的历史形成过程，在还原中揭示了《周易》卦爻辞所包含的历史内容，即上古社会"卜史"一体的特征，从而

---

① 闻一多认为《说卦》《序卦》《杂卦》在魏襄王二十年就存在了，在《文言》《系辞》时代，因为被认为是术数小道（这三篇纯系卜筮之书），甚至是异端而被删去，所以汉初《易传》只有七篇，至宣帝时，这三篇才复出，《十翼》乃全。《论衡·正说篇》谓"河内女子发老屋，得逸《易》《礼》《尚书》各一篇，奏之。宣帝下示博士，然后《易》《礼》《尚书》各益一篇。"其中的逸《易》在《隋书·经籍志》指明为《说卦》三篇。参见闻一多. 周易新论 [M] //闻一多. 闻一多全集：第10卷. 武汉：湖北人民出版社，1994：271-272.

② 闻一多. 周易新论 [M] //闻一多. 闻一多全集：第10卷. 武汉：湖北人民出版社，1994：268.

可以从卜筮中看见从殷周到西周的历史故事。①

《周易》在内容上虽然有史，但最初是卜筮的产物，其主要功能是占卜人事吉凶和占筮人生命运。固然可以从《周易》中抽绎出自然哲学和人生哲理，观察到历史故事和历史兴亡，欣赏到艺术意象和优美文辞，但所有这些的基础是八卦相数和卦名卦义的推演。既为卜筮之书，《周易》提供了一套技术操作层面的方法论，而这套方法论作为中国文化的符号性表征，体现了中国神秘文化的一面，又包含了文化符号的多重价值。对此，闻一多亦进行了系统的梳理，特别在梳理中他对《周易》的卜筮之术进行了现代视角和现代方法论的分析，目的在于认清《周易》卜筮之术的真相和本质，体现出的是一种现代思想。闻一多论《周易》占卜术，分"数卜"和"字卜"两种类型，他认为"卦与易"是"数卜与字卜的混合物"。所谓数卜，是经过了"由卜至筮演化的过程"而形成"象数"，龟卜主象，而筮则主数，如《左传·僖公十五年》中谓："龟象也，筮数也，物生而后有象，象而后有滋，滋而后有数。"《系辞》下云："八卦成列，象在其中矣。"《汉书·律历志序》谓："伏羲画八卦，由数起。"据此，闻一多认为，筮之数等于龟之象，在《周易》中数和象密切联系而成"象数"，他从三种角度定义"象数"：一为"象征吉凶的数，故曰象数"，二为"象征事物的数（以数为事物的符号）曰象数"，三为"象征卦兆之数"。这样，与"数"相关者有"吉凶、形相、卦兆"，四者的关系为"以形相寓吉凶，以卦兆表形相，以数目代卦兆"。"数目（卦画）是吉凶的三重代表，形相的二重代

---

① 闻一多在《周易新论》中只是点明了《周易》的卦爻辞反映了殷周之间和西周的历史，但没有考订其具体的历史故事。作为对照，可以参考顾颉刚的《周易》研究。顾颉刚作为古史辨派的砥柱从疑古角度考证了《周易》卦爻辞中所反映的历史故事，来说明《周易》的产生时代和作者问题。他认为，"一部《周易》的关键全在卦爻辞上"，"我先把卦爻辞中的故事抽出来，看这里边说的故事是哪几件，从何时起，至何时止，有了这个根据再试着把他的著作时代估计一下"。为此，他在《〈周易〉卦爻辞中的故事》一文中，考证出《易经》所反映的"王亥丧牛羊于有易的故事""高宗伐鬼方的故事""帝乙归妹的故事""箕子明夷的故事""康侯用锡马蕃庶的故事"，并从《易经》卦爻辞所没有的故事如"没有尧舜禅让的故事""没有圣道的汤武革命的故事""没有封禅的故事""没有观象制器的故事"等区分了《易经》和《易传》，说明《易经》中所没有的故事是《易传》及《易林》所有的，而《易传》和《易林》所有的故事是《易经》所没有的，证明《易传》晚出于《易经》，《易经》作于西周初叶。参见顾颉刚.《周易》卦卜辞中的故事 [M] //蔡尚思. 十家论易. 长沙：岳麓书社，1993：92-129. 顾颉刚主要是怀疑《周易》作者而以其中故事为证，客观上因为说明了《易经》的历史内容，可证闻一多这里所说《周易》"卜史不分"、卦爻辞为周史官所累记的观点。

表，卦兆的直接代表，卜法的最高发展。事无过吉凶，数无过正负（阴阳）。以至简驭至繁。"① 事物（吉凶）→形相（事物吉凶的征象）→卦兆（形相的显示）→数目（卦画），从有形到无形，从复杂到简化，从形象化到高度抽象化，这是《易经》八卦符号的思维过程，最后以高度抽象的卦画即数目表示纷繁复杂的自然、社会和人生。这也隐含了人类文化的演变规律，闻一多在论述《周易》数卜时列出两组语词作为对照，一组是"价值　语言　速记　电报"，一组是"意义　文字　符号　号码"。这是借《周易》八卦数目化繁为简的原则来说明人类文化的发展同样遵循了从繁到简的规则，意即语言表现价值，语言作为人类表达和交流的工具，是以快捷为基本原则，因此发展速记，在现代社会发明了电报，而速记和电报都是将承载事件、情感、思想内容的语言符号化；文字传达意义，文字是语言的物态化，本身就是语言的符号化体现，文字作为符号在速记和电报中就转化为"号码"即数码。闻一多所表述的这两组词语是从不同角度出发的，一是语言的角度，一是文字的角度，如果结合起来看，他想表明的是包含意义的文字，是用来记录表现各种价值的语言的，语言表达和交流的快捷原则一方面产生了"速记"，另一方面将文字符号化和数码化，现实的应用就是电报和各中形式的号码。在语言角度，从速记发展到电报的数字化；在文字角度，从符号发展到以号码代替文字。我们说，闻一多从《周易》八卦数卜所意识到的这一发展趋势，在当今信息化时代里更得到了鲜明的体现，所谓信息化具体而言就是数字化，电子计算机将传统社会里以语言文字承载的文化信息全盘数字化，或以数字化编码方式进行信息的处理和转化，从而形成文化信息新的存储和运用形态。有人以为电子计算机的数字编码所用的二进制源于《周易》八卦中的阳爻和阴爻符号，自然牵强附会，当然闻一多在这里的思考也并非要证明八卦的数字符号与现代速记、电报和数码化有什么内在的联系，他只是从中发现了八卦数卜的原初形态，以象数概括世界的特征暗合着人类文化在表达和交流过程中由繁而简的发展趋势。事实上，《周易》八卦自身反倒是经历了由简而繁的发展过程，从八卦符号而赋予卦名，从简易的阴阳八卦推演出六十四卦并赋予每一卦以卦辞爻辞，在此基础上"文辞的累积"出现了《十翼》。一方面，《周易》体现为从数到象到文辞；另一方面，人类文化从复杂的语言文字表

---

① 闻一多. 周易新论［M］//闻一多. 闻一多全集：第 10 卷. 武汉：湖北人民出版社，1994：273.

达和交流到数字化时代，闻一多从《周易》的数卜和符号化特征给出了这两种逆向的文化模式，即《周易》演进的文化模式和人类文化的发展模式。其间的关系未必对应，但从中表现出闻一多基于《周易》数卜方法和符号化形态的文化规律的思考。如《周易》这样高度抽象的数字化、符号化形式何以产生，或以为"学理的制作"——自觉的、文化的产物出于古代天文学，或以为"本能的玩艺"——不自觉的、原始天才自然的流露。闻一多对这两种看法未做评说，其实这也如同《周易》的作者问题一样而难得明了。如闻一多所引述林惠祥《文化人类学》中所说：卜筮是魔术的一分支，大都根据象征的原理以期发明人类智力所不能晓得的神秘事件。八卦符号和数卜技艺，无论是"学理的制作"也罢，还是"本能的玩艺"也罢，最初都不出占卜吉凶的功能范围。《周易》在"数卜"之外，还有"字卜"。闻一多在疏解"字卜"时，一指出"字卜"是为"拆字"；二引焦循所说"假借法"，"近者学《易》十许年，悟得比例引申之妙。乃知彼此相借，全为《易》辞而设，假此以就彼处之辞，亦假彼以就此处之辞"；三引拉克伯里语汇说，谓八卦即巴比伦楔形文字之变形，而《易经》一书即来自加尔底亚（迦勒底，即中国之葛天氏）之语汇。[①] 从语汇学的角度看八卦的字卜，可分析出每一卦名的古代字形、近代字形及其所代表的意义。闻一多举了"离"卦（拉氏说）、"坤、屯"二卦（刘师培说）、"乾、需"二卦（陈柱说）列表以观各自的经文、古代字、近代字和意义，从中可见《周易》"字卜"的本质。字卜作为《周易》占卜，是配合着数卜以解释卦义的，卜卦时的字卜结实是一回事，而从语汇学角度研究字卜则是另一回事，闻一多认为语汇说方法只能解释卦爻辞的一部分，不当普遍应用，尽管他对语汇说的原则极表赞同。实际上，我们看闻一多的《周易》研究大多采用语汇学方法考释词义，并求得《周易》的历史内涵。对《周易》本身的字卜方法，闻一多语焉不详，但从他对"数卜"的分析看，他对《周易》的卜筮方法已然有了透彻的了解，并以简略的语言将《周易》中复杂的"象数"和卜筮方法做了疏解。此外，闻一多还涉及《周易》中的"八卦与八极""六气与六爻"的范畴、"阴阳出于贞悔"的原理和"《易》图"

---

① 参见闻一多. 周易新论［M］//闻一多. 闻一多全集：第10卷. 武汉：湖北人民出版社，1994：274-275.

的原形本相①，并做了文献学的梳理和考订。

综上所述，闻一多本着还原历史的学术态度，一方面考察了《周易》的生成基因和"成长"过程，另一方面，视《周易》为卜筮之书，考察了《周易》的卜筮方法以及隐含其中的文化意义。这可以视作闻一多对《周易》本体本相的考察，其中既考察了《周易》从八卦符号到卦名卦义、从卦辞爻辞到《说卦》《序卦》《杂卦》等"文辞的累积"，又研究了《周易》卜筮的"数卜"和"字卜"的实质。闻一多在对《周易》本体的研究中，特别突出了他所认定的《周易》的四个关键词，即符号、文辞、历史、卜筮。《周易》最初有的是八卦符号，代表了上古社会的世界观念和人生观念，分别为"自然观的八卦"和"生殖观的八卦"，为八卦符号赋予文字而开始出现卦名并在历史的演进中表现为"文辞的累积"；最初的《易经》文辞是周史官长期占辞的"积薪式记录"，卜中有史，《周易》在功能上是卜筮之书，包含了复杂的占术如数卜和字卜。可以说，这四个关键词是闻一多认知《周易》的四把钥匙，通过这四个关键词及其包含的思想，就可以把握《周易》的基本内涵。闻一多在《周易新论》中首先论述了《周易》在卜筮功能中的符号运演特征，略述其"文辞的累积"过程和"累积"中的历史内容。"符号的"和"卜筮的"《周易》研究是他整个《周易》认知的基础，他对《周易》真正的"新论"则主要体现在"文辞的"和"历史的"认知角度，这才是他研究《周易》的重点。

第三，闻一多在《周易新论》中对《易经》进行全面考察，在此基础上，特别论述了"易学"的兴起和流变。《周易》包括《易经》和《易传》，《易》出而"易学"随之兴起，成为显学而兴盛两千多年。《易经》为经本文，包括卦象、卦名、诖辞、爻辞；《易传》即《十翼》，指附丽于《易经》的《象传》（上下）、《象传》（上下）、《系辞》（上下）、《文言》《说卦》

---

① 《周易》在象数和文辞之外，尚有《易》图，宋代《易》学兴起图书之学，先后出现了大量《易》图，最著名、最重要者为传说中的《河图》《洛书》《先天图》，即《先天八卦方位图》（又名《伏羲八卦方位图》，八卦图外还有《伏羲六十四卦图》）、《太极图》中的《周氏太极图》和《阴阳鱼太极图》。参见李申. 易图考［M］. 北京：北京大学出版社，2001年. 该书重点考察了《周氏太极图》《阴阳鱼太极图》《河图》《洛书》《先天图》的源流。闻一多在谈到"阴阳出于贞悔"时论及"六十四卦图"的本图为："圆形，四正，四维居中，错卦居边。"（闻一多. 周易新论［M］//闻一多. 闻一多全集：第10卷. 武汉：湖北人民出版社，1994：267. ）朱熹《周易本义》卷首《伏羲八卦方位图》和《伏羲六十四卦图》，其图形基本就是闻一多所说的"六十四卦本图"。参见李申. 易图考［M］. 北京：北京大学出版社，2001：204.

《序卦》《杂卦》等七种十篇文辞；"易学"则是历代研究《周易》之各家各派。《易》之"经""传""学"呈现为不同的历史阶段，先有《易经》（一般认为作于西周），然后出现《易传》（一般认为出现在战国到汉代），在《易经》《易传》基础上产生了"易学"。通常所说"易学"是指对《周易》的学理研究，包括《易经》和《易传》的研究。闻一多所谓的"'易学'之兴起"则指《易传》的出现，十篇《易传》不属于《易经》而属于对《易经》的卜筮技术"指南"和学理探究，本质上已经是"易学"的范畴了，所以，《易传》的出现就标志着"易学"的兴起。闻一多将《十翼》分为两组：一组是他认为最先出现的《说卦》《序卦》和《杂卦》三篇，这是与《易经》卜筮技术关系最密切的；一组是《彖传》《象传》《系辞》《文言》，与卜筮距离较远而属于发挥学理的。他说："如果必要，算《说卦》等是传，那只是卜官解决技术问题的指南式的传。至于《彖象》《系辞》《文言》，则是学者发挥学理的论文式的传。同是传，在性质上差别却甚大。学者研究经文时，有卜官的指南以供参考，也是一大便利，故学者治易，不弃《说卦》等三篇。但在卜官看来，《彖象》等七篇，正如前人所说：'纵饶说得好，只是与《易》元不相干。'"正因为与《易经》的卜筮不相干，所以闻一多认为《彖象》等七篇属于"学"，当为"易学"。如《系辞》所言："《易》有圣人之道四焉：以言者尚其辞，以动者尚其变，以制器者尚其象，以卜筮者尚其占"，以此来衡量，《说卦》等三篇是"尚其占"的，《彖》《象》《系辞》《文言》是"尚其辞"的，"尚其辞"的"言者"也就是后世所谓"学者"，关注的已经不是《易经》的卜筮之术数，而是其中所蕴含的各种学理。事实上，如《系辞》是阐发儒家"圣道"，体现为鲜明的儒家伦理思想，一开头就是"天尊地卑。乾坤定矣。卑高以陈，贵贱位矣。动静有常，刚柔断矣。方以类聚，物以群分，吉凶生矣"，表现了儒家的伦理等级思想，而且通篇贯穿了"圣人""子曰"。所以，这是儒家"言者"对《易经》的阐发，赋予《易经》以浓厚的儒家色彩，所以《易传》和《易经》一并成为儒家经典，位列先秦"六经"或宋后"十三经"之首。① 《系辞》所言"四道"中，把

① 蔡尚思在《周易思想要论》中曾经论列了《易传》是儒家言的若干证明：一、以自然的天地、阴阳之类为礼教贵贱等级的根据；二、多称"子曰"（有人统计《系辞》与《文言》中共有29个"子曰"），与《论语》《礼记》等书相同；三、喜称"君子"，也同《论语》等书；四、称赞"颜氏之子"，也与墨家等名同而实异；五、《易传》言仁义，道家反仁义，而墨家所眼仁义，也与《易传》同名异实。见蔡尚思. 十家论易[M]. 长沙：岳麓书社，1993：1456-1457.

《易》看作卜筮之书即"尚其占"只占四分之一，"尚占"是"术"，"尚辞"是"学"，《十翼》中七篇尚其辞而为"学"，这"学"也就是"易学"而非占卜的《易经》本身。属于儒家的荀子在《大略篇》中说："善为《易》者不占"，这就是从儒学角度看《易经》，重点转移，不以卜筮之书为主而注重其"道""理""学"。当然，对《易经》的阐发也可以从道家或佛家角度做出，援道或援佛入《易》亦成为易学派别。这样，《易经》从先秦开始就实际上发展为两个方向：一是"尚其占"重视其本来的卜筮功能，发展为"象数"之术；二是"尚其辞"重视其天道、地道、人道的思想，如《系辞传》下所说，"《易》之为书也，广大悉备。有天道焉，有人道焉，有地道焉。兼三才而两之，故六。六者非它也，三材之道也。道有变动，故曰爻。爻有等，故曰物。物相杂，故曰文。文不当，故吉凶生焉"，由此而发展出"义理"之学。所以，闻一多以《易传》为"易学"的兴起，使《易传》与《易经》相区别，把《易传》基本归为"易学"范畴是符合《周易》本身历史事实的。这样，闻一多就把"易学史"大大提前了，随着《十翼》中篇章的出现，"易学"也诞生了。《十翼》最早出现的篇章是在战国时期，也就意味着战国时期就出现了"易学"，而一般认为"易学"开始于西汉时期。这也可证闻一多在《周易新论》"附录"中的"古籍论易""古籍引易"和"古籍中类似《易传》之语"等文献摘录，其中特别有闻一多所发现的先秦典籍中的"论""引""用"《易》的言论，如在《礼记》《庄子》《荀子》《国语》《左传》《战国策》《中庸》《乐记》《老子》《墨子》等典籍中，当然在西汉典籍中如《史记》《淮南子》《春秋繁露》等以及汉以后典籍中更多见。这些论引大都不是取《易经》卜筮之术，而是学理角度的论引。闻一多在先秦典籍中发现了与《易传》中相类似的语言，如《中庸》《荀子》《礼记》等之中多有与《文言》《系辞》《象传》相对应的类似语汇语句，例如："庸德之行，庸言之谨"（《中庸》）——"庸言之信，庸行之谨"（《文言》）；"居上不骄，为下不悖"（《中庸》）——"居上位而不骄，居下位而不忧"（《文言》）；"遁世不见知而不悔"（《中庸》）——"遯世无闷，不见世而无闷。乐则行之，忧则达之，确乎其不可拔"（《文言》）；"君子不动而敬，不言而信"（《中庸》）——"默而成之，不言而信"（《系辞》）；"博学之，审问之，慎思之，明辨之，笃行之"（《中庸》）——"君子学以聚之，问以辨之，宽以居之，仁以决之"（《系辞》）；"《易》之咸，见夫妇。夫妇之道，不可不正也。君臣，父子之本也。咸，感也。以高下下，以男下女，柔上而刚下"（《荀子·大略篇》）——"咸，感也。柔上而刚下，感应以相与，止而说男下女。是以亨利贞，取女吉也。天地感而万物化生，圣人感人心而天下和平。观其所感，而天地万物之情可见矣"（《彖》）；"天地合而后万物兴焉"（《礼记·郊特牲》）——"天地感而万物化生"（《彖》）。《老子》《墨子》《乐记》等也存在与《易经》《易传》等相类似的语句。① 这几种先秦典籍和《易传》中语汇语句的相似自是不争的事实，存在孰先孰后的问题。如果《彖传》《系辞》《文言》出于战国后，那就是《易传》袭用了《中庸》《荀子》《礼记》的语言和思想；如果《易传》出于战国时，就不能排除《中庸》《荀子》《礼记》等袭用《易传》的语言和思想。不管论、引、用的是《易经》还是《易传》，大都着眼于"学"而不是"术"，这一方面说明《周易》不只是卜筮之书，另一方面意味着"易学"的勃兴。由此可见，闻一多认为"易学"兴起于《易传》，既将"易学"之兴大大提前，又表明了"易学"的初期内容和形态。

"易学"兴起后在中国学术史上经历了多宗多派的演变，特别是在经学占据主体地位的传统学术中，作为经学研究主要内容的"易学"更是繁荣昌盛而成为显学，经历了汉学中的今文经学派易学和古文经学派易学、玄学派易学、宋代理学中的图书学派易学和义理学派易学。《四库全书总目》"提要"将历代易学归纳为"两派六宗"："汉儒言象数，去古未远也；一变而为京、焦，入于禨祥；再变而为陈、邵，务穷造化，《易》遂不切于民用。王弼尽黜象数，说以老庄；一变而胡瑗、程子，始阐明儒理；再变而李光、杨万里，又参证史事，《易》遂日启其论端。此两派六宗，已互相攻驳。又易道广大，无所不包，旁及天文、地理、乐律、兵法、韵学、算术，以逮方外之炉火，皆可援《易》以为说。而好异者又援以入《易》，故《易》说愈繁。"② 实际上"易学"宗派远不只"两派六宗"，《四库全书总目》提要主要是就"经学"范围而大致概括。闻一多在"'易学'之兴起"之后，亦勾勒出"易学"的流变和格局。他认为，历史上的"易学"派以对《周易》所取的不同而分为三大派：一是从经学角度探求《周易》哲理，所取为易象和卦名中所蕴含的人生哲理思想，以从魏晋王弼扫胡瑗、程颐、李光、杨万里为代表，可名为"经学派"或"哲理派"；二是属于纬学范畴，从《易经》的数、卦、画卦中探求其数理，以汉代和宋代的焦延寿、京房、陈抟、邵雍为代表，可名

---

① 见闻一多. 周易新论 [M] //闻一多. 闻一多全集：第 10 卷. 武汉：湖北人民出版社，1994：288.

② 永瑢，等. 四库全书总目：卷一 [M] //经部·易类一. 北京：中华书局，1965：

为"纬学派"或"数理派";三是从宗教角度的占物和卦爻辞中求得谶术,
如火珠、林神谶、牙牌数、烧饼歌、推背图之类,基本属于迷信思想,可名
之为"宗教派"或"谶术派"。这三派之间并非截然分明,闻一多亦标示出
他们之间的联系,如纬学与谶术之间,相对于经学,谶术亦属于纬学范畴,
如《焦氏易林》和京房既属于纬学,其实他们的易学中主要包含了谶术,所
关注的是《周易》中的象数占术;经学以卦名、卦爻辞探求《周易》哲理,
而纬学则以"象数"和"画卦"求理,手段不同,目的则一,同样有联系。
无论哪一派,都是本于《周易》的卦象、卦爻辞和占术(包括数卜和字卜)
的,只是其运演和推理的方向不同,从而导致不同的探求结果。闻一多追寻
了"易学"派的《易经》根源和梳理出了各自的"路径",可以简分为两种
出发点和两条"路径":第一种从"卦""爻"开始,"由卦生爻",是为
"数学的",以数卜"算卦"而"穷理",最终至于"自然";第二种从"象"
(卦辞)和"象"(爻辞)出发,"由象生象",是为"文字学的",以字卜的
"拆字"方式算卦,不以穷理而求"博物",最终至于"社会"。① 这是闻一
多从《周易》自身出发在学理逻辑上对"易学"各宗派的理论提炼,也从总
体上提炼和概括了《周易》的基本内容。所谓"易道广大,无所不包",其
实无非是闻一多这里所说"自然"和"社会"的两端,象、数、卦、爻、
象、辞,数卜字卜,穷理博物,各家各派,林林总总,都是围绕着"自然"
和"社会"解《易》而最终所得亦为自然物理和社会情理。闻一多对易学流
变和易学流派的划分,首先,突破了《四库全书总目》的"两派六宗"说,
意味着他不单从经学范畴而论,也关注到了非经学的易学,如纬学和谶术;
其次,提升出从《周易》到易学的逻辑演变顺序,将纷繁复杂的易学归结为
"自然"和"社会",高屋建瓴,显示了他在现代视角下的现代思维。当然,
闻一多的勾勒既简略也不全面,并没有将易学史上的流派囊括殆尽,如未及
道家的易学和佛家的易学,在时间上仅至宋易。实际上,易学兴起后,易学
源远流长,蔚为大观:在思想上,有主流的经学易学,有支流的非经学易学;
在内容取向上,有"象数"派,有"义理"派,有"图书"派,有史事派;
在方法上,有"汉学"的易学,有"宋学"的易学;在时代上,从汉代开始
逮及近现代,每一代都有每一代的易学。如最著名的汉代易学和宋代易学,
从主要方面看,前者主象数而开创易学的象数派,后者主义理而成为易学义

---

① 参见闻一多. 周易新论 [M] //闻一多. 闻一多全集:第 10 卷. 武汉:湖北人民出版
　社,1994:279. 凡加引号者为闻一多排序时用语。

理派的代表，但其中又存在多种倾向，西汉有训诂经义学、阴阳灾变学、今文章句学、《十翼》解经学，东汉沿承西汉易学而有马融、郑玄、荀爽、虞翻、陆绩等为代表的各家易注易学。① 汉代易学经魏王弼"扫象数，阐义理"而开创易学的义理派，义理一派尤其以宋代易学为旨。宋代易学在义理主旨上也各有不同，闻一多在勾勒易学流变时点出宋代著名易学家有陈抟、邵雍、胡瑗、程颐、李光、杨万里六家，这六家可归为三派，陈、邵为"图书派"，胡、程（还有朱熹）为"儒理派"，李、杨为史事派。蔡尚思在谈到易学派和易学史时认为，汉后解释《易经》《易传》者，细分可有术数派（似可包括占卜、灾祥、谶纬及堪舆、星相等迷信）、道教派、玄学派（"三玄"）、理学（礼学）派、佛学派（如明末智旭的《周易禅解》、道盛的《金刚大易衍义》等）、形象派、史事派等等。他认为，汉代易学多神学化，魏晋易学多玄学化，宋明易学多理学化，近现代易学除了遵循传统的易学之外又有西洋自然科学化与百科全书化。蔡尚思将近现代谈《易》者分作七派：（一）旧传统的各派易说；（二）易是生殖器崇拜；（三）易是唯物辩证法；（四）易是科学的科学；（五）易是百科全书；（六）易是具有革命内容的大著作；（七）易主要是礼教思想。② 闻一多当然属于现代谈《易》者，既从不同角度论说《周易》，又梳理了易学流派和易学史的演变，而他的易学研究又构成了现代易学的一环，属于易学史的组成部分，又自成一家，形成了自己独特的易学观和易学结构体系。

总之，就《易》学研究的主要层面如象数、义理、史事、社会、人生、文学、自然科学③等，闻一多都有所涉猎，同时兼及易学史的考察；而属于如

---

① 参见张善文. 象数与义理［M］. 印刷本. 沈阳：辽宁教育出版社，1997：59-64.

② 参见蔡尚思. 周易思想要论［M］//蔡尚思. 十家论易. 长沙：岳麓书社，1993：1453-1455. 此外如《周易思想要论》还引证了其他各家所论，迻录于此以做参照：南怀瑾、徐芹庭《周易今注今译》认为《易》有十宗，即占卜、灾祥、谶纬、老庄、儒理、史事、医药、丹道、堪舆、星相。钱基博《周易解题及其读法》中将古代说《易》之书分为：一、汉学；二、宋学；三、非汉非宋，如来知德、智旭等；四、通论；五、占筮；六、书不涉《易》而义有相发者，如严复译的赫胥黎《天演论》、斯宾塞尔《群学肄言》，张东荪译的柏格森《创化论》。吴康《周易大纲》把古代说《易》之书分为：一、训诂及义理，二、象数及图说，三、释例，四、章句，五、辨惑，六、考证，七、校勘，八、占筮，九、杂纂及通论，十、辑佚，十一、纬书，十二、石经，十三、三易。包括《四库全书》的"两宗六派"和闻一多对易学流变的勾勒，综合起来，基本包括了易学流派及其易学史的内容。对照闻一多的易学研究，可以发现，他在研究中对其中的各个层面均有所涉猎。

③ 自然科学：薛学潜、刘子华认为自然科学包括数学、物理学、化学、天文学。

蔡尚思所论列的近现代易学的各个层面，闻一多作为现代说《易》者至少富有旧派易学、生殖崇拜说、唯物辩证法派、百科全书观、礼教思想论这几个方面。从《易经》的生成和卜筮术数到《易传》"文辞的累积"，这是闻一多对《周易》本经的考索；从易学的兴起到易学流变的勾勒，这是闻一多对易学史的梳理；从传统易学到现代易学的转换，这标志着闻一多在易学研究上的新变；从现代易学研究格局到闻一多的易学观，这可以看出闻一多易学观的独创性。闻一多的易学观是建立在《周易》本经研究基础上，以汉学名物训诂的朴学方法考辨《周易》内容，超越象数和义理，发现和发展出《周易》及其易学所蕴含的两大层面内容：一是社会史视角下的《周易》，从《周易》"钩稽古代社会史料"而作《周易义正证类纂》，体现出历史唯物主义思想的易学观；二是诗学视角下的《周易》及易学，从《易》与《诗》的关系扩展到《易林》和诗歌的关系，以《易林琼枝》为重点发现《焦氏易林》的诗歌美，体现了一个诗人的独特易学观。

第二节 《易》中见史：唯物史观中的《周易》

闻一多的史学易学观和诗学易学观体现出易学观的现代性，这种现代性主要在于他是以"史"和"诗"的思想意识看待《周易》的。他的史学易学观体现在三个层面，一是重点考辨"《周易》的历史"即《易经》从象卦到卦爻辞再到《十翼》的生成过程，二是梳理"历史的《周易》"即考察易学的兴起和流变，三是以社会史观看《周易》，在"易"中见"史"。建立在对"《周易》的历史"和"历史的《周易》"全面把握的基础上，闻一多重点从历史的角度研究《周易》所隐含的中国上古社会史面相，这是他易学史学观的本质层面，其成果是他"以钩稽社会史料之目的解《周易》"的易学代表作《周易义证类纂》。

"钩稽社会史料"以解《易》，从《周易》看上古社会形态和历史面目，是因为《周易》本身包含了社会史资料，即闻一多多次所言之古代"卜史不分"。从历史角度看《易》，当然并非始于闻一多，从古代到现代都有从历史角度研究《周易》的，或以史证易，或以易证史。易学史上本来就有"史事"一派，比较典型的是南宋李光、杨万里，他们在当时图书派和义理派之外，独辟蹊径，援引史实与六十四卦、三百八十四爻相应证，李光的《读易详说》是第一部以史证易的专著,① 杨万里亦有《读易详说》,同样是以史证易之作。闻一多在勾勒"易学的流变"时亦特别列出李光和杨万里,虽然归入经学哲理一派,但实际他们的易学与胡瑗、程颐、朱熹的理学有所不同。清乾嘉时期学者章学诚在《文史通义》中提出"六经皆史"的命题,以此论《易》,以为《易》与史同科。章氏以为《周易》既不是如传统经学传圣人明言和自然天理,也不是托之诡异妖祥的谶纬术数,而是和《春秋》一样包含古代政教典章的"一代之典教",是"王者改制之钜典,事与治历明时相表里"。"六经皆史",《易》首先就是史,是先王政典和古代历史的记录。"六经皆史"的命题突破了传统经学藩篱,扩大了史学中的史料范围,以此衡量,"六经"均承载着上古社会的史料,史不再是经的附庸,而经就是史。这在经学史和整个中国学术史上自有学术观念的转折性意义,更影响到近现代学术研究,如章太炎"六经皆史"的观念,如在《易论》一文中认为《易经》之要在"记人事迁化"。在近代《易》学研究中,如章太炎、沈竹祁、胡朴安等均从历史角度治《易》,胡朴安除了作有《周易人生观》,另有《周易古史观》。闻一多在治学方法上固然主要接受了乾嘉考据学,但同时也受到了章学诚学术思想的影响,因此赋予自觉的史学意识,在"经"中发现"史"是他研究先秦典籍一贯的追求,尤其突出地表现在《周易》研究中,成为现代易学史事派的代表之一。

如果说闻一多的以史读《易》或《易》中见史在学术观念上受到章太炎"六经皆史"的影响,那么,在指导思想和具体内容上,则主要取决于以下三方面。第一,《易》中见史是闻一多长期研究古代文化和《周易》的必然取向和自然结论。在此之前,闻一多已经对先秦文化有了全面系统的研究,特别对中国上古社会形态和文化起源情态进行了探索,在探索中获知了中国古代"巫史一体""卜史不分"的文化现象,要了解上古历史,就须借助巫术和卜筮。如甲骨文,主要是卜辞,以卜辞的形式和内容记录了殷商政治、经济和观念的历史。闻一多亦曾致力于甲骨文的考释,在具体字词的考释中把握了甲骨卜辞的基本内容。当他进入《周易》研究后,也能从卜筮的卦爻辞中看出周代的社会历史。没有对先秦社会历史的整体把握,没有对先秦文化的精深研究,没有对先秦文化形式的细致了解,闻一多是不可能从《周易》这部卜筮之书中看出历史的。第二,在具体研究内容上,闻一多以对《周易》本身内容的考察实际地发现了其中所隐含的社会史料,透过卦象从卦爻辞中

① 参见张善文.象数与义理 [M].沈阳:辽宁教育出版社,1997:71.

看到了体现时代特征的社会事物、社会制度和精神观念。如果仅仅关注象数卜筮，则只能得到吉凶祸福的个人命运"指示"；如果仅仅关注哲理义理，则只能得到自然、社会、人生的抽象意识。而闻一多以历史的眼光看《周易》，"不主象数，不涉义理"，去除卜筮谶纬的遮蔽，揭去玄妙义理的面纱，从卦爻辞的具体内容入手，进入所提供的社会的（从个人命运的预测到社会现实的反映）、具体的（从抽象的哲理观念到具体的时代面相）内容中来看取所提供的古代史料。第三，以历史视角看《周易》，从《周易》中看到古代社会史料，在易学史上，这不是闻一多所开创的。古代易学中有"史事派"，而在现代易学研究中，首先以唯物史观从社会史角度研究《周易》的是郭沫若，从传统史事派到现代郭沫若的易学研究共同影响了闻一多，特别是郭沫若以《周易》为证来探索中国古代社会的学术范式，更对闻一多的易学研究产生了根本性的影响，事实上，闻一多在《周易》研究过程中已经十分了解郭沫若的研究成果，而且将郭沫若的研究论著列为自己的主要参考书。① 因此，闻一多的《周易》史学研究已经不属于传统史事派，而更接近郭沫若的研究路径。接近并不意味着趋同，接受传统的影响是为了更切实地进行创新。闻一多在传统易学史事派和郭沫若唯物史观的《周易》研究基础上开创出了自己的《周易》社会史观。

　　闻一多的《周易》社会史观主要体现在他读取《周易》的角度，即从《易经》中录出社会史料，其历史观包含在史料的考释中，而不是如郭沫若一样首先以明确的唯物史看《周易》。与郭沫若的《中国古代社会研究》和《青铜时代》不同，闻一多的《周易义证类纂》基本属于注述编纂体，以名物训诂的方法考释《易经》卦爻辞（主要是爻辞）中的社会史料。《易经》所涉及的社会史料，闻一多归纳为三类，一是有关经济事类的，二是有关社会事类的，三是有关心灵事类的。这三种类型正切合人类文化的基本结构，由物质经济文化、社会制度文化和精神观念文化构成，这三种文化是人类为了生存和发展的创造性成果，既是每个时代的文化构成，也是历史发展过程中每个社会的文化结构。每个历史时期的经济形态、社会制度和思想观念都不同，要把握不同历史时期的经济形式、物质器用、衣食住行、生活方式、

---

① 闻一多《周易新论》中开列的参考书目中包括郭沫若的《周易的构成时代》，这是郭沫若作于1935年的《周易的制作时代》中的一节，后来收入1945年出版的《青铜时代》一书。虽然闻一多只列出《周易的构成时代》这一部分，但由此可见，他对郭沫若全部的《周易》研究论著，包括《中国古代社会研究》中的《周易时代的社会生活》，应该是寓目过并接受了郭沫若研究思想的影响。

政治制度、礼仪风俗、思想观念、宗教艺术等，并做出经济形态、社会制度
和思想意识的总体概括，就须充分了解每个时代文化各个层面的实际状况。
在现代要把握古代的历史特征，所能依据的不外古代留存下来的历史材料。
这些历史材料可以有三种，一是地下出土文物，经过考古学的论证确定其时
代后成为最为可靠的历史证据。中国现代学术在历史文化研究上大大得益于
地下出土文物和现代考古学的引进，最为突出的就是殷墟甲骨文的出土和考
释，使我们了解了殷商历史真相。但地下出土文物毕竟数量有限，不可能提
供所有时代的历史资料和每个时代文化中所有层面的史料。二是现代社会所
保留的古代遗迹即传统，包括所谓物质性文化遗产和非物质性文化遗产。物
质性文化遗产如地上古建筑遗迹、留存民间的古代器物，这些或可以如地下
出土文物而直观地呈现历史的真实面目，但时代越远，留存者越少，而留存
多者往往是后代产品居多。非物质性文化遗产如从古代传承下来的生活方式、
节日庆典、礼仪规范、民情习俗、宗教观念、道德标准、文化心理、艺术形
式等，由于文化具有传承性，文化在历史发展过程中既有变化性又有稳定性，
新创造的文化并不能够完全替代已有的文化，那么，文化中稳定性的部分或
显或隐地从古代流传到现代，从现代的这些非物质文化遗产中可以窥见古代
精神的一部分。当然，相较于地下出土文物，这一部分作为历史资料自然是
最不可靠的，但也可以作为参照：保留与某一历史时代相近似的现代落后社
会和野蛮民族中的文化，可以作为反观古代社会的参照，这一点，马克思和
恩格斯亦曾作为方法论指出过。三是文献典籍资料，文字的产生作为人类文
明最重要的标志保证了古代历史的留存，因而，记录历史的文献成为后世了
解历史最重要的途径，其中的内容也就成为重构古代史的基本史料。文献典
籍从可靠与否角度介于地下出土文物和非物质文化遗产之间，固然有不可靠
的地方，但古籍文献毕竟去古未远，能够保留更完整的历史事实。当代人写
当代史存在一个特定历史观中内容的取舍和评判的倾向问题，而后世写前代
历史固然可以不受所写时代历史的束缚，但存在史料是否真实可靠的问题。
我们说，无论郭沫若还是闻一多，他们基本是以《周易》这部古老的文献资
料观照上古历史，当然他们都触及殷墟出土的甲骨文来看殷商历史，而之于
周代的社会和文化，就基本依靠《周易》中的文献史料。虽然关于《周易》
的产生年代有多种说法，或以为西周初期，或以为战国时期，但所反映的是
周代社会或说"《周易》时代"的社会和文化。闻一多在《周易》研究中发
掘其中的社会史料，所发现的就是《周易》时代的中国古代社会情态和文化
构成元素。那么，闻一多在《易》中从经济事类、社会事类和心灵事类这三

方面发现了哪些古代文化构成元素呢？

一、物质文化层面的历史

在物质文化层面，闻一多从《易经》中考释出有关经济事类的器用、服饰、车驾、田猎、牧畜、农业、行旅等文化元素。从他所发现的这些物质文化元素，可以看出《周易》时代的经济形式、生产状况、生活水平以及衣食住行方面的特性。如器用方面，闻一多在《易》中考释了当时的一些日常用器、特性并指出卦爻辞中的象征意义。1. 匏瓜：在"包荒用冯河不遐遗"（泰九二）中考释出"包荒"即"匏瓜"，古济渡之用具，爻辞之意：以匏瓜渡河，无坠溺之忧。2. 鼎耳：从"鼎耳革其行塞"（鼎九三）中释"革"为"棘"为"不滑利"，释"行"为"桁"为"横木"，由此而知"鼎耳"不滑利，其桁阻塞不能退出，食虽当前，无由染指，故下文曰"雉膏不食"。3. 陪鼎：从"利出否"（鼎初六）中释"否"为"陪"，而拈出"陪鼎"，为正鼎之副贰者，"鼎颠趾，利出陪"，谓正鼎折毁，则当出陪鼎以代之。下文为"得妾以其子"，妾为妻之副贰，妾之于妻，犹陪鼎之于正鼎，故出陪鼎为得妾之象，妻无出，得妾而有子，可以代妻，犹正鼎无足而有陪鼎，则出陪以代正。4. 玉爵：从"我有好爵吾与尔縻之"（中孚九二）中释"好"为"玉"，"縻"为"挥"，指出古代饮酒之器的玉爵，本辞意为"我与尔饮而尽此杯中之酒"。在此，闻一多据古礼指出古代的两种饮酒方式：一种是常礼，《曲礼》云"饮玉爵者弗挥"，重爵弗挥所以防其损伤者；一种是非常礼，"快情而轻爵，遂不惜挥之者"，为"礼之变"。《释文》注云"振其余酒曰挥"，饮而尽者，辄振爵以弃其余沈，快情之至也。我们看，饮酒之器反映了饮酒之礼，饮酒之礼的不同表现了情谊的差异，闻一多之所论古代饮酒之礼其实也切合现代情态。5. 文饰之几：从"涣奔其机"（涣九二）中读"涣"为"焕"，释为"文"，读"奔"为"贲"，释为"文章貌"，"涣贲"次叠韵连语，二字同义，"涣奔其机"犹言文饰其几。《周礼·司几筵》云"吉事变几，凶事仍几"，变几即有饰，仍几无饰。6. 井水：从"井渫不食为我心恻可用汲"（井九三）中释"井渫"为"井泥"，读"心"为"沁"，释为以物探水深，"恻"读"测"，即言井水污渫，为我沁测之，尚可以汲。7. 弓、箭、矢：从"失得"（晋六五）中释"失"为"矢"，在"晋"卦中，古文箭为晋，故"晋"是箭，《方言》云"自关而东谓之矢，关西曰箭"，所以闻一多说此爻读晋为箭，故曰"矢得"；又从"见金夫不有躬无攸利"（蒙六三）中以"夫"与"躬"为讹文，校正为"矢"与"弓"，"金夫"即"金矢","不有躬"是"无有弓",有矢无弓,不能射,故占曰"无攸利"。我们看,闻一多在《周易义证类纂》中总共补苴七类物质器用,或以声训,或以义训,或校正讹字,释读《易经》爻辞中所反映的古代用器。《易经》卜筮取象立意,所取之象是进入作《易》者视野的物象,这些物象包括自然现象中的景物和日常生活用品,自然物景之外,于日常用品自然多取自作《易》者当时所接触的物品,而这些物品能够反映当时的文明程度。如闻一多所拈出的几种物象,首先就表明《易经》时代已经出现了匏瓜、鼎、玉爵、文几、弓箭等用器,其中鼎是周代最典型的青铜器;其次表明这些用具已经是"产品",是经过了人力加工生产的,体现了当时的生产水平,其生产水平也说明了《易经》时代的文明程度,如《井》(九三)所说测量水井的深浅而探知其水可汲,说明《易经》时代已经打出水井而不是靠自然雨水或河湖水生活,其文明程度已经极高;最后,这些用品已经不单纯是日用物品,而被赋予了礼仪和文化象征意义,如鼎分正鼎和陪鼎可以分别代表妻和妾,还有玉爵饮酒所表现的礼仪。

反映一个民族和社会文明程度的当然不仅仅是器用,衣食住行及其生活方式都可以是显著标志,闻一多在《易经》的考释中面面俱到以观古代社会情状,也就可见古代社会的文明标识。如服饰,闻一多虽然只补苴一条,但管窥锥指,可以略见周代服饰一斑。如《履》(初九)"素履往,无咎"、《履》(九五)"夬履,贞厉"中的"素履""夬履"是以服饰取象卜筮,闻一多释"素履"为"丝履",引《吕氏春秋·离俗篇》"梦有壮子,白缟之冠,丹绩之袧。东布之衣,新素履,墨剑室"为旁证;读"夬"为"葛"释为"葛屦",引《诗经》中"纠纠葛屦,可以履霜",并以《说文》中"屦,履也"为证。《周礼·屦人》中有"掌王及后之服屦为赤舄,黑舄,赤繶,黄繶,青句,素屦,葛屦",闻一多将《易》说与《周礼》对照,以为《易》以"素履葛屦"列举犹如《周礼》的"素履葛屦"连称。据此,闻一多认为,丝贵葛贱,故曰"素履往无咎""葛履贞厉"。衣服的质地和颜色分出人的贵贱等级,《易》与《周礼》正相映照。除服饰之外,在经济事类中,闻一多特别考释了《易经》中的车驾和行旅,在《革》卦、《丰》卦和《姤》卦中析出各种车驾。在卜筮卦辞卦义中,如车驾之类物品被赋予了各种象征意义,但闻一多本着还原历史的态度来还原车驾当时的本来形状和意义。《革》(九三)中的"革言三就有孚",读"言"为"靳",靳削革为之,故谓之"革靳","革靳三就"如《礼》言"马缨三就",缨即当胸,以削革为之;三就,三匝三重。《革》(九五)中的"大人虎变"和《革》(上六)中的"君子豹变"，闻一多主要考释了"变"字，通"鞹"、通"辩"、通"斑"、通"贲"等，"斑"为虎豹之皮、文斑，据此，"大人虎变"即君车以虎皮为饰，"君子豹变"即大夫士车以豹皮为饰。从闻一多的解释可知当时车驾有装饰且以不同的饰纹如衣服一样分出等级。君子、大人士的车要"虎变豹变"，那么小人的车则没有如此讲究了，如闻一多拈出的《革》（上六）"小人革面"，读"面"为"鞔"，《周礼·巾车》谓"革路，鞔以革而漆之，无他饰"，革鞔即车之以革为覆者，特其饰未盛，故为小人所乘，这就与君子所乘"虎变豹变"之车有了等级的区别。闻一多就此指出了古代的乘车等级，在《易》之外的古籍中亦多有规定。这里的"君子""大夫士""小人"正是当时等级的名分，如《尚书大传·殷传》谓"未命为士者不得乘饰车"，《白虎通》谓"大夫轩车，士饰车"，《公羊传·昭二十五年》何注谓"礼大夫大车，士饰车"，闻一多说这些都可与《易义》相会。如《象传》所释"小人革面，顺以从君也"，君子为大夫，小人为士（士分大夫士和下士），士臣大夫，以大夫为君。等级俨然，从所乘车可见一斑，《易经》所反映的车驾区分，变成了中国的文化传统，如今之官员乘车级别正可谓几千年之传统遗留。乘车之人有所分，所乘之车在古代更有所拟象，闻一多从《丰》卦中的"丰其蔀日中见斗"（六二、九四）和"丰其沛日中见沫"（九三），揭示了古代以"车"象"天"、比"天"于"车"的观念，如《考工记·辀人》所言："轸之方，以象地也，盖之圜，以象天也，轮辐三十，以象日月也，盖弓二十有八，以象星也，龙旗九斿，以象大火也，鸟旟七斿，以象鹑火也，熊旗六斿，以象伐也，龟蛇四游，以象营室也，弧旌枉矢，以象弧也。"《丰》卦中的"蔀"即"斗"，斗是盖头之斗，一曰盖葆，如《论衡》所言："极星在上之北，若盖之葆矣，其下之南有若盖之茎者，正何所乎？"又叫"葆斗""保斗"，即古代天说以天当车盖，二十八宿当盖之斗，北斗当盖之蔀，所以，闻一多认为《丰》卦中"日中见斗"之斗就是盖之蔀斗，亦谓天象之斗星，义取双关，是为谐讔，他指出："见天盖之斗于日中盛明之时，固理之当然。若夫天象之斗，则必非日中所得而见者。今接于目者车盖之斗，会于心者乃天象之斗，是指车为天，视昼为夜。度非眩惑狂易，何以至此？故下文曰'往得疑疾'也。"① 也就是白天看见北斗星，是患有多疑病症。"丰其沛日中见沫"可以与上同解，"沛"解为"旆"，是旗中最长者，丈有六尺；"沫"读

---

① 闻一多．周易义证类纂［M］//闻一多．闻一多全集：第10卷．武汉：湖北人民出版社，1994：198.

为"彗",即彗星。旆之为旗,长而垂梢,如彗星之状,卦中是以旆为彗,以彗拟旆,而古代兵车建旆,是比天于车,以彗星拟旆之旅。这两句大意相同,蔀旆皆车服,斗彗皆星象,见蔀而疑斗,见旆而疑彗,都是如《考工记》所说类似的观念,是古代天说之体现,在《易经》中以车驾取象、拟天、寓意并征吉凶。古代有不同的车驾,车上各部件有不同的功能和名称,但在后世则往往有不同的解释,如闻一多在"车驾"部分最后考释的《姤》(初六)"系于金柅"中的"金柅",有释为"纺车专轮的铜把手",孙星衍《周易集解》引《九家易》中说"丝系于柅,犹女系男"。① 而《周易正义》引马注云"柅者,在车之下,所以止轮令不动者",闻一多又从"轫、𨏐、桎"等字中释得"柅"即"轫",《说文》:"轫,碍车也。"而《毛公鼎》所言车驾具有"金"(上"辛"下"我"),指"金柅";"柅"所以止车,不当云"系"。所以,闻一多认为"系"当读为"击","击于金柅"谓车有碍于金柅而不能行。这样,"金柅"就根本不是所谓纺车的铜把手,而是止车的碍车木。闻一多将"系于金柅"置于"车驾"部分,认为"金柅"为碍车木,为车之构成部件。他从车驾而及于行旅,从《易经》爻辞中考释了古代的行旅状况。《节》卦中的"苦节"(上六)、"安节"(六四)、"甘节"(九五)中的"节",闻一多释为"车行之节度"例如:《吕氏春秋·知分篇》记有晏子事,"其仆将驰,晏子抚其仆之手,曰'安之毋失节,疾不必生,徐不必死'";《史记·司马相如传》有"案节未舒"并《索隐》云"案节言顿辔也","案节"即"安节";《庄子·天道篇》谓"甘者缓也,苦者急也";《淮南子·道应篇》作"大疾则苦而不入,大徐则甘而固"(高《注》:"苦,急意也,甘,缓意也"),"苦节""甘节"即疾节缓节。由此,闻一多认为,行节缓则乘者安适,疾则有覆败之虞,故曰"甘节贞吉",而"苦节贞凶"。这也就是说,车要慢行,慢行既安全("安节")又舒服("甘节"),如果"疾"行则为"苦节",既不舒服又不安全。《易经》在《节》卦中所传达的可谓古代的交通规则,与现代交通规则实无区别。一般多将此卦中的"节"引申为"节度",如《彖》"刚柔分而刚得中。'苦节不可贞',其道穷也。说以行险,当位以节,中正以通。天地节而四时成。节以制度,不伤财,不害民",《象》"泽上有水,《节》。君子以制数度,议德行"。而闻一多则回归本义,从车行节度以释。只有回归本义,才可以理解引申义。车行要"节",步行也要"安行",如《蹇》(初六)中的"往蹇来誉",闻一多读"誉"为

---

① 周振甫. 周易译注 [M]. 北京:中华书局, 1991:155.

"走與"（是一个字），《说文》释为"安行"，"赛"是"停"意，"往赛来誉"谓往来迟难，迟难者不利于行，故《象传》曰"宜待也"。《井》卦有"往来井井"，闻一多读"井"为"营"，"营营"是往来之貌，所以是"往来营营"。这种字形字义的变体通假直接关系到经义的理解，闻一多诠释古籍多以通假现象释义，常有新意。如他从《复》卦、《睿》（九五）、《解》（九四）、《咸》（九四）、《豫》（九四）中分别录出"有朋""大赛朋来""朋至斯孚""朋从尔思""朋盍簪"等句，其中均有"朋"，闻一多进行归类通义，认为"朋"实为"崩"，"崩"有"走"意，所以这些卦爻辞中的"朋"都是"崩"、是"走"。在此，闻一多连类通释，举出古代表达"走"的多种词语如"崩、赛、骞、（走真）、颠、灭、越、蹶、（足朋）"，可见中国古代语汇之丰富。这样，从"车驾"到"行旅"，加上"服饰"，闻一多从《易经》的卦爻辞中考证了古代服装和出行方面的情形，既以本来意义解释了《易》卦爻辞的意义，又反映了古代的基本生活形态，从服装和车驾的装饰程度看出了古代的等级制，从车与天的联系中看出了古人的思想观念，从乘车原则和行走形态看出了古人的心理需求，以"缓"求"安"是为"安节""甘节"，车行以求节度也可以从侧面反映出文化心理性格的形成机制。

等级制度、思想观念、文化心理和性格的形成机制根本在于经济基础，包括衣食住行等方面的生活方式都决定于经济形态。《易经》所反映的社会生活中最重要的元素和最有社会意义的部分是其中的经济状况，闻一多从中发现了如"田猎""牧畜"和"农业"的内容。人类早期文明从总体上经历了打猎为生的游牧文明和种植为生的农业文明阶段，从游牧阶段到农业文明是人类文明的一大进步。中国上古社会自然也经历了从游牧到农业文明的演变，而即使进入农业文明阶段，游牧时期的生活方式也以各种形式保留着。从闻一多所发现的《易经》卦爻辞所反映的经济形态看，《易经》时代的社会已经是农业文明阶段，游牧时期的猎获动物表现为"田猎"和"牧畜"，田猎已经带有享乐意味，而牧畜则意味着从早期单纯的打猎发展为农业文明时期的动物畜养形式，野生猎物变而为家畜家禽。田猎往往与战争相联系，或为战争的演练，或为战事的补充，产生出以田猎比拟战争的观念，同时田猎所得的野生动物和家畜家禽除了保证人自身的食物外，还赋予了"牺牲"功能，用以奉天祭祖、配享太庙，由此从田猎中会生出各种观念和礼仪。如《师》（六五）"田有禽利执言无咎"，这是以田猎和战争相联系，以田猎比拟战争。闻一多认为其中的"言"读为"讯"，如《兮甲盘》中的"折首执讯，休，亡愍"，他分析说："古者田猎军战本为一事。观军战断耳以计功，田猎亦断耳以计功，而未获之前，田物谓之丑，敌众亦谓之丑，既获之后，田物谓之禽，敌众亦谓之禽，是古人视田时所逐之兽，与战时所功之敌无异。禽与敌等视，则田而获禽，犹之战而执讯矣。"① 本卦爻辞中的"田有禽，利执言"即取田事多获而象军中杀敌之果，如《周易正义》所说："禽之犯苗，则可猎取，叛人乱国，则可诛之。此假他象以喻人事，故利执言无咎。已不直则有咎，己今得直，故可以执此言往问之而无咎也。"闻一多认为以田猎与诛叛逆并言，比较接近本义，而其他各说都有所疏离。田猎过程亦在《易经》中有所反映，如《比》（九五）"显比王用三驱失前禽邑人不诫吉"，这反映了打猎过程的情形，"显"读为"韅"，"比"读为"纰"，"韅纰"即不良于御；"三驱"是指打猎时驱赶禽兽有所谓"自后曰驱，自前曰逆，自左右曰翼"，混言为"三驱"，"三驱失前禽"是说禽在前面而自后驱赶；"诫"读为"骇"。全句意为不良于御，三驱禽而皆射不准，射不准而禽逸伤人，必令邑人惊骇，今邑人不骇，是禽逸而未至伤人，故为吉占。如《周礼》中记"设驱逆之车"，"驱禽之左右，以安待天子"，可证《易经》之卦象，而《比》（九五）反映的是打猎的场面：王猎，有驱逆之车驱赶禽兽，邑人围观，而御者技术有限，禽兽逃逸，在逃逸过程中未伤及人。田猎中射击猎物的部位也有定制，不同的射击部位不仅决定猎物的致命与否，尤其决定猎物的"成色"，而其"成色"又决定其用途，这都表明了猎手的技术水平。闻一多在谈到《明夷》"明夷夷于左股"（六二）和"入于左腹获明夷之心于出门庭"（六四）时，引《毛诗·车功》《传》和《公羊传·桓四年》何《注》说明当时关于猎物的射击部位和用途，《毛传》谓："一曰乾豆，二曰宾客，三曰充君之庖。故自左膘而射之，达于右腢，为上杀；射右耳本次之；射左髀，达于右骼为下杀。"《公羊传》何《注》："一者弟一之杀也，自左膘射之，达于右腢，中心死疾，鲜洁，故干而豆之，以荐于宗庙。二者弟二之杀也，自左膘射之，达于右脾，远心死难，故以为宾客。三者弟三之杀也，自左脾射之，达于右脾，远心死难，故以为宾客。三者弟三杀也，自左脾射之，达于右骼，中肠胃污泡，死迟，故以充君之庖厨。"以此看"明夷夷于左股"，"夷"为"伤"，是指打猎时射于猎物坐股，为"下杀"，猎物也只能充庖厨。而"入于左腹获明夷之心"，是为"上杀"，获者呼获，声达于门庭之外。"于出门庭"中的"于"为"呼"，"门庭"为射宫之门庭，是天子与士众习

---

① 闻一多. 周易义证类纂［M］//闻一多. 闻一多全集：第10卷. 武汉：湖北人民出版社，1994：201.

射之宫。由此可见，《明夷》六二和六四都是关于田猎的。① 闻一多解《明夷》中卦爻辞为田猎内容，发现了田猎的三种射杀猎物的方式和等级、猎物的三种用途等级，可见即使是田猎，在《易经》时代也已经赋予了礼仪性的内容。《易经》时代的田猎已经不是仅仅为了生存，而是作为战争的演练、王公的享乐、配享宗庙祖先或招待宾客而获取动物。

人与动物的关系在人类文明史上不断变化着，基本可以分为两个时期：第一个时期的动物为野生，人依靠猎取野生动物而维持生命；第二个时期的动物一部分被人类驯养，这就进入了农牧社会，经历了两个阶段，一是游牧阶段，二是农牧阶段，到农牧阶段是以农为主、以畜牧为辅。闻一多在《易经》中发现了"牧畜"的内容，涉及当时所驯养的马、猪、羊等，所以《易经》多取象于驯养的动物，从中可以看出当时的牧畜经济。如《晋》卦辞"晋康侯用锡马番庶昼日三接"和《贲》（六四）爻辞"白马翰如"，这是以马取象。其中，《晋》卦辞中的"锡"为"求"，"昼日"为一日，"接"为"交"或"合"，闻一多认为从文义出发应该倒转读为"昼日三接，用锡马番庶"，意为一日三游牝，以求马之蕃息众庶。康侯是周武王的弟弟康叔封，封在卫国，周成王赐给他良马，使一日三次交配而繁殖众马，这正标志着畜牧业的繁荣昌盛。② 《姤》（初六）"有攸往，见凶，羸豕孚蹢躅"，这是取象于猪，"孚"为乳，"羸"为瘦，哺乳之豕无不瘦，故为"羸豕"；"蹢躅"是指豕且乳且行之状，③ 这也反映了家畜繁荣的状况。还有羊，闻一多拈出《大壮》卦中的"羝羊触藩羸其角"（九三）、"藩决不羸"（九四），《夬》卦中的"苋陆夬夬中行"（九五）和"臀无肤其行次且"（九四）。可以说，马、猪、羊等是人类最早圈养的家畜，《易经》多取象于这些家畜，而且总言其繁殖，反映了当时的牧畜经济状况。古代牧畜家畜当然不限于这三种，还有牛、

---

① 关于《明夷》六二和六四另有别解，《周易通义》解"明夷"为"鸣鹈"即"叫着的鹈鹕"，而如"明夷夷于左股，用拯马，壮吉"辞，《周易大传今注》谓："拯借为（马乘），割去牡马之阳具，今谓之骟马。古人骟马，先占筮其吉凶。爻辞言：鹈鹕伤左翼，还能飞；牡马割去阳具，无害于足，仍能走。"对于"入于左腹，获明夷之心于出门庭"，李镜池解释："明夷，木弓。心，心木，又叫朱或柘。意谓一出门口就找到了制大弓的心木，回到左室开始制作。"这与闻一多的解释大相径庭。参见周振甫. 周易译注［M］. 北京：中华书局，1991：128，129.

② 参见周振甫. 周易译注［M］. 北京：中华书局，1991：123.

③ 孙行衍《周易集解》谓："羸豕。谓牝豕也。群豕之中，（豕段）（雄猪）强而牝弱，故谓之羸豕也。孚犹务躁也。夫阴质而躁恣者，羸豕特甚焉。言以不贞之阴，失其所牵，其为淫丑，若羸豕务蹢躅也。"周注为"像母猪躁动徘徊，春情发动"。参见周振甫. 周易译注［M］. 北京：中华书局，1991：155.

狗、鸡、鸭、鱼等，这些在闻一多的考释中未予涉及。郭沫若在《〈周易〉时代的社会生活》中提及《易经》中的牛，如《无妄》（六三）"或系之牛，行人之得，邑人之灾"、《大畜》（六四）"童牛之牿"、《离》（象辞）"畜牝牛"、《旅》（上九）"丧牛于易"等。同时郭沫若指出，《易》中有不少的马牛豕羊等字样，"但奇异的是寻不出犬字。又'旧井无禽'（《井》初六）、'翰音登于天'（《中孚》上九）当即是鸡，经中无鸡字明文"①。从闻一多和郭沫若的考证中可知《易经》时代的家畜家禽种类还是很有限的，最多也就是马、牛、羊、猪，马多用于战争和行旅，牛、羊、猪除了肉食，更主要用于祭祀，以之为"三牲"，分太牢、少牢，太牢是牛，少牢是羊和猪。牧畜和家畜是伴随着农业的，中国是世界上早营农业的民族之一，农耕种植业起源甚早。西安半坡遗址就发现有谷子，仰韶时期的陶片上存有水稻痕迹；甲骨卜辞多有黍稷记载，可知殷商时就大量种植黍稷，且有了大麦和小麦，《诗经》有更多的记载。从《诗经》可知，周代有菽豆的种植，《诗经·生民》"艺之荏菽，荏菽旆旆"，《诗经·小雅·小宛》"中原有菽，庶民采之"。②《易经》中虽然没有如郭沫若所说具有明确的五谷名称和丰富的耕种器作，但还是反映了有关农业耕种的内容，闻一多考释了其中的农耕内容，如《小畜》（上九）"既雨既处，尚德载"，闻一多认为"德"作"得"，而"载"读为"菑"（中加一横），如《诗经》中的"菑载难亩"，《尔雅·释地》郭注谓"今江东呼初耕反草为菑"，《说文》"菑才耕田也"，菑即耕。德载即得菑，言雨后尚得施耕。《小畜》卦辞为"密云不雨"，不雨就不能施耕，得雨才能耕作。有以为是指雨泽下降、地得载其泽，或得到车子载物，闻一多的解释与之完全不同，他是取农耕而获解，从中了解当时的农耕实际。在早营农业的中国内陆文明中，农耕种植取决于天时地利，大旱大涝对农耕收获来说都是灾难，所以，适量的雨水与种植业最重要。《易经》中多谈到雨水的盈亏和旱涝问题，闻一多从农业角度分析《易经》所反映的雨量和农业的关系。如《临》卦，卦爻辞多和雨有关，闻一多即联系农耕分析当时的雨量。如"甘临无攸利既忧之无咎"（六三），"临"读为"灆"同"霖"；"甘"读为"厌"，意为"足"；"忧"读为"耰"，意为"锄"。"甘临无攸利"是指雨量过足，故占曰"无莜利"，久雨本足以妨农，但以耰之在前，则不足为害，所以"无

---

① 郭沫若.《周易》时代的社会生活［M］//郭沫若. 中国古代社会研究. 石家庄：河北教育出版社，2004：31.

② 参见王冠英. 中国文化通史·先秦卷［M］. 北京：中央党校出版社，2000：532-533.

咎"。中国过量之雨主要在八月，《临》卦辞谓"至于八月有凶"，闻一多指出，"我国雨量，率以夏秋间为最厚"，"雨及八月而百泉腾凑，川渎皆盈，数为民害，故曰'有凶'"。《临》卦爻辞中还有如"至临"（六四）、"知临"（六五）、"敦临"（上六）之语，"敦"训"怒"训"大"，怒暴相近，"敦临"和"至临""知临"（知读为疾）都是指暴雨、大雨。还有《坎》（九五）"坎不盈祗既平无咎"中，"祗"读为"灾"（于省吾），云灾既平犹言患既平，闻一多认为其中的"坎"是指坑谷，爻辞本意：水溢出坑谷，则泛滥为患，今坑谷不溢而灾患已平，故"无咎"。这仍然是讲雨量的，不是暴雨、大雨，而较为适中，如《尸子·仁意篇》所说："甘雨时降，万物以嘉，高者不少，下者不多，此之谓醴泉。"当然，闻一多对与农业密切联系的雨量不做科学意义上的定量统计，他只是从《易经》中析出相关内容，即可了解《易经》时代关系农耕的气候状况，有风调雨顺的时候，也有泛滥成灾的时候，从《临》中密集出现的"八月有凶""至临""知临""敦临"可知涝灾不少。当然，《易经》直接涉及农业者并不多，如郭沫若认为，《易经》中关于耕种的，全经中只有"不耕获，不菑畬"（《无妄》六二）这一句，"此外关于耕种的器具找不出一个字来，关于五谷的名目也找不出一个字来，有四五处田字……但没有一处是和耕种有关的"①。闻一多在此一方面以《小畜》（上九）"既雨既处，尚德载"之释补充了郭沫若所谓《易经》只有一句言及农耕的，补苴了郭沫若之注论；另一方面，闻一多主要从气候雨量的分析来看当时的农耕状况，角度独特，考量细致。

从器用到服饰，从车驾到行旅，从田猎到牧畜再到农业，闻一多在《易经》这部卜筮之书中发现了古代物质方面和经济形态的基本文化元素，这些元素合成后就可以呈现出《易经》时代的物质生产程度、经济发展水平和日常生活状况。《易经》虽然为卜筮之书，但其象、其卦、其辞总取自作《易》者所在时代的各种形象物品，如《系辞下传》所说："古者包牺氏之王天下也，仰则观象于天，俯则观法于地，观鸟兽之文与地之宜，近取诸身，远取诸物，于是始作八卦，以通神明之德，以类万物之情。作结绳而为网罟，以佃以渔，盖取诸《离》。包牺氏没，神农氏作，斫木为耜，揉木为耒，耒耨之利，以教天下，盖取诸《益》。日中为市，致天下之民，聚天下之货，交易而退，各得其所，盖取诸《噬嗑》。神农氏没，黄帝、尧、舜氏作，通其变，使

---

① 郭沫若.《周易》时代的社会生活［M］//郭沫若. 中国古代社会研究. 石家庄：河北教育出版社，2004：32.

民不倦，神而化之，使民宜之。《易》，穷则变，变则通，通则久。是以自天祐之，吉无不利。黄帝、尧、舜垂衣裳而天下治，盖取诸《乾》《坤》。刳木为舟，剡木为楫，舟楫之利，以济不通，致远以利天下，盖取诸《涣》。服牛乘马，引重致远，以利天下，盖取诸《随》。重门击柝，以待暴客，盖取诸《豫》。断木为杵，掘地为臼，臼杵之利，万民以济，盖取诸《小过》。弦木为弧，剡木为矢，弧矢之利，以威天下，盖取诸《睽》。上古穴居而野处，后世圣人易之以宫室，上栋下宇，以待风雨，盖取诸《大壮》。古人葬者，厚衣之以薪，葬之中野，不封不树，丧期无数。后世圣人易之以棺椁，盖取诸《大过》。上古结绳而治，后世圣人易之以书契，百官以治，万民以察，盖取诸《夬》。"①《系辞传》的这段解释类似于黑格尔所谓世界是理念运动的产物，《系辞》认为万物都是《易》六十四卦的产物，是圣人受各卦启示而创造出来的，正如黑格尔的唯心主义思想包含着唯物主义内容一样，《易》及其《系辞》的解说也反映了历史的客观状况，在唯心主义的卦象中包含了当时所出现的器用和衣食住行等经济类元素。不是六十四卦创造了物质性产品和经济形态，而是物质性产品和经济形态决定了六十四卦的卦象和卦爻辞。闻一多从社会史角度透过神秘的卦象和卦爻辞而从物质和经济形态角度发掘《易经》的历史内容，如马克思主义改造黑格尔思想一样，可谓将《周易》颠倒的世界恢复到历史的正常状态，借《易》来了解《易经》时代的以经济为中心的物质文化形态。

二、制度文化层面的历史

人类社会从一开始就在物质文化基础上形成了保障和维持社会发展的制度和准制度性文化，包括国家、战争、阶级、政治、法律、礼仪、习俗和各种社会关系，这体现了人的"类"本质，即马克思所说"人的本质，在其现实性上，是一切社会关系的总和"。《易经》所反映的古代历史作为一种社会形态结构，在物质器用、衣食住行、田猎牧畜农业所体现的经济形态基础上，发展出各种社会制度，展示了古代文明的发展形态。社会制度在《易经》的卦爻辞中有直接反映，闻一多从《易经》中考释出有关社会事类的制度文化元素，计有婚姻、家庭、宗族、封建、聘问、争讼、征伐、迁邑，涉及社会制度的多种层面，从最基本的婚姻家庭关系到宗法封建制度，从政治法律制度到国家之间的战争及国家的迁都大事，均在《易经》中有所反映，闻一多

---

① 引自周振甫．周易译注［M］．北京：中华书局，1991：256.

亦分门别类予以揭示和解析，《易经》的社会内容在闻一多的研究中呈现出当时历史的本来面目。

社会是由人构成的，个体之间所形成的各种关系以约定俗成或明文的规章制度确立，由此形成规范和约束人际关系的社会制度或准制度，将每个人都纳入社会关系的网络中，循规蹈矩，各安其位。这是人类文明发展过程中从无意识到有意识，或自觉或强制而形成的每个人都要遵循的人际关系准则，这些准则定制化成为社会制度和伦理道德规范。人际关系或说人的社会关系从简单到复杂、从自我向外部世界逐渐扩展而表现为人与家庭、人与社区、人与民族、人与国家的关系，这些关系在发展过程中形成一定的规范，进而发展为相对固定的各种制度，既有的制度决定了每个人在各种关系中的地位和行为规范。中国文化在先秦时的创制过程中已经形成了基本的社会制度，以个体为出发点逐渐扩展出各种社会关系和特定社会关系下的规制，闻一多所考察《易经》中的"社会事类"，实际就反映了《易经》时代的社会关系和社会制度。闻一多依照社会关系形成过程中的自然顺序逐步考察了各个社会圈层的制度。

第一个圈层是婚姻关系和建立在婚姻基础上的家庭。建立在自然的男女关系基础上的人类婚姻是最基本的社会关系，男女结为夫妇建立的家庭也成为最基本的社会组织单位。人类婚姻从原始社会开始经历了群婚制、多夫制、多妻制、成对配偶制、一夫一妻制等演变过程，直到进入文明社会才确立并建立了在爱情基础上的一夫一妻制的基本婚姻制度。① 如《易经》时代的婚姻形式，一方面基本以一夫一妻制为主，但另一方面仍然存在着一夫多妻制，并在古代社会相当长的时期内都延续着这两种婚姻形式。夏商周已经实行了一夫一妻制，但仅仅是对平民庶人而言严格实行一夫一妻制，如《白虎通·爵》有言："庶人称匹夫者，匹，偶也。与其妻为偶，阴阳相成之义也，一夫一妇成一室。明君人者，不当使男女有过，时无匹偶也。"这是就庶人而言，事实上，王公、贵族和富人却实行一夫多妻制。这在《易经》中都有所体现，按郭沫若的分析，即有男子"娶妻蓄妾"的内容如"纳妇吉"（《蒙》九二）、"勿用取女，见金夫，不有躬"（《蒙》六三）、"得妾，以其子"（《鼎》初六）等。《易经》所反映当时婚姻的内容，郭沫若在《〈周易〉时代的社会生活》中已经有所揭示，闻一多亦予以补苴。闻一多拈出《蒙》（九二）"纳

____

① 参见恩格斯. 家庭、私有制和国家的起源［M］//中共中央马克思恩格斯列宁斯大林著作编译局. 马克思恩格斯选集: 第4卷. 北京: 人民出版社, 1972. 恩格斯依据摩尔根《古代社会》对易洛魁人部落的考察，进一步将人类婚姻和家庭演变为血缘家庭、普那路亚家庭、对偶家庭、一夫一妻制家庭。

妇，吉。子克家"，他认为其中的"家"犹"娶"，如《周书·谥法篇》"未家短折曰殇"、《离骚》"及少康之未家兮，留有虞之二姚"、《淮南子·齐俗篇》"待西施、洛慕而为配，则终身不家矣"中的"家"均意为"娶"，所以此爻辞中上说"纳妇"，则下言"子克家"，犹言子能娶矣。《周易正义》释为"子孙能克荷家事"，闻一多以为失之原义。娶妇为吉，自然是喜事，意味着子娶妇而建立了家庭。"一夫一妇成一室"，室成而生民，如《序卦》所言："有天地然后有万物，有万物然后有男女，有男女然后有夫妇，有夫妇然后有父子，有父子然后有君臣，有君臣然后有上下，有上下然后礼仪有所错。夫妇之道不可以不久也。"婚姻制度和夫妇之道生成了由父母和子女构成的家庭的组织结构，父子关系成为家庭组织中最受重视的关系，在夫妇关系中夫权的基础上确立父权制。按照恩格斯的观点，一夫一妻制和家庭的出现是私有制的产物，一夫一妻制家庭"是建立在丈夫的统治之上的，其明显的目的就是生育确凿无疑的出自一定父亲的子女；而确定出生自一定的父亲之所以必要，是因为子女将来要以亲生的继承人的资格继承他们父亲的财产"。"一夫一妻制是不以自然条件为基础，而以经济条件为基础，即以私有制对原始的自然长成的公有制的胜利为基础的第一个家庭形式。丈夫在家庭中居于统治地位，以及生育只有他自己的并且应继承他的财产的子女，——这就是希腊人坦率宣布个体婚制的唯一目的"①。这不仅是希腊人的婚姻和家庭目的，也是人类所有民族进化过程中的必然结果，中国古代社会也不例外，而且在子承父业的要求方面尤其严格。因为关系着父业的延续和财产的继承，在血缘关系基础上形成了父对子的绝对权威和子对父绝对的义务，子承父业、无改父道成为子之于父孝的基本要求，是家庭中的父子伦理关系的典型体现，这是儒家伦理思想的核心准则。《易经》之所以成为儒家经典，主要体现了如上引《序卦》中所说的"上下""有所错"的家庭伦理关系准则。在具体内容上，《易经》确实反映了家庭中父母与子女的相承关系，对此，闻一多在《蛊》卦的爻辞中有了特别的发现。《蛊》初六、九三、六五均云"干父之蛊"，九二云"干母之蛊"，六四云"裕父之蛊"，其中，"蛊"即为"故"（从王引之），"蛊事"即"故事"；"干"读为"贯"，习、行之义（闻一多指出，今天行事曰干事，娴习于事者曰干才）；"裕"当读如"褒"，以音近借为"贯"，与"干"同。闻一多认为《论语·学而篇》中"父在观其志，

---

① 恩格斯. 家庭、私有制和国家的起源［M］//中共中央马克思恩格斯列宁斯大林著作编
译局. 马克思恩格斯选集：第4卷. 北京：人民出版社，1972：57，60.

父没观其行，三年无改于父之道，可谓孝矣"，即"干父之蛊""干母之蛊"的爻义。以闻一多的解释看《蛊》爻，我们可以发现，"初六"谓"干父之蛊，有子考，无咎，厉终吉"，"考"即"孝"（从于省吾解），意：子承父业，这就是子的孝行，如此则"无咎"，即使"厉"（有危险）而终"吉"。如九三所言"干父之蛊，小有悔，无大咎"，只要继承父业，有小的毛病，也没有大害，与"干父之蛊"而"无咎"相比，"干母之蛊"则不可为，九二谓"干母之蛊，不可贞"，显然不能与"干父之蛊"相提并论。这就是中国古代社会典型的夫权制和父权制的体现，一直是儒家所弘扬"三纲"中的"二纲"，成为几千年封建制度中的基本礼制。《易经》在卦爻辞中反映了古代婚姻和家庭形式，反映了当时婚姻家庭关系的实际内容，既可以看出其发展和进步的一面，也可以看出其落后和消极的一面。闻一多从社会史角度首先考释和发现《易经》中所反映的婚姻和家庭关系这一基本的社会关系图景，为进一步探索古代社会制度的形成奠定了基础。

第二个圈层是闻一多考索出的宗族关系，宗族关系形成了宗法制家族制度。基本上以一夫一妻制为主的婚姻和家庭进一步繁衍和扩展就形成了建立在血缘关系基础上的家族，在夫妇、父母与子女关系之外扩展出家族里的多重关系。中国古代的宗法制家族既按照不同辈分划分成纵向关系结构，又按照同一辈分扩展出横向关系结构，纵横交错而成以一个核心家庭为中心的等级制宗法制家族结构，这成为封建制度的内在体制和基础。闻一多在《易经》中所发现的宗族类内容主要体现在《屯》《贲》《睽》《震》等卦中所出现的"婚媾"爻辞中，如"匪寇婚媾"（《屯》六二、《贲》六四、《睽》上九）、"求婚媾"（《屯》六四）、"婚媾有言"（《震》上六）。一般解释这几句爻辞中的"婚媾"，往往以为指婚姻关系，如"匪寇婚媾"，李镜池在《周易通义》中认为反映的是对偶婚制中的劫夺婚习俗，他说："这种婚姻是原始社会中的对偶婚。恩格斯说：'对偶婚制是与野蛮时代相适应的。''随着对偶婚的发生，便开始出现抢劫和购买妇女的现象'……而劫夺婚则是一群男子去抢劫女性。两者之间很容易引起误会。故有'匪寇，婚媾'之说明。……对偶婚是一种族外婚，族外婚在当时相当困难，故入'屯'卦。"周振甫《周易译注》在《贲》（六四）中"匪寇，婚媾"的注中亦说："指上古的对偶婚迎亲，陪同新郎去迎亲的，有长老及家庭公社中的众多成员，所以有年轻的与年老的，都讲究打扮。因此女方疑心为寇盗，后来知道非寇婚媾。"① 闻一多

---

① 周振甫. 周易译注 [M]. 北京：中华书局，1991.

在《诗经》研究中曾经诠释"婚媾"是指婚姻和性事的,甚至解释为男女交媾之意。① 但在此,闻一多从宗族关系角度解读《易经》中的"婚媾",他认为古代所说的"婚媾",第一个含义犹如现在所言"亲戚",如《贩叔多夫盘》中"使利于辟王,卿事,师尹,朋友,兄弟,诸子,婚媾,无不喜",《克盨》"唯用献于师尹,朋友,婚媾",《左传·昭二十五年》中所说"为夫妇外内以经二物,为父子,兄弟,姑姊,甥舅,昏媾,姻亚,以象天明";第二个含义是"朋友",如《书·盘庚》"施实德与民至于婚友";第三个含义是"邻",邻犹亲,即如《震》(上六)"震不于其躬,于其邻,无咎,婚媾有言"中,"婚媾有言"承"与其邻"而言,即指"邻"。这样,闻一多认为,《屯》(六四)中的"乘马班如,求婚媾",是言驾四马之车而往,有所求于亲戚之家。"匪寇婚媾"犹言其亲非仇耳。这里的"婚媾"都为名词,并非一般用以动词的嫁娶和劫掠,所以,闻一多认为"匪寇婚媾"并不是反映抢婚之俗。这是闻一多回归原始本义的诠释,所以他没有把有关"婚媾"的部分归入婚姻和家庭类别而另立为"宗族"类。本义的亲戚属于传统意义上的宗族自然是没有问题的,而将邻居和朋友归到宗族类别中,显示了闻一多对中国传统宗族圈层的扩展,也符合历史的实际。就邻居而言,在中国传统社会中,一方面,聚族而居,一个"村落"往往就是一姓一族,邻居从血缘上已经远离了本亲,但仍然属于本族;另一方面,即使是外姓,看似不具备血缘基础,但长期聚居一处,生活习性接近,日常交往频繁,关系自会密切而不亚于同族,从情感上双方均有认同感,所以俗语谓"远亲不如近邻",而且,从与当地宗族没有血缘关系的外姓而言,要在一个庞大的宗族中生存,必须从各个方面依附于本地宗族才能获得生存空间。就朋友而言,在中国传统社会中同样是宗族关系的重要补充,为儒家伦理关系中的主要一伦,《中庸》即言"君臣也,父子也,夫妇也,昆弟也,朋友之交也,五者天下之达道也",《论语》则更多谈论到朋友的重要性。所谓"有朋自远方来,不亦乐乎?"和"四海之内皆朋友"意味着人际范围的扩大,突破了聚族而居的封闭性,而且从情感体验和思想认识上,朋友等同于兄弟的手足之情,如《三国演义》中的刘、关、张的关系,尤其渲染其兄弟之情,《水浒传》中维系一百零八人的纽带更多是朋友意气,这已经成为中国伦理文化的重要传统。朋友

---

① 参见闻一多《诗经的性欲观》中对《郑风·野有蔓草》中"邂逅相遇"和《曹风·侯人》中"不遂其媾"的解释。闻一多. 闻一多全集:第3卷 [M]. 武汉:湖北人民出版社,1994:172,175.

之间的最高标准是"友爱"和"信义",与血缘家族所要求的"孝悌"居于平列地位而为"五常"之一。《易经》时代系统的儒家伦理体系尚在形成过程中,《易经》之所以成为儒家经典之一,与其所反映的宗族内容有密切关系。闻一多在此从更广阔的范围考论《易经》的宗族关系,是在婚姻、家庭基础上将传统中国的伦理关系都纳入其中了。由核心家庭纵向延伸和横向扩展为家族、宗族后逐渐形成了宗法制家族制度,从而成为后来封建专制制度的基础;由具有血缘关系的家族扩展到不具有血缘关系的邻里朋友并将邻里朋友纳入宗族体制内,将社会所有关系都家族化、宗族化,由此构成整个封建社会基于宗法制家族制度的有序结构。宗族制度扩而大之就是国家政治层面的封建制度。

　　第三个圈层是闻一多在宗族基础上对《易经》中所反映的封建起源的考证,追溯"封建"的原始意义,亦可见闻一多对封建制的考量。闻一多是从《屯》卦的卦辞"利建侯"中考释"封建"的。他认为,"屯"和"纯"是古今字,"纯"有"包"义,凡物之边缘包围于外者皆可谓之"纯",如《礼经》中的衣裳冠履缘饰皆都为"纯",《书·顾命》的"黼纯"和《周礼·司几筵》的"纷纯"是席的缘饰,《公羊传·定八年》中的"龟青纯"是龟甲边缘,《淮南子·墜形篇》的"纯方千里"是指地的边缘。与"屯"义近之字有"笔",是盛谷而范围之器;"庑",是楼墙;"軘",是营卫之车。因此,"屯卫,屯戍,屯田"都是"包围"的引申。还有"存",《书·康王之诰》"乃命建侯树屏,在我后之人","在"读为"存","存我后之人"犹言为我后人屏藩而拥蔽之。由此,闻一多认为,"古者封建侯国,所以为王都之外藩而扞蔽之,《易·屯》言'利建侯',正取屯有包围营卫之义"。① 而如《彖传》以"屯"为"难"、《周易正义》释"屯"为"离"、《序卦传》以为"屯者盈也,屯者物之始生也",均疏离经旨意本义。闻一多不仅解释了"屯"卦的经旨,而且揭示了"封建"的原初本义。章太炎是将《屯》卦列为原始部落社会时期:"庶虞始动,其象曰'屯',其彖曰'宜建侯饿不宁'。侯则草昧部族之酋,鹑居鷇食,上如标枝,而民如野鹿者也。当是时,民独知畋渔,故其爻曰:'即鹿无虞,唯入于林中。'""'屯'之建侯,未有王者,其侯酋豪。"② 这自然无关于后来所谓的"封建",更与封建制度相去甚

---

① 闻一多.周易义证类纂 [M] //闻一多.闻一多全集:第10卷.武汉:湖北人民出版社,1994:215.
② 章太炎.《易》论 [M] //傅杰.章太炎学术史论集.北京:中国社会科学出版社,1997:93-94.

远。按照闻一多的考释，《屯》卦的"利建侯"透露出了后来封建制度的本义。关于中国封建制度的确立时间，郭沫若认为从东周到秦就确立了，而如李泽厚则主张魏晋封建说。那么，究竟什么是封建，封建始于何时，中国的封建制度又是如何发展和演变的，这是史学界和理论界长期争论的重大问题。作为政治制度的封建制当然是后起的，但本义的封建在上古社会是早已经存在的。侯外庐在《中国古代社会史论》里提供了诸家对"封建"的解释，可以侧面印证闻一多的考释。王国维在《史籀篇疏证》中根据卜辞证明古代"邦、封"是一个字，从"邦"字证明"封"字；郭沫若从卜辞中认出了"封"字的原始字义；西周金文中如《散氏盘》"封"字多作"邦"，从丰声，字形是用林木划界的形状。卜辞的"邦"字从"田"，西周金文里从"邑"，都是"丰"声。由此，侯外庐指出，"封"在殷周之际，是用树木划分疆界，"封"和"树"在古代文献中常连用。《诗经·鲁颂》有封建的"建"字，"王曰叔父，建尔元子，俾侯于鲁，大启尔宇，为周室辅。乃命鲁公，俾侯于东，锡之山川，土田附庸"。郭沫若释"庸"作"墉"，断定为周代城市的起源，这表明开始"营国"（筑城），积土为封，建立城市。据王国维、顾颉刚等考证，"封建"一词第一次出现在《诗经·商颂·殷武》里："天命多辟，设都于禹之绩，岁事来辟，勿予祸适，稼穑匪解。天命降监，下民有严，不僭不滥，不敢怠遑。命于下国。封建厥福。商邑翼翼，四方之极，赫赫厥声，濯濯厥灵，寿考且宁，以保我后生。"他将此作为春秋时代文献，认为其中的"封建"有三方面意义："（一）'封建'是为监视下民（直接生产者）的制度；（二）'封建'是以土地耕种为要件的制度；（三）'封建'是在土地和生产者结合的'邑'之下，以保持氏族贵族延续的制度。"[1] 我们看，上述诸家考释的"封"为"邦"、以"树"划界、积土为封而筑城营国等，都与闻一多所说相通，其实都是闻一多所发现的"屯""纯"之"包围"之义，或许，闻一多之所解更近原始本义。中国封建制度起于何时，且不论理论的争议，就闻一多在此通过《易经·屯》所考释出的"封建"本义，对认识封建制度自有历史意义，这是他一贯追根溯源、还原历史方法的体现。尽管《易经》时代未必确立封建制度，但也可谓封建制度的孕育时期，从殷商甲骨文到周金文，从《易经》为代表的"六经"到诸子和历史记载，都显示出先秦时期中国封建制的孕育、发展和演变历程。最初从甲骨文、金文和《易经》《尚

---

① 参见侯外庐. 中国古代社会史论［M］. 石家庄：河北教育出版社，2003：109，111－112.

书》《诗经》《左传》《国语》等显示出来的"封建"本义和闻一多参照《诗经》《周礼》《尚书》《公羊传》《左传》等相关文献对《易经·屯》"利建侯"的考释，都显示了后来封建制度的本质特征。"封建"本义的包围营卫、以树划界、积土建城等都意味着分疆封土、据为己有、封闭保守等"封建性"。周代开始"分封制"，如《左传》所言，"武王克商，光有天下"，"封建亲戚，以藩屏周"，"其兄弟之国者十有五人，姬姓之国者四十人"。随着农业文明的兴盛，原初"封建"的"封建性"与侯外庐所说的"监视下民"的功能、"土地耕种"要件、土地与生产者结合而保持贵族的延续等经济制度结合起来，再加上等级制为基础的宗法制家族制度，演变为基于经济的封建政治制度。无论西周的分封制，还是东周封建制，无论封建制度开始于战国时期，还是开始于魏晋时期，其"封建性"的本质没有变，都是基于本来的封建含义而发展为经济、政治和文化制度，其起源至少在闻一多所考论之《易经》时代。

从婚姻到家庭，从家族到宗族，从宗族的扩展到封建的萌芽，《易经》有所反映，闻一多亦从中析出和考订了中国远古社会的基本状况。个体的社会化需要个体遵循一定的社会规则，从现实出发的各种社会规则逐渐制度化形成如宗法制家族制度、封建政治制度以及相关的"法律"制度等。闻一多在考察了《易经》所呈现的三个圈层的社会关系体制后，又横向地考察了《易经》所反映的具体社会事务如"聘问、争讼、刑法、征伐、迁邑"等，涉及日常人际往还、社会冲突和法律制度、国家层面的战争和迁邑等重大的社会问题。从整个社会而言，人以群分，物以类聚，人际交往越加频繁，人际关系日益复杂，礼尚往来的观念逐渐产生。闻一多特列"聘问"而看《易经》所反映的人际往还内容，是以"德"交往还是以"财"交往，是施"德"于人还是施"财"于人。《益》谓"有孚惠心，勿问元吉。有孚惠我德"（九五），"惠"即赐，初指分人以财，后世专指施德于人；"问"指遗人以物，闻一多认为，惠、问都是施与的意思，以德施曰惠，以财施为问，"惠心勿问"是说以德惠人而不用财物。这就揭示出了两种基本的"聘问"内容和方式，也成为后来儒家礼尚往来观念的两种价值取向和评判标准。当然，儒家更强调"德施"，是君子所为，体现出"义"，而"财"往往体现为"利"，人难免见利忘义，凡见利忘义者，在儒家看来就是小人，所以，"君子喻于义，小人喻于利"。君子和小人、德施与财施、惠与问都是在人与人的关系中体现出来。而人与人的关系固求和谐，这成为儒家的社会理想，但随着私有制的兴起，利益的介入必然导致社会冲突纷起，既然有冲突就会有"争讼"

之事。如章太炎从《需》论析到《讼》："受之以'需','君子以饮食宴乐'。农稼既兴，民之失德，乾糇以愆，而争生存、略土田者作，故其次'讼'。小讼用曹辩，大讼用甲兵，而以行'师'。"① 这样，闻一多亦随之从"聘问"进一步考察《易经》所反映的"争讼"内容。如《讼》（九二）："不克讼，归而逋，其邑人三百户，无眚。"这是讲一个贵族争讼而败回的故事，"逋其邑人三百户"有以为逃走了三百户邑人，但闻一多以为"逋"在此当读为"赋"，赋即敛，为敛取其财物，所以，他释此爻辞为讼不胜而有罪，乃归而赋敛其邑人，于是财用足而得以自赎，故曰"无眚"。这是富人争讼而将损失转嫁到穷人身上，横征暴敛，以所得财物贿赎其罪。由此可见《易经》时代的诉讼结果最终取决于财富，即使有罪，只要有钱就可以豁免其罪。《噬嗑》中的"得金矢"（九四）、"得黄金"（六五）更反映了当时的诉讼制度，"噬嗑"原义是咬嚼东西，此卦指诉讼，《象辞》谓"雷电，噬嗑；先王以明罚敕法。"闻一多引《周礼·大司寇》《管子》《齐语》并参照孙诒让之说，考释《噬嗑》爻辞所反映的诉讼制度，如孙诒让所说："据《管子》所云，盖讼未断之先，则令两人入束矢。既断之后，则不直者没入其矢以示罚，其直者则还其矢。"如《周礼·大司寇》所言"入钧金，三日乃致于朝，然后听之"，所以，《噬嗑》为狱讼之象，"得金矢""得黄金"为讼得直而归其钧金束矢。孙诒让是以《易》证《礼》，闻一多则以《礼》读《易》，殊途同归，共同证得《噬嗑》爻辞狱讼制度。也就是说，诉讼双方均要在审判前向官方提交"金矢""黄金"，有一方不交就不予"立案"，不交者为"曲"；只有双方都"入矢"，才能审判，最后，获胜一方可以拿回"金矢""黄金"，而输了官司的一方则不予退回，作为罚金没收。这其实也就是如今所说的诉讼费和罚金。看来，《易经》时代的"争讼"就和金钱有着密切关系，不仅如《讼》（九二）可以花钱赎罪而"无眚"，而且无钱者既进入不了"诉讼程序"又自然为"曲"。这是典型的私有制的法律制度。"争讼"既起，狱断后对"曲者"必施于刑罚，闻一多承"争讼"事类接着考察了《易经》中的"刑法"内容。闻一多明确指出，"爻言刑狱者甚多"②，就他所举爻辞，涉及罪人、牢狱和各种刑罚。言及罪人的如"比之匪人"（《比》六三）、"否之匪人"（《否》卦辞）、"匪夷所思"（《涣》六四），闻一多认为这些爻辞中的

---

① 章太炎.《易》论［M］//傅杰. 章太炎学术史论集. 北京：中国社会科学出版社，1997：93.

② 闻一多. 周易义证类纂［M］//闻一多. 闻一多全集：第10卷. 武汉：湖北人民出版社，1994：220.

"匪"即言罪（《说文》中"罪"从网非声），古以有罪之人服劳役，如《诗》有征夫即役夫，称匪民，"匪人"即有罪之人，"匪夷所思"中的"匪夷"也就是"匪人"（古字人夷不分）。对有罪的"匪人"予以惩处，惩处方法有劳役、拘系、肉刑等，闻一多考证出的刑罚大致有一是"介于石"（《豫》六二）、"困于石"（《困》六三），闻一多以《周礼》证《易》，引《周礼》所言而释得"介于石"和"困于石"是惩处罪人的方法，《周礼·大司寇》谓："以嘉石平罢民（匪民）。凡万民之有罪过而未丽于法，而害于州里者，桎梏而坐诸嘉石，役诸司空。重罪，旬有三日坐，期（'上其下月'）役。其次九日坐，九月役。其次七日坐，七月役。其次五日坐，五月役。其下罪，三日坐，三月役。使州里任之，则宥而舍之。"所以，《困》（六三）"困于石，据于蒺藜，入于其宫，不见其妻，凶"，并非通常的困于乱石和蒺藜，而是作为罪人困辱桎梏于《周礼》所谓的嘉石上。《豫》（六二）"介于石，不终日，贞吉"中的"介于石"犹如"困于石"，闻一多认为这里指"坐石之期暂，至'不终日'，则是过小而罚轻，故又为吉占"①。"困于石"实际意味着拘系于牢狱，随着刑罚的实行，牢狱也就应运而生，所以，二就是将罪人投入牢狱。闻一多发现《易经》更多谈到牢狱，如《坎》中"习坎，入于坎窞，凶"（初六）和"来之坎坎，险且枕，入于坎窞，勿用"（六三），其中的"坎窞"即"窞牢"，"习"为"袭"即"入"，"习坎"即入牢狱，"入于坎窞"是释"习坎"，同样是牢狱，所以占凶；"险且枕，入于坎窞，勿用"，是言坎险而深，入焉者即无复出之望，故将入狱而得此卦者，宜勿用。也就是说，《坎》卦中的这两爻辞的"入于坎窞"都是指入狱的。各家释"坎"有法律、桎梏、法、罚、隐伏、坑等意，均非本义。《易》爻中的牢狱显示为地牢，这从闻一多对"樽酒簋贰用缶纳约自牖"（《坎》六四）

---

① 《豫》六二"介于石，不终日，贞吉"的《象辞》谓："'不终日，贞吉'，以中正也。"《周易正义》："处豫之时，得位履中，安夫贞正，不求苟'豫'者也。顺不苟从，豫不违中，是以上交不谄，下交不渎。明祸福之所生，故不苟说；辩必然之理，故不改其操，介如石焉，'不终日'明矣。"《疏》云"守志耿介似于石"，其《象辞》疏云："释'贞吉'之义，所以见其恶事，即能离去，不待终日守正吉者，以比六二居中守正，顺不苟从，豫不违中，故不须待其一日终守贞吉也。"参见李学勤．十三经注疏·周易正义［M］．标点本．北京：北京大学出版社，1999：86．周振甫《周易译注》注译"介于石"为"坚如石"，释介为坚。而闻一多则读"介"为"价"，为"忧""恨"意，与"困辱"相因，所以"介于石"即"困于石"，是刑罚之名。我们知道，蒋介石，字中正，其名和字都取自《易经》中《豫》六二和《象辞》，想必是取"守志耿介似于石""比六二居中守正"之意，倘若如闻一多所释，为刑罚名，还会称"介石""中正"吗？

的解释中可以看出，"约"为取，"纳约自牖"即纳取自牖，酒食而必自牖纳取，是就狱中而言，也就是地牢，古狱凿地为窖，故牖在室上，如今之天窗，这样，以地窖为狱，则狱全不见，唯见其牖，这就是闻一多所考释的古狱。有称殷狱为"牖里"，即指这种地牢。此外，古代罪人又"周其身置以棘"用以壅遏之，所以《坎》（上六）谓"系用徽纆寘于丛棘三岁不得凶"，后来演变为狱前种棘，在此仍然指代牢狱。三是闻一多考释而发现了当时对罪人的具体刑罚如施以肉刑的方法，如《鼎》（九四）所言"其形渥"，"形"作"刑"，"渥"为大刑、重刑、厚刑、重诛，有称"屋诛"，或解"夷三族"，或解诛大臣于屋下。在施以肉刑方面，如《睽》卦中，"见恶人"（初九）中的"恶人"为形残貌丑之人，"其人天且劓"（六三）、"遇元夫"（九四），闻一多以为"天"为"兀"之误，"元""兀"古同字，"兀"者即断足之人，为古肉刑中的"刖足"，"劓"即古肉刑中的割鼻，"兀且劓"是受刑而形残的人，是为"恶人"。由此可知，《易经》时代有如此残酷的肉刑，对于罪人，不仅处以劳役，系于牢狱，而且处以残酷的劓鼻、刖足。《易经》后来被儒家奉为经典，儒家崇尚"仁礼"，以仁爱人，以礼节人，以德服人，但《易经》中所反映的牢狱、刑罚等显然也体现出法家思想，当然，我们尚不能说《易经》以此就归为法家范畴，但从闻一多所发掘的"刑法"内容可以证明后来的儒家实际包含了法家思想。中国传统封建意识形态，儒道互补主要为士大夫的精神调节机制，儒与法的结合则是统治者治理万民的行政方略，实际上历代王朝实行的是外儒内法、名儒实法的政策。

　　刑罚、牢狱、峻法已经是国家机器的重要组成部分，这意味着《易经》的国家功能已经趋于完备，从家庭到宗族，在更高的社会政治组织体制上出现了国家，其基础是私有制的产生和阶级的分化。国家在行政、立法、执法等功能外，作为国家机器的主要组成部分是军队。个人之间的民事纠纷和刑事冲突可以用刑法解决，而群体的、民族的、国家之间的矛盾和冲突则导致战争。如章太炎所说，"小讼用曹辩，大讼用甲兵，而以行'师'"，《易经》中承《讼》卦之后就是《师》卦，转向军队和战争。闻一多亦随从《易》卦的逻辑顺序来论考《易经》所反映的甲兵征伐之事。《师》卦辞为"贞丈人吉，无咎"，其爻辞都是关于征伐的，初六"师出以律，否臧凶"，九二"在师中吉，无咎，王三赐命"，六三"师或舆尸，凶"，六四"师左次，无咎"，六五"田有禽，利执言，无咎。长子帅师，弟子舆尸，贞凶"，上六"大君有命，开国承家，小人勿用"。这些爻辞涉及行军和战场上的鼓角音律、战胜后的嘉奖、战场上的牺牲（"舆尸"）、驻军的方位、军令的执行、统帅任命、战后的封侯和选任原则等等，其中有胜利有失败，有吉有凶，有得嘉奖和封赏者，有死于战场者。针对《师》卦爻辞，闻一多重点考释了"师出以律，否臧凶"（初六）。《周易正义》释其中的"律"为"法"，是"整师齐众者也。既齐整师众，使师出之时，当须以其法制整齐之，故云'师出以律'也。否臧凶者，若其失律行师，无问否之与臧，皆为凶也。"也有释为"纪律"者，如周振甫《周易译注》译为"行军靠纪律，纪律不好，凶"。而闻一多则认为这里的"律"为"六律"之"律"。闻一多引经据典，从《周语》《史记·律书》《周礼·大师》《兵书》《六韬·五音篇》《左传·襄十八年》等典籍中考证出"师出以吹律"的规制。如《周礼·大师》云"大师，执同律以听军声而诏吉凶"，应该是《易》"师出以律"的原初本义。《史记·律书》明确说："六律为万事根本焉，其于兵械尤所重，故云望敌知吉凶，闻声效胜负，百王不易之道也。武王伐纣，吹律听声，推孟春以至于冬季，杀气相并，而音尚宫。"不同的音律如宫、商、角、徵、羽的五音分别表示军队的不同状态和战争的不同情形，《兵书》谓："王者行师出军之日，授将弓矢，士卒振旅，将张弓大呼，大师吹律合音。商则胜，军士强，角则军扰多变，失士心；宫则军和，士卒同心；徵则将急数怒，军士劳；羽则兵弱，少威明。"《六韬·五音篇》记有武王问太公律音与三军关系，太公从五音的"声色之符"予以详解，即从律音可知三军消息和战争胜负。所以，闻一多说："行师吹律以候吉凶之术，固当自古有之。……《师》初六曰'师出以律，否臧，凶'者，律即六律之律……此言师出验之六律而不善，故其占凶也。爻辞多说殷周间事，此言'师出以律'，证以《周语》以下所载武王事，是行军吹律，候验吉凶，盖周初已然矣。《史记·律书》'六律为万事根本焉，其于兵械尤所重'，《索隐》曰'《易》称师出以律，是于兵械尤重也。'此释律为六律，最为有见，而自来注家，咸未道及，余故略征往籍，为证成其说如此。"[1] 这是闻一多的新解，也应该是确解。撇开占候吉凶之卦术，其实从古到今的战争都在使用乐器，击鼓、鸣金以及现代战争中所普遍使用的号角，成为战场指挥的信号，要追溯其渊源的话，当在殷周时期甚至更早。以闻一多的考释，《易经》时代就将音律和战争联系起来，不同的乐器、音律不仅预兆战争的吉凶，而且以各种乐器和音律抒发不同的战争情绪和表达多种意义。如他紧接着所考释的《中孚》（六三）"得敌或鼓或罢或泣或歌"，其中的

---

[1] 闻一多. 周易义证类纂［M］//闻一多. 闻一多全集：第10卷. 武汉：湖北人民出版社，1994：225.

"得敌"犹言执俘，"罷"读为"鼛"，"鼓与鼛""泣与歌"连类并举，闻一多认为这是言战争中的奏凯之事，或鼓鼛而喜，或歌泣而悲，胜败分而哀乐异。可以想到当时战后的情景，胜利的一方鼓乐而歌，失败的一方沮丧而泣，截然分明。爻辞虽然简练，但战争情形还是活灵活现、跃然纸上。战争固然是残酷的，但在人类早期历史上打破了种族、民族的局限性，客观上造成了人员的大范围流动和各族文化的广泛交流，如恩格斯所说以"恶"的形式推动了历史的进步。《同人》也言及征伐事，卦辞谓"同人于野，亨"，爻辞中分出不同的"同人"范围和结果，初九"同人于门，无咎"，六二"同人于宗，吝"，九三"伏戎于莽，升其高陵，三岁不兴"，九四"乘其墉，弗克攻，吉"，九五"同人先号咷而后笑，大师克，相遇"，上九"同门于郊，无悔"。章太炎说："'君子以类族辨物'。宗盟之后，异姓其族，物细有知，诸夏亲昵，戎狄豺狼者，而族物始广矣。故'同人于宗'，曰'吝'；'于郊'、'于门'，然后其无悔咎也。"① 也就是说，"诸夏"与"戎狄"等少数民族经过交流而成为"同人"后，"族物始广"，才不至于"吝"而变得"无悔""无咎"。当时最主要的"交流"形式就是战争，《同人》爻辞即言及战事，包括战争过程和战争的结果。其中，闻一多分析了九四"乘其墉，弗克攻，吉"，他认为"乘"为"增"，意即增高其城墉，使敌来不能攻，故为占吉。而《周易正义》释"乘"为"升"，因为升上城墉而不能攻入，既不能攻入，"何吉之有?"这显然是将守城之一方之吉占理解为攻城一方了，闻一多之解更合乎爻辞的事理逻辑，揭示出当时战争的攻守状况，以为此爻主要从守城一方而言，通过增高城墙抵御敌人而使之不能攻进城里，自然是为吉占。如《易经》这样的古籍，重要的是字词的训释，闻一多并不限于顾名思义，往往结合时代和文化背景以独到的训释能够阐发《易》所反映的重大社会事务。如《坤》六二"直方大不习无不利"，《周易正义》注为"居中得正，极于地质，任其自然而物自生，不假修营而功自成，故'不习'焉而'无不利'"。《正义》云："俱包三德，生物不邪，谓之直也。地体安静，是其方也。无物不载，是其大也。既有三德，极地之美，自然而生，不假修营，故云'不习无不利'。"这是把"直方大"解释为"地之形质，直方又大"，《象》谓"直以方"，《文言》道"'直'其正也，'方'其义也"。这些都是顾名思义，而闻一多则别解出别样的意义，他认为"直"疑为"省"（古直省同字），

---

① 章太炎．《易》论［M］//傅杰．章太炎学术史论集．北京：中国社会科学出版社，1997：94．

"方"谓"方国","直方"是为"省方","大"是下一字"不"的衍讹文。他说,《观·象传》之有"先王以省方观民设教",《复·象传》有"后不省方","省方"即后世之巡守,此爻是说,省方劳民耗财,不宜常行,故曰"不习,无不利"。闻一多是把《坤》(六二)"直方大不习无不利"归到"方国"类中,附于"征伐"类别后,从中可见其逻辑关系。

古代各族之间战争的结果往往是强大民族吞并弱小民族,疆土扩大的同时,不同民族之间逐步融合而共同生活在同一片统一的疆土中,由此,原本分离的部族融合为扩大了的民族从而建立起政治上的"方国"。横向的民族融合与纵向的从家族到宗族再到民族的制度提升相结合而形成政治层面的国家制度,从夏商周三代到战国纷争再到秦汉建立统一的国家,中国历史在社会制度文化的发展中逐渐成熟,建立宗法制、多民族的封建专制主义国家政治制度。成熟的社会制度雏形反映在《易经》这部古老的典籍中,从闻一多的考释中可以看出《易经》所反映的中国古代社会制度合乎历史演变规律的发展过程,即从最初的婚姻制度到建立家庭,在家庭基础上形成宗族制度,进一步发展出"利建侯"所表达的封建性,意味着封建制度的萌芽,而人类文明的历史实际是一种社会化的进程,在社会化进程中随着私有制的出现而利益冲突加剧,从而产生了争讼、牢狱、刑罚等法律制度,民族之间的冲突则诉之以战争,所有这些均趋于封建制国家制度的建立和完善。我们看,闻一多在对《易经》有关"社会事类"的"婚姻、家庭、宗族、封建、聘问、争讼、刑法、征伐、迁邑"等的补苴和考释中,实际呈现了《易经》时代社会制度的基本状态,从这个角度说,在闻一多的学术视野里,《易经》不啻为一部中国的上古社会史。

三、精神文化层面的历史

《易经》不仅反映了上古历史的物质文化形态和社会制度的演变,而且更包含了精神文化的多方面内容。人类脱离动物界后,不同于动物之处在于心智的高度发展而拥有了丰富的精神世界,既有复杂的精神活动过程又以各种方式将自我的精神活动结果表达出来,由此形成人类文化结构中的精神文化层面。人类文化是基于最基本的生命需要而创造的,首先要创造保证生命体生存的衣食住行等物质性资料,在此基础上发展出延续生命和保证发展空间的社会制度。无论物质文化还是制度文化,其实都已经是人类精神活动的产物,如马克思所说的"人的本质力量的对象化",在物质经济和社会制度的各个层面都打上了人类精神活动的深刻印记。而精神文化同时又富有自在性和自为性，可以相对独立于物质经济和社会制度外而获得发展。人类精神文化作为精神活动的产物，既有以各种手段如语言文字表现出来的可见的文化形态，如社会意识形态和以现代学科划分的自然科学、社会科学、人文学科等各学科所体现的精神活动内容，又有并未形诸语言文字等表现手段的个体精神世界，如情感（包括人的心理感受、情绪变化、情感体验）、性格（包括个体性格、群体性格、地域性格、民族性格即鲁迅所说的"国民性"）、观念（支配个体行动的各种观念）、意识（包括没有说出来的但已经产生的意识和如弗洛伊德所说的自我没有意识到的潜意识）等。正如一个人的精神活动和精神世界存在从简单到复杂的发展过程一样，整个人类的精神文化是历史的存在，经过了从早期单纯的精神活动到历史中愈益复杂化的过程。我们说，《易经》本身就是中国早期精神活动的结晶，构成了中国文化结构中精神文化层面的重要组成部分，同时《易经》又是中国古代的一部精神史，一方面记录了作《易》者的精神活动历程，另一方面以作者的视角留下了先秦中国的精神文化历程和精神文化中一个侧面的基本内容。闻一多在补苴考释了《易经》所反映的物质文化和制度文化内容后，按照文化结构的自然逻辑顺序紧接着观照了《易经》所反映的精神文化即闻一多所谓"有关心灵事类"的内容。闻一多在《易经》中所发现的精神文化元素计有"妖祥"类、"占候"类、"祭祀"类、"乐舞"类、"道德观念"类等，涉及上古文化中的巫术、宗教、艺术、伦理道德等层面，从中可见《易经》时代中国的精神文化形态和当时人们的心理机制、情感态度、艺术形态、价值取向、道德观念、社会意识。

人类首先从意识自我开始，发展出自我的精神世界，在意识自我与外部世界的关系中不断地丰富自我的精神世界。从个体生存和发展的角度看，自我最关心的是个体生命的祸福凶吉和个人的前途命运，古代人如此，现代人也不例外，避灾免祸、祈求吉祥是人类基于生存本能而发展出的精神需求和精神寄托。个人的祸福凶吉在观念上是外部世界带来的，外部世界的变化征候成为个人命运的征兆，这是上古人类的基本信念。正是在这样的观念基础上发展出卜筮之术，《易经》是早期人类的卜筮之书。《易经》六十四卦取象于外部世界，上古人类对外部世界包括天象、地理、气候、鸟兽等充满好奇，对世界的变化不能给以科学的解释，好奇心增加了世界的神秘感，单纯的思维反而创造出莫名其妙的神秘文化，将自我人生寄托于神秘的外部世界，建立起人生与自然的神秘联系。从思维的角度看，《易经》卜筮之术中这种人与外部世界的神秘联系更多带有原始思维的特征，如法国人类学家列维-布留尔在《原始思维》中所说的体现为一种"互渗律"的"原逻辑思维"或"神秘思维":"在原始人的思维的集体表象中,客体、存在物、现象能够以我们不可思议的方式同时是它们自身,又是其他什么东西。它们也以差不多同样不可思议的方式发出和接受那些在它们之外被感觉的、继续留在它们里面的神秘力量、能力、性质、作用。""作为神秘的思维的原始人的思维也必然是原逻辑的思维,亦即首先对人和物的神秘力量和属性感兴趣的原始人的思维,是以互渗律的形式来想象它们之间的关系的,它对逻辑思维所不能容忍的矛盾毫不关心。"① 我们不能说《易经》完全是原始思维的产物,但从其将人类命运和外部征候所建立的神秘联系看,至少还有布留尔所说以自我和万物之间关系的"互渗律"为主要特征的原始思维遗留。闻一多所考释的《易经》卜筮术中的"妖祥"和"占候"部分是以外部世界的征候来预兆人生的祸福凶吉,将本不关联、没有因果逻辑关系的人和物建立起密切的联系,由可见的"象"预兆不可知的人事变化,表现出当时人们的精神观念。如《离》卦中的"日昃之离不鼓缶而歌则大耋之嗟凶"(九三)、"黄离元吉"(六二),表现了以"日离"为天之灾变、以日赤"黄"为吉的观念。天象征兆着妖祥,如《周礼》所言,"掌十煇之法,以观妖祥,辨吉凶;一曰祲,二曰象,三曰镌,四曰监,五曰暗,六曰瞢,七曰弥,八曰叙,九曰隮,十曰想"。其中的"弥"即"弥离""迷离","瞢"与"朦胧"意同,闻一多认为《易》之"离"和《礼》之"弥"同,"日昃之离"谓日西昃时迷离无光。古代观念以为日食、日离均为灾异征兆,所以,日食伐鼓,日离击缶,如王充《论衡·顺鼓篇》谓"夫礼以鼓助号呼,明声响也……事大而击者用钟鼓,小而缓者用铃狄,彰事告急,助口气也。"闻一多认为,《离》卦爻所表达的是日离为天之灾变,故必鼓缶哀歌,以诉于神灵而救之;"大耋之嗟"为"大耋而蹉",指日西昃时,昏暗无光,若不击缶哀歌而救之,则必猝然蹉跌而下,如人之颠仆失据,所以,日昃之离时,不鼓缶而歌,就为"凶"。如果日光为"黄"(实指赤黄),则为"吉兆",谓之"黄离元吉。"日光的变化征兆了人间的妖祥,自然万物亦和人的吉凶相连,如《坤》(上六)"龙战于野其血玄黄",闻一多认为这里的"黄"为赤色,血并没有黄色之理,这里指两蛇交斗而见血,则为不吉。这是以蛇取象,以两蛇之斗为妖祥之兆,还有取象于鸟,《旅》(上九)"鸟焚其巢,旅人先笑后号咷,丧牛于易,凶",闻一多主要解释了"鸟焚其巢"。顾颉刚《古史辨·周易卦爻辞中的故事》认为这一条爻

---

① 列维-布留尔. 原始思维 [M]. 丁由,译. 北京:商务印书馆,1997:69-70,98.

辞和《大壮》(六五)"丧羊于易,无悔"都是关于殷商先祖王亥的故事,据《山海经》和《楚辞·天问》所记载,王亥迁殷,游牧于有易高爽之地,先"丧羊于易",继"丧牛于易",最后王亥自己也被有易之人所杀。① 《山海经·大荒·东经》说:"有人曰王亥,两手操鸟,方食其头,王亥托于有易、河伯仆牛,有易杀王亥,取仆牛。"闻一多据此并承顾颉刚所说指出,《山海经》及《天问》说王亥事皆有鸟,传说谓简狄吞燕卵而生契是为契祖,是殷之先世常以鸟为图腾。此盖以鸟喻殷人,"鸟焚其巢",犹言王亥丧其居处。他以为"焚"为"覆"之讹,应该为"鸟覆其巢",这是灾异之象。这样,《旅》爻辞中的"鸟焚其巢"包含了图腾、神话、历史、灾异、妖祥等丰富的内容,而《易经》也就是由这些构成其精神世界,反映出当时仍然保留着的原始性神秘思维特征。六十四卦取象卜筮妖祥,其自然之象所显示的吉兆或灾异与人间妖祥的联系往往有迹可循,一方面,是一种基于偶然性的生活经验来总结为必然性的妖祥规律,即当时人们遇到的自然现象和人间所发生的吉凶之事偶然会出现对应性,当这种偶然的对应性重复出现时,就转化为一种必然性,将自然现象的变化视为妖祥征兆,如"龙占于野"与个人吉凶的联系;另一方面,是原始社会时期思维的集体表象如图腾意识和神话,或历史故事的启发,相对于前者,这是一种间接经验,是借鉴前人的人生经验而提炼出妖祥规律,如"鸟焚其巢",王亥作为殷先祖是鸟图腾的后代,如闻一多所说"鸟焚其巢"指王亥"丧其居处",那么流传到后代就形成了一种固定观念,即凡有"鸟焚(覆)其巢"现象就必有灾异发生。同时,灾异显现,既以卜筮而先知先觉,就必提供化解方略以消免灾难,这是中国历来卜卦占筮的现实功能所在,也是以此强化大众的心理认定并在加剧其恐惧感的同时而提供所谓的化解方法。其必然的逻辑思维是,如果按照卦师所提供的化解方法实现,就会逢凶化吉,否则后果不堪设想。自然灾异现象显现已经是为不幸,如果再不去化解,就成为双重的灾难,如《离》(九三)所言,"日昃之离,不鼓缶而歌,则大耋之嗟,凶",面对"日昃之离"的灾象,要想化凶为吉,就须鼓缶而歌,否则,灾象继续,灾难不可避免,所以为"凶"。

《易经》的占候凶吉、祸福、妖祥的取象范围非常广阔,从天上到地下,从自然万物到日常器用,所占之人事同样非常丰富,既有国家大事、民族命运,也有个人身家性命的祸福走向。《系辞下传》云:"古者包羲氏之王天下

① 参见顾颉刚.《周易》卦爻辞中的故事 [M] //蔡尚思.十家论易.长沙:岳麓书社,1992:96-97.

也，仰则观象于天，俯则观法于地，观鸟兽之文与地之宜，近取诸身，远取诸物，于是始作八卦，以通神明之德，以类万物之情。"当然也以观人间祸福占妖祥。如"龙斗于野""鸟焚其巢"之类是"近取诸身"之"观法于地"和"观鸟兽之文与地之宜"的象占妖祥，如"日昃之离"则是"观象于天"以占妖祥。《易》卦言天象以占候可谓古代之占星术，最典型的是《乾》卦，闻一多认为"《乾卦》所言皆天象，所谓'仰则观象于天'者是也"①。因此闻一多从天象角度重点考释了《乾》卦名及爻辞的"占候"意义。一般认为，"乾"为"天"，与"坤"为"地"相对，乾坤象征天地阴阳，是世界万物源起之本。由此而引申出"乾"的多种意旨，如《说卦传》所说："乾为天，为圜，为君，为父，为玉，为金，为寒，为冰，为大赤，为良马，为老马，为瘠马，为驳马，为木果。"所有这些，都是从"天"引申而出的，后来说《易》者也都释"乾"为"天"。而闻一多则认为，"乾"并非指总体的"天"，而是具体指称北斗星，是北斗星名之专字。他仍然是从字源学和训诂学的角度来如此解释，闻一多认为，"乾"为乾湿本字，其繁文即"漧"，卦名之乾，本当为"斡"，星中北斗亦称"斡"，古人想象天随斗转，而以北斗为天之枢纽，因每假北斗以为天体之象征，遂抑或变天而言斡，所以，闻一多以为"乾"即北斗星名之专字。同时，闻一多引籀文字形、卜辞字形、《易纬逸象》中乾为旋（旋斡义同）、《史记·天官书》"北斗七星，所谓旋玑玉衡以齐七政"（北斗谓之旋机）等为旁证，进一步证明了"乾"为北斗之星名。《说卦传》"乾，西北之卦也"，古代天官家以为北斗在中国之西北隅，《象传》谓"天行健，君子以自强不息""终日乾乾，反复道也"，闻一多认为正是指北斗转旋，周而复始，终古不息。②"乾"既为北斗星名，"乾"卦中的爻辞自然与星象相关。《乾》爻辞除了九三"君子终日乾乾，夕惕若，厉，无咎"外，其他爻辞六言"龙"，初九"潜龙勿用"，九二"见龙在田，利见大人"，九四"或跃在渊，无咎"，九五"飞龙在天，利见大人"，上九"亢龙，有悔"，用九"见群龙无首，吉"。闻一多认为这里的"龙"指龙星，是东宫苍龙之星，苍龙之星即心宿三星，当春夏之交，昏后升于东南，秋冬之交，昏后降于西南。闻一多引《说文》"龙……春分而登天，秋分而潜渊"证九五"飞龙在天"是春分之龙，初九"潜龙"和九四"或跃在渊"为秋分

---

① 闻一多. 璞堂杂识［M］//蔡尚思. 十家论易. 长沙：岳麓书社，1992：561.
② 参见闻一多. 周易义证类纂［M］//闻一多. 闻一多全集：第10卷. 武汉：湖北人民出版社，1994：231. 闻一多. 璞堂杂识［M］//蔡尚思. 十家论易. 长沙：岳麓书社，1992：560.

之龙；又引《天官书》"东宫苍龙——房，心。心为明堂，大星天王，前后星子属。不欲直，直则天王失计"而证"龙欲曲，不欲直，曲则吉，直则凶"，上九中的"亢龙"即直龙（亢有直意），用九中的"见群龙无首"中"群龙"即卷龙（群读为卷），龙体以卷为常、亢为变，所以，闻一多说："卷龙如环无端，莫辨首尾，故曰'无首'，言不见首耳。龙欲卷曲，不欲亢直，故'亢龙'则'有悔'，'见卷龙无首'则'吉'也。"这就合乎情理地解释了"亢龙，有悔"（上九）和"见群龙无首，吉"（用九）的卦象与凶吉之间的联系。① 这里的"龙"又为东方苍龙星，"乾"为北斗星，爻辞中的"龙"和"乾"都是星名，但在同一卦中又为不同的星，卦义和爻义有矛盾之处。之所以如此，闻一多认为，一方面，卦爻两辞并不是出自一人一时，另一方面，卦言北斗爻言龙，北斗和龙本有密切联系，因为古籍多有以北斗喻车、龙为马的记载，所以，"斗亦为车，龙亦为马，车与马既交相为用而不可须臾离，则卦言斗而爻言龙，其称名虽远，其寓意实近。""卦之命名，取象于斗，爻之演义，视斗为车，既有斗以当车，即不可无龙以当马，爻与卦，一而二，二而一也。"由此，闻一多证明《乾》卦及爻辞实则为占星术："占星之术，发达最早，观《易》象与后世天官家言相会而益信。"② 以天象、星座而预卜人事的占星术在人类文化史上源远流长，在几千年的发展中由"术"而变为"学"，早已经成为所谓的占星学，古代苏美尔人、埃及人就已经以天象变化和不同的星座来推算政治走向和个人命运，古希腊、罗马、阿拉伯世界都有一套占星术，西方中世纪的占星术尤其得到官方重视，直到文艺复兴以后，占星术仍然长盛不衰。实际上，古代天文学和占星术往往扭结在一起，如西方中世纪甚至文艺复兴时期的占星术士同时也是天文学家。中国古代同样有比较完备的占星术，由于古代中国的卜筮之术从甲骨卜辞到《易经》卦爻辞占据主导地位，占星术的影响相对有限而且一度成为绝学，但在古代就有如阴阳、五行、黄道、十二宫等体现了占星术观念，古代占星术典籍流传下来的有唐代李淳风的《乙巳占》、瞿昙悉达的《开元占经》、北宋的《灵台秘

---

① 周振甫在《周易译注》中认为闻一多改"群"为"卷"不免改字解经，爻辞说"无首"，解作"不见首"，"无"与"不见"也不同，以为高亨《周易大传今注》之解贴切原文，高注谓："六爻象群龙并出，各秉刚健之天德，其中不可能有龙王为之首领也。此乃比喻诸侯并立，名秉天德，德齐力均，不可能有帝王为之首领；但以其各秉天德，故吉。"参见周振甫. 周易译注 [M]. 北京：中华书局，1991：11.

② 闻一多. 周易义证类纂 [M] //闻一多. 闻一多全集：第10卷. 武汉：湖北人民出版社，1994：233-234.

苑》、明代的《观象玩古》等。闻一多从《乾》卦及爻辞中发现中国古代的占星术，以为《易经》的占候包括了占星术，对"乾"和"龙"的解释更接近原始本义，揭示出《易经》以天象占候的显著特征。闻一多认为"仰则观象于天"而以天象占候的还有如《睽》（上九）"见豕负涂，载鬼一车，先张之弧，后说之弧，匪寇婚媾，往遇雨，则吉"，顾名思义，其爻辞是讲现实中人事，如周振甫《周易译注》谓：旅人孤单地（走路），看见猪背上都是泥，一车上载着鬼，他先拉开弓，后放下弓，原来不是强盗，而是来迎娶的，前去遇雨就吉。而闻一多则以为其中的"见豕负涂"为天象，"载鬼一车"和"张弧说弧"皆斥星名。豕为星中的天豕，豕身著泥如《诗传》中的"涉波之豕"、《述异记》中所谓的"黑猪渡河"、《易林·履之豫》中的"封豕沟渎"，星占家以为将雨之象；"载鬼一车"指舆鬼星，主察奸谋，"张弧""说弧"亦为星名，主备盗贼，与下曰"匪寇婚媾"相应，而且，舆鬼为天目主视，"睽"本训惊视之貌，所以，爻辞"载鬼一车"又与卦名之义相应。这样，闻一多从貌似"俯察于地"的《睽》上九爻辞中看见的是天象，以天象释之，同样归为占星术中。从仰观于天象到俯察于地法，《易经》取天象与地下物象而占候人间妖祥、祸福、凶吉，表现了古代精神感受和思想观念中的人与自然的关系，闻一多从"妖祥"和"占候"角度看取了《易经》所表现出的带有原始思维遗留的精神观念，这种精神观念是建立在自我既不能科学地认识世界又无法主宰个人命运的基础上，将小到个人前途、大到国家命运的事务对应于"天象"和"地法"的变化，天象和地法的变化抽象为阴阳八卦的运演，以此预测人生命运和社会走向，可以说这是相对最古老的人类精神观念之一。

人类的精神观念源于生存环境和为了生存的现实活动中，精神观念一旦形成就不但支配人的现实活动，而且支配人的精神活动，人类的精神活动过程本身又在不断地创造着精神性文化。人首先感觉到自我和世界的存在，在感觉的基础上有了对自我和世界的思考，在感觉和思维中建立自我和世界的现实的和非现实的联系。现实的联系是在基于生存的需要而向外在世界索取物质资料的实践性活动中建立起来的，非现实的联系是在想象中建立起与想象出的对象之间的联系。闻一多在《易经》中所考述的"祭祀"是一种人与想象中的祭祀对象之间的非现实联系，而这种联系的活动成为古代重要的精神性活动，是古代宗教观念的体现。祭祀的对象有天神、部族流传的图腾物、各种想象出的掌管人间事务的神祇、部族先祖和宗族祖先等，通过祭祀求得神祇和先祖的保佑，祭祀具有带给人间福祐的心理功能。祭祀活动体现出的是人与祭祀对象的关系特别是人对于祭祀对象的态度，不同的态度在观念中会得到不同的报应，吉凶的分野往往就取决于祭祀者或虔敬或轻慢的态度。在闻一多的考述中，《易经》卦爻辞有反映当时祭祀活动的内容，从中可见《易经》时代的巫术活动、祭祀仪式和宗教观念等层面的精神文化内容。如《损》"已事遄往，无咎"（初九）和"损其疾，使遄，有喜，无咎"（六四），闻一多认为是言祭祀的。初九中的"已"作"祀"，意祭祀之事，速往行之，则无咎。"六四"中的"使"同"事"，"使遄"是"已事遄往"之省，"六四"爻辞言有疾者速往祭祷之即愈。闻一多往往在看似并非言祭祀的卦爻辞中考释为言祭祀，如《大畜》"利已"（初九）、《随》"以明何咎"（九四）、《需》"光亨"、《损》"曷之用二簋可用享"等都是反映祭祀方面内容的。其基本观念就是祭祀则吉，不祭祀则凶；速往祭祀则无咎，拖延祭祀则有咎。祭祀与否体现人对祭祀对象的信仰，祭祀是否及时则体现人对祭祀对象的态度，甚至祭祀过程中的姿势和表情都有要求，因为祭祀时的姿势和表情同样体现祭祀者的态度，如闻一多在《晋》卦爻辞中所发现的，要求祭祀者做到"晋如摧如"（初六）、"晋如愁如"（六二）、"晋如鼫鼠"（九四），"晋"有"俯"意，"摧"训"折"，忧愁者首常俯，"晋如摧如""晋如愁如"指祭祀时的持事谨敬之貌。而"晋如鼫鼠"之"晋"为"肃拜"，是俯首下手之貌，但如果像鼫鼠一样，就显出不敬。鼫鼠即《诗经·硕鼠》中的硕鼠，陆机《疏》谓："今河东有大鼠，能人立，交前两脚于颈上跳舞，善鸣。"《诗经·相鼠》序谓"刺无礼也"，韩愈《城南联句》"礼鼠拱而立"，闻一多认为，祭祀时"晋如鼫鼠"即谓拜时如鼫鼠拱立而手不至地，犹言拱而不肃，斯乃不敬之甚，故曰"贞厉"。这样，在闻一多的考释中，祭祀中可有四种程度不同的姿势和不同姿势所表示的虔敬程度，即"晋""摧""愁"为下手底拜之貌，以及如鼫鼠样而拱立不下手之貌，前三种为虔敬态度，后一种则表现相互不肃不敬。古代祭祀之礼烦琐而复杂，《易经》中已经反映出祭祀过程中的观念和礼制，身体的姿势折射出心理的虔敬度，所谓"拜"即要求低首、弯腰、垂手，首越低、腰越弯、手越垂，就越表示虔敬。"拜"的身体变形后来发展到下跪而叩首，头、手、膝均触地而表示对祭祀对象的大敬。人之于非现实祭祀对象的膜拜反映到现实关系中，发展到对君、官、亲、师等位高年长者的膜拜。这可谓中国古代礼文化中的身体修辞学，以身体的变位变形表示心灵的归向，实际同时意味着心灵的变形和扭曲。中国文化以儒家文化为主，儒家文化本质上是一种礼仪文化，礼仪文化的原则、功能、程序、内容等不仅集中在《周礼》中，还体现在《易经》中。《易经》作为中国文化的源头，成为儒家经典之一，与闻一多这里所考述的祭祀活动和祭祀中的膜拜规则等内容分不开。当人和想象中的祭祀对象呈现为"晋如摧如""晋如愁如"等不平等的关系时，人与现实中的对象也会以不平等的形态存在，从而形成等级制的社会结构。《易经》所反映的祭祀文化作为古代精神文化的一部分，已经蕴含着中国等级制社会结构形态的心理机制。

古希腊文化在"认识你自己"的观念下将人类心灵结构分为知、情、意三个层面，人类从这三个层面认知和感受世界，创造出以理性认识世界的哲学，创造出以感性把握世界的艺术，创造出介于理性和感性之间的、作为人类精神归宿的宗教，创造出作为实践理性的伦理道德观念，这些构成了人类精神文化的主体。作为中国文化原典之一的《易经》，实际上包含了中国文化出发于心灵结构的多种精神文化元素。如阴阳八卦所隐含的哲学思想正是古人对整个世界的观念性把握；卜筮之术本为原始社会巫术的产物，包括祭祀活动的内容反映，都表现了古代的宗教观念，郭沫若就曾经指出，"《易经》全部就是一部宗教上的书，它是以魔术为脊骨，而以迷信为其全部的血肉的"，其中表现了至上神的观念、庶物崇拜的观念、祖先崇拜的观念、灵魂不灭的观念等。① 闻一多认为，《易经》的卦爻辞也表现了古代的艺术和道德观念。在艺术方面，《易经》"立象"以"言道"和"尽意"体现为一种艺术化的思维和艺术化的表达方式，同时，《易经》的卦爻辞在内容上亦反映了古代的艺术形态，如闻一多所发掘的"乐舞"内容，构成了《易经》所反映古代精神文化的重要组成部分。古代的乐舞往往和祭祀活动密切联系着，如《豫》卦的《象传》即谓"雷出地奋，豫。先王以作乐崇德，殷荐之上帝，以配祖考"，而闻一多即认为《豫》卦反映的是乐舞内容，"豫"读为"象"，是指"象乐"。《墨子·三辩篇》："武王胜殷杀纣，环天下自立以为王，事成功立，无大后患，因先王之乐，又自作乐，命曰象。"周武舞即是象舞，谓之豫，豫源出于象，所以，闻一多认为《豫》卦辞的"豫，利建侯行师"中的"豫"为武王舞名，建侯行师即舞中所象之事，如《礼记·乐记》所说："夫乐者象成者也。惚干而山立，武王之事也，发扬蹈厉，太公之志也，武乱皆坐，周邵之治也。且夫武始成而北出，再成而灭商，三成而南反，四成而南国是疆，五成而分陕周公左、邵公右，六成复缀以崇。天子夹振而驷（四）伐，盛威于中国也，分夹而进，事早济也，久立于缀，以待诸侯之至也。"其中，自始至四成为"行师"之事，五成六成为"建侯"之事，正可以解《豫》。《豫》

---

① 参见郭沫若.《周易》时代的社会生活［M］//郭沫若. 中国古代社会研究. 石家庄：河北教育出版社，2004：45-46.

之《象传》即说明"豫"为武王乐名。闻一多又从卦象分析，认为豫坤下震上，坤为地，震为雷，雷出地有声，是作乐之象；坤又为众，震又为决（趹）躁，聚众趹躁，是舞蹈之象。总之，《豫》卦包含了古代乐舞，具体指武王乐舞名。还如《渐》中的"鸿渐于陆（阿）其羽可用为仪"（上九），闻一多认为亦是反映古乐舞的，"仪"即以鸿羽为舞容，用鸿羽饰首。当然，《易经》言艺术者不仅《豫》《渐》卦爻辞，还有如郭沫若在《〈周易〉时代的社会生活》中举出的《贲》（六五）"贲于丘园，束帛戋戋"反映的装饰艺术、《鼎》（六五、上九）"鼎，黄耳金铉"和"鼎，玉铉"反映的雕塑艺术，《离》（九三）"日昃之离，不鼓缶而歌，则大耋之嗟"和《中孚》（六三）"得敌，或鼓或罢，或泣或歌"反映的音乐艺术，同时，郭沫若亦认为《渐》（上九）的"鸿渐于陆，其羽可用为仪"反映了舞蹈艺术。① 音乐艺术中还有闻一多在"征伐"类别中考述过的《师》（初六）"师出以律"之六律。闻一多主要是补苴旧注，所发现的都是《易经》注家未予发现的内容。

闻一多所补苴和考释《易经》中的"妖祥""占候""祭祀"，表现的是人与天、神、先祖等非现实对象的关系及人对这些对象的态度，主要体现出一种宗教观念和神学观念，当人与现实中的人发生关系时，所体现出来的就是一个人的道德观念。道德观念包括了一个人自身的道德修养、人与人关系的行为准则、对待他人的情感态度等各个层面所体现的思想观念。闻一多认为《易经》卦爻辞中有表现道德观念的内容，从中可见《易经》时代的道德观念。道德观念是与哲学思想、宗教活动、艺术形态并列的人类最基本的精神文化层面，更是中国文化中儒家文化的核心价值内容，儒家文化的礼仪规范、伦理原则和道德观念即主要体现在"六经"中，"六经"之首的《易经》自然包含了儒家所认可的道德观念。闻一多在考察《易经》"心灵事类"内容时在最后列"道德观念"一项，以不同于一般经注的别解补苴了《易经》所表现的别样道德观念。如《需》（上六）"入于穴，有不速之客三人来，敬之终吉"和《离》（初九）"履错然，敬之无咎"中均有"敬之"，一般释为恭敬，如《周易正义》也认为两个敬字都是恭敬之敬。但闻一多则给以别解，他认为"敬"在这两句爻辞中都不解作恭敬，前者以敬为"戒"，读为"儆"，意为：有不速之客来，当戒备。后者以敬为"惊"，读为"惊"，闻一多从《履》（九四）"履虎尾，愬愬，终吉"而推断《离》（初九）应为"履

---

① 参见郭沫若.《周易》时代的社会生活 [M] //郭沫若. 中国古代社会研究. 石家庄：河北教育出版社，2004：47.

虎尾，错然敬之，无咎"，两句语意亦同，"愬愬"是"恐惧貌"，"错"（读为"諎"）亦为"惊惧貌"，所以，"敬"为"惊"。解"敬"为"恭敬"，其实是儒家伦理道德思想的反映。可以看出，"入于穴，有不速之客三人来"，不可能对三位不速之客无端产生恭敬或尊敬之情，闻一多认为产生的是"戒备"之意，正符合常情常理，该是最正常的心理反应，若说不速之客来而立刻就恭敬，有悖常情常理。"戒备"不速之客，自然也就会"吉"。至于"初九"爻辞，如果确如闻一多所说是"履虎尾"，就更不会产生"恭敬"而正应当是"惊惧""恐惧"的反应。从闻一多的训释可见，"敬"有三解，一为"惊惧"，二为"戒备"，三为"恭敬"，既可以表示自我对外界的心理反应，也可以表示自我和他人的关系和在这种关系中的自我对他人的态度。"惊惧"着重自我对外界的反应，"戒备"和"恭敬"则主要指向别人，是两种不同的待人接物态度。无论哪一种意义，都包含了人类最初的人际伦理内容，表现出一定的道德观念。我们可以发现，闻一多不是从后来儒家的伦理道德观念来顾名思义，而是从原初的字义经义来看《易经》所反映的原始道德观念，具有正本清源的意图。《易》传说为圣人作，如《系辞传》所言，圣人不仅设卦、观象、系辞以明吉凶，而且以"善"配"至德""崇德而广业"，在"开物务成"的同时，"圣人以此洗心，退藏于密，吉凶与民同患"。所以，不管作《易》者是传说中的伏羲还是古籍记载中的文王，都在《易》卦爻辞中传达了自我的道德观念，其前提是以自我的道德修养为君子树立榜样，"君子"是后来儒家在圣人之下的人伦道德模范标准。《周易》多言君子，当然多见于《十翼》，但《易经》卦爻辞中也谈到"君子"，赋予君子以一定的道德观念，如闻一多特别考述的《乾》（九三）"君子终日乾乾夕惕若，厉无咎"（闻一多以为当以此断句），他认为"乾"本为乾湿之乾，初义为水干，而干涸与小流义近，水小流为"涓"，"乾涓"异体同字，"乾"也可以借为"悁"，"乾乾"读为"悁悁"，"悁悁"即"悒悒"，"悒悒"为忧念之意。这样，"乾乾"是指忧念或忧思，爻辞当为"君子终日悁悁夕惕若"，"悁"与"惕"对举，均指君子内心世界，如干宝所言"故君子忧深思远，朝夕匪懈"。闻一多此释揭示了《易经》之于君子的道德要求，那就是要常怀忧思，居安思危，于世界富有忧患意识。如《系辞》所言，《易》兴于乱世，《易》之道即在于有危有惧："《易》之兴也，其当殷之末世，周之盛德邪？当文王与纣之事邪？是故其辞危。危者使平，易者使倾。其道甚大，百物不废。惧以终始，其要无咎，此之谓《易》之道也。""子曰：'危者，安其位者也。亡者，保其存者也。乱者，有其治者也。是故君子安而不忘危，存而不忘亡，治而不忘乱，是以身安而国家可保也.'《易》曰："其亡其亡，系于苞桑.'""易之兴也，其于中古乎？作《易》者，其有忧患乎？"《系辞》所表达的这种观念可证闻一多所释之"君子终日乾乾夕惕若"的君子应该具备的道德情怀。作《易》者既以《易》"洗心""与民同患"，就必然在《易》卦爻辞中表现出自己的忧患意识，由此而开出儒家君子之德的准则，形成中国文化中宝贵的忧患意识传统，如一向为历史所称道的范仲淹的"先天下之忧而忧，后天下之乐而乐"的情怀，可以说与闻一多所发掘出的《易经》道德观念一脉相传，是中国文化、儒家文化的一种道德传统，应该说，这是以《易经》为代表的先秦原典文化奠定基础的，《易经》与其他五经共同开创和形成了儒家的伦理道德文化结构，成为中国传统文化的主干。

闻一多所补苴和考释的《易经》的道德观念对应儒家的道德理论，可以自内而外分为两个层面：向内加强自我道德修养，以圣人思想为修养准则，强调内省，一日三省其身；向外强调人与人关系的既定秩序，以礼规范人伦，注重君臣、父子、夫妇、兄弟、朋友等伦常关系，体现仁、礼、忠、孝、悌、节、义、信、智等道德标准，由此将"君子"具体化为名君、忠臣、慈父、孝子、节妇、烈女、好友等模范角色。人伦关系中体现每个人之于别人的态度，如闻一多所揭示的"敬"所包含的"惊惧""戒备""恭敬"等态度和其他态度。这种自内而外的道德诉求表现在社会政治方面就是所谓的"内圣外王"，如君子的忧思情怀、忧患意识外化于社会，就能够有益于社会。与君子相对的是小人，儒家将人分为君子和小人，基本上是道德的划分。《易经》成为儒家经典后，其中或多元化的道德观念逐渐被儒家道德规范一元化，这在《彖传》《象传》《系辞传》中更有鲜明的体现。"传"从"经"出，或有对"经"的曲解，但基本上有所依傍，说明《易经》本就蕴涵着为儒家所激赏的道德观念。闻一多论《易》中道德观念，一方面，意在还原《易经》原初的道德观念，形成和后来儒家道德规则的比较，如《易经》中的"敬"与后世经学家解释的对照；另一方面，对《易经》和儒家的道德思想进行了批判，如《易经》中的君子固然富有忧患意识，为儒家君子道德品格的确立奠定了思想基础，但即使如君子，在儒家伦理思想范畴里实际呈现出了异常复杂的道德观念，"内圣外王""达则兼济天下，穷则独善其身"的君子理想掩盖着自私肥己、虚伪卑劣的本性，对此，闻一多在新解《易经》中就能够发现和揭露其本质，并给以猛烈的批判。如他在批判中国传统儒家、道家、墨家思想时，谈到儒与道的合作就从《易经》中爻辞"肥遁，无不利"（《遁》上九）加以引申，他说："这里恕我曲解一句古书，《易经》说'肥遁，无不利'，我们不妨读肥为本字，而把'肥遁'解为肥了之后再遁，那便是说一个儒家做了几任'官'，捞得肥肥的，然后撒开腿就跑，跑到一所别墅或山庄里，变成一个什么居士，便是道家了。——这当然是对己最有利的办法了。甚至还用不着什么实际的'遁'，只要心理上念头一转，就身在宦海中也还是遁，所谓'身在魏阙，心在江湖'和'大隐隐朝市'者，是儒道合作中更高一层的境界。在这种合作中，权利来了，他以儒的名分来承受，义务来了，他又以道的资格说，本来我是什么也不管的。儒道交融的妙用，真不是笔墨所能形容的，在这种情形下，称他们为偷儿和骗子，能算冤屈吗?"① 其实闻一多在这里对"肥遁，无不利"也并非完全曲解，"遁"卦名本来就是指"隐遁""退隐"，其卦辞为"亨"，是为通顺，《象》谓"天下有山，《遁》。君子以远小人，不恶而严"，以下爻辞除"上九"的"肥遁，无不利"外，前面还有如"遁尾""系遁""好遁""嘉遁"，都是有关隐遁的，"遁尾"则"厉"，而"好遁"的君子"吉"，"嘉遁"亦"贞吉"，最后的"肥遁"更是"无不利"，都是赞美君子的隐遁和隐遁的君子的，君子因为小人当道而隐遁，所以"君子以远小人"，隐遁成为小人不为、小人为而"否"的君子的品行。《易经》所赞美的道德观念，闻一多则给以揭露和批判。《遁》卦爻辞所包含的道德观念实际不仅仅是儒家的，也有道家的，按照闻一多的新解，更是儒道两家交融的。由此可见，儒道的交融和互补早已经孕育于《易经》中了，这也可以说是闻一多对《易经》道德观念的独特发现。

道德观念是从人自身出发的，从单纯的个人道德修养到人与人关系的社会性道德准则的形成，所谓道德已经不限于单纯的个人修养和简单的人际关系而上升到了整个社会性的要求，包括政治规范都直接反映了道德观念的诉求，在中国古代尤其如此。在整个精神文化结构中，道德占据着非常重要的位置。闻一多所揭示和考述的《易经》所表现的古代精神文化已经构成了包括道德观念在内的比较完整而复杂的精神文化结构，从"妖祥""占候""祭祀"所反映的古代卜筮和巫术活动，从古代的宗教性观念到古代艺术如"乐舞"的反映，一直到最抽象的道德观念，既构成了《易经》本身的精神文化内容，又反映了《易经》时代的精神文化特征，同时也体现了古代精神文化的基本内涵。在闻一多看来，作为卜筮之书的《易经》客观上为我们提供《易经》时代的精神文化历程和精神文化形态的丰富史料，所以，《易经》可

---

① 闻一多. 关于儒·道·土匪［M］//闻一多. 闻一多全集：第2卷. 武汉：湖北人民出版社，1994：380.

以读为一部中国古代的精神文化史。

第三节　易学史学思想体系的建构

闻一多的《周易》研究虽然更多从名物训诂角度做出新解，但从总体上建立了他自己的易学体系，可以说，他的易学体系是以观照《易经》时代的文化思想和对《周易》思想进行批判为基点的，从"史"和"诗"的两翼发现《周易》的价值。闻一多在考察"《周易》的历史和历史的《周易》"的基础上，本着"钩稽古代社会史料"的目的，补苴旧注，新解《易经》，依照社会文化自身的逻辑结构层面复现了《易经》卦爻辞中所包含的《易经》时代的物质文化、制度文化和精神文化的基本形态。在《周易义证类纂》中，闻一多将《易经》中零散的社会文化史料系统化，将《易经》中隐晦的社会文化史料明确化，将《易经》中抽象的社会文化史料具体化，由此构成了他研究《易经》的史学体系。

闻一多史学角度的《周易》研究在易学史上不具有开创性，因为在他之前已经有古代易学史上的史事派如李光和杨万里、近代易学史上的史学派如章太炎和刘师培、现代易学史上的唯物史观派如郭沫若，但闻一多在继承和吸收这些学者成果的基础上，不仅"补苴旧注"，而且别有新解，在还原经义本来面目的同时推陈出新，既承先启后、继往开来，又以自己独特的《周易》新解在易学史上自成一家。

闻一多的易学史学研究与传统易学史事派有联系，但本质上属于现代易学史学观范畴，他的易学研究，既有吸收传统易学史事派和现代易学史学观的一面，又有超越传统史事派易学和现代史学观易学的一面。《易》与史的密切联系决定了易学与史学的关系，学术史对其密切关系的认识就形成了围绕《周易》而有的易学和史学研究各自的传统：就易学研究而言，从史学角度看《周易》，"以史证《易》"，为易学研究开辟了新角度；就史学研究而言，从《周易》内容看历史，"以《易》证史"，为史学研究提供了新材料。《周易》最初主要作为卜筮之书被认知而流行，随后被归为儒家经典而主要从经义角度大加阐释，从历史角度读《易》比较晚起，到宋代的欧阳修、李心传、李焘、李光、杨万里、朱熹等才蔚为大观。传统史事派主要以史证《易》，史是手段，《易》是目的，基本不出经学范围。明代李贽、王阳明和清代章学诚、龚自珍等都主张经为史说，特别是章学诚的"六经皆史"说，以《易》为周代政典，突破了经说而将《易》读为史，影响了近代章太炎、刘师培的易学观。章、刘读《易》为史，认为《易经》本身就记载了从原始社会到周代的历史进程。如章太炎在《〈易〉论》中按照卦义顺序描述了《易经》所表现的历史演变顺序，以《易》为史，他认为六十四卦之要在"记人事迁化，不越其绳，前事不忘，故损益可知也夫"，他认为《屯》《蒙》《需》《讼》《师》《比》《履》《泰》《否》等卦为"生民建国之常率，彰往察来横四海而不逾此"，其中《屯》卦"利建侯"之"侯"尚为原始部落之"酋豪"，他说："庶虞始动，其象曰'屯'，其彖曰'宜建侯而不宁'。侯则草昧部族之酋，鹑居鷇食，上如标枝，而民如野鹿者也。当时是，民独知畋渔，故其爻曰：'即鹿无虞，惟入于林中。'婚姻未定，以劫略为室家，故其爻曰'匪寇婚媾'。且夫忧患廉耻之情，虽泰始已萌也，是以君子几舍，女子则有'贞不字'者。受之以'蒙'，杂错质文之间，始有娉女，而爻称'内妇''克家'。初作娉者，略如买奴婢，故其爻曰'见金夫，不有躬'也。受之以'需'，'君子以饮食宴乐'。农稼既兴，民之失德，乾糇以愆，而争生存、略土天者作，故其次'讼'。小讼用曹辩，大讼用甲兵，是以行'师'，所谓'丈人'者，众之所归往也。众有所'比'，同征伐，共劳役，故其伦党拊而不溃，其卦曰'不宁方来，后夫凶'；《象》曰'先王以建万国，亲诸侯'。盖黄帝、大禹合符会计之事也。""'屯'之建侯，未有王者，其侯酋豪。'比'有假王，纲纪已具，城郭都邑已定。当其在屯，虽为不宁侯可也。比而不宁，不属王所，则抗而射之。……'讼'以起众，'比'以畜材；军在司马，币在大府。有军与币，而万国和亲，觊觎不用，故其象曰'懿文德'。受之以'履'，帝位始成，大君以立，由是'辨上下，定民志'。盖建号若斯之难也。虽有位命，朝仪之文，情尚朴质，悃逼尚通，其道犹'泰'，浸以成'否'。斯亦懿文德、辨上下之所驯致。济'否'者，平其阶位，故曰'同人'，'君子以类族辨物'。宗盟之后，异姓其族，物细有知，诸夏亲昵，戎狄豺狼者，而族物始广矣。故'同人于宗'，曰'吝'；'于郊''于门'，然后其无悔咎也。"① 章太炎是将《易》所反映内容远推至史前史，认为《易经》完整地表现了从野蛮的原始部落时代到文明社会的演变过程，包括从婚姻制度的出现到家庭的产生、从渔猎为生到农业的兴起、从"利建侯"到

---

① 章太炎.《易》论 [M] //傅杰. 章太炎学术史论集. 北京：中国社会科学出版社，1997：93-94.

国家制度的建立、从各部落纷争到多民族融合，《易》卦进行了完整的呈现。也就是说，在章太炎眼中，《易经》本身就是历史。章太炎认为《易经》本身就是历史，刘师培则认为《周易》一书，有裨考史，其中包含了周代的政治制度、古代史事、礼俗及古代社会变迁，他归纳为四方面作用："一曰周代之政，多记于《易经》，故《易经》可以考周代之制度"；"二曰古代之事，多存于《易经》，故《易经》可以补古史之缺憾"；"三曰古代之礼俗，多见于《易经》，故《易经》可以考宗法这会之状态"；"四曰社会进化之秩序，事物发明之次第，多见于《易经》，故《易经》可以考古代社会之变迁"，"此皆《易经》之有裨于史学者也"。① 刘师培所论已经意味着转向以《易》证史，到现代学术史真正以《易》证史的代表是郭沫若。郭沫若在《中国古代社会研究》中以《周易》作为基本史料来看《周易》时代的社会生活，以为《易经》六十四卦、三百八十四爻的四百五十项文句"除强半是极抽象、极简单的观念文字之外，大抵是一些现实社会的生活。这些生活在当时一定是现存着的。所以如果把这些表示现实生活的文句分门别类地划分出它们的主从出来，我们可以得到当时的一个社会生活的状况和一些精神生产的模型。让《易经》自己来讲《易经》，揭去后人所加上的一切神秘的衣裳，我们可以看出那是怎样的一个原始人在做裸体跳舞"②。古代易学的史事派是"以史证《易》"，"史"是手段，《易》是目的；郭沫若的《周易》研究则是"以《易》证史"，《易》是手段，"史"是目的。易学与史学的关系基本经历了四种研究观念范型的演变，一是古代易学的"以史证《易》"，二是章学诚为代表的"六经皆史"说和章太炎的"《易》本就是史"，三是刘师培的"《易》有裨考史"，四是现代学术史上以郭沫若为代表的"以《易》证史"。闻一多是在古代易学史事派、章学诚的"六经皆事"说、章太炎和刘师培的《易经》历史观，特别在郭沫若唯物史观的以《易》证史的影响下和在此前研究的基础上而从社会史角度研究《易经》的，闻一多的研究是《易》与"史"并举并重，既"以史证《易》"又"以《易》证史"，他的出发点是要研究《周易》，而在研究中从《周易》特别是《易经》的卦爻辞中发现了历史，从社会史的角度看《易经》而对《易》有新的发现，以《易经》中的社会史料看上古史对历史也有新的发现，既为《易》又为"史"，互为手段

① 刘师培. 经学教科书 ［M］. 上海：上海古籍出版社，2006：224-225.
② 郭沫若.《周易》时代的社会生活 ［M］//郭沫若. 中国古代社会研究. 石家庄：河北教育出版社，2004：29.

和目的，取得了别样的收获和"新论"而具有自己的易学研究个性。

易学的史学研究源于传统易学的史事派，闻一多既继承了史事派的观念和方法论，又超越了史事派的研究。古代易学史事派代表是宋代李光和杨万里，李光有《读易详说》十卷，杨万里有《诚斋易传》二十卷，《四库全书总目》认为他们的易学研究"参证史事"，别为一宗，谓李光的《读易详说》"于当世之治乱、一身之进退，观象玩辞，恒三致意"。在解卦时"因事抒忠，依经立义"，"书中于卦爻之辞，皆即君臣立言，证以史事，或不免间有牵合。然圣人作易以垂训，将使天下万世无不知所从违，非徒使上智数人矜谈妙悟，如佛家之传心印、道家之授丹诀。自好异者推阐性命，钩稽奇偶，其言愈精愈妙，而于圣人立教牖民之旨愈南辕北辙，转不若光作是书，切实近理，为有益于学者矣"。又谓杨万里《诚斋易传》："是书大旨本程氏，而多引史传以证之。初名《易外传》，后乃改定今名。宋代书肆，曾与程传并刊行，谓之《程杨易传》。新安陈栎极非之，因为足以耸文士之观瞻，而不足以服穷经士之心。吴澄作跋，亦有微词。然圣人作易，本以吉凶悔吝示人事之所从。箕子之贞，鬼方之伐，帝乙之归妹，周公明着其人，则三百八十四爻，可以例举矣。舍人事而谈天道，正后儒说易之病，未可以引史证经病万里也。"①如《四库全书总目》所提要的，李光和杨万里的易学史事观从根本上仍然未脱离经学范围，依经立义，要么阐述君臣之义，如李光解《坤》（六四）"括囊，无咎无誉"为"大臣以道事君，苟君有失德而不能谏，朝有阙政而不能言，则是冒宠窃位岂圣人垂训之义哉，故文言以括囊为贤人隐之时而大臣不可引此以自解"；要么阐释理学思想，如杨万里的易学以二程理学为本，重在经学义理的阐释。引史以证，所证亦不出儒家经义和理学思想，其独特处是引史传以证《易》，一方面，历史仅仅是证明经义的手段，而不是为了说明历史本身，所以，尚不具备真正的历史学意义；另一方面，即使引史证《易》都不能为传统易学研究所容，如杨万里的研究当时受到非难非议。我们看，闻一多的易学历史观完全不同于传统史事派，首先，在思想上全无经学束缚，完全没有圣人经旨意味，以还原《易经》的原始本义，以现代视角和现代思想反观本来的《易经》内容，从《易经》卦爻辞中看《易经》时代的历史，而不是刻意去阐释其微言大义。李光从《易经》中看见的是君臣所立之言，然后证以史事；杨万里从《易经》中看见的是理学思想，然后引史传以证；而闻一多则从《易经》中看见的是《易经》时代的物质经济、社会制度、精

---

① 永瑢，等. 四库全书总目：卷三［M］. 北京：中华书局，1965：8，14.

神观念，既不涉及儒家经义，也不涉及象数义理，完全是《易经》中所包含的历史事实。其次，不同于史事派的"以史证《易》"，闻一多的《易经》研究同时"以《易》证史"，主要在《易经》中发现《易经》时代的历史，出发点是易学研究，而归宿点是历史研究，不是为解《易》而解《易》，而是从解《易》中发现历史事实。传统史事派引证历史，一是为解《易》而解《易》，二是为阐明经义和理学思想，所以是"以史证《易》"。而闻一多则将《易经》置于历史背景中，固然是为了研究《易经》，但主要从《易经》卦爻辞中"钩稽社会史料"。最后，传统《易》学史事派因为仅仅限于"以史证《易》"，所以从史学角度而言既没有基本的历史观，也没有把握整体的社会历史结构，只是寻绎有助于证明《易经》经义和理学思想的史实。闻一多则着眼于宏观《易经》时代的社会历史，按照社会结构的基本逻辑构成而分门别类，在《易经》中发现"经济事类""社会事类"和"心灵事类"的史料，从三者的逻辑顺序和彼此关系中可以看出闻一多初步具备了唯物史观，这是远远超越于传统史事派的一面。从这个角度，闻一多将《易经》读为一部《易经》时代的社会史，明确以物质经济为基础，在经济基础上建立各项社会制度，产生各种心灵观念。破除经义和理学思想，从"以史证《易》"到"以《易》证史"，再到社会史的宏观意识和初步的唯物史观，这三个方面标志着闻一多对传统易学史事派的超越。不仅超越传统易学史事派，而且也超越了章学诚及近代章太炎、刘师培的易学史学观。章学诚的"六经皆史"说在论及《易经》时认为《易经》主要反映了周代的政教典章而未包括物质经济，而闻一多首先考察的是《易经》所反映的物质经济形态。章太炎论《易》主要着眼于《易》卦所表现的"生民建国"的过程，梳理出一条从史前史到封建国家建立的完整历史轨迹，亦是就《易》论《易》，而没有扩展到整体的社会结构；而闻一多主要从整体社会结构的共时性角度，从宏观角度研究《易经》时代的经济、制度和精神文化所构成的社会结构。刘师培认为《周易》主要包含了周代制度、古代史实、宗法社会状态和古代社会变迁，亦多着眼于制度文化层面，而基本没有关注到其中的经济史料和观念文化史料；而闻一多则从《易经》中既全面又系统地发掘出物质经济、社会制度和精神文化的社会史料。所以，闻一多在接受章学诚、章太炎、刘师培的"《易经》即史"影响的同时，在易学具体历史内容的考述中弥补了他们所没有意识到的缺漏而显得更全面、更系统、更具有现代意识，从而在一定程度上自然也超越了章学诚、章太炎、刘师培的易学史学观。

当然，在闻一多之前，郭沫若已经在《周易》研究上超越了传统史事派而开创了唯物史观视野下的《周易》研究范式，已经以唯物史观将《周易》读为周代社会史料，以《易经》为依据来看《周易》时代的社会生活，郭沫若的《周易》研究直接成为闻一多《周易》社会史观的先声，闻一多更多在郭沫若的《周易》研究影响下和在郭沫若研究的基础上钩稽和补苴《易经》的社会史料。但闻一多的研究从思想和研究方法上又与郭沫若的研究有相当的区别从而赋予了自己的个性。郭沫若是现代学术和现代易学中"以《易》证史"的开创者，作于 1927 年、出版于 1930 年的《中国古代社会研究》是中国第一部以唯物史观研究中国古代社会历史的论著，指导思想是历史唯物主义和辩证唯物主义，所依据的社会史料为殷商甲骨卜辞、周代青铜彝铭和《周易》《诗经》《尚书》等，其中《周易时代的社会生活》是现代"以《易》证史"的典范。1935 年，郭沫若又有收入《青铜时代》中的《周易之制作时代》一文，提出《易经》"八卦是既成文字的诱导物"、《周易》非文王所作、孔子与《易》并无关系、《易》之构成时代是在战国初年、《易》的作者是战国时楚人馯臂子弓（姓馯、名臂、字子弓）以及《易传》的构成时代是从战国到秦汉之际等观点。郭沫若研究《周易》早于闻一多，其研究理路、研究观点和研究方法必然影响闻一多的《周易》研究。事实上，当闻一多于 20 世纪 30 年代末期开始研究《周易》时，郭沫若的研究成果是他重要的参照和参考。闻一多在《周易新论》中直接参考了郭沫若的《〈周易〉时代的社会生活》和《〈周易〉之制作时代》（参考书目中列为《周易的构成时代》），如在谈到"伏羲与八卦"时引证了郭沫若的观点，"八卦的根底（我们）很鲜明地可以看出，是古代生殖器崇拜的孑遗。画一以象男根，分而为二以象女阴，所以由此而演出男女、父母、阴阳、刚柔、天地的观念"，这是引自《中国古代社会研究》中的《〈周易〉时代的社会生活》；在论及卦爻的演化符号时，闻一多认为八卦的卦名与卦画没有本然的联系，八卦之外的"五十六卦一部分是卦名字形的便化及其诱导物，因疑六十四卦确为周人所演，周人已有文字也"。这亦显然是借用了郭沫若在《〈周易〉之制作时代》的观点"八卦是既成文字的诱导物"，郭沫若认为，"八卦的卦形大部分是由既成的文字诱导出来的"，"是于既成文字加一某种改变或省略而成"[1]。这实际涉及《易经》先有卦画还是先有卦名的问题。闻一多接受了郭沫若之说，亦认为先有卦名，

---

[1]　参见郭沫若. 郭沫若全集（历史编）：第 1 卷：青铜时代·《周易》之制作时代 [M].
北京：人民出版社，1982：378，380.

由卦名的文字诱导而产生卦画；不同之处在于，郭沫若仅仅认为八卦的卦画是文字所诱导而出，闻一多则进一步认为八卦之外的另五十六卦的大部分卦画都是其"字形的便化和诱导物"。且不论八卦是否古代生殖器崇拜的孑遗，卦画与卦名的先后及其关系如何，郭沫若和闻一多之论是否准确，至少我们由此可以看出郭沫若《周易》研究对闻一多的直接影响。

郭沫若对闻一多《周易》研究更大的影响还在于《易经》的社会史观，闻一多在接受郭沫若的影响和在郭沫若研究的基础上又独具一格。对照闻一多的《周易义证类纂》和郭沫若的《中国古代社会研究》中的《〈周易〉时代的社会生活》，既可以发现郭沫若在指导思想和研究理路方面对闻一多的直接影响，也可以看出闻一多在具体研究内容和方法上和郭沫若的鲜明区别。首先，郭沫若的《周易》唯物史观影响了闻一多，在整体思想上，可以看出，闻一多是遵循郭沫若的思想角度而展开自己对《易经》社会史料的钩稽和补苴，一定程度上，闻一多亦是对郭沫若《周易》研究的补苴。郭沫若的《中国古代社会研究》是中国第一部运用马克思主义唯物史观研究中国古代社会的论著，如郭沫若 1928 年所说："我主要是想运用辩证唯物论来研究中国思想的发展，中国社会的发展，自然也就是中国历史的发展。反过来说，我也正是想就中国的思想，中国社会，中国的历史，来考验辩证唯物论的适应度。"① 郭沫若将自己的《中国古代社会研究》看作恩格斯《家庭、私有制和国家的起源》的续篇，即以马克思主义的辩证唯物主义和历史唯物主义的一般原理观察中国古代社会，首先强调社会发展的经济基础，考察古代社会经济基础之后既而考察上层建筑和意识形态，以此将中国社会历史划分为西周以前的原始公社制、西周时代的奴隶制、春秋以后的封建制和最近百年的资本制（以 1920 年为限）。《中国古代社会研究》的第一篇就是以《周易》为基本史料考察《周易》时代的社会生活，对"生活的基础""社会的结构"和"精神的生产"三个层面进行考察，其中，"生活的基础"包括"渔猎、牧畜、商旅（交通）、耕种、工艺（器用）"，"社会的结构"包括"家族关系、政治组织、行政事项（享祀、战争、赏罚）、阶级"，"精神的生产"包括"宗教、艺术、思想"。闻一多在《周易义正证类纂》中按照史料性质分为"经济事类""社会事类"和"心灵事类"，其中，"经济事类"包括"器用、服饰、车驾、田猎、牧畜、农业、行旅"，"社会事类"包括"婚姻、家

---

① 郭沫若. 郭沫若全集（文学编）：第 13 卷：海涛集·跨着东海 [M]. 北京：人民出版社，1982：331.

庭、宗族、封建、聘问、争讼、刑法、征伐、迁邑"，"心灵事类"包括"妖祥、占候、祭祀、乐舞、道德观念"。两相对照，虽然名称略有差异，但可以看出，闻一多所考察的事项和郭沫若的分类基本上是相对应的，闻一多的"经济事类"对应着郭沫若的"生活的基础"，闻一多的"社会事类"对应着郭沫若的"社会的结构"，闻一多的"心灵事类"对应着郭沫若的"精神的生产"，各大类中的具体小项亦大致相同。这种对社会结构的认知，一方面，是社会构成的客观反映，另一方面，体现了马克思主义的社会历史思想内涵，是马克思主义的经济基础、上层建筑和意识形态的反映。唯物主义的客观逻辑顺序是先有经济基础，然后才产生社会制度和观念文化，如果是一个唯心主义者的研究，首先强调的就不会是物质经济而是精神观念。郭沫若的社会结构认知逻辑来源于马克思主义，他是以马克思主义原理分析中国古代社会的，闻一多研究《周易》时并没有接受马克思主义理论，尚未具备明确的唯物史观。他对《易经》时代的社会结构把握显然来源于郭沫若的《中国古代社会研究》，特别是郭沫若对《周易》时代社会生活的分类。从这个角度说，在思想上，闻一多的《周易》研究并没有超越郭沫若，基本遵循郭沫若所开辟的研究理路来展开。但这并不意味着闻一多的《周易》研究完全等同于郭沫若的研究，他在郭沫若的研究基础上不仅多所补苴，还有所突破，特别在研究方法上富有自己的个性特色，既有不及郭沫若之处，也具有超越郭沫若的一面。他们的区别及闻一多的《周易》研究个性可以分为以下三方面。第一，郭沫若在《中国古代社会研究》中完全以《易》证史，《周易》是他研究古代社会和证明马克思主义唯物史观的基本材料，目的不在《周易》研究本身而在于古代社会历史研究，而闻一多的《周易义证类纂》在研究内容上同样是以《易》证史，但他的研究出发点是《周易》研究本身，在以《易》证史的同时亦以史证《易》，可以说，在闻一多的研究里，《易》和史是并重并举的。从这个角度看，闻一多没有郭沫若的宏观历史视野，但比郭沫若的举证更为具体、深入和翔实，在丰富古代社会史料的同时，对《易经》本身的卦爻辞更洞幽烛微，一方面恢复《易经》本来面目，另一方面常发前人之所未发，在分门别类地提供《易经》时代的社会史料的同时，对《易经》本身的研究有所推进，从而在易学史上自成一家。郭沫若的《周易》研究是为历史研究服务的，附庸于古代社会历史研究中，而闻一多的《周易》研究属于独立的、专门的研究领域。直到现在，史学界很少有提到闻一多《周易义证类纂》的社会史料钩稽成果的，但在易学领域闻一多的《周易》研究已经成为重要的一家之言而常被人引证。第二，在研究方法上，闻一多的《周易义证类纂》主要采取了汉学的名物训诂方法，以传统小学的音韵学、训诂学、文字学方法解读和诠释所钩稽出的卦爻辞，力求关键字词的原始本义，特别在考释过程中常证以甲骨卜辞和金文字形字义，更能看出《易经》中字词的原始意义。同时，闻一多以考据学方法考证《易经》所反映的古代天象、地理、物象及各种事物，基本做到了朴学的实事求是、无征不信，即使有臆测处，也能够自圆其说。旁征博引古代典籍特别是先秦典籍以说明《易经》卦爻辞的意义，是闻一多《周易义证类纂》的鲜明特征，也是闻一多一贯的学术研究特性。如在钩稽和考释"有关社会事类"的部分，闻一多多引《周礼》以证《易》，以同时代的典籍证明《易经》所反映的礼制，更有说服力。有学者如孙诒让研究《周礼》时以《易》证《礼》，闻一多则以《礼》证《易》，可以说殊途同归。同时，闻一多亦多引《诗经》《尚书》《国语》《左传》等典籍以证《易经》。相比之下，郭沫若固然也运用了考据学，但不如闻一多之深入专精，郭沫若更主要借用了马克思主义的理论方法，多从宏观角度论述古代社会特征，《周易》的内容仅仅是他所引证的材料。从方法论角度，闻一多的《周易》研究以朴学的名物训诂方法为主，在学术上更为扎实和可信。第三，学术研究有两种基本路向：一是从理论出发，史从论出；一是从史料出发，论从史出。不可否认，郭沫若的《周易》研究是其以马克思主义理论研究中国古代社会从而为其提供史料和论据的，先存了辩证唯物论和唯物史观的理论，然后古代社会史料包括《周易》所反映的历史史料来验证理论上的"适应度"。郭沫若正是以此方法开创中国的马克思主义史学派，第一次以马克思主义的唯物史观论定了中国的社会形态演变历程。所以，《中国古代社会研究》的价值不在于具体史料如甲骨文和具体典籍，如《周易》本身的研究，而在于其开创性的理论运用，即以辩证唯物论和唯物史观对中国社会历史的理论分析和论定。闻一多的研究一度以朴学为主，在《周易》研究阶段正是他在朴学方法的运用上达到成熟的时候，所以主要从具体研究对象出发，既有理论思维，亦坚持论从史出。《周易义证类纂》中所有理论高度的分门别类是落实到具体的社会史料钩稽和考释中的，基本没有抽象的、空洞的、脱离研究对象的理论论述。而郭沫若的研究则主要以理论论述为主，基本没有对具体卦爻辞的训释，这是闻一多和郭沫若在《周易》的学术研究形态上的最大区别。这当然决定于他们的研究目的和指导思想，郭沫若主要以历史研究为目的，闻一多主要还是着眼于《周易》研究本身；郭沫若具有明确的唯物史观，不仅以《易》证史，而且以《易》证唯物史观来观察中国古代社会的正确性，而闻一多则尚不具备明确的唯物史观，他是从《易经》

的内容本身出发来钩稽社会史料。在唯物史观的明确性、古代社会的宏观意识、以《易》证史的开创性等方面，闻一多不及郭沫若；在《易经》分门别类的钩稽、补苴、考释方面，在具体卦爻辞字词的朴学训释、新解及详尽度方面，在客观地以对象本身的具体内容呈现而不进行主观论断方面，闻一多显示出不同于郭沫若的个性特征。闻一多的《周易》研究是否超越了郭沫若，尚有待专家论证，但总体上我们可以感知他们不同的学术个性和他们在《周易》研究上的学术联系和"对话"关系。闻一多研究《周易》受到郭沫若《周易》研究的影响，郭沫若对闻一多的《周易》研究亦给予了高度评价，在开明版《闻一多全集》"序"中，郭沫若说："他对于《周易》《诗经》《庄子》《楚辞》这四种古籍，实实在在下了惊人的很大的工夫。就他所已成就的而言，我自己是这样感觉着，他那眼光的犀利，考索的赅博，立说的新颖而翔实，不仅是前无古人，恐怕还要后无来者的。这些都不是我一个人在这儿信口开河，凡是细心阅读他这《全集》的人，我相信都会发生同感。"①郭沫若在这里表彰闻一多古籍研究成就，首先提出的就是他的《周易》研究，这说明闻一多的《周易》研究得到了同样研究《周易》的郭沫若的认可和高度评价。闻一多钩稽《易经》中"社会史料"是要"补苴旧注"，并非全面考察，在客观上正好"补苴"了郭沫若的《周易》社会史论。我们如果将闻一多的《周易义证类纂》和郭沫若《中国古代社会研究》中的《〈周易〉时代的社会生活》等量齐观，正可以互相补充，有相得益彰之效。例如，闻一多对归入各类的《易经》卦爻辞的详尽考释一方面可以补郭沫若的缺漏，另一方面可以进一步理解郭沫若的唯物史观视角下的引证。郭沫若的唯物史观理论阐述一方面可以整合闻一多的《易经》考释，另一方面可以弥补闻一多对《易经》理论阐释的缺失，因为郭沫若不仅以《易经》为据全面系统地阐述了《周易》时代的社会生活，而且特别论述了"《易传》中辩证的观念之展开"，包括《易传》中所反映的辩证的宇宙观、辩证观转化为"绝对的恒久"、折中主义的伦理观等以辩证唯物主义对《周易》辩证观念的批判。总之，闻一多偏于《易》、朴学的详尽考释和郭沫若偏于史、唯物史观的充分论述可以互相补充而相得益彰。

闻一多和郭沫若的《周易》研究不仅在社会史观方面互相呼应，而且他们都有《周易》综论性的研究，都以历史的眼光研究《周易》的产生过程和

---

① 郭沫若. 闻一多全集·序 [M] //闻一多. 闻一多全集：第12卷. 武汉：湖北人民出版社，1994：432.

本质内容,不完全是"片面"地看取其中的社会史料,而是全面考论其象数和义理及其生成过程。闻一多的《周易新论》重点论述了"《周易》的历史和历史的《周易》",郭沫若的《〈周易〉之制作时代》讨论了"《周易》的经部与传部的构成时代及其作者",是属于《周易》本身历史的研究,同样体现了《周易》的史学研究。在这一方面的研究中,郭沫若同样早于闻一多并影响了闻一多的研究,如前所说,郭沫若在《〈周易〉之制作时代》中提出的"八卦是既成文字的诱导物"被闻一多引述并加以引申。在研究形态上,他们表现出的鲜明区别是,针对具体问题时,郭沫若经过自我的论证多给以结论性断语,而闻一多则多给出易学史上各种观点,只是客观呈现少有自己断语。如关于《周易》的作者,郭沫若在《〈周易〉之制作时代》里认为八卦不能出于春秋以前,所以明确论断道"《周易》非文王所作",当然所谓伏羲说、神农说、夏禹说都不值一辩,至于爻辞作于周公更是臆说,而且,"孔子和《易》并没有关系,在孔子当时《易》的经部还没有构成",《易》的真正作者是楚人馯臂子弓。闻一多在《周易新论》中主要辑录了古籍关于传说中《周易》作者的各种说法,包括初期记载的从伏羲到周文王到孔子,从总述为伏羲作易、文王附六爻、孔子错象象辞到异说之神农重卦、夏禹重卦、文王作卦辞和周公作爻辞等,闻一多客观地呈现各种说法,并参证神话、传说、民俗和《周易》本书,并没有如郭沫若一样轻易下断语;闻一多亦谈到孔子与《易》的关系,同样是主要辑录典籍记载而客观呈现,最后指出孔子见到《易》会必然发生兴趣而似未以教人,当然也就对孔子作《十翼》之说表示了怀疑。从学术研究角度,闻一多这种注重史料而不轻易下断语的方法和存而不论的态度固然不以结论示人,审慎的学术态度可以避免妄下结论的错误,尤其对于学术史上纷争不清的问题。郭沫若的论断式研究虽然能够自圆其说,但未必被学界认可,如他认为《易经》为楚人馯臂子弓所作,固然郭沫若有自己的论据,他所据的是《史记·仲尼弟子列传》提到的馯臂子弘、《汉书·儒林传》提到的馯臂子弓、《荀子·非十二子篇》提到的与仲尼并列的圣人"子弓",郭沫若认为这三种典籍中所说的是同一个人,是《易经》的作者馯臂子弓。这虽然比传说中的伏系羲、神农、夏禹、文王、周公等较为具体,但毕竟论据有限,虽则新异,但未必可靠准确,不被人接受亦在情理中。郭沫若和闻一多原本都是现代诗人,在学术研究上有不同于一般学者之处,他们研究的不准确处有人谓之"英雄欺人",比较之下,郭沫若的勇于"断案"更甚于闻一多,闻一多更注重于朴学的实事求是、无征不信。

如果说闻一多的《周易义证类纂》可以与郭沫若的《〈周易〉时代的社

会生活》互为补充而相得益彰，那么，闻一多的《周易新论》对"《周易》的历史和历史的《周易》"的考察结果则和郭沫若所论断的《周易》的制作时代因为其结论的不同而只能互相参照，构不成互相补充的关系。如郭沫若认为《易经》的构成时代是在春秋以后，《易传》的构成时代分别为《彖》《系辞》《文言》，是荀子门徒在秦的统治期间写出来的，《象》是《彖》之后由别一派的人写出来的，而《说卦传》《序卦传》《杂卦传》是出现于西汉中叶。① 闻一多论及"《周易》的成长"分两个层面进行论述：一论述了卦爻符号及其运用方法的演化过程，其中参考了郭沫若的"八卦是既成文字的诱导物"的观点；二论述了"卦爻辞的累积"，与郭沫若的看法完全不同，他认为"卦辞、爻辞是周史官长时期占辞的积薪式的记录"，"约始于殷周之际，止于西周"，这意味着《易经》的构成时代至少在西周以前，而不是郭沫若所说的春秋以后。闻一多认为，《十翼》中最先出现的是《说卦传》《序卦传》《杂卦传》，因为《周易》本占筮之书，这三篇多关系占验方法，初学者须以此为参考，所以这三篇的产生时期不能太后于卦爻辞。至于《象传》《彖传》《系辞传》《文言》，闻一多将之归入"'易学'之兴起"，严格说已经是属于"易学"范畴了。此外，郭沫若认为《易传》多出自荀门，并专门比较了《彖传》与荀子的思想联系、《文言传》与《彖传》的一致性，论述了《系辞传》的思想，而闻一多则主要论述了《易经》的卜筮方法（数卜和字卜）、内涵和价值所在，并勾勒了易学的流变。可以看出，闻一多和郭沫若对《周易》本身的历史，一是所关注的问题有差异，二是对同样问题，观点亦有分歧。也就是说，闻一多受郭沫若影响的范围还是有限度的，在郭沫若之后的《周易》研究，闻一多能够开创出自己的研究空间并提出自己的独到观点。对《周易》的作者和产生时代这样几千年都聚讼纷纭的问题，闻一多和郭沫若有所分歧亦属正常，而且他们与易学史上其他各家的看法更不尽一致。事实上，《周易》中的相当一部分问题直到现在都无有定解定论，任何一种观点都只是一家之言，只可为后学的参照。在这个意义上，闻一多和郭沫若对《周易》相似相通的研究如社会史料的考论可以互相补充，而不同的研究角度和分歧对《周易》生成时代的看法则可以互相参照，互相补充的内容相得益彰，互相参照的部分可以看出各自的个性思想。

闻一多和郭沫若都是现代学术史上具有多方面成就的大学者，都在《周

---

① 郭沫若. 郭沫若全集：青铜时代·《周易》之制作时代（历史编）：第 1 卷［M］. 北京：人民出版社，1982：395-396.

易》研究上卓有成效、自成一家。比较之下，闻一多的《周易》研究更多受到郭沫若唯物史观研究的影响，是在郭沫若所开创的《周易》社会史学观范式中展开自己的研究的。闻一多从社会史料角度解读《周易》，虽然不具有开创性，基本限于郭沫若开创的领域里，但作为后起者可以占据比郭沫若更有丰富的学术资源，尤其富有比传统史事派更开阔的学术空间，所以闻一多在《周易》史学角度的研究上既比郭沫若专精深入，又比传统史事派进步和通脱。闻一多虽然在方法论上过多黏滞于汉学的名物训诂，不免陷入烦琐考据学的巢窠而冲淡了系统的思想阐释，但唯其如此才能够看出闻一多之于《易经》卦爻辞的考释特性，在还原其原始本义的同时别有新解，以扎实的史料支撑起自成一家的《周易》的"古典新义"，在卦爻辞的新义诠释中重构《易经》所反映的《周易》时代的历史文化形态和社会文化结构，在《周易》自身历史的考察中将《周易》读为一部中国古代史。

《周易》所体现的这部中国古代史包括了一部物质经济发展史、一部社会制度生成史、一部精神观念演变史。闻一多一方面在《周易新论》中考察了"《周易》的历史和历史的《周易》"，另一方面在《周易义证类纂》中"钩稽古代社会史料"，体现了他《周易》研究中鲜明的历史意识，以明确的历史意识研究《周易》，首先能够发现《周易》本来的历史内容并进而还原其历史面目，在此基础上，从"经济事类""社会事类""心灵事类"三方面对《易经》所反映的社会历史文化进行考释和考察。闻一多从社会史角度对《周易》进行分类钩稽、旧注补苴、内容考释，这具有多方面的意义。第一，具有社会历史意义。闻一多的研究提供了《易经》时代的社会形态和历史真实面目，他从简练的卦爻辞中考释出的丰富社会史料，客观、真实、具体地反映了《易经》时代的物质经济形态、社会制度状态和精神观念情态，透过卜筮之辞看见了时代面目，这有赖于闻一多的钩稽和考释。如果没有闻一多的精心考释，在一般读者眼里，《易经》的卦爻辞仅仅是晦涩难解、预测吉凶的卜筮之辞而已。从这个角度，闻一多确实为我们提供了认知古代社会形态的极好史料，在一定程度上他将《易》转化为"史"，其意义不亚于郭沫若的唯物史观的《周易》研究。第二，具有文化思想意义。闻一多对《易经》社会史料的钩稽和考释同时呈现了《易经》时代的文化思想和《易经》自身所包含的文化思想，从中可以看出古代文化思想的特征，在单纯中富有丰富性，在演变中呈现出完整性，在原始性思维的遗留中隐含着古代文化的奥秘和真相，总体上已经奠定了中国文化的基本结构，物质文化、制度文化、精神文化的先后发展、多元共生预示了后世的演变趋势。闻一多的客观分类和考订清晰地表明了《易经》所反映的文化思想内涵和文化结构特性。第三,具有易学研究意义。虽然闻一多的易学社会史观,上可以追溯到传统易学史事派,下可以联系到现代易学郭沫若的唯物史观易学研究中,但闻一多以自己个性化的易学社会史学研究不仅丰富了易学研究的内涵,而且在特定领域推进了易学研究,为《周易》研究提供了社会史的认知角度。在闻一多之前,少有人如他在《周易义证类纂》中这样全面系统地钩稽和考释古代社会史料,特别在考释具体卦爻辞时既还原字词本义又新义迭现,既以朴学方法进行名物训诂,又以现代文化学方法论总领考据学内容,传统方法和现代思想完美地结合在一起,在易学研究中独具一格,既自成一家又对整个易学研究给以启示。所以,闻一多的《周易》研究对易学本身的研究具有独特的意义。这三方面意义是闻一多研究《周易》,特别是他的《周易》社会史观研究所体现出来的意义,在此基础上,对认识闻一多自身文化思想也有相当意义。我们借《周易》研究可以把握闻一多的易学观和易学史学观,在《周易》内容上"不主象数,不涉义理"而主要重视其中所反映的古代社会史料,在思想上初具唯物史观从社会文化史角度把握《易经》,研究方法上以朴学的名物训诂为主,力图还原《易经》的原初本义。进一步,通过《周易》研究可以把握他的学术理念、学术方法论和文化思想内涵,在学术理念上将还原经义与新解经典相结合而使古代经典现代化,在学术方法上继承传统经学中的小学方法,主要以朴学方法考释古籍而求得本义和新义,在文化思想上体现为以现代视角反思和批判传统典籍中的思想,在文化思想上追求现代化。

第四节 《易》中见诗:《易林》卦辞中的诗美烛照

闻一多在《周易》中不仅"钩稽"出丰富的社会史料,在《易》中见史,而且在《周易》中能够发现诗歌的艺术美,在《易》中见诗。"史"和"诗"的发现构成了闻一多易学观中以思想为基础的两翼,思想基础是他在《周易新论》中对《周易》卜筮、象数、义理思想的分析、反思和批判,"史"的一翼是唯物史观视野下的《易经》所呈现出的古代社会史面目,体现了《周易义证类纂》中社会史料的钩稽和考释,"诗"的一翼表现为闻一多对《易》与"诗"关系的思考,表现为对《易经》诗意化的感知,表现为对易学史上名著《焦氏易林》卦辞中诗歌美的发现。这几个方面在总体上体现出闻一多在《周易》及其易学研究中的历史意识、诗性特征和思想家品格。当我们领略了闻一多对

《周易》的思想分析和社会史料的钩稽后，在此可进一步欣赏闻一多以诗人的眼光在《周易》，特别在《易林》中所发现的诗歌艺术美。

闻一多在"易"中见诗的内涵可以分为两大层面：一是对《易经》诗学元素和诗意化特征的感知，二是对西汉《焦氏易林》卦辞诗歌美的发现。从《易经》到《十翼》，意味着原本纯粹的卜筮之术逐渐发展为《十翼》所体现的儒家伦理规范和道德思想，在闻一多看来，《十翼》的出现已经标志着易学的兴起；从《周易》到《易林》，意味着《易经》本来已经体现出的诗学元素具体化到易学卦辞中，闻一多敏锐地发现《易林》中的卦辞直接体现为四言体的诗歌本体，在他看来，《易林》不完全是卜筮之辞，而是中国文学史上诗歌的杰作。一方面，《易林》作为《易经》的发展保留了易学卜筮特性；另一方面，"易林"实则为"艺林"，闻一多以《易林琼枝》第一次全面地呈现了《易林》的诗歌形态和诗歌艺术美，"作为中国文学史发现的新材料"①，成为闻一多对中国古代文学研究的独到发现，具有重大的文学史意义。

从《易经》为史到《易经》亦为诗，这是闻一多对《易经》内涵的丰富和扩展。不同时代的研究主体、同一时代的不同研究主体对相同的研究对象会有不同角度的认知，尤其对《周易》及其全部"六经"这样的原创经典，本就以文化初创时期混沌一体的思维而包罗万象，不仅文史哲不分，而且如《周易》在文史哲内容之外，尚包括了宗教学、社会学、伦理学、心理学、民俗学、民族学以及天文学、地理学、物理学、数学等自然科学的学科内容，被后人视为百科全书。这样，对《周易》就可以有不同角度、不同学科的认知和阐释。"六经"本来长期被视为经学经典，明清以后出现了"六经皆史"的观念，闻一多对《易经》的社会史观就是学术史上"六经皆史"观念的体现，在此基础上，闻一多进一步思考了"六经"与文学的关系，虽然他没有明确提出"六经皆诗"的观点，但实际上已经体现出他认知《周易》及其他"五经"的诗学角度，发现了"六经"与诗的密切关系，几乎可以说"六经皆诗"。闻一多认为，"六经"中《乐》与《诗》的关系最密切，而《书》与《春秋》也和《诗》有关，古代诗的用途是祭祀与聘享，《诗》的"大小雅"即聘享诗（"生人雅"），"颂"便是祭祀诗（"死人颂"），这又是《礼》与《诗》的关系，"可是如果深入考察，就会发现没有比《易》同《诗》的关系更密切的"。"《周易》从文艺眼光去看，乃是一部包含'人生小镜头'的书，它的内容是一般人的日常生活，毫无传奇性质，因为其中并无英雄故事存在。《易》所表现的都是极其平凡

---

① 郑临川．闻一多论古典文学［M］．重庆：重庆出版社，1984：33-34.

的生活形态，所以它的艺术技巧很低，自从《易林》出现，《易》的文学色彩就显得灿然可观了。"①《易林》卦辞的诗歌艺术美是以《周易》所蕴含的诗意特性和诗歌艺术特质为基础的，《易》本身就体现了相当的艺术性。按照闻一多的分析，首先，《易经》的拟形象物、称名取类、旨远辞文，就与诗歌的语言和艺术手法有相同相通之处，如《系辞传》所指出的："圣人有以见天下之赜，而拟诸其形容，象其物宜，是故谓之象。""其称名也小，其取类也大。其旨远，其辞文，其言曲而中，其事肆而隐。""爻也者，效此者也。象也者，像此者也。"这也就是说，《易经》的卜筮占物、拟容取象是一种形象化的艺术思维，尽管有其高度抽象的数卜和义理，但不管表现如何神秘的思想，不管表现如何抽象的哲理，总是见诸卦画和形象的语言文字，卦名、卦辞及爻辞都是艺术化思维的结果。所以，艺术思维角度，《易》同时体现为诗歌。其次，《易经》每一卦都由卦画、卦名、卦辞、爻辞构成，在卜筮内容的表达上，卦画转化为语言文字而有了卦象并具名，其卦爻辞特别体现出"文"的特征，如闻一多指出的，"预言家与诗人皆见之于文字"，《易经》为卜筮的预言家语言，所用的是"神秘的语言"，而诗人运用的是"比兴"的语言，② 这两种语言有相似的地方，都不明言对象而运用艺术化语言暗示对象实质，所以，《易经》也可以说运用了诗歌的比兴语言，同时，在爻辞的部分又多体现出语言的韵律和节奏，有的爻辞可以直接读为诗歌。郭沫若就指出过，《易经》体现了《周易》时代的艺术，特别表现在经文本身的诗歌性上，"经文的爻辞多半是韵文，而且有不少是很有诗意的"，如《屯》（六二）、《贲》（六四）、《离》（九四）、《井》（九三）、《震》（象辞）、《归妹》（上六）、《中孚》（九二）等，郭沫若有意将其分行呈现为诗歌体形式，③ 可以直接感受到其中的韵律美和节奏美，以及其所表现的情趣、色调、形象、情感及多样化的艺术风格。作为诗人的闻一多和郭沫若，他们共同从《易经》的经文中看到了诗歌的特性。最后，闻一多认为，"六经"中，《易》与诗的关系最密切，其密切关系主要在精神而不在外表：在内在精神上，占卜与诗的基本态度相同，都关注宇宙人生和表现对宇宙人生的态度。《易》的"探赜索隐，钩深致远"亦是诗人的追求，都在探索宇宙人生的幽微和隐秘处，然后以小见大、见微知著。《易经》的占卜术辞体现为预言家言，在预卜人生的吉凶悔吝，而诗歌在探索宇宙人生过程中亦表现了诗人的艺术理想，

①　郑临川. 闻一多论古典文学［M］. 重庆：重庆出版社，1984：33-34.

②　闻一多. 闻一多全集：第 10 卷［M］. 武汉：湖北人民出版社，1994：62.

③　参见郭沫若. 郭沫若全集·中国古代社会研究·《周易》时代的社会生活（历史编）：第1 卷［M］. 北京：人民出版社，1982：61-63.

诗人在一定程度上也是预言家。但相同的只是基本态度，《易经》和诗歌毕竟是对于宇宙人生的两种不同表现形态，因为它们的目的不同，所以人生态度和对人生态度的表现还是存在着相当的差异。如闻一多指出的，占卜家常处在超然地位来观察人生，不带个人感情地静观宇宙人生秘密，而诗人与作为预言家的卜人不同，"预言家是个冷酷的人，观察事物，漠然无动于心；而诗人则是以设身处地的态度对人生世相认真加以描写。所以西洋神话里，曾比喻卜人是从水晶球中观察宇宙的倒影，态度是漠然的。诗人则富于同情心，而宗教家又比诗人更积极，能进一步由悲天悯人发展为舍身救人的具体行动"。由此，在宗教家、诗人、预言家三者中，诗人是介乎宗教家和预言家之间的，宗教家和预言家都以神秘性的文字为主，因为不能露天机，处于中间状态的诗人既不能过分显露，又不能过分带宗教色彩，而常偏向预言家一面，"须知诗人不是没有感情，而是不轻易暴露自己的同情心，并带着宿命论观点写作，它类似古希腊的悲剧精神，使人读了并不感觉人生可悲，反而因之认识人性的尊严伟大，从中受到激发，奋起战斗，因为他是从冷酷中静观纷纭万象，向人们宣示宇宙永恒的真理。所以诗人必须具有这种预言家的精神，悲哀时并不怨天尤人，一概归之于命运，这是最高的神秘，西方文学的伟大成就便是由此发展来的；中国文学所缺少的也是这一点。由此看来，《诗》与《易》在基本精神上是相近的，后世相去日远，完全是由时代和人为因素造成的"。① 作为诗人的闻一多，在此所论可谓至人之论，以自我的切身体会揭示出了诗歌的本质，揭示出了《易》作为预言家言与诗歌在精神上的密切关联。

从艺术化思维到艺术化表现方式，从外在形体到内在精神，《易经》作为预言家言而兼具了诗歌的特性。在闻一多的考察中，有时从狭义的角度特指《易》与《诗经》的关系，更多还是从广义的角度思考《易》的思想内涵与诗歌精神的内在联系。在远古时期，人类认识和表现自我、世界及自我与世界的关系时，本来就尚未严格分出哲学的、宗教的、艺术的等认识手段，在蒙昧阶段对世界及自我与世界关系的认识总富有一种神秘的色彩。思维多出于想象，内容多关注自我人生的吉凶，将自我精神寄托于以为能够主宰世界的崇拜对象上面，或以卜筮之术求得指示，或通过祭祀礼仪求得福佑，祈福求祥、消灾免难、国泰民安是当时人们的心理需求和基本愿望，由此而产生了出各种文化形态。按照闻一多的考察，较早出现的就是巫术，巫术进一步变为宗教，同时，巫演变为

---

① 参见郑临川. 闻一多论古典文学［M］. 重庆：重庆出版社，1984：33；闻一多. 闻一多全集：第10卷［M］. 武汉：湖北人民出版社，1994：62.

史，史的执掌是礼，乐是礼的一部分，诗又是乐的一部分，故诗出于史。① 艺术的诗歌一度附庸于巫、史、礼、乐等文化形态中，亦从另一面证明了古代巫、史、礼、乐等兼有诗歌功能的特征。《易经》在原初文化形态上是属于卜筮之书，既有史，又有诗，既是预言家言，又带有宗教意味。闻一多从预言家、诗人、宗教家三者关系中思考《易》与诗歌的关系，是基于最初的文化思维和思维形态从根本上说明二者的本质联系，在看似与诗歌关系最遥远的《易经》中发现其诗歌性。《易经》中的诗歌性在闻一多看来，具体地表现在内容上，《周易》反映了人生的"镜头"，卦爻辞指示出了平凡的生活形态，人生吉凶的预测正表现了人生的喜剧和悲剧，这也正是诗歌的内容；在表现上，闻一多特别引述《系辞》下传所说"其称名也小，其取类也大，其旨远，其辞文，其言曲而中，其事肆而隐"，后说："这不比古今许多诗的定义来得更中肯点吗？"而这个在闻一多眼中显然是诗歌的定义，恰恰揭示了《易经》的特征，直接说明了《易》与诗歌的相通性。闻一多以艺术的标准从《易经》中发现了具有文学意味和诗歌艺术美的爻辞，附录于《易林琼枝》后，如"枯杨生稊，老夫得其女妻"（大过九二），"枯杨生华，老妇得其士夫"（大过九五），"日昃之离，不鼓缶而歌，则大耋之嗟"（离九三），"突如其来如，焚如，死如，弃如"（离九四），"出涕沱若，戚嗟若"（离六五），"明夷于飞，垂其翼，君子于行，三日不食"（明夷初九），"贲如皤如，白马翰如，匪寇婚媾"（贲六四），"困于石，据于蒺藜，入于其宫，不见其妻"（困六三），等等，可以感受出这些爻辞的诗歌艺术意味。

当然，闻一多对《易》中之"诗"并没有如《易》中之"史"那么进行充分梳理和详细考释，主要从观念上高度意识《易》与诗的密切联系。在易学史上，少有人从诗歌角度来看《易经》的，闻一多在《易》中见诗，从古代文化形态角度对《易经》有切中肯綮之处，又具有一定的开创性意义，影响了现代易学史上《易》与文学关系的研究。此后的研究更证明了闻一多《易》中见诗的"先见之明"，如在距闻一多《易经》诗学研究半个多世纪后的1999年，百花洲文艺出版社出版了陈良运的《周易与中国文学》，该书系统地研究了《周易》的"经""传"与中国文学的关系。该书分"内篇"和"外篇"，内篇论述了《周易》自身的文学性，如《周易》所表现出来的创造之道、符号象征、审美意识、文学思维、情理品位、语言艺术和古代诗歌，外篇论述了《周易》之于中国文学观念和文学理论的影响，如"自然之道"与文学本原、"刚柔有

---

① 参见闻一多. 闻一多全集：第10卷［M］. 武汉：湖北人民出版社，1994：42-43.

体"与创作风格、"感而遂通"的创作心理机制、"言不尽意"的诗学升华、"立象以尽意"的艺术转变、"神无方"的美学风采、"旨远辞文"的文学语言论及接受鉴赏论和文学通变论等。在谈到《周易》自身的文学性和文学趣味时，作者认为，卦、爻辞"字里行间充满了人生的体悟、人生的智慧、人生的经验"，"《易经》是一部具有文学气质的书，因为只有文学，才能如此真切地抒写人生的经验；唯有使后世读者品呷不尽其中的人生况味，方可称之为文学。《易传》加入之后，《文言》以'文'示'美'，《系辞》以'辞'达'情'，《彖》《象》以'象'尽'意'，《周易》的文学性因此而更加强化。于是，一切哲理的、天文地理的、道德伦理的、政治军事的、经济生活的、个人命运的……都通过文学手段加以表现和用富有文采的'辞'语加以阐释，以至使它每一卦、每一爻的'象'及'辞'都获得了不可定指的多义性，'惚兮恍兮'的朦胧美；'仁者见之谓之仁。知者见之谓之知'。总之，一部初见如'天书'般神秘的《周易》，不但处处闪烁着先人思想智慧的熠熠辉光，而且充满了畅快精神、愉悦身心的文学趣味"。① 傅璇琮在《周易与中国文学·序》中说，对《周易》的文学思想给以重视并与后代文学进行联系的是刘勰的《文心雕龙》，此后就没有一部书真正从文学发展的角度来研究《周易》，只有刘大杰的《中国文学发展史》将《周易》作为专节叙述，"这部《周易与中国文学》确是继刘勰之后，第二部全面探讨《周易》文学思想的书，无论如何，这在学术史上有其不可移易的地位"。就《周易》自身的文学性和诗歌美的研究，其间至少应该有闻一多《易》诗学观的承先启后作用（包括郭沫若的《易》中所发现的诗歌美），陈良运本人研究《周易》的文学性和阐释《易林》的诗歌美，不排除闻一多易学诗学观的影响，上引对于《周易》本身文学性的概括和闻一多对《周易》的诗学观不无相似之处。当然也有不同，其不同之处在于，《周易与中国文学》的立意是要说明《周易》与中国文学的关系，从文学观念和文学理论的各个方面梳理了《周易》对于中国文学的影响，所论大即持之有故而言之成理，自圆其说而成一家之言。闻一多则从总体上认为《诗》与《易》在基本精神上是相近的，但后世相去甚远，既缺乏如《焦氏易林》以《易》为诗的创作，又缺乏如西方文学的宗教精神，他说："西方文学之能深沉与飞扬，莫不与宗教有关，可惜中国文学同《易》的关系越来越远，少有人像焦氏这样运用《易》作为创作资料，因此我国文学不能像西方文学那样富于浪漫色彩。"② 不仅不能像

---

① 陈良运. 周易与中国文学［M］. 南昌：百花洲文艺出版社，1999：5.
② 郑临川. 闻一多论古典文学［M］. 重庆：重庆出版社，1984：33.

西方文学那样富于浪漫色彩，而且缺乏如西方文学从古希腊文化和基督教文化发展出来的浓重的悲剧性。闻一多从中西文学比较的角度所得出的这个结论也许更接近中国文学的真相，我们看中国文学史，确实多现实主义文学而少浪漫主义作品，多喜剧而几乎没有真正的悲剧，尤其在叙事性文学作品里，基本上是"大团圆"式的叙述结构和喜剧化的审美取向，特别典型的是"才子佳人"题材的作品，即使在本来富有悲剧性内容的作品里，人物命运往往也能够逢凶化吉而以喜剧收场。当然更缺乏带有博大情怀和超越现实的宗教题材作品，而多黏滞于现实本身。在闻一多看来，这是宗教精神的缺失所造成的，"时代和人为因素"使诗歌、文学远离《周易》。《易经》本身既隐含着浓郁的宗教色彩，又包含了人生的悲喜剧，但吉凶福祸的预测本身以逢凶化吉、避祸就福为宗旨，所以从一开始就消解了其中的悲剧性内容和回避了人生的凶险。特别在《易经》成为儒家经典后，儒家的实践理性、现实情怀、乐观精神成为训释卦、爻辞的思想基础，《十翼》的基本倾向是儒家的乐生思想，自然缺乏悲剧意识和宗教的超越性。如果说《周易》对后世文学有影响，也主要是从儒家经典角度体现了儒家思想的影响，而不是原初《易经》中宗教性和悲剧性层面的影响。《周易与中国文学》一书主要着眼于儒家思想意识和艺术意韵对中国文学的影响而建立起《周易》与中国文学的关系，闻一多则主要着眼于《易经》原初的宗教精神和悲剧意识，没有传承于后世文学，认为中国文学与《易》的关系越来越远。正如闻一多所说，西方文学的伟大成就建立在古希腊的悲剧意识、超越现实的宗教情怀和神秘的预言家精神的基础上和传统中，相比之下，中国文学在这一方面就略逊一筹。在闻一多看来，中国文学中真正继承《易经》传统的是不被文学史重视的《焦氏易林》，因此，闻一多在易学诗学观上重点发现了《易林》所体现的诗歌意韵和诗歌艺术美，从非文学的易学典籍中发现了文学的美、诗歌的美，推《易林》为文学史、诗歌史上伟大的作品之一。

《易经》毕竟主要是卜筮之书，虽然富有诗歌性但诗歌技巧运用有限，《易》中见诗并不意味着《易经》就是诗歌。真正体现诗歌本体特性的是西汉易学中出现的《焦氏易林》，闻一多说："《易林》用《诗》多于《易》，盖事虽《易》，其辞则《诗》也。""治三家诗者以之考齐诗遗说。"作者"亦自认为诗，故曰：'作此哀诗，以告孔忧'（大有之贲）"。① 中国古代诗歌正宗的是《诗经》，发展到汉代变为《赋》，闻一多认为，先秦"六经"到汉代都发展出美的文学作品，除《诗经》发展为《赋》外，《乐》发展为《乐府》，《书》和

---

① 闻一多. 闻一多全集：第10卷［M］. 武汉：湖北人民出版社，1994：65.

《春秋》发展为《史记》，而《易》发展为《易林》。从艺术角度看，非文学正宗的《易林》反远超过正宗文学的《赋》而成为汉代诗歌的杰作。闻一多独具艺术慧眼，在非文学的《焦氏易林》中发现了诗歌艺术的美，这是他古典诗歌艺术美发现的一大成就，不仅具有他个人的学术创获意义，而且具有重大的中国文学史意义。

《焦氏易林》是西汉易学代表作，作者焦延寿，字赣，闻一多考订其生卒年为公元前95年至公元前35年，即汉武帝太始二年至汉元帝建昭四年。汉代独尊儒术，《周易》据"五经"之首而成专门之学即"易学"。据《史记·儒林列传》《汉书·儒林传》《汉书·艺文志》记载，汉代《易》学有施、孟、梁丘之学，其传承系统从孔子开始，孔子传于鲁人商瞿，商瞿传《易》，六世至齐人田何，田何除了传于杨何外，又传于梁人丁宽，《汉书·儒林传》说："宽授同郡砀田王孙，王孙授施仇、孟喜、梁丘贺，繇是《易》有施、孟、梁丘之学。"焦延寿自云问《易》于孟喜，又传至京房，形成汉代《易》学的占候派，主阴阳灾变说。尚秉志在《焦氏易诂》中述焦《易》渊源为："西汉易学，得孔子嫡传者三家，施、孟、梁邱是也。三家之学，同祖丁将军宽。……三家之学皆同，独孟喜能候阴阳灾变，自谓田生将死时，枕喜膝受之，而施雠、梁邱贺皆不能。""三家之《易》，独孟喜兼明阴阳，不坠师法。而焦延寿则问《易》于孟喜者也，故延寿亦兼明阴阳灾变。……盖自孔子传《易》，六传而于田何，七传而至丁将军。丁将军既从田何受《易》，复从周王孙受古义。周王孙非他，仍田何弟子也。然则阴阳灾变之学，皆出自孔门，为传《易》者所学，其渊源可谓明悉矣。"进而指出，西汉易学到东汉已失传，所遗皆零词断句，独《焦氏易林》尚为完书，求西汉《易》诂只有《焦氏易林》，《易林》繇辞无一字不根于象、字字步趋《周易》，为《周易》真诂，他说："西汉《易》虽可贵，无如其书皆亡。见存者，只《京氏易传》三卷及《焦氏易林》。《易传》为残缺之余，且专演八宫世应，乃易学之一端。盖与丁将军所学之古义，孟喜兼明之阴阳灾变同，非专门诂《易》之书也。《焦氏易林》二千年来，无有通其义者。唐王俞云：'言近旨远，易识难详。'马瑞临曰：'《易林》总四千九十六卦，各为韵语，与《左传》'凤凰于飞，和鸣锵锵'，《汉书》'大横庚庚，予为天王'之语，绝相类。岂古之占人，各有此等词耶，莫可考也。'岂知易卦辞亦占辞也，而《易》之卦辞无一不根于象。《易林》繇辞多至四千余，亦岂能离象造辞。知《易林》繇辞无一字不根于象，则《易林》之辞必于《易》有关矣。然自魏晋以迄明清，二千年来之易学，无有援以诂《易》者。则以西汉易学，至东汉已失传。后儒所宗，独马、郑、荀、虞诸说，皆在西京易说、易象失传之后。

而《焦氏易林》繇辞，则字字步趋《周易》者也。西汉《周易》真诂，既为东汉人所不知，则《焦氏易林》真诂，相因而不解者，势也。"①《四库全书总目·子部·术数类》认为焦氏易学不出于孟喜，别为占候一派："赣尝从孟喜问易，然其学不出于孟喜，汉书儒林传记其始末甚详。盖易于象数之中别为占候一派者，实自赣始。所纂有《易林》十六卷，又《易林变占》十六卷，并见隋志。《变占》久佚，惟《易林》尚存。其书以一卦变六十四，六十四卦之变其四千九十有六，各系以词，皆四言韵语。考《汉书·艺文志》所载《易》十三家，著龟十五家，不及焦氏。隋《经籍志》始著录于五行家，唐王俞始序而称之，似乎后人所附会。"《焦氏易林》既为易学著作，却未入经部，《四库全书》将其归入"术数类"中。综上所述可知，第一，从西汉易学渊源和传承系统看，焦延寿的易学得自从孔子传《易》开始的正统易学传统，在西汉易学格局中自成一家，所著《焦氏易林》在易学史上是一部开创性的占卜之书，开创了易学象数派中的占候派；第二，作为西汉易学保留下来的唯一完整的易学著作，《焦氏易林》长期不为学界所知，后世对于汉代易学，所知基本为东汉易学而非西汉易学，西汉易学独为完书的《易林》直到隋唐后才著录于史书第三，复明于世的《焦氏易林》长期以来并没有得到全面准确的价值认定，在易学史上未被视作经学正统中的易学著述，卜辞中的文学价值更没有得到发现和阐发，仅仅被归为占卜术数之书，包括近代尚秉和的《焦氏易诂》也主要着眼于《易林》之于《易经》的"象解"，以为《易林》"无一字不本于象"、其繇辞"字字步趋《周易》"、为西汉《周易》真诂，而没有涉及繇辞的文学价值。实际上，《焦氏易林》不仅是西汉易学的完整传本，而且是易学史的经典之作，不仅是一部占卜书，而且是一部四言诗集。《焦氏易林》到底是一部什么样的书，在此特引陈良运在《〈焦氏易林〉诗学阐释》中的概述可知其大略，他说：《焦氏易林》是按照新"卦变"法撰写的"一部大型占卜书，以《易经》六十四别卦为纲，以每个别卦六十四变为一'林'，以一别卦变向（术语曰'之'）另一别卦为一目（如《乾》之《坤》）；全书六十四'林'，每林六十四目，每目配一首占卜辞，共得四千零九十六首（其中《节》之《无妄》实存两首，准确说应是四千零九十七首，但前后又有一千多首重复出现，减去重复者尚有三千多首），因称《易林》。每首多用四言（有十多首三言）韵语写成，形式是诗，有不少在言、象、意三方面皆极精彩，堪称优秀诗篇。由此，《焦氏易林》的出现和流传有双重意义：一是作为《易》学发展史上一部里程碑式的'奇书'；二

---

① 尚秉和.焦氏易诂：卷一［M］.常秉义，点校.北京：光明日报出版社，2005：10-11.

是我国最早一部有作者之名的大型诗集"①。

我们说,《焦氏易林》至少可以从三个角度进行认定:一是如古代经籍志、艺文志等所归类的从五行术数角度可见其占卜之术和阴阳灾变思想。尽管其具体的变卦占卜术数已经失传,但从中仍然可以窥见其占卜过程中的变卦方法。《易》初出时只有最基本的八卦,在发展过程中由八卦演为六十四卦从而构成《易经》的基本内容,从象数角度已经表现出其变化无穷的趋势,《易经》主要体现为大衍之数、六爻数目、天奇地偶之数的配合从而演化出天地之数,进而由《乾》之策二百一十六和《坤》之策一百四十四,合为一年的三百六十多日,在此基础上演出万物之数。②《易林》则进一步在六十四卦基础上按照规律重新排列组合,演出四千零九十六种卦别,建构起极为庞大而又严密的"易林",本于《易》象而囊括了人生宇宙万象。《易林》在变卦中体现出阴阳灾变思想,反映了西汉的《易》学观和西汉的时代思潮。二是从易学史角度可看出从《周易》到《易林》的演变形态。尽管古代学术史没有将《易林》纳入经部易学类,但一方面,《易林》作为西汉易学流传后世的唯一完本,构成了易学发展史不可或缺的一环,另一方面,《易林》说《易》根于易象,以其与《易经》的密切联系而被誉为"第二《易》",所以,《焦氏易林》在易学史上本该大书特书而不该仅仅归入术数类。正如尚秉和所言:"夫《易》说易象,解《易》之根本也。观春秋人说《易》,无一字不本于象,其重可知。失其说,亡其象,而强诂之,不犹瞽者之辨黑白,聋者之听音声乎,必无当矣。今日之《易》说,东汉人之《易》说也。西汉所遗,皆零词断句,不能会其通。独《焦氏易林》尚为完书。乃历代学者皆以占辞视之,余独以为焦氏《林》词多至四千余,其必有物焉,以主其词。不然,以一卦为六十四词,虽善者不能也。乃日夜殚精而求其故。求之既久,然后知其本于易象。"③ 尚秉和的《焦氏易诂》即在恢

---

① 陈良运.《焦氏易林》诗学阐释 [M]. 南昌:百花洲文艺出版社,2000:269.

② 如《系辞上传》述及《易经》筮法中数的演化:"大衍之数五十,其用四十有九。分而为二以象两。挂一以象三,揲之以四以象四时,归奇于扐以象闰。五岁再闰,故再扐而后挂。天一,地二;天三,地四;天五,地六;天九,地十。天数五,地数五。五位相得而各有合,天数二十有五,地数三十,凡天地之数五十有五,此所以成变化而行鬼神也。《乾》之策二百一十有六,《坤》之策百四十有四,凡三百六十,当期之日。二篇之策万有一千五百二十,当万物之数也。是故四营而成《易》,十有八变而成卦,八卦而小成。引而伸之,触类而长之,天下之能事毕矣。显道神德行,是故可与酬酢,可与祐神矣。子曰:'知变化之道者,其知神之所为乎?'"参见周振甫. 周易译注 [M]. 北京:中华书局,1991:241-243.

③ 尚秉和. 焦氏易诂:卷一 [M]. 常秉义,点校. 北京:光明日报出版社,2005:10-11.

复《焦氏易林》的易学史地位以弥补易学史之于西汉的缺失。因为后世所知易说是东汉人易说，而"焦氏之易说、易象，为东汉所无"。闻一多在《周易新论》勾勒"易学的流变"时，就将焦延寿的观点纳入易学史中，归入以数、卦、画为宗旨的数理派中，同时将《易林》归入以物、卦爻辞为指归的宗教派别，自然是从其性质出发，认为《焦氏易林》并非经学而属于纬学、不求易理而属于谶术。应该说，闻一多亦是恢复了或说认定了《焦氏易林》在易学发展史上的地位。三是从文学史角度可以认定《焦氏易林》四千零九十六则占卜辞的诗歌艺术美价值，其诗歌的艺术价值不仅体现在占卜辞表现形式上，而且体现在占卜辞内容上和内容所包含的基本精神中。《焦氏易林》的诗歌艺术美和文学史价值是闻一多第一次全面发现和系统阐释出来的。

闻一多在《焦氏易林》占卜辞中发现的诗歌艺术美构成了他古典诗歌美发现历程中重要的一环，同时构成了他中国文学史研究的重要组成部分。他对《焦氏易林》诗歌美的发现和文学史地位的阐释成果是《易林琼枝》，其与《风诗类钞》《乐府诗笺》《唐诗大系》并列为中国诗歌中最美的部分。①如果说《风诗类钞》《乐府诗笺》《唐诗大系》是闻一多在诗歌中发现最美的部分和进行最好的欣赏，那么《易林琼枝》则在非文学作品里发现文学的美、在文学史上从未认可的占卜辞中发现诗歌艺术的美，而且，《焦氏易林》四千零九十六首占卜辞并不是全部具有诗歌韵味和文学情趣的，在占卜辞中读出诗歌美需要一双艺术慧眼，在全部《易林》中选出最具有艺术美的文辞，仿佛沙里淘金，更需要一种艺术见识。闻一多正是以他作为诗人所具备的艺术慧眼和古典诗歌的长期研究而练就的艺术见识，在《焦氏易林》这部大型占卜书中发现了诗歌艺术的美，美的发现凝结在《易林琼枝》中。

闻一多以自己的诗歌审美标准从《易林》四千零九十六首占卜辞中选录出一百二十四首（有的仅录断句）最具有文学情趣的片段，编为《易林琼枝》，将本为占卜卦辞的《易林》一变而为诗歌"艺林"，既发现了作者焦延

---

① 闻一多的古典诗歌研究对象集中在《诗经》、《楚辞》、《乐府》、《易林》、唐诗这五种类型诗歌中，经过研究论定各自的艺术价值，从文学史、诗歌史角度认定它们是中国古典诗歌中艺术成就最高的、最具有代表性的诗歌。一方面为了更好地欣赏诗作或给出白文读本如《风诗类钞》，或予以校笺如《乐府诗笺》，另一方面按照美学和历史的标准编纂了诗歌选本如《易林琼枝》和《唐诗大系》。对于《楚辞》，闻一多既进行文字校补又进行词义诠释，虽然没有如另外几种诗歌有读本或选本，但他在《楚辞校补》中曾经表示过要以白文抄纂《楚辞》全本，这样，如果加上他的《楚辞》读本，古典诗歌中最重要的几种类型诗歌就以他的审美眼光而构成了完整系列的诗歌文本，自然，《易林》在闻一多的心目中就成为与《诗经》、《楚辞》、《乐府》、唐诗并列的诗歌集。

寿以占卜辞所体现的诗歌美的创作，又体现了选家闻一多自己的艺术美标准。《易林琼枝》其实包含了闻一多对《易林》三个层面的发现：一是在非文学典籍的《易林》中发现"诗"，将占卜辞读为美的四言诗；二是在《易林》的诗中选择出最美的诗，因为《易林》中的四千多首占卜辞并不都是诗歌，即使具有诗歌意味的也并不都是美的，所以，需要以特定的艺术标准进行鉴别和选择；三是将所发现和选择出的诗歌按照一定的艺术逻辑顺序重新编排，构成新的"艺林"结构。这样，《易林琼枝》已经不仅是焦延寿的创作，同时还成为闻一多的二度"创作"，可以看出闻一多的诗歌标准和艺术美学思想。由此，《易林琼枝》体现出闻一多之于《易林》诗歌美发现的鲜明特征，由此可以把握闻一多如何将两千年前的《焦氏易林》转化为两千年后的《易林琼枝》，即闻一多在哪些层面和在多大程度上将占卜卦辞转化为美的诗歌。

闻一多以诗歌艺术美标准看《焦氏易林》，在《易林琼枝》中汇编了《易林》中写景抒情、反映人生百态的内容，依据题材性质分类为十五编，自成一体，不再是易学的顺序结构，而构成了闻一多自己的艺术结构。创作的诗集编排体现了诗人的精神结构和艺术理想，如闻一多的《死水》；诗歌选集的编排也体现了学者的艺术美学思想，表现了在原作基础上的再度"创作"。尤其对于《易林》这样的本是卦辞的典籍，原作的编排依照的是《易经》六十四卦的排列顺序，而且四千多首卦辞在内容上良莠不齐、错杂重复，既需要选家的见识，更需要选家的提炼功夫，既要选择和提炼出最美的诗歌，又要按照一定的艺术逻辑顺序编排出新的艺术结构。《易林琼枝》不仅体现了闻一多对《易林》美的诗歌的发现，而且表现出他对所发现的诗歌的艺术编排匠心，将易卦结构转化为自我的"艺林"结构。全部十五编的总体题材顺序为先自然后人生、先悲剧后喜剧：第一、第二编基本是写景抒情之作，从第三编开始转向直接描写社会人生的内容；第一至第十四编的基调是以悲剧内容为主，最后一编则录以喜剧性内容。

《易林》多"以风雨寒温为候，各有占验"，占卜辞亦多取象于自然万物，在内容上体现为写景抒情的诗歌，闻一多在《易林琼枝》中首先录出描写季节气候和飞禽走兽等自然物景的诗歌，这些四言诗歌确实是优美的写景诗。描写季节气候的如"风推云却""春城夏国""随时春草，旧枝叶起。扶苏条桃，长大美盛，华沃铄舒""冬夜枯槁，当风于道""蜩螗欢喜，草木嘉茂。百果蕃炽，日益多有"。描写飞禽走兽的如"白鸟衔饵，鸣呼其子。施翼张翅，其来从母。伯仲叔季，尤贺举手""鸟鸣巢端，一呼三颠。摇动东西，危魂不安""鸡方啄粟，为狐所逐。走不得食，惶惧喘息""鹿食美草，逍遥求饱。日暮后门，过期乃还，肥泽切厌""蜘蛛作网，以伺行旅。青蝇噆聚，以求膏腴。触我罗绊，为网所得""鲭鲧去海，藏于枯里。街巷褊隘，不得自在。南北极远，渴馁成疾"。在看似描绘自然物景的文辞里，实际包含了作者的情感，可谓借景抒情、情景交融而成卦辞中的诗歌意境，如"冬生不华，老女无家。霜冷蓬室，更为枯株""梗生荆山，命制输班。袍衣剥脱，夏热冬寒。饥饿枯槁，莫人震怜""坚冰黄鸟，终日悲号。不见白粒，但睹藜蒿。数惊蛰鸟，孰为我忧""颤鸠徙巢，西至平州。遭逢雷雹，破我苇庐。室家饥寒，思吾故初""雌单独居，归其本巢。毛羽憔悴，志如死灰"，这其实是如闻一多所说"以生物比人"，表面描绘生物的悲惨遭遇，实则抒写出人间情景，表现了人的饥寒、孤苦、悲凉、忧伤等遭遇和感受。由此可见，《易林》作为占卜辞的取象自然、占候寒温的描绘切近人生遭遇和人生感受，情景交融出诗歌艺术的意境美，而不单纯是自然景物的描写，景中有人，景中有情，因此而具有了浓郁的诗味诗意。闻一多即以诗歌美的眼光从大量取象于季候和生物的占卜辞中拈出二十八首富有诗歌意境美的诗歌。其境多为悲境、苦境，以树木鸟兽在严酷大自然的处境象征了人间的悲苦。

在闻一多看来，《易林》在内容上基本是以"写实主义"的手法描写"一般人的生活"，所反映的"全部生活""无英雄人物"，基本为"无传奇意味"的"日常生活"。因为所表现内容"阴暗者多""故近自然主义"，几乎是暴露的，表现了社会人生的"真悲剧"，既有普遍性，又具永恒性，表现了作者如屈原的"长太息以掩涕兮，哀民生之多艰"的"悲天悯人"的情怀。①焦延寿主阴阳灾变说，《易林》本就是占卜人生吉凶之辞，所以主要以民生悲剧内容为主，在客观上体现出作者的现实主义态度，揭露了各个阶层民众的日常生活和体现了日常生活中的悲惨遭遇。所以，构成闻一多《易林琼枝》主体的就是《易林》中反映社会各阶层民众悲剧生活的诗篇，此前描写季候鸟兽的诗篇仿佛是反映民生悲剧诗篇的铺垫和背景。闻一多在以两编摘录二十八首描绘季候鸟兽的诗篇后，从第三编开始从自然物景转向社会人生，题材内容包括了《易林》所反映的农耕、商贸、行旅、劳役、婚嫁、孤寡残疾、家庭纷争及各种人生悲剧，塑造了农夫、商贩、旅人、役夫、怨妇及各类苦人的形象，描绘了他们的困苦生活，表现了他们的悲苦心境。可以说，闻一多以现实主义的态度发现了《易林》中以写实主义甚至自然主义手法所表现的人生各种悲剧，《易林》作者的现实人生描写在闻一多这里转化为哀婉动人

---

① 参见闻一多. 闻一多全集：第10卷［M］. 武汉：湖北人民出版社，1994：63.

的诗篇。首先是农耕诗，其中特别描写到农夫的辛劳："铜人铁距，雨露劳苦。终日卒岁，无有休息。"虽然一年到头终日辛劳，但往往一无所获："耕石山颠，费种家贫。无聊处作，苗发不生。"严酷的自然环境、恶劣的气候变化、肆虐无常的鸟兽都加剧了农民耕作的艰难。"白云如带，往往旗处。飞风送迎，大雹将下。击我禾稼，僵死不起"，这是冰雹对庄稼的破坏；"下田黍稷，方华生齿。大雨集降，纷涝满瓮"，这是暴雨对庄稼的破坏；"山林鹿薮，非人所处。鸟兽无礼，使我心苦"，这是鸟兽对庄稼的破坏。中国农耕业发展最早，但农人最苦，从两千年前的《易林》就可以窥见当时农民的生活状况，虽然大占卜辞，但实录了农民耕作的艰难和劳而不获的无奈。农民生活如此艰难，商贩生涯也不容易，闻一多从《易林》中发现商贩生涯同样充满艰辛。商贩为利而奔波，但"逐利三年，利走如神。辗转东西，如鸟避丸"，写出了商贩的辛劳和"无利不欢"的心境，具体如"载金贩狗，利弃我走。藏匿渊底，悔折为咎"，形象地写出了商人折本失利的感受。古代商贩一般是异地贩货、负重游走，路途之艰难险阻在《易林》中形象呈现："山险难登，涧中多石。车驰辚击，载重伤轴，担负善踬，跌跆右足。"包括如路途中的"烈风雨雪""雨惊我心，风撼我骨""涂泥至毂""虎啮我足""喉噍唇干"等，都是对商贩的考验，使他们饱受奔波之苦，备尝旅途之难。《易林》不仅写商贩的辛劳，而且关注如商贩一样的旅人们"悬悬南海，去家万里"的孤独感受，闻一多特列一编，摘录《易林》中的行旅诗，不仅表现旅人离家万里的孤独感和渴望回家、"见我慈母"的愿望，而且表现了行旅或劳役给家人带来的影响，如广泛出现于中国古典诗歌中的怨妇诗，在《易林》中有很多，闻一多所发现的如"十里望烟，散涣四分。形容灭亡，终不见君""伯去我东，发扰如蓬。寤寐长叹，辗转空床。内怀怅恨，摧我肝肠""蚁封户穴，大雨将集。鹊起数鸣，牝鸡叹室。相梦雄父，未到再道""东山辞家，处妇思夫。伊威盈室，长股赢户。叹我君子，役日未已"，将思妇怨妇的感受表现得淋漓尽致，诗歌本身亦优美动人。对照此前此后的中国古代怨妇诗，可以看出《易林》承先启后的作用，其间有直接联系者，前有《诗经》的"自伯之东，首如飞蓬。岂无膏沐，谁适为容？"（《卫风·伯兮》），后有王建《寄远曲》中的"千回相见不分明，井底看星梦中语"。这些诗歌摄取的就是各阶层民众的人生镜头，农民的辛劳、商贩的艰难、旅人的孤苦、役夫的劳役和离愁、怨妇的哀悲和怅恨，在《易林》中都表现为悲剧形态，闻一多以悲剧的美学视角主要看到了《易林》中这些"民生"悲剧。

从古到今的生活都是由喜剧、悲剧和不悲不喜的正剧构成，相比较而言，悲剧在人生中的比例更大，更体现人生的本质。诗人现实生活的过程其实也是一个在悲剧、喜剧和正剧中的选择过程，在创作中依据自我人生体验和审美取向决定诗歌内容和艺术格调，接受者同样以自我的精神视角看去艺术作品。《易林》作者以宗教性的情怀关注和反映了民生悲剧，闻一多带着自我作为诗人的悲剧性人生感受主要关注到《易林》所反映的悲剧，一定程度上亦是借他人酒杯而浇自我胸中块垒，以《易林》中的民生悲剧表现了自我的现实情怀。在他看来，《易林》中的悲剧是“真悲剧”，其特点是“普遍永恒”。一方面，悲剧具有空间的普遍性。闻一多发现，《易林》广泛地反映了社会各个阶层民众的悲剧命运，包括各个方面的悲剧，不仅有生存过程中的自然悲剧如严酷的大自然给人间造成的巨大生存困难，而且有社会性原因造成人间骨肉分离的悲剧，如劳役（“叹我君子，役日未已”）、从军（“别离分散，长子从军”“持刀操肉，对酒不食。夫行从军，少子入狱，抱膝独宿”）、系狱（“长子入狱，妇馈母哭。霜降愈甚，乡晦伏法”）；既反映了日常生活的悲剧，如“饮酒醉酗，跳起争斗。伯伤叔僵，东家治丧”，这是日常由酗酒而造成的死伤悲剧，“东家凶妇，怒其公姑。毁柈破盆，弃其饭飧，使吾困贫”，这是邻里纠纷所造成的生活悲剧，又特别表现了各个方面的人生命运悲剧。对此，闻一多都有所发现并重点摘出这些具有悲剧美的诗歌，可以看出悲剧的普遍性特征。另一方面，悲剧在时间层面上具有永恒性，闻一多在《易林》中所发现的悲剧性诗歌实际都带有宗教情怀，揭示了人类生命长河和生活过程中的必然悲剧，如贫穷苦难（“东行破车，步入危家。衡门垂倒，无以为主。卖袍续食，糟糠不饱”“齫齫啮啮，贫鬼相责。无有欢怡，一日九结”），鳏寡孤独（“当年早寡，独立孤居。鸡鸣犬吠，无敢问诸。我生不遇，独离寒苦”“佩玉蘂兮，无所系之。旨酒一盛，莫与笑语。孤寡独特，常愁忧苦”“纴绩独居，寡处无夫。阴阳失忘，为人仆使”“孤翁寡妇，独宿悲苦。目张耳明，无与笑语”），病痛残疾（“盲瞽独宿，莫与共食。老穷于人，病在心腹”“翁狂妪盲，相牵北行。欲归高邑，迷惑不得”“南向一室，风雨并入。尘埃积湿，主母盲痺。偏枯心疾，乱我家资”），惊恐忧惧（“昼卧里门，悚惕不安。目不得阖，鬼搔我足”“履虵蹑虺，与鬼相视。惊恐失气，如骑虎尾”），衰老死亡（“耋老鲐背，齿牙动摇。近地远天，下入黄泉”“山陵丘墓，魂魄室屋。精光竭尽，长我无觉”“明灭光息，不能复食。精魄尽丧，以夜为室”“华灯百枝，消暗衰微。精光讫尽，奄如灰麋”“举被覆目，不见日月。衣衾簠簋，长就夜室”“霜降闭户，蛰虫隐处。不见日月，与死为伍”“鬼守我门，呼伯入山。去其室家，舍其兆墓”），伤时悲怀（“朝露白日，四马过隙。岁短期促，时难再得""独坐西垣，莫与笑言。秋风多哀，使我心悲""愤愤不悦，忧从中来"）。闻一多发现的《易林》所反映的这些不可避免的悲剧不仅与生俱来、贯穿一个人的生命历程始终，而且不可改变，伴随着人类整个历史，自古及今，莫不如此。闻一多在自己的生命体验基础上生成了悲剧性的审美眼光，既发现和展示了《易林》中所反映悲剧的普遍性，又揭晓出《易林》中的永恒性悲剧内容。我们从上引闻一多所发现和摘录的这些诗歌中可以感受到在普遍性悲剧和永恒性悲剧中的深刻性，为中国古代诗歌所少见，如闻一多针对这些悲剧性诗歌所说："以上各章乃写人间各种悲剧，是后世中国诗歌所缺少的题材和意境，少陵、香山的社会描写，也只是从政治观点着眼，不如哲人和宗教家那样持冷静深入态度观察人生世相，故诗人所写多偏重实用而缺乏悲剧性的浪漫激情。这许是东方文化的传统特点所使然吧。"① 东方文化的传统是以儒家现实主义文化和乐观主义文化为主，缺乏闻一多所说"哲人"和"宗教家"的悲剧意识，如杜甫、白居易反映民生苦难的诗歌多是具体性悲剧，而没有达到如《易林》中诗歌悲剧的普遍性和永恒性。

任何悲剧的反映在呈现悲剧本相的同时也在表现着悲剧的根源，从闻一多所发掘的《易林》悲剧性诗歌里可以看出作者对悲剧根源的思考，其实更可以看出闻一多的悲剧意识。所有闻一多所摘录出这些悲剧内容的诗歌，大致可以分为两个层面，一是现实悲剧，即具体的现实原因包括自然原因造成的悲剧，其中描写农夫、商贩、旅人、役人、怨妇的诗歌所表现的悲剧和鳏寡残疾、贫病交加的悲剧处境，他们的艰难、辛劳、流离、孤苦、哀怨等生活的悲剧和精神的悲剧感受都是由具体原因造成的，如严酷的自然环境给农商行旅带来的困难和劳而不获的无奈，商贩生涯和各种原因的行旅所带来的"耳如惊鹿，不能定足，室家分散，各走匿窜"的分离，从军、劳役、系狱带来的生离死别、妻离子散、怨妇孤老；贫穷、孤苦、残疾、病痛带来的生的折磨，人际矛盾、家庭邻里纠纷带来的突发性死伤悲剧，等等。这些悲剧和悲剧的原因都有迹可循，悲剧本身就呈现出悲剧的原因，有可避免者，也有基于生存而不可避免者。从这个角度看，《易林》作者富有一种现实主义精神，客观地描写了普通人的日常生活悲剧，反映了汉代各阶层民众的苦难生活，尤其可贵的是，作为卦辞而能够触及当时的社会现实，一方面揭示了自然悲剧，另一方面，揭示了大量的社会悲剧，暴露了当时社会诸多的"阴暗

---

① 郑临川. 闻一多论古典文学［M］. 重庆：重庆出版社，1984：43.

面"，所以，闻一多认为作者是以"写实主义"手法甚至不无"自然主义"的风格暴露了社会的真悲剧。① 现实性悲剧及其悲剧根源毕竟是表层的，这样的悲剧在中国古典文学作品中并不鲜见，《易林》中悲剧作品的珍贵处在于闻一多所发掘的第二个层面的悲剧即人生命运悲剧，也就是闻一多所认为的以"哲人和宗教家那样持冷静深入态度观察人生世相"而表现出来的悲剧，从作者角度体现出观察人生的敏锐性和人生思考的深刻性，从诗歌作品角度体现人生哲理诗和超越现实的宗教性诗歌，从悲剧本身体现出悲剧的普遍性和永恒性。特别如闻一多所发掘的《易林》，其中表现老境、死亡、时间、忧惧等内容的诗歌，已经远远超越了具体现实而进入对人生根本性悲剧命运的哲理性思考，因而沾染了浓郁的宗教色彩。人的命运既有可以自我主宰的一面，又有不可抗拒的一面，而不可抗拒的部分如生老病死作为存在的自然规律具有时间的不可逆转性，生老病死的自然现象、个体经验、精神感受最能够引发哲人的人生思考、诗人的人生感悟、宗教家的人生求解。在闻一多看来，《易林》是在诗人的人生感悟中融入了哲理思考和宗教情怀，表现了人生的根本性命运悲剧。"岁短期促，时难在得""秋风多哀，使我心悲""近地远天，下入黄泉""不见日月，与死为伍"等诗句都表现了人类永恒的悲剧。生命是短促的，年老是自然的，老境是凄凉的，死亡是必然的，在短促的生命历程中充满痛苦、忧伤、悲哀、孤独、寂寞，其间包含了深刻的时间意识、生命意识、死亡意识和人生忧患意识，所谓"人生不满百，常怀千岁忧"的感怀在《易林》中已经鲜明地表现出来了。与前述现实性悲剧相比较，人生命运悲剧几乎没有具体的原因，可以说是一种"几乎无事的悲剧"，是生命和生活本身在时间中的必然结果。《易林》作者敏锐感受和深刻思考人生的必然性悲剧并以卦辞的形式进行了表现，闻一多以自己独特的人生经验、人生体验、人生思考，敏锐地意识到《易林》中这些诗歌的普遍性和永恒性的悲剧价值，可以看出古今两大诗人对人生命运悲剧的共同心理。对照闻一多曾经在《死水》诗集中所表现的人生哲理思考，我们就可以感知闻一多与《易林》之间的精神联系。闻一多之所以能够从《易林》中见人之所未见，之所以特别关注《易林》中的悲剧内容，是因为他自己本就具有现实情怀和超越现实的人

① 陈良运在闻一多观点基础上更明确提出《易林》作者焦延寿是"中国第一位现实主义诗人"，认为《易林》中批判性、揭露性的诗篇分为三大类："（一）对'仁道闭塞'的朝廷黑暗政治的批判；（二）对'沐猴冠带'的奸邪佞臣的揭露；（三）对'浊政''苛政'之下庶民百姓困苦生活的描写。"参见陈良运.《焦氏易林》诗学阐释［M］.南昌：百花洲文艺出版社，2000：297.

生悲剧感受。诗人和学者的现实情怀使他们关心和关注社会现实人生，超越现实的人生悲剧感受使他们从单纯的现实反映提升到对整个人生的哲理思考和对人生根本性悲剧命运的表现，两千年前《易林》的作者是这样的，两千年后诗人型学者的闻一多更是如此。闻一多在《易林》中发现的不仅仅是悲剧美的诗歌，也不是《易林》悲剧美诗歌所表现的诗人精神和当时的社会人生形态，而是与《易林》内容相对应的现代社会人生形态，在《易林》中发现了自我曾经在《死水》中表现过的人生感受，可以说，《易林》的悲剧性诗歌复现了闻一多的"死水"精神世界，他对《易林》诗歌从现实悲剧到人生命运悲剧的艺术逻辑排列正对应了《死水》的艺术精神结构，在这个意义上说，《易林琼枝》也可以看作闻一多对现实的感受，也可以看作反映和自我人生的体验和表现。

当然，无论古今，人生百态不尽是悲剧的，而《易林》本为占卜之辞，既为占卜，自然有吉有凶、有福有祸，其根本目的是要化凶为吉、祈福攘祸，所反映的"人生镜头"多悲剧但也不乏喜剧，闻一多的《易林琼枝》主要以选取悲剧诗歌为主但也关注到喜剧性内容，最后两编的部分诗歌为喜剧性诗歌，如"泉如白蜜，一邑获愿""哑哑笑言，与善饮食""与福为市""福为我母""驾人喜门，与福为婚""赍福上堂，与我同床""抱福归房""福过我里，入门笑喜，与吾利市""上福喜堂，见我欢兄""喜来如云""东行饮酒，与喜相抱""被服文衣，游观酒池。上堂见觞，喜为吾兄，使我忧亡""酒为欢伯，除忧来乐。福喜入门，与君相索，使我有得""鹊笑鸠舞，来遗我酒。大喜在后，授吾龟纽。龙喜张口，起拜福祉"。这里有婚姻之喜，有天伦之乐，有朋友之欢，有酒宴之笑，有心愿实现的满足，有"喜来如云"的快乐，有"大喜在后"的期盼，表现为文辞则运用了汉语中最美好的词语"福、喜、笑、欢、乐"，以此描绘了最美好的生活，寄予了最吉庆的愿望，表现了最幸福的情景，抒写了最欢乐的情感。这与前述悲剧性诗歌截然相反，代表了人类精神和生活形态的另一面。人生的本质固然是悲剧性的，但追求幸福生活是人类永恒的愿望和生活的动力，现实可能不美好，但祈福求吉的愿望一定要是美好的，而且现实生活不能全部是灾难、祸祟、惊惧、忧愁、哀伤，同时也伴随着平安、福祉、欢快、喜乐、吉庆。即使现实生活是悲剧性的，精神上也要有喜剧性美好生活的憧憬，以精神上的美好愿望消解现实的悲剧。现实生活愈是悲剧的，精神上对美好生活的憧憬愈加强烈，这也正是中国传统审美形态的心理基础，所以中国文学中即使表现悲剧的作品也往往会有喜剧性的"大团圆"结局。同时，《易林》作为《周易》的演义，本就深谙

《易经》中福祸相倚和福祸不断转化的辩证法原则，所以，在主要反映悲剧性内容的同时，自然也要表现喜剧性生活形态，悲喜剧对接的矛盾恰恰是生活本身的客观情态。闻一多亦从客观的生活逻辑和《易林》客观的文本形态出发，在《易林琼枝》中主要发掘其悲剧诗歌的同时，也关注喜剧内容的诗歌。

　　无论是悲剧还是喜剧，在现实生活中最具体、最直接地体现在爱情婚姻方面，爱情体验和婚姻情态往往能够集合悲剧和喜剧这两种形态，诗歌也借抒发爱情和反映婚姻生活能够比较直接和充分地表现悲剧和喜剧这两种审美形态。《焦氏易林》亦多抒写爱情和描绘婚姻生活的诗歌，可见其中的悲剧、喜剧和悲喜剧交加的审美形态，闻一多对此亦有所发掘。就闻一多所发现的《易林》中表现爱情和婚姻的诗歌，包括了这样几方面内容，一是抒发没有伴侣的孤独感和对爱情的渴望。如"西邻少女，未有所许，志如委衣，不出房户，心无所处""童女无夫，未有匹配，阴阳不和，空坐独宿"，这是抒写少女怀春的；"日入望东，不见子家，长女无夫，左手搔头""夹河为婚，期至无船，淫心失望，不见所欢"，这是抒写长女盼婚的；而年至三十，仍未嫁娶的，则更忧愁，"三十无室，长女独宿，心劳未得，忧在胸臆""三十无室，寄宿桑中，上宫长女，不得来同，使我失期"；男不得婚娶是因为长得不好看，"邻不我顾，而望玉女，身多癞疾，谁肯婚者"，没有人肯嫁。二是抒发爱情实现后的欣悦和美好，歌颂了忠贞的爱情和美好的婚姻，如为了爱情可以不顾一切的"倚立相望，适得通道，驱驾奔驰，比目同床"，爱情实现后无比美好的"合体比翼，佳偶相得，与君同好，使我有福""两人相悦，共其柔筋，夙夜在公，不离房中，得君子意"。一方面，歌颂了女性为人妇后的美德嘉行，"东邻少女，为王长妇，柔顺利贞，宜夫寿子"；另一方面，也有男性对婚姻对象的失望，"鹪鸠娶妇，深目窈身，折腰不媚，与伯相背"，流露出婚姻中不和谐之音，隐含着悲剧性。三是抒发男女相思之情，或因为各种原因不得相见的相思苦，"望叔山北，陵隔我目，不见所得，使我忧惑""季女踟蹰，结衿待时，终日至暮，百两不来""延颈远望，眯为目疾，不见叔姬，使伯心忧""雄处弱水，雌在海边，别离将食，哀悲于心"；或表现久别重逢后的喜悦之情，"班马还师，以息劳罢，役夫忻喜，入户见妻"。四是揭露社会动乱带来的家庭不幸和婚姻悲剧，具体如"国乱不安，兵革为患，掠我妻子，家中饥寒""南山大獾，盗我媚妾，怯不敢逐，退然独宿"，兵掠匪盗造成妻离子散；总体如"十里望烟，涣散四分，形容灭亡，终不见君""式微式微，忧祸相伴，隔以岩山，室家分散"，揭露了当时社会造成的婚姻和家庭的分崩离析。另外，《易林》还表现了当时畸形的婚姻形态，有一夫多妻制如

"三妇同夫，忽不相思，心怀不平，志常愁悲"，抒写了妇女的悲惨境遇和悲哀之情；有一妻多夫制如"三人共妻，莫适为雌，子无名氏，公不可知"，抒写了其中的无奈和对常规伦理的漠视；这样不合常规的婚姻必然导致"三女求夫，伺候三隅，不见复关，长思欢忧"或"三羊（人）争雌（妻），相逐奔驰，终日不食，精气劳疲"。① 闻一多在《易林》中所发现的这些抒写爱情和描绘婚姻形态的诗歌如前述诗歌一样，仍然是多悲苦之情的悲剧而少有喜剧内容，即使有喜剧性内容，也是美好愿望的寄托而未必是写实的。爱情是诗歌表现的永恒主题，我们随着闻一多的审美视角可以领略和欣赏《易林》中的爱情诗，欣赏在占卜辞中体现出来的优秀爱情诗。

爱情诗仅仅是《易林》在诗歌内容上的一个方面，就闻一多所发现的《易林》内容可谓包罗万象，从自然形态到社会人生，从当时社会各阶层民众困苦生活的描写到人类各种情绪感受的表现，从具体的现实反映到普遍性的人生思考，从人生悲剧的表现到人生喜剧的描绘，几乎包括了整个宇宙人生，可以看出《易林》的博大精深。闻一多在评价《易林》作者个人的贡献时特别指出两个方面，一是"观察力——精深"，二是"同情心——博大"，也就是说，《易林》作者具有精深的观察力和博大的同情心。诗人唯其富有精深的观察力，才能见人之所未见、看到社会人生的各种现象，才能穿透表象把捉社会人生本质；唯其富有博大的同情心，才能沟通"物""我"，以"我"体察社会各阶层民众的苦难生活和悲哀感受，才能以温厚的悲悯心通达如《系辞》所言的"知周乎万物而道济天下"。精深的观察力促使诗人"探赜索隐，钩深致远""知周乎万物"，博大的同情心引导诗人设身处地、通情达理、"道济天下"。在闻一多看来，《易林》作者富有如此诗人品格，所以能够在占卜辞中以写实主义的态度表现出普遍而永恒的"真悲剧"。在此意义上，闻一多将《易林》与《周易》比较，认为"《周易》无此境界"；将《易林》与同时代的《太玄》相比较，认为"《太玄》更堕魔窟"。这意味着《易林》作者既不完全是占卜之预言家，也不完全是玄虚的宗教家，而是结合了预言家和宗教家品格的诗人。作为诗人，以其精深的观察力和博大的同情心超越了《易经》的卜筮方术，超越了《周易》的玄虚义理，超越了易学的宗教意识，既不是如预言家那样冷静地远离个人情感静观和旁观人生悲喜，也不是

---

① 上引《易林》中的爱情诗，闻一多并没有全部收录到《易林琼枝》中，在 20 世纪 40 年代的文学史课上单独列出，参见郑临川. 闻一多论古典文学［M］. 重庆：重庆出版社，1984：40-41.

如宗教家那样了然痛苦后寻求自我解脱和以软弱无力的说教去救苦救难，而是在观察现实人生世相的基础上灌注诗人自我的同情心，以悲悯情怀抒发诗人的真情实感，在观察和揭露社会现实人生黑暗面的同时寄予诗人深沉的情感。这是闻一多所发现的《易林》及其作者的鲜明品格。我们说，闻一多亦是具有精深观察力和博大同情心的诗人型学者，在体察现实社会人生的同时，将自我精神投注到两千年前的《易林》上，在《易林》占卜辞中看到了诗歌性和诗歌所表现的社会人生。

《易林》占卜辞总数达四千零九十六则，这些占卜辞并非都具有诗歌性，而闻一多的《易林琼枝》以文学标准进行选择，选出其中最有诗味和文学情趣的一百二十四首（句）。尽管《易林》中具有诗歌美的占卜辞不仅仅是这一百二十四首（句），但我们从闻一多的《易林》诗美烛照中可把握《易林》所富有的诗歌美。《易林》的诗歌美不仅体现在以现实主义精神深刻地描绘社会的悲喜剧、细致地抒发民众的各种情绪感受、透彻地表现人生的本质内涵等层面，而且体现在艺术体制和艺术手段层面。在艺术体制上，闻一多认为《易林》采用的"四言韵语的形式"，是"四言诗中最有个性的"，[①] 代表了汉代四言诗体的最高成就。四言诗体是中国古代诗歌最早采用、在先秦时最为普遍的诗歌体式，典型代表是《诗经》，《诗经》与《楚辞》共同构成"诗骚体"的古代诗体传统。从汉代开始，四言体逐渐演变为五、七言体，文学史上所论的汉代主要诗歌作品均以五、七言体为主，如汉《乐府》和《古诗十九首》为典型的五言诗体。一般以为到汉代时四言体已经衰落，而未注意到《易林》的四言诗体成就。当然，从四言体到五、七言体的发展固然是诗歌体式的进步，具有相当的文学史意义，值得大书特书，如赵敏俐在《论两汉诗歌语言形式的发展及其在文学史上的意义》中论述从四言体到五、七言体的意义，认为汉代是五、七言和杂言体时代："在中国诗歌语言形式发展史上，先秦与两汉以后，可以明显地分成两个历史阶段。在先秦时代，中国诗歌的语言形式主要是诗骚体，两汉以后则是杂言和五七言的时代。从现有的历史材料来看，自汉朝初年起，两汉诗歌的语言形式，就不是对诗骚体的简单继承，而是逐渐在发生变化。戚夫人的《春歌》基本采用了五言的形式，《安世房中歌》内则有个别七言句式。到了汉武帝时代，五言诗有李延年的《北方有佳人》，杂言诗则有《郊祀歌》十九章中的《天地》《日出入》《天门》《景星》等，其中掺杂了大量不同于诗骚体的五、七言句子。到了成帝，

---

① 闻一多. 闻一多全集：第 10 卷 [M]. 武汉：湖北人民出版社，1994：63-64.

五言诗比较典型的诗歌有歌谣《邪径败良田》。产生于西汉的《铙歌十八曲》，则完全摒弃了诗骚体而采用杂言的形式。到了东汉，无论是乐府诗还是文人诗，基本上形成了以五言为主、以杂言和七言为辅的新的诗歌创作形式格局，也奠定了自魏晋至唐甚至到宋代以后的中国诗歌语言形式的新基础。由此可见，两汉诗歌创作形式的发展，是中国诗歌语言形式发生裂变的最重要的历史阶段。"① 此论揭示了中国诗歌形体从先秦到两汉的发展，但未言《易林》所体现的四言体成就，似乎表明，四言体诗体到两汉时已经成为过去。即使有关注到汉代四言诗者，也没有注意到《易林》，认为汉代四言诗只存在于庙堂颂歌、文人言志诗、辞赋结尾表示总结的赞歌、用四言所翻译的外族歌词中。四言诗的代表往往依据《文心雕龙·明诗》所论"汉初四言，韦孟首唱，匡谏之义，继轨周人"，而推韦孟《讽谏诗》和《在邹诗》为汉初四言诗的代表作，② 且以为四言诗在汉代已趋僵化，主要体现在非正统诗歌中，如倪其心在《汉代诗歌新论》中所说："汉代四言诗，不但作为一种传统正声雅诗存在，出现了僵化的趋势，而且始终存在非传统的四言作品，并且发生了异化现象和复苏趋势。它作为一种诗歌艺术的形式体裁，并不因为属于传统形式而僵化至死亡，也不是简单的新陈代谢，旧的四言体消亡，新的五七言体兴起繁荣。汉代四言诗，就现存作品看，不都是汉人心目中的正声雅诗，其中有俗曲新声的民间歌谣，以及类似《诗经》里'变风变雅'的四言新诗。"③ 这里虽然肯定了汉代四言体诗的存在，但没有包括最重要的四言诗作品《易林》。这当然与长期以来视《易林》为术数方技的占卜辞有关，没有从诗歌角度认知《易林》的诗学价值。闻一多在中国文学史和诗歌史研究中独从《易林》中发现了诗歌美，首先就体现在四言韵语的运用上，是汉代一部大型的四言诗集，在整个汉代诗歌中，所有其他的四言诗与《易林》相比均相形见绌。《易林》继承了《诗经》四言体诗的艺术传统并将之推进到汉代诗歌艺术的新阶段，证明了四言体诗在汉代非但没有衰落或僵化，反而在五、七言及杂言诗体盛行的时候，焕发出新的生命力。闻一多通过《易林》与《诗三百篇》、石鼓文、韦孟的诗、赋家的《郊祀歌》及魏晋诗人嵇康、陶潜的比较，得出《易林》是"四言诗中最有个性的"这一结论。

《易林》四言诗的个性及其整体的诗歌艺术美尤其体现在艺术手段上，闻

---

① 赵敏俐. 周汉诗歌综论［M］. 北京：学苑出版社，2002：279.

② 参见费振刚. 先秦两汉文学研究［M］. 北京：北京出版社，2001：439-440.

③ 倪其心. 汉代诗歌新论［M］. 南昌：百花洲文艺出版社，1992：48.

一多认为其主要的艺术手段是"易象"的运用，如《系辞》所说："圣人有以见天下之赜，而拟诸其形容，象其物宜，是故谓之象"，"其称名也大，其取类也小，其旨远，其辞文，其言曲而中，其事肆而隐"。这虽然是指称《易经》的，但也可以概括《易林》的艺术方法。"易象"在《易林》中转化为诗歌艺术的表现方法，以此为基础，闻一多特别发现出易象运用在《易林》中的具体艺术方法，如暗示、比喻、拟人（"以生物比人——以无知识的比有知识的""人格化——personification——全个宇宙皆有知识有感情了"）等方法。《易林》作为占卜辞自然要做到易卦所谓的"天机不可泄露"，所以每一则占卜辞都不会明言凶吉祸福，而以含蓄的暗示、比喻、拟人等方法"谈言微中"，客观上体现出鲜明的艺术效果，由此而使得占卜辞无形中富有了诗意美。实际上，《易林》作者本无意成为诗人，《易林》也并不是作为诗歌创作的，但由于内容的诗意化和手段的艺术化，在客观上创作出了一部伟大的汉代四言诗集。闻一多对《易林》诗歌艺术美的发现和揭示是他"易中见诗"的最大收获，尽管不会从根本上改变《易林》占卜辞的性质，但赋予了《易林》更可观的艺术审美价值。

既然《易林》富有诗歌艺术价值，那么在汉代文学格局和整个中国文学史上就应该占据一定的地位，闻一多在《易林》诗歌艺术美发现的基础上，进一步论述了《易林》的文学史地位。闻一多从两个层面论定了《易林》的文学史地位。第一个层面是《易林》在汉代文学格局中的地位，他说："如果我说汉代文学不在赋而在乐府与古诗，想来是不会有多少人反对的。如果我有说除乐府、古诗外，汉代还有着两部分非文学的文学杰作，一部分在《史记》里，另一部分在《易林》里。关于《史记》你当然同意，听到《易林》这名目，你定愕然了。《易林》是诗，它的四言韵语的形式是诗；它的'知周乎万物'的内容尤其是诗。"① 在这里，闻一多将《易林》放在汉代文学的三种参照系统中：一是在由汉赋、乐府、古诗构成的汉代文学格局中，闻一多鲜明地抑赋扬诗，认为以乐府和古诗为代表的诗歌成就大于汉赋的成就，而《易林》属于古诗范畴，自然也高于汉赋；二是在汉代诗歌格局中，闻一多认为《易林》与《乐府》处于同等地位，《乐府》和《易林》是"汉诗中二大成绩"；三是在汉代非文学典籍中，闻一多将《易林》提高到与《史记》同等的地位，认为《易林》和《史记》都是汉代"非文学的文学杰作"。这样，闻一多在汉代文学中特别突出了三部文学杰作，即《乐府》《史记》《易林》，

---

① 闻一多. 闻一多全集：第 10 卷 [M]. 武汉：湖北人民出版社，1994：61.

打破了传统所认为的汉代文学由汉赋和《乐府》《史记》构成的格局，以《易林》取代汉赋地位而建立了新的汉代文学格局。这是闻一多以诗人的眼光和文学史家的视野对汉代文学史的改写和重写。在此基础上，第二个层面是《易林》在整个中国文学史中的地位，闻一多从两个角度进行了认定。一是从非文学典籍的文学性角度将《易林》和《史记》一样提升到整个中国文学史高度，认为《易林》和《史记》是"整个文学史两大杰作——皆非纯文学"，这就不限于汉代文学史而是从整个中国文学史进行的认定。《史记》作为史书同时具有极高的文学艺术价值，以其伟大的艺术独创性而纳入文学史，从古到今，世所公认，因而成为文学史不可移易的定论；而《易林》则基本是闻一多的个性发现，发现了作为易学著作所隐含的文学价值，虽然尚属闻一多的一家之言，但《易林》与《史记》并肩而立于中国文学史，并非言过其实。二是从中国诗歌史角度，闻一多一方面在汉代诗歌格局中将《易林》置于和《乐府》并立地位，另一方面认为《易林》是"唐宋诗的滥觞"。同时，闻一多在认定《易林》四言诗体式时联系到《诗经》，可以看出《易林》是继承了《诗经》的四言诗体，代表了汉代四言诗的最高成就，亦如钱锺书所说："盖《易林》几与《诗三百篇》并为四言诗矩矱焉。"① 这样，在闻一多的诗歌史视野中，《易林》上承《诗经》，中与《乐府》并立，下启唐宋诗，确立了承先启后、继往开来的诗歌史地位。联系闻一多对中国古典诗歌研究对象的选择，他对《易林》的重视和研究力度不亚于《诗经》、《楚辞》、《乐府》、唐诗，或者说，他是将《易林》置于和这几种类型诗歌几乎同等的地位，意味着在闻一多的文学史家意识中，《诗经》、《楚辞》、《乐府》、《易林》、唐诗代表着中国古典诗歌最优秀的部分，他所选择的古典诗歌研究对象就构成了一部中国诗歌史，在这一部"诗的史"中，《易林》是不可或缺的关键一环。从汉代文学格局到整个中国文学史，闻一多从横向和纵向相交而成的文学史坐标系中给《易林》进行了定位，使得他对《易林》诗歌美的发现具有了重要的文学史意义，其意义特别体现在重写文学史的尝试中，因为按照闻一多对《易林》的估价，汉代文学史和整个中国文学史必将重写。闻一多对《易林》文学史定位是否准确，尚需要文学史界深入讨论，但他对《易林》诗歌美的发现和《易林》在文学史中多方面价值的定位不仅表现出他的学术创新特征，而且提供了全面认知中国文学史的参照，具有文学史家的开创性。

---

① 钱锺书．管锥编：第 2 册［M］．北京：中华书局，1986：536．

第六章

"诗"与"史"的"思想"发现

第一节　从文字到文学到文化

按照闻一多学术研究从微观到宏观、从具体史料考据到整体文化思想揭示的研究层面，可以检出闻一多在文字学、文学和文化学三个层面的学术业绩；从文字考证到文学阐释，可以看出他诗性思维和科学精神的结合；从文学诠释到文化史的探索，可以看出他作为诗人和文化史家的结合。

一、实事求是，还原经典

闻一多在最初开始古代学术研究时所走的是"宋学"路径，主要进行文学层面的欣赏和经典义理的阐发，1928 年他在正式开始学术研究后撰写了论著《杜甫》《诗经的性欲观》《庄子》，但他很快就意识到研究中国古籍的基础是校正文字、诠释词义、辨伪辑佚等，因为中国传统典籍最主要的特征是流传过程中文本的讹误和词义的歧误。于是，闻一多改变了自己的研究方向，致力于还原经典的本来面目，首先从考据学入手，以求得对古籍准确的把握。于是，文字学、训诂学、诠释学、辑佚学、校勘学、考据学等传统学术，成为他长期学术研究的方法和研究的内容。他自己说研究古籍有三项课题：说明背景、诠释词义、校正文字（《楚辞校补·引言》）。其实他并不限于这三项，此外还进行了如辨伪、辑佚、考证史料等多项基础性的学术研究，都取得了重大的成果。

第一，在传统"汉学"和"宋学"中，闻一多主要选择了"汉学"路径，又吸收西方现代科学方法如实证主义思想，对古籍进行全面校订和整理。"汉学"作为中国学术传统，一度不敌"宋学"而沉寂，到清代复兴，出现乾嘉学派古籍整理的现象。闻一多主要继承了乾嘉学派的朴学方法，吸收乾嘉学派的学术成果，在"古典"中发明"新义"。乾嘉学派在古代经史子集各个方面都有巨大的成就，而闻一多的学术研究对象也涉及古代经学、子学、文学、史学等古代文化的所有方面。在具体研究中，闻一多主要受到古文经学的影响，注重文字的训释，信守"读书必先识字"和戴震所说"实事求是"的原则，以朴学精神考订中国最重要的古籍。这虽然属于考据学的学术技术层面的研究，但笔者认为这对于闻一多来说，体现了他对古籍的批判性态度和思想，那就是首先怀疑流传下来古籍的准确性，然后进行批判性的校正，在这个意义上，闻一多也正是担当了"杀蠹的芸香"的职责。

第二，首先是文字学层面的研究，包括古籍校勘过程中的文字校订和汉语言文字的释读和词义的诠释。值得注意的是，闻一多除了对诗经、楚辞等典籍的文字学训释外，他为了研究上古文化，进入了纯粹文字学领域，专门进行古文字的研究，在甲骨文、金文、《尔雅》方面做出了显著的成绩，契文疏证、金文考释、《尔雅》新义，都有专门的论著。因为研究甲骨文，他同时注重殷墟考古发掘，因为在他开始研究甲骨文时，安阳的考古发掘正在继续。正是对古文字的识读和训释，闻一多可以掌握中国语言文字的根本特征，并进而论述语言文字的起源和语言文字与中国文化的关系，确立了"一字一部文化史，历史，社会"的原理，我们也可以在他的文字考释中看见每个字的文化意韵。

第三，校勘学的经典还原，这成为闻一多古籍整理和古典学术研究的主要领域，在近20年时间里，闻一多在该领域做出了惊人的成就。在具体研究方法上，闻一多吸收了朴学的研究路径，而在校勘对象上，从上古典籍到唐代文献的各个领域尽收眼底，不仅对所要校勘的古籍本身有深入细致的梳理，而且为了校订一种古籍，进入传统目录学中，遍翻古籍，其成果实际远远超过校勘对象本身。就闻一多在有限的时间里所留下的校勘成果看，最主要的有《楚辞校补》，校引书目版本达60余种，基本囊括了古代楚辞研究的主要典籍；《庄子内篇校释》，特别是《庄子校补》《管子校勘》《全唐诗校勘记》《岑参诗校读》《全唐诗校读法举例》，还有《璞堂杂业》涉及多种经书、子书、史书和文学专集30余种，均择要进行过校勘。如何评价闻一多的古籍校勘成果，非本书所能够完全承担，需要学界共同参与和长期评估。

第四，中国古籍在流传过程中因为种种原因会发生佚失、流散和文本的变乱错讹，乾嘉学派已经进行了大量的古籍辨伪、史料汇集和文献辑佚的整理工作，闻一多在古籍整理过程中义不容辞地把这些最艰难、最基础的古籍整理工作承担起来，不仅为自己的研究提供便利，还为学界提供了便利。这一方面最为突出的是在唐诗的研究上，闻一多的成就不仅是学界已经熟知的《唐诗杂论》，而且更为博大的成就是唐诗的辑佚、辨伪和诗唐文化研究史料

的汇集，还有对唐诗人生平史料的考订和汇集。显著的成果如辑佚方面的
《全唐诗汇补》《全唐诗续补》《全唐诗辨证》，辩伪方面的《全唐诗辨证》，
史料考订和汇编方面的《唐诗大系》《全唐诗人小传》《唐风楼捃录》以及
《说杜丛钞》《少陵先生年谱会笺》《少陵先生交游考略》《岑嘉州系年考证》
《岑嘉州交游事辑》等。无论是辑佚辨伪，还是史料郡录，都需要进行功夫深
厚的考证，从这些整理成果可以看见闻一多的考证过程和考证方法，特别是
闻一多科学的考证精神和为学术献身的精神。

　　第五，在文本的辨伪、辑佚和文字校勘的基础上，闻一多对古籍进行了
文字的训释和章句的阐释，笔者将其命名为"语文诠释学中的古籍释读"。由
于在中国文化发展过程中语言的变迁和词义的演变，今人和古人对文字的词
义解释大相径庭，所以读破一种古籍最重要的是对字义词义的准确理解，而
这也成为"汉学"的传统，发展起源远流长的"小学"科目，进行字形、字
音、字义的文字学研究和古籍的"笺注""疏证"，并进行"集解"，所有这
些都基本属于对古籍字义词义的释读。闻一多倾全力于几部主要古籍的解读
上，在《说文解字》《尔雅》《广雅》《方言》《释名》《经典释文》《经籍纂
诂》等工具书的研究基础上，特别对《诗经》《楚辞》《庄子》《周易》《乐
府》等进行了文字学、语文学的诠释。他最早从《诗经》开始，曾经计划编
一部《毛诗字典》，后来成《诗经词类》稿，列出40个《诗经》常用字，并
对其进行考释。就《诗经》的诠释，闻一多从几个层次释解：一是编字典的
方式如《诗经新义》、《诗经通义》（乙）；二是归类通义，如《诗经通义》
（甲）；三是以笺注形式重点训释具体诗歌中的字词，如《诗经通义》同时也
采用此方法；四是在此基础上，整理出《诗经》的白文读本，如《风诗类
钞》。在《楚辞》研究上，闻一多更是旁征博引，几乎进行逐字逐句的疏证，
如《天问释天》《天问疏证》，此外有《离骚解诂》《九歌释名》《九歌解诂》
《九章解诂》等。闻一多对《乐府》的研究基本采用笺注形式，研究成果有
《乐府诗笺》。对《庄子》的研究，校勘之外，有《庄子章句》《庄子义疏》。
在《周易》研究方面，闻一多也主要从文字学的释读上进行，其研究成果有
《周易义证类纂》《周易杂记》《周易字谱》《周易分韵引得》。其实，闻一多
在古籍校勘的时候，有的也同时融进了字义词义的解释，因为校勘过程中必
然需要疏通词义，或者说，字义词义的疏通可以帮助校正文本文字，二者有
时并不能够分离。

　　第六，闻一多独具慧眼，在学术研究中常结合中国文化史的发展对提取
我们习以为常的文化现象进行追根溯渊的考证，在考证中进一步发现中国文

化现象的本质。如对高唐神女传说的考证（《高唐神女传说之分析》）、对虹霓象征意义的考证（《朝云考》）、对中华民族始祖伏羲和女娲的考证（《伏羲考》）、对中国道教中神仙传说的考证（《神仙考》）、对中华民族象征的龙和凤的考证（《龙凤》及其他论著）、对端午节来源和意义的考证（《端午考》）、对传统神秘数字"七十二"的考证（《"七十二"》）、对古诗中如"鱼"等隐语的考证（《说鱼》），以及对上古部落各图腾和民族起源的考证等。所有这些文化史的考证都既表现出闻一多的考证功夫和考证方法，又表现出他作为文化史家的史识，尤其表现了他创造性的文化思想。

从闻一多在考据学层面上的贡献，可以看出他在考据学研究层面所形成的整体系统，以此可以更好地认知闻一多的考据学方面的业绩，从中感受他的学术研究精神。

二、现代诗人的古诗新解

闻一多毕竟是一个诗人，研究对象主要集中在中国古典诗歌方面，而他对古诗所做的文本校正、语文学释读以及文学史料方面的考据，其最终目的是对古诗进行文学艺术的欣赏和文化思想的阐释。当进入闻一多古典诗歌的欣赏和阐释层面，我们就能够感受和认识到闻一多作为一个现代诗人对古诗解读上的现代眼光、现代方法、现代思想和创造性的现代诗性思维。在廓清古代诗歌在历代所形成的种种误读迷雾后，闻一多进行了美学的、社会学的、历史学的、心理学的、人类学的、文化学的等多种学科内含的解读。一方面，还原古诗的本来面目，另一方面，进行现代视角的新解，看似矛盾的两个方面统一在闻一多的古诗研究中，笔者将其命名为"现代诗人的古诗新解"。

第一，从"经学"到"文学"的现代《诗经》观。《诗经》在先秦时就成为"六艺"之一，汉以后更被奉为"五经""六经"和最经典之宋"十三经"中重要的一经，长期来基本上按照儒家思想从"经学"角度读《诗经》，虽然汉儒、宋儒、清儒读法有差异，但不出儒家规范。近代废除读经后，《诗经》从"经学"中解放出来，人们开始从文学角度欣赏其诗歌的美。闻一多研究《诗经》，当然是在近代废除读经后赋予了现代思想后开始的。闻一多研究《诗经》，第一步的工作却是从"经学"角度承袭清儒读法，首先还《诗经》以本来面目，进行文字训诂的解释和时代的还原，由此他提出"缩短时间距离法"的诗经读法："1. 用语体文将《诗经》移至读者的时代；2. 用考古学、民俗学、语言学方法带读者到《诗经》的时代。"（《匡斋尺牍》）先从语言学（包括文字学、音韵学、训诂学）角度读通字词，然后通过考古学、在民俗学角度了解和揭示所描写的社会生活习俗，最后进行诗的鉴赏和综合研究。如他对《芣苢》一诗就从语言学、生物学、社会学、心理学、民族学、民俗学、历史学、艺术学、美学等多角度解读和欣赏的。这样，闻一多对《诗经》进行现代解读，建立起自己的现代《诗经》观：《诗经》首先是"诗"而不是"经"；《诗经》中的诗同时是"歌"，形式上是当时的民歌，内容上是直率大胆的情歌。如他谈到《诗经》的阐释史："汉人功利观念太深，把《诗三百篇》做了政治的课本；宋人稍好点，又拉着道学不放手———一股头巾气；清人较为客观，但训诂学不是诗；近人囊中满是科学方法，真厉害。无奈历史——唯物史观的与非唯物史观的，离诗还是很远。明明一部歌谣集，为什么没人认真地把它当文艺看呢！"（《匡斋尺牍》）那么，闻一多就是把《诗经》看作一部"歌谣集"（"民歌"和"情歌"），认真地从"诗"与"歌"的角度看《诗经》。所以，闻一多在关于《诗经》综合性研究的论著，如《诗经的性欲观》《说鱼》《匡斋尺牍》中大胆地提出了自己的观点，就是从民歌和情歌角度读诗经的，因为诗歌本质上就是抒情的，这也是闻一多核心的诗歌观，在他看来，当然也适用于两千多年前的《诗经》。

　　第二，《楚辞》研究虽然不如《诗经》，但"楚辞学"在中国学术史上从古至今无疑是一门显学，历代出现了大量的研究成果，进入现代，对《楚辞》的研究更是蔚为大观，许多著名学者如梁启超、廖平、鲁迅、胡适、郭沫若、谢无量、陆侃如、游国恩、姜亮夫等都投入屈原和《楚辞》的研究中，其中也包括闻一多。闻一多研究《楚辞》，除了堪为经典的《楚辞校补》外，他在《楚辞》的文学性解读和屈原研究上面都有超乎前人的新见识，表现在他对《楚辞》的文学新解和对屈原人格的新识上面。闻一多研究屈原和楚辞的新见识，大都是在和学界的争论中提出的，这也是闻一多研究楚辞的一个鲜明特征，表现在以下三方面。一是驳斥廖平以经学眼光读《楚辞》和所谓《离骚》本为"天学"的观点，提出要以历史的文学眼光读《楚辞》，《离骚》根本不是"天学"，实质上是"人学"。二是针对"屈原否定论"如廖平（认为《离骚》是秦博士所作）、胡适（以为屈原是"箭垛式的人物"）等否定历史上屈原存在的观点，闻一多以一系列文章肯定屈原的存在，有力地声援了"屈原肯定论"的主张（持"屈原肯定论"主张的有如梁启超、谢无量、陆侃如、游国恩、鲁迅、茅盾、郭沫若等）。三是针对孙次舟提出的"屈原是文学弄臣"的观点，闻一多在《屈原问题》《人民的诗人——屈原》等文章中，全面论述了屈原的历史地位、人格结构，论定屈原是人民的诗人，因为，屈原在身份上本非贵族而属于人民群众，《离骚》的形式是人民的艺术形式，

《离骚》内容是暴露的、批判的，屈原的行义获得人民的热爱和崇敬。更为突出的是闻一多对《九歌》的新读法，在《怎样读九歌》中特别突出其音乐性，最后把《九歌》看作古歌舞剧而进行还原，写出了《〈九歌〉古歌舞剧悬解》。可以说，闻一多对《楚辞》的新解以文学的、艺术的视角进行解读，对屈原的研究本着"知人论世"的原则，进行了客观的分析和论断，其中也体现了他自己思想的新变。

第三，从认识唐诗的真到鉴赏唐诗的美，闻一多的唐诗研究更是从诗歌文本入手而及于诗人的全面论析。闻一多的唐诗鉴赏和唐诗学研究既有微观的诗歌赏析，又有宏观的整体唐诗的把握。其一，他在诗歌作品的美学分析中上升到诗人整体创作的论述，通过诗人的人格思想结构把握诗歌的艺术风格。其二，从单个诗人的研究，如对陈子昂、孟浩然、贾岛、杜甫、岑参的重点研究，进入诗歌流派的研究，如对"初唐四杰"、宫体诗的流变、类书式诗歌的研究。其三，从文学史的发展演变进入"诗的唐朝"的研究，《唐诗要略》梳理了唐诗发展的演变轨迹，而《诗的唐朝》则宏观地呈现了整个唐代的特征，那就是"全面生活的诗化（诗的生活化，生活的诗化）。几乎凡用文字处与夫不须文字处皆用诗"。可以说，在唐诗的文学性研究中，体现着闻一多作为现代诗人的诗歌鉴赏视角，体现着闻一多作为文学史家的历史眼光，体现着闻一多作为思想家的文化意识，而这些都落实到对唐诗真的认识和唐诗美的欣赏中。闻一多在唐诗研究方面贡献突出，需要从多方面进行评估，本书在此主要从闻一多对唐诗的文学性研究和诗歌鉴赏角度看闻一多唐诗研究的独特性。

在古代诗歌方面，闻一多从文学性角度和诗歌美角度进行了深入研究，我们从中更可以看出闻一多作为现代诗人在古代诗歌欣赏和研究方面的特征，集中在《诗经》《楚辞》和唐诗方面，而这三方面正是闻一多学术研究成就最大的领域。

三、知识考古：民族文化的源和流

一个学者的思想是在学术研究历程中不断变化的，其思想的新变一方面受研究对象的影响，另一方面，变化了的思想又会影响到学术研究对象的选择。闻一多在他的学术研究历程中，思想的演变和学术研究对象的变迁相联系。他最初主要是进行中国古代文学和古代诗歌的研究，考据学的功夫也是为更好地研究古代文学服务的。但随着研究的深入，闻一多的学术思想发生了重大的变化，表现在研究对象上，从近古的唐诗逐渐上升到先秦的《诗经》

和《楚辞》，从文学的研究上升到中国文化的研究，终于意识到：最重要的是探索中华民族文化的源头。这样，闻一多的学术研究越出文学的范围而进入文化中，越出先秦文学典籍的畛域而进入上古文化史中，在知识考古中探索民族文化的源头，进行文化发生学和中国文化流变的考察。于是，闻一多伴随着学术文化思想的新变而倾力于上古神话、史诗和民族文化起源及流变的研究中，意味着他的研究从典籍文字的校正释读和文学的综合研究进入了文化层面来探索整个中华文化的发生和发展规律，由此做出了更为杰出的学术思想贡献。

第一，闻一多对民族文化起源进行了多学科透视，在神话、史诗、传说、民歌中考察和研究中华文化和文学的起源，知识的考古学梳理过程结合了文化人类学、心理学、社会学、民族学、历史学、神话学、文化学等多种学科，综合地观照民族始祖和先民的生活观念。在他看来，《诗经·候人》和《宋玉集》中的《高唐赋》在文学原型方面一脉相传，在原型演变中包含着中华民族始祖的起源和演变过程中象征性观念的变迁，楚的高唐、夏的涂山氏、殷的简狄都是各民族始祖，她们同出于共同的始祖，都是共同始祖的化身，朝云、美人虹、霓等都是她们的象征（《高唐神女之传说》《朝云考》）。在这里，闻一多以大量的典籍史料进行考证，得出了自己的结论，说明了中华民族远古的生活观念和文化状态。

第二，在此研究中，特别突出的是闻一多从文化人类学角度，以图腾学说研究中华民族在远古氏族社会的图腾崇拜，通过对人类始祖伏羲和女娲的考证，论证了中国龙图腾的起源和演变，说明传说中的伏羲和女娲是人首蛇身，正是龙形的萌芽，龙的形象是在蛇的基础上附和了其他动物，如马、狗、有鳞的鱼、有翼的鸟、有角的鹿等复合而成的形象。（龙的外形在古代有所谓"三停九似说"：自首至膊，膊至腰，腰至尾，皆相停也。九似者，角似鹿，头似驼，眼似鬼，项似蛇，腹似蜃，鳞似鲤，爪似鹰，掌似虎，耳似牛。）每一种动物都是一个部落的图腾，融合为龙意味着各部落融合为更大的部落，是共同崇拜融合起来的是图腾，所以，闻一多说："它是一种图腾（Totem），并且是只存在于图腾中而不存在于生物界中的一种虚拟的生物，因为它是由许多不同的图腾糅合成的一种综合体。"龙最初是一种大蛇，"这种蛇的名字便叫作龙。后来有一个以这种大蛇为图腾的团族兼并了、吸收了许多别的形形色色的图腾团族，大蛇这才接受了兽类的四角，马的头，鬣的尾，鹿的角，狗的爪，鱼的鳞和须，……于是便成为我们现在所知道的龙了。"闻一多进而考证出属于龙族的民族和民族英雄，有夏民族、共工、祝融、黄帝、苗族、越人等，由此可见，"古代几个主要的华夏和夷狄民族，差不多都是龙图腾的团族，龙在我们历史和文化中的意义，真是太重大了。"（《伏羲考》）

第三，图腾崇拜而外，上古先民还有鲜明的生殖崇拜，并坦率地表现于诗歌中。从生物学、生殖机能角度研究古籍所透露出来的民族文化信息，这是闻一多探索民族文化源头和文学原型的独到视角。神话研究所揭示出来的各民族先祖往往都是女性，如女娲氏、高唐氏、涂山氏、简狄氏等，虹霓的象征意义实质上都包含了生殖机能的追求。《诗经》中如《芣苢》《汝坟》《蔽笱》《新台》《何彼秾矣》《竹竿》《匪风》《衡门》《候人》等以鱼为意象的诗歌以及大量咏鱼的民歌，都是以鱼象征配偶，取鱼繁殖力强的特征而表现种族的繁殖，表现了种族繁殖的生物学意义，实质上体现了先民的生殖崇拜观念。

第四，神话考察、图腾学说、生殖崇拜等都是为了说明民族文化的源头，有源必有流，闻一多在此基础上考察了中国文化的流变，从源到流的文化史发展体现出人类文化观念的变迁，原初的文化观念逐渐失去本义，而代之以文明社会的新观念。如婚姻，在原始人类的观念里，婚姻的唯一目的是传种，但是，"文化发展的结果，是婚姻渐渐失去保存种族的社会意义，因此也渐渐失去繁殖种族的生物意义，代之而兴的，是个人享乐主义，于是作为配偶象征的词汇，不是鱼而是鸳鸯、蝴蝶和花之类了。"（《说鱼》）如龙，本是原始部落的图腾，但在后代成为帝德天威的象征，专属于帝王并在观念中愈加神秘化。（《龙凤》）这里闻一多揭示出文化发展的规律性特征和在文化观念变迁中人类认识的误区。

第二节　思想创见和文化史构建：诗与史的思想发现

闻一多作为诗人、思想家和文化史家在古典学术研究中以诗人的创造力、思想家的洞察力和文化史家的宏阔视野在文化思想史上有诸多重大发现。

一、古典文学中的思想发现

闻一多在古代文学研究中基本上可以分三个层面：一是考据学研究以见研究对象的真，二是文学鉴赏和评论以见古代诗歌的美，三是文化思想的发掘以见古代文学的思想深度。

第一，闻一多在中国古代文学研究中对文学作品和作家的释读最终所取的是思想视角，从文化思想的高度看取中国古代作家在文学作品中表现出怎样的思想，从中可以看出中国文化史各时代思想的变迁。从神话到《诗经》，从《楚辞》到《庄子》，从汉乐府到唐诗，包括他独具的慧眼发现《焦氏易林》中的文学性，在全部的文学研究中，闻一多一方面阐发出古典文学作品中所蕴含的文化思想，另一方面，在阐发古典文学作品的思想意义和思想价值的同时更表现出自我的文化价值取向。在这个意义上，闻一多不单纯是一个古典文学研究的学者，在古典文学的研究中总是活跃着他的诗性创造思维，也时时展现着一个思想家的精魂，在古代文学美的欣赏过程中不断地发现和发明新思想。

第二，闻一多在文学研究中的思想视角和思想创建首先体现在古代诗歌的研究方面，从中可见"诗中之思"。

1. 从民歌和情歌角度看《诗经》中的思想隐语，民歌的形式定位和情歌的内容解说确定了《诗经》的经学地位，还原为"诗歌"，从而揭示《诗三百篇》中的"新义"。闻一多在《诗经》中所发现的最为核心的思想是《诗经》中的诗，以隐语的修辞方法象征了先民的生殖崇拜意识（《说鱼》），表现了先秦时期独特的性欲观并总结出表现性欲的五种方式（《诗经的性欲观》），从多种学科视角提示释读《诗经》的思想方法如《匡斋尺牍》《卷耳》，结合神话学和文化人类学从《诗经》中揭示出民族文化的先祖和源头（《高唐神女之传说》《朝云考》），在《诗经》的文字训诂中考证出中国的文化现象流变。

2. 闻一多的《楚辞》思想研究更体现出宏阔的文化视角，在"诗"中解读"神话"，在"诗与神话"中阐释楚文化和整个中国文化的源流，发掘灿烂的文化思想珍珠。首先，闻一多分析了"屈原问题"并对"屈原人格"进行了论定。屈原在历史上存在与否不仅仅是一个文学研究的问题，而涉及中国文化、中国文学、中国诗歌在创作主体上的源头问题，闻一多是坚定的"屈原肯定论"者，对屈原存在的肯定不在于发现和证明屈原的存在，因为这也不是他的首创，而在于通过肯定屈原表达他自己对中国文化文学的看法，特别是对屈原的看法，在论析屈原的人格结构和论定屈原的人民性特征中，表现了闻一多自己的新思想。其次，闻一多通过解读《离骚》而质疑"屈原为忠君爱国而死"的成见，认为这是历史人物偶像化的结果，所以在《离骚》为"泄愤说""洁身说""忧国说"中，他认为"忧国说"最不可信，"泄愤说"最合事实，"洁身说"也不悖情理，因而认可东汉班固所谓的"屈原露才扬己，竞乎危国群小之间，以离谗贼，然责数怀王，怨恶椒兰，愁神苦思，强非其人，忿怼不容，沉江而死，亦贬絜狂狷景行之士"。这表现了闻一多尊重历史的客观态度。再次，在整个《楚辞》研究中，包括对《楚辞》的解诂和疏证，闻一多发现《楚辞》中所蕴含的中国神话、楚文化和以先秦文化为基础的中国文化，包括神鬼文化、巫术文化、乐舞文化等。最后，闻一多在《九歌》的原始歌舞剧还原中看清了先民建立在巫术乐舞基础上的浪漫主义神话精神。

3. 在唐诗研究方面，闻一多由考订唐诗的真到欣赏唐诗的美而最终扩展到对唐文化的研究，在研究中从唐诗中发现唐代社会是"全面生活的诗化"，呈现出整体的"诗唐文化"特征，这种"诗唐文化"特征体现在科举制度、教育内容、生活记录、社交应酬、消遣娱乐等生活的各个方面，是诗的生活化和生活的诗化的统一。因而形成唐代文化乃至整个中国文化，它们的特征是，注重"门面套头、言语、形式、才华、闲雅、感情的排除与解脱（移情、忘情）、音乐"和"业余的消遣（最重隐逸）、遗世（终南捷径）、调和社会、出世、以消极为积极"（《诗的唐朝》）。"诗唐文化"在思想上多元化，儒家、道家、佛家、纵横家、神仙家等都在诗人的精神中有所体现，因此形成了唐诗人多种类型的人格结构特征。闻一多由此在唐诗人唐太宗、王绩、虞世南、刘希夷、张若虚、卢照邻、骆宾王、杨炯、王勃、宋之问、沈佺期、陈子昂、孟浩然、贾岛、杜甫、岑参、李白、王维、王昌龄等的研究中从文化思想的角度分析各诗人的人格精神，发现唐诗人的双重人格、矛盾人格、隐逸人格，有儒家型思想人格如杜甫、道家型思想人格如孟浩然、佛家型思想人格如贾岛、儒道佛互补型思想人格如陈子昂等，从诗人人格的透视领略其诗歌风格。进一步，闻一多在诗唐文化的研究中，发现了唐诗人由于思想的宏远而在诗歌中表现出的"宇宙意识"，如张若虚的《春江花月夜》。诗唐文化、人格结构、多元思想、宇宙意识等，是闻一多在唐诗研究中所发掘出来的思想文化内涵。

文化视角、人格构成、思想洞见，是闻一多的"诗中之思"。

第三，闻一多从非文学古籍中发现文学的美和思想的真，这表现在闻一多对《庄子》和《焦氏易林》的独特见识中。《庄子内篇校释》《庄子章句》《庄子校补》《庄子义疏》（包括据闻黎明所说未收入《闻一多全集》的《庄子校释》《庄子校拾》《庄子札记》《庄子人名考》等）属于认识《庄子》文本和文义的考据学研究范畴，而在此之前，闻一多则主要欣赏《庄子》的文辞美和思想美，进而论析了庄子的人格特征。闻一多以诗人的眼光读《庄子》，认为他的文学价值不只在文辞上，"他的思想的本身便是一首绝妙的诗"

而"分不出哪是思想的美,哪是文字的美"。闻一多以诗人的敏感发现《庄子》在文字美和思想美上高度化合的特征。在文学表现上,他认为庄子是一个抒情的天才、一位写生的妙手,而其中有谐趣和谐趣中的幽默、诙谐、讽刺、谑弄,有想象和想象中的怪诞、幽眇、新奇、秾丽、"建设的想象"、幻想,更有多而精的寓言,"庄子的寓言便是文学"。在欣赏《庄子》文学美和思想美的基础上,闻一多点化出庄子的人格精神,博学才辩、潇洒豁达、态度浪漫、性情古怪而又庄严等,这可以说是闻一多心目中的庄子。《庄子》本质上是一部哲学著作,但因为它本身的表达特征更带有文学性,向来为人所称道,闻一多也并非第一个发现《庄子》文学美的人,但他对《焦氏易林》的研究则具有开创性。

第四,《焦氏易林》为西汉著名《易》学家、梁人焦延寿所作,长期流传民间但后来在文化思想史中几乎淹没,更少有人在文学史中提及。胡适在闻一多逝世后,1948年发表文章认为《焦氏易林》"本来只是一部卜卦的繇辞,等于后世的神庙签诗,它本身没有思想史料的价值"。而闻一多则在1939年的《中国文学史纲要》中就发现了《易林》的思想价值,而且所留下的《易林琼枝》就是在《易林》的占卜卦辞中发现了文学的美和思想性价值,认为《易林》是汉诗和乐府并列的一大成绩,为唐宋诗的滥觞,是和《史记》一样以非纯文学而成为整个文学史的杰作。"《易林》是诗,他的四言韵语的形式是诗;他的'知周乎万物'的内容尤其是诗。"闻一多认为占卜和诗的基本态度相同,内容和手段也多有相同处,如手段方面,占卜用"易象",在"天机不可泄露"的神秘"暗示"中"谈言微中",卦辞多用比喻,以生物比人,"人格化"。于是,闻一多在《焦氏易林》中发现了思想价值和诗歌的美,《易林琼枝》摘录了其中最美的句子,可以看出其文学性。

二、民族文化史中的思想发现

闻一多在古代学术文化的研究中以一个诗人的敏锐和思想家的文化洞察力在文化思想史上有诸多重大发现,这些发现涉及语言、神话、史诗、艺术、宗教、巫术、文学、思想、文化、民俗等多个方面,既可见闻一多的思想广度,又可见闻一多的思想深度。其中的许多发现,一方面为学界所习焉不察,另一方面均具有重大的文化思想史意义。

第一,语言:语言起源论和语言现象中文化思想的揭示。闻一多不是一个纯粹的语言理论家、历史学家和文化人类学家,但他在语言学研究方面可以说达到了一个语言学家、历史学家和文化人类学家的高度。这当然得益于吸收传统"汉学"中的"小学"研究，一方面以"小学"中研究字形、字音、字义的文字学、训诂学、音韵学为工具读懂、读破古籍，另一方面，在用工具的同时把语言学的研究转变为研究内容本身，探索汉语言文字自身的产生、发展和演变规律。而更为重要的是，闻一多在汉语言文字的考释训读过程中，即他自己的"说文解字"中发现中国文化，字形、字体、字音、字义中就包含了中国文化的内涵，因而闻一多致力于在汉语言文字中研究语言的起源和发展，在语言文字中发现中国文化的特征。这就一改汉儒仅仅视"小学"为工具的狭隘性，把"小学"提升到语言学、文化语言学和文化思想高度进行研究。闻一多的语言论可分为三个层面：1. 语言和文字起源论；2. "一字一部文化史"的理论及其学术研究中的实践，在实践中的文化发现；3. 从如"七十二"等语言现象中揭示文化内涵。这些方面的思想理论主要集中在如下论著中：《如何识字》（卷 10）、《字与画》（卷 2）、《匡斋谈艺》（卷 2）、《歌与诗》（卷 10）、《妇女解放问题》中之"女"字（卷 20）、《"七十二"》（卷 10）、契文和金文研究（卷 10）、文字考释（卷 10）及古籍中文字训释的成果等。

第二，神话：神话学的开拓和考释。1. 闻一多是中国现代神话学的开拓者之一，他的神话研究论著已经成为神话学的经典著作，向来被神话学学科所推崇，可以说，他的《伏羲考》等神话著作和茅盾的《中国神话研究》一样成为中国现代神话学的奠基之作。2. 闻一多以图腾理论对中国上古部落的图腾崇拜进行了考释和论说，发现了中国原始各部落的图腾物和图腾物的融合过程，说明复合图腾如龙的形成过程正是部落融合的过程，也是中华民族的形成过程。3. 以原型理论在神话研究中发现中国文化和文学的原型，借助民间传说，论证中华民族文化的形成过程和原型特征。这里事实上已经体现出结构主义叙述学理论的一些特征，尽管闻一多并没有看到过斯特劳斯等人的著作。4. 在神话的考释中体现闻一多对中国文化起源的思想，探索到了中国民族文化的源头在于人类始祖和英雄的事迹中，闻一多在研究中对女娲、高唐氏、涂山氏、简狄氏及伏羲和"三皇五帝"的存在及事迹提出了自己的看法。

第三，史诗：理论认识和实践证明。中国古代有无如西方《伊利亚特》和《奥德塞》、印度的《摩珂婆罗多》和《罗摩衍那》、中国少数民族文学《格萨尔王传》等一类的史诗（epic），向来就有争议，争议的基本倾向是否定中国古代汉语言文学中存在史诗这种文体。而闻一多在神话和古代诗歌的研究中提出中国古代是有史诗这一文体的，他从内容和形式两方面考察，证

明中国古代是有史诗的。在他看来，"只要是有文化的民族，在文化初期必然
具有史的意识"，史表现为"诗"，自然就包含着史诗的意味，因为中国的
"诗"最初是用以记事的。歌以抒情，诗以记事，这是中国上古诗歌起源的分
工。诗言志，志训藏，为记忆、记录、怀抱，这是诗的三层本义，其职责是
"史"。闻一多在《歌与诗》中论中国诗歌的起源，以《尚书》中《尧典》
《皋陶谟》的材料证明"我国上古必然有过史诗"，只是后来失传了。闻一多
的史诗论有独特性和一定的开创性。

第四，艺术：艺术的起源和艺术的多元共生。探本求源、追根溯源，进
行文化发生学的研究，这是闻一多的研究内容，更体现了他的学术思想和文
化思想。在探索民族文化源头的过程中，闻一多同时进行了艺术起源的探索。
闻一多本就是诗人、美术家和篆刻家，所以他在学术研究中有着很高的艺术
意识，其中就致力于艺术起源的研究。关于艺术起源的研究，有所谓"巫术
说""游戏说""模仿说""劳动说"等（柏拉图、亚里士多德、康德、黑格
尔、席勒、马克思主义理论、鲁迅《门外文谈》、李泽厚《美的历程》、邓福
星《艺术前的艺术》）。闻一多在提倡新格律诗理论时，曾经主张艺术的
"游戏说"。在进入学术研究后，闻一多主要进行具体艺术部类的起源研究，
如探索诗歌、绘画（包括文字形体的探索，有关于汉字书法艺术）、舞蹈、音
乐等的起源和几种艺术的交相作用。（《论形体》《匡斋谈艺》《字与画》《说
舞》《两种图腾舞的遗留》《诗的格律》《歌与诗》《九歌歌舞剧悬解》）

第五，宗教：道教和神仙的本质。学界讨论宗教问题，有观点认为中国
缺乏宗教信仰，因为佛教并非中国本土宗教；也有认为儒家可为宗教而有称
之为儒教的。有没有宗教信仰传统是一方面，而有没有本土宗教是另一方面。
儒家以其鲜明的现实意识难以归为宗教，而中国土生土长的宗教则是道教。
鲁迅曾经说过，"中国的根底全在道教"。许地山生前曾经致力于道教研究，
陈寅恪就道教研究也有过灼见且高度评价过许地山的道教研究成绩。闻一多
在道教研究上面考证赅博、观点鲜明、富有创见、具有相当的思想性和思想
意义。闻一多认为中国在上古有过一种古道教，经过神仙和方士的技术性发
展，成为后世的道教。道教和神仙密切结合着，他通过对神仙的考证而论证
了道教的精神，并在《楚辞》中发掘出神仙思想，认为《楚辞》是"仙真人
诗"的说法有一定道理，而其中的"仙真人"与《庄子》中的真人一脉相
承，均为古道教的流传。

第六，巫术：巫术的原始性和卦辞的社会性。1. 闻一多在研究《诗经》
《楚辞》时，在其中发现了大量巫术方面的材料和表现在诗歌中的巫术现象。

2. 上古文学在闻一多看来就是"巫史文学",从夏少康中兴后至春秋末（前19 世纪到前 5 世纪），约 1400 年。史出于巫，巫术进为宗教，巫乃演变为史，史掌教育（礼乐书数）。3. 巫术占卜之辞为诗，如《焦氏易林》。4.《周易》的社会性，以卦辞看历史，其中有经济、社会和人类心灵的内容，如八卦象数的象征意义。

第七，民俗：民俗学的考据和还原。闻一多在古代学术研究中涉及民俗学研究，考证中国古代民俗的起源和演变，在民俗中发现文化思想意义。古诗研究特别是在《诗经》和《楚辞》中发掘古代的民俗。《说鱼》论证了民间隐语的象征意义，在大量的民歌中了解民情习俗。《端午考》通过考证还原端午起源于龙图腾部落，是为龙的节日；在《端午的历史教育》中发掘端午习俗之于屈原的关系，肯定端午的历史教育意义。还在研究中涉及民间禁忌和禁忌的含义。

第八，文化：文化现象的思想还原。在流行的文化现象和文化观念中，闻一多以"逆推法"从现时代的文化现象逆推到起源时的原初观念，从原初观念出发考察历史的演变过程，我们发现习以为常的文化现象所隐含的意义和后世观念的本质。闻一多以这样独特的方法在文化研究中总能有创造性的思想发现。如对龙和凤的论证，从现代中国人的龙凤观念出发，逆推到封建社会作为帝德天威象征的龙凤观念，进一步揭示"老子为龙民族的后代，孔子是凤民族的后代"，由此说明儒道互补的实质，再进一步逆推龙作为部落图腾的形成过程。这样，从现代到古代再到上古，从现象到观念到思想实质，有力地说明了龙凤在中国的演变过程和思想本质。（《龙凤》《伏羲考》）如对端午节的论述，同样以逆推法说明了端午的起源和后世的意义。

第九，人格：士大夫人格精神的透视。闻一多在 20 世纪 40 年代发表了一篇思想杂文《什么是儒家》，文章的副标题为"中国士大夫研究之一"，表明闻一多计划通过系列文章研究中国士大夫，而且首先从儒家开始研究。而事实上，闻一多一贯关注中国士大夫问题，在学术研究中论述中国文化和文学起源及发展，在论析中国古代诗人时，多从士大夫的精神思想特征和人格结构角度着眼，留下了他透视士大夫人格精神的思想。《闻一多年谱长编》收录了闻一多研究中国士大夫的一份提纲，名《士大夫与中国社会》，有 13 个题目，全面论列了中国士大夫的产生、发展、类别、特征以及和中国社会的关系。虽然为提纲，但从其内容可见闻一多对中国士大夫的全面认识。中国现代知识分子自然脱胎于中国士大夫，不可避免地具有闻一多所分析的传统士大夫的一部分人格特征和精神特征，从屈原①到唐诗人的人格结构，不管好坏都在中国现代知识分子的人生和思想历程中有所折射。闻一多由对传统士大夫的研究也延伸到对现代知识分子精神现状的分析和未来道路的展望，如《战后文艺的道路》（奴隶—自由人—主人）和《诗与批评》②，实际也是在论述"战后文艺家的道路"或"战后知识分子的道路"。重温闻一多士大夫的研究和他的研究结论，自有相当的启发意义。

第十，思想：中国传统思想的现代批判。这可以说是闻一多对古代文化和文学研究的最终落实点和最终目的，那就是对自己研究对象的中国古代学术和文化思想进行现代视角的批判，而这种批判在闻一多这里同时也是一种自我批判。因为他在长期的研究中，研究对象本身已经成为他精神和思想中不可分割的结构层面，所以，首先就要有自我批判和自我否定的勇气，只有这样，才能够对客观的中国旧文化施行彻底的批判和不妥协的战斗。除了学术研究过程中所表现的文化思想批判意识外，闻一多在 20 世纪 40 年代集中撰写了一系列战斗性的文化思想杂文，如《复古的空气》、《家族主义和民族主义》、《关于儒·道·土匪》、《什么是儒家》（与章太炎、胡适、郭沫若、鲁迅等释"儒"之比较）、《妇女解放问题》、《孔子与独裁主义》、《五四运动的历史法则》、手稿提纲《封建的精神 从宗法制度认识封建 父权中心的家庭组织的放大》③，这些文章有其鲜明的思想倾向，还有鲜明的批判性和强烈的战斗性，锋芒指向现实的复古主义和历史的文化思想，体现了他作为"杀蠹的芸香"是在真正"杀蠹"，如郭沫若所说作为"鱼雷"在旧文化营垒中爆炸，如闻一多自己所说过的压抑着的火山在爆发。因为他的批判意识是建立在长期学术研究结论的基础上，所以，闻一多的文化思想批判在激情爆发中更闪耀着理性的光芒，耀眼的同时更能够启发后来者。这是闻一多学术研究最大的意义，也应该是我们重温闻一多古代学术研究世界的最大意义。

三、"诗的史"或"史的诗"的构建

闻一多的学术研究在思想上呈现为从古籍整理到文本释读、从文学鉴赏到思想批判、从文学研究到文化探索、从文学史到文化史的过程，最初的出发点是文学，归宿点是文化，在传统文化思想的现代批判中发现民族文化的

---

① 闻黎明，侯菊坤. 闻一多年谱长编 [M]. 武汉：湖北人民出版社，1994：805.

② 闻黎明，侯菊坤. 闻一多年谱长编 [M]. 武汉：湖北人民出版社，1994：710，711，687-689.

③ 闻黎明，侯菊坤. 闻一多年谱长编 [M]. 武汉：湖北人民出版社，1994：829.

病根，并做出治疗，如闻一多自己所说："经过十余年故纸堆中的生活，我有了把握，看清了我们这民族，这文化的病症，我敢于开方了。方单的形式是什么——一部文学史（诗的史），或一首诗（史的诗），我不知道，或许什么也不是。"（1943 年致臧克家信）至此，闻一多在他全部学术研究和文化思考的基础上，以文化史家的宏阔意识和思想高度开始致力于"诗的史"或"史的诗"的构建，在"文学的历史动向"和"文化的现实动向"中体现他文化史家的思想理性和民主斗士的实践理性。

第一，文化史家视野和历史观。闻一多的学术研究过程本身就呈现为历史发展过程，而他的研究对象本就是中国的历史文化和文化历史，所以在事实上闻一多一直都具有鲜明的历史意识，在研究中始终贯穿着逐渐明确和不断完善的历史观。"我始终没有忘记除了我们的今天外，还有那二三千年的昨天，除了我们这角落外还有整个世界。我的历史课题甚至伸到历史以前，所以我研究了神话，我的文化课题超出了文化圈外，所以我又在研究以原始社会为对象的文化人类学。"（1943 年致臧克家信）所以闻一多明确宣布，"不用讲今天的我是以文学史家自居的"，同时也是文化史家。作为文学史家和文化史家的闻一多在贯通中国文学史和中国文化史的过程中，时间的历史意识结合着空间的世界意识，在中国文学和世界文学、中国文化和世界文化的比较中看取中国的文学发展和文化演变。这种比较文学、比较文化、比较历史学的研究方法使闻一多具有更加宏阔的史家视野，从而形成了他开放的历史观。

第二，"诗的史"：一部中国文学史的构建。闻一多早在 1922 年 3 月撰著《律诗底研究》时就表现出文学史意识，他是在文学史的宏观视野下研究律诗的，并从中国文化特征和审美习惯角度观照律诗的独有体制。当他完全转入中国古代文学的学术研究后，由唐诗研究转为《诗经》研究，由汉乐府研究转为《楚辞》研究，由《易林》研究转为上古神话研究，表现出他追根溯源、探本求源的文学史意识。在进行了大量的具体作家作品和断代文学的研究后，整体的文学史模式逐渐呈现出来，于是，闻一多开始了中国文学史的构建。当然，文学史的构建需要一个过程，闻一多的文学史构建过程表现为以下七个层面。一是具体作家作品的研究，如对《诗经》、屈原及其《楚辞》、《庄子》、唐诗及唐诗人、《焦氏易林》、汉乐府的研究，包括作品的校勘、辑佚、笺注、读法、赏析和作家的综合研究。二是以文学史家的眼光对历代优秀文学作品提炼而编辑出独特的文学选本，如《风诗类钞甲》《风诗类钞乙》《易林琼枝》《唐诗大系》《现代诗抄》等，这些选本就是为文学史的构建所做的准备，而选本往往能够反映选家的史识。三是文学史的史料考据和汇集，如唐代文学研究中的《说杜丛钞》《唐风楼捃录》《全唐诗人小传》等。四是文学史年表的编订，这是文学史的根本，要撰写文学史，必须具有准确的文学史时间，对此闻一多进行了大量的考证辨析，编订了两份文学史年表，《中国上古文学史年表》从春秋时开始编到三国时期嵇康被刑时，《唐文学年表》从公元618年高祖即位到昭宣帝时的公元906年止。五是文学史专论，对文学史重要部分先进行深入细致的研究，从中发现其本质特征和在文学史中的地位，如《歌与诗》专门探索中国诗歌的起源，在释名中回归上古文学语境中的诗歌本义和后来的演变，《律诗底研究》则专门研究从南朝后期到唐代达到高峰的律诗的独有体制和审美特质。六是文学断代史研究，选取一段文学史进行梳理和论析，如所留下的《中国上古文学》，论述到"中国语与中国文""殷周铜器艺术""巫史文学""史诗问题"等；《唐史要略》实质上是一部唐代文学史的提纲。七是对整个中国文学史的构建，这最后的文学史构建因为闻一多的早逝而没有完成，但从他留下的提纲《四千年文学大势鸟瞰》可以看出他心目中的中国文学史的基本轮廓和他的中国文学史观。闻一多认为，"'文学史'出于'文学'与'史'，然非'文学'与'史'之混合，乃化合"（《中国上古文学》）。由"文学"和"史"化合出的"四千年文学大势"从公元前2050年一直到公元1918年后的展望，高屋建瓴，气势宏大，对中国四千年文学史进行了宏观的扫描。七个层面的文学史研究，自下而上，其中体现的文学史观成为中国文学史书写的宝贵启示。中国文学在古代无史，近代才开始出现文学史著，闻一多无疑是其中杰出的代表，虽然他和鲁迅一样没有完成自己的文学史，但其影响却在以后的文学史撰著中有着鲜明的印记。闻一多文学史与近代以后出现的代表性中国文学史进行比较，在共性中显示闻一多文学史的个性特色，同时说明闻一多既承接了已有文学史模式，又开启了后来文学史的撰著，有承先启后的作用。闻一多文学史观和游国恩、季镇淮、王琦、萧涤非主编《中国文学史》、王瑶撰著《中国新文学史稿》的关系，存在着师承关系。

第三，"史的诗"：一个人和一部中国文化史。闻一多不是一般的文学史家，而是既作为诗人又作为思想家的文学史家，因此在文学史家的基础上更是一个文化史家。一方面，他从文化思想的高度研究中国文学史，把中国文学史纳入中国文化史格局中，在探索民族文化的起源和演变中研究文学史，中国文学史只是他构想中国文化史的一个部分。另一方面，闻一多全部的学术文化研究过程和研究成果都转化为文化思想，积淀到他的知识结构、思想结构、精神结构和人格结构中，这就使闻一多作为一个人而承载了一部中国的文化思想史，他的文化思想史提升为一部"史的诗"，以此诊治中国文化本有的病根，这是他一生的目标，并为之进行了多方面的奋斗，而他全部的奋斗和奋斗的结果都显示了闻一多自身就是"最完美，最伟大的一首诗"（《文艺与爱国》）。

第四，"文学的历史动向"和思想的现实动向。历史联系着社会现实，文化塑造着个人精神，历史文化的研究最终要落实到个人精神之于社会现实的作用上面。闻一多学术研究和"史的诗"建构过程通过"文学的历史动向"而表现了他思想的现实"动向"，思想化为现实的物质力量，其民主斗争的业绩正是他中国文化思想研究的结果和在社会现实中的体现。他说："愈读中国书就愈觉得他是要不得的，我的读中国书是要戳破他的疮疤，揭穿他的黑暗，而不是去捧他。""我念过了几十年的《经》书，愈念愈知道孔子的要不得，因为那是封建社会底下的，封建社会是病态的社会，儒学就是用来维持封建社会的假秩序的。他们要把整个社会弄得死板不动，所以封建社会的东西全是要不得的。我相信，凭我的读书经验和心得，他是实在要不得的。中文系的任务就是要知道他的要不得，才不至于开倒车。"① 所以闻一多这座文化火山爆发，炸开了中国封建文化的堡垒，在思想上坚决反对复古主义思潮，在现实中与封建专制战斗以求民主自由，在思想的和现实的斗争中谋求中国文化的生机活力和中国社会的民主富强！

闻一多在中国文学史和民族文化史中的思想发现和他对"诗的史"或"史的诗"的构建，显示了闻一多作为现代诗人、文化史家的思想广度和思想深度，说明了他思想的现实"动向"。

---

① 闻一多. 闻一多全集：第2卷［M］. 武汉：湖北人民出版社，1994：367.

第七章

主体性和现代化的学术文化个性

闻一多古典学术研究的总体特征和他在研究中的个性品格、个性精神和个性思想，表现的诗意化、历史感、思想深度，形成了他"主体性"和"现代化"的学术研究总特征，而这样的总特征生成于闻一多作为诗人型学者和思想家型学者的整个学术研究历程中，自我的研究历程和中国文化发展史在结合中生成了闻一多之于中国文化的主体态度和价值指向，在作为"芸香"的"杀蠹"过程中追求中国文化的现代化。闻一多的学术个性可以从三方面把握。

第一节　个性化的学术人格结构

闻一多个性化的学术人格结构体现为诗性创造性思维和主体精神结构。在中国现代学术史上，闻一多最初是作为诗人而名世，以诗人的身份进入学术领域。这一转变的意义不完全在于文化角色、社会身份和个人职业的转变，而更重要的意义在于闻一多的诗人品格给现代学术研究带来了什么。笔者认为虽然闻一多在学术研究生涯中不再创作诗歌，但他其实是以诗意化的思维研究古典学术的，以诗意烛照整个中国古典学术文化，在诗意化的烛照中进行创造性的学术文化事业。在此意义上，闻一多是以学术研究的方式继续着诗的创作，全部的学术研究活动和研究成果，可以看作闻一多所创作的一首中国文化的"史的诗"。在这首文化的"史的诗"里，我们可以鲜明地感知到闻一多的诗性创造思维和主体精神。

第一，闻一多把诗人特有的敏锐感受、诗人特有的诗意创造性思维、诗人特有的体验性带进了中国古典学术文化的研究中，在学术研究中总能够通过直觉敏锐地感受到中国文学和中国文化的真正价值和问题所在，然后进入研究过程发掘其真善美的价值，同时揭露其虚伪性、残酷性和丑陋性。所谓学术研究，最重要的是能够发现问题、分析问题和解决问题，在探索学术问题的过程中探求文化的真理，同时创造性地提出自我的文化思想。并不是每个学者都具有文化的创造性，闻一多无疑是最具有学术文化创造性的学者，而他的创造性不完全得自冷静客观的学术研究，可以说，他的创造性学术文化思想多得益于他的诗意化创造性思维。其基础应是闻一多的人生体验、社会体验和文化体验，他的人生遭际、社会经验和文化感受无疑激发了他在文化上的感受和反思动向，因而建立在自我人生体验、社会体验和文化体验基础上的学术研究就带有较强的主观性、个人性和独特性，从而赋予了自我学术研究的基本的主体性。

第二，文化塑造着闻一多，从而生成闻一多主体的知识结构和人格结构，闻一多又以自我的主体精神结构认识和改造着文化，从而创造出自我独特的文化世界。闻一多的存在时空决定了他在求知方面经过了从"旧学"到"新学"、从"中学"到"西学"的生成过程，在此过程中进一步形成了"新旧中西"融会贯通的知识结构，这样的知识结构进一步融进他的社会人生体验和文化思考中，加上他的诗歌创作活动和古代文化学术研究实践，最终升华了闻一多的人格精神结构。如果单就知识结构而言，闻一多与同时代的学者不会有太大的差异，他的个性主要表现在知识结构基础上，从而形成人格精神结构，在知情意三个层面及共同的结构功能上以其自我的独特性（独特的情感体验和表现方式、独特的认知能力和思想内涵、独特的实践理性和社会意志）区别于现代其他学者，从而产生其主体性。这种人格精神结构的主体性既完善于学术研究过程中，又作用于学术研究实践中，表现在他对古典研究对象的态度方面，不是客观的"六经注我"，而多为主观性的"我注六经"。闻一多这样体现强烈主体意识的学术发现和学术结论（如前所述）或许在学理上有待商榷，但更重要的是体现了闻一多自己的思想和他的独创思想对现代社会文化的启发意义。

第三，闻一多人格精神结构鲜明的特征是矛盾性（其知识结构本身就体现为新旧、中西的矛盾冲突，这是现代知识分子的共同境遇），这种矛盾性自然也表现在学术文化研究中，表现为三种类型的矛盾。一是文化学术研究和社会现实人生的矛盾。闻一多在一生中，实际上基本生活在学院、生活在书斋、生活在诗歌、生活在文化中，但正如在诗歌《心跳》中曾经咏叹过的，"我的世界不在这尺方的墙内"，"个人的休戚"之外"还有更辽阔的边境"。他终是主要生活在学院中，于是，学院书斋生活的静谧和激荡的时代风云形成矛盾，闻一多个性的诗人激情长期压抑在学院化书斋生活中，双方的矛盾冲突终以诗人般激情的爆发而解决。二是学术研究过程中诗意化思维与科学方法的矛盾。学术研究要求客观性和科学性，闻一多也以客观科学的态度和方法进行学术研究，但科学的客观方法与他个性中的诗意化激情总会有冲突。同样，闻一多以客观的科学方法制约或压抑着诗人的激情，在痛苦的冲突中进行着学术研究。这样的状态并不能够保证他心态的平和和生活的宁静，当现实生活刺激到他的精神时，情感的内容会突破研究方法的制约而放弃方法本身。方法不过是学术研究的工具，是属于研究过程中的，一旦得到思想性的结论，方法也就完成了他的使命，所以闻一多最后突破的方法，自然在精神和学术发展的情理中。三是文化情感和文化理性、古典研究对象和现代文化思想的矛盾。这矛盾从闻一多尚没有开始学术研究时就已经存在并困扰着他，进入古代学术研究更加剧了这一矛盾，这矛盾以最后的文化思想批判得以解决。所有这些矛盾表现在人格结构的各个层面，在知情意的两两分离中形成极端化人格的对接和碰撞，在对接和碰撞中爆发出巨大的力量，形成闻一多学术人格的力美风格。最后凸显出来的是诗情、学术和现实的结合，因此闻一多与学院派的学术有了较为鲜明的区别。

第二节　个性化的学术研究历程

每个人的一生就是一部历史。一个学者的学术研究历程构成了他自己的学术研究史，而每个学者的学术研究史都会有差异，但差异中有共性。闻一多与其他学者相比较，其学术研究历程的个性差异远大于共性，有自己鲜明的个性。他的研究史个性又具有思想性的典范意义，我们在梳理他自己的学术研究史及其特征中，可以看到一个中国现代学者的精神思想历程。闻一多在自我研究历程中表现出如下特征。

第一，闻一多学术研究的出发点。这里的"出发点"有两层内容，一是闻一多学术研究对象的出发点，二是闻一多学术研究的精神出发点。第一个出发点是具体的，当然也一目了然，闻一多最早研究对象的选择是古代诗歌，具体是唐诗。我们如果把他出国前写的《律诗底研究》看作他最初的学术研究实践，其研究对象基本选择了唐代的律诗，他1928年正式开始学术研究，仍然选择唐诗为研究对象并及于《诗经》。写作《律诗底研究》时，他正在新诗创作的高潮期，1928年基本结束新诗创作。学术研究对象的出发点选择唐诗，可以看出闻一多作为现代诗人转向学术研究的自然路径。第二个出发点是抽象的，在精神上，闻一多之所以进行学术研究，基本上是从自我的诗人体验和文化情感出发、从对中国古典诗歌美的感受中出发、从认知中国古典文化的体制和本质出发的。

第二，闻一多学术研究历程的"逆向性"。这里的"逆向性"是指闻一多自身的学术研究历程和作为他研究对象的中国文化发展历程表现出的不一致，也就是说，闻一多的研究历程与中国文化的客观历程呈现出"逆向性"的特征。闻一多最初选择唐诗研究，但不久就同时转向汉乐府、汉《焦氏易林》和《诗经》《楚辞》研究，进而扩展到先秦诸子研究，再上溯到对商周甲骨文、金文研究和商周文化研究，最后为了探索民族文化的源头研究上古史诗和神话。从唐诗和诗唐文化研究一步步上溯到上古神话研究，表现出中国文学、文化史发展的"逆向性"。这种"逆向性"特征对于闻一多来说不是简单的研究对象的变化，而在其中隐含着他的文化思想和学术研究目的。学术的目的最终在于探本求源，闻一多在梳理中国文化之"流"的过程中，意识到探索民族文化之"源"的重要性，于是在学术研究中致力于中国文化的追根溯源。

第三，闻一多学术研究的"中间性"。这里借用鲁迅研究学界所用的一个词，即"中间物"，闻一多的学术研究体现出一种"中间性"特征。中国文学史和文化史凝缩为闻一多的整体学术文化世界，而他的学术研究历程和全部的学术研究成果在整个中国文化史、学术史上占据着20世纪的一段历程，既不是中国文化和中国学术的开端，又不是中国文化和中国学术的结束，而是处于中国文化和中国学术的过程中，以其杰出的文化学术成就承先启后、继往开来。

第四，闻一多学术研究的"未完成性"。这只对于闻一多自身的学术研究计划而言，表现出"未完成性"特征。当然，任何一个学者都不会彻底完成自己的学术研究计划，但大部分学者的研究都会基本"告一段落"或具有相对的完整性。闻一多的"未完成性"不同于其他学者之处在于这种"未完成性"里体现的意义，当然首先是政治性意义，学界已经多有述说，其次的学术性意义在于闻一多学术研究计划和最后结果的巨大反差，所以郭沫若曾经感慨闻一多"千古文章未尽才"。这特征是由政治造成的，政治毁灭了闻一多，同时也毁灭了闻一多所代表的文化。闻一多大量的"未定稿""未完稿"分明述说着中国现代政治和中国现代知识分子的复杂关系。学术的"未完成性"使得闻一多的学术世界呈现开放性，具有广阔的阐释空间。

第三节　个性化的学术文化思想

作为学者，能够成为思想家，首先，不仅要在学术研究中进行技术性操作和学理性探讨，还要在"学"和"术"中提升思想；其次，要有独创的思想，不仅要有学术思想，而且要有超乎具体学术的文化思想。应该说，闻一多在学术研究中达到了思想家的高度而成为思想家型的学者。他的学术思想和文化思想在特定的历史语境里闪现出的光芒，对于中国社会和文化都具有相当的意义。闻一多宝贵的思想资源体现在他学术思想和文化思想鲜明的个性上。

第一，思想的独创性。这是一个思想家最为可贵的品格和特性，以此显示出自我思想的个性而区别于已有的思想。当然，闻一多的独创思想不完全体现在学术研究中，在学术研究之前他已经有了自己独立的思想；在学术研究之外的其他领域里，他同样有自己独立的思想。如新诗理论方面的新格律诗理论，就是闻一多的创见。闻一多更为丰富的独创思想主要体现在学术文化研究中，前面所述闻一多在文化史上的多种思想发现和对文化起源的探索就是最好的证明，从中可以感知闻一多在诗意化创造思维下所达到的思想深度，而他自身的文化思想在学术研究历程中也呈现出发展性、矛盾性的特征。

第二，思想的现代性。尽管闻一多的研究对象是中国古代文学和文化，但他的思想在本质上属于现代文化思想的范畴，在古代文化的研究中生发出现代意识和现代文化思想。这种现代性特征在闻一多文化思想上体现为空间和时间上的开放性：在空间上，闻一多立足于民族文化的强健，但他不是狭隘的民族主义者，而是以开放的胸怀吸纳世界文化思想，但他又不是玄虚的世界主义者，在文化思想中保有了鲜明的民族意识；在时间上，闻一多致力于推进中国文化的现代化，在探索民族文化的源流中赋予民族文化现代意识。如他自己所说："我始终没有忘记除了我们的今天外，还有那二三千年的昨天，除了我们这角落外，还有整个世界。"[①] 如此，闻一多最终形成了自我在古今中外文化中的思想选择和思想建构。

第三，思想的社会性。如果一个学者能够具有现实情怀，就不会在社会现实丰富复杂的变动中无动于衷，总要结合社会现实来研究学术，在学术中

① 闻一多. 闻一多全集：第 12 卷 [M]. 武汉：湖北人民出版社，1994：381.

体现出鲜明的社会性和现实性。闻一多本来就带着自我的社会人生体验进行学术研究，不仅研究文本，而且研究社会，为了社会而研究古籍文本，如此生发出来的文化思想就超出个性范畴而具有了社会性意义。如在抗战时期，闻一多在学术文化中特别瞩目的对象，有最突出的两个方面：一是中国上古文化，在原初社会发掘民族文化中所蕴含的原始生命力；二是中国民间文化，在民间社会揭引人民大众所蕴藏的抵抗强敌的力量。因此闻一多高度赞美现代诗人田间那鼓点式的诗歌，高度赞美民歌中的"原始"和"野蛮"，因为那是一个需要"药石性的猛"和"鞭策性的力"① 的时代。事实上，闻一多的思想越到后来越具有社会性、现实性的力量。思想如艺术一样，可以分出"软""硬"两种类型，闻一多的思想如他的人格一样，是一种"硬"气的思想。

第四，思想的批判性。思想的批判性以思想家的独立性为品格，真正的思想必然建立在对以往思想的批判基础上。中国文化思想在先秦诸子百家的争鸣中奠定基础，两千多年维持儒家定于一尊、佛道法等思想共同发展的基本格局，直到新文化运动才有了根本的变动。现代知识分子所开创的现代思想就是建立在对传统文化思想批判的基础上。成长于新文化运动中的闻一多在思想上始终高扬着反封建的旗帜，在学术研究中深入细致地"看清了我们这民族，这文化的病症"②，得出了自己的文化结论，最后进行了猛烈的中国文化思想批判，在批判中体现出自我主体性和现代化的文化思想。这是闻一多作为学术研究中"杀蠹的芸香"在思想上的最后归宿。

第四节　个性化的现代学术研究方法论

闻一多主体性和现代化的学术个性也体现在古典学术研究的方法论方面。在漫长的古典学术研究历程中闻一多是如何研究中国文学和中国文化的，他采用了哪些研究方法，他的学术研究方法具有怎样的特征，这些不仅体现了闻一多古典学术研究的现代文化视野，而且可以给现代学术研究以启示。

中国的学术研究方法在传统学术中形成了两大方法论体系，即"汉学"方法论和"宋学"方法论。"汉学"方法以考据学为主，注重史料，尤其古

---

① 闻一多. 闻一多全集：第 2 卷 [M]. 武汉：湖北人民出版社，1994：229.
② 闻一多. 闻一多全集：第 12 卷 [M]. 武汉：湖北人民出版社，1994：380.

文经学，从文字的训释和典章的考证入手，追求研究对象的实事求是，形成了目录学、版本学、辑佚学、校勘学等一整套方法；"宋学"则注重心学，追索义理，以演绎方法推演人生要义，略于史料的考订。汉学不免烦琐，宋学流于空疏，各有利弊。在"汉学"和"宋学"之外，中国学术在近代以后引进"西学"，形成别于传统"汉学"和"宋学"的"西学"方法论，总体上可以包括三大方法论体系，一是自然科学方法论，二是社会科学方法论，三是人文主义方法论，其中独立标举并广泛运用的是马克思主义方法论。每一种方法论体系里都有具体的方法可运用于学术研究的具体操作中。同时，现代学术研究得益于时代，可以充分吸收并综合运用传统和现代、中国和西方、自然科学和人文学科的各种研究方法。闻一多身处中国学术从传统到现代的转型期，既受中国传统学术方法论的影响，又接受了现代学术方法论，在他的研究中融会贯通，有自我研究的一套学术方法论体系，有效地运用于古籍整理和中国文学文化的综合论析中。得益于多元化的诗性和科学相结合的方法，闻一多在全部学术研究中做出了巨大的成绩。闻一多的学术研究方法主要体现在以下三个层面。

　　第一个层面是运用传统考据学和文献学方法进行古籍整理。闻一多在正式走上学术研究道路后，首先意识到研究对象如《诗经》《楚辞》和唐诗在文本上的不可靠和词义理解上的一贯歧误，于是致力于文献的考订和词义的诠释。中国传统学术在古籍整理和古籍笺注方面，早就形成了"汉学"的方法论体系，经过清代乾嘉学派的光大，已经有了丰硕的学术整理成果，近现代学人更借助新材料进一步推进了古籍考据方面的研究。在闻一多进入学术研究时，他所面对的一是清代乾嘉学派的学术方法和学术成果，一是近现代学人的学术方法和学术成果。清代朴学领域大师云集，语言文字方面有桂馥、戴震、段玉裁、孙诒让、王念孙、钱大昕等，经传整理方面有惠栋、焦循、孙星衍、王先谦、皮锡瑞、王引之等，历史考据方面有万斯同、崔述、毕沅、洪亮吉、王鸣盛、赵翼等，诸子研究方面有郭庆藩、王先慎、孙诒让、王念孙、俞樾等，他们在目录学、校勘学、版本学、辨伪学、辑佚学等多个方面都全面地整理了中国的经典文献。近代以降，闻一多所承接或与闻一多同时进行古籍文献整理的有罗振玉、王国维对甲骨文的整理与研究、汉晋木简的考释、敦煌文书的整理和研究、清内阁大库书籍和档案的发现与整理，有梁启超的新史学理论和中国近三百年学术史的梳理，有洪畏莲对经史子集经典"引得"的编制，有张元济主持下影印出版的《四部丛刊》《古逸经丛书》《百衲本二十五史》《丛书集成初编》等，有康有为托古改制、经世致用的今文经学研究和章太炎传承乾嘉学派朴学精神的古文经学研究，有胡适倡导"整理国故"而形成的基于现代学术的考据学方法和成就，有顾颉刚为代表的古史辨派的新考据学实践，有陈垣对传统文献学和王重民对目录学方面的成就，等等。所有这些构成了闻一多古籍整理和研究的学术基础，其巨大的成就构成了闻一多继续研究可使用的工具。特别是从东汉郑玄到唐代孔颖达形成的"汉学"传统，发展为乾嘉学派的朴学精神，延续到近现代学术结合了现代科学方法的新考据学，一脉相传到闻一多的学术研究中。学术史的传承和现代学术研究语境的影响决定了闻一多在学术研究内容上以古籍文献的整理为主而归属于文献学的范畴，在学术研究方法上采用灌注了现代科学精神、融合"西学""新学"的汉学、朴学、考据学方法。由此，闻一多在目录学、版本学、校勘学、辨伪学、辑佚学、史源学、笺注学、编纂学、金石学、文字学、训诂学、音韵学等领域都有成绩，而且上述领域同时也构成了闻一多研究的方法论内容。在闻一多的古籍研究实践中，要读破一种古籍，就要综合用到上述各种考据学方法，首先进行辨伪辑佚，然后运用目录学、版本学对古籍进行校勘，文字校正后运用语言学中的音韵学、训诂学进行词义的笺注疏证，在词义的史渊学探索中求得特定文本的、合乎本意的正确解释。经过这样的步骤，才算对一种古籍有了基本的把握。如闻一多对《楚辞》的研究，从所留下的研究成果看，他就是综合运用这些考据学方法来释读《楚辞》的，其中有《楚辞》"校补"、《离骚》"解诂"、《九歌》"释名"、《天问》"疏证"；《庄子》研究方面，有《庄子》"校释"、《庄子》"校补"、《庄子》"章句"、《庄子》"义疏"、《庄子》"校拾"等；唐诗研究方面，更是运用"会笺、考略、考证、事辑、校读、汇补、续补、辩正、丛钞、捃录、校勘"等考据学方法；还有《周易》"义证类纂"、《乐府》"诗笺"等。对于闻一多的文献考据学方法，我们有必要指出这样几点。1. 闻一多对传统考据学方法并不完全沿袭，每一个领域都有具体的方法，在吸收已有方法的基础上也有自己独创的方法，如"唐诗校读法"，创造性地拟定出一个校读唐诗的"公式"："甲集附载乙诗，其题下的署名并入题中，因而误为甲诗。"以此方法辨伪校勘，能够订正唐诗中的不少错误，析出正确的文本。（出自《唐诗校读法举例》卷6）2. 文献学的考订与文化发生学相结合，在知识考古过程中梳理中国民族文化的谱系，因而考据学具有了文化学意义。3. 虽然是传统的文献考据，但贯穿了现代实证主义的科学精神，在科学精神中时时闪耀着闻一多诗性的直觉，达到诗与科学的结合。4. 学术研究方法不仅体现为内容，而且体现着学者的学术态度和学术精神，闻一多对文献考据学方法的执着，表现了他在学术研究上严肃认真和实事求是的态度。5. 但综观闻一多全部的学术成果，他在考据学研究上也不免陷入烦琐，过多黏滞于古籍考据，限制了他在学术思想和文化研究上更大的发展，加上他的早逝，使得他好多的研究工作都半途而废。6. 闻一多之所以如此热衷于考据学研究，固然是学术研究对象决定的，但毋庸讳言，也有被迫的成分。因为当时学院派研究流行的就是考据学，闻一多要在学院立足，就必须在考据上有一套本领。

第二个层面是闻一多对现代人文主义学科方法的运用。文献考据学方法基于考订文字和理解文义，毕竟是研究的基础性工作和研究过程的最初环节，而不是古籍研究的全部，所以在方法论上，闻一多也不会仅限于此。另一方面，随着"西学""新学"的勃兴，在历史的发展中，传统考据学方法仿佛农业文明社会相对落后的手工操作一样，必然在现代化的方法论思潮中有一定的地位，最后融入多元化方法格局中。在传统考据学方法之外，近代以后兴起了基于学科分野的人文主义学科理论方法论。闻一多主要成长于新文化运动前后，加上出国留学，应该说充分地吸收了"西学""新学"思潮，自然也吸收了基于"西学""新学"思潮而完全有别于传统"汉学""宋学"的人文主义学科方法论。学科方法运用于中国经典古籍研究中，一方面针对中国传统文化基本没有学科分类的特征，按照现代科学的学科分类原则将古代文史哲浑然一体的典籍进行学科归类，可以更好地把握和认识古人思想；另一方面，从不同的学科角度认知和研究经典文献，可以科学地厘清经典文献中的思想。闻一多即使在文献考据学的研究中，也有着明确的人文学科方法论意识，如他在对《诗经》和《楚辞》进行文字校正、语言训诂、词义疏证、文本笺注过程中，总要联系时代特征，回到当时语境里阐发其本义，其中有历史学、社会学、民族学、民俗学、神话学等学科的理论视野和方法论指导。在语言文字考释和诗歌文字的训释中，首先当然运用传统"小学"的方法进行字形、字音、字义的文字学、音韵学、训诂学研究，同时借用了现代语义学、语义诠释学等语文学研究理论和方法。他在诗歌中的语义诠释中，往往同时结合着艺术学的鉴赏方法，如在《怎样读九歌》中，闻一多特别欣赏"兮"字的作用，不是把"兮"字看作可有可无的虚字，而是揭示出"兮"字在文中的作用，不仅具有文法意义，而且具有音乐性功能，更使"语言增加了弹性，同时也增加了模糊性与游移性"。这就从文法学、音乐学、艺术学角度论析了"兮"字的功能，这在传统"小学"研究中是不可能发现出来的。在《诗经》的综合研究上，如《匡斋尺牍》中解读《芣苢》一诗，闻一多明确从不同的学科多角度地解读这首诗，首先从文字学和生物学层面释名，然后从生物学角度揭示诗歌所表现出的先民的母性本能，又从社会学角度解释母性本能的社会环境影响，进而从心理学角度分析先民的情感表达，在此基础上进行艺术学的赏析，包括在想象中构造诗歌中的人物形象和从艺术风格学角度把握诗歌的风格，最后从民族学、民俗学、历史学角度拓展诗歌所反映的社会内容。一首诗的解读涉及近十个学科。新方法必然能够带来新发现，新理论指导下的研究可以使古籍焕发出现代生机。当然，现代学科方法论的运用更主要体现在对经典文学作家作品和文化典籍的综合研究上，虽然闻一多在古籍的综合研究上没有完全展开和按计划完成，但从已经进行的综合研究成果看，现代学科方法论的运用既鲜明又充分，因而所得结论和整体学术研究成果也非常突出。以上提到的历史学、社会学、民族学、民俗学、神话学以及语义学、语文诠释学、艺术学等学科方法广泛地运用于唐诗、《诗经》和《楚辞》的综合研究上，还运用到对整个中国文化的探索上。如对《周易》的研究，闻一多采用了社会学和历史学的方法，"以钩稽古代社会史料之目的解《周易》，不主象数，不涉义理"，"即依社会史料性质，分类录出"，从而发现用以占卜的卦辞里包含着丰富的社会史料，分出"经济事类"（包括器用、服饰、车驾、田猎、牧畜、农业、行旅）、"社会事类"（包括婚姻、家庭、宗族、封建、聘问、争讼、刑法、征伐、迁邑）和"心灵事类"（包括妖祥、占候、祭祀、乐舞、道德观念）。而在传统的、主象数和义理的易学家的认知中，绝不可能在《周易》中看见社会史料。现代学科方法论的运用既能够在经典古籍中有新的发现，又使得这些新发现必然具有反传统的意味和意义，如闻一多运用现代心理学、现代性心理学，特别是运用弗洛伊德的精神分析学研究《诗经》，揭示出《诗经》中所表现的性欲和表现性欲的方式，分析了古人的性爱心理。这就揭开了《诗三百篇》的"经"的假面，恢复了先民社会情感表达的本真状态，比照几千年"诗的经说"，可谓惊世骇俗、为腐儒所不可想象。《诗经的性欲观》这样大胆新颖的研究，就是在现代心理学理论方法启发下写出的。随着现代考古学的兴起，出土文物愈益丰富，王国维提出古代研究的"二重证据法"后，闻一多自然也深受启发和影响，所以他后来的研究不限于文献考据而有意识地参照出土文物，借用考古学的成果和方法来推进自己的研究，特别在甲骨文和金文研究上、在神话研究上、在唐诗和《楚辞》研究上，就采用考古学方法。史料的考据扩展到殷墟出土之甲骨文、镌刻有铭文的青铜器、敦煌文献等，他的研究也就扩展到了考古学领域。凡此种种，意味着闻一多作为现代学者在现代学科方法论上的突出成就，而这些学科方法论保证了闻一多学术研究成果的有效性和现代性。

　　第三个层面是美学、哲学和文化学的整体研究方法论。闻一多作为诗人型、文化史家型和思想家型的现代学者，其古代学术研究当然不会限于古籍整理层面，也不会限于一般学者的"就研究对象而论研究对象"或"为学术而学术"，他以诗性的直觉思维穿透中国的文化历史，以宏阔的文化视野看取整个中国古代文学和文化，以卓越的思想家的深度对中国的历史文化进行现代反思和批判，最终生发了自我对中国文化的建立在批判基础上的现代思想。这最终的研究结果表现在学术方法上，在于闻一多在更高层面上运用了美学的、哲学的、文化学的理论思维方法。一方面，闻一多以现代美学、现代哲学和现代文化学理论作为方法论的指导，对古代文化进行反思和批判；另一方面，在对古代文化的具体研究中，总结出建立在中国古代文学和文化实践基础上的自我个性化的美学理论、哲学理论和文化学理论。综观闻一多全部学术研究的理论追求，可以从学术理论进展的逻辑次序分出这样几个层次。1. 现象学的经典还原，还对象以本来面目的现象学理论是闻一多运用考据学整理古籍的哲学理论基础，或者说，他的考据学实践体现了现象学的还原理论。2. 闻一多尽管没有过系统的自然科学训练，但他在学术的具体研究上体现了科学哲学的学理性和技术性的操作规范，表现在学术思维上富有细密谨严、客观条理的逻辑性。3. 在古籍文本的释读上，传统的"小学"方法和西方的语义学及语文诠释学不谋而合，烦琐的训诂、笺注、疏证中有着诠释学理论的统摄。4. 在文学和各门艺术的鉴赏中体现着美学的理论激情，闻一多对西方美学史上的美学和艺术学理论有比较广泛的了解，自然运用到他的艺术研究中。5. 从作为学者的身份和角色意识中，闻一多事实上更富有一种强力的主体意志，在生命哲学的意识中培育出独立的学术品格和学术精神，这既成为激发自我学术创造力的精神机制，又成为自我学术生命的精神依托。6. 个性的生命哲学结合着社会政治哲学的批判意识，他的学术批判、思想批判和现实批判都是建立在社会政治哲学基础上的，其核心是民主和自由的现代法则。7. 在所有学术研究和方法论理论中，闻一多最终整合出研究中的文化学理论和在文化学理论的指导下整合自我的学术研究，更以文化学理论探索和梳理中国的历史文化，其中包括运用哲学人类学和文化人类学理论，建立以人为本的"诗的史"和"史的诗"。这些理论层面在闻一多的学术研究实践和学术研究思想中都有所体现，或多或少，或隐或显，成为他学术研究的方法论基础和思想理论基础。如果没有这些理论方法论，闻一多或可能仅仅是一个有成就的考据家而已。但他作为一个思想家型的学者，有着自觉的理论思维和理论追求，他的理论绝不是简单地套用现成理论，而是在自我的学术研究中自然生发出来的。

以上三个层面的方法论表现在闻一多的学术研究过程中实际不是截然分离的。在闻一多的研究实践中，一方面，这些方法互相联系、共同作用，另一方面，在逻辑上呈现为方法自身的推演过程，随着研究内容的逻辑发展，在研究方法上也顺理成章地从此一层面的方法变化到彼一层面的方法。在总体上，闻一多这些层面的方法论表现为多层面方法论在演变中结合的特征。1. 从旧方法到新方法，新旧方法相结合。闻一多学术研究中自然鲜明地表现为传统"汉学"的影响，主要以文献考据学的多种方法进行古籍考订和整理，但他同时受"新学"影响，在现代学术范畴中把旧考据学推进到新考据学方法上，表现出新旧结合的特征。2. 从中到西，中西学术方法相结合。在运用传统文献考据学的同时，广泛吸收西方现代理论和现代方法论，如考证方法和现代实证主义的结合，训诂学和西方诠释学的结合。3. 在闻一多的古典学术研究中，既有微观研究而运用了微观层面的方法，又有宏观研究而运用了宏观层面的方法，从微观到宏观的发展过程中达到了微观研究和宏观研究的结合，同时也体现为方法论特征。4. 具体而言，也可以说他的研究是从具体的研究到整体研究、具体研究的方法和整体研究的方法相结合。具体性的方法论显示闻一多并不生搬西方现成理论硬套在自己的研究对象上，而是从自己切实的具体研究中得出研究结论，结论出自他对具体对象丰富材料的把握上。正是在对象的具体研究基础上才进行整体研究，做到了具体性和整体性的统一，这样，闻一多的研究虽然涉猎广泛但并不分割，他的目的就是要建立一种中国的整体文化观。5. 自然科学方法、社会科学方法和人文学科方法相结合。闻一多虽然没有特别运用自然科学的方法，但在研究中也有体现，如《诗经》研究中的生物学方法，自然科学方法主要体现在他总体的学术研究思维方法和具体的学术操作中，达到科学性、客观性、严谨性、条理性等逻辑性的学理标准。社会科学方法和人文学科方法则被闻一多直接运用，如前所述。这里要强调的是闻一多对三大体系方法论的结合特征。自下而上的研究路径和多层面方法的纵横结合特征，构成了闻一多学术研究中的方法论体系，全部方法论呈现出网络状方法的总特征。正是如此丰富而有效的多元化方法，成就了闻一多的学术伟业。

结语："说不尽"的闻一多

　　歌德在评价莎士比亚时谓"说不尽的莎士比亚"，这个说法也可以适用于闻一多。综观闻一多的古典学术文化世界，我们首先可以看到他那博大精深、纵贯古今的学术世界，并为之惊叹；然后进入他学术研究的历程和学术研究成果中，在中国学术史上可以把握他多方面的学术贡献；进一步，我们可以感知他学术文化世界所体现出来的诗意化创造性思维特征、宏阔的文化史家意识和文化思想的深广度；特别重要的是，我们更可以探取他在学术研究中所表现出来的主体人格、现代精神和对固有文化思想的批判意识。所有这些都可以充分证明闻一多在中国学术文化史和中国现代学术文化格局中的伟大地位。那么，研究闻一多的学术，就是要阐发闻一多的学术文化思想和学术精神，论定他在中国学术史上和中国现代学术文化格局中的贡献，以"闻一多的文化思想和学术研究标准"作为我们进行文化选择和学术建设的价值标准，或可以对抗和矫正当下甚嚣尘上的文化复古主义、文化保守主义和浮躁浅薄、假冒伪劣的学术风气。这可以说是研究闻一多学术文化最大的、最现实的意义。

　　在中国现代学术文化、中国现代社会文化和中国现代革命文化格局中，闻一多都占据相当的地位和空间，也就是说，闻一多既是现代学术文化的典范，又属于现代社会文化的系统，还体现了鲜明的现代革命文化特征。他不是中国现代的第一个学者，因为在他走上学术道路之前，中国现代学术研究已经蔚为大观；他更不是最后一个现代学者，因为在他之后有无数的学者继续推进着中国的学术文化。在整个中国现代学术文化格局中，闻一多无疑是至为独特的伟大学者之一。他的伟大不仅仅体现在他学术世界的博大精深上面，还体现在他学术研究的强烈的主体精神、文化关怀、社会意识上面。就学术自身而言，闻一多以其严谨的学术态度、科学的学术方法、宏阔的学术视野、深刻的学术思想、巨大的学术成就而成为中国现代学术大师。闻一多绝不仅仅是一般意义上的大学者，他整体的学术研究表现出来的不单纯在"学"、在"术"，而是在学术中贯注了他的诗人激情，高扬着他的主体精神，表现出他的民族关怀，积淀了他的文化思考，融会着他的人生体验，更体现着他的社会现实意识和社会实践的主体形象。在这些意义上，闻一多超越了众多的学者而成为现代最伟大的学者之一。

罗素在《西方哲学史》中论亚里士多德时说："阅读任何一个重要的哲学家，而尤其是阅读亚里士多德，我们有必要从两个方面来研究他：参考他的前人和参考他的后人。就前一方面说，亚里士多德的优点是极其巨大的；就后一方面说，则他的缺点也同样是极其巨大的。然而对于他的缺点，他的后人却要比他负有更多的责任。"① 这也适用于对闻一多作为学者的学术研究贡献的评价。

---

① 罗素．西方哲学史（上卷）［M］．北京：商务印书馆，2017：203.

参考文献

一、闻一多研究类

[1] 陆耀东，赵慧，陈国恩. 闻一多国际学术研讨会论文选［M］. 武汉：武汉大学出版社，2000.

[2] 陆耀东，李少云，陈国恩. 2004年闻一多国际学术研讨会论文选［M］. 武汉：武汉大学出版社，2005.

[3] 闻一多纪念文集［M］. 北京：生活·读书·新知三联书店，1980.

[4] 陈卫. 闻一多诗学论［M］. 桂林：广西师范大学出版社，2000.

[5] 陈文. 闻一多［M］. 石家庄：河北教育出版社，2001.

[6] 邓乔彬，赵晓岚. 学者闻一多［M］. 上海：学林出版社，2001.

[7] 方仁念. 闻一多在美国［M］. 上海：华东师范大学出版社，1985.

[8] 高国藩. 新月的诗神：闻一多与徐志摩［M］. 台北：台湾商务印书馆，2004.

[9] 季镇淮. 闻朱年谱［M］. 北京：清华大学出版社，1986.

[10] 季镇淮. 闻一多研究四十年［M］. 北京：清华大学出版社，1988.

[11] 李子玲. 闻一多诗学论稿［M］. 台北：文史哲出版社，1996.

[12] 刘介民. 闻一多：寻觅时空最佳点［M］. 北京：文津出版社，2005.

[13] 刘烜. 闻一多评传［M］. 北京：北京大学出版社，1983.

[14] 刘志权. 闻一多传［M］. 北京：团结出版社，1999.

[15] 陆耀东，李少云，陈国恩. 闻一多殉难60周年纪念暨国际学术研讨会论文集［M］. 武汉：武汉大学出版社，2007.

[16] 潘皓. 闻一多：跨文化求索中的诗化人生［M］. 济南：济南出版社，2005.

[17] 商金林. 闻一多研究述评［M］. 天津：天津教育出版社，1990.

[18] 时萌. 闻一多朱自清论［M］. 上海：上海文艺出版社，1982.

[19] 苏志宏. 闻一多新论［M］. 北京：中央编译出版社，1999.

[20] 唐鸿棣．诗人闻一多的世界［M］．上海：学林出版社，1996.

[21] 王富仁．闻一多名作欣赏［M］．北京：和平出版社，1993.

[22] 王锦厚．闻一多与饶孟侃［M］．成都：电子科技大学出版社，1999.

[23] 王康．闻一多传［M］．武汉：湖北人民出版社，1979.

[24] 闻惠．闻一多青少年时代旧体诗文浅注［M］．北京：群言出版社，2003.

[25] 闻黎明，侯菊坤．闻一多年谱长编［M］．武汉：湖北人民出版社，1994.

[26] 闻黎明．闻一多传［M］．北京：人民出版社，1992.

[27] 闻力雕，杜春华．闻一多画传［M］．武汉：湖北人民出版社，2006.

[28] 闻立树，闻立欣．闻一多纪念与研究图文录：拍案颂［M］．北京：国家图书馆出版社，2007.

[29] 闻一多．闻一多全集（12 卷）［M］．武汉：湖北人民出版社，1994.

[30] 闻一多．闻一多全集（4 卷）［M］．北京：生活·读书·新知三联书店，1982.

[31] 吴宏聪．闻一多的文化观及其他［M］．广州：广东高度教育出版社，1998.

[32] 武汉大学闻一多研究室．闻一多研究丛刊：第二集［M］．武汉：武汉出版社，1998.

[33] 武汉大学闻一多研究室．闻一多研究丛刊：第一集［M］．武汉：武汉大学出版社，1989.

[34] 李少云，袁干正．闻一多研究集刊：总第 9 辑［M］．武汉：武汉出版社，2004.

[35] 谢泳．血色闻一多［M］．北京：同心出版社，2005.

[36] 徐有富．闻一多［M］．南京：江苏文艺出版社，1999.

[37] 许芥昱．新诗的开路人：闻一多［M］．香港：波文书局，1982.

[38] 许毓峰，徐文斗，谷辅林，等．闻一多研究资料（上下）［M］．太原：北岳文艺出版社，1986.

[39] 杨洪勋．闻一多：从诗人到学者［M］．青岛：中国海洋大学出版社，2006.

[40] 杨扬. 现代背景下的文化熔铸：闻一多与中外文学关系［M］. 福州：福建教育出版社，2001.

[41] 于唐. 朱自清 胡适 闻一多解读唐诗［M］. 沈阳：辽海出版社，2001.

[42] 余嘉华，熊朝隽. 闻一多研究文集［M］. 昆明：云南教育出版社，1990.

[43] 俞兆平. 闻一多美学思想论稿［M］. 上海：上海文艺出版社，1988.

[44] 张建宏. 现代爱国三诗人：郭沫若、闻一多、艾青［M］. 桂林：漓江出版社，1993.

[45] 张巨才，刘殿祥. 闻一多学术思想评传［M］. 北京：北京图书馆出版社，2000.

[46] 赵慧. 回忆纪念闻一多［M］. 武汉：武汉出版社，1999.

[47] 郑临川. 闻一多论古典文学［M］. 重庆：重庆出版社，1984.

[48] 郑临川. 笳吹弦颂传薪录：闻一多、罗庸论中国古典文学［M］. 上海：上海古籍出版社，2002.

二、典籍、文集类（经史子集）

[1] 董仲舒. 春秋繁露·天人三策［M］. 长沙：岳麓书社，1997.

[2] 干宝. 搜神记［M］. 北京：中华书局，1979.

[3] 葛洪. 抱朴子［M］. 影印本. 上海：上海古籍出版社，1990.

[4] 郭茂倩. 乐府诗集［M］. 北京：文学古籍刊行社，1955.

[5] 郭璞. 足本山海经图赞［M］. 张宗祥，校录. 上海：古典文学出版社，1958.

[6] 国学整理社. 诸子集成［M］. 北京：中华书局，1954.

[7] 汉书［M］. 北京：中华书局，1962.

[8] 蘅塘退士，陈婉俊. 唐诗三百首补注［M］. 北京：文学古籍刊行社，1956.

[9] 范晔. 后汉书［M］. 北京：中华书局，1965.

[10] 胡仔. 苕溪渔隐丛话［M］. 北京：人民文学出版社，1962.

[11] 计有功. 唐诗纪事［M］. 上海：上海古籍出版社，1987.

[12] 刘昫. 旧唐书［M］. 北京：中华书局，1975.

[13] 李昉，等. 太平广记［M］. 北京：中华书局，1961.

［14］刘勰，范文澜．文心雕龙注［M］．北京：人民文学出版社，1958.

［15］彭定求．全唐诗［M］．北京：中华书局，1960.

［16］沈德潜．唐诗别裁集［M］．北京：中华书局，1975.

［17］阮元．十三经注疏［M］．上海：上海古籍出版社，1997.

［18］司空图，郭绍虞．诗品集解·续诗品注［M］．北京：人民文学出版社，1963.

［19］司马迁．史记［M］．北京：中华书局，1959.

［20］元结，殷璠，等．唐人选唐诗（十种）［M］．上海：中华书局上海编辑所，1958.

［21］王夫之．楚辞通释［M］．上海：上海人民出版社，1975.

［22］王士祯．带经堂诗话［M］．北京：人民文学出版社，1998.

［23］王重民，孙望，童养年．全唐诗外编（上下册）［M］．北京：中华书局，1982.

［24］吴景旭．历代诗话［M］．上海：中华书局上海编辑所，1958.

［25］吴闿生．诗义会通［M］．北京：中华书局，1962.

［26］欧阳修．新唐书［M］．北京：中华书局，1975.

［27］严羽，郭绍虞．沧浪诗话校释［M］．北京：人民文学出版社，1962.

［28］姚际恒．诗经通论［M］．覆刻本．顾颉刚，校点，北京：中华书局，1958.

［29］永瑢，等．四库全书总目（上下册）［M］．北京：中华书局，1965.

［30］余冠英．乐府诗选［M］．北京：人民文学出版社，1957.

［31］喻守真．唐诗三百首详析［M］．北京：中华书局，1980.

［32］袁珂．山海经校注［M］．成都：巴蜀书社，1996.

［33］张华，范宁．博物志校正［M］．北京：中华书局，1980.

［34］郑玄，孔颖达．毛诗正义［M］．影印本．上海：上海古籍出版社，1990.

［35］钟嵘，陈延杰．诗品注［M］．北京：人民文学出版社，1958.

［36］朱熹．楚辞集注［M］．影印本．北京：人民文学出版社，1952.

［37］朱熹．诗集传［M］．北京：中华书局，1958.

［38］司马光．资治通鉴［M］．北京：中华书局，1956.

三、理论类

［1］汤因比．历史研究［M］．刘北成，郭小凌，译. 上海：上海人民出版社，2000.

［2］泰勒．原始文化［M］．连树声，译. 上海：上海文艺出版社，1992.

［3］鲍斯．种族·语言·文化［M］．英文原版影印本. 北京：中国社会科学出版社，1999.

［4］莫利斯．宗教人类学［M］．周国黎，译. 北京：今日中国出版社，1992.

［5］陈望衡．狞厉之美［M］．长沙：湖南美术出版社，1991.

［6］托多罗夫．象征理论［M］．王国卿，译. 北京：商务印书馆，2005.

［7］夏佩尔．理由与求知：科学哲学研究文集［M］．褚平，周文彰，译. 上海：上海译文出版社，2001.

［8］邓福星．艺术前的艺术［M］．济南：山东文艺出版社，1986.

［9］恩格斯．反杜林论［M］．中共中央马克思恩格斯列宁斯大林著作编译局，译. 北京：人民出版社，1972.

［10］恩格斯．家庭·私有制和国家的起源［M］．中共中央马克思恩格斯列宁斯大林著作编译局，译. 北京：人民出版社，1972.

［11］卡西尔．符号·神话·文化［M］．李小兵，译. 北京：东方出版社，1988.

［12］卡西尔．人论［M］．甘阳，译. 上海：上海译文出版社，1985.

［13］卡西尔．神话思维［M］．黄龙保，周振选，译. 北京：中国社会科学出版社，1992.

［14］卡西尔．语言与神话［M］．于晓，等译. 北京：生活·读书·新知三联书店，1988.

［15］弗洛伊德．论宗教［M］．王献华，张敦福，译. 北京：国际文化出版公司，2001.

［16］海德格尔．存在与时间［M］．陈嘉映，王庆节，译. 北京：生活·读书·新知三联书店，1987.

［17］何星亮．图腾与中国文化［M］．南京：江苏人民出版社，2008.

［18］黑格尔．精神现象学（上下）［M］．贺麟，王玖兴，译. 北京：商

务印书馆，1997.

　　［19］黑格尔．精神哲学［M］．杨祖陶，译.北京：人民出版社，2006.

　　［20］黑格尔．美学［M］．朱光潜，译.北京：商务印书馆，1982.

　　［21］黑格尔．小逻辑［M］．贺麟，译.北京：商务印书馆，1980.

　　［22］洪汉鼎．理解与解释：诠释学经典文选［M］．北京：东方出版社，2006.

　　［23］金秋．古丝绸之路乐舞文化交流史［M］．上海：上海音乐出版社，2002.

　　［24］居阅时，瞿明安．中国象征文化［M］．上海：上海人民出版社，2001.

　　［25］康德．纯粹理性批判［M］．邓晓芒，译.北京：人民出版社，2004.

　　［26］康德．判断力批判［M］．宗白华，译.北京：商务印书馆，1985.

　　［27］康德．实践理性批判［M］．郭水法，译.北京：商务印书馆，2001.

　　［28］列维-斯特劳斯．野性的思维［M］．李幼蒸，译.北京：商务印书馆，1987.

　　［29］列维-斯特劳斯．结构人类学（1—2）［M］．张祖建，译.北京：中国人民大学出版社，2006.

　　［30］兰德曼．哲学人类学［M］．阎嘉，译.贵阳：贵州人民出版社，2006.

　　［31］马丁．历史解释：重演和实践推断［M］．王晓红，译.北京：文津出版社，2005.

　　［32］弗思．人文类型［M］．费孝通，译.北京：华夏出版社，2002.

　　［33］李承贵．通向学术真际之路：中国现代学术研究方法史论［M］．南昌：江西人民出版社，2002.

　　［34］李泽厚．华夏美学［M］．北京：中外文化出版公司，1989.

　　［35］李泽厚．美的历程［M］．北京：中国社会科学出版社，1984.

　　［36］李泽厚．中国思想史论（上中下）［M］．合肥：安徽文艺出版社，1999.

　　［37］廖明君．生殖崇拜的文化解读［M］．南宁：广西人民出版社，2006.

　　［38］列维-布留尔．原始思维［M］．丁由，译．北京：商务印书馆，

1997.

　　［39］林惠祥．文化人类学［M］．北京：商务印书馆，2002.

　　［40］林耀华．社会人类学讲义［M］．厦门：鹭江出版社，2003.

　　［41］斯特龙伯格．西方现代思想史［M］．刘北成，赵国新，译．北京：中央编译出版社，2005.

　　［42］罗素．西方哲学史［M］．何兆武，李约瑟，译．北京：商务印书馆，1982.

　　［43］马克思.1844年经济学—哲学手稿［M］．刘丕坤，译．北京：人民出版社，1979.

　　［44］韦伯．儒教与道教［M］．王容芬，译．北京：商务印书馆，2003.

　　［45］马林诺夫斯基．西太平洋上的航海者［M］．英文原版影印本．北京：中国社会科学出版社，1999.

　　［46］萨林斯．"土著"如何思考：以库克船长为例［M］．张宏明，译．上海：上海人民出版社，2003.

　　［47］埃利亚德．神秘主义、巫术与文化风尚［M］．宋立道，鲁奇，译．北京：光明日报出版社，1990.

　　［48］福柯．知识考古学［M］．谢强，马月，译．北京：生活·读书·新知三联书店，1999.

　　［49］倪梁康．面对实事本身：现象学经典文选［M］．北京：东方出版社，2000.

　　［50］哈维兰．文化人类学［M］．瞿铁鹏，张钰，译．上海：上海社会科学院出版社，2006.

　　［51］维柯．新科学［M］．朱光潜，译．北京：人民文学出版社，1997.

　　［52］伍蠡甫．中国画论研究［M］．北京：北京大学出版社，1983.

　　［53］许纪霖．二十世纪中国思想史论（上下卷）［M］．上海：东方出版中心，2000.

　　［54］德里达．论文字学［M］．汪堂家，译．上海：上海译文出版社，2005.

　　［55］杨慧林．圣言·人言：神学诠释学［M］．上海：上海译文出版社，2002.

　　［56］于民．春秋前审美观念的发展［M］．北京：中华书局，1984.

　　［57］余英时．士与中国文化［M］．上海：上海人民出版社，2003.

　　［58］弗雷泽．金枝（上下册）［M］．徐育新，汪培基，张泽石，译．北

京：中国民间文艺出版社，1987.

［59］张碧波．中国早期文明的文化人类学考察［M］．哈尔滨：黑龙江人民出版社，2005.

［60］赵国华．生殖崇拜文化论［M］．北京：中国社会科学出版社，1990.

［61］赵霈霖．兴的源起：历史积淀与诗歌艺术［M］．北京：中国社会科学出版社，1987.

［62］郑元者．图腾美学与现代人类［M］．上海：学林出版社，1992.

［63］朱狄．艺术的起源［M］．北京：中国社会科学出版社，1982.

［64］朱狄．原始文化研究［M］．北京：生活·读书·新知三联书店，1988.

［65］庄锡昌，孙克民．文化人类学的理论构架［M］．杭州：浙江人民出版社，1988.

四、中国学术史类

［1］步近智，张安奇．中国学术思想史［M］．北京：中国社会科学出版社，2007.

［2］曹聚仁．中国学术思想史随笔［M］．北京：生活·读书·新知三联书店，1986.

［3］陈来．宋明理学［M］．沈阳：辽宁教育出版社，1991.

［4］陈平原．中国现代学术之建立［M］．北京：北京大学出版社，1998.

［5］丁伟志，陈崧．中西体用之间［M］．北京：中国社会科学出版社，1995.

［6］方朝晖."中学"与"西学"：重新解读现代中国学术史［M］．保定：河北大学出版社，2002.

［7］方克．中国辩证法思想史（先秦）［M］．北京：人民出版社，1985.

［8］冯天瑜，邓建华，彭池．中国学术流变（上下册）［M］．武汉：华中师范大学出版社，2003.

［9］傅杰．章太炎学术史论集［M］．北京：中国社会科学出版社，1997.

［10］傅勤家．中国道教史［M］．北京：东方出版社，2008.

［11］葛兆光．道教与中国文化［M］．上海：上海人民出版社，1987.

［12］顾颉刚．秦汉的方士和儒生［M］．上海：上海古籍出版社，1998.

［13］关长龙．中国学术史述论［M］．成都：巴蜀书社，2004.

［14］郭沫若．中国古代社会研究［M］．石家庄：河北教育出版社，2004.

［15］国学大师丛书［M］．南昌：百花洲文艺出版社，1990.

［16］何光岳．汉民族的历史与发展［M］．长沙：岳麓书社，1998.

［17］洪俊峰．思想启蒙与文化复兴：五四思想史论［M］．北京：人民出版社，2006.

［18］侯外庐．中国古代社会史论［M］．石家庄：河北教育出版社，2003.

［19］侯外庐．中国早期启蒙思想史［M］．北京：人民出版社，1956.

［20］胡孚琛，吕锡琛．道学通论：道家、道教、仙学［M］．北京：社会科学文献出版社，1999.

［21］胡维革．中国近代社会思潮研究［M］．长春：东北师范大学出版社，1994.

［22］胡伟希．转识成智：清华学派与二十世纪中国哲学［M］．上海：华东师范大学出版社，2005.

［23］胡晓明，傅杰．释中国（1—4卷）［M］．上海：上海文艺出版社，1998.

［24］胡兆量，阿尔斯朗，琼达，等．中国文化地理概述［M］．北京：北京大学出版社，2006.

［25］江藩．国朝汉学师承记［M］．北京：生活·读书·新知三联书店，1998.

［26］姜广辉．走出理学［M］．沈阳：辽宁教育出版社，1997.

［27］金景芳．奴隶社会史［M］．上海：上海人民出版社，1983.

［28］康有为．孔子改制考［M］．北京：中华书局，1988.

［29］康有为．新学伪经考［M］．北京：中华书局，1988.

［30］李济．安阳［M］．石家庄：河北教育出版社，2002.

［31］李学勤．东周与秦代文明［M］．北京：文物出版社，1991.

［32］李学勤．李学勤集：追溯·考据·古文明［M］．哈尔滨：黑龙江教育出版社，1989.

［33］李学勤．失落的文明［M］．上海：上海文艺出版社，1997.

［34］李学勤．重写学术史［M］．石家庄：河北教育出版社，2002.

［35］朱汉民，等．中国学术史［M］．南昌：江西教育出版社，2001.

［36］李致忠，周少川，张木早．中国典籍史［M］．上海：上海人民出版社，2004.

［37］梁启超．论中国学术思想变迁之大势［M］．上海：上海世纪出版集团，2006.

［38］梁启超．清代学术概论［M］．北京：东方出版社，1996.

［39］梁启超．中国近三百年学术史［M］．北京：东方出版社，1996.

［40］梁启超．中国历史研究法［M］．北京：东方出版社，1996.

［41］刘大杰．魏晋思想论［M］．上海：上海古籍出版社，1998.

［42］刘梦溪．中国现代学术要略［M］．北京：生活·读书·新知三联书店，2008.

［43］刘师培．经学教科书［M］．上海：上海古籍出版社，2006.

［44］柳诒徵．中国文化史（上下）［M］．北京：东方出版中心，1988.

［45］麻天祥．中国近代学术史［M］．武汉：武汉大学出版社，2007.

［46］牟钟鉴，胡孚琛，王葆玹．道教通论：兼论道家学说［M］．济南：齐鲁书社，1991.

［47］皮锡瑞．经学历史［M］．北京：中华书局，1959.

［48］皮锡瑞．经学通论［M］．北京：中华书局，1982.

［49］钱穆．国学概论［M］．北京：商务印书馆，1997.

［50］钱穆．中国近三百年学术史［M］．北京：中华书局，1986.

［51］卿希泰．中国道教史（4卷）［M］．成都：四川人民出版社，1996.

［52］任继愈．中国道教史［M］．上海：上海人民出版社，1990.

［53］桑兵，关晓红．先因后创与不破不立：近代中国学术流派研究［M］．北京：生活·读书·新知三联书店，2007.

［54］桑兵．晚清民国的国学研究［M］．上海：上海古籍出版社，2001.

［55］苏云峰．从清华学堂到清华大学：1911—1929［M］．北京：生活·读书·新知三联书店，2002.

［56］苏云峰．从清华学堂到清华大学：1928—1937［M］．北京：生活·读书·新知三联书店，2002.

［57］王富仁．"新国学"论纲［M］．北京：人民出版社，2005.

［58］王国维．观堂集林［M］．石家庄：河北教育出版社，2003.

［59］王俊义．清代学术探研录［M］．北京：中国社会科学出版社，

2002.

[60] 王森然. 近代名家评传（初集、二集）［M］. 北京：生活·读书·新知三联书店，1998.

[61] 西南联大北京校友会. 国立西南联合大学校史［M］. 北京：北京大学出版社，1996.

[62] 夏鼐. 中国文明的起源［M］. 北京：文物出版社，1985.

[63] 夏中义. 从王瑶到王元化［M］. 桂林：广西师范大学出版社，2005.

[64] 夏中义. 九谒先哲书［M］. 上海：上海文化出版社，2000.

[65] 萧萐父，许书民. 明清启蒙学术流变［M］. 沈阳：辽宁教育出版社，1995.

[66] 萧一山. 清代史［M］. 沈阳：辽宁教育出版社，1997.

[67] 徐葆耕. 释古与清华学派［M］. 北京：清华大学出版社，1997.

[68] 徐旭生. 中国古史的传说时代［M］. 北京：文物出版社，1985.

[69] 许地山. 道教史［M］. 上海：上海古籍出版社，1999.

[70] 许倬云. 西周史［M］. 北京：生活·读书·新知三联书店，1994.

[71] 杨希枚. 先秦文化史论集［M］. 北京：中国社会科学出版社，1995.

[72] 杨向奎，等. 百年学案（上下）［M］. 沈阳：辽宁人民出版社，2003.

[73] 杨向奎. 清儒学案新编（8卷）［M］. 济南：齐鲁书社，1985.

[74] 尹继佐，周山. 中国学术思潮史（8册）［M］. 上海：上海社会科学院出版社，2006.

[75] 张广志. 西周史与西周文明［M］. 上海：上海科学技术文献出版社，2007.

[76] 张立文. 中国学术通史（6卷）［M］. 北京：人民出版社，2004.

[77] 张亮采. 中国风俗史［M］. 北京：东方出版社，1996.

[78] 张世林. 学林春秋（三编六册）［M］. 北京：朝华出版社，1999.

[79] 张紫晨. 中国民俗学史［M］. 长春：吉林文史出版社，1993.

[80] 章太炎，刘师培. 中国近三百年学术史论［M］. 上海：上海古籍出版社，2006.

[81] 章太炎. 国学概论［M］. 上海：上海古籍出版社，1997.

[82] 周予同. 群经概论［M］. 北京：中国书籍出版社，2006.

［83］周予同．中国经学史讲义［M］．上海：上海文艺出版社，1999.

［84］朱存明．汉画像的象征世界［M］．北京：人民文学出版社，2005.

［85］朱维铮．求索真文明：晚清学术史论［M］．上海：上海古籍出版社，1996.

［86］朱越利．道经总论［M］．沈阳：辽宁教育出版社，1991.

五、文字学、文献学、考据学类

［1］伊斯特林．文字的产生和发展［M］．左少兴，译．北京：北京大学出版社，1987.

［2］萨丕尔．语言论：言语研究导论［M］．陆卓元，译．北京：商务印书馆，1985.

［3］布龙菲尔德．语言论［M］．袁家骅，赵世开，甘世福，译．北京：商务印书馆，1980.

［4］陈宗明．汉字符号学［M］．南京：江苏教育出版社，2001.

［5］董洪利．古籍的阐释［M］．沈阳：辽宁教育出版社，1993.

［6］索绪尔．普通语言学教程［M］．高名凯，译．北京：商务印书馆，2009.

［7］高国抗，杨燕起．中国历史文献学［M］．北京：北京图书馆出版社，2003.

［8］高路明．古籍目录与中国古代学术研究［M］．南京：江苏古籍出版社，1997.

［9］何丹．图画文字说与人类文字的起源：关于人类文字起源模式重构的研究［M］．北京：中国社会科学出版社，2003.

［10］何九盈．汉字文化学［M］．沈阳：辽宁人民出版社，2000.

［11］胡厚宣．古代研究的史料问题［M］．昆明：云南人民出版社，2005.

［12］黄立振．八百种古典文学著作介绍［M］．郑州：中州书画社，1982.

［13］罗常培．语言与文化［M］．北京：北京出版社，2004.

［14］漆永祥．乾嘉考据学研究［M］．北京：中国社会科学出版社，1998.

［15］裘锡圭．文字学概要［M］．北京：商务印书馆，1988.

［16］饶宗颐．符号、初文与字母：汉字树［M］．上海：上海书店出版

社，2000.

[17] 唐兰. 中国文字学 [M]. 上海：上海古籍出版社，2001.

[18] 王显春. 汉字的起源 [M]. 上海：学林出版社，2002.

[19] 王元鹿. 比较文字学 [M]. 南宁：广西教育出版社，2001.

[20] 邢福义. 文化语言学 [M]. 武汉：湖北教育出版社，2000.

[21] 许慎，段玉裁. 说文解字注 [M]. 经韵楼刻本. 杭州：浙江古籍出版社，1998.

[22] 余嘉锡. 目录学发微 [M]. 北京：中国人民大学出版社，2004.

[23] 张舜徽. 张舜徽集·中国文献学 [M]. 武汉：华中师范大学出版社，2004.

[24] 周有光. 比较文字学初探 [M]. 北京：语文出版社，1998.

六、中国古代文学研究类

1. 文学史著

[1] 曹道衡. 南北朝文学史 [M]. 北京，人民文学出版社，1991.

[2] 陈伯海. 中国文学史之宏观 [M]. 北京：中国社会科学出版社，1995.

[3] 陈平原. 文学史的形成与建构 [M]. 南宁：广西教育出版社，1999.

[4] 陈思和. 中国新文学整体观 [M]. 上海：上海文艺出版社，1987.

[5] 陈子展. 唐宋文学史 [M]. 上海：作家书屋，1947.

[6] 陈子展. 中国近代文学之变迁·最近三十年中国文学史 [M]. 上海：上海古籍出版社，2000.

[7] 葛晓英. 八代诗史 [M]. 西安：陕西人民出版社，1989.

[8] 郭延礼. 中国近代文学发展史（三卷）[M]. 济南：山东教育出版社，1990.

[9] 胡国瑞. 魏晋南北朝文学史 [M]. 上海：上海文艺出版社，1980.

[10] 胡适. 白话文学史 [M]. 合肥：安徽教育出版社，2006.

[11] 胡适. 五十年来中国之文学 [M]. 上海：上海亚东图书馆，1924.

[12] 胡云翼. 新著中国文学史 [M]. 北京：北新书局，1932.

[13] 黄修己. 中国新文学史编撰史 [M]. 北京：北京大学出版社，1995.

[14] 蓝海. 中国抗战文艺史 [M]. 北京：现代出版社，1947.

［15］李何林．近二十年中国文艺思潮论［M］．西安：陕西人民出版社，1984.

［16］林传甲．中国文学史［M］．北京：武林谋新室，1910.

［17］林庚．中国文学简史［M］．北京：北京大学出版社，1988.

［18］刘大杰．中国文学发展史［M］．上海：上海古籍出版社，1982.

［19］刘师培．中古文学史·论文杂记［M］．北京：人民文学出版社，1959.

［20］刘绶松．中国新文学史初稿［M］．北京：作家出版社，1954.

［21］刘永济．十四朝文学要略［M］．哈尔滨：黑龙江人民出版社，2007.

［22］鲁迅．汉文学史纲要［M］．北京：人民文学出版社，1973.

［23］鲁迅．中国小说史略［M］．北京：人民文学出版社，1973.

［24］陆侃如，冯沅君．中国诗史（三卷）［M］．北京：作家出版社，1956.

［25］钱基博．现代中国文学史［M］．长沙：岳麓书社，1986.

［26］钱理群，吴福辉，温儒敏，等．中国现代文学三十年［M］．上海：上海文艺出版社，1987.

［27］唐弢，严家炎．中国现代文学史［M］．北京：人民文学出版社，1979.

［28］王瑶．中古文学史论［M］．石家庄：河北教育出版社，2000.

［29］王瑶．中国新文学史稿（上下册）［M］．石家庄：河北教育出版社，2000.

［30］王哲甫．中国新文学运动史［M］．北平：北平杰成印书局，1933.

［31］文天行．国统区抗战文学运动史稿［M］．成都：四川教育出版社，1988.

［32］谢无量．中国大文学史［M］．北京：中华书局，1918.

［33］徐北文．先秦文学史［M］．济南：齐鲁书社，1981.

［34］杨公骥．中国文学（第一册）［M］．长春：吉林人民出版社，1957.

［35］游国恩，王起，萧涤非，等．中国文学史（四册）［M］．北京：人民文学出版社，1978.

［36］袁行霈．中国文学史（四册）［M］．北京：高等教育出版社，2005.

［37］张志岳．先秦文学简史［M］．哈尔滨：黑龙江人民出版社，1986．

［38］章培恒，骆玉明．中国文学史（三册）［M］．上海：复旦大学出版社，1996．

［39］郑振铎．插图本中国文学史（四册）［M］．北京：人民文学出版社，1957．

［40］中国社科院文学所．中国文学史（三册）［M］．北京：人民文学出版社，1962．

［41］周作人．中国新文学的源流［M］．北平：北平人文书店，1932．

［42］朱谦之．中国音乐文学史［M］．北京：北京大学出版社，1989．

［43］朱星．中国文学语言发展史略［M］．北京：新华出版社，1988．

［44］朱自清．中国新文学研究纲要［M］．上海：上海文艺出版社，1982．

［45］黄子平，陈平原，钱理群．论"20 世纪中国文学"［J］．文学评论，1985（15）．

2. 古代文学综合研究

［1］《文学遗产》编辑部，黑龙江大学中文系．百年学科沉思录：二十世纪古代文学研究回顾与前瞻［M］．北京：人民文学出版社，1998．

［2］陈良运．中国诗学体系论［M］．北京：中国社会科学出版社，1992．

［3］陈平原．中国文学现代化进程二编［M］．北京：北京大学出版社，2002．

［4］陈贻焮．论诗杂著［M］．北京：北京大学出版社，1989．

［5］褚斌杰．中国古代文体概论［M］．北京：北京大学出版社，1990．

［6］董乃斌，薛天纬，石昌渝．中国古典文学学术史研究［M］．乌鲁木齐：新疆人民出版社，1997．

［7］费振刚．先秦两汉文学研究［M］．北京：北京出版社，2001．

［8］郭英德，谢思炜，尚学锋，等．中国古典文学研究史［M］．北京：中华书局，1995．

［9］胡念贻．先秦文学论集［M］．北京：中国社会科学出版社，1981．

［10］胡晓明．中国诗学之精神［M］．南昌：江西人民出版社，1991．

［11］姜亮夫．敦煌学概论［M］．北京：北京出版社，2004．

［12］姜亮夫．敦煌学论文集［M］．上海：上海古籍出版社，1987．

［13］姜书阁．诗学广论［M］．北京：中国社会科学出版社，1982．

［14］裴斐．诗缘情辨［M］．成都：四川文艺出版社，1986.

［15］钱锺书．管锥编（1—5册）［M］．北京：中华书局，1986.

［16］钱锺书．谈艺录［M］．北京：中华书局，1984.

［17］王瑶．中国文学现代化进程［M］．北京：北京大学出版社，1996.

［18］王运熙．汉魏六朝唐代文学论丛［M］．上海：上海古籍出版社，1981.

［19］王重民．敦煌古籍叙录［M］．北京：中华书局，1979.

［20］王重民．敦煌遗书论文集［M］．北京：中华书局，1984.

［21］项楚．敦煌文学丛考［M］．上海：上海古籍出版社，1991.

［22］肖驰．中国诗歌美学［M］．北京：北京大学出版社，1986.

［23］袁行霈．中国诗歌艺术研究［M］．北京：北京大学出版社，1987.

［24］张松如．中国诗歌史论［M］．长春：吉林大学出版社，1985.

［25］赵敏俐．周汉诗歌综论［M］．北京：学苑出版社，2002.

［26］赵敏俐，杨树增．二十世纪中国古典文学研究史［M］．西安：陕西人民教育出版社，1997.

3. 神话研究

［1］梅列金斯基．英雄史诗的起源［M］．王亚民，张淑明，刘玉琴，译. 北京：商务印书馆，2007.

［2］丁山．中国古代宗教与神话考［M］．上海：龙门联合书局，1961.

［3］高亨，董治安．上古神话［M］．北京：中华书局，1963.

［4］顾颉刚．古史辨［M］．上海：上海古籍出版社，1981.

［5］何新．诸神的起源［M］．北京：生活·读书·新知三联书店，1986.

［6］黄石．神话研究［M］．上海：开明书店，1926.

［7］李子贤．探寻一个尚未崩溃的神话王国［M］．昆明：云南人民出版社，1991.

［8］刘毓庆．图腾神话与中国传统人生［M］．北京：人民出版社，2002.

［9］刘志雄，杨静荣．龙与中国文化［M］．北京：人民出版社，1992.

［10］吕微．神话何为：神圣叙事的传承与阐释［M］．北京：社会科学文献出版社，1998.

［11］马昌仪．中国神话学文论选萃（上下册）［M］．北京：中国广播电视出版社，1994.

［12］茅盾．神话研究［M］．天津：百花文艺出版社，1980.

［13］潜明兹．史诗探幽［M］．北京：中国民间文艺出版社，1986.

［14］陶阳，钟秀．中国创世神话［M］．上海：上海人民出版社，1989.

［15］王大有．龙凤文化源流［M］．北京：工艺美术出版社，1987.

［16］王维堤．龙凤文化［M］．上海：上海古籍出版社，2000.

［17］王孝廉．中国的神话世界［M］．北京：作家出版社，1991.

［18］谢六逸．神话学 ABC［M］．上海：世界书局，1928.

［19］谢选骏．神话与民族精神［M］．济南：山东文艺出版社，1986.

［20］徐君慧．中国古代神话故事［M］．上海：上海文化出版社，1957.

［21］叶舒宪．中国神话哲学［M］．北京：中国社会科学出版社，1992.

［22］袁珂．神话论文集［M］．上海：上海古籍出版社，1982.

［23］袁珂．中国古代神话［M］．北京：中华书局，2006.

［24］袁珂．中国古神话选释［M］．北京：人民文学出版社，1979.

［25］袁珂．中国神话史［M］．重庆：重庆出版社，2007.

［26］张根犁．中原古典神话流变论考［M］．上海：上海文艺出版社，1991.

［27］张岩．图腾制与原始文明［M］．上海：上海文艺出版社，1995.

［28］芮逸夫．苗族的洪水故事与伏羲女娲的传说［J］．人类学案刊，1938，1（1）.

4. 诸子研究

［1］崔大华．庄学研究［M］．北京：人民出版社，1992.

［2］郭庆藩．庄子集释［M］．北京：中华书局，1961.

［3］孙克强，耿继平．庄子文学研究［M］．北京：中国文联出版社，2006.

［4］王夫之．庄子解［M］．北京：中华书局，1964.

［5］王先谦．庄子集解［M］．北京：中华书局，1954.

［6］徐希燕．墨学研究［M］．北京：商务印书馆，2001.

［7］叶舒宪．庄子的文化解析［M］．西安：陕西人民出版社，2005.

［8］张京华．庄子哲学辨析［M］．沈阳：辽宁教育出版社，1999.

5. 周易研究

［1］陈良运．周易与中国文学［M］．南昌：百花洲文艺出版社，1999.

［2］高亨．周易古经通说［M］．北京：中华书局，1958.

［3］高亨．周易杂论［M］．北京：中华书局，1979.

［4］黄寿祺、张善文．周易译注［M］．上海：上海古籍出版社，1989.

［5］李竞池．周易通义［M］．北京：中华书局，1981.

［6］王振复．周易的美学智慧［M］．长沙：湖南出版社，1991.

［7］杨庆中．二十世纪中国易学史［M］．北京：人民出版社，2000.

［8］张善文．象数与义理［M］．沈阳：辽宁教育出版社，1993.

［9］周振甫．周易译注［M］．北京：中华书局，1991.

6. 诗经研究

［1］陈子展．诗经直解（二册）［M］．上海：复旦大学出版社，1983.

［2］何丹．《诗经》四言体起源探论［M］．北京：中国社会科学出版社，2001.

［3］金启华．诗经全译［M］．南京：江苏古籍出版社，1984.

［4］刘立志．汉代《诗经》学史论［M］．北京：中华书局，2007.

［5］刘毓庆．从经学到文学：明代"诗经"学史论［M］．北京：商务印书馆，2003.

［6］刘毓庆．历带诗经著述考（先秦—元代）［M］．北京：中华书局，2002.

［7］檀作文．朱熹诗经学研究［M］．北京：学苑出版社，2003.

［8］汪祚民．诗经文学阐释史［M］．北京：人民出版社，2005.

［9］夏传才．诗经研究史概要［M］．郑州：中州书画社，1982.

［10］夏传才．思无邪斋诗经论稿［M］．北京：学苑出版社，2000.

［11］向熹．诗经语言研究［M］．成都：四川人民出版社，1987.

［12］扬之水．诗经名物新证［M］．北京：北京古籍出版社，2000.

［13］余冠英选注．诗经选［M］．北京：人民文学出版社，1963.

［14］袁长江．先秦两汉诗经研究论稿［M］．北京：学苑出版社，1999.

［15］张西堂．诗经六论［M］．上海：商务印书馆，1957.

［16］朱东润．诗三百篇探故［M］．上海：上海古籍出版社，1981.

［17］邹其昌．朱熹诗经诠释学美学研究［M］．北京：商务印书馆，2004.

7. 楚辞研究

［1］郭沫若．屈原赋今译［M］．北京：人民文学出版社，1953.

［2］郭沫若．屈原研究［M］．上海：新文艺出版社，1953.

［3］黄中模．现代楚辞批评史［M］．武汉：湖北教育出版社，1990.

［4］姜亮夫．楚辞书目五种［M］．北京：中华书局，1962.

［5］姜亮夫．楚辞通故（四卷）［M］．济南：齐鲁书社，1984.

［6］姜亮夫．楚辞学论文集［M］．上海：上海古籍出版社，1984.

［7］姜亮夫．屈原赋校注［M］．北京：人民文学出版社，1957.

［8］蒋天枢．楚辞论文集［M］．西安：陕西人民出版社，1982.

［9］金开诚．楚辞选注［M］．北京：人民出版社，1980.

［10］金开诚．屈原辞研究［M］．南京：江苏古籍出版社，1992.

［11］梁启超．屈原研究［M］．北京：中华书局，1926.

［12］林庚．诗人屈原及其作品研究［M］．上海：棠棣出版社，1952.

［13］林庚．天问论笺［M］．北京：人民文学出版社，1983.

［14］刘永济．楚辞通笺［M］．北京：人民文学出版社，1961.

［15］刘永济．屈赋通笺［M］．北京：人民文学出版社，1961.

［16］陆侃如，高亨．楚辞选［M］．上海：古典文学出版社，1956.

［17］马茂元．楚辞选［M］．北京：人民文学出版社，1958.

［18］马茂元．楚辞研究集成（五编）［M］．武汉：湖北人民出版社，1985.

［19］聂石樵．楚辞新注［M］．上海：上海人民出版社，1980.

［20］聂石樵．屈原论稿［M］．北京：人民文学出版社，1982.

［21］沈祖绵．屈原赋证辨［M］．北京：中华书局，1960.

［22］谭介甫．屈赋新编［M］．北京：中华书局，1978.

［23］汤炳正．楚辞类稿［M］．成都：巴蜀书社，1988.

［24］汤炳正．屈赋新探［M］．济南：齐鲁书社，1984.

［25］文骁．九歌［M］．北京：人民文学出版社，1979.

［26］萧兵．楚辞的文化破译［M］．武汉：湖北人民出版社，1991.

［27］萧兵．楚辞与神话［M］．南京：江苏古籍出版社，1987.

［28］谢无量．楚辞新论［M］．上海：商务印书馆，1933.

［29］游国恩．楚辞概论［M］．上海：商务印书馆，1933.

［30］游国恩．楚辞论文集［M］．上海：古典文学出版社，1957.

［31］游国恩．离骚纂义［M］．北京：中华书局，1980.

［32］游国恩．天文纂义［M］．北京：中华书局，1982.

［33］中国屈原学会．中国楚辞学（第1—4辑）［M］．北京：学苑出版社，2002.

［34］周建忠．当代楚辞研究论纲［M］．武汉：湖北教育出版社，1992.

［35］周勋初．九歌新考［M］．上海：上海古籍出版社，1986.

［36］朱季海．楚辞解故［M］．上海：上海古籍出版社，1980.

8. 乐府研究

［1］陆侃如．乐府古辞考［M］．上海：商务印书馆，1925.

［2］王运熙．乐府诗论丛［M］．上海：古典文学出版社，1958.

［3］萧涤非．汉魏六朝乐府文学史［M］．北京：人民文学出版社，1984.

［4］杨生枝．乐府诗史［M］．西宁：青海人民出版社，1985 年。

［5］张永鑫．汉乐府研究［M］．南京：江苏古籍出版社，1992.

9. 唐研究

［1］岑仲勉．唐人行第录［M］．上海：上海古籍出版社，1978.

［2］查屏球．唐学与唐诗：中晚唐诗风的一种文化考察［M］．北京：商务印书馆，2000.

［3］陈伯海．唐诗学引论［M］．北京：知识出版社，1988.

［4］陈尚君．唐代文学丛考［M］．北京：中国社会科学出版社，1997.

［5］陈铁民．王维新论［M］．北京：北京师范学院出版社，1990.

［6］陈贻焮．杜甫评传（三卷）［M］．上海：上海古籍出版社，1982.

［7］陈贻焮．唐诗论丛［M］．长沙：湖南人民出版社，1980.

［8］陈寅恪．隋唐制度渊源略论稿［M］．北京：中华书局，1963.

［9］陈寅恪．唐代政治史述论稿［M］．上海：上海古籍出版社，1997.

［10］陈寅恪．元白诗笺证稿［M］．上海：上海古籍出版社，1978.

［11］程千帆，莫砺锋，张宏生．被开拓的诗世界［M］．上海：上海古籍出版社，1990.

［12］杜甫研究论文集（一、二辑）［M］．北京：中华书局，1962.

［13］范文澜．唐代佛教［M］．北京：人民出版社，1979.

［14］冯至．杜甫传［M］．北京：人民文学出版社，1980.

［15］冯至．冯至全集：第6卷［M］．石家庄：河北教育出版社，1999.

［16］傅庚生．杜甫诗论［M］．上海：上海古籍出版社，1985.

［17］傅璇琮．唐代科举与文学［M］．西安：陕西人民出版社，1986.

［18］傅璇琮．唐代诗人丛考［M］．北京：中华书局，1980.

［19］葛晓英．汉唐文学的嬗变［M］．北京：北京大学出版社，1990.

［20］郭沫若．李白与杜甫［M］．北京：人民文学出版社，1971.

［21］韩理洲．陈子昂研究［M］．上海：上海古籍出版社，1988.

［22］胡大雷．宫体诗研究［M］．北京：商务印书馆，2004.

［23］胡戟，张弓，李斌城，等．二十世纪唐研究［M］．北京：中国社会科学出版社，2002.

［24］胡云翼．唐诗研究［M］．上海：商务印书馆，1930.

［25］金启华．杜甫评传［M］．西安：陕西人民出版社，1984.

［26］金启华．杜甫诗论丛［M］．上海：上海古籍出版社，1985.

［27］李斌城，李锦绣，张译咸，等．隋唐五代社会生活史［M］．北京：中国社会科学出版社，1998.

［28］李斌城．唐代文化（上中下）［M］．北京：中国社会科学出版社，2002.

［29］李汝伦．杜诗论稿［M］．广州：广东人民出版社，1983.

［30］砺波护．隋唐佛教文化［M］．韩昇，刘建英，译．上海：上海古籍出版社，2004.

［31］林庚．唐诗综论［M］．北京：人民文学出版社，1987.

［32］刘开扬．唐诗论文集［M］．上海：上海古籍出版社，1979.

［33］刘开扬．唐诗通论［M］．成都：四川人民出版社，1981.

［34］任半塘．唐声诗（上下编）［M］．上海：上海古籍出版社，1982.

［35］孙昌武．唐代文学与佛教［M］．西安：陕西人民出版社，1985.

［36］谭优学．唐诗人行年考［M］．成都：四川人民出版社，1981.

［37］王达津．唐诗丛考［M］．上海：上海古籍出版社，1986.

［38］王嗣奭．杜臆［M］．北京：中华书局，1963.

［39］吴企明．唐音质疑录［M］．上海：上海古籍出版社，1985.

［40］萧涤非．杜甫研究［M］．济南：齐鲁书社，1980.

［41］杨启高．唐代诗学［M］．南京：正中书局，1947.

［42］宇文所安．初唐诗［M］．贾晋华，译．北京：生活·读书·新知三联书店，2004.

［43］郁贤皓．唐刺史考［M］．南京：江苏古籍出版社，1987.

［44］张国刚．佛学与隋唐社会［M］．石家庄：河北人民出版社，2002.

［45］周采泉．杜集书录［M］．上海：上海古籍出版社，1986.

［46］朱东润．杜甫叙论［M］．北京：人民文学出版社，1981.

七、中国近现代学人专集

［1］陈独秀．陈独秀文章选编（上中下）［M］．北京：生活·读书·新知三联书店，1984.

［2］陈梦家．殷墟卜辞综述［M］．北京：科学出版社，1956.

［3］陈寅恪．金明馆丛稿初编、二编［M］．上海：上海古籍出版社，1980.

［4］杜国庠．杜国庠文集［M］．北京：人民出版社，1962.

［5］冯友兰．三松堂全集（14卷）［M］．郑州：河南人民出版社，2001.

［6］冯至．冯至全集（12卷）［M］．石家庄：河北教育出版社，1999.

［7］顾颉刚．古史辨自序（上下）［M］．石家庄：河北教育出版社，2000.

［8］郭沫若．郭沫若全集（历史编，8卷）［M］．北京：人民出版社，1982.

［9］胡适．胡适论哲学［M］．合肥：安徽教育出版社，2006.

［10］胡适．胡适文存（四集）［M］．合肥：黄山书社，1996.

［11］胡适．胡适学术文集·中国哲学史［M］．北京：中华书局，1991.

［12］季镇淮．来之文录［M］．北京：北京大学出版社，1992.

［13］康有为．康有为全集［M］．上海：上海古籍出版社，1987.

［14］梁启超．饮冰室合集［M］．北京：中华书局，1989.

［15］廖平．廖平选集（上下）［M］．成都：巴蜀书社，1998.

［16］鲁迅．鲁迅全集（16卷）［M］．北京：人民文学出版社，1981.

［17］孙作云．孙作云文集（4卷）［M］．开封：河南大学出版社，2003.

［18］汤用彤．汤用彤全集（7卷）［M］．石家庄：河北人民出版社，2002.

［19］王国维．王国维遗书［M］．上海：上海古籍出版社，1983.

［20］王瑶．王瑶全集（8卷）［M］．石家庄：河北教育出版社，2000.

［21］章太炎．章太炎全集［M］．上海：上海人民出版社，1982.

［22］朱自清．朱自清全集［M］．南京：江苏教育出版社，1998.